मेरे साक्षात्कार

राजेन्द्र यादव

किताबघर

किताबघर प्रकाशन

नयी दिल्ली

मेरे साक्षात्कार सीरीज़ : हुकमदार

मेरे साक्षात्कार

राजेन्द्र यादव

ISBN—81-7016-232-7

प्रकाशक
किताबघर प्रकाशन
4855-56/24, अंसारी रोड, दरियागंज
नयी दिल्ली-110002

पहला संस्करण
1994

दूसरा संस्करण
2002

तीसरा संस्करण
2011

मूल्य
तीन सौ रुपये

मुद्रक
बी०के० ऑफसेट
नवीन शाहदरा, दिल्ली-110032

MERE SAAKSHAATKAAR (Interviews in Hindi)
by Rajendra Yadav
Price : Rs. 300.00

हुकमदार

'हुकमदार' शब्द का एक अर्थ है, 'औरों के आदेशों के अनुसार प्रतिक्रिया करने वाला' यानी सेवक, या हुक्म-बरदार...

अपने साथ हुए औरों के साक्षात्कारों की किताब का यह नाम देना शायद अतिरिक्त विनम्रता है। क्या मैंने औरों के आदेश पर ये सब बातें कही हैं ? जहाँ तक हो सका है, बातें तो मेरी ही हैं, दूसरों ने सिर्फ कुरेदा या उकसाया ही है। कहते हैं, सफल वार्तालापकर्ता वह है जो सामने वाले का सर्वश्रेष्ठ निकाल सके, उसे इस हद तक उकसा सके कि वह वे सब बातें 'उगल' दे जो सामान्य स्थिति में शायद न कहता। विश्वास या बहाव में, चाहें तो ताव में लाकर जब आप स्वयं मुझे (एक बाहरी आदमी को) अपने भीतरी और व्यक्तिगत कमरों में ले जाते हैं तो मैं आपके बहुत-से अनजाने पहलुओं, अलमारियों में छिपाए कंकालों, कवच-कुंडलों, हीरे-जवाहरातों और उपहारों-स्मारकों से परिचित होता हूँ। मगर इन सारे साक्षात्कारों में एकाध जगह को छोड़कर ऐसा कुछ नहीं है जो मैंने स्वयं उघाड़ना नहीं चाहा है। पता नहीं, मेरा चौकन्नापन था या उनका संकोच, सारी बातें 'ड्राइंगरूमों' से आगे नहीं बढ़ी हैं। यह स्थिति 'हुकमदार' शब्द के दूसरे अर्थ तक लाती है...

मुग़लों के साथ-साथ इस शब्द का एक और अर्थ हमें अंग्रेजों ने भी दिया है और 'हू कम्स दियर' का रुंड-मुंड रूप। आप अपने कमरे के एकांत में बैठे हैं, रात का समय है, अचानक पदचापों से या और किसी तरह आपको लगता है कि बाहर कोई आया है। आप पूछते हैं, "हू कम्स दियर ?" आप या तो सचेत हो जाते हैं, या कमरे से बाहर निकल आते हैं। बाहरी दस्तकों के जवाब में अपने से बाहर निकले व्यक्ति के संवादों को मैंने 'हुकमदार' नाम देना ही ठीक समझा है—हो सकता है, इनमें बहुत अंदर न आने देने का 'तकल्लुफ' भी हो...

बहरहाल, ये 1975 से 1993 तक, यानी लगभग बीस सालों में फैले हैं। पहले के भी रहे होंगे। इनके अलावा भी दर्जनों की संख्या में हैं। इधर तो उनकी संख्या अचानक ही कुछ ज्यादा बढ़ गई है। मगर मेरे साथ दिक्कत यह है कि मैं अपनी कोई भी चीज इस तरह सँभालकर नहीं रख पाता कि समय पर आसानी से मिल सके। आधी जिंदगी चीजों को 'सँभालकर' रखने और आधी उन्हें 'तलाश' करते हुए फाइलों और बंडलों के खोलने-बंद करने में ही जाती है। वे कभी मिलेंगी, या व्यवस्थित होंगी भी या नहीं, कहा नहीं जा सकता।

इन साक्षात्कारों को खोजकर एक जगह करने के दौरान 'अज्ञेय' जी बहुत याद आते रहे। उन्हें जरूरत पर सब चीजें व्यवस्थित रूप से मिल ही नहीं जातीं, वे दुबारा उन्हें जाँचते और संपादित करते कि कहीं दुहराव, अस्पष्टता या अपनी समग्र सोच से 'बाहर' तो कुछ नहीं जा रहा। वे अपने लिखे को लेकर ही बहुत चौकस नहीं थे, उन सबको लेकर भी बहुत सचेत थे जो दूसरों ने उन पर लिखा है और जिसे वे अपने नाम के साथ जोड़कर प्रकाशित होने दे रहे हैं। उनके अनुशासित, व्यवस्थित होने को लेकर श्रद्धा होती है। मैं वह सब नहीं हूँ, इसलिए और भी। जिस दूसरे व्यक्ति में यह अतिरिक्त चौकन्नापन है, वह हैं डॉक्टर नामवर सिंह। मगर मुझे लगता है कि इसके पीछे अपने लिखे/कहे या अपने पर लिखे/कहे के प्रति 'जैनुइन' सरोकार नहीं, अपने दैनिक अंतर्विरोधों को हमवार करने की चतुराई ज्यादा है।

हाँ, इनमें दो साक्षात्कारों के शामिल न किए जाने का मुझे अफसोस है। रमेश उपाध्याय और अरुण प्रकाश से दो-तीन किस्तों में अच्छी बातें हुई थीं। उन्हें कागज पर उतारने के दौरान 'टेप' पता नहीं कहाँ गड़बड़ा गए। इसी तरह इटली की फ्रेंचेस्का ओर्सिनी ने कानपुर में लंबा वार्तालाप किया था। उन दिनों मैं आई०आई०टी० में अतिथि-लेखक था। दिल्ली से दूर एक खास तरह की निश्िंचतता थी। उन्हें कागज पर उतारने, संपादित करने की सुविधा ही नहीं मिल रही थी। ये दोनों शायद बाद में सुलभ हो सकें। माफी चाहता हूँ कि अकसर अनेक साक्षात्कारों के एक जैसे होने के कारण उत्तरों में भी दुहराव आ गया है। उन्हें निकालने का अर्थ साक्षात्कारकर्ता के साथ अन्याय करना होता। आशा करता हूँ, पाठक इस दुहराव को बर्दाश्त करेंगे।

मैं विशेष रूप से उन सभी मित्रों का आभारी हूँ जिनके साथ मिलकर ये रचनाएँ संभव हुई हैं। तत्त्वतः ये सह-रचनाएँ हैं और इन्हें अपने ढंग से इस्तेमाल करने का उन्हें भी उतना ही अधिकार है, जितना मुझे। मैंने न उनके प्रश्नों के साथ छेड़छाड़ की है, न अपने उत्तरों में संशोधन किए हैं। वे एक समय की मानसिकता, उसमें उगने और मथने वाले प्रश्नों के दस्तावेज हैं, इसलिए उन्हें वैसा ही रहने देना चाहिए ताकि सनद रहे…

—राजेन्द्र यादव

है कोई खरीदार…?

हो सकता है, औरों की भी हो, मगर मेरी बड़ी अजीब आदत है : पत्र-पत्रिकाओं में अकसर ही महत्त्वपूर्ण व्यक्तियों के इंटरव्यू निकलते रहते हैं, किसी ने लंबी साधना और अध्यवसाय के बाद जो भी कुछ हासिल किया है उसे आप उसी के मुँह से संक्षिप्त और सूत्र रूप में जान लेना चाहते हैं। सबकी रचनाओं, कार्यों या दूसरी उपलब्धियों को न तो विस्तार से जानने का अवसर पास होता है, न क्षमता। फिर स्वयं संबद्ध व्यक्ति के मुँह से उसके अपने अनुभवों, कर्मों या जीवन का 'निचोड़' प्रस्तुत करने से अधिक प्रामाणिक या प्रभावशाली और क्या होगा ? किसी घटना, शख्सियत या कृति पर महत्त्वपूर्ण व्यक्ति के विचार या प्रतिक्रिया से परिचित होने का मौका और कहाँ मिलेगा ? मगर यह सिर्फ एक आदर्श स्थिति है कि ऐसा होना चाहिए। कम से कम साधारण पाठक के मन में 'इंटरव्यू' की यही तस्वीर या अपेक्षा है।

लेकिन इधर पच्चीस-पचास वर्षों से सारा दृश्य बदल गया है। शायद ही कोई पत्र-पत्रिका हो जो किसी न किसी के इंटरव्यू न देती हो—राजनेताओं ने तो आधी से ज्यादा पत्रकारिता को अपने चेहरों और विचारों से लाद दिया है। विचारों और विश्लेषण का इतना शॉर्टकट किसे सुविधाजनक नहीं लगता ? दूरदर्शन का हर चैनल हर समय कोई न कोई इंटरव्यू देता ही रहता है। इनमें से ज्यादातर झूठे, बनावटी और तात्कालिकता के लिए तैयार किए गए लगते हैं। शुरू में या आज भी अपने मूल में, सबसे विश्वसनीय यह विधा बेहद गैर-भरोसेमंद हो गई है, खास तौर से पत्र-पत्रिकाओं में आने वाले इंटरव्यू… जो कुछ कहा है वह ठीक उन्हें शब्दों में नहीं आ रहा—या तो अर्थ, बलाघात, रेखांकन, तर्ज और तेवर बदल दिए गए हैं, अनुवाद सही नहीं है या फिर यही व्यक्ति कल इसका विरोध करेगा कि उसे सही समझा या प्रस्तुत नहीं किया गया, दरअसल इस बात का यह मतलब न होकर यह था…राजनीति ने जिंदगी के हर मूल्य की तरह इंटरव्यू को भी फालतू, भरती की जगह भरने का कूड़ा, दूसरों को मारने-गिराने का हथियार या अपने झूठे-सच्चे प्रचार का भोंपू बना दिया है। आज पाठक भी उसे एक प्रायोजित झूठ की तरह लेता है। कम से कम मुझे तो हर पत्र-पत्रिका में इंटरव्यू देखते ही पन्ने पलटने की इच्छा होती है। अकसर ही मैं प्रश्नों की बनावट, भाषा, स्तर देखकर संतुष्ट हो जाता हूँ क्योंकि अधिकांश उत्तर पहले ही मालूम होते हैं। हाँ, लेखकों, कलाकारों, विचारकों और अल्पज्ञात लोगों के इंटरव्यू आज भी मुझे आकर्षित करते हैं। लगता है, वहाँ अभी भी बहुत कुछ 'बचा' हुआ

है। पत्रिकाओं से अधिक दृश्य-साक्षात्कार ज्यादा सहज लगते हैं।

दरअसल, मेरे लेखन के प्रारंभ में इंटरव्यू भी रहा है। उन दिनों (सन् 51-52) मैंने चेखव को काफी पढ़ा था। उसकी अपनी रचनाओं के अलावा उससे संबंधित जो भी कुछ सुलभ हो पाया, उस सबको देखने की कोशिश की थी। एम०ए० के बाद कलकत्ता में शोध-प्रबंध लिखने गया, मगर नेशनल लाइब्रेरी में बैठकर ओल्गानिपर और चेखव के पत्र पढ़ा करता। उस मानसिक दुनिया को मैंने रूप दिया—'चेखव, एक काल्पनिक इंटरव्यू' में। यह पुस्तकाकार भी प्रकाशित हुआ। प्रयास यही था कि चेखव के उत्तर उसकी किसी रचना, पत्र या समकालीन स्रोत से ही लिए जाएँ, सिर्फ सवाल मेरे अपने हों। पुस्तक की उन दिनों काफी चर्चा भी हुई थी।

किसी भी इंटरव्यू में सवालों की भाषा, नोक और दिशा ही तय करते हैं कि जवाब क्या होंगे। कभी-कभी तो मैं सिर्फ प्रश्न देख लेता हूँ और पता लग जाता है कि सामने वाले को क्या कहना है। अकसर भारतीय राजनीति के 'महत्त्वपूर्ण' व्यक्तियों के साथ यही होता है। उनके विचारों के समानांतर उनके कार्य होते हैं, इसलिए अब यह पूछना भी लगभग व्यर्थ हो गया है कि "आडवाणी जी, अभी दो महीने पहले तो आपने ठीक इसके विपरीत बात कही थी।" जवाब होगा, "नहीं, पत्रकार ने मुझे गलत कोट किया है, मेरा मतलब तो वह नहीं, यह था।" वस्तुतः आज का राजनेता, विचारबद्धता से नहीं, स्थिति-बद्धता से चलता है इसलिए उसे साल में चार बार बात बदलनी पड़ती है। बाहर के राजनेताओं के इंटरव्यू हमें इसलिए रोचक लगते हैं कि एक तो वे अधिक प्रोफेशनल लोगों द्वारा लिए जाते हैं। दूसरे, बातों और व्यवहार के अंतर दिखाने वाले उनके रोजमर्रा के तान-पलटे हमारे सामने बहुत साफ नहीं होते। उन्हें हम सिर्फ उनके शब्दों से जानते हैं। सबसे अधिक उबाऊ इंटरव्यू फिल्मी सितारों या साहित्यकारों के होते हैं। फिल्मों में राजनीति की तरह रोज स्कैंडल होते या कराए जाते रहते हैं, इसलिए चटखारे लेने के लिए उनको पढ़ना मनोरंजक है। साहित्यकार से यह पूछना मर्यादा-विरुद्ध माना जाता है कि "आजकल आपका कहाँ इश्क चल रहा है ?" अगर कभी किसी ने ऐसा सवाल पूछ भी लिया तो वह आध्यात्मिक भाव से कहेगा, "मेरा पहला और आखिरी इश्क मेरा साहित्य है।" यानी दूसरे के साहित्य या समकालीन पुस्तक पर बात करना उसकी 'भावनाओं को ठेस' पहुँचाना है, "मुझसे बात कर रहे हैं तो मेरी ही बात कीजिए"…ज्यादातर वह अपने ही बारे में बोलता है और प्रायः ईमानदार नहीं होता। इंटरव्यू के नाम पर उस ठस पठन-सामग्री के लिए मैं इंटरव्यू लेने वाले की अयोग्यता को ही जिम्मेदार मानता हूँ। उसके पास न अपेक्षित तैयारी होती है, न सूझबूझ।

हमारी स्थिति में पहुँचे हुए प्रायः हर व्यक्ति को साल में दो-तीन दर्जन बार किसी न किसी इंटरव्यूकार का सामना करना पड़ता है। जब से शोध-निर्देशकों को यह इलहाम हुआ है कि जीवित लेखकों का एक इंटरव्यू शोध के अंत में जरूर हो, तब से प्रश्नावलियों

की बाढ़ अलग। फिर हर रोज साहित्य या राजनीति में भी ऐसा कुछ 'घटित' होता रहता है जिस पर अपनी 'बहुमूल्य प्रतिक्रिया' छोटे इंटरव्यू के रूप में (संभव हो तो टेलीफोन पर ही) देना भी जरूरी है। शुरू में 'अहं' तृप्त होता था, अब कोफ़्त होती है। शोधार्थी/शोधार्थिनी चाहते हैं कि आप सब कुछ स्वयं ही लिखकर दे दें। दे भी दें, तो कितनी बार वही-वही बातें लिखेंगे ? फिर खुद ही लिखना है तो शोध की नदी में डालने के लिए क्यों, अलग लेख लिखकर अपने नाम से क्यों नहीं छपाएँगे ? सबसे ज्यादा धर्म-संकट होता है संघर्षशीलों के साथ। वे नए-नए दिल्ली में आए हैं और कहीं पाँव टिकाने के लिए संघर्ष कर रहे हैं। राजनीतिक संपर्कों से लेकर जाति/शहर संबंधों तक के घोड़े दौड़ा रहे हैं। इस बीच फ्री-लांसिंग करनी है। नए हैं, देहात-कस्बों की पृष्ठभूमि है, पटना-भोपाल वालों की अंग्रेजी इतनी अच्छी नहीं है कि कुछ अनुवाद कर सकें या देशी-विदेशी स्रोतों के आधार पर अपना कुछ बना सकें—दो ही सहारे हैं, या तो किसी नई किताब की समीक्षा तैयार कर दें या आपका साक्षात्कार बनाकर दे दें। प्रसिद्ध रचनाओं या रचनाकारों के सहारे की कोई सीढ़ी मिले। स्थिति करुण भी है, दयनीय भी। अगर अपने दो-चार घंटे देने से किसी की कुछ मदद होती है तो इंकार करना अमानवीयता है। आप निश्चय ही भरपूर सहायता करना चाहते हैं, मगर वहाँ दिक्कत वही है : आप इस संघर्षी को पहले तो यह बताइए कि आपने किस क्षेत्र में क्या-क्या लिखा है, स्वयं ही प्रश्नावली बनाइए और स्वयं ही उत्तर लिखिए या लिखाइए…छपने पर दोनों पक्ष प्रसन्न भले ही होते रहें, मगर आप खुद जानते हैं कि दूसरे के नाम से छपे इस 'आत्म-प्रचार' के लेखक आप स्वयं हैं। देखा जाए तो खुद अपनी ही महानता पर दूसरे नाम से लिखने, छपाने के मुकाबले तो यह तरीका ज्यादा सुरक्षित है, क्योंकि अब आपकी तरफ से लड़ने वाला वह व्यक्ति साक्षात् मौजूद है जिसके नाम से इंटरव्यू छपा है। अश्कजी, मोहन राकेश, रमेश बक्षी या राजकमल चौधरी जरूरत पड़ने पर भले ही ऐसा व्यक्ति न खड़ा कर सकें, मगर दूसरे के नाम से स्वयं अपने पर लिखने की चेखव की परंपरा से तो अपने को जोड़ ही सकते हैं। स्वयं मुझे भी दूसरों को काटने वाले लेख नरेंद्र शिरोमणि या श्यामलता के नाम से लिखने पड़ते थे। रेणु के साहित्य पर गहराई से लिखने वाली गौरा मुखर्जी सचमुच एक चलती-फिरती महिला हैं, यह सिद्ध करने के लिए रेणु को 'प्रकाशन-समाचार' में अपनी अल्पशिक्षित साली का चित्र छपवाना पड़ा था। इलाहाबाद, बनारस में आज भी यह रिवाज लोकप्रिय है। पॉल जॉन्सन ने अपनी चर्चित पुस्तक 'इंटेलेक्चुअल्स' में अनेक दिग्गजों के इस पक्ष पर प्रकाश डाला है। सदी के प्रारंभ का फ्रैंक हैरिस तो इस कला का बेताज बादशाह है। उसकी पुस्तक 'माई लाइफ एंड लव्ज' लेखकीय 'नीचताओं' का अनिवार्य संदर्भ-ग्रंथ है।

मगर पॉल जॉन्सन में जहाँ भयंकर एकेडैमिक तैयारी, रचनाओं, डायरियों और दूसरे स्रोतों का गहरा अध्ययन है, वहीं फ्रैंक हैरिस में बड़े से बड़े लेखक के साथ अपने सीधे संबंधों की जीवंत प्रामाणिकता है। कमबख्त की याददाश्त भी विश्वकोशीय है। वे इंटरव्यू

नहीं, विश्लेषणात्मक लेख और संस्मरण हैं। इंटरव्यू करने वालों से मेरी सबसे बड़ी शिकायत ही यही है कि उनकी तैयारी बिलकुल नहीं होती। विद्यार्थियों और संघर्षियों को एक बार क्षमा किया जा सकता है, लेकिन पुरस्कारों, जन्मदिनों पर आने वाले अच्छे साहित्यकारों या पत्रकारों द्वारा लिए गए इंटरव्यू प्रायः बेजान, ठस, अभिनंदनी और आरती-उतारू होते हैं। न उनसे रचनाकार या रचना-प्रक्रिया को जानने की कोई अंतर्दृष्टि मिलती है, न रचनाओं को नई तरह समझने का कोई कोण। अगर कोई 'अवसर' न हो तो हमारे यहाँ बड़े से बड़े लेखक का कोई इंटरव्यू ही न आए। वस्तुतः दूसरे का इंटरव्यू लेना समीक्षा लिखने की तरह घटिया या दोयम दर्जे का काम माना जाता है। इस मानसिक कुंठा का अपना ही एक उदाहरण दूँ, सन् 70-71 की बात है। 'सारा आकाश' उपन्यास पर फिल्म आ चुकी थी और उसकी काफी धूम थी—कम से कम 'नई लहर' सिनेमा के क्षेत्र में। तभी राजेंद्र सिंह बेदी की 'दस्तक' आई। फिल्म उतनी प्रसिद्ध नहीं हुई। रेहाना को लेकर प्रेस-क्लब में एक मीटिंग थी—बेदी भी आए थे। मेरे पास टी०वी० से फोन आया कि "क्या मैं राजेंद्र सिंह बेदी का एक इंटरव्यू लेना पसंद करूँगा ? दोनों की रचनाओं पर फिल्में आई हैं, इसलिए संयोग महत्त्वपूर्ण है।" बेदी की कहानियों का मैं भयंकर प्रशंसक हूँ। मगर मैंने कहा, "मैं बेदी का इंटरव्यू क्यों लूँगा ? मेरी फिल्म से 'नई लहर' के सिनेमा की शुरुआत होती है, वह ज्यादा सफल है। जरूरत हो तो बेदी मेरा इंटरव्यू लें···" आज भी मैं मानता हूँ कि इससे ज्यादा बेहूदगी और बेवकूफी की दूसरी बात नहीं हो सकती। कहाँ बेदी जैसा कथाकार और कहाँ मैं ! मगर हिंदी लेखक की हल्दी की गाँठ वाली कुंठा···

समीक्षा की तरह—इंटरव्यू भी दो दिमागों की खुली मुठभेड़ है, चाहे दोनों के बीच दूरियाँ पीढ़ियों की हों, या संस्कारों और स्तरों की। इसके लिए जरूरी है एक तटस्थ श्रद्धा, निर्भीक इंक्वायरी, सामने वाले का संपूर्ण अध्ययन और चुस्त सवालों की पूर्व तैयारी···अगर अपनी पूरी जानकारियों के साथ इंटरव्यूकार गुस्ताख होने की हद तक आक्रामक (शब्दों में चाहे जितना विनम्र) और चौकन्ना नहीं है तो शीघ्र ही सामने वाला हावी होकर उसे अपना प्रचारक बना लेता है। साहित्यिक या राजनीतिक पत्रकार का यह प्रोफेशनल प्रशिक्षण है कि वह अच्छा इंटरव्यूकार भी हो और सामने वाले से सत्य या श्रेष्ठ निकाल सके। उसकी तैयारी होनी चाहिए कि अपने 'नायक' को, उसकी अपनी ही रचनाओं, वक्तव्यों, समकालीनों के हवालों से उसके बड़बोलेपन या अंतर्विरोधों को उजागर कर सके, वर्ना सारी मेहनत गरुड़-काकभुशुंडि संवाद होकर रह जाती है। मुझे लगता है, इंटरव्यू वह आईना है जिसमें आप अपनी झुर्रियों, सलवटों, तिल और मस्सों को पहचानते हैं। कुछ हैं कि इस आईने में सिर्फ अपने मेकअप का सौंदर्य और रौब देख-देखकर ही रीझते हैं। हममें से अधिकांश ने कमलेश्वर और शिवप्रसाद सिंह के 'मैं मैं' छाप इंटरव्यू देखे होंगे—हीनभावना के पैथोलॉजिकल केस की तरह इन्हें देखना उपयोगी और दिलचस्प है : 'मैं नई कहानी

का जन्मदाता, मैं साहित्यिक क्रांति का सूत्रधार, मैं पत्रकारिता का पुरोधा, मैं नई फिल्म का प्रारंभकर्ता, मैं व्यावसायिक फिल्मों का हिटलर, मैं दूरदर्शन का कुतुबनुमा, मैं डाँगे का सलाहकार, मैं बाल ठाकरे का गुरु, मैं इंदिरा गांधी का ब्रेन-बैंक, मैं बांग्लादेश बनाने वाला पत्रकार-जनरल…' या 'मैं शैली का राजकुमार, मैं जमनियाँ का भूतनाथ, मैं अरविंदो का सांकोपांजा, मैं उपन्यास का सिकंदर, मैं कहानी का धुरंधर'—अब सामने बैठा बेचारा गणेश भकुआए भाव से इन 'व्यासों' के मुँह से झरते फूलों को चुनता रहता है, उसके पास इतनी तैयारी, हिम्मत या चतुराई नहीं है कि विनोद दुआ, प्रणय राय, सईद नकवी या रजत शर्मा की तरह इनके झूठों, लंतरानियों या शेखियों को प्रति-प्रमाण देकर ध्वस्त कर सके…

इंटरव्यू का एकमात्र गुण सार्थक, सहज और रोचक वार्तालाप है—वहाँ बिना भटके सामने वाले का सर्वश्रेष्ठ निकालना होता है—व्यक्ति के जाने कितने जाले और जटिलताएँ हैं जिन्हें बेधकर हम उस तक पहुँचते हैं—यह पटाना भी है और पटकना या फटकना भी। न ऐसा लगे कि आप पुलिसिया 'पूछताछ' कर रहे हैं, न शिव-पार्वती संवाद का वह स्वरूप जहाँ—'हाँ तो स्वामी, ऐसा क्यों हुआ ?'—की पुनरावृत्तियाँ…सुविधाजनक प्रश्नों के उत्तरस्वरूप शंकराचार्य या रजनीश के प्रवचनों को इंटरव्यू का नाम देना—विधा के साथ ज्यादती है। आज हमारे पास 'टेप' की सुविधा है इसलिए 'इंटरव्यू' को उतना ही जानदार, उत्तेजक और गंभीर बनाया जा सकता है, जितना कभी दूरदर्शन या दूसरे कैसेटों पर 'देखने' को मिल जाते हैं। पिछले दिनों प्रीतीश नंदी और पडगाँवकर ने ऐसे ही इंटरव्यू लिए थे।

वस्तुतः इंटरव्यू व्यक्तित्व और कृतित्व के द्वंद्वात्मक संबंधों का अध्ययन है। जाहिर है कि हमारे यहाँ उसे गंभीरता से लिया ही नहीं गया। बाकायदा तैयारी या योजना बनाकर कुछ लोगों ने जरूर ऐसी कोशिशें की हैं : छठे दशक में रामचरण महेंद्र या पद्मसिंह शर्मा 'कमलेश' के 'मैं इनसे मिला' या 1993 में प्रकाशित उषा महाजन की पुस्तक 'समय के साक्षी' पठनीय, रोचक और जानकारियों के लिए उपयोगी पुस्तकें हैं और साहित्यकारों-पत्रकारों के माध्यम से अपने समय को इतिहास-बद्ध करने की कोशिश करती हैं। रामचरण महेंद्र या कमलेश जी के इंटरव्यू जहाँ प्रश्नावली भेज/दिखाकर सामने वाले साहित्यकार से ही सब कुछ कहलवा लेने के मशीनीपने और प्रश्नों के दुहराव से ग्रस्त हैं, वहाँ उषा में बातचीत की सहज जीवंतता है और दिल्ली के माध्यम से भारतीय पत्रकारिता के वर्तमान की रूप-रेखाएँ स्पष्ट होती हैं। हिंदी-अंग्रेजी के साथ उर्दू और पंजाबी के भी कुछ पत्रकार ले लिए होते तो तस्वीर ज्यादा मुकम्मल होती…प्रभा खेतान ने सुभाष मुखोपाध्याय और आलोक रंजन दासगुप्ता के ब्रिलियेंट इंटरव्यू लिए हैं…

'संवाद' या वैचारिक मुठभेड़ की परंपरा भारतीय और विदेशी संस्कृतियों में बहुत पुरानी है। हमारे यहाँ तो प्रायः सारे पुराण और खंडन-मंडन इसी वार्तालाप शैली में लिखे गए हैं। यहाँ तक कि 'वैताल-पच्चीसी' और 'सिंहासन बत्तीसी' भी इसी शैली का विस्तार

है। विदेशों में प्लेटो और अरस्तू के संवादों जैसी अनगिनत रचनाएँ हैं, जिनसे विचारों और दर्शनों का विकास हुआ है। वहाँ सच्चे अर्थों में ऐसी मुठभेड़ का दूसरा नाम है 'इन्क्विज़ीशन', अनेक संतों ने शैतान और भगवान् के बीच ऐसे शास्त्रार्थों को लिपिबद्ध किया है। मार्क्विस दि साद का प्रसिद्ध 'इन्क्विज़ीशन' मुझे आज भी बेहद विचारोत्तेजक 'पाठ' लगता है जहाँ 'वर्चू' और वाइस (शील और पाप) नुमायंदे अपना-अपना पक्ष रखते हैं। 'कामू के अजनबी' में नायक और पादरी दोनों जेल में वैचारिक भिड़ंत का अद्भुत दृश्य उपस्थित करते हैं, या दोस्तोयव्स्की के 'अपराध और दंड' के अंत में नायक का अपनी प्रेमिका सोनिया के साथ मर्मस्पर्शी वेधक वार्तालाप है। रवींद्रनाथ का 'गोरा' मेरे लिए उपन्यास कम, लंबी जिरह ज्यादा है। मेरी दृष्टि से इस तरह के शास्त्रार्थ भी 'इंटरव्यू' कला के विस्तार ही हैं।

मगर तकलीफ यही होती है कि भारतीय, विशेष रूप से हिंदी पत्रकारिता ने इस दिशा में शायद ही कोई ऐसा व्यक्तित्व दिया हो जिसके लिए आप बेचैनी से प्रतीक्षा करें, जिसने इस दिशा में विशेष पहचान बनाई हो, जो ओरियाना फ़लाची की तरह आपको रोमांच से थरथरा दे···अपने-अपने देश की नियति को निर्धारित करने वाले, सत्ता-शीर्ष पर बैठे लोगों के बेबाक इंटरव्यू लेना इस औरत का पैशन (उन्माद) है और ईरान के आयतुल्ला खुमैनी, गद्दाफ़ी, ईदी अमीन या अराफ़ात के इंटरव्यू किसी थ्रिलर की तरह पढ़े जा सकते हैं। इसके लिए वह औरत की हर कला आजमाती है। हालाँकि ओरियाना अपने हर शिकार को चूहे-बिल्ली का खेल बना देती है, मगर बड़े से बड़ा राजनेता चाहता है कि वह उसका इंटरव्यू ले। स्वयं उसे अफसोस है कि वह हिटलर और स्टालिन का इंटरव्यू नहीं ले पाई। इंदिरा गांधी घंटे-भर का समय देती हैं और तीन दिन साथ रखती हैं। भुट्टो महीनों ओरियाना का पीछा कराता है और लगभग पकड़वाकर कराची बुलाता है, जबर्दस्ती इंटरव्यू देता है और बाद में इंदिरा जी के बारे में अपने एक वाक्य को, 'मेरा नहीं है' कहकर निकलवाने के लिए सारे हथकंडे अपनाता है···ओरियाना की 'इंटरव्यू विद हिस्ट्री' आज भी मेरी प्रिय पुस्तक है। इसी शेरनी का जब 'प्ले बॉय' ने इंटरव्यू लिया तो खुद किस तरह लड़खड़ा या झल्ला गई, यह देखकर सचमुच मजा आया। पत्रिका की सारी अश्लीलता के बावजूद अमेरिकन 'प्ले बॉय' को सिर्फ एक इंटरव्यू के लिए दसियों सालों से पढ़ा जाता है। कितनी तैयारियों, परिश्रम और कल्पनाशीलता से तैयार किए जाते हैं ये इंटरव्यू। दुनिया के किसी भी क्षेत्र का कौन-सा व्यक्तित्व है जो वहाँ नहीं है। अपने यहाँ के 'डिबॉनायर' और 'जेंटिलमैन' ने भी उस नकल में अच्छे इंटरव्यू दिए हैं। मगर हिंदी पत्रकारिता में आज भी रूसी करंजिया, प्रीतीश नंदी, दिलीप पडगाँवकर जैसे लोग कहाँ हैं ? हमारे यहाँ तो चोटी लटकाए भगवान् से साक्षात्कार करने वाले मनीषी (मुंशी) बैठे हैं, जिन्हें मनुष्यों की तरफ देखना अपने पद का अपमान लगता है। कहाँ व्यापेगी इन्हें जगत-गति। साहित्य के क्षेत्र में 'पैरिस रिव्यू' बरसों से हर अंक में एक इंटरव्यू देता है। 'प्ले बॉय

इंटरव्यूज़' की तरह 'राइटर्स एट वर्क' नाम से ये पुस्तकाकार भी छपे हैं। ऐसी रचनाओं को पढ़ना दुनिया के किसी भी अच्छे लेखन से कम समृद्धिकारी नहीं है…देखकर लगता है कि इंटरव्यू लेना उतना निचला काम नहीं है जैसा हमने उसे बना दिया है। हिंदी में तो अज्ञेय और मनोहर श्याम जोशी ने ही शायद इस विधा को थोड़ी-बहुत गरिमा दी है, वर्ना कभी कोई अच्छा इंटरव्यू दिखाई दे जाए तो अविश्वासी विस्मय होता है।

इस दिशा में शायद 'सिमॉन द बोउवा' की पुस्तक 'एड्यू' (सार्त्र को अलविदा) मेरे लिए सबसे विलक्षण प्रयोग है : सार्त्र और बोउवा आधी सदी एक-दूसरे के साथ रहे। सार्त्र के अंतिम दिनों के एक-एक क्षण की साक्षी बोउवा ने उसकी जिजीविषा को विस्तार के साथ ठीक उसी दोस्ताना (कॉमरेडी) सम्मान के साथ लिखा है जैसे 'एन ईज़ी डैथ' में अपनी माँ की आखिरी साँसों को…'एड्यू' में शेष तीन-चौथाई सार्त्र के इंटरव्यू हैं—गहराई में जाते और अंतस्तल को उद्घाटित करते…व्यक्तिगत, राजनीतिक, साहित्यिक, दार्शनिक कोई ऐसा पहलू नहीं है जो रेखांकित न किया गया हो। ये मूलतः खंडों में विभाजित विषय-केंद्रित इंटरव्यू हैं। आत्मीय परिचय की लंबी अवधि को देखते हुए तटस्थ, तीखा या बेरहम होना बोउवा के लिए निश्चय ही आसान नहीं रहा होगा। सामने वाला चालाकी, आत्मप्रचार या झूठ-शेखी की शरण ले सके, इसकी भी संभावनाएँ वहाँ नहीं थीं। अगर बोउवा की अपनी अंतरंगता न होती तो पूरी पुस्तक में सार्त्र की शारीरिक, साहित्यिक, बौद्धिक और दार्शनिक शल्यक्रिया का क्लिनिकल अध्ययन प्रस्तुत करने का खतरा भी था। दूसरी ऐसी पुस्तक मैंने पढ़ी पिछले वर्ष 'आकाशवाणी' द्वारा प्रकाशित गंगेश गुंजन द्वारा संपादित 'अज्ञेय'। रघुवीर सहाय और गोपालदास नागर ने अलग-अलग बैठकों में अज्ञेय के विभिन्न पक्ष चुनकर इंटरव्यू लिए हैं। या 'पहल' द्वारा पुस्तकाकार प्रकाशित सुरेश पांडेय द्वारा लिया गया नामवर सिंह का इंटरव्यू…काश ! 'एड्यू' की तरह व्यक्ति को संपूर्णता में पकड़ने का ऐसा ही प्रयास उन दिनों किसी ने निराला, पंत, प्रेमचंद को लेकर भी किया होता।

शायद अब मैं अपने मित्रों के सामने सफाई दे पा रहा हूँ कि लाख सुझावों और दबावों के बावजूद, एकाध बार को छोड़कर क्यों मैं 'हंस' में इंटरव्यू छापने से बचता रहा हूँ। बल्कि मेरी तो इच्छा है कि स्थापित और वरिष्ठ लेखक, नए संभावनाशील रचनाकारों से उसी अकुंठ भाव से साक्षात्कार कर सकें जैसे अज्ञेय ने फणीश्वरनाथ रेणु के साथ किया। अमेरिकन मुहावरे में पूछूँ—है कोई बायर ?

—राजेन्द्र यादव

क्रम

हाय सुरक्षा

योगेश गुप्त

आपको आजकल की पत्रिकाओं में छपने वाली और पहले की कहानियों में क्या अंतर महसूस होता है और आपकी उनके प्रति क्या प्रतिक्रिया बनती है ?

बात यह है, जब हम कहानियों की बात करते हैं तो जाहिर है कि वे कहानियाँ कुछ महत्त्वपूर्ण कहानियाँ ही होती हैं, सामान्यतः सभी जगह छपने वाली कहानियों से तो हमारा मंशा भी नहीं होता। लेकिन अंतर से भी पहले सवाल यह है कि हम कहानी को समझते क्या हैं ? इससे बात ज्यादा साफ हो जाएगी कि आज की कहानियों की प्रतिक्रिया कहाँ अलग ढंग से होती है। मैं समझता हूँ कि एक सामान्य अनुभव होता है, जो हममें और पढ़ने वाले के बीच समान रूप से स्थित होता है। वह भी उसी तरह के अनुभवों, उसी तरह के वातावरण, समय, समस्याओं, माहौल या उसी परिवेश में रहता है। परिवेश में काल और देश दोनों शामिल हैं। अब समस्या यह आती है कि वह सामान्य अनुभव किस तरह हम तक पहुँचे ? यह तो पहली शर्त है कि वह संप्रेषित हो। हो सकता है जो पहुँचे वह एक 'इंप्रेशन' ही हो। मान लीजिए, आपके पास एक अनुभव या विचार है और उसे सिर्फ आपने एक अनुभव या विचार की तरह ही संप्रेषित किया। इसे मैं कहानी की बहुत प्रारंभिक स्थिति मानता हूँ। वह पढ़ने वाले को बिलकुल अपने मन की बात लगती है। यहाँ तक तो कहानी का कौशल है। लेकिन कहानीकार एक सचेत और प्रबुद्ध व्यक्ति की तरह वहाँ आता है, जहाँ वह उस सामान्य अनुभव या प्रभाव को अपनी व्याख्या या परिभाषा देता है। मुझे लगता है कि यह परिभाषा देने का माद्दा या दे सकने की क्षमता इधर निरंतर कम होती चली जा रही है। प्रभाव बहुत अच्छे हैं। भाषा बहुत सुथरी और पारदर्शी होती चली गई है। ये सारी चीजें वे हैं, जिन्हें उपकरण कहते हैं। इनमें जहाँ एक खास तरह की महारत, कौशल, स्किल पैदा हुई है, वहाँ मेरा खयाल है कि अनुभव को विशेष व्यापक अर्थ में परिभाषित करने वाली बात कम होती गई है। यही शायद मूल मुद्दा है कि यह परिभाषित कर सकने की शक्ति क्यों कम हुई है ? यानी हम अनुभव को कलात्मक स्वर तक क्यों नहीं ले जा पाते ? यह सवाल हमें और बड़ी स्थितियों के साथ जोड़ता है।

संप्रेषण और व्याख्या से भी पहले एक और सवाल उठता है। लेखक अकेला होता है। अकेला माने ?

लेखक एक होता है। उधर हमारा समाज एकरूप (होमोजिनस) नहीं है, बहुत तरह के समूह, खंड, उपखंड, व्यक्तिगत अनुभव और उनके अपने अलग-अलग अनुभव-वृत्त हैं। लिखते समय हम अनेकरूपी समाज के सब पाठकों तक बात को संप्रेषित करना चाहते हैं। अब या तो हम इस सारे खंडानुखंड को चुनें या फिर पूरे मानव समाज को लें। इसमें व्यापक होने का आनंद तो है, लेकिन निराकार और एब्स्टैक्ट होने का खतरा भी है। पहले तो मैं यह जानना चाहूँगा कि आप संप्रेषण की प्रक्रिया में···
यहाँ उलझन सबसे बड़ी यह है कि हम एक विशेष समय में, एक ही नियति से जुड़े होते हैं। यही परिवेश होता है।

व्यक्तिगत और सामाजिक दोनों ?
हाँ। जैसे यहाँ गर्मी पड़ती है तो हम सब लोग उसे समान रूप से भुगतते हैं। वह हमारा साझा अनुभव है। उसे हम किस तरह व्यक्तिगत स्तर पर ग्रहण करें, वह बिलकुल अलग चीज है। अगर मैं गर्मी के मौसम की बात करूँ तो चाहे बँटा हुआ समाज हो और उसमें चाहे जितनी विभिन्न तहें हों, पहला सत्य तो यही है कि हम एक ही नियति को भोगने वाले लोग हैं। व्यक्तिगत स्तर पर हम उसके लिए किस तरह के प्रतिकार करते हैं, किस तरह ग्रहण करते हैं, या मानसिक रूप से क्या प्रतिक्रिया करते हैं, यह अलग हो सकता है। तो सबसे पहला संप्रेषण तो एकसमान नियति और एकसमान स्थिति को लेकर होता है।

नैसर्गिक ?
नैसर्गिक नहीं, सामाजिक।

किसी भी समाज में, चाहे समाजवादी समाज ही क्यों न हो, नियति सबकी एक कहाँ है ?
नियति का अर्थ प्रारब्ध नहीं, एक परिवेश के बीच होने की, एक समय-खंड में जीने की मजबूरी है। नियति शब्द बहुत निर्णयात्मक लग सकता है, लेकिन एक ऐसा माहौल तो है ही, जिसके हम सब हिस्से हैं। व्यक्तिगत रूप से कहाँ जुड़े हैं, कैसे हिस्से हैं, यह अलग बात है।

उस सारे माहौल की प्रतिक्रिया समाज की अलग-अलग सतहों और हिस्सों पर अलग है। उनकी अपनी व्याप्तियाँ भी अलग हैं। इसलिए उनका मानसिक संघटन भी अलग होता है, इसलिए साहित्य के प्रति उनकी ग्रहणशीलता भी अलग होगी। हमारा समाज व्यापक है, इसलिए कोई शक नहीं, मानव समाज उससे भी अधिक व्यापक है। हो सकता है उनमें बहुत सारी चीजें ऐसी हों जो हम सब एक ही तरह से अनुभव करें। लेकिन गहराई में ठोस धरातल पर सारा समाज अनचाहे या चाहे अनेक हिस्सों में बँटा है और हम किसी भी तरह उनकी उपेक्षा नहीं कर सकते।
हिस्सों की बात लें तो इसका एक मतलब यह भी है कि सारा देशी-विदेशी साहित्य, सारी

चीजें कहीं भूगोल से, कहीं समय से, कहीं जाति से, कहीं खंडों से बँटी हैं। फिर भी हम एक-दूसरे की चीजों की प्रशंसा करते हैं, उन्हें समझते हैं, उनके साथ तादात्म्य स्थापित करते हैं, वह क्या है ? बँटे तो हमेशा रहे हैं—चाहे दो सौ साल के समय की अवधि से बँटे, चाहे 2000 मील की दूरी से, कहीं समाज के वर्गों की वजह से बँटे हैं, या कहीं व्यक्तिगत बनावट से। मगर एक-दूसरे के साथ सेतु स्थापित करते ही हैं।

यह सेतु मानवीय यातना में होता है। अगर किसी ने आज से ३०० साल पहले इसी प्रकार की कोई यातना भोगी है तो निश्चय ही हम तक पहुँचेगी। अपनी सारी या अधूरी सामाजिक चेतना में से हम ज्यादा उन्हीं चीजों को पढ़ते हैं, जहाँ कहीं न कहीं हमारे अनुभवों का तादात्म्य होता है। बाकी चीजें छूट जाती हैं। मतलब है कि कहीं न कहीं…

इसी को तो हम प्रासंगिक होना कहते हैं। हमारे लिए प्रासंगिक वही है, जिसके साथ हम तदाकार महसूस करें। इसी प्रासंगिकता की तलाश, जिसे हम समान अनुभव या ऐतिहासिक अनुभव ही कहें, प्रत्येक लेखक का उत्तरदायित्व भी है। ये निजी अनुभव, समय और वर्ग की सीमा से उठकर, ज्यादा व्यापकता में संप्रेषित हों।

मतलब कि उन भेदों को हम पहचानें और कम करने का प्रयास करें ?

भेदों को मिटाने का तरीका आदर्शवादी, सुधारवादी का अपना हो सकता है और क्रांतिकारी का अपना। साहित्य का अपना है। मगर क्रांतिकारी आधारभूत मूल्यों पर प्रहार करता है। हमारे यहाँ अध्यात्मवाद भेदों को कम करने की बात कहता है, चींटी, हाथी और मनुष्य में एक ही आत्मा मानता है। जबकि व्यवहार के धरातल पर यही धारणा बेहद क्रूर और निर्मम होती है।

मेरा खयाल है, आप मेरी ही बात कह रहे हैं। एक तरीका भेदों को कम करने का यह है कि सिर्फ आदमी और औरत के संबंधों पर बात की जाए ताकि सभी अपने आपको वहाँ देख सकें। यानी सामाजिक यथास्थिति ज्यों की त्यों बनी रहे। यही हमारा मुख्य प्रश्न है, समाज या यथार्थ को इन संदर्भों में कैसे समझें ? आपको जो सामाजिक व्याख्या की कमी लग रही है, उसके कारण आप क्या समझते हैं ?

मेरे लिए सामाजिक चेतना के मूल प्रश्नों से जुड़ा है लेखकीय इंटेग्रिटी का सवाल। आज लेखक में कहाँ क्या गड़बड़ा गया है कि उसने या तो सामाजिक व्याख्या करना बंद कर दिया है या उसमें वह क्षमता नहीं रह गई है। यानी मुझे लगता है कि वह विघटन और बिखराव की प्रक्रिया का शिकार है, उसे ही सही मानता है। उसका प्रतिरोध नहीं करता। उसके आगे समर्पित है।

लेखकों में या पूरे समाज में है यह बात ?

समाज कहने से तो बात फैलकर निराकार हो जाएगी। इसे लेखक पर ही केंद्रित करें। सही

है कि लेखक में दर्शनों, दृष्टियों और संस्थाओं के खिलाफ एक खास तरह की उदासीनता या तटस्थता पैदा हुई थी। प्रतिक्रिया में हमने हर प्रकार के दर्शन और दृष्टि से गुरेज कर लिया। उधर शायद हममें उतनी क्षमता नहीं थी कि कोई नया दृष्टिकोण खुद बनाते। परिभाषा बिना किसी सृष्टि के नहीं दी जा सकती। जब तक आपके पास एकदृष्टि, एक एटीट्यूड, एक धारणा न हो, तब तक आप अपना कोण तय नहीं कर सकते। दुर्भाग्यवश हुआ यह कि नजरिया बनाने के नाम पर हमने नजरें लड़ाना शुरू कर दिया। जहाँ हमें यह सिखाया गया था या हमने खुद अपने अनुभव से जाना था कि बिना किसी राजनीतिक दृष्टि के हम स्थिति को नहीं समझ सकते, वहीं क्रमशः सारी स्थिति में पलटाव यह आया कि हम सत्ता की राजनीति को ही राजनीति मानने लगे। जबकि तथ्य यह था कि सत्ता की राजनीति खुद जोड़-तोड़ की सुविधा के सिवा कुछ नहीं रह गई है।

या सत्ता सुविधाएँ देने और लेने को ही राजनीति मानने लगी ?

हाँ, लेकिन यह सुविधा वाली बात बाद में आई। पहली बात तो यह कि हमारी स्थिति और नियति को सत्ता की राजनीति ही तय करने लगी। यानी वही निर्णायक और निर्धारक हो गई। हमारे सामने एक ही विकल्प था कि या तो हम सत्ता की राजनीति का विरोध करें, या उसको साथ लें और उसका साथ दें। साथ देने में राजनीति जिस तरह जोड़-तोड़ कुर्सी सत्ता या प्रभाव के साथ जुड़ी थी, बहुत से लेखक अपने को उसके साथ जोड़ना नहीं चाहते थे। उन्हें 'स्वतंत्र' होने का भी गुमान था। लेकिन राजनीतिज्ञ का जनता पर प्रभाव जितना सीधा और निर्णायक था, इससे वे आतंकित भी थे। अभी तक लेखक एक खास तरह के मुगालते में जी रहा था कि वह ऋषि है, ब्रह्मा है, बेहद प्रभावशाली और जनमत को पलटने वाला व्यक्ति है, हजारों सालों से उसे यही मुगालता, नशा या सपना दिया गया कि लेखक बड़ी विलक्षण और महान् चीज है। अतः उसे उसी हिसाब से वैशिष्ट्य मिलना चाहिए। मगर जब वह उस महानता को आज के संदर्भ में देखता है तो पाता है कि उससे हजार-लाख गुना प्रभावशाली राजनीतिज्ञ है, पैसे वाला है जो राजनीतिज्ञ को चलाता है। यानी पूँजीपति और राजनीतिज्ञ के बीच लेखक को अपनी स्थिति बिलकुल एक फालतू और बाहरी सरहदों पर फेंके गए आदमी की लगी। प्रभावशाली होने के लिए एक ही इलाज उसके पास था कि वह सत्ता के साथ जुड़ने की कोशिश करे। स्थिति की विषमता के कारण यह जुड़ना बराबरी के धरातल पर नहीं, उसकी कृपा पर, उसके घर में जबरदस्ती मेहमान बने आदमी की तरह हुआ। जितना लेखक ने प्रभावशाली बनने या उससे मान्यता लेने की कोशिश की, उतना ही अपनी धुरी से उखड़ता गया। उसकी ट्रेजेडी यह रही कि वह स्वतंत्र भी होना चाहता था और सत्ता पर निर्भर भी करता था। सीधा रास्ता तो यह था कि वह उसी तरह जुड़ जाता जैसे राष्ट्रकवि होते थे। लेकिन हमारे लेखक को सत्ता से सुविधाएँ तो सारी चाहिए थीं, साथ ही 'स्वतंत्र चिंतक' का गौरव और दंभ भी। सारी गड़बड़ी यहीं है। अंदरूनी रूप में सत्ता से जुड़ने की कोशिश, ऊपरी रूप से स्वतंत्र और

विद्रोही। दो नावों में पैर रखने की कलाकारी। भाषा के स्तर पर सत्ता के विरोधियों के बीच सम्मान और प्रभाव और संपर्कों के स्तर पर सत्ता से सुविधाएँ। इसका सबसे अधिक खमियाजा भुगतना पड़ा लेखन और लेखकीय 'इंटेग्रिटी' को; क्योंकि ये दोनों ही प्राथमिक नहीं रह गए। सत्ता निर्भरता और निजी स्वतंत्रता को साथ-साथ ढोने के बावजूद लेखक को चाहिए थी सार्वजनिक श्रद्धा—विरोधियों या विद्रोहियों और व्यवस्था दोनों से सम्मान। अब लेखक के सामने न लेखन रह गया न समाज। उसका सरोकार बना यह कि भाषा उसे वह बोलनी है जो सत्ता के विरोधी बोलते हैं, और सुविधाएँ उसे वे लेनी हैं जो सत्ता के समर्थन से मिलती हैं। ऐसा लेखक राजनीतिज्ञ के रूप में चमचा बन जाने के लिए अभिशप्त है। यही खतरा है।

यह तो निश्चित ही है कि राजनीति लेखक की ही क्या, किसी भी संवेदनशील आदमी की चेतना को धार देती है, क्योंकि वह सामान्य जन से जुड़ी होती है और उसका कोई भी फैसला सीधे समाज को प्रभावित करता है। इसीलिए उसमें चेतना को स्वरूप देने की शक्ति अधिक रहती है। आज राजनीति दो तरह की है, एक जो सत्ता-राजनीति के रूप में आई, दूसरी विद्रोह की राजनीति जो सारे सामाजिक ढाँचे को बदलने के लिए प्रयत्नशील राजनीति कही जा सकती है। यही राजनीति हमारे यहाँ क्रमशः कम हुई है, लेखकों में विशेष तौर से। आपका कथन तकरीबन यह भाव देता है कि लेखक ने विद्रोह की राजनीति के शब्द और सत्ता की राजनीति का व्यवहार अपनाया ताकि दोनों से सुविधा और सम्मान पा सके। इसीलिए वह खंडित व्यक्तित्व या दुमुँहा हो गया; उसकी भाषा अर्थहीन और अस्पष्ट होती गई जिसने उसके लेखन और उसकी तस्वीर दोनों को पिलपिला और धुँधला कर दिया। उसके लेखन में एक खास तरह का उपयोगितावादी नजरिया आया। उसने सत्ता की नीतियों के समर्थन में प्रचार-साहित्य लिखा और व्यक्तियों की प्रशस्ति में अभिनंदन गीत गाए। सब मिलाकर साहित्य समय के यथार्थ को भूलकर, सतह पर तिरमिराने लगा। यानी लेखन की प्रकृति पत्रकारिता ही रह गई।

इस मानसिकता के साथ हमारे सामने दो प्रकार का लेखन रह गया—पहला : पत्रकारी लेखन और दूसरा : साहित्य के नाम पर वही—एकांत प्रेम, प्यार, सैक्स और फ्रस्ट्रेशन का लेखन।

आपका मतलब सैक्स टैबूज तोड़ने या सारे विद्रोह को स्त्री-पुरुष संबंधों में ही सीमित कर देने वाली कहानियों से है ?

हाँ, वह दौर आया तो था, खत्म हो गया।

उसमें जान कम थी ?

नहीं, उसमें जान कम नहीं थी, उसकी पूरी प्रकृति को ठीक से समझा नहीं गया। स्त्री-पुरुष

के संबंधों की कहानियाँ इतनी एकांतिक नहीं हैं। इन्हें जब सिर्फ जैविक स्तर पर देखा जाता है तो सैक्स-कुंठा की कहानियाँ बनती हैं और जब मानवीय संबंधों के रूप में ऐतिहासिक विकास की कड़ी के रूप में चित्रित किया जाता है तो सारे समाज की धड़कन की कहानियाँ बनती हैं।

मैं तो यहाँ तक मानना चाहता हूँ कि सैक्स-कुंठा भी अपने आप में समाज की देन है, एक सामाजिक बीमारी है, हम उसे दूर करने की कोशिश नहीं करते, सिर्फ उसे ढँकते हैं। तभी खतरा बढ़ता है। इन प्रवृत्तियों के सामाजिक कारणों और परिणामों पर आपने कभी विचार किया है ?

उस तरह से चाहे इन कुंठाओं को लें, या समाज में, विशेष रूप से विद्यार्थी वर्ग में ध्वंसात्मक अपराधी प्रवृत्तियों को लें, जिम्मेदार सारा सामाजिक ढाँचा ही है। घर-परिवार के जो लड़के बिगड़ते या गलत रास्तों पर जाते हैं, उसके निश्चित कारण होते हैं। प्राकृतिक बनावट में कहीं कोई खराबी नहीं होती। लेकिन जब इस तरह की कुछ गलत प्रवृत्तियाँ पनपती हैं तो उसके परिवेशगत कारण होते हैं। सामाजिक रूप से बेकारी, भ्रष्टाचार, अवसरवाद; खास तरह के फ्रस्ट्रेशन, विद्रोह और क्षोभ को जन्म देते हैं। विद्रोह और क्षोभ की प्रकृति है कि जब वह अभिव्यक्ति की सही राह नहीं पाता, तो तोड़-फोड़ की तरफ जाता है, या फिर विद्रोह करने वाले स्रोत को ही खाता है। उसी से आती हैं ये सैक्स या जिंदगी की कुंठाएँ—आत्महत्या, आत्मघाती प्रवृत्तियाँ। किसी विशेष समाज में जब वर्जनाएँ, दिशाहीनता, घुटन, आर्थिक अस्थिरता, असुरक्षाएँ, बेकारी छा जाती हैं, तो व्यर्थता-बोध आता है। संत और भगवान् आते हैं, अपराध या इसी प्रकार के विस्फोटक व्यवहार उसे हिलाते हैं। अगर आज हमारे यहाँ यह सब है तो इसके पीछे कोई न कोई सामाजिक कारण है।

प्रश्न यह था कि कहानियों में कुछ मूल प्रवृत्तियाँ पिछले दिनों में देखने को मिली हैं और उनके नाम पर आंदोलन भी शुरू हुए। आंदोलनों की जिंदगी क्योंकि कम होती है, वे आए-गए भी हो गए। फिर भी उनका महत्त्व है। उन प्रवृत्तियों और उनके अलग-अलग समग्र सामाजिक कथ्य को आप क्या समझते हैं ?

एक तो यह मान लेना चाहिए कि पिछले 10-15 वर्षों में कहानी, विधा के रूप में क्रमशः अपना प्रभाव और इयत्ता खोती चली गई है। जैसा कि मैंने कहा, उसका यह विघटन निश्चित रूप से लेखकीय विघटन के साथ जुड़ा हुआ है। और चूँकि हमारी जिंदगी को सत्ता की राजनीति के साथ जोड़ दिया गया है, इसलिए प्रवृत्ति यह आई कि अगर हमें सत्ता से सम्माननीय जगह लेनी है, तो किसी सामूहिक असंतोष, क्षोभ या आंदोलन का नेतृत्व करना चाहिए, ताकि सही प्रतिनिधित्व मिल सके, यानी जिसे बार्गेनिंग वेल्यू कहते हैं। वोट की राजनीति में आपने देखा होगा कि फलाँ आदमी इस जगह का मिनिस्टर इसलिए बनेगा

कि उसके पीछे यह शक्ति है, उसके पीछे इतने लोग हैं, इतने एम०एल०ए० हैं।

साहित्य में भी नौकरियाँ बड़ी जल्दी···

जी हाँ, वही बात है। सत्ता जो भी सुविधा दे सकती है, उसके पीछे यही प्रवृत्ति है कि हमारे पीछे शक्ति है, यह पत्रिका है, आंदोलन है ! और यह आंदोलन अपने समाज, समय, सिद्धांत की आंतरिक बेचैनी से न आकर बाहर से तैयार किए गए हैं। हास्यास्पद स्थिति यह होती है कि सिवाय उस पत्रिका में लिखने वाले दो-चार लेखकों के, आंदोलन का कोई पानी देवा नहीं होता। या फिर उस आंदोलन का पता उन मूर्ख किस्म के अध्यापकों की रचनाओं में होता है, जो हर जगह किसी न किसी आंदोलन की तलाश में रहते हैं। किसी डेढ़-पेजी पत्रिका में उन्होंने पढ़ा 'बेतिया में लिंग्वादल मोतवाद' आंदोलन चल रहा है। फौरन अपने शोध प्रबंध या अध्ययन में लिखा कि एक वाद 'लिंग्वादल मोतवाद' नाम का भी हुआ है।

आपका मतलब यह है कि तथाकथित आंदोलन किसी सामाजिक चेतना या सामाजिक धारा से उद्‌भूत नहीं होते ?

पिछले दस-पंद्रह साल से तो नहीं हुए। वे व्यक्ति से ही शुरू हुए और व्यक्ति पर ही समाप्त हो गए। आदिगुरु शंकराचार्य की तरह वह आंदोलनकर्त्ता चारों खूँटे, खूब चौकन्ना होकर सँभालता है। यह प्रवृत्ति यानी पर्सनैलिटी कल्ट, धर्म क्षेत्र में आनंदमूर्ति, रजनीश, साँई बाबा जैसों के रूप में आया तो राजनीति में इंदिरा गांधी के रूप में। मैं मानता हूँ कि एक समय की सारी चीजें या तो आपस में जुड़ी होती हैं या प्रभावित करती हैं। मूल मानसिकता ही अलग-अलग धरातलों पर अभिव्यक्त होती है। इसलिए ऐसे ही जगद्‌गुरु साहित्य में आए और भटके हुओं को रास्ता दिखाने लगे।

साहित्यिक या राजनीतिक सत्ता को अपने व्यक्तित्व के चारों तरफ समेट लेना एक ही महत्त्वाकांक्षा या प्रवृत्ति का संकेत है ?

निश्चित रूप से। राजनीति की तरह हो सकता है साहित्य में भी सत्ता-परिवर्तन हो। लेकिन मुझे उम्मीद इसलिए ज्यादा नहीं है, कि पार्टियाँ तो बदल जाती हैं; मगर दूसरे नाम रखकर वैसे ही या वे ही लोग आ जाते हैं।

यह एक बात तो आपको माननी पड़ेगी कि राजनीतिक व्यक्ति का व्यक्तित्व और प्रभाव क्षेत्र बड़ा होता है, उसको हटाने में ताकत भी बहुत ज्यादा लगती है। साहित्यिक व्यक्ति का प्रभाव-क्षेत्र उतना बड़ा नहीं होता।

राजनीतिक व्यक्ति का विरोध भी तो बड़ा होता है। हाँ, तो मैं बता रहा था कि हमारे नए नेताओं का मूल या व्यक्तिगत चरित्र बहुत अलग नहीं है, इसलिए उनसे यह उम्मीद रखना गलत होगा कि वे कल और आज के लेखक की भूमिका को अलग करके समझें। हो

सकता है कि इनमें कुछ इंटेलिजेंट लोग हों, जो सचमुच कल के चाटुकार, खुशामदी, भाट किस्म के तथाकथित लेखकों को इनकी सही जगह भी बता दें। मगर लगता ऐसा नहीं है। इस सत्ता को भी तो अपने भाट चाहिए। इन्हें ज्यादा दिक्कत नहीं है, क्योंकि यहाँ पहले से बने-बनाए अभ्यस्त, प्रशिक्षित भाट मौजूद हैं।

दरअसल आप बहुत खतरनाक बात कह रहे हैं। आपके वक्तव्य से लगता है कि राजनीतिक व्यक्ति आवश्यक तौर पर कुछ साहित्यिक व्यक्तियों को अपनी प्रशंसा के लिए, साहित्य कला का प्रशंसक होने का यश लेने के लिए पालता है। इसलिए साहित्यिक व्यक्ति जगद्‌गुरु होने के बावजूद राजनीतिक जगद्‌गुरु का कहीं न कहीं गुलाम है, चमचा है। उसकी जगद्‌गुरुता राजनीतिक जगद्‌गुरु के रहम पर मुनहस्सर करती है।

नहीं, रहम पर ही नहीं, अक्ल और इंटेलिजेंस पर भी।

दुर्भाग्यपूर्ण स्थिति यही है कि क्लास-कैरेक्टर (वर्गचरित्र) वही है, मानसिक बनावट वही है। हम लोग गवाह हैं कि पिछले पाँच-दस साल में जिन लोगों ने नेताओं के यहाँ जाकर मालाएँ पहनाई थीं, खुशामदें की थीं, सुबह एक मिनिस्टर के यहाँ, शाम को दूसरे मिनिस्टर के यहाँ; दोपहर को एक मिनिस्टर के यहाँ हाजरियाँ देते थे, वे ही अब फिर नए मिनिस्टरों के साथ चिपक गए हैं। और इन नए नेताओं में किसी में इतनी समझ या साहस नहीं है कि कहें कि कल तक तो साहब, आप उन लोगों के साथ थे, उनसे सुविधाएँ लिए हुए थे। आज हमारे पास किस चक्कर में आ रहे हैं ?

एक और बात भी तो हो सकती है। राजनीतिक आदमी बहुत शातिर होता है और अपने चारों तरफ कुछ ऐसे लोगों को रखता है। वह जानता है कि जो आदमी एक पार्टी की नमकहलाली करता है, वह दूसरी पार्टी के लिए भी नमकहलाल ही होगा, क्योंकि खुशामद उसकी फितरत है। नेता उसका ही इस्तेमाल करता है।

आपका मतलब है कि राजनीतिज्ञ और लेखक कभी साथ आ ही नहीं सकते ?

नहीं, ऐसा नहीं है। अगर एक ही सिद्धांत में दोनों विश्वास करते हों तो जरूर आएँगे। उदाहरण के लिए अलिंदे के साथ था पाब्लो नरूदा। जब कम्युनिस्ट पार्टी कुछ भी नहीं थी तो दोनों ने साथ-साथ संघर्ष किया था। पाब्लो नरूदा की पार्टी की नीतियों में, उसकी कार्यप्रणाली में आस्था थी। बहुत स्वाभाविक था कि जब अलिंदे की पार्टी सत्ता में आई तो उसकी विचारधारा को समर्थन देने वाला लेखक भी ऊपर आया। यही आंद्रे मालरो के साथ हुआ।

मैं आपकी इस बात से सहमत नहीं हूँ, क्योंकि पाब्लो नरूदा और अलिंद्रे या आंद्रे मालरो और डिगॉल दोनों ही राजनीतिक नेता थे और बराबर के थे। उनका तालमेल दो राजनीतिज्ञों का था—साहित्यिक और राजनेता का नहीं।
नहीं, यह लेखक पर भी निर्भर है। गोर्की तो राजनीतिक नेता नहीं है।

राजनीतिक न होने के बावजूद मार्क्सवादी दर्शन पर उसका अटूट विश्वास है।
यही तो मैं भी कह रहा हूँ कि इंटेलिजेंट लीडरशिप को अंतर यह करना है कि जो उनके आसपास तालियाँ बजाते आ रहे हैं, वे आस्था के तहत आ रहे हैं या अवसर के। दुर्भाग्यवश मुझे इन लोगों में आस्था जैसी कोई चीज नहीं लगती। अगर लेखक के नाते इनकी कोई आस्था होती तो सबसे पहले अपने लेखन के प्रति होती।

तो स्पष्ट तौर पर आपका यह मत है कि इन लेखकों का जो सत्ता का या सत्ता में बैठे हुए आदमी से संबंध है, उसका आधार कोई आस्था नहीं है, बल्कि सुविधाओं का मोह या लालच है जो राजनीतिक सत्ता के साथ जुड़े रहने पर मिलती हैं, तो बहुत ही घटिया और शोचनीय स्थिति है। इसलिए इलीट…
इलीट-फिलीट गया भाड़ में। इंटेलिजेंट, इंटेलेक्चुअल, इंटेलिजेंशिया, इलीट, ये शब्द इस बीच में नहीं लाने चाहिए। यह सीधी-सादी मुसाहिबी है। राजा को भी सुविधा होती है क्योंकि प्रशिक्षित आदमी सारे दरबारी अदब-कायदे जानता है। जहाँ उसे ब्यूरोक्रेसी की बनी-बनाई मशीनरी मिलती है, वहीं मुसाहिबों की मशीनरी भी मिल जाती है। अजब बात है कि आस्था वाली बात 'अँगरेजी पत्रकारों' में जितनी मिलती है, उतनी भारतीय भाषाओं के पत्रकारों में नहीं।

हिंदी में विशेष तौर पर।
हिंदी में ही नहीं, हर भारतीय भाषा में। यह मूल रूप से किसी भाषा का नहीं, भारतीय चरित्र का प्रश्न है। अपवाद के रूप में दिल्ली में ही सत्ता के पूरे शासन, दमन और अत्याचार के बावजूद अपनी आस्था न बदलने वाले 'मेनस्ट्रीम' के निखिल चक्रवर्ती, 'पाइंट ऑफ व्यू' के देवदत्त जैसे लोग भी रहे हैं।

सबसे पहले मैं नाम लेना चाहूँगा 'पैट्रियट' के संपादक श्री नारायणन का।
ठीक बात है। बहरहाल, दिल्ली में हिंदी का ऐसा एक भी संपादक नहीं है। बाहर मिल जाएँगे।

वहाँ दबाव कम थे।
नहीं, इस बात को दबाव के साथ नहीं जोड़ना चाहिए। मैं इसे व्यक्तिगत निष्ठा की बात मानता हूँ। हिंदी का लेखक या पत्रकार एक खास तरह की हीन ग्रंथि का मारा हुआ था, और अपने भीतरी खोखलेपन को वह आस्था की दृढ़ता से नहीं, शक्ति या सत्ता से उधार

ली हुई गरिमा से भरना चाहता था। इसलिए हिंदी का हर संपादक किसी न किसी मिनिस्टर के यहाँ चक्कर लगाता हुआ पाया जाता था।

शायद इसकी वजह दूसरी हो, हिंदी के इन संपादकों को लगता रहा हो कि इनका कद और इनकी सुरक्षा अपनी कुर्सी के कारण है, व्यक्तित्व के कारण नहीं। उदाहरण के रूप में वात्स्यायन, जैनेंद्र किसी के संपादक रहें या न रहें। आप दूसरी तरह के ऐसे लोगों के नाम चाहेंगे ?

नहीं। लेकिन उनमें से अधिकांश जानते हैं कि जिस दिन उस कुर्सी से हटेंगे, उनकी कोई स्थिति नहीं होगी।

इसका अर्थ तो यह भी है कि उस कुर्सी तक भी वे उन्हीं तरीकों से पहुँचे हैं ?

तरीका वही है। चूँकि वे जानते हैं कि योग्यता, क्षमता और आस्था से कुर्सी पर नहीं पहुँचेंगे। उसके तरीके दूसरे हैं। इसलिए उनको दूसरी तरह की आशंकाएँ हैं। एक यह कि कुर्सी छिननी नहीं चाहिए। इससे बड़ी और ऊँची मिल जाए तो अच्छा है। दूसरे यह कि इन्हीं हथकंडों से कोई उस कुर्सी के पास न आ पाए। सुरक्षा जरूरी है। हाय, सुरक्षा...

[1977]

प्रेमचंद और कथा-संदर्भ

कमल गुप्त

[साल-दो साल पहले तीन-चार दिन के लिए राजेन्द्र यादव ने वाराणसी में पड़ाव किया, चक्कर यह था कि आखिर देवकीनंदन खत्री के तिलिस्मी लेखन के पीछे कौन-कौन-सी बातें और शर्तें काम कर रही थीं ? उस जमाने का माहौल कैसा था, क्या था ? वे इलाके, किले और जंगलों के बीहड़ वीरान रास्ते और पगडंडियाँ कौन-सी थीं ? और इन सारे सवालात के हुजूम के साथ यादव, मैं, कमलापति खत्री (देवकीनंदन खत्री के पौत्र) और केदारनाथ खत्री (देवकीनंदन खत्री के दामाद) साथ-साथ चुनार, चुनार के किले और आसपास के इलाकों में धूल फाँकते रहे। फिर हम और यादव उस जमाने के संस्मरणों और बीती बातों की खोज में दिन-दिन-भर बहुत सारी जगहों के चक्कर मारते फिरे। अत्यंत उपयोगी भेंट श्री रायकृष्ण दास जी से हुई। उस संबंध में काफी उपयोगी बातें हुईं। लगा कि दौड़-धूप बेकार नहीं हुई बल्कि पूरी तरह सार्थक हो गई है। शाम हो चुकी थी। हम दोनों ही काफी थक भी चुके थे पर आचार्य हजारीप्रसाद द्विवेदी से अब तक न मिल पाने के कारण बेचैन भी थे। फलतः उसी समय मिलने का निश्चय किया। द्विवेदी जी से मिलते ही एक ताजगी का अनुभव हुआ, दोनों ही तरोताजा हो उठे। कुछ बातें इधर-उधर की हुईं फिर उन्होंने राजेन्द्र यादव से पूछा—]

बनारस किसलिए आना हुआ ?
ऐसा है पंडित जी, उधर मेरे दिमाग में एक कीड़ा रेंगने लगा है।

भई, मैंने अब तक सुना तो यह है कि तुम्हारे दिमाग में बहुत-से कीड़े रेंगते हैं, तुम एक कहते हो तो चलो, मान लेते हैं।

कमल गुप्त—आप ठीक कहते हैं पंडित जी। कीड़े हैं तो बहुत, पर काट एक रहा है। इस एक कीड़े की काटने की बात को नामवर से आप मत जोड़ लीजिएगा पंडित जी।

[फिर तो जोर का ठहाका पंडित जी के निवासस्थान पर लगा था—काफी देर तक फिर और बातें होती रहीं। वापस लौटने पर जब हम दोनों लॉज में पहुँचे तो काफी देर हो चुकी थी। हम थक भी गए थे, पर दोनों ही का मूड जमा हुआ था। मैंने सोचा जमाने बाद की मुलाकात है, आज तो धर दबोचूँ वरना हाथ से निकल गई मछली का पछतावा फिर

होगा। मैंने कहानी-चर्चा छेड़ने की बात कही तो यादव ने कहा—यार, थक गया हूँ। अब तू हलाल मत कर।

सामने प्लेट में रखे नमकीन के एक टुकड़े को हाथ में लेकर मैंने कहा—लो यह मेरा नमक खा लो। फिर नमकहलाली में तुम्हें मजा आएगा।

मुस्कराते हुए राजेंद्र ने नमकीन हाथ में ले लिया और कहा—चलो, आज तुम भी देख लो कि मैं कितना नमकहलाल हूँ।]

नमकहलाल तो तुम तीनों ही थे, वर्ना नई कहानी के आंदोलन के बृहत्रयी कैसे कहलाते ?

[फिर मुस्कराहटों का आदान-प्रदान हुआ।]

अच्छा यह बताओ, अभी जो कुछ दिमाग में कीड़ों के काटने की बात कह रहे थे। नई कहानी को लेकर भी मुझे तो यही लगता है कि तुम्हारे दिमाग में उस समय भी कुछ कीड़े रेंगने लगे होंगे, काटने भी लगे होंगे और जब उन्हें दिमाग के बाहर निकाला होगा तो औरों को काटने लगे होंगे; बताओ, वे कौन-कौन से कीड़े थे जिन्होंने तुम्हें इस कदर परेशान किया था कि तुमने नई कहानी की बात शुरू की थी ?

उसका जवाब जैनेंद्र जी की भाषा में यानी मुद्रा में देना हो तो ये कहूँगा कि मैं तो उन कीड़ों को जानता भी नहीं। मैंने तो देखा भी नहीं और जो जब लिख दिया तब लोग कहने लगे कि कीड़ा खत्म हो गया। शिल्प को लेकर इसी तरह से वे बोलते हैं कि शिल्प क्या है, मैं तो ये शब्द ही नहीं जानता। मुझे पता नहीं शिल्प क्या है ? कैसा होता है ? कहानी लिख दी तो लोग उसमें शिल्प तलाशने लगे। लोग कहते हैं कि मैं बड़ा सचेत शिल्पी हूँ।

क्या कहा ? सचेत शिल्पी ? कहीं सचेत से ही सचेतन कहानी वाली बात तो नहीं लिख ली गई ?

ऐसा कोई प्रयोजन नहीं था, ईमानदारी से अपनी कहानियाँ लिखना चाहते थे।

अपनी से क्या मतलब ?

अपनी से मतलब है, अपनी प्रॉब्लम्स, अपने अनुभव, अपने ड्रीम्स—वही, जो आदमी अपने मन में सोचता है। हर लेखक कहीं न कहीं दिवास्वप्नी होता है, कुछ स्वप्न देखता है, तस्वीरें खींचता है और उन्हीं को लिखता है, पर चूँकि प्रगतिशील लेखक का बैकग्राउंड बहुत जबर्दस्त था, इसलिए उसकी पेशकश बहुत नए ढंग की हुई। जैसे ख्वाजा अहमद अब्बास, रांगेय राघव, कभी राहुल, कभी यशपाल।

किसकी कहानियों ने तुम्हें सबसे ज्यादा प्रभावित किया है या जिससे तुम्हें डायरेक्शनल थिंकिंग ज्यादा मिली हो ?

हिंदी में तो जो मेरा बचपन का बैकग्राउंड रहा है, वह तो मुख्य रूप से यशपाल और रांगेय

का है लेकिन बहुत जल्दी एक जानवर मेरी जान को लग गया था।

प्रेमचंद ने क्या तुम्हें प्रभावित नहीं किया ? मेरा मतलब है उनकी राइटिंग्स से तुम्हें दिशा-निर्देशन क्या नहीं मिला ?

उस बारे में तुम्हें साफ-साफ बताऊँ कि प्रेमचंद का क्षेत्र था गाँव, जबकि सही बात यह है कि गाँव से मेरा परिचय नहीं रहा। यह बात अलग है कि कभी गाँव चले गए लेकिन उस तरह से कभी-कभार गाँव चले जाने को आधार मानकर जिन्होंने कहानियाँ लिखीं, वे सही कहानियाँ नहीं थीं।

इसका मतलब है कि तुम्हारे भीतर गाँव कभी जिंदा ही नहीं हुआ। तुम आगरे और दिल्ली के बीच—शहर से शहर की यात्रा करते रहे।

आगरे से दिल्ली नहीं, बल्कि कलकत्ता, कलकत्ता में दस-ग्यारह साल रहा, उसके बाद दिल्ली।

तो शहर की आबोहवा से घिरे रहने के कारण प्रेमचंद से तुम प्रभावित नहीं हो सके ?

प्रेमचंद ने मुझे उस रूप में प्रभावित नहीं किया जिस रूप में यशपाल ने। और जैसा मैंने अभी बताया, एक व्यक्ति मेरी जान को लग गया था। और वह व्यक्ति था चेखव। उस वर्ष मैंने आगरा यूनिवर्सिटी में टॉप किया था, लेक्चररशिप का ऑफर भी मिला, पर चूँकि पिताजी जिंदा थे और मेरे सिर पर लेखकों का भूत सवार था। इसलिए मैंने सोचा, मुझे क्या करनी नौकरी-वौकरी, मैं लेखक बनूँगा। फलतः नौकरी करने के बदले मैंने बड़े शहरों की राह पकड़ी। सोचा, आगरा एक छोटा शहर है, घुटन-भरी जिंदगी है। लेखक को अनुभव की जरूरत होती है, ट्रेनिंग की जरूरत होती है! जिसके लिए बड़े नगरों का माहौल काफी उपयोगी प्रतीत हुआ। दिल्ली का चक्कर-वक्कर लगाया। रह गया दसेक साल कलकत्ता में। वहीं मन्नू से भेंट हुई, परिचय हुआ, शादी हुई।

इसके पहले भी वे कहानियाँ लिखती थीं ?

हाँ, लिखती थीं, उनके दो कहानी-संग्रह भी आ चुके थे।

और तुम्हारे ?

मेरे भी तीन या चार कहानी-संग्रह प्रकाशित हो चुके थे।

कहानी में और कहानी के भीतर जो अभिव्यक्ति अंतर्यामी सूत्र रहे हैं, विशेष ढंग के, क्या वे जिम्मेदार रहे हैं दोनों को उतना करीब लाने में ?

नहीं···अभी भी नहीं हैं। लोग कहते हैं कि कहानियों में मेरा एप्रोच कुछ इंटेलेक्चुअल ज्यादा है और मन्नू का इमोशनल। यह अंतर दोनों में शुरू से ही बना रहा।

पर शायद इंटेलेक्चुअल बनाने की दिशा में, जैसा कि मन्नू जी भी कुबूल करती हैं। अपनी कहानी को जब तुम्हें दिखाती हैं तो तुम कुछ रद्दोबदल भी करते हो ?

नहीं, मैं करता नहीं हूँ, वो मानती भी नहीं हैं यदि मैं करूँ भी। उल्टे वे मेरी इंटेलेक्चुअल एप्रोच को लेकर लिखी गई कहानियों को बहुत पसंद नहीं करतीं और उनका मजाक भी उड़ाती रहती हैं।

कहानियों में इंटेलेक्चुअल एप्रोच को तुम किस रूप में लेते हो ?

तुम्हारी इस बात को स्पष्ट करते हुए मैं यह कहना चाहूँगा कि मैंने जो कुछ भी पढ़ा है, उनमें चेखव मेरी जान को लग गया है। मैं योग-दर्शन और हिंदी कविता पर रिसर्च करने कलकत्ते गया हुआ था पर वह एक बहाना ही था। वहाँ नेशनल लाइब्रेरी जाता था, पढ़ता था पर उन पाँच-छह वर्षों में जो भी पढ़ाई हुई वह चेखव को लेकर हुई। चेखव के अपनी वाइफ को लिखे पत्र, चेखव पर लिखा हुआ साहित्य, खुद चेखव का लिखा हुआ वह सारा साहित्य जो भी वहाँ उस समय था– पूरे रूसी साहित्यकारों के संदर्भ के साथ, उसे पढ़ डाला और तब मुझे लगा कि जो एक मानवीयता है, एक हार्दिकता है, वह चेखव में बहुत गहरी है।

गोर्की के बारे में तुम्हारा क्या खयाल है ?

गोर्की की शक्ति ने मुझे बहुत प्रभावित किया है। चेखव की अपेक्षा गोर्की मुझे झिंझोड़ता अधिक है। 'ही इज डिस्टर्विंग, चेखव इस सूदिंग' और उसकी वजह है, चेखव की हार्दिकता। वैसे अन्य जो भी कहानीकार हैं–मोपासां हो, दोस्तोयेव्स्की हो, सबने आठ-दस कहानियाँ बेहद अच्छी लिखी हैं, बाकी सब उस ऊँचाई तक पहुँचने की आशाएँ भर थीं, पर चेखव ही ऐसा कहानीकार मुझे मिला जिसकी दर्जनों कहानियाँ एक से एक हैं। साले ने छह सौ कहानियाँ लिख डाली हैं और अजीब-अजीब विषय को लेकर। ऐसी-ऐसी बातों को लेकर कि कम से कम मैं तो उसकी कल्पना ही नहीं कर सकता।

इस जगह एक बात मैं यह कहना चाहूँगा कि चेखव की राइटिंग्स जब मानवीय संवेदनाओं को इतने अछूते धरातल पर पकड़ती है तो क्या 'कांकोक्शन' की शिकार नहीं बनतीं ?

बिलकुल नहीं, वैसे 'कांकोक्शन' का अगर कहीं थोड़ा-बहुत आरोप लगा सकते हैं, जहाँ पर कहानी के साथ खींच-तान की गई हो, तो वह गोर्की में है, चेखव में नहीं, बिलकुल नहीं है, ही इज प्योरली नेचुरल !

ठीक है, पर मिसाल के तौर पर यदि चेखव की 'क्लर्क की मौत' कहानी को लो जिसमें एक क्लर्क थियेटर में अपने सामने बैठे बॉस की गंजी खोपड़ी पर छींक के आवेश में थूक के छींटे छिटका देता है। पर इस गलती का उसमें इतना गहरा भय घर कर जाता है कि वह बार-बार बॉस से माफी माँगता है। अंत में बॉस उस पर

बुरी तरह बिगड़ जाता है। वह क्लर्क भय की, हॉरर की यातना से इतना आतंकित होता है कि घर पहुँचते ही सोफे पर गिरकर मर जाता है। क्या यह कहानी तुम्हें नेचुरल लगती है ?

देखो, अब उस कहानी को, थोड़ी-सी पृष्ठभूमि लेते हुए पढ़ना होगा। मेरा मतलब है, इस कहानी के पीछे देखना होगा। रूसी परंपरा को बिना ध्यान में रखे अगर इस कहानी को पढ़ा जाएगा तो यह कहानी एक अतिशयोक्ति लगेगी कि आदमी अपने अफसर की चाँद पर छींकने की गलती के कारण मर कैसे सकता है ! दरअसल उस आदमी के भीतर एक अपराधबोध घर कर जाता है और उस अपराध के भय को वह झेल नहीं पाता और मर जाता है।

पर यह तो मामूली-सी अशिष्टता कही जाएगी, इसे अपराध की संज्ञा क्यों दे रहे हो ?

इसलिए कि 'ब्यूरोक्रेसी' की यही मानसिकता सामान्य आदमी को भयंकर रूप से निचोड़ कर रख देती है। इस कहानी का सूत्र तुम्हें 'ओवरकोट' में भी दिखाई पड़ेगा। दोस्तोयेव्स्की की प्रारंभिक रचनाओं में भी दिखाई पड़ेगा। जहाँ गरीबी पर ब्यूरोक्रेसी इतनी ज्यादा छाई हुई हो, इतनी ज्यादा हावी हो, वहाँ के आम आदमी की जिंदगी की परिणति कुछ इसी तरह की होगी। क्लर्क कहानी में वस्तुतः उस क्लर्क का मरना 'सिम्बॉलिक' है। यह आदमी के तिल-तिल कर मरने का साक्षी है। दरअसल वह आदमी के मानसिक रूप से मर जाने को उद्घाटित करना चाहता है और उसके लिए लेखक ने फैंटेसी का थोड़े अंशों में आश्रय लिया है और आदमी की मानसिक मौत को 'फिजिकल' मौत के माध्यम से व्यक्त किया है। पर इस तरह की अतिशयोक्ति लेखक की कुछेक इस तरह की कहानियों में ही है।

मेरा यही कहना था कि कहानी को अपने ढंग से तोड़ने-मरोड़ने की प्रक्रिया क्या 'कांकोक्शन' की ताईद नहीं करती ? यह 'फैब्रिकेशन' नहीं तो और क्या है ?

देखो, हमें यहाँ यह देखना होगा कि यह फैब्रिकेशन किस धरातल पर है—संवेदना के धरातल पर है या रूप के धरातल पर। काफ्का में सारा फैब्रिकेशन है। फैंटेसी है।

देखो, फैंटेसी में तो इतनी आजादी रूप के धरातल पर होतो ही है।

हाँ, पर फिर भी संवेदना के धरातल पर वह पूरी तरह से 'रियलिस्टिक' है।

हाँ, संवेदना के धरातल पर भी हो सकता है, पर फैंटेसी में रूप और टेक्सचर के फैब्रिकेशन की पूरी आजादी होती है। क्या चेखव ने भी इस आजादी का फायदा नहीं उठाया है ?

हो सकता है, पर ऐसा भी होता है कि कहानी आधे में पूरे तौर पर रियलिस्टिक हो और आधे में यह फैंटेसी में जंप कर जाए। चेखव में यह बात खास तौर से मिलती है, लेकिन

कुछ ही कहानियों में। क्लर्क कहानी में भी यही बात है। वहाँ पर आदमी की मौत को फैंटेसी के माध्यम से प्रतीक रूप में प्रस्तुत किया गया है, आदमी की घुटन को, उसकी जीवित मृत्यु को इस तरह से दिखाने की कोशिश है।

दोस्तोयेव्स्की में भी तो यही बात है ?
हाँ, करीब-करीब ऐसा ही है। फर्क इस बात को लेकर है कि दोस्तोयेव्स्की जहाँ आदमी की घुटन को एक्सप्लोड (विस्फोट) करता है, वहाँ पर चेखव उसे एग्रेवेट करता है (बढ़ाता है) और गहराई में जाकर एक्सेंचुएट (जोर देता है) करता है।

मतलब ज्यादा गहरा प्रभाव डालने की कोशिश करता है ?
हाँ, यही...

तो क्या यशपाल ने कुछ इसी ढंग से अपनी बातें नहीं कही हैं ?
यशपाल असल में मोपासां के ज्यादा करीब हैं। जैसे सॉमरसेट माम को ले लो। वह चेखव के करीब दीखता ज्यादा है पर राइटिंग के स्तर पर वह कहीं ज्यादा नजदीक है ओ' हेनरी और मोपासां के। यही बात यशपाल के साथ है। यशपाल के लेखन की बुनावट मोपासां के ज्यादा निकट है। वह जो सोशल क्रिटिसिज्म है, तीखापन है, पैनापन है, वह चेखव में नहीं है, मोपासां में अधिक दीखता है। इसी तरह स्टीफन ज्वायक है, जो मेरा बहुत ही प्रिय लेखक रहा है। मतलब ये ही सारे लेखक हैं, सबने मिलकर मुझे प्रभावित किया है और इन लोगों से ही सीखा है।

रांगेय राघव का भी तो अभी उल्लेख किया था।
रांगेय राघव की भी कहानियों में उनका जो ओज है, ऊर्जा है, उससे प्रभावित हूँ। रांगेय राघव के भी आगरे का ही होने के नाते हम दोनों परिचित थे। एक-दूसरे से लेखन के नाते और व्यक्तिगत तौर पर भी परिचय था।

रांगेय राघव के लेखन से किस मायने में खास तौर से प्रभावित हुए ?
भाषा से खास तौर पर, उनकी भाषा—बस यूँ समझो कि पिघले हुए लोहे की तरह, गरम फौलाद की तरह भाषा का इस्तेमाल उन्होंने किया है। उनकी ऊर्जा, वही संवेदनात्मक प्रभाव पैदा करने वाली तीक्ष्णता ने मुझे प्रभावित किया।

ये सारी बातें कमोबेश रूप में प्रेमचंद के लेखन में भी तो रही हैं। फिर उन्होंने तुम्हें प्रभावित क्यों नहीं किया ?
देखो, प्रेमचंद मुझे 'कन्वेंशनल' लगते हैं। वे अपनी एप्रोच में 'कंजर्वेटिव' हैं—अब प्रेमचंद के खत का जिक्र करूँ जो उन्होंने कमल किशोर गोयनका को अपने एक उपन्यास को लेकर लिखा है कि उसमें उन्होंने एक विधवा का विवाह करा दिया है और यह गलत

किया। उसी तरह 'बड़े घर की बेटी' कहानी को लो। अब यह भी निहायत ही गलत धारणा है कि बड़े घर से आई हुई बेटी अच्छी ही हो।

इस तरह की दो-चार मिसालें पेश कर, तुम उसी आधार पर प्रेमचंद को 'कंजर्वेटिव' और 'कन्वेंशनल' मान लो तो यह ज्यादती हुई। उन्होंने कहानी की थीम को जिस जमीन से लिया है, वहाँ के अनुसार ही, वहाँ की मान्यताओं के हिसाब से ही कहानी को बुना है। हाँ, बात अपनी कही है और प्रेमचंद में यह अपनी बात कहने की कुव्वत को तुम इंकार नहीं कर सकते।

मैं जानता हूँ कि प्रेमचंद ने अपनी बात कही, पर उस अपनी बात कहने में मुझे तो यही लगा कि उन्होंने प्रचलित मान्यताओं को 'कन्फर्म' ही किया है, इसलिए मैं उन्हें 'कन्फर्मिस्ट' अधिक मानता हूँ।

'कफन' और 'पूस की रात' जैसी कहानियों के संदर्भ में भी क्या तुम्हारा यही खयाल है ?

नहीं, 'कफन' और 'पूस की रात' जैसी कुछ ही कहानियों को छोड़कर बाकी अधिकांश रचनाओं में, ये जो शरच्चंद्र के-से कथानकों का आदर्शवादी ताना-बाना है, बुनावट है, वह मुझे प्रभावित नहीं करता। यह जो आदर्शवाद के तहत यथार्थ को तोड़ा-मरोड़ा जाता है, मुझे अच्छा नहीं लगता।

पर यह तो एकतरफा बात हुई। मैं तो यह कहता हूँ कि अपने पहले के रचनाकारों से प्रेमचंद ने जितने पुख्ता ढंग से, जितने प्रभावशाली ढंग से, स्पष्टतया अलग किया है, पुरानी लीक को छोड़ा है, तिलिस्म, भावुकता और प्रेमप्रलाप को अलग रखकर सूक्ष्म ढंग से उस जमाने के जिंदा सवाल को लेकर हल करने की कोशिश की है, उसे हम यह कहकर कि वह बहुत 'कंजरवेटिव' हैं, ट्रेडिशनल हैं, उन्हें नकार दें तो क्या यह ठीक है ?

नहीं, नहीं···मेरा मतलब उनको नकारने से नहीं है। यह सच है कि उनकी अपनी एप्रोच है—वस्तुस्थितियों को देखने की अपनी सूक्ष्म दृष्टि है—मैं इससे इंकार नहीं करता। बहरहाल यह बात जरूर है कि उनकी रचनाओं ने शुरू के दिनों में मुझे प्रभावित नहीं किया।

मैं शुरू के दिनों की बात नहीं कर रहा हूँ। मैं तो 'मैच्योर्ड' (परिपक्व) स्थिति की बात पूछना चाह रहा हूँ।

मैच्योर्ड स्थिति ने तो निश्चय ही मुझे प्रभावित किया है। हो सकता है शुरू के दिनों में मैं किशोरावस्था में था और इतना प्रभावित न हो सका।

'मैच्योर्ड' का मसला तो दोनों से है, वैसे मेरा मतलब मैच्योर्ड प्रेमचंद से है। मैं समझता हूँ कि उस मैच्योर्ड प्रेमचंद ने ही तुम्हें प्रभावित किया है और उन प्रभावों को समेटने के लिए ही तुमने 'प्रेमचंद की विरासत' किताब लिखी है। बताओगे ऐसी कौन-कौन-सी बातें हैं जिन्हें उनकी विरासत के रूप में मानते हो ?

प्रेमचंद की विरासत से मेरा मतलब है यथार्थ को यथार्थ की दृष्टि से देखना और शब्द देना। जैसा मैं महसूस करता हूँ और जैसा मैं यथार्थ को देखता रहा हूँ, उसी रूप में उसे कहने की कोशिश ही किसी बड़े लेखक की विरासत होती है। सच को सच कहने, यथावत प्रस्तुत कर देने और झूठ को झूठ।

पर ये तो एक फोटोग्राफी हो गई। महज रिपोर्ताज।

नहीं, ये फोटोग्राफी नहीं हुई, फोटोग्राफी वाली बात इसलिए इसमें लागू नहीं होती, क्योंकि यह वैचारिक लेखन है, रिपोर्ताज नहीं। अगर मैं यह कहूँ कि हिंदी के लेखन का बहुत सारा हिस्सा बकवास है तो कोई गलत बात नहीं होगी, आज हिंदी का कोई उपन्यास विश्व उपन्यास की ऊँचाई को नहीं छू पाया तो उसका बहुत बड़ा कारण हमारा धर्म है, हमारा आध्यात्मिक दृष्टिकोण है, दार्शनिक दृष्टिकोण है जो जीवन के सारे परिवेश को माया कहता है, मिथ्या कहता है, अर्थहीन कहता है, जिसमें आसपास की चीजों को हम नहीं देख पाते। हम अपने किए को पुनर्जन्मवाद का कारण मानते हैं। हम जो करते हैं, उसकी जिम्मेदारी हम पर नहीं है, उसका सीधा असर यह होगा कि जो हम कहते हैं, कुछ गलत करते हैं, उसकी जिम्मेदारी हम पर नहीं होगी और न ही उसका अपराध-बोध हमें होगा। यह बात व्यक्तिगत स्तर पर ही नहीं, सामाजिक स्तर पर भी होगी, और जब अपराध-बोध हमें नहीं होगा तो बेचैनी नहीं होगी और जब बेचैनी नहीं होगी तो लेखन कैसे होगा, क्योंकि अपराध-बोध रचना के लिए पहली शर्त है।

तुम्हारा मतलब इस सारे संस्कृत वाङ्मय से है ?

हाँ, सारा भारतीय साहित्य, भारतीय दृष्टिकोण जो जन्म-जन्मांतर के सिद्धांत की आड़ में व्यक्ति को अपनी जिम्मेदारी से बच निकलने के रास्ते बताता है।

पर प्रेमचंद में तो ऐसी बात नहीं है।

हाँ, प्रेमचंद के साथ तो नहीं है पर यह जरूर है कि प्रेमचंद में वह गहराई नहीं है जो व्यक्तिगत या सामाजिक अपराध-बोध से पैदा होती है और उससे जो बेचैनी होती है। अब जैसे 'गोदान' की बहुत तारीफ की जाती है। दरअसल 'गोदान' की जो शक्ति है, वह उसका 'कंजरवेटिज्म' है। होरी को ही लो, वह शुरू से आखिर तक रूढ़ियों से चिपका हुआ है, धार्मिक परंपराओं से घिरा हुआ है, स्थितियाँ उसे दूसरी ओर ढकेलती हैं और वह चिपका हुआ है उन रूढ़ियों से।

लेकिन प्रेमचंद तो चिपके हुए नहीं हैं, उन्होंने तो उन्हें 'कंडेम' (निंदा) भी किया है।

हाँ किया है, पर बहुत परोक्ष ढंग से। 'गोदान' की शक्ति रूढ़ियों को 'कंडेम' किया जाना नहीं है, वह तो उसकी रूढ़ियों की शक्ति है।

पर यह तो लेखक की अपनी ईमानदारी है कि वह जिस युग की जमीन की कथावस्तु को ले, उसे पूरी निष्ठा से, तत्परता से व्यक्त करे, व्याख्यायित करे और ऐसा करते हुए अपनी बात कहे। मैं तो समझता हूँ कि प्रेमचंद ने यही किया है और उनका यह अपनी बात कहना ही 'गोदान' की शक्ति है, न कि रूढ़ियाँ। रूढ़ियाँ तथ्य हैं प्रेमचंद का, कथ्य नहीं, उनका कथ्य तो कुछ और है। इतना ही नहीं, अपने युग के प्रति, उस युग के व्यक्ति के प्रति, उसकी समस्याओं और मान्यताओं के प्रति, पूरे युग-बोध के प्रति प्रेमचंद जितने जागरूक हैं, सजग हैं, ईमानदार हैं, जिस पैनी दृष्टि के वे धनी हैं, उन सबको कुबूल करने के बदले, जरूरी नहीं कि उन्हें हम इसलिए अस्वीकार कर दें क्योंकि वह आज के तकाजों को पूरा नहीं करतीं। और यदि हम अस्वीकार नहीं कर सकते तो फिर इस बात को भी हम अस्वीकार नहीं कर सकते कि प्रेमचंद की कुछ रचनाएँ विश्व-स्तर के लेखन के बराबर ठहरने की कुव्वत रखती हैं।

नहीं, उस स्तर पर तो प्रेमचंद नहीं आते।

अपने समकालीन लेखकों में तो आए ही हैं ?

नहीं, समकालीन की बात में भी नहीं। भारतीय उपन्यासों में जिसे मैं बहुत महत्त्वपूर्ण मानता हूँ—सर्वश्रेष्ठ चाहे न मानूँ वह 'गोरा' है। भारतीय साहित्य में इतने जबर्दस्त उपन्यास बहुत कम हैं। ये सन् 1920 से पहले लिखा गया है। यह भारतीय धार्मिक रूढ़ियों को, दार्शनिक रूढ़ियों को इतनी तीक्ष्णता से एक्सपोज करता है, मेरा खयाल है वह बहुत ही जबर्दस्त चीज है। उस नाते वह आज भी उतना ही विश्वसनीय है।

तुम क्या समझते हो कि प्रेमचंद में उस तरह से धार्मिक और सामाजिक रूढ़ियों को एक्सपोज करने की ताकत नहीं थी ? मैं तो समझता हूँ कि वह कुव्वत उनमें भरपूर थी, पर उनके सामने कुछ मजबूरियाँ थीं, समझौतों की मजबूरियाँ। हालात को बेहद एक्सपोज कर देने की स्थिति में पाठक संभवतः उसे स्वीकार नहीं कर पाता है। जैसे कि 'कफन' कहानी को लो। उसके तेज 'एक्सपोजिशन' को पाठक स्वीकार नहीं कर पाता है। आचार्य रामचंद्र शुक्ल भी कुबूल नहीं कर पाए थे और उन्होंने प्रेमचंद से कहा कि आदमी इतना गिरा हुआ नहीं है जितना कि आप दिखाते हो। प्रेमचंद खामोश हो गए। कहा जाता है कि कुछ समय बाद एक बार प्रेमचंद और शुक्ल जी कलकत्ता गए हुए थे। सुबह के वक्त प्रेमचंद बारजे पर थे कि एक औरत

को अपने बच्चे की दुहाई दे-देकर, भीख माँगते हुए देखा। उन्होंने उस औरत को पास बुलाया और कहा—देखो, मैं तुम्हें यह एक रुपया दूँगा, यदि जो मैं पूछूँ, तुम उसे सच-सच बताओगी। इधर-उधर के और सवाल पूछने के बाद प्रेमचंद ने जब यह पूछा कि तुम्हारा यह सीने से लगा बच्चा कब मरा है तो वह औरत बेहद सकपका गई और डरते-डरते कहा—मैं क्या करूँ बाबूजी, इसे ही दिखा-दिखाकर मैं भीख माँगती थी। पर यह कल शाम जब मर गया तो मैंने सोचा एक-आध दिन और उसे ही दिखाकर भीख माँग लूँ, फिर तो इसे गंगा में बहा ही देना है। प्रेमचंद ने उसे रोक लिया। भीतर से शुक्ल जी को बुला लाए और सारा किस्सा जो बयान किया तो वे प्रेमचंद की कल्पना की दूरदर्शिता और यथार्थ की नग्नता को नंगा करने, एक्सपोज करने की इस अद्भुत क्षमता पर चकित हो उठे थे। प्रेमचंद ने आदमी के उस घिनौने रूप को, इस गिरावट को जिस तीव्रता के साथ 'कफन' में या उस तरह की कुछेक अन्य कहानियों में 'एक्सपोज' किया है, पर्दाफाश किया है, वह सबसे उल्लेख्य है, ऊपर है।

देखो, जो कहानी तुमने अभी सुनाई है, मेरी जानकारी में यह नहीं है। लेकिन हो सकता है ऐसा घटित हुआ हो···

हो सकता है मत कहो, बल्कि उसे हुआ कहो। मैं तुम्हें एक और किस्सा बताता हूँ। मेरे एक दोस्त हैं अलीम मसरूर, बहुचर्चित उर्दू उपन्यास 'बहुत देर कर दी' के लेखक। उन्होंने एक बार मुझे बताया था कि उन्हीं की आँख के सामने एक लड़का अपने बाप के कफन के लिए इकट्ठा किए गए कुछ रुपयों को जुए में हार गया और बाकी की शराब पी गया था। इसलिए प्रेमचंद की आँखोंदेखी घटना कोई असंभव घटना नहीं थी जिसको 'कफन' कहानी में उन्होंने अपनी अंतर्दृष्टि से 'विजुअलाइज' कर लिया था। अब सोचो, ऐसी क्षमता वाले रचनाकार को तुम 'गोरा' के बराबर नहीं रखना चाहते ?

नहीं यह बात नहीं है। दरअसल जहाँ तक 'कफन' कहानी का सवाल है, मैं उसे दूसरे अर्थ में लेता हूँ। यह कफन आदमी की लाश पर पड़ा हुआ कफन नहीं, बल्कि उस 'सिम्बालिज्म' के द्वारा मानवीय संवेदनाओं पर मानवीय भावनाओं और संवेदनाओं पर पड़ा हुआ कफन है जिसके नीचे आदमी मर चुका है।

तुम उसे जिस भी ढंग से व्याख्यायित करो पर एक बात तय है कि इस तरह की तल्ख और एक्सेप्टेबिलिटी की परवाह किए बगैर रचना देने की प्रेमचंद की अपनी कुव्वत, उनकी अपनी विशिष्टता थी।

देखो एक्सेप्टेबिलिटी (स्वीकार्यता) का सवाल लेखक के सामने कभी बड़ा सवाल नहीं बनना चाहिए। निराला को ही लो। मैं तो समझता हूँ कि उसी दौर में निराला एक से एक

बढ़कर अनएक्सेप्टेबुल रचनाएँ दे चुके थे। मतलब यह कि नहीं कहा जा सकता कि लेखक बनने के लिए अनएक्सेप्टेबिलिटी ही पहली शर्त होनी चाहिए।

प्रेमचंद को भी नहीं कहा जा सकता कि उन्हें उसी की चिंता दिन-रात खाए जा रही थी वरना 'कफन' जैसी कहानी पैदा ही न होती। हाँ यह बात जरूर है, जिस दौर की कहानियाँ वे लिख रहे थे, उस आबोहवा से जुड़ा रहना, प्रतिबद्ध रहना, उसके प्रति ईमानदार रहना प्रेमचंद ने लेखकीय जिम्मेदारी मानी थी।

हाँ, इसे मैं मानता हूँ कि प्रेमचंद इस लेखकीय जिम्मेदारी के प्रति हमेशा जागरूक रहे हैं, प्रतिबद्ध रहे हैं। 'प्रेमचंद की विरासत' में मैंने लेखक की प्रासंगिकता का प्रश्न, उस समाज से जुड़े रहने की बात उठाई है। लेखक की अपने आसपास से जुड़े रहने की वृत्ति को मैं सर्वोपरि मानता हूँ। इस तरह की प्रतिबद्धता से जुड़ा लेखन एक तरह की मानसिक यात्राएँ हैं, भौगोलिक यात्राएँ हैं, इस तरह से कहना चाहिए कि वो यात्राएँ जरूर हैं, उनमें बिखराव भी जरूर है पर एक बात तय है कि उनकी जो थीम हैं, वे अपनी संपूर्ण प्रासंगिकता को समेटे हुए हैं, वे जिंदगी के सवालों से पूरी तरह जुड़ी हुई हैं। उन पर 'रिएक्ट' करती हैं, हो सकता है मेरा तरीका उन सवालों पर बहुत 'शार्पली रिएक्ट' करने का रहा हो···

क्या इस हद तक कि उससे पहले प्रेमचंद ने उस तरह से रिएक्ट न किया हो।

हाँ, उस हद तक तो प्रेमचंद ने भी नहीं किया। हो सकता है मेरा यह तरीका औरों को ऐसा लगता रहा हो कि मैंने चौंकाने के लिए लिखा है, पर बात ऐसी नहीं थी।

और किन लेखकों में ऐसी बात तुमने देखी है या कि जिन्हें उस स्तर पर लेते हो ?

आज के लेखकों में कुछ से सहमत हूँ और कुछ से मैं सहमत नहीं हूँ, एक तो मुझे लगता है कि निर्मल बहुत शार्प हैं, हालाँकि वो जो कहते हैं, मैं उनसे भिन्न मत रखता हूँ। लेकिन दूसरा व्यक्ति जिसके लिए मेरे मन में बहुत सम्मान है, वह है शैलेश मटियानी। उसके सोचने का ढंग, बात करने का ढंग मुझे बेहद पसंद है। वैसे भाषा में उसमें वह सुस्पष्टता नहीं है। आलोचनात्मक मार नहीं है, उसका अपनी इस शैली का अपना कारण होगा, देखने-कहने का अपना तरीका होगा, वह अलग बात है।

और किसे मानते हो ?

और तो बड़ा मुश्किल है कहना। कुछ सामने वाले को देखकर कुछ आगे-पीछे का हिसाब लगाकर, बड़े कैल्कुलेशन से चलना पड़ता है। राजनीति सिर्फ दिल्ली में ही नहीं है, राजधानियों में ही नहीं है बल्कि धीरे-धीरे वह जिंदगी में व्यक्तिगत व्यवहार में उतर आई है।

अपने त्रई के बारे में अपनी इस 'शार्पनेस' को लेकर क्या खयाल है ? मतलब जैसे कमलेश्वर के बारे में, मोहन राकेश के बारे में।
अब कमलेश्वर और मोहन राकेश...

क्या कुछ कहने की अपेक्षा खामोश रहने की बात सोचने लगे हो ?
(मुस्कराते हुए) नहीं, यह बात उतनी नहीं है पर पूछते हो तो मैं यही कहूँगा कि उन दोनों की शुरू की रचनाओं में इस तरह शार्प रिएक्शन तो पाते हैं पर बाद में शायद...

उतने नहीं रह गए। यही न, और इसी से सब अलग रास्तों के हो गए ?
हाँ कुछ यही, दरअसल इसकी एक बहुत बड़ी वजह है। हम लोगों को जो चीज मारती है वो रेस्पेक्टेबिलिटी (प्रतिष्ठा) मारती है, एक्सेप्टेबिलिटी (स्वीकार्यता) नहीं मारती और रेस्पेक्टेबिलिटी का मोह इतना जबर्दस्त होता है कि आप उसे खोना नहीं चाहते...

उससे चिपक जाते हैं चाहे लेखन और दोस्ती दोनों ही छिटक जाएँ।
हाँ, हर कीमत पर उससे चिपके रहना चाहते हैं और यही मुकाम खतरनाक साबित होता है। वे बहुत-सी सही, पर कटु और अप्रिय बातें सुनना नापसंद करने लगते हैं। जैसे-जैसे हम लोग रेस्पेक्टेबुल पोजीशन पर पहुँचते गए, चीजों को और शब्दों को शायद मिस करते गए। हमारा वो तीखापन, पैनापन जाता रहा। उसकी जगह एक अदा रह गई, उसके भीतर की वह कंपैक्टनेस (सघनता) जाती रही।

तुम्हारा मतलब है कि दोनों ही 'अदा' के शिकार हो गए ?
नहीं, इसे अदा का शिकार होना न कहो। बल्कि यूँ समझो कि जिन बातों को उन्हें कहना चाहिए था, उनको कहना उन्होंने पसंद नहीं किया।

सातवें दशक में किसे मानते हो जिसने ऐसी बातों को जमकर, खुलकर कहना पसंद किया ?
सातवें दशक में...बड़ा मुश्किल है बताना। चुप रहना ही चाहूँगा यहाँ पर।

अच्छा एक दूसरी बात सातवें दशक को लेकर जो सामने आती है उसे पूछता हूँ। क्या सोचते हो इन कहानी-आंदोलनों के बारे में, जो इधर काफी ताम-झाम से सामने आए हैं ? क्या ऐसा मानते हो कि लेखकों में 'जेनुइन राइटिंग' के निर्माण से इन आंदोलनों का कोई हाथ रहा है ?
नहीं, मुझे तो यह लगता है कि इनसे लेखकों की 'क्रिएटिविटी' (सृजनात्मकता) थोड़ी डैमेज हुई है। और यही वजह है कि महिलाएँ जो उस तरह की दंद-फंदों में नहीं रहतीं और उनके लिए लिखना ज्यादा निष्ठा की चीज है। उनमें इधर जो हिंदी की महिला लेखिकाएँ हैं, चाहे वो मृणाल पांडे हैं, मृदुला गर्ग हैं, या मालती जोशी हैं, कृष्णा सोबती हैं और ममता हैं—ये

सब जो लेखिकाएँ हैं...

एक नाम छोड़े जा रहे हो। मन्नू जी का नाम क्यों नहीं ले रहे ?

बस यूँ ही कि वो मेरे साथ हैं अन्यथा उनके साथ उषा प्रियंवदा का नाम लेना चाहूँगा। मेरा मतलब तो बस इतना है कि महिलाएँ ज्यादा ईमानदारी से लिख रही हैं, ज्यादा निष्ठा से लिख रही हैं और उनके लेखन के साथ वो 'कैलकुलेशंस' नहीं हैं जो प्रायः पुरुष लेखकों के आसपास दिखाई देती हैं। पुरुष लेखक लिखने के साथ उसके इस्तेमाल की चिंता ज्यादा करता है, इसमें बहुत सारे हिसाब लगाता है और हिसाब चुकाता है। दोनों काम करता है।

तुम्हारा मतलब है आंदोलनों के रूप में या किसी पुरस्कार वगैरह के रूप में अपने लेखन को भुनाना चाहता है ?

हाँ, आंदोलनों में झंडा गाड़ने या पुरस्कार हासिल करने, अभिनंदन कराने के जरिए यानी कि वह इसके तरीके अख्तियार करके अपने लेखन को भुनाना चाहता है, जबकि महिलाओं में इस मामले में एक खास तरह का 'रिजर्वेशन' कहो, शालीनता कहो या फिर अपने में सिमट जाना कहो, चूँकि ये सारी चीजें उनमें हैं, इसलिए वो ज्यादा जिम्मेदारी से लिख रही हैं—अच्छा लिख रही हैं। वैसे यह बात अलग है कि वे किस सीमा तक जाती हैं, क्योंकि उनका सीधा संबंध उनकी अनुभव-सीमा से है पर उसके भी सामाजिक कारण हैं, बंधन हैं, दायरे हैं। यहाँ वे यूरोपीय लेखिकाओं की तरह सीमाओं से ऊपर भी नहीं हैं।

दरअसल उनके लेखन का 'थीमैटिक कैनवस' ही बड़ा नहीं हो पाता। उनके संस्कार ही ऐसे हैं कि बड़ा हो भी नहीं सकता।

हाँ, वो बड़ा नहीं है, बड़ा हो भी नहीं पाएगा क्योंकि उनके उतने विस्तृत अनुभव भी नहीं हैं, जितने कि होने चाहिए। उसकी वजह यह भी है कि लेखन कहीं बहुत अधिक सुरक्षित दायरों में नहीं किया जाता। उसके लिए बहुत सारे खतरे लेने पड़ते हैं। सही लेखन के लिए 'डेंजरसली लिव' करने की (खतरनाक ढंग से जीने की) जिसमें हिम्मत नहीं है, वह सशक्त लेखन कर ही नहीं सकता। सशक्त लेखन के लिए तो 'अनकन्फर्मिस्ट' होना जैसे जरूरी हो गया है। ऐसा लेखन अपने व्यवहार में, रहन-सहन में भी किसी खास हद तक 'नॉनकन्फर्मिस्ट' होता है। मुझे तो ऐसा एक भी लेखक नजर नहीं आता जो सशक्त भी हो और 'कन्फर्मिस्ट' ढंग से लिखता और जीता रहा हो। 'कन्फर्मिस्ट' लेखक सशक्त हो ही नहीं सकता, हाँ आलोचक जरूर हो सकता है। 'कन्फर्मिस्ट' तो अपने सुविधाभोगी जीवन के लिए सुविधावादी ढंग से लिखता है।

तुम्हारा मतलब है लेखक कन्फर्मिस्ट इसलिए होता है ताकि उसे खतरे कम उठाने पड़ें और उसे 'रिस्पेक्टेबिलिटी' की खुराक बदस्तूर मिलती रहे ?

हाँ, बिलकुल यही बात है और शायद यही वजह है कि हम सही लेखन के दौर से नहीं

गुजर रहे हैं या फिर यह कि सही लेखन की पहचान ही हमसे दूर हो गई है।

क्या ये बात आठवें दशक को मद्देनजर रखते हुए शिकायत के तौर पर कह रहे हो ?

शिकायत नहीं, वस्तुस्थिति है। फिर यदि शिकायत करूँ भी तो किससे करूँ। किसी को नहीं पड़ी, तो मुझे भी नहीं पड़ी है, हाँ तुमने बात उठा दी तो कह दी।

एक बात और उठा दूँ ?

अब बस भी कर यार कि फौजदारी कराएगा।

खतरे उठाने की इतनी पैरवी कर रहे हो तो फौजदारी का खतरा कौन उठाएगा ?

चलो तय रहा। फौजदारी मैं करूँगा, तरफदारी तुम करना।

तरफदारी करने के खयाल से ही यह सवाल उठाना चाह रहा हूँ कि आखिर यह अपने रचना-संसार को 'चोरी का माल' कहकर क्या पर्दाफाश करना चाहते हो ?

पर्दाफाश तो कुछ भी नहीं, हाँ आत्मस्वीकृति कहो जिसके द्वारा मैं यह बताना चाह रहा हूँ कि मेरा रचना-संसार चोरी के माल की नुमाइश है। मेरा मतलब है कि मैंने जो कुछ भी लिखा है, वह सब दूसरों का है, दूसरों की भावनाएँ हैं, जिन्हें मैंने उन्हें बिना बताए उन सबके भीतर घुसकर ले लीं और अपना बना लिया। उसे घर में नहीं रखा बल्कि उसको नुमाया कर दिया, उसकी नुमाइश लगा दी, उसे प्रदर्शित कर दिया है, एक किताब के रूप में, एक उपन्यास की शक्ल में, कहानी की शक्ल में और फिर लोगों को आमंत्रित किया है कि वे आएँ और इस नुमाइश को देखें।

इसका मतलब है कि इस चोरी की प्रक्रिया में जो जितना ही सफल हो उसे उतना ही अच्छा लेखक माना जाना चाहिए ?

हाँ, मेरा खयाल तो यही है कि जो लेखक जितनी बड़ी चोरी कर सकता है और जितने कलात्मक ढंग से अपने उस चोरी के माल की नुमाइश लगा सकता है, वह उतना ही बड़ा लेखक है, सफल लेखक है।

तब तो तुम्हारे साथ मेरी शुभकामनाएँ हैं कि तुम इस चोरी के फन और फितरत में और तरक्की करो, और···और ज्यादा तरक्की करते जाओ।

[फिर तो इस बात पर हम दोनों के ही ठहाके कमरे में देर तक गूँजते रहे।]

[1978]

किसी विचारधारा से प्रतिबद्ध होकर आँकना इलाज में बाधक है

श्याम किशोर और राजेन्द्र मेहरोत्रा

[शक्तिनगर। नागिया पार्क सेंटर। उन्तीस बटे सत्रह।]...

जालीदार फाटक। फाटक के बीच में लटकता धूप-पानी का मारा एक हलका नीला लकड़ी का लेटर-बॉक्स। सफेद पेंट से 'राजेन्द्र यादव-मन्नू भंडारी, 29/17, शक्तिनगर, नई दिल्ली' लिखा था। काँटा उठाकर हम लोग अंदर दाखिल हो गए। फाटक का रंग जितना फीका और घटिया था, दरवाजों का रंग उतना ही चटक और बढ़िया। लेकिन तमाम दरवाजों के बीच कहीं कोई नेम-प्लेट नहीं। श्याम जी ने बढ़कर एक दरवाजे पर दस्तक दी। अंदर से एक सरदार जी ने निकलकर बताया कि यादव जी ऊपर रहते हैं।

बगल में ही ज़ीना था—चार-पाँच फुट चौड़ा। हम लोग चढ़ने लगे। ऊपर कोने में रेडियो-सेट की तमाम बॉडी पड़ी दिखाई पड़ीं। "यह तो यादव जी का दौलतखाना नहीं होना चाहिए।" मैं ऊपर चढ़ते-चढ़ते कहता हूँ।

"हो सकता है, साइड-बिजनेस हो।"

"या लाइन बदल दी हो।"

एक सम्मिलित जोरदार ठहाका गैलरी में इधर-उधर छितरा जाता है।

हम गैलरी पार करते हैं। एक और ज़ीना। फिर गैलरी। गैलरी के दूसरे छोर पर दो दरवाजे दिखाई देते हैं। तेजी से आगे बढ़कर देखता हूँ। एक दरवाजे में ऊपर की ओर शीशे के रँगे हुए चौकोर टुकड़े लगे हैं और उनमें से एक पर यादव जी का नाम लिखा है—उसी रंग में, उसी स्टाइल में, जिसमें फाटक पर लगे लेटर-बॉक्स पर लिखा था।

खटखटाते ही जमीन पर बैठा सफाई करता नौकर एकदम प्रकट होकर दरवाजा खोलता है और बिना नाम-पता पूछे, गैलरी के दूसरे कोने पर लगे छोटे-छोटे चौकोर सादे शीशों वाले बड़े चौड़े दरवाजे को खोलता हुआ बताता है कि साहब हम लोगों का इंतजार कर रहे हैं। समय देखता हूँ—पौने दस।

बालकनी पार कर कमरे के जालीदार दरवाजे पर पहुँचता हूँ तो झबरे वालों वाली एक खूबसूरत-सी कुतिया पिछली टाँग पर पट्टी बाँधे उछल-उछलकर हम लोगों का स्वागत

करती है। यादव जी चिल्लाते हैं—"मिस्टी-मिस्टी !" यादव जी की आवाज के साथ-साथ पैर भी दिखाई पड़ते हैं। शायद लेटे हों। मन्नू जी उठकर दरवाजे तक आती हैं। नमस्कार होता है।

अंदर पहुँचता हूँ। यादव जी दो गोल डनलप तकियों को एक के ऊपर एक चक्की के पाटों की तरह रखकर कालीन पर लेटे कोई किताब पढ़ते हुए धूप सेंक रहे हैं। वे उठते हुए हँसकर पूछते हैं कि आप लोग तो आठ ही बजे आने वाले थे। कहाँ अटक गए ?

यादव जी हम लोगों से कोच पर बैठने के लिए कहते हैं, लेकिन हम यादव जी के पास ही कालीन पर बैठ जाते हैं। वे पैर फैलाते हुए बताते हैं कि दरियागंज जाने से पहले सुबह उन्हें धूप का बहुत मोह रहता है और खिड़की से आता 'धूप का एक टुकड़ा' अपने साथ-साथ उन्हें कमरे में पड़ी दरी पर इधर से उधर खिसकाता रहता है।

कमरे में चारों ओर नजर दौड़ाता हूँ। दो दीवारों में बनी ऊँची-ऊँची शीशे की खिड़कियों पर लंबे-लंबे गेरुआ रंग के पर्दे लटक रहे हैं। सोफे, कोच और कुर्सियों के कवर भी गेरुआ ही हैं। बालकनी वाले दरवाजे के बगल में सिरकी की बनी सूपनुमा अखबार और मैगजीन रखने की टोकरी है। उसके बगल में खिड़कियों के नीचे दो कुर्सियाँ पड़ी हैं। दूसरी दीवार की खिड़कियों के नीचे भी दो कुर्सियाँ हैं। उसके बगल में राइटिंग टेबिल और एक ऊँची कुर्सी। टेबिल पर एक बढ़िया खूबसूरत राइटिंग स्टैंड है। टेबिल के बगल में दीवार में बड़ी अलमारी है जिसमें तमाम किताबों के साथ-साथ यादव जी की अपनी भी लगभग दो दर्जन किताबें करीने से सजी हैं—'जहाँ लक्ष्मी कैद है' से लेकर उनकी नई किताब 'प्रेमचंद की विरासत' तक। आगे एक कोच है, बिना पीठ की। उस पर डनलप की बढ़िया गद्दी पड़ी है। बगल में मेरे पीछे टी०वी० रखा है। टी०वी० पर पीतल की एक सुंदर-सी गिफ्ट रखी है जो मन्नू जी को 'स्वामी' फिल्म के संवाद-लेखन के लिए, फिल्म-निर्माता की ओर से भेंट की गई है।

बाएँ हाथ पर अंदर वाले कमरे में खुलने वाले दरवाजे पर एक गद्दीदार स्टूल पड़ा है, शायद बैठकर जूते उतारने के लिए। शेष पूरे कमरे में दरी बिछी है। उसके ऊपर बीच में चादर और कालीन। एक सेंटर टेबिल भी पड़ी है। उस पर फोन रखा है। फोन की डोरी अंदर वाले कमरे से होकर आई है।

मन्नू जी ने नौकर रामू को चाय के लिए बोला तो यादव जी ने बताया कि उन लोगों ने हमारे इंतजार में अभी तक चाय नहीं ली है। हमें फिर देरी के लिए क्षमा माँगनी पड़ी।

चाय आ गई और नाश्ता भी। हम सभी ने डटकर खाया। यादव जी ने भी, मन्नू जी ने भी और मिस्टी ने भी।

चाय के बाद बातचीत शुरू हुई। मन्नू जी उठकर अंदर चली गईं। उन्हें कहीं जाना था। रह गए हम दोनों, यादव जी, उनकी मिस्टी, नौकर रामू और फोन।

बातचीत के दौरान फोन शरारत करता था या मिस्टी या दोनों एक साथ तो हम लोग

एक-दो मिनट के लिए रिलेक्स हो लेते। मिस्टी है भी बहुत शैतान। कभी श्याम जी का रूमाल मुँह में दबाकर कुर्सी के नीचे दुबक जाती और कभी मेरा मोजा लेकर अंदर भाग जाती। हम लोग उसके पीछे भागते। यादव जी उसे समझाते, पकड़कर पास बिठा लेते और कभी-कभी उसकी शैतानी पर नाराजगी से एकदम आपा खोकर उसे डाँटने लगते। लेकिन फिर हम लोगों की ओर देखकर जोरदार ठहाका लगाते और टेपरिकॉर्डर का बटन दबाते हुए एक्सक्यूज करते कि लो, यह सब भी टेप हो गया।

फोन भी कम डिस्टर्ब नहीं करता था। अक्सर हर दो मिनट बाद बज उठता और हमें टेप बीच में रोकना पड़ता। एक-दो बार तो फोन को अंदर भी भिजवाना पड़ा क्योंकि यादव जी नहीं चाहते थे कि उनके बोलते वक्त कोई व्यवधान पड़े—भले ही वह किसी प्रश्न का उत्तर दे रहे हों या अपना पैर खराब होने की प्रक्रिया बतला रहे हों।

बातचीत तो दो दिन में ही समाप्त हो गई, लेकिन टेप से कागज पर उतारने का कार्य बहुत लंबा खिंचा। यह सारा काम श्याम जी ने किया। उन्होंने तो मुझे कुछ नहीं बताया, लेकिन मधु भाभी जरूर पूछने लगीं कि टेपरिकॉर्डर से यह क्या लिखा जा रहा है ? यह राजेन्द्र यादव है कौन ?''' सारा समय, सारी छुट्टियाँ निकल गईं, लेकिन 'इन्हें' बात करने की फुरसत नहीं। 'प्रतिमान' बीवियों के लिए तो पूरी मुसीबत है !]

रा०मे०—यादव जी, आप 'नई कहानी' आंदोलन के एक प्रमुख स्तंभ रहे हैं। 'नई कहानी' के संबंध में सबसे पहला प्रश्न उसके नामकरण को लेकर उठता है। 'नया' शब्द एक 'कालसापेक्ष' विशेषण है और हर आने वाली पीढ़ी उसे अपने संदर्भ में प्रयुक्त करती है। आज जो नया है, वह कल पुराना हो जाएगा। ऐसी स्थिति में, तत्कालीन हिंदी कहानी को 'नई कहानी' नाम देने का क्या औचित्य था ?

बात यह है कि जब कोई नई स्थिति या नई प्रवृत्ति साहित्य में आती है तो धीरे-धीरे आप महसूस तो करते हैं कि कुछ नया हो रहा है, बल्कि कहना चाहिए कि जो पहले से था, उससे कुछ अलग हो रहा है, लेकिन नाम नहीं दे पाते। कभी-कभी ऐसा होता है कि आपके अंदर हलकी-सी बेचैनी होती है, आप महसूस करते हैं कि जैसा रोज होता है दिनचर्या में, वैसा नहीं हो रहा। धीरे-धीरे आपका मूड खराब या अच्छा होता जाता है। क्रमशः वह चीज जब और गहरी होती चली जाती है तो उसका कोई एक विशेष रूप बनने लगता है, रूपरेखा उभरने लगती है। तब आप या कोई दूसरा उस स्थिति को नाम दे देता है। नाम उसे कुछ भी दिया जा सकता है, लेकिन यहाँ रेखांकन और आग्रह यही है कि पहले वाली स्थिति अब नहीं है। नाम यही अंतराल बताने के लिए दिया जाता है। यह कहना बहुत मुश्किल है कि 'नई कहानी' नाम किसने दिया—दुष्यंतकुमार ने या नामवर सिंह ने। लेकिन कहने सब लोग यही लगे थे कि ये कहानियाँ पहले वाली कहानियों से कुछ भिन्न हैं। हम भी महसूस करते थे लिखते समय और पढ़ने वाले भी अनुभव करते थे कि ये कहानियाँ कुछ अलग हैं। इनका नाम 'अलग' कहानियाँ भी हो सकता था।

इसका एक दूसरा बहुत महत्त्वपूर्ण पहलू यह है कि रचना के स्तर पर बदलाव पहले आया और बाद में उसे एक नाम दिया गया। बाद के आंदोलनों में ठीक इसका उलटा हुआ; तय कर दिया गया कि इस आंदोलन का नाम यह होगा और उस नामकरण की व्याख्या कर दी गई। यह एक असहज और कृत्रिम स्थिति है। जैसे 'सचेतन' कहानी को ही लें। 'सचेतन' की एक व्याख्या दी गई और कहा गया कि अब आगे देखिए कि हम लोग कैसे सचेतन कहानी लिखते हैं।

यह बिलकुल वैसा ही है, जैसे मैं कहूँ कि मैं आपको बुखार लाऊँगा और क्रमशः मैं बुखार आपके भीतर 'इंजेक्ट' करूँ। स्वाभाविक स्थिति तो यह है कि एक चीज आप महसूस करते हैं, क्रमशः उसका एक रूप बनता है, एक रूपरेखा बनती है, साक्षात् एक चीज बनती है, तब आप उसे एक नाम देते हैं कि इसका नाम मलेरिया है, इसका नाम बुखार है, इसका नाम स्वास्थ्य है। इधर के आंदोलन और पहले के आंदोलनों में मूलभूत अंतर या अलगाव यही है। 'नई कहानी' नाम 1956-57 के आसपास दिया गया, जबकि इस प्रकार की कहानियाँ 50-52 से ही आनी शुरू हो गई थीं। यानी, इतने वर्षों में जब सभी ने महसूस किया कि ये कहानियाँ पहले की कहानियों से निश्चित रूप से अलग हैं; विचार के स्तर पर, एप्रोच के स्तर पर, लेखन के स्तर पर, शैली के स्तर पर, भाषा के स्तर पर, हर स्तर पर, तब जाकर एक नाम आया। 'नई कहानी' नाम की सार्थकता मैं यही मानता हूँ। किसी का भी नाम कुछ भी क्यों हो जाता है ? 'छायावाद' नाम क्यों हो गया ? क्रमशः बहुत-सी चीजें उसके साथ जुड़ी हुई होती हैं। लेकिन एक सुनिश्चित मंतव्य की दृष्टि से जब आप एक नाम, प्रतिबद्धता या एक फार्मूला पहले से सेट करते हैं, तो वहाँ चीजें बँटना शुरू हो जाती हैं। कैटेगेराइजेशन शुरू हो जाता है। परिणामस्वरूप चीजें कोठरियों, कठघरों और खानों में बंद होने लगती हैं, घुटने लगती हैं और क्रमशः टूटती चली जाती हैं।

'नई कहानी' के साथ इस तरह का कोई फार्मूला या कोष्ठबद्धता नहीं थी। सबसे स्वस्थ बात थी कि उसमें शैलेश मटियानी भी नए कहानीकार थे, निर्मल वर्मा भी नए कहानीकार थे और मार्कंडेय भी नए कहानीकार थे, जो एक तरह से प्रगतिशील धारा से प्रतिबद्ध थे। यह एक ऐसा व्यापक और खुला मंच था, जिसमें वे सब रचनाकार आ जाते थे जो परंपरा से अलगाव को किसी न किसी स्तर पर महसूस कर रहे थे और उसे अपनी रचनाओं में रेखांकित कर रहे थे। इधर के आंदोलन में सिर्फ व्यक्ति या उससे लाभांवित व्यक्तियों के अतिरिक्त आंदोलनों में कोई होता ही नहीं। एक आंदोलन, मान लीजिए एक व्यक्ति ने चलाया हुआ है, उसने अपनी व्यक्तिगत निष्ठाएँ तय कर रखी हैं, उसके बाहर के लोग उसमें शामिल नहीं हो सकते। उस आंदोलन में या तो अपने ही लोग होंगे या वे होंगे, जो अपना विरोध, प्रतिरोध या दूसरा पक्ष प्रस्तुत करने के लिए वहाँ मौजूद नहीं होते यानी मर चुके होते हैं और वह कहने नहीं आ रहे कि हम आपके आंदोलन में कभी नहीं थे। व्यक्ति के आसपास आंदोलन आज सिर्फ धर्म या धर्मांधता में ही होता है।

श्याम कि०—'छायावाद' साहित्य में एक प्रवृत्ति-विशेष का द्योतक है, जबकि 'नई कहानी' में कहानी के साथ जोड़ा गया शब्द 'नई' किसी प्रवृत्ति का द्योतक नहीं है। नए के साथ पुराना भी जुड़ा हुआ है। यानी जब आप किसी समय-विशेष के साहित्य को 'नया' कहते हैं तो इसका सीधा अर्थ है कि उससे पहले का जितना लेखन है, वह पुराना पड़ गया है।

यह बिलकुल ऐसा ही है, जैसे हर बच्चे का नाम शुरू में 'मुन्ना' या 'मुन्नी' होता है, लेकिन वह सापेक्षतया मुन्ना होता है। जब हम मुन्ना कहते हैं तो एक व्यक्ति भी हमारे सामने आ जाता है। यह सही है कि यह नाम अलगाने के लिए दिया गया था और इसमें कोई वैचारिक आग्रह नहीं था, इसलिए इसमें इतनी व्यापकता भी रही कि अपनी पिछली पीढ़ी से अलगाव महसूस करने वाला हर रचनाकार इससे जुड़ सका। नएपन की पहचान में नई सेंसेबिलिटी और नई एप्रोच ही प्रमुख रही। आगे चलकर क्रमशः उसके और हिस्से बनने लगे—शहरी कहानियाँ, ग्रामीण कहानियाँ, आँचलिक कहानियाँ...आदि।

इस संदर्भ में एक बात और—नाम जब रखा जाता है तो यह जरूरी नहीं है कि नाम का कोई तर्क हो। जैसे हम कहते हैं 'स्वातंत्र्योत्तर' और उसका अर्थ लेते हैं— स्वतंत्रता के बाद। स्वातंत्र्योत्तर का शाब्दिक अर्थ तो यह हुआ कि स्वतंत्रता-समाप्ति के बाद यानी गुलामी का दौर। लेकिन ऐसा नहीं है। इसलिए यह आवश्यक नहीं है कि हर नाम तर्क की कसौटी पर खरा ही उतरे। किसी नाम का शाब्दिक अर्थ कुछ होता है और व्यवहार में हम उसका कुछ और ही लेते हैं। नाम आप एक बच्चे का पराक्रम सिंह रख दें और बाद में हो सकता है कि वह बिलकुल दूसरी तरह का निकले। नाम प्रायः बहुत महत्त्वाकांक्षी रखे जाते हैं और बाद में वह आशाएँ पूरी नहीं होतीं। हाँ, पहले से शेरसिंह नाम रखना और बाद में उसके कर्मों के हिसाब से शेरसिंह नाम देना, दो अलग बातें हैं। बहरहाल, नाम एक पहचान है, अलगाव करने की एक प्रवृत्ति है। उसे इस रूप में ही लिया जाना चाहिए। नए और पुराने की सापेक्षता से उसे नहीं जोड़ना चाहिए।

श्याम कि०—स्वातंत्र्योत्तर हिंदी कहानी ने अपनी पूर्व-परंपरा से स्वयं को सर्वथा अलग घोषित किया था। यहाँ तक कि उस समय के प्रेमचंद के लेखन को भी अमान्य ठहराया गया था जबकि आज प्रेमचंद की समाजोन्मुखी कथा-धारा को ही हिंदी की वास्तविक और केंद्रीय धारा के रूप में स्वीकार किया जा रहा है। इस वदतोव्याघात का क्या कारण है ?

मेरी धारणा है कि जो आपने शब्द दिया, वदतोव्याघात, यानी कंट्राडिक्शन, यह 'नई कहानी' में नहीं है। स्वातंत्र्योत्तर हिंदी की कहानी या 'नई कहानी' ने प्रेमचंद से अपने को कभी अलग नहीं माना। उस समय 'नई कविता' का आंदोलन चल रहा था और वहाँ मुख्य रूप से व्यक्ति-केंद्रित और पलायनशील प्रवृत्ति के लोगों का वर्चस्व था। कहानी चूँकि जिंदगी को ज्यादा सीधे, सामने और साक्षात् पकड़ती और समझती है, इसलिए कहानी

ज्यादा सामाजिक विधा थी। सामाजिक होने के साथ-साथ यह समाजोन्मुख विधा भी थी। शुरू से ही उसमें एक खास तरह की सामाजिक चेतना या संबद्धता बनी रही। प्रायः 'नई कहानी' उन लोगों से जुड़ी हुई है, विकसित हुई है, जो अपने आपको किसी न किसी रूप में मार्क्सवादी कहते या मानते थे। यह भी संभव है कि अगर आप सिद्धांततः बहुत दृढ़ होकर सोचें तो उनमें से बहुत से लोग न भी हों। लेकिन वह यह अवश्य मानकर चलते थे कि तत्कालीन संक्रमणशील समाज की बदलती हुई परिस्थितियों को अपनी कहानियों के माध्यम से रेखांकित करना है। इस अर्थ में वह अपने को प्रेमचंद से जोड़ते थे। हाँ, वह अपना संबंध प्रेमचंद की 'कफन', 'पूस की रात', 'सवा सेर गेहूँ' आदि कहानियों से ही जोड़ते थे, जो मार्क्सवादी चिंतन या प्रगतिशील विचारधारा से प्रेरित होकर लिखी गई थीं। मुझे कोई ऐसा वक्तव्य, कोई ऐसा कथन याद नहीं है, जिसमें प्रेमचंद को नकारा गया हो।

श्याम कि०—मुझे जहाँ तक याद है, आपने किसी स्थान पर कहा था कि उस समय कोई ऐसी परंपरा नहीं थी, जिसका अनुसरण किया जाता। इसके अतिरिक्त, आपने अपने लेख 'प्रेमचंद की विरासत' में भी प्रेमचंद को स्पष्ट रूप से नकारा है और उसके स्थान पर यशपाल को स्थापित किया है।

जहाँ तक मेरे यह कहने का सवाल है कि इस तरह की कोई परंपरा नहीं थी, तो उस समय भी मेरे कहने का मतलब साफ था और आज भी साफ है। देखिए, हमसे पहले दो धाराएँ चल रही थीं। एक निहायत व्यक्तिवादी किस्म का लेखन था, जो अपने भीतर ही उगता था और अपने भीतर ही लौटता था, यानी जो व्यक्ति मन की गुत्थियों में ही उलझा था। दूसरी ओर प्रगतिशील आंदोलन था, जिसमें कृश्नचंदर आदि थे, जहाँ व्यक्ति दिखाई ही नहीं देता था, उसमें केवल प्रवृत्ति थी। उस समय ये दो धाराएँ थीं—प्रगतिशील और प्रतिक्रियावादी; और सभी कुछ उनमें फिट कर दिया जाता था। एक में व्यक्ति का चेहरा ही दिखाई नहीं देता था और दूसरे में सिर्फ व्यक्ति होता था, जिसका समाज से कुछ लेना देना नहीं था। हमने इन दोनों को मिलाने की कोशिश की थी कि व्यक्ति इतना अकेला नहीं है कि समाज की धाराओं से, समाज के विकास से, प्रगति से बिलकुल कटा हुआ हो और प्रवृत्ति इतनी अमूर्त नहीं है कि उसमें आदमी कहीं दिखाई ही न दे। कोई भी प्रवृत्ति व्यक्ति के माध्यम से ही अपने को अभिव्यक्त करती है। और प्रवृत्ति का बिलकुल सीधा और सपाट एप्लीकेशन भी नहीं हो सकता।

आदमी में अपने अंतर्विरोध होते हैं। अच्छी बातें भी होती हैं, बुरी बातें भी होती हैं। वह बीस जगह प्रगतिशील भी होता है, अपनी सामाजिक और व्यक्तिगत सीमाओं से वह आगे भी बढ़ना चाहता है। कहीं वह अपने आपको समर्पित भी कर देता है, झुक भी जाता है। यह सारी कमजोरियाँ और शक्तियाँ मिलाकर ही व्यक्ति बनता है। मालवीय जी निहायत दकियानूस आदमी थे। कहीं बाहर जाते तो अपने साथ हाथ धोने को मिट्टी भी ले जाते थे। लेकिन एक जगह वह बहुत भयंकर प्रगतिशील भी थे। भारतीय शिक्षा के लिए

उन्होंने बहुत बड़ा योगदान किया। यह बेसिक कंट्राडिक्शन हर व्यक्ति में होता है। मार्क्सवाद का सिद्धांत, जिसे आप द्वंद्वात्मकता कहते हैं, व्यक्ति के संदर्भ में भी उतना ही सही है, जितना समाज के संदर्भ में। उसके अभाव में व्यक्ति में भी विकास अधूरा या इकहरा रह जाएगा। द्वंद्वात्मकता का सिद्धांत ही यह है कि एक चीज आपको आगे बढ़ाती है, एक पीछे घसीटती है। एक नकारात्मक होती है, एक सकारात्मक। और इन दोनों के द्वंद्व से ही विकास होता है। यह द्वंद्वात्मकता हम व्यक्ति के भीतर क्यों नहीं देखना चाहते? उस समय इसे देखने से इंकार कर दिया गया था, इसीलिए हमने कहा था कि उस तरह की कोई धारा नहीं थी, अगर कोई धारा थी तो हमने उसे प्रेमचंद से जोड़ा था, हमने उसे निराला से जोड़ा था, हमने उसे कबीर से जोड़ा था। निरंतरता में बीच में तुलसी आदि अनेक लोग हैं, लेकिन हमने स्वयं को उनसे नहीं जोड़ा।

परंपरा कभी भी निरंतरता का नाम नहीं है। परंपरा एक खास विचार या प्रवृत्ति का नाम है, जो हो सकता है दस साल पहले के किसी लेखक में मिले और उसके बाद के पचास साल किसी लेखक में व्यक्त हों। निरंतरता का मतलब हुआ कि बाप का बेटा, बेटे का बेटा। हो सकता है कि मैं कोई ऐसी प्रवृत्ति लूँ, जो किसी तीसरे पुरखे में हो। हो सकता है कि हमने बीच में प्रेमचंद से अपने को जोड़ा हो, चेखव से जोड़ा हो या गोर्की से जोड़ा हो। बहुत से लेखक हुए हैं—भारतीय और विदेशी, जिनसे विचारधारा के स्तर पर हम अपने को जुड़ा हुआ पाते हैं। इसलिए यह आवश्यक नहीं है कि हम अपने से तत्काल के लेखक से ही अपने को जोड़ें। हाँ, हम उसकी कुछ चीजें ले सकते हैं, जो हमारी विचारधारा के अनुरूप हों। संपूर्णतः उसे नहीं स्वीकार करते।

'नई कहानी' का विरोध अज्ञेय, जैनेंद्र आदि की व्यक्ति-केंद्रित प्रवृत्तियों से था। इसके अतिरिक्त 'नई कविता' के नाम पर जो प्रभुवादी, रहस्यात्मकता से प्रेरित, सूक्ष्म और उलझी हुई अभिव्यक्ति हो रही थी, वह भारतीय हो या विदेशी, उस सबसे हमारा विरोध था। निश्चित रूप से हम यह मानकर लिखते थे कि हम एक प्रगतिशील धारा का समर्थन कर रहे हैं।

'प्रेमचंद की विरासत' में मैंने स्पष्ट किया है कि प्रेमचंद की विरासत की परंपरा का मतलब उनके विषयों को उठाना नहीं, बल्कि उनकी उस यथार्थभेदी दृष्टि को पकड़ना है, जो भारतीय समाज की विसंगतियों और अंतर्विरोधों को अपने पूरे परिवेश में उजागर कर सकी। उनका परिचय गाँव से व संयुक्त परिवार से अधिक था, इसलिए उन्होंने उस पर आधिकारिक रूप से लिखा। हमारा परिचय और अुनभव का दायरा दूसरा होगा, जिस पर हम आधिकारिक रूप से लिख सकते हैं। लेकिन विषय अलग होते हुए भी, दृष्टि, जो विषय को जाँचने-परखने और उसके ट्रीटमेंट का काम करती है, एक हो सकती है। गोर्की ने जिस वातावरण में, जिन लोगों पर लिखा, वह वातावरण वे लोग हमारी विरासत नहीं हो सकते, बल्कि गोर्की की प्रगतिशील दृष्टि ही हमारी विरासत हो सकती है। वही हमारे

लिए अनुकरणीय भी है। अगर हम विषय या कथ्य को विरासत मानेंगे तो इसका अर्थ यह होगा कि वे विदेशी लेखक, जो हमें प्रिय लगते हैं, हम उनके विषयों, लोगों, स्थितियों को भी अपने लेखन में उठाएँ, जबकि हम उन विषयों से बिलकुल भी परिचित नहीं होते। ऐसी स्थिति में हमारा लेखन सच्चा और प्राणवान न होकर बिलकुल झूठा और निर्जीव होगा।

गलती हमें वहाँ लगती है, जहाँ यह कहा जाता है कि प्रेमचंद ने अपनी कहानियों और उपन्यासों में जिस ग्रामीण परिवेश को चित्रित किया है, हम भी उसी परिवेश को अपनी रचनाओं में उठाएँ। गाँव, खेत-खलिहान, ये बिलकुल बेसिक चीजें हैं, मैं भी मानता हूँ लेकिन क्या यह संभव नहीं है कि प्रेमचंद की उस प्रगतिशील यथार्थवादी दृष्टि से हम अपने जीवन से भी कुछ ऐसे तथ्य निकाल सकें जो समाज के विकासमान तथ्य हों। यह कहीं पर ऐसा है जैसे कि कैमरे के लैंस की संवेदनशीलता के स्थान पर, जिस चेहरे को वह कैमरा खींचता है, उस चेहरे को ही विषय या परंपरा मान लें। 'प्रेमचंद की विरासत' लेख में मेरा आग्रह यही था कि प्रेमचंद ने जिस यथार्थवादी दृष्टि से चीजों को लिया, उसे एक वैज्ञानिक धार और तीव्रता दी यशपाल ने। विषय हो सकता है कि उनका दूसरा हो, लेकिन यशपाल ने उसी दृष्टि को ज्यादा गहराई में जा सकने योग्य, तेज और ज्यादा समर्थ बनाया। इसीलिए हम उसे अपनी परंपरा में लेते हैं।

श्याम कि०—आपने कहा कि 'नई कहानी' ने आपको जैनेंद्र, अज्ञेय आदि की व्यक्तिवादी कथाधारा से अलग रखकर कहानी को समाज से जोड़ा और प्रेमचंद की यथार्थवादी कथाधारा का अनुसरण किया। 'नई कहानी' में अनुभव की प्रामाणिकता, यथार्थवाद या यथार्थ-चित्रण की बात उठाई गई, वह उसी से जुड़ती है, लेकिन क्या कारण है कि आगे चलकर उसमें यथार्थवाद और अनुभूति की प्रामाणिकता के नाम पर कुंठा, निराशा, ऊब, अनास्था, अलगाव और पराजय की भावनाओं को ही अभिव्यक्ति मिली जबकि उसी अनुपात में समाज की संघर्षचेतना ताकतों के अदम्य उत्साह और जुझारू तेवर की उसमें घोर उपेक्षा हुई है। क्या रचनाकार का दायित्व मात्र नग्न और कटु यथार्थ-चित्रण तक ही सीमित है ? क्या उससे सोद्देश्य और सार्थक यथार्थ निरूपण की अपेक्षा नहीं की जा सकती ?

बिलकुल की जा सकती है। और यह आरोप भी बीच में उठा था। अनुभूति की प्रामाणिकता या प्रामाणिक अनुभव वाली बात को हम लोगों ने और हम लोगों के साथ वालों ने थोड़ा गलत समझा। अनुभूति की प्रामागिकता का अर्थ होगा कि हमारा अनुभव अपना भी हो और समाज की बाहरी स्थितियों से प्रामाणित और समर्थित भी। अनुभूति की प्रामाणिकता का सीधा अर्थ यह लगाया गया कि 'जो हम अनुभव करते हैं।' इसके अनुसार प्रामाणिक अनुभव वही है जो मैं खुद अनुभव करता हूँ। प्रामाणिक दंभ यह भी है कि मुझसे ज्यादा प्रामाणिक और कौन होगा। किस चीज में कितनी तकलीफ है, किस चीज में कितनी प्रसन्नता है, यह मैं खुद अनुभव करता हूँ। लेकिन किसी भी चीज की प्रामाणिकता तब

सिद्ध होती है जब आप उसे बाहरी यानी ऑब्जेक्टिव रियलिटी के साथ रखकर देखते हैं। आपका अनुभव प्रामाणिक है या अप्रामाणिक, यह तभी प्रमाणित हो सकता है जब बाहर से भी उसे समर्थन मिले। व्यक्तिगत अनुभव में तो भूत-प्रेत-भगवान् दीखना सभी कुछ हो सकता है, मगर वह बाहर से तो समर्थित नहीं है। यह तटस्थ दृष्टि धीरे-धीरे खत्म हो गई और व्यक्तिगत अनुभव वाली चीज ही आगे चलती गई। परिणाम यह हुआ कि अकेलापन, कुंठा, संत्रास आदि प्रवृत्तियाँ ही प्रामाणिक होने लगीं। जबकि हमारा आग्रह यही थी कि व्यक्ति प्रामाणिक होने के साथ-साथ समाज का एक हिस्सा भी है। वह समाज को कहीं कुछ देता है तो समाज से कुछ लेता भी है। यही व्यक्ति की प्रामाणिकता है। अगर हम उसे समाज के साथ जोड़े रखेंगे तो हमारे अनुभव निरंतर विस्तृत होते रहेंगे। साहित्य का एक बड़ा उद्देश्य या सार्थकता यह भी है कि वह आपके अनुभव, आपकी संवेदना, आपकी सेंसेबिलिटी को विकसित भी करता है, दूसरों से भी जोड़ता है। मैं जो महसूस करता हूँ उसे प्रमाणित तभी कर पाऊँगा जब आप उसी तरह का अनुभव करते हों, सोचते हों। तभी उसका संप्रेषण भी होगा। यही उसकी संप्रेषणीयता भी है, यही उसकी प्रामाणिकता भी है। व्यक्ति स्वयं प्रामाणिक नहीं होता, समाज की दूसरी स्थितियाँ उसे प्रामाणिक या अप्रामाणिक सिद्ध करती हैं।

व्यक्तिगत अनुभव यानी व्यक्ति-विशेष के अनुभव की सीमाएँ होती हैं, वह जल्दी ही एक सीमा पर आकर रुक जाता है और अपने को दोहराने लगता है।

श्याम कि०—मेरे विचार से अनुभव की प्रामाणिकता और अनुभूति की प्रामाणिकता दो अलग चीजें है। अनुभव व्यक्तिगत होने के कारण केवल व्यक्ति तक ही सीमित होता है जबकि अनुभूति या संवेदना के माध्यम से आदमी पूरे समाज से जुड़ सकता है। 'नई कहानी' में आगे चलकर अनुभूति की प्रामाणिकता को अनुभव की प्रामाणिकता तक ही सीमित कर दिया गया है, इसलिए उसमें यह गतिरोध पैदा हो गया है। आप भी क्या यही सोचते हैं ?

निश्चय ही प्रामाणिक अनुभव और अनुभूति की प्रामाणिकता में अंतर है। अनुभव की घटनात्मक रूपरेखा मेरी होगी, लेकिन उसका प्रभाव यानी अनुभूति की प्रामाणिकता वह होगी, जो बाहरी सामाजिक विसंगतियों से रूपांतरित हो सके, कन्फर्म हो सके। आप तक भी मेरी अनुभूति उसी तरह पहुँच सके जैसे मैं अनुभव करता हूँ। यही प्रामाणिकता है कि बहुत महान् और समर्थ रचनाकारों के अनुभव हमें अपने अनुभव जैसे लगते हैं।

रा०मे०—'नई कहानी' पर यह आरोप है कि वह मध्य वर्ग तक ही सीमित होकर रह गई है और उसमें निम्न वर्ग अर्थात् किसान, मजदूर आदि समाज के उत्पादक वर्ग की भावनाओं, आशा-आकांक्षाओं और जीवन-संघर्षों की अभिव्यक्ति नहीं मिली है। क्या यह आरोप सही है ?

यह आरोप कहीं सही है कि इसमें सिर्फ मध्य वर्ग है, लेकिन बजाय राजनीतिक आग्रहों और विश्वासों पर जाए उस पर थोड़ा-सा सोचें। हमें अपने भारतीय समाज की वास्तविकता, उसकी संरचना और उसके संगठन को भी ध्यान में रखना होगा कि जिन लोगों के हाथ में लेखन रहा है, या जो मुख्य रूप से पाठक रहे हैं, वे प्रायः मध्य वर्ग और निम्न मध्य वर्ग के लोग ही हैं। या तो यह कहना चाहिए कि पूरी सामाजिक बनावट में शहर और गाँव कुछ इस तरह अलग कर दिए गए हैं कि उन दोनों का संबंध और संवाद वैसा नहीं है जैसा होना चाहिए या कहिए कि शिक्षा का, साक्षरता का बहुत वर्षों से, शताब्दियों से सीधा संबंध मध्य वर्ग से ही रहा है। इसलिए इसमें प्रायः मध्य वर्ग ही उभरा है। दूसरी बात मैं कहना चाहता हूँ कि मध्य वर्ग इतना उपेक्षणीय नहीं है, जितना हम लोग मानते हैं। यह सच है कि हमारी जनसंख्या का एक बहुत बड़ा भाग, लगभग 70-80 प्रतिशत किसान-मजदूरों का है, लेकिन आज के अर्थ में भाषा 20 प्रतिशत के पास ही है। कर्म उन 80 प्रतिशत लोगों के पास होगा निश्चित रूप से, लेकिन वाणी इस वर्ग के ही पास है, इसलिए निर्णयात्मक अभिव्यक्तियों का वर्ग प्रायः यही है।

रा०मे०—मानता हूँ कि अधिकांश लेखक मध्य वर्ग के ही होते हैं और अपने परिवेश का ही चित्रण करते हैं, लेकिन क्या एक लेखक को अपने आसपास तक ही सीमित रहना चाहिए ? अपने वर्ग से इतर नहीं झाँकना चाहिए ?

इतर झाँकने का अर्थ यह है कि दूसरे के अनुभव को हम अपना अनुभव बना सकें। यह तभी संभव हो सकता है जब एक सशक्त वैचारिक आंदोलन हो, जो हमें वर्गहीन करने में मदद करे। आदमी 'डिक्लास' तभी होता है जब एक विचारधारा, एक वैचारिक आंदोलन इस तरह का हो जो आपको संस्कारों से, कमजोरियों से, एक वर्ग विशेष की होती हैं, मुक्त कर सके। आज ऐसा कोई सशक्त वैचारिक राजनीतिक आंदोलन नहीं है। मौजूदा राजनीतिक आंदोलन टुकड़ों-टुकड़ों में बिखरा है। मार्क्स के नाम पर भी यहाँ 15-20 दल हैं। जब हम किसी क्रिया के साथ, कर्म के साथ जुड़ते हैं, तभी हमारे भीतरी संस्कार, भीतरी कमजोरियाँ दूर होती हैं, यानी हमारा कायाकल्प होता है। जब परिवर्तन की प्रक्रिया बहुत प्रखर होती है, तभी ये चीजें अपने आप टूटती हैं। मौजूदा वैचारिक, राजनीतिक आंदोलन ऐसा नहीं है जिसके साथ आप निर्विवाद और निसंकोच अपने आपको जोड़ सकें। एक-एक विचारधारा के दस-दस दल। सभी यह दावा करते हैं कि हम प्रगतिशील हैं, विचारधारा के सच्चे प्रतिनिधि हैं और शेष सभी प्रतिक्रियावादी और संशोधनवादी हैं। मान लीजिए मैं अपने आपको कर्म के साथ जोड़ना चाहूँ तो सीधा अर्थ है कि मैं किसी न किसी राजनीतिक दल के साथ अपने आपको संबद्ध करूँ। प्रश्न यही है कि किसके साथ ?

श्याम कि०—लेकिन यादव जी, दिक्कत यह है कि जब-जब हिंदुस्तान में विचारधारा की बात उठाई गई, साहित्यकारों ने उस पर राजनीतिक और दलगत होने का आरोप लगाकर उसे बहिष्कृत कर दिया। ऐसी स्थिति में किसी विचारधारा से कैसे जुड़ा जा सकता है ?

नहीं, यह साहित्यकारों ने नहीं किया। यह काम स्वयं राजनीतिज्ञों ने किया। हिंदुस्तान में जितने टुकड़े कम्युनिस्ट पार्टी के हैं, सब अपने आपको मार्क्सवाद, लेनिनवाद से प्रेरित बताते हैं···

श्याम कि०—यदि टुकड़ों की बात न भी की जाए, फिर भी साहित्यकार विचारधारा के स्तर पर तो एक वर्ग-विशेष से जुड़ ही सकता है···

विचारधारा के स्तर पर, सहानुभूति, संवेदना के स्तर पर मैं स्त्रियों से जुड़ सकता हूँ। महिलाओं से मेरी सहानुभूति हो सकती है, लेकिन एक महिला जिस तरह से 'रिएक्ट' करती है, वैसा तो मैं नहीं कर पाऊँगा। हालाँकि यह तुलना बेहूदी और गलत है, मगर मेरे कहने का मतलब यही है कि मैं अपने आप से बाहर तभी निकलूँगा जब कर्म का दबाव, कर्म की प्रेरणा या कर्म की मजबूरी मेरे सामने होगी। यह कर्म की मजबूरी राजनीतिक वातावरण ही पैदा करता है। मैं यह मानता हूँ कि राजनीतिक शक्तियाँ ही समाज में वास्तविक परिवर्तन करती हैं, साहित्यकार नहीं कर सकता।

श्याम कि०—मुझे कहीं पर यह लगता है कि यह हमारी अपनी सीमाएँ तो नहीं हैं कि संवेदना के स्तर पर, भावना के स्तर पर हम उनसे नहीं जुड़ पाते। प्रेमचंद भी एक मध्यवर्गीय लेखक थे। उनके साहित्य में किसान, मजदूर आदि प्रमुख हैं। शायद यही कारण है कि उनका साहित्य आज भी प्रभावी, लोकप्रिय और सार्थक है। क्या हमें यह नहीं समझना चाहिए कि प्रेमचंद की दृष्टि आज के लेखकों से कहीं अधिक सामाजिक और प्रखर थी ?

नहीं, अगर आप लेखक की बात कहते हैं तो अर्थ है कि प्रायः 80 प्रतिशत लेखक ऐसा नहीं करते। मैं यह मानता हूँ कि जब आपको जुकाम होता है तो यह आपकी शारीरिक कमजोरी है। किसी दूसरे को जुकाम होगा तो किसी और कारण से, लेकिन जब पूरे वर्ग को, समाज को जुकाम होता है तो आप यह नहीं कह सकते कि यह व्यक्तिगत कमजोरी है। तब आप यही कहते हैं कि इसके तत्त्व, इसके कीटाणु वातावरण में हैं। जब आप यह कहते हैं कि लेखक ऐसा नहीं करते, तो निश्चित रूप से आप इस प्रश्न से कतरा रहे हैं कि वे क्या सामाजिक कारण हैं कि लेखक अपने से बाहर नहीं निकल रहा है? यहाँ बैठा हुआ मैं नहीं करता, बनारस में बैठे हुए शिवप्रसाद सिंह नहीं करते, कलकत्ते में बैठे हुए अवध नारायण या इसराइल नहीं करते, तो इसमें कोई सामाजिक कारण हैं, व्यक्तिगत नहीं। उन्हें हमें तलाश करना होगा, जो प्रेमचंद में या उनके समय में थे और हम लोगों

में नहीं हैं। मुझे लगता है कि प्रेमचंद अविभाजित आस्था से एक ऐसे आंदोलन से जुड़े हुए थे, जो गरीबों के साथ और किसान-मजदूरों के हित से सरोकार रखता था। प्रेमचंद गांधीवाद के साथ रहे, तब भी वे किसानों और मजदूरों के साथ थे और जब प्रगतिशील आंदोलन से जुडे, तब भी वही किसान और मजदूर उनके सामने थे। उस समय एक ऐसा लक्ष्य था जिससे जुड़कर बहुत से लोगों ने बहुत सी चीजें छोड़ दी थीं। अपनी पोजीशंस, नौकरियाँ छोड़ीं। आज वैसी सामाजिक, राजनीतिक स्थितियाँ नहीं हैं। वे बाहरी दबाव एक लक्ष्य के लिए समर्पित होने की आंतरिक और बाह्य मजबूरी आज हम लोग अपने भीतर महसूस नहीं करते। ऐसा कोई बड़ा राजनीतिक आंदोलन भी नहीं है, जिसमें सब कुछ भूलकर खुद को उसके आगे समर्पित कर दें।

श्याम कि०—उस समय मैं समझता हूँ, सबसे बड़ा लक्ष्य स्वतंत्रता का था।

निश्चित रूप से। और स्वतंत्रता के लिए जो रास्ते बताए गए थे, वे सभी को प्रेरित करते थे, जैसे गाँव वालों को जमींदारों के शोषण से मुक्त कराना, छुआछूत दूर करना, अंधविश्वासों से लड़ना, अशिक्षा से लड़ना, गरीबी से लड़ना। वे रास्ते अंग्रेजों को हटाने के साथ-साथ या इसी के लिए अपने को मजबूत करने में भी सहायक थे। रास्ते आज भी हैं। लेकिन ये रास्ते किस ओर प्रेरित हों, यह स्पष्ट नहीं है। कोई ऐसा ठोस और मूर्त दुश्मन आज नहीं है, जैसा उस समय था। व्यवस्था को अगर आप दुश्मन मानें तो हम खुद ही उस व्यवस्था को बनाए हुए हैं और हमें ही उसके खिलाफ लड़ना है। यानी हम खुद अपने दुश्मन हैं। उस समय दुश्मन विदेशी था और हमसे बाहर था। हमें वह साफ पहचान में आता था। आज मैं ही एक पूँजीवादी व्यवस्था हूँ और में ही उसके खिलाफ हूँ। मैं से मतलब, हम सब। मान लीजिए, मेरे परिवार में चार व्यक्ति हैं और उनमें से एक आदमी फैक्टरी लगाए हुए है, एक आदमी शिक्षा में है, एक आदमी लेखक है। यानी, एक ही परिवार में व्यवस्था का पोषक, व्यवस्था को चलाए रखने वाला या उससे लड़ने वाला व्यक्ति भी है। परिवार वाली स्थिति जरा फैलाने पर सामाजिक परिप्रेक्ष्य भी साफ होता है। यानी, चूँकि दुश्मन साफ नहीं है, इसलिए हमें अपने साथ का—सामाजिक, आर्थिक दृष्टि से—हर व्यक्ति अपना दुश्मन दिखाई पड़ता है। एक छोटी फैक्टरी वाला भी हमारा दुश्मन है क्योंकि वह पूँजीवादी व्यवस्था को चलाए रखने में सहायक है और टाटा-बिड़ला भी हमारे दुश्मन हैं। पर यह नहीं जान पाते कि इनमें अंतर क्या है ? जो दो पैसे की मूँगफली रोज बेचता है, वह भी लाभ कमा रहा है, वह भी उस प्रवृत्ति का कहीं छोटे रूप में संचालक है, और जो बड़े-बड़े खेतों, जमीन का मालिक है, वह भी उसका पोषक है। इस पूरी व्यवस्था में लाभाश्रयी होना एक मजबूरी है। ऐसी स्थिति में दुश्मन आप आकार से मानोगे या उस प्रवृत्ति को देखेंगे ?

रा०मे०—प्रवृत्ति को ही देखना पड़ेगा।

प्रवृत्ति को देखेंगे तो हम सब वही कर रहे हैं।

श्याम कि०—एक स्पष्ट अंतर तो हो सकता है—शोषक और शोषित का। एक वैज्ञानिक विचारधारा है, उसके अनुसार 'हैव्स' और 'हैव्स नॉट' का विभाजन कर सकते हैं।
यह सही है। उसी आधार पर विभाजन करें। जैसे ही आप दूसरे का श्रम लेते हैं तो व्यवस्था में शोषण की प्रक्रिया शुरू हो जाती है। मैं चार आदमियों को लेकर कंपोजिंग एजेंसी खोलता हूँ, शोषण के छोटे रूप में व्यवस्था वही है, तर्क वही है जो टाइम्स ऑफ इंडिया और थॉमसन प्रेस में है। फर्क सिर्फ इतना हुआ है कि वह बड़े स्तर पर शोषण कर रहे हैं, जबकि मेरे साधन सीमित हैं। मैंने दो आदमी लगाकर शोषण की इस व्यवस्था को बनाया हुआ है और उन्होंने दो हजार आदमी लगाकर। असल मुद्दा यह है कि यह शोषण का संबंध, यह व्यवस्था कैसे बदली जाए? अगर यह प्रवृत्ति है तो हमारे ही साथी और हमसे भी बुरी हालत वाला कंपोजीटर जो दो सहयोगी कंपोजीटरों को लगाकर एजेंसी खोले हुए है, क्या हमारा दुश्मन है ? मैं कहना चाहता हूँ कि आज दुश्मन इतना स्पष्ट नहीं है जितना किसी समय था। कह सकते हैं कि व्यवस्था हमारी दुश्मन है और चूँकि हम ही उस व्यवस्था को चलाए हुए हैं तो यह तय कैसे हो कि अलग से हमारा दुश्मन कौन है ? मैं एक सिपाही को मारकर यह समझता हूँ कि मैंने व्यवस्था के एक अंग को मार लिया, जबकि वह सिपाही हमारे घर के ही सदस्यों यानी चार अन्य सिपाहियों द्वारा स्थानापन्न कर दिया जाता है। आखिर हम कितने लोगों को मारेंगे ? एक शोषक जमींदार को मारेंगे तो हो सकता है कि उस भय और आतंक के वातावरण में हम ऐसी मजबूरी पैदा कर सकें कि जैसी व्यवस्था हम चाहते हैं, कुछ-कुछ वैसा ही हो लेकिन जब हम ब्यूरोक्रेसी के या शासनतंत्र के किसी व्यक्ति को मारते हैं तो व्यवस्था को नहीं मारते, बल्कि उस व्यक्ति को मारते हैं जो हममें से ही कहीं एक है।

श्याम कि०—यह सही है कि कोई व्यक्ति या संस्था-विशेष हमारा शत्रु न होकर पूरी व्यवस्था हमारी शत्रु है। हमें प्रयास पूरी व्यवस्था को बदलने के लिए ही करना होगा। प्रश्न यह है कि व्यवस्था का विरोध किस प्रकार किया जाए ? इस समय वामपंथी विचारधारा के अंतर्गत जनवादी आंदोलन चलाया जा रहा है। उसका व्यावहारिक पक्ष भी है जो राजनीतिक स्तर पर चल रहा है और सैद्धांतिक पक्ष भी है। वैचारिक पक्ष है जो साहित्यिक स्तर पर चल रहा है, उसके विषय में आप क्या सोचते हैं ?
अपनी हर समस्या और हर प्रश्न को हम व्यवस्था के जिम्मे डालकर एक प्रकार का पलायन तलाश कर लेते हैं। मुझे तो कभी-कभी लगता है कि यह व्यवस्था शब्द पहले के 'प्रारब्ध' या 'भगवान्' जैसा ही 'चोर-द्वार' तो नहीं बन गया। चलिए, मैं मान लेता हूँ कि व्यवस्था उतनी निराकार चीज नहीं है और उसे बदलने वाले, उसके खिलाफ आवाज उठाने वाले लोग हैं, दुनिया का कोई लेखक ऐसा नहीं है जो उन लोगों के साथ न हो। कम से कम अपने लोगों को मैं जानता हूँ कि उनमें से शायद कोई ऐसा लेखक हो जो यह न चाहता हो कि व्यवस्था बदली जाए। मैं तो यह कहना चाहूँगा कि सारी दुनिया में सशक्त लेखक

वही रहे हैं जो किसी भी बनी-बनाई व्यवस्था को बदलने में वैचारिक या सक्रिय सहयोग देते हैं। पिछले पचास वर्षों में ऐसा एक भी उदाहरण नहीं है कि किसी समर्थ लेखक ने यह कहा हो कि हम इस पूँजीवादी व्यवस्था को सही मानते हैं और इसका समर्थन करते हैं। आप किसी भी बड़े लेखक का उदाहरण लें, उसका सबसे महत्त्वपूर्ण लेखनकाल वही है जिसमें उसने व्यवस्था का विरोध किया है। व्यवस्था को बदलने वालों के साथ चाहे शारीरिक सहयोग न हो, लेकिन वैचारिक स्तर पर तो हम इसके अतिरिक्त कुछ सोच ही नहीं सकते कि इस व्यवस्था को बदला जाना चाहिए।

श्याम कि०—स्थिति यह है कि हममें से बहुत-से लोग व्यावसायिक प्रतिष्ठानों से जुड़े हुए हैं, हमारा विरोध करते हैं। प्रगतिशील या जनवादी, कोई भी आंदोलन हो, उसके विरुद्ध विषैला प्रचार करते हैं।

निश्चित रूप से वे व्यवस्था के दलाल हैं—घोषित या अघोषित। व्यवस्था को बनाए रखने के लिए जितनी शक्तियाँ या विचारधाराएँ और लोग हैं, वे हमारे ही नहीं, हर परिवर्तन और विकास की मानवीय शक्तियों के शत्रु हैं।

रा०मे०—वर्तमान संदर्भ में साहित्य की क्या सार्थक भूमिका है ? साहित्य की परिवर्तनकारी शक्ति में कहाँ तक विश्वास रखना उचित होगा ? यह सही है कि साहित्य से क्रांति नहीं हो सकती, लेकिन क्रांति का सैद्धांतिक और वैचारिक आधार तैयार करने में साहित्य की भूमिका निर्विवाद है। ऐसी स्थिति में साहित्य द्वारा कुछ निश्चित सिद्धांतों, मूल्यों और मान्यताओं के समर्थन को आप किस रूप में लेते हैं ?

देखिए, संदर्भ से तोड़कर आप कहेंगे तो मैं भी यही कहूँगा कि साहित्य से क्रांति नहीं हो सकती। लेकिन साहित्य वह मानसिक वातावरण अवश्य तैयार करता है जो क्रांति के लिए उपयोगी या तैयारी का वातावरण होता है। इसको संकेत में इस रूप में कहूँगा कि युद्ध में सेना के अनेक अंग होते हैं। एयरफोर्स भी होता है, जल और थल सेनाएँ भी होती हैं; लेकिन हवाई जहाजों के हमले किसी जगह को कैप्चर नहीं करते, अधिकार में नहीं लेते। वे सिर्फ जाते हैं और बम गिराकर चले आते हैं। वह दुश्मन की प्रतिरोध और सुरक्षा की जगहों को तोड़ते हैं, कैप्चर उसे लैंड आर्मी ही जाकर करती है। मैं समझता हूँ कि साहित्य का काम है कि वैचारिक और संवेदनात्मक रूप से जो प्रतिरोध हैं, उन्हें तोड़े और राजनीतिक आंदोलन या कर्म करने वाले लोग उसे जाकर कैप्चर करें। साहित्य के जरिए हम किसी जमीन या स्थान पर कब्जा करें, यह संभव नहीं है।

रा०मे०—प्रश्न यह है कि ऐसी स्थिति में साहित्य द्वारा कुछ निश्चित मूल्यों, मान्यताओं और सिद्धांतों के समर्थन को आप किस रूप में लेते हैं ?

साहित्य में संप्रेषण के स्तर पर दो चीजें बहुत महत्त्वपूर्ण होती हैं। एक जिसे कहते हैं—'क्रैडिबिलिटी' या विश्वसनीयता और दूसरी—'एक्सेप्टिबिलिटी' यानी ग्रहणशीलता। हमारा

संप्रेषण तभी प्रभावशाली और सार्थक हो सकता है जब हम इन दो तत्त्वों की ओर ध्यान दें कि मैं जो बात कर रहा हूँ, वह स्वीकार हो, और इस स्वीकृति (या एक्सेप्टिबिलिटी) की सबसे बड़ी शर्त है क्रैडिबिलिटी यानी वह विश्वसनीय हो। बात विश्वसनीय हो, तभी वह ग्राह्य भी हो सकती है और तभी संवाद संपूर्ण होगा। इस विश्वसनीयता के लिए जरूरी है कि मेरी बात मेरे भीतर से अनुभव और भावना से आई हो। जब आप मुझसे बात करते हैं और मुझे यह लगता है कि आपकी बात आपकी अपनी ही है, तो मेरा आपसे संवाद स्थापित होता है। अगर मुझे यह लगे कि आप किसी के सिखाए हुए आए हैं, या किसी और उद्देश्य से बोल रहे हैं तो मेरे भीतर फौरन ही एक रेजिस्टेंस या प्रतिरोध की स्थिति पैदा हो जाती है और मैं हर चीज को संदेह की नजर से देखने लगता हूँ।

कोई भी राजनीतिक सिद्धांत, कोई भी राजनीतिक दृष्टि, अगर वह मेरे भीतर से उद्भूत है, वह मेरी सच्चाई (रियलाइज्ड ट्रुथ) है तो आपमें भी विश्वास पैदा करेगी और यदि वह ऊपर से ओढ़ी हुई, सुनी-सुनाई या किसी अन्य माध्यम से आई है तो वह आपके भीतर एक नकारात्मक दृष्टि या कम से कम रुकावट पैदा करेगी। उस रुकावट को तोड़ने के लिए यह जरूरी है कि व्यक्तिगत स्तर पर भी उस सामाजिक सच्चाई को अनुभूत करा सकें।

श्याम कि०—कोई विचारधारा या सिद्धांत आपके विचारों को बल देता है और आप अपने लेखन में उसका उपयोग करते हैं तो…

लेखन में किस रूप में ? 'स्लोगन' के रूप में या रचनात्मक स्तर पर ? रचना के स्तर का अर्थ है—अनुभूत सत्य के रूप में। संवेदना के धरातल पर वह तभी छुएगा, जब हम अनुभूत सत्य के रूप में उसे अभिव्यक्त कर सकें, वरना विचार के स्तर से तो मैं भी मानता हूँ, आप भी मानते हैं कि यह व्यवस्था खराब है और हमें इसका विरोध करना चाहिए, लेकिन रचना के धरातल पर उसे कैसे संप्रेषित करेंगे? साहित्य की भूमिका ही यह है कि जो वैचारिक या सैद्धांतिक सत्य है उसे आप किस तरह व्यक्ति-सत्य बनाकर उपस्थित करते हैं और उसमें एक खास तरह की क्रैडिबिलिटी पैदा करते हैं; लगे कि यह बात सत्य ही नहीं है, इसी रूप में हो सकती थी या कही जा सकती थी। हमें लगे कि यह एक इनएबीटेबिलिटी या ऐसी अनिवार्य स्थिति है कि इसके सिवा और कोई रास्ता ही नहीं है। क्या यह अनिवार्यता हम व्यक्तिगत स्तर पर दिखा सकते हैं कि हर कार्य, हर सोच के पीछे लगे कि इसके सिवा कुछ हो नहीं सकता ? आत्मघात की बहुत गहरी संवेदना से लिखी हुई कहानी को लें, वहाँ आप भी कन्विंस होते हैं कि नायक या नायिका के सामने आत्महत्या करने के सिवा और कोई रास्ता ही नहीं था। इसी प्रकार किसी भी व्यवस्था, किसी भी स्थिति से लड़ने वाले के लिए उसी गहराई से हम पाठक के गले उतार सकें कि उसके पास यह करने के सिवा कोई रास्ता नहीं था; तभी वह हमारी सोच, संवेदना में गुणात्मक परिवर्तन करेगी अन्यथा हमारे ऊपर से निकल जाएगी।

मान लीजिए, पिस्तौल लिए मैं आपके और आप मेरे सामने खड़े हैं और इरादा है कि मार देना है या मर जाना है। अब स्थिति का तर्क और अनिवार्यता यह है कि अगर आपको मरना नहीं है तो मारना है, इसके सिवा कोई विकल्प नहीं है। क्या स्थिति की ऐसी अनिवार्यता या विकल्पहीनता हम अपनी कहानियों में दे पाए ? आज के जो तथाकथित जनवादी क्रांतिकारी लेखक हैं वह स्थिति को उस गहराई तक नहीं लाते, जहाँ इस प्रकार की संवेदनात्मक विकल्पहीनता पैदा हो, इसलिए उनकी रचनाएँ हमें नकली और अस्वीकार्य (अनएक्सेप्टिबिल) लगती हैं। साहित्य का सबसे बड़ा काम तो कन्विंस करना होता है। स्लोगन या विचार तो आपके दिमाग में रहता है, आपकी संवेदना को तराशता है, आपकी दृष्टि को पैना करता है। दृष्टि को पैना करना और दृष्टि बन जाना दो अलग बातें हैं। वही बात है कि चश्मा मेरी दृष्टि नहीं है, चश्मा मेरी दृष्टि को तेज करने वाला माध्यम है। दिक्कत वहाँ होती है जहाँ हम दृष्टि को तेज करने के नाम पर स्थानापन्न कर देते हैं। सान चाकू को तेज करने का पत्थर होता है, वह चाकू का काम नहीं कर सकता। हम सिद्धांत या किसी विशेष विचारधारा को चाकू ही मानकर चलते हैं, जबकि वह चाकू नहीं हो सकता, सान हो सकता है। चाकू तो आदमी खुद या उसका कर्म होगा।

रा०मे०—क्या लेखन की एक खास उम्र होती है ? एक विशेष उम्र के बाद अधिकतर लेखक लिखना बंद क्यों कर देते हैं ? आप स्वयं कहानी-सृजन से एक लंबी अवधि तक दिशा-दर्शक और समर्थ कथाकार के रूप में जुड़े रहे, लेकिन एक लंबे समय से आपकी कोई कहानी देखने में नहीं आई। कहानी लेखन से आपकी इस विमुखता का क्या कारण है ?

इस सवाल के दो-तीन हिस्से हैं। पहली बात तो यह है कि लेखन की सिद्धांततः कोई उम्र नहीं होती। इसको यदि मैं बहुत बाजारू शब्दों में कहूँ तो लेखन थोड़ा-थोड़ा इश्क करना है और जब तक आपके भीतर दूसरे में दिलचस्पी बनाए रखने का माद्दा है, तब तक इश्क की कोई उम्र नहीं होती। जब आप अपने आप में भरपूर हो जाते हैं या आपकी शक्तियाँ क्षीण पड़ जाती हैं, तब आपकी दिलचस्पी दूसरे में कम हो जाती है। लोगों ने साठ साल में इश्क किए हैं, लोगों ने पंद्रह साल में इश्क किए हैं। इसका सीधा अर्थ यह है कि जब तक आपके अंदर रिसेप्टिबिलिटी, दूसरे को ग्रहण करने की, साथी मनुष्य के अस्तित्व को स्वीकार करने की शक्ति है, तब तक आपके लेखन की कोई उम्र नहीं होती। जब यह रिसेप्टिबिलिटी खत्म हो जाती है, और आप आत्ममुग्ध हो जाते हैं, अपने को संपूर्ण मान लेते हैं, और यह मान लेते हैं कि मुझे दुनिया से, समाज से कुछ नहीं लेना, मुझे किताबों से कुछ नहीं लेना, तो लेखन की उम्र को आप खत्म मान सकते हैं। यह सही है कि जब हम अनुभवहीन होते हैं, एडोलेसेंस या किशोरावस्था में होते हैं तो हर चीज के प्रति एक आश्चर्य और उत्सुकता होती है। जिज्ञासा का वह स्वरूप आगे चलकर वैसा ही नहीं रहता। पैंतीस साल की उम्र में जिज्ञासा का वह स्वरूप नहीं होगा जो पंद्रह साल की उम्र में था।

पंद्रह साल की उम्र में चीजें जिस तरह अपनी छाप छोड़ेंगी, वह पैंतीस साल की उम्र में नहीं छोड़ेंगी। चाहे वह लेखक हो या व्यक्ति, उसके समय के मूलभूत प्रभाव ही उसे बनाते हैं, इसीलिए चीजों को स्वीकार करने और जानने की वृत्तियाँ जब तक बनी हैं, तब तक कोई लेखक नहीं मरता। लेखन के लिए जरूरी है यह मानसिकता।

दो-तीन वर्ष पूर्व मैंने एक लंबी कहानी लिखी थी, जिसे कमलेश्वर ने आत्मकथ्य के रूप में छापा था। नाम था—'वहाँ तक पहुँचने की दौड़'। मैंने उसमें बहुत कुछ कहा था। मेरे इधर के सारे सोच और लेखन के लिए यह एक गवाक्ष हो सकती है। उसमें एक बात कही थी कि आप अपने बेटे को लाड़ लड़ाते रहें, चौबीस घंटे उसे गोद में लिए फिरते रहें, बाप होने के लिए यह जरूरी नहीं है। आप जिस समय अपने दफ्तर में होते हैं और लिखने की मेज पर काम कर रहे होते हैं, उस समय भी आपकी कल्पना में उस बच्चे का या गुड्डी का चेहरा कौंधता है। बाप होना एक ऐसी स्थिति है, एक ऐसी कांशसनेस है जो हमेशा बच्चे के आसपास मँडराने से ही नहीं होती। मैं यह मानता हूँ कि लेखक होना भी एक ऐसी कांशसनेस है कि केवल कागज रँगते रहने या सिर्फ लेखन की बात करने से ही कोई लेखक नहीं होता; बल्कि उस लेखकीय मानसिकता और वातावरण में आप अपने को किस हद तक इन्वॉल्व या एकात्म महसूस करते हैं, इससे लेखक बनता है। और मैं कह सकता हूँ कि वह मानसिकता, वह जागरूकता, मुझमें कभी कम नहीं हुई, हालाँकि अपनी रचनात्मक चीज लिखे हुए तीन-चार वर्ष अवश्य हो गए हैं। अंतिम रचनात्मक चीज जिससे मैं संतुष्ट हूँ, वही 'यहाँ तक पहुँचने की दौड़' थी। मेरा रचनात्मक लेखन रुक गया है, उसके कुछ व्यक्तिगत कारण भी रहे हैं, यानी कुछ ऐसी बातों में उलझे होना जो लेखन के लिए बहुत जरखेज नहीं कही जा सकतीं। इसके अतिरिक्त, एक चीज जिसे मैं बहुत शिद्दत से महसूस करता हूँ, वह है महानगर का जीवन। हालाँकि महानगर का जीवन बहुत प्रेरक भी होता है और बहुत से लेखकों ने अपनी महानतम रचनाएँ महानगर के जीवन को आधार बनाकर ही लिखी हैं। लेकिन जिस स्थिति में और जिस सत्ताकेंद्र महानगर में मैं रहता हूँ, वह सनसनियों में रहने वाला महानगर है। यहाँ रोज एक नई सनसनी आपकी चेतना को, आपके ध्यान को बाँट देती है। आज फलाने साहब गद्दी से उतारे जा रहे हैं, अब फलाने साहब आ रहे हैं; आज फलाने साहब जा रहे हैं, आज फलाने साहब के पुत्र उस हालात में पकड़े गए। यानी रोज अखबार में आपको एक न एक ऐसी सनसनी मिलती है जो धीरे-धीरे आपकी संवेदना को भोथरा बना देती है। हिंदी फिल्में मेरी बात का अच्छा उदाहरण हो सकती हैं। हिंदी फिल्मों में धुआँधार मार-काट दिखाते हैं—इसने उसके छुरा मार दिया, उसने बंदूक चला दी। खटाक् से दृश्य बदला और अगले ही दृश्य में माँ और बेटे मिलकर रो रहे हैं। यानी पहले एक निहायत ही उत्तेजनात्मक आवेश का दृश्य था और उसके बाद बड़ा विगलित और रोने-धोने का सीन। उसके बाद फिर कोई भयानक सीन और फिर कोई हलके-फुलके हास्य का दृश्य। यानी उन दो घंटों में आपसे इतने ज्यादा मानसिक रिस्पांस

की उम्मीद की जाती है जो अस्वाभाविक है। धीरे-धीरे आप उन स्थितियों से गुजरें तो वह स्वाभाविक होगा, लेकिन उन दो घंटों में जैसे आपको पूरे नवरसों की अनुभूति करा दी जाती है। यह अनुभूतियों का 'कंडेस्ट फॉर्म', तीव्रतम रूप होता है। किसी तेज चलती गाड़ी को आप बार-बार ब्रेक लगाकर रोक दें तो उसकी सारी मशीनरी लड़खड़ा जाती है, खराब हो जाती है। उसी तरह इतनी तीव्र संवेदनात्मक स्थितियों में से एक के बाद एक लगातार गुजरने से धीरे-धीरे आपकी अनुभूति की क्षमता, आपकी चेतना मृत हो जाती है। महानगर में आदमी 'कैलस' हो जाता है, क्रूर और हृदयहीन हो जाता है। उसके पीछे एक बहुत बड़ा कारण है, वह यह कि वह ऐसे भयानक अनुभवों से एक साथ गुजरता है, जैसे एक सैनिक लड़ाई से गुजरता है। लड़ाई में आप देखते हैं यह यहाँ गिरा, वह वहाँ मरा और धीरे-धीरे आप भीतर से ठंडे हो जाते हैं। आपके अंदर प्रतिक्रिया होनी ही बंद हो जाती है। आपकी अनुभूति मर जाती है। यह जो महानगर की दुनिया है, जिसे हम लोग बहुत गतिशील और सक्रिय कहते हैं, लेखन के लिए बहुत 'कंजीनियल' माहौल नहीं है, बहुत उपयुक्त वातावरण नहीं है।

रा०मे०—बहुत-से लेखक जो महानगर में नहीं रहते और इतने व्यस्त नहीं हैं, फिर भी उनका लेखन रुक जाता है। वे शुरू में बहुत तेजी से लिखते हैं और उसके बाद उनके लिखने की गति बहुत मंद पड़ जाती है···

देखिए, मैं यह कह चुका हूँ कि लेखन एक मानसिकता है, उसे कंटीन्युटी से मत जोड़िए। यह सच है कि कंटीन्युटी या निरंतरता बहुत जरूरी है। एक लेखक के लिए यह जरूरी है कि वह निरंतर लिखता रहे, लेकिन कभी-कभी ऐसा होता है कि आदमी निरंतर लिखता रहता है और उसका कोई अर्थ नहीं होता है। यह होती है निरंतर लिखते चले जाने की दयनीयता। इसलिए निरंतर लिखते चले जाना ही जरूरी नहीं है, बल्कि निरंतर और महत्त्वपूर्ण लिखना जरूरी होता है। लेकिन यह बहुत मुश्किल है। इसलिए हमें इतने से ही संतोष करना पड़ता है कि आदमी चाहे थोड़ा लिखे, परंतु महत्त्वपूर्ण हो।

जहाँ तक छोटी जगहों का संबंध है, हम जब तक जीवन के विकासमान रूप से जुड़े रहते हैं, तब तक हममें जिज्ञासा और रिसेप्टिबिलिटी बनी रहती है, तब तक लेखन चलता रहता है। जब अपने आप से संतुष्ट हो जाते हैं तो यह जिज्ञासा और ग्रहण करने की हमारी शक्ति नष्ट हो जाती है। एक खास तरह की संतुष्टि पैदा हो जाती है कि हमने बहुत कुछ देख लिया, अब हमें कुछ देखने को बाकी नहीं रहा या कुछ देखने की जरूरत नहीं रही। जहाँ आप में परम ज्ञान पैदा हुआ कि आप लिखने की जरूरत ही महसूस नहीं करते। ऐसी स्थिति में आप कुछ नहीं करते। लिखना क्या, कर्म से ही आपका विश्वास उठ जाता है। लिखना भी तो एक सामाजिक कर्म ही है—सोशल एक्शन। हर चीज के प्रति एक उपेक्षा या उदासीनता का भाव एक संदेह और संशय की दृष्टि पैदा कर देता है। हर चीज के प्रति यह भाव बन जाता है कि इससे कुछ नहीं होगा। शायद पूरे रचनात्मक स्तर पर आज के

राजनीतिक वातावरण में कहेंगे, यह विश्वास हावी है या यह विश्वास दिला दिया गया है कि आप लिखते रहिए, सोचते रहिए, इन्वेंशन करते रहिए, लेकिन इस सबसे स्थिति में कहीं कोई परिवर्तन आने वाला नहीं है। व्यवस्था पर कोई प्रभाव नहीं पड़ने वाला है। यही निराशा और हताशा का बहुत बड़ा कारण है जो सिर्फ लेखक में ही नहीं है, बल्कि जहाँ भी रचनात्मक प्रतिभा दिखाई पड़ती है, वहीं आपको यह स्थिति मिलेगी।

देखिए, मैं यह मानता हूँ कि जो वास्तविक सामाजिक परिवर्तन होंगे, चाहे उनके पीछे कोई भी दृष्टि हो, वह सब होगा राजनीति से ही। उसके पीछे कौन-सी शक्तियाँ होंगी या कौन-सी विचारधारा होगी, सही होगी कि गलत होगी—यह दूसरी बात है। स्थिति यह है कि राजनीति केवल कुछ लोगों के हाथ में है और बाकी सब इस्तेमाल किए जाने वाले लोग हैं। आप जब तक इस्तेमाल होते हैं, या अपने को करने देते हैं, या उसका विरोध करते हैं सक्रिय रूप से, तब तक तो आपको एक कार्य की सार्थकता दिखाई देती है, लेकिन जब आप बहुत 'डिसगस्टेड' होते हैं, दुखी होते हैं, क्षुब्ध होते हैं और साथ ही आपको यह विश्वास होता है कि इससे कुछ नहीं होगा तो आप में कुछ करने का हौसला मर जाता है। आप देखते हैं कि विरोध होता है, हड़तालें होती हैं, आंदोलन होते हैं, चुनाव होते हैं लेकिन होता कुछ नहीं है। जब जनमानस में, पूरे समाज के मन में यह बात घर कर जाती है तो एक प्रकार का 'बैरन पीरियड', 'बाँझ काल', जहाँ सारी रचनात्मकता, चाहे वह लेखन में हो या किसी और क्षेत्र में, कुंठित हो जाती है। वह केवल आपके राजनीतिक और सामाजिक प्रयत्नों की ही व्यर्थता नहीं होती, बल्कि वह आपको अपनी रचनात्मकता की भी व्यर्थता मालूम होती है या उसकी सार्थकता ही संदिग्ध हो उठती है। ऐसी स्थिति में सवाल स्वाभाविक है कि जब कोई सार्थकता ही नहीं है तो मैं क्यों लिखूँ या रचूँ? उस समय इस गतिरोध से बाहर निकलने के लिए या तो कुछ बाहरी दबाव हों या विचारधारा इतनी सशक्त हो जो आदमी को इस घुटन से, इस व्यर्थता-बोध से बाहर निकाल सके। यानी विचारधारा सामने है और वह हमें बाहर नहीं निकाल पा रही है, तो इसका मतलब है कि कहीं पर वह हमारी संवेदना का अंग नहीं बन पा रही, वह केवल हमारे दिमाग को ही छूती है। हम सिर्फ बड़ी-बड़ी बहसें करते हैं, मगर भीतर उसका कोई प्रभाव नहीं होता। बहुत-सी चीजों पर आप सैद्धांतिक रूप से सहमत हो जाते हैं, लेकिन जीवन में वह आपको कहीं नहीं बदलतीं। कहीं शायद विचार में ही कुछ कमी है या हमारी रिसेप्टिबिलिटी ही अक्षम है। यह एक बहुत बड़ा दुष्चक्र है कि विचारधारा हमारे जीवन को छू नहीं पाती, हम बदले हुए जीवन से उन्मुक्त हृदय से उस विचारधारा को नहीं स्वीकार कर पाते। एक ओर हम देखते हैं कि साहित्य 'कमर्शियलाइज्ड' हो रहा है, हर चीज बाजार की वस्तु हो रही है। इसलिए सैद्धांतिक सार्थकता की बजाय सामाजिक उपयोग, सोद्देश्यता की दृष्टि साहित्य में आएगी, तभी व्यवस्था बदलने की मानसिकता तैयार होगी। यह मैंने 'प्रेमचंद की विरासत' में कई जगह कहा है। लेकिन यहाँ हमारे संस्कार बाधक हैं। हमें शुरू से यह

बताया गया कि लेखक बहुत महान् होता है, लेखक बहुत ऊँचा होता है, लेखक बहुत विशिष्ट व्यक्ति होता है? उसे 'सोद्देश्यता' जैसे छोटे और सीमित लक्ष्य से अपने को नहीं बाँधना चाहिए। लेकिन जब हम असलियत में लेखक की स्थिति देखते हैं, हमारी आस्था डिग जाती है। आस्था दो तरह से डिगती है—एक अपने व्यर्थता-बोध से और दूसरे अगर हममें जिंदगी की सड़ाँध को लेकर गुस्सा अधिक है और हम पाते हैं कि साहित्य का हथियार व्यर्थ हो गया है। ऐसी मानसिकता में बहुत सारे लेखक हुए हैं जिन्होंने कलम रखकर हथियार यानी सोच के मुकाबले कर्म को स्वीकार कर लिया है। हम देखते हैं कि परिवर्तन लिखने से नहीं होगा, परिवर्तन शक्ति से होगा, और तब हम शक्ति का माध्यम चुन लेते हैं। बहुत-से लेखक हैं बंगाल में और आंध्र में, जिन्होंने अनुभव किया कि कविता लिखने और सुनाने से परिवर्तन नहीं होगा और उन्होंने कविता लिखना छोड़कर सामाजिक परिवर्तन के हथियार उठाए।

श्याम कि०—आपने बहुत-सी स्थितियाँ बताईं। आपके साथ कौन-सी स्थिति है ?
मेरे साथ सीधी-सीधी व्यर्थता-बोध की स्थिति है। चाहे जिंदगी की अर्थहीनता हो या महानगर या राजधानी की व्यस्त जिंदगी की निरर्थकता हो। आपको इतने अवांतर ढंग से बाँध रखने वाले प्रसंग हैं, जो लिखने के लिए बहुत सहयोगी नहीं हैं, बल्कि घातक हैं।

श्याम कि०—इससे उबरने के लिए क्या किया जा सकता है ?
इससे उबरने के लिए बहुत जरूरी है कि मूलभूत सैद्धांतिक प्रश्नों को फिर से विश्लेषित किया जाए। पहले हम अपनी दृष्टि साफ करें। अपने उलझाव और भटकाव को दूर करें और अपने कुतुबनुमा को जाँचें। दिमाग साफ करने के लिए आत्मलोचन और आत्मविश्लेषण करें। अपने स्तर पर मैंने रचनात्मक व्यर्थता-बोध को पिछले दिनों वैचारिक धरातल पर काटने का प्रयास किया है, परिणामस्वरूप आलोचनात्मक लेख आदि लिखे हैं। बहसों और बातचीत से अपने दिमागी उलझाव से निकलने का प्रयास किया है, ताकि लिखने में मेरी आस्था पुनर्स्थापित हो सके। बेचैनी निरंतर मैं अपने भीतर पाता हूँ। इसे मैं लेखकीय 'अवेयरनेस' कहता हूँ और इससे मैं एक क्षण के लिए भी दूर नहीं हुआ हूँ। गालिब के एक शेर से मैं अपनी बात पूरी करता हूँ :

गो मैं रहा रहीने-सितम-हाए रोजगार,
लेकिन तेरे खयाल से गाफिल नहीं रहा।

रा०मे०—आजकल आप नया क्या लिख रहे हैं ?
देखिए, जैसा मैंने बताया कि मेरी एकमात्र कोशिश अपने उस गतिरोध से निकलने की है जिसे व्यर्थता-बोध कहते हैं। हो सकता है कि उसका कारण जिंदगी में हो। हो सकता है कि उसका कारण लेखन में हो। उसे तोड़ने के सिलसिले में मुझे लगता है अपने को कहीं

जोड़ना होगा। अपने को अपने के संदर्भ में समझना होगा। उसी सिलसिले में मैंने अपने कुछ पुराने साथियों, जिनके साथ मैं मानसिक तौर पर रहा हूँ या जिनके साथ मेरा विकास हुआ है, दोबारा पढ़ने और समझने की कोशिश की है। उनमें मैंने यशपाल, प्रेमचंद को समझने की कोशिश की है। यशपाल पर मेरा एक लंबा लेख तैयार हो रहा है। उसी क्रम में मैं 'चंद्रकांता-संतति, और उस वर्ग के जितने उपन्यास हैं, उन पर एक लंबा लेख लिख रहा हूँ। लेख के माध्यम से मैं उस समय को, उस लेख को, उस लेखक की मानसिकता और उस तरह का उपन्यास लिखने की प्रासंगिकता को समझने की कोशिश कर रहा हूँ ताकि मैं अपने को कहीं किसी जगह जोड़ सकूँ। दुनिया के सारे लेखकों और विचारकों ने अपने को जोड़ने के लिए, अपना मानसिक गतिरोध दूर करने के लिए हमेशा परंपराओं को जाँचा है, पुनः परिभाषित किया है। उसी प्रक्रिया में एक यह लेख भी होगा। उसके बाद दो-तीन लेख और लिखने हैं और फिर मैं अपने अधूरे उपन्यासों में से एक को उठाऊँगा।

श्याम कि०—आप प्रकाशन व्यवसाय से भी संबद्ध हैं। एक लेखक जब प्रकाशन के क्षेत्र में आता है तो उससे यह स्वाभाविक आशा और अपेक्षा रहती है कि वह पूँजीवादी प्रकाशकों के समानांतर लेखक के लिए बेहतर स्थिति तैयार करेगा। 'अक्षर प्रकाशन' से यह अपेक्षा लेखकों ने अवश्य की होगी, जिसका प्रमाण अनेक स्थापित लेखकों का इस प्रकाशन से जुड़ना था। कालांतर में आपके प्रकाशन से काफी लेखक असंतुष्ट हुए। इसमें उनके व्यक्तिगत पूर्वग्रह ही कारण बने या कुछ और ?

देखिए, इस प्रकाशन को शुरू करने के पीछे मेरा एक मानसिक स्वप्न, एक सोच रहा है। मैंने शुरू से ही अपने जीवन में इस चीज को सबसे ज्यादा महत्त्व दिया कि मैं लेखन के स्तर पर कहीं, किसी प्रकार का समझौता न करूँ। लेखकीय स्वतंत्रता ही मेरा मुख्य सरोकार भी रहा। कहूँ, एकमात्र मेरी चिंता यही रही है कि लेखन किन्हीं बाहरी दबावों से, बाहरी प्रभावों से और खास तौर से व्यावसायिक या व्यवस्था के दबावों से निर्धारित न हो। उसके लिए इस प्रकाशन की कल्पना की गई थी। लेकिन कुछ दुर्घटनाएँ हुईं, कुछ गलतफहमियाँ हुईं और प्रकाशन वैसा नहीं चल सका।

शुरू में विचार था कि जैसा यशपाल ने, जैनेंद्र ने, वृंदावनलाल वर्मा और अश्क ने किया, हम अपनी ही पुस्तकों का प्रकाशन करें। फिर सोचा कि यदि यह समस्या हल करने और लेखकीय स्वतंत्रता को सुरक्षित रखने का तरीका है, तो हम चाहे अपनी ही पुस्तकों का प्रकाशन करें, मशीनरी तो पूरी ही बनानी पड़ेगी, और जब मशीनरी ही बनानी पड़ेगी तो उसमें और लोगों की समस्या को भी हल किया जा सकता है। जैसे आप अकेले पूरी अम्बेसेडर कार लेकर चलें तो उसमें चार और आदमियों की यात्रा को भी आसान किया जा सकता है। इसी आधार पर हमने अपने साथ कुछ साथी लेखकों को भी जोड़ा था और वे जुड़े भी। लेकिन हुआ क्या, कुछ गलतफहमी हो गई। यानी अम्बेसेडर बीच में ही खराब

हो गई और उन चार साथियों की गालियाँ ही अपनी कमाई हुई। कुछ व्यावसायिक अनुभवहीनता, जो भी कारण रहे हों, आर्थिक रूप से उस प्रकाशन ने उतना रिटर्न नहीं दिया। परिणामतः सारी चीजें टूटती चली गईं। मैंने 18 साल के स्वतंत्र लेखकीय जीवन के दौरान जिन कठिनाइयों का सामना नहीं किया वह इस प्रकाशन को शुरू करने के बाद करना पड़ा। मेरी सारी पुस्तकें यहाँ थीं, मेरी सारी रॉयल्टी यहाँ थी, मेरे सारे मित्रों का पैसा यहाँ था, हमारा सारा पैसा जो हमें इधर-उधर से, फिल्म से या किसी और माध्यम से मिलता था, वह सब हम इसमें डालते थे। उसके बावजूद प्रकाशन उस तरह से नहीं चलता था जैसा चलना चाहिए था। बहुत से लोग इन कठिनाइयों को नहीं जानते। बाहर के लोग इसे समझ भी नहीं सकते। बेसिक और एकमात्र शिकायत यह रही है कि लेखकों को उनकी रॉयल्टी नहीं मिली या समय पर नहीं मिली, इसके सिवा मैं नहीं समझता कि कोई और शिकायत किसी को हो सकती है। शुरू के वर्षों में तो यह रहा कि रॉयल्टी मिलने का सवाल ही नहीं था। इसको लेकर खुद मेरा लेखकीय अवमूल्यन हुआ। लोगों ने इस बात को लेखकीय व्यक्तित्व से भी जोड़ा। जो सहयोगी लेखक 'आदरणीय' और 'श्रद्धेय यादव जी' करके लिखते थे या यह बताते थे कि आपके अमुक उपन्यास या आपकी अमुक कहानी से प्रेरित हुआ, उन्होंने इस घटना से अपने उस मूल्यांकन को भी प्रभावित होने दिया। उनके लिए मैं व्यक्ति ही नहीं, लेखक भी घटिया हो गया। यानी अगर टॉलस्टॉय ने कहीं बेईमानी की है तो उनके लिए उनका उपन्यास 'वार एंड पीस' भी घटिया हो जाएगा।

इस निंदा-प्रकरण के पीछे एकमात्र कारण यही था कि हमारा वैसा व्यावसायिक अनुभव नहीं था। उन व्यावसायिक हथकंडों में न आस्था थी, न उनकी जानकारी। हम उसमें पैसा लगाते ही चले गए। यह मैंने हमेशा कहा है कि आगे या पीछे, पैसा मैं सभी का दूँगा और बिना माँगे दूँगा। लेकिन इस विकल्प के लिए मैं तैयार नहीं था कि या तो मैं प्रकाशन बंद कर दूँ या उनका पैसा वापस दे दूँ। ऐसा मैं कर नहीं सकता था, क्योंकि जिंदगी में मैंने इतनी बड़ी कीमत किसी और चीज के लिए नहीं दी। अपने लेखन का सर्वश्रेष्ठ समय बारह वर्ष मैंने इसमें झोंके। मेरे लेखन में जो गतिरोध आया है, उसका एक बड़ा कारण यह भी है। बहुत आसानी से मैं हाथ झाड़कर खड़ा हो सकता था और कह सकता था कि भाई व्यवसाय है, नहीं चला। लेकिन मैंने ऐसा नहीं किया। ऐसा करना उचित नहीं समझा। दूसरे, बंद करने से भी रद्दी कागज से चुकाने लायक पैसा निकालना असंभव था। एक बात और। आप 'प्रतिमान' चलाते हैं। हमें मालूम है कि हमें एक रचना इसमें देनी है और किसी तरह की प्रत्याशा नहीं करनी है। 'माया', 'मनोहर कहानियाँ' और 'धर्मयुग' की दृष्टि रखकर 'प्रतिमान' से नहीं जुड़ा जा सकता। इनसे हम जैसी प्रत्याशाएँ करते हैं, वैसी 'प्रतिमान' जैसी पत्रिकाओं से नहीं कर सकते। आप भी जानते हैं कि इस 'प्रतिमान' को चलाकर आप कोठी नहीं बना सकते; बल्कि अगर कोठी होगी भी तो उसके

बिकने की संभावना होगी। लेकिन जब हम प्रकाशन चलाते हैं तो वह सारी प्रत्याशाएँ उसमें जोड़ देते हैं जो एक व्यावसायिक प्रकाशन से की जानी चाहिए। मुझसे प्रत्याशाएँ वह की गईं जो राजपाल या राजकमल से की जा सकती हैं। लेकिन मेरी अपनी सीमाएँ हैं। मैं उस तरह के समझौते नहीं कर सकता जैसे कि एक विशुद्ध व्यावसायिक आदमी आसानी से कर लेता है, क्योंकि मुझे यदि यही करना होता तो जिस लेखकीय स्वतंत्रता के लिए मैंने दूसरी जगह बड़े-बड़े सम्मान, बड़ी-बड़ी नौकरियाँ और पद छोड़े, उन्हें करने में क्या बुराई थी ? वह तो मुझे बाकायदा इज्जत से मिल रहे थे। पुस्तक व्यवसाय के लिए किसी घटिया किस्म के टीचर, लेक्चरर, इंस्पेक्टर ऑफ स्कूल या डायरेक्टर के पास जाकर खुशामद करूँ, उसे पटाऊँ जिसे मैं जानता ही नहीं, अगर उसी स्तर पर उतरना होता तो मेरे पास डिग्री भी है, पोजीशन भी है और संपर्क भी कमजोर नहीं हैं। किसी कॉलेज में लेक्चरर भी हो सकता था और बहुत कुछ फायदे उठा सकता था। अपने लेखकीय आत्मसम्मान के लिए ही मैंने यह सब नहीं किया और विडंबना है कि उसी लेखकीय आत्मसम्मान के कारण ही मैंने अपनी विश्वसनीयता खो दी। इसका एकमात्र कारण यह है कि वह व्यावसायिक प्रत्याशाएँ मैं पूरी नहीं कर पाया। रॉयल्टी एडवांस देने की तो बात अलग है, लेखकों की जो निकलती थी, वह भी नहीं दे पाता था। जहाँ तक भरसक हुआ, मैंने उसमें डाला ही है। आज भी 'अक्षर' पर मेरी सबसे ज्यादा रॉयल्टी निकलती है—एक लाख रुपए से ऊपर। और मैं उसमें से सात सौ रुपए महीने से ज्यादा नहीं निकाल पाता। दिक्कत यह है कि दृष्टि है साहित्यिक, और उस जगह का सेटअप, तौर-तरीके हैं व्यावसायिक। यह मिशन और प्रोफेशन, मिशन और कॉमर्स की लड़ाई है। वहाँ की सारी जरूरतें, वहाँ की सारी प्रत्याशाएँ, सारी उपेक्षाएँ, सारे दबाव कॉमर्शियल हैं, लेकिन जहाँ कॉमर्स होना चाहिए, किताबों के चुनाव में, लेखकों के चुनाव में, वहाँ कॉमर्शियल दृष्टि नहीं है। परिणामतः उसका आर्थिक पक्ष कमजोर है। या तो मेरे पास इतने साधन हों कि मैं हर महीने उसमें पाँच-दस हजार रुपए लगाता रहूँ और जिसकी जितनी रॉयल्टी या देय निकलता है, उसका वह देता रहूँ। संभव हो तो एडवांस भी दूँ। एकमात्र चीज, जिसके आधार पर मैं चल रहा हूँ, वह यही जिद कि कितने साल आखिर ऐसा चलेगा ? यह लगन कहिए, टैनेसिटी कहिए, जिद कहिए, कुछ भी कहिए, जो मुझसे काम करवा रहा है। जिन लोगों की कभी कोई किताब अक्षर से नहीं छपी या जिन्हें 'अक्षर' के बारे में कतई जानकारी नहीं है, वे कहते पाए जाते हैं कि मैंने रॉयल्टी मार ली है, दी नहीं है। रॉयल्टी सबकी दी है, लेकिन देर से। अब शुरू में ही कह देता हूँ कि कल आप कहें कि माँ बीमार है या ऐसी ही कोई बनी-बनाई बात। वह मुझे अच्छी नहीं लगेगी। यदि मैं नहीं दे पाऊँगा तो मैं बिलकुल नहीं दे सकता। दे सकूँगा तो आपके बिना कहे आपके यहाँ पहुँच जाएगी। यह स्थिति मैं हर लेखक के सामने साफ कर देता हूँ। इसलिए मैंने प्रकाशन का काम बहुत सीमित भी कर दिया है। आखिर क्यों अपने मित्रों को बिना वजह नाराज किया जाए ?

किस-किस को आप स्थिति समझाएँगे ? हर आदमी तो समझता नहीं है और खास तौर से, वह आदमी जिसके पाँच हजार रुपए निकलते हों। वह कुछ दिन इंतजार करता है और उसके बाद अपना धैर्य खो देता है। वह देखता है कि लड़की की शादी पर नहीं दिए, मैं बीमार हो गया था, तब भी नहीं दिए तो वह कटु हो जाता है।

यही बिटरनेस है, जिसने मेरे खिलाफ एक विरोधी वातावरण बनाया। इसलिए शिकायत वाली बात सही है। यह शिकायत उन सब लेखकों की होगी जो यह सोचते हैं कि 'पत्रिका' से तो टाइम्स ऑफ इंडिया जैसी संस्था बनती है, परिणामतः वह सारी प्रत्याशाएँ 'प्रतिमान' से शुरू कर दें, तो निश्चय ही गलतफहमी होगी। जिस दिन मैं यह महसूस करूँगा कि मुझे 'धर्मयुग' से या अन्य किसी जगह से एक रचना के पाँच सौ रुपए मिलते हैं, अतः आपसे भी मिलने चाहिए, और जब वह अपेक्षा पूरी नहीं होगी तो मैं बिटर हो जाऊँगा। उस समय मुझे आपकी कमीज से लेकर चश्मा-कलम सभी अपने शोषण में पाया गया 'ऐश' लगेगा। मैं बहुत साफ कहता हूँ कि मेरे पीछे कोई संस्था, कोई ट्रस्ट नहीं है, मैं व्यवसायी भी नहीं हूँ। मैंने एक बहुत साफ उद्देश्य से प्रकाशन चलाया है और चलाना चाहता हूँ। अगर आप उसमें सहयोग कर सकते हैं तो करिए, नहीं तो मैं कोशिश करूँगा कि अकेले ही चलाऊँ। क्यों अपने दुश्मन बनाऊँ ? यह अकेले मेरी नहीं, एक प्राइवेट लिमिटेड संस्था है। इसमें हमारे बहुत-से पत्रकार, साहित्यकार, लेक्चरर या इस तरह के मित्र हैं जिन्हें साहित्य में रुचि है और जो यह सोचते थे कि इस तरह की कोई संस्था होनी चाहिए। हमने उन्हें शेयर होल्डर बनाया।

उस समय हमारे दिमाग में एक बात यह भी आई कि क्यों न एक कोऑपरेटिव बना दिया जाए। राइटर्स कोऑपरेटिव जैसी कोई चीज हो। लेकिन उसमें दो बाधाएँ थीं। एक तो उसमें आपसी समझ के झंझट के साथ-साथ टेक्निकल और कानूनी झमेले भी बहुत होते हैं। ग्यारह या पंद्रह आदमी हम लोगों में से ऐसे नहीं मिल पाते जो एक ही उद्देश्य या एक ही लक्ष्य से बँधे हों और एक साथ मिलकर काम कर सकें। सब अलग-अलग सोचते हैं। वैसे भी हर लेखक दूसरे को घटिया मानकर ही चलता है। कब किससे किस बात पर मतभेद हो जाए, कुछ ठीक नहीं। मैं समझता हूँ कि पचास-पचपन के आसपास शिवदान सिंह चौहान ने कोऑपरेटिव बनाने की बात की थी और आज भी अक्सर लोग करते हैं। काफी लोगों ने काम भी किए इस दिशा में, लेकिन कोऑपरेटिव नहीं बना। केरल जैसे कोऑपरेटिव बनाने की योजना थी। हो सकता है, बने। पर हम लोगों को इसमें बहुत उलझनें दिखाई दीं। लेखकीय स्वतंत्रता का लक्ष्य बहुत साफ था। मैं मानता हूँ कि समझौते, आवाज को धीमा करना, सच्चाई से कतरा जाना या दबाव में आ जाना, ये सारी बातें आर्थिक निर्भरता से आती हैं। अगर आप आर्थिक दृष्टि से आत्मनिर्भर हैं तो बहुत दबंग और खुले रूप में बात कर सकते हैं। मैं अपनी साफगोई से बहुत-से लोगों को नाराज कर देता हूँ, तो बहुत कारण यह भी है कि मुझे इसमें से किसी पर आर्थिक रूप से निर्भर

नहीं करना पड़ता।

इसी लेखकीय स्वतंत्रता और आत्मनिर्भरता के लिए हम कोऑपरेटिव बनाना चाहते थे, लेकिन कोऑपरेटिव में मुझे वह स्वतंत्रता नहीं दिखाई दी। उसमें सरकारी पैसा और हस्तक्षेप भी रहते हैं। हो सकता था कि आगे चलकर हम लोग कुछ ऐसी चीजें छापते जो सरकार के विरुद्ध होतीं, तब दूसरी दिक्कतें भी खड़ी हो सकती थीं। आप जिससे सारी सुविधाएँ लेते हैं, उसके विरुद्ध ताल ठोंककर नहीं बोल सकते।

पत्रिका के संदर्भ में तो हमें अभ्यास है कि साहित्यिक पत्रिका से व्यावसायिक प्रत्याशा न करें, लेकिन प्रकाशन के सिलसिले में, चाहे वह किसी भी स्तर का क्यों न हो, हमारी धारणा यही है कि यह एक बड़ी चीज है और इससे काफी पैसा मिलना चाहिए, प्रकाशक तो लाखों-करोड़ों बनाता है। पत्रिका में आप अपने-अपने काम में लगे हुए घंटे-दो घंटे समय देकर उसे चला सकते हैं, लेकिन प्रकाशन में इस तरह से नहीं चलता। प्रकाशन में जब हम बड़े उद्देश्यों को लेकर चलते हैं तब या तो उसके पीछे कोई ट्रस्ट हो या किसी पैसे वाले का पैसा। साहित्यिक पत्रिका से एक आदमी का बाकायदा खर्च नहीं निकल सकता। उसी लक्ष्य से प्रतिबद्ध प्रकाशन से भी नहीं निकल सकता। हाँ, अगर उसे हम इस रूप में चलाएँ कि अपना-अपना काम करते हुए घंटे-दो घंटे उस काम को भी देखें। अगर मन्नू की नौकरी यहाँ नहीं होती तो मैं इसे तीसरे साल बंद करके चला गया होता। मुझे एक आश्वासन था कि जब मैं घर लौटूँगा तो मुझे खाना जरूर मिल जाएगा। इसीलिए मैं इसे चला सका। हम इसे इसी जिद में चला रहे हैं कि देखें कब तक कोई चीज सफल नहीं होती। लेखक इतना यथार्थवादी क्यों नहीं हो पाता कि आप 'लाल टीन की छत' छापकर गुलशन नंदा की किताबों जैसी सेल और रॉयल्टी की उम्मीद कैसे कर सकते हैं। जब हम अपने को समर्पित लेखक मानते हैं और स्वतंत्र होकर लिखना चाहते हैं तो हमारा पाठक-वर्ग कहीं न कहीं सीमित हो जाता है। कविता-संग्रह छापकर आप सोचें कि उपन्यासों जैसी रॉयल्टी दी जाए, यह संभव नहीं है। बहुत-से लेखक इसलिए नाराज हो जाते हैं कि उन्हें प्रकाशन की 'इकॉनमी' का बिलकुल ज्ञान नहीं होता। कोई भी प्रकाशक जब किसी उच्चकोटि की विचारपूर्ण उत्कृष्ट साहित्यिक पुस्तक की नियमित रॉयल्टी देता है तो आप यह निश्चित मानिए कि किसी थर्ड-रेट आदमी की कोई किताब कहीं कोर्स में चल रही है। उसने सरकार को पटाकर बड़ा ऑर्डर मारा है और उसी आधार पर वह पूरी व्यवस्था को बनाए हुए है, या नियमित रूप से आपको भी रॉयल्टी दे रहा है। आपको यह सब अपने साहित्यिक मूल्य या पुस्तक के स्तर के कारण नहीं मिल रहा, इस पर हम लोगों को गहराई से सोचना चाहिए। यह बहुत अपमानजनक स्थिति है कि जिन्हें हम गालियाँ देते हैं, चाहे वह टीचर लोग हों, जो किताबें लगाते, किताबें बनाते हैं कोर्स के लिए, या बाजारू लेखक हों, वास्तव में हमारी सारी साहित्यिक गरिमाएँ और साहित्यिक दंभ उनके बल पर चल रहे हैं। प्रकाशन को आर्थिक रूप से कहीं न कहीं संतुलित करने के लिए उन्हें

छापकर व्यवसाय का चक्र चलाए रहना पड़ता है। मैं तो चैलेंज करता हूँ कि आप बिलकुल साहित्यिक स्तर पर प्रकाशन चलाइए और उसी तरह से रॉयल्टी आदि दीजिए जिस तरह से कोई एक बड़ा व्यावसायिक प्रकाशक देता है।

रा०मे०—अपने सुदीर्घ लेखन-काल के अनुभव के आधार पर हिंदी आलोचना के प्रति आपका क्या दृष्टिकोण है ? उसके वर्तमान स्वरूप से आप कहाँ तक संतुष्ट हैं ?
देखिए, आलोचना का जो स्वरूप इस समय सामने है, वह आलोचना नहीं है। स्वरूप उसका होता है, जिसका अस्तित्व हो। इस समय आलोचना मुझे कहीं नहीं दिखाई देती। हम लोगों के समय में निश्चित रूप से कुछ आलोचक थे, जो रचनात्मकता को, लेखक की मानसिकता को रचना के आधार पर समझना और समझाना चाहते थे, कुछ नई बातें उसमें से खोजकर लाते थे। वह एक प्रकार की सहयात्रा थी। आज वह सहयात्रा नहीं है। आज जो कुछ भी आलोचना हमें दिखाई पड़ रही है, उसके पीछे कहीं न कहीं व्यक्तिगत संपर्क हैं। यह संबंधों और संपर्कों के आधार पर लिखी गई समीक्षाएँ, टिप्पणियाँ और विशेष उद्देश्य से किया गया 'मूल्यांकन' आज की आलोचना के प्रति रचनाकार की आस्था को डिगाता है।

आज का लेखक इतनी जल्दबाजी में है, इतनी ज्यादा असुरक्षा महसूस करता है कि यदि उसने तत्काल ही अपना मूल्यांकन नहीं करा लिया तो पता नहीं उसे कोई पूछेगा भी या नहीं। आपने देखा होगा कि इधर पुस्तकों की प्रकाशन-गोष्ठियों का अजीब सिलसिला शुरू हुआ है। दस-पंद्रह मित्रों को बुलाया और उसकी समीक्षा की और वहीं पर तय कर लिया कि इस किताब में क्या-क्या महानताएँ हैं, या इसका क्या भविष्य होगा। इन प्रशंसाओं से ही हम तत्काल उसका साहित्यिक मूल्य तय कर लेना चाहते हैं जबकि आलोचना का उद्देश्य एक तरह से रचनात्मकता के स्रोतों की खोज है। आज वह उद्देश्य हमें कहीं नहीं दिखाई देता। कम आलोचक ऐसे हैं जो व्यक्तिगत आग्रह के अलावा रचना का मूल्यांकन करते हों। पिछले पाँच-सात साल में ऐसी कोई आलोचनात्मक पुस्तक नहीं आई जिसमें स्वतंत्र रूप से किसी रचना का मूल्यांकन, उसकी पूरी बनावट समझने की कोशिश की गई हो। निंदा, प्रशंसा और व्यक्तिगत संबंधों के आधार पर एक बँधी-बँधाई पूर्व निर्धारित आलोचना पद्धति है, जिसमें यह पहले से तय है कि यह पुस्तक अमुक के पास जाएगी तो उसका यह हश्र होगा और अमुक के पास जाएगी तो इसका हश्र यह होगा। यानी जब लेखक और आलोचक दोनों ही इतने ज्यादा प्रिडिक्टेबिल हो जाते हैं कि आप उनके विषय में पहले से ही निश्चित रूप से या दावे से कह सकें तो फिर आलोचना के स्वरूप का सवाल ही नहीं उठता।

आलोचना के नाम पर केवल दो ही बातें रह गई हैं—विरोध और समर्थन। एक्सप्लोरेशन अन्वेषण और खोज जैसी चीज कहीं नहीं दिखाई पड़ती। किसी चीज को या तो बिलकुल नकार दिया, कंडम कर दिया या किसी चीज को पूरी तरह से स्थापित कर

दिया। इधर आलोचना की शब्दावली भी बहुत भयंकर है। मित्र लोग हैं जो हर आंदोलन के साथ हैं। वह समांतर के बारे में भी उसी उत्साह से लिख लेते हैं, जिस उत्साह से अखिल भारतीय लेखक संघ के बारे में लिखते हैं, उसी उत्साह से सचेतन पर, उसी उत्साह से सक्रिय पर भी लिखते हैं। वे कहीं कमिट नहीं करते। हर समय फैंस के इधर या उधर होते हैं। कहीं जरा गड़बड़ देखा तो फौरन दूसरी ओर हो गए। यह दोहरे अर्थों वाली चालाकी से भरी आलोचना है जिसमें निंदा भी है और प्रशंसा भी है ताकि कल जरूरत पड़ने पर पक्ष या विपक्ष में उद्धरण निकाले जा सकें।

यह सब पचास और साठ के बीच नहीं था। चाहे वह नामवर हों, देवीशंकर अवस्थी हों, सुरेंद्र चौधरी हों या मधुरेश, परमानंद, इस तरह के मित्र अब उतने प्रभावी या सक्रिय नहीं रहे हैं। जिन हाथों में अब आलोचना आ गई है, वे जमाने और उखाड़ने वाले लोग हैं। धारणाओं और रचनाओं को समझने वाले दिन गए।

श्याम कि०—यादव जी, कोई आलोचक किसी विचारधारा-विशेष का समर्थक है और वह उस आधार पर किसी कृति का मूल्यांकन करता है तो यह निश्चित है कि उसमें स्पष्ट रूप से स्वीकार या नकार होगा…

देखिए, विचारधारा जब अनुभव नहीं बनती, उस समय चीजों को आप रिजेक्ट करते हैं, काटते और छाँटते हैं, लेकिन जब वह अनुभव का हिस्सा बनती हैं तब स्थिति दूसरी होती है। आप उसका ऐतिहासिक मूल्यांकन भी करते हैं। उदाहरण के लिए मैं एक नाम लेता हूँ। मैंने सिमान द बुवा की किताब पढ़ी थी—'मस्ट वी बर्न द साद'। सत्रहवीं शताब्दी के फ्रेंच रिवोल्यूशन के समय का एक लेखक था मार्क्विस द साद, जिसके नाम पर भाषा में एक शब्द आया सैडिज्म। आप संसार का कोई पाप, कोई अपराध ऐसा नहीं सोच सकते जिसे उसने अपने उपन्यास का विषय न बनाया हो। उसका कहना था कि अपने व्यक्तिगत सुख-आनंद के लिए कुछ भी कर सकते हैं और वह सब जायज है। उसकी दृष्टि में नैतिकता का कोई मूल्य नहीं था। उसका कहना था कि अगर हमें बच्चों की गरदन कटाने और उनका खून बहता देखने में खुशी मिलती है तो हमें ऐसा करने का हक है। उसके कई उपन्यास हैं—'जूलियट', 'जस्टीन', 'जर्नी टू रोम' वगैरह। उस पर सिमान द बुवा ने इस लंबे लेख में पूछा है—'क्या हम ऐसे लेखक को जला दें ?' उसके बाद उसका ऐतिहासिक विश्लेषण किया और कहा कि इस बात को छोड़ दीजिए कि उसने अपने उपन्यासों में जघन्य और कल्पनातीत अपराधों का चित्रण किया है। हमें तो उसकी अपने समय के जकड़े हुए नैतिक, राजनीतिक और सामाजिक बंधनों को तोड़ने की वह तड़प, शिकंजों से विद्रोह की आकांक्षा देखनी चाहिए। मतलब यह है कि कुछ चीजों में हमें बहुत गहराई में जाकर सोचने की कोशिश करनी पड़ती है। कभी-कभी लेखक बहुत ऊपरी चीजों को दिखाता है जो अप्रासंगिक मालूम देती हैं और हम उन्हें नकार देते हैं, लेकिन गहराई में जाने पर हमें उसके अर्थ खुलते दिखाई देते हैं। माइकिल जेराफा की एक किताब

है—'उपन्यास और यथार्थवाद'। इतनी खूबसूरत किताब है वह कि उसका हिंदी में अनुवाद होना चाहिए। उसने इस गहराई से चीजों को लिया है कि उसके लिए कुछ भी उपेक्षणीय नहीं है। जब एक चीज का समाज में अस्तित्व है तो उसी के माध्यम से हमें समझना पड़ेगा उस समय की मानसिकता को। आज हमारे समाज में धर्म है, और बाबा लोग भगवान् बने बैठे हैं, तो हमें नकारने की बजाय यह देखना होगा कि वह कौन-सी स्थितियाँ हैं जो इन्हें पनपा रही हैं और जिनके बल पर ये एयरकंडीशंड साधनागृह बनाए बैठे हैं और जंबोजेट से नीचे चलते नहीं। भारतीय मानस की वह कौन-सी स्थितियाँ हैं, जिनमें इस प्रकार का समर्थन मिलता है। जो कुछ है उसकी हम उपेक्षा कैसे कर सकते हैं ?

विचारधारा से कमिटेड लोगों की स्थिति यह है कि उनके लिए दूसरे आदमी का अस्तित्व ही नहीं है और अगर वह उसके अस्तित्व को स्वीकारता भी है तो केवल गाली देने के लिए। बजाय गाली देने के, अगर हम समझने की कोशिश करें कि वे कौन-सी स्थितियाँ हैं, वह कौन-सी शक्तियाँ हैं जो इन्हें पनपने में सहायता देती हैं या इनके माध्यम से व्यक्त होती हैं। यह जाने बगैर यानी वस्तुस्थिति को जाने बिना हम किसी चीज को कैसे समझ सकते हैं ?

रा०मे०—इस आधार पर तो किसी भी रचना को, भले ही वह कितनी व्यक्तिवादी और कुंठित मानसिकता की रचना हो, जस्टीफाई किया जा सकता है।

जस्टीफाई करने को नहीं कह रहा हूँ। मैं कह रहा हूँ कि बहुत व्यक्तिगत या बहुत व्यक्तिवादी होने के बावजूद वह है तो सही और सामाजिक कारणों से ही पैदा हुई है—उसे इसी प्रवृत्ति में रखकर देखिए। व्यक्ति केंद्रित या पसंद-नापसंद की चीज मत बनाइए अपनी आलोचना को। आपको यह देखना होगा कि वह कौन-सी स्थितियाँ हैं जहाँ ऐसी प्रवृत्ति पनपती है, तभी तो आप उसको समझ पाएँगे। मान लीजिए एक आदमी पागल है। उसके पागलपन का यही तो कारण है कि वह आपके बनाए हुए नियमों को नहीं मान रहा है और उसे भीतर जो कुछ महसूस हो रहा है, उसी के अनुसार व्यवहार करता है। यानी उसका लॉजिक आपके लॉजिक से नहीं चल रहा। उसके भीतर अपना लॉजिक विकसित हो गया है। अब हमें देखना यह होगा कि वे कौन-सी परिस्थितियाँ और वे क्या मानसिक, सामाजिक दबाव या कारण हैं जो व्यक्ति को बाहरी लॉजिक, बाहरी बंधनों से तोड़ देते हैं। दोस्तोयेव्स्की का एक उपन्यास है 'डबल'। बहुत भयंकर गरीबी, बहुत भयंकर डिप्रेशन और बहुत भयंकर अलगाव के बीच उसका नायक अचानक दो हिस्सों में बँट जाता है। तो गरीबी सिर्फ संघर्ष ही नहीं देती, या जुझारू ही नहीं बनाती, वह आपको भीतर से इस हद तक कुचल देती है कि आप दो हिस्सों में बँट जाते हैं, आत्महत्याएँ और हत्याएँ करते हैं। यह भी तो एक स्थिति है मानव मनोविज्ञान की, आप इसे नकार कैसे सकते हैं ?

श्याम कि०—मैं मानता हूँ, गरीबी मानव को तोड़ती है—उसका पहला काम यही है। लेकिन टूटने के बाद आदमी से जुड़ने की प्रक्रिया भी उसी के अंदर से निकलती है।
मान लीजिए, मेरा अनुभव टूटना है और जुड़ने की प्रक्रिया मैं नहीं जानता। मेरे अनुभव का हिस्सा वह नहीं है। मेरे चोट लग गई है और मैं सिर्फ उस तकलीफ को जानता हूँ, ठीक होना मेरा अनुभव नहीं है। आप कहेंगे कि इसका ठीक होना भी दिखाइए। तभी आप मुझे वैचारिक रूप से स्वस्थ और प्रगतिशील मानेंगे। चोट लगकर मैं दुखी हुआ और मैंने एक अधूरापन महसूस किया, क्या यह मेरे जीवन की सच्चाई नहीं है ? आप इसे सामाजिक संदर्भ में देखिए कि वे स्थितियाँ क्या थीं कि बीमारी थी और इलाज नहीं था।

श्याम कि०—लेकिन साहित्य का उद्देश्य क्या है ? साहित्य का उद्देश्य इलाज ढूँढ़ना है, एक दिशा दिखाना है। पाठक क्यों पढ़ता है आपकी कृति ? आपका अनुभव किसी पाठक का अनुभव हो सके, ऐसी स्थिति में वह किसी समाधान और किसी इलाज की अपेक्षा करता है तो क्या वह गलत है ?
देखिए, कोई घटना मैं आपके सामने बयान करता हूँ या अपना कोई भी अनुभव सुनाता हूँ या लिखता हूँ तो इसका मतलब है कि मैं उस अनुभव से गुजर चुका हूँ और अब तटस्थ और निर्वैयक्तिक दृष्टि से उसे देख सकता हूँ। यह देखना ही अपना इलाज करना है। पहले यह महसूस कीजिए कि हम बीमार हैं। पहले उस बीमारी के अस्तित्व को स्वीकार कीजिए। उसका इलाज होना चाहिए, यह दूसरी स्थिति है। हम लोग तो उस बीमारी को ही नकारते हैं। होना यह चाहिए कि पहले यथार्थ को, वास्तविकता को, जो सच्चाई है, ज्यों का त्यों स्वीकार किया जाए, वह जैसी है—उसी रूप में—संपूर्णता के साथ।

श्याम कि०—मुझे तो ऐसा लगता है कि अपने यहाँ बीमारी, रोग की बात बहुत हो चुकी, अब उसके निदान की बात भी होनी चाहिए। एक समर्थ रचनाकार तो बहुत आगे तक सोचता है।
इलाज उस समय किया जाता है जब हम पहले बीमारी के सही रूप की पहचान कर लेते हैं। मेरी अपने प्रगतिशील मित्रों से शिकायत है कि बीमारी का नाम वे जानते हैं, लेकिन उसे सही पहचानते नहीं। वह सच्चाई को ही सारी परिणतियों के साथ उस रूप में नहीं देखना चाहते जिस रूप में वह है। भारतीय वास्तविकता या भारतीय यथार्थ क्या है, पहले उसे सही रूप में पहचानने की जरूरत है, उसके बाद उसका इलाज संभव होगा।

श्याम कि०—हम इससे इंकार नहीं करते कि हम बीमार हैं, लेकिन उस बीमारी से निकलने की हमारी आकांक्षा भी है। उसे भी तो अभिव्यक्ति मिलनी चाहिए…
लेकिन बीमारी और इलाज के बीच में छलाँग नहीं होनी चाहिए। मेरे पास कुछ प्रश्न हैं और मुझे उनके जवाब चाहिए, लेकिन इनका सिलसिला बिलकुल उलटा है। मेरे पास कुछ जवाब हैं, अब उनके लिए आप कुछ सवाल कीजिए। ऐसा लगता है मानो जवाब तो आप

पहले से ही लिए बैठे हैं। मैं पूछूँ या न पूछूँ, जवाब तो आपको वही देने हैं।

श्याम कि०—आपके पास कुछ सवाल हैं तो उसका यही जवाब है कि उनसे बाहर निकला जाए।

निकलने की आकांक्षा नहीं होती तो मैं लिखता ही क्यों ? अभिव्यक्ति की आकांक्षा, कहीं अपने से बाहर निकलने की भी आकांक्षा होती है। अगर मैं अपनी तकलीफ आपसे बयान करता हूँ, अपनी समस्या आपसे कहता हूँ तो इसका मतलब है, मैं उनसे निकलना चाहता हूँ।

अभिव्यक्ति अपने आप में अपने को अतिक्रमित करने का प्रमाण है—जब मैं अपने आपको बाहर निकालकर रखता हूँ—जब मैं आपसे कहता हूँ कि मुझे यह तकलीफ है तो इसका मतलब यही है कि मैं उससे उबरना चाहता हूँ। लेकिन यह तरीका बिलकुल गलत है कि बीमारी को जानने से पहले ही उसका हल ढूँढ़ लिया जाए।

श्याम कि़०—हिंदी में इस समय अनेक लघु पत्रिकाएँ निकल रही हैं। आज के संदर्भ में इनकी क्या सार्थक भूमिका है और वे उसे निभाने में कहाँ तक सफल हैं ?

मैं यह मानता हूँ कि इस व्यावसायिक सेटअप में लघु पत्रिकाएँ ही सही साहित्यिक भूमिका निभा सकती हैं, इसलिए कि उनमें रिस्क लेने की क्षमता होती है। उनके पीछे वह तंत्र, वे दबाव नहीं होते, जो एक व्यावसायिक पत्रिका के पीछे होते हैं। लघु पत्रिका एक स्वतंत्र लेखक की तरह होती है, जिस पर कोई दबाव नहीं होना चाहिए। किसी विचारोत्तेजक साहित्यिक रचना को आप किसी व्यावसायिक पत्रिका में अनेक कारणों से नहीं छपा सकते, लघु पत्रिकाएँ उसे आसानी से निकाल देती हैं, क्योंकि उनमें जोखिम उठाने की क्षमता होती है।

इस लक्ष्य से लघु पत्रिकाएँ निकलें, तब तो वह निश्चित रूप से उन लोगों के समानांतर खड़ी हो सकती हैं जो व्यावसायिक रूप से सारी चीजों को अपने आसपास समेटे हुए हैं। इसको थोड़ा-सा समझने की जरूरत है। समांतर शब्द फिल्म का है और समांतर फिल्म बनाने वालों का कहना है कि यह जो इतनी बड़ी फिल्म-इंडस्ट्री है—अरबों रुपए की, उसे हम चैलेंज नहीं कर सकते। उनके अपने तर्क हैं, अपने तरीके और दबाव हैं सफल होने के···उनके लिए सफलता सबसे बड़ी चीज है···उसके लिए वे बड़ी-बड़ी जोखिम उठाते हैं···घर-बार फूँककर जुआ खेलते हैं।

समांतर फिल्मों ने उस व्यवस्था को बिना चुनौती दिए या उसके सीधे संघर्ष में आए, यह दिखाया कि सही फिल्म क्या होती है···उनका कहना है कि अपने से ज्यादा शक्तिशाली से लड़ोगे तो पिटोगे, इसलिए दूसरा तरीका अपनाओ। बहुत-सा दर्शक-वर्ग ऐसा है, जो सही फिल्म देखना चाहता है, उनके लिए हम समांतर फिल्में बनाते हैं। यही उद्देश्य लघु पत्रिकाओं का हो सकता है। मैंने अपने लेख—'लेखक चला संपादकीय चाल' में कहा है कि बहुत से तथाकथित बड़े लेखकों ने बड़ी पत्रिकाओं का संपादक बनते ही जो रवैया अपना लिया है, बहुत-सी लघु पत्रिकाओं ने भी वही रूप ले लिया है। पत्रिका का उद्देश्य होता है कि अपने समय की रचनात्मकता को, वैचारिक हलचल को, अभिव्यक्ति

की स्वतंत्रता को सामने लाए और आप माध्यम हैं इसके लिए''' हिंदी में संपादकीय नैतिकता की परंपरा लंबी है लेकिन आज तो अधिकांश संपादकों का यही तरीका है कि सारी रचनात्मकता, सारी वैचारिक स्वतंत्रता मेरी बढ़ोत्तरी के लिए हो, संपादक को आगे बढ़ाए'''यानी संपादक से मतभेद रखकर आप उस पत्रिका में नहीं लिख सकते'''उसकी किसी चीज की आप आलोचना नहीं कर सकते'''संपादक की तारीफ किए बिना आप उस पत्रिका के पास नहीं जा सकते। यही रोल करीब-करीब लघु पत्रिकाओं ने भी लिया है। केवल लघु पत्रिका कहने से काम नहीं चलेगा। वे लघु पत्रिकाएँ जो केवल आत्म-प्रशस्ति और आत्म-संवर्द्धन के लिए निकलती हैं, उनका उद्देश्य वही है जो किसी व्यावसायिक पत्रिका के संपादक का होता है। उनके स्वार्थ में और व्यावसायिक पत्रिका के संपादक के स्वार्थ में कोई अंतर नहीं रहता। देखना यह चाहिए कि लघु पत्रिका सिर्फ एक साइज है और कुछ मित्र मिलकर उसे निकाल रहे हैं या उसके पीछे कोई रचनात्मक, किसी विचार के फैलाने की या एक पूरा रचनात्मक माहौल तैयार करने की बेचैनी है या अपने व्यक्तित्व-स्थापना या व्यक्तित्व-प्रवर्तन या संवर्द्धन की। और यह बहुत छिपा नहीं रहता। पूरी पत्रिका देखकर आप समझ लेते हैं कि इसके पीछे नीयत क्या है। मैं कोई पत्रिका निकालूँगा तो उसमें मेरी पसंद या नापसंद, विचार और उसका समर्थन भी आएगा, क्योंकि उतना तटस्थ कोई नहीं हो सकता'''और चूँकि मेरे साधन सीमित हैं, इसलिए हो सकता है कि मैं अपने समर्थन की चीज ही दूँ, लेकिन पूरी पत्रिका के पीछे मेरी वह रचनात्मकता या मेरा विचार है या मैं खुद हूँ, देखना यह होगा। अपनी पत्रिका में पंद्रह लोगों से मैं अपने बारे में लिखवाऊँ तो वह अभिनंदन ग्रंथ है, जो प्रत्यक्ष या अप्रत्यक्ष हर महीने निकल रहा है। बहुत से लोग लघु पत्रिका के माध्यम से एक छोटा-मोटा व्यक्तित्व बनाकर बड़े संपादकों से सौदा करते हैं। उनके पीछे बात कहने की आकांक्षा नहीं, संबंध और संपर्क बनाने की आकांक्षा होती है। यह अपने को स्थापित कराने और अभिनंदित कराने का ही तरीका है। कभी-कभी ऐसा होता है कि दो पत्रिकाएँ आपस में तय कर लेती हैं कि एक पत्रिका दूसरी के बारे लिखेगी और दूसरी पहली के बारे में। यह ऐसी मिलीभगत है जो किसी भी तरह व्यावसायिक मनोवृत्ति से कम नहीं है, क्योंकि इसका अंतिम लाभ वे खुद व्यावसायिक ढंग से ही उठाना चाहते हैं। उनका उद्देश्य होता है कि समर्थ, साधन-संपन्न लोग मिल जाएँ, बड़े संपादकों से अच्छे संबंध बन जाएँ'''और आप देखते हैं कि वे जाते वहीं हैं, गिरते वहीं हैं'''।

यह बिलकुल इसी तरह है कि एक व्यक्ति प्रयोगवादी और कलात्मक फिल्में बनाकर अपना व्यक्तित्व बना ले और उसके बाद बड़ी फिल्मों में बारगेन करे, करोड़ों की फिल्में बनाए'''यानी जिस व्यवस्था के खिलाफ होकर उसने अपने प्रतिभा दिखाई थी, उसी व्यवस्था में अपनी कुर्सी झपट ले। छोटी या लघु पत्रिका उसके लिए सीढ़ी है। इसलिए लघु पत्रिका का नाम देखकर ही उसका समर्थन नहीं किया जा सकता। हमें देखना यह होगा

कि किसी लघु पत्रिका के पीछे मनोवृत्ति क्या है, पूरी आकांक्षा क्या है ? निकालने वाले का क्या है उसके पीछे…दृष्टि क्या है ?

रा०मे०—अभी आपने अभिनंदन-ग्रंथ वाली बात कही। हम आपसे पूछना चाहेंगे कि कुछ लोग समय से पूर्व ही अपने ऊपर पूरे-पूरे मूल्यांकन-ग्रंथ छपवा लेते हैं। क्या यह पाँच महीने का भ्रूण गिरने जैसा नहीं है ?

यह पाँच महीने का भ्रूण गिरना नहीं, बाँझ हो जाने का विश्वास है। मैं अपनी ही बात करूँगा। मेरे बहुत से कहानी-संग्रह इस समय उपलब्ध नहीं हैं। कुछ कहीं से छपे थे, कुछ कहीं से। तीन-चार वर्षों से मैं सोच रहा हूँ कि अपनी सभी कहानियों को कुछ खंडों में बाँटा जाए और उन्हें संपूर्ण कहानियाँ या ऐसा ही कुछ नाम दिया जाए। लेकिन मैं निर्णय नहीं कर पा रहा हूँ।

इसका कारण यह है कि मैं हर बार अपने आपसे यह सवाल करता हूँ कि क्या मैंने यह तय कर लिया है कि मैं अब लिखूँगा नहीं ? अपनी संपूर्ण कहानियाँ खंडों में बाँट कर देना, क्या यह एक प्रकार से अपनी यात्रा के समापन की घोषणा नहीं है ? यह ठीक है कि उसमें गुंजाइश बनी है कि आगे के भी खंड जुड़ सकें। लेकिन जब भी मैंने यह सोचा, यह सवाल मेरे मन में जरूर आया। यह जो अभिनंदन-ग्रंथ निकलते हैं या मूल्यांकन होते हैं—शायद जो निकलवाते हैं और जो निकालते हैं, दोनों ही यह मानते हैं कि यात्रा खत्म हो गई है और अब पूरे व्यक्तित्व का मूल्यांकन हो जाना चाहिए। मैं यह मानता हूँ कि रचनात्मक लेखन इतनी विकासशील चीज है कि उसके रिश्तों का तो मूल्यांकन किया जा सकता है, लेकिन आगे वह किस रूप में विकसित होगा, किन गहराइयों और ऊँचाइयों में जाएगा, यह नहीं कहा जा सकता। यह आप कैसे तय कर सकते हैं कि वह लेखक अब कुछ लिखेगा ही नहीं, यह तभी हो सकता है कि डॉक्टर अंतिम रूप से बता दे कि अब इस स्त्री का गर्भ नहीं रह सकता, यह बाँझ हो गई है। ऐसी स्थिति में वह उसी दृष्टि से अपनी जिंदगी प्लान कर लेती है।

आप यह तय कर चुके हैं कि आगे कुछ लिखना ही नहीं है, आप अभिनंदन-ग्रंथ निकलवाएँ, मूल्यांकन करवाएँ या फूलमालाएँ चढ़वाएँ—वह ठीक है। यह कहीं पर भीतर से रचनात्मकता के समाप्त हो जाने का विश्वास या घोषणा होती है। घोषणा दूसरे करते हैं, उसको समर्थन देकर विश्वास आप स्वयं प्रकट करते हैं। मुझे यह स्थिति बहुत दयनीय लगती है। या तो उसमें यह ध्वनि हो कि यह मूल्यांकन नहीं, प्रक्रिया की खोज है, उस रचनाकार की यहाँ तक की यात्रा का मूल्यांकन है…पड़ाव पर आकर थोड़ी देर रुककर पीछे देखना है और फिर आगे बढ़ जाना है। गतिरोध हो सकता है, विराम नहीं।

[प्रतिमान, 1979]

अभिव्यक्ति के लिए भाषा की साधना

लोठार लुत्से

"देखो कल एक जहाज क्रैश हो गया"आ०ए०सी० का विस्काउंट था""" अखबार पढ़ते-पढ़ते उसने मेहता और लीना को सुनाया। अक्सर जब वे तीनों बैठते, तो किशोर को लगता, जैसे उसके पास बात करने का कोई विषय ही नहीं है। अपनी इस कमजोरी को छिपाने के लिए वह कुछ उठाकर पढ़ने लगता—हालाँकि एकाध बार लीना ने बताया भी कि यह बदतमीजी है।

"क्या था ?" लीना स्टोव के पास थी, जैसे कम सुनती हो, इस तरह कान पर जोर देकर पूछा। वैसे भी स्टोव की आवाज रसाई में गूँज रही थी। उसने डरते-डरते मेहता को देखा कि कहीं सुन तो नहीं लिया।

"इंडियन एयरलाइंस का विस्काउंट था।" किशोर ने दोहराया। वह और मेहता आँगन में मूढ़ों पर बैठे थे। लीना रसोई में, पास ही, चाय बना रही थी।

"विस्काउंट नहीं, प्रोफेसर साहब, वाइकाउंट बोलो !" लीना ने हँसकर कहा, तो फिर वही बाईफोकल शीशे पर तुच्छता का अहसास कराती दो उपेक्षा-भरी आँखें उसे तिलमिलाता छोड़ गईं।

"अरे हाँ-हाँ, आप कॉन्वेंट में पढ़ी हैं। जरा स्पैलिंग तो देखो !" किशोर जिद करता रहा।

"मेहता साहब, जरा इन्हें बताइए," वह वहीं से बोली।

मेहता अचकचा उठा। क्षमा माँगने के लहजे में कहा, "प्रोफेसर साहब, है तो वाइकाउंट ही""

"अरे, इन अंग्रेजी शब्दों का एक उच्चारण है ?" किशोर भड़क उठा, "अंग्रेज और अमेरिकनों की बात छोड़ दीजिए। इंग्लैंड में खुद हजारों शब्दों के उच्चारण तय नहीं हैं। एक अंग्रेज बोलता है डिरेक्शन, दूसरा कहेगा डायरेक्शन ! एक कहेगा ऑफिन; दूसरा बोलेगा ऑफ्टिन ! लिखा है ल्यूटिनेंट, स्कीइंग—पढ़ रहे हैं, लेफ्टिनेंट, शीइंग ! स्पैलिंग है जी-ए-ओ-एल, बोला जा रहा है जेल !"आई हेट द लैंग्वेज ऑफ इंपीरियेलिस्ट्स एंड ब्यूरोक्रेट्स !" और इस शब्द के याद आते ही उसे लगा जैसे वह मेहता और लीना को नहीं, इन दोनों के पीछे कहीं छिपे खड़े दीक्षित साहब को यह सब सुना रहा है, "साले हमारी जुबान को कहेंगे वर्नाक्युलर" ! जानते हैं, वर्नाक्युलर माने क्या होता है ? वर्नाक्युलर मीन्स

द लैंग्वेज ऑफ रोमन स्लेव्ज""जन्म-जन्मांतर के गुलामों की जुबान""

उसके गुस्से पर लीना जोर से हँस पड़ी, "लेकिन इस पर इतना गुस्सा होने की क्या जरूरत है ? अपनी गलती मान लीजिए न, और नाराज होकर भी वही भाषा बोल रहे हैं, जिस पर नाराज हैं !" वह हत्थी टिकाकर हँसती रही।

"शटाप !" जाने उसे क्या हुआ कि जोर से उसने अखबार जमीन पर पटका और झटके से उठ खड़ा हुआ, "ठीक है, हम कॉन्वेंट में नहीं पढ़ रहे हैं। हमारे उच्चारण खराब सही, लेकिन इसी कॉन्वेंट ने तुम्हारा दिमाग खराब कर दिया है""" और वह मेहता को स्तब्ध छोड़कर बाहर चला आया। आते हुए वह कह आया, "मैं गरीब आदमी हूँ, लीना, लेकिन मेरी इज्जत है !"

राजेन्द्र, यह अभी-अभी जो प्रसंग मैंने पढ़कर सुनाया है यह तुम्हारी कहानी 'टूटना' से है। इस शीर्षक से तुम क्या कहना चाहते हो ?

'टूटना' कहानी असल में कई स्तरों पर चलती है। ऊपर से इस कहानी का नायक सोचता है कि वह 'बन' रहा है, जबकि भीतर से वह टूटता जाता है, और जितना ही भीतर से टूटता जाता है, उतनी ही प्रतिहिंसा के साथ वह अपनी बाहरी धूमधाम को बनाता जाता है। इस तरीके से एक दिन जब उसका यह 'टूटना' संपूर्ण होता है, तभी कहानी खत्म होती है। अब वह अपने आपसे टूटकर एक दूसरा व्यक्ति हो गया है।

एक और स्तर पर यह कहानी लीना के टूटने की भी है; कि मानसिक व्यथा और अहंकार से टूटने के बाद उसने समझौते, क्षमा या अपनी तरफ से हाथ बढ़ाते हुए सुलह का पत्र लिखा होगा। तो मेरे लिहाज से वह व्यक्तित्व के विघटन या वास्तविक 'आत्म' से अलग हटते जाने, यानी नायक, किशोर के मानसिक तारों से अलग-अलग स्तरों पर क्रमशः और साथ-साथ समानांतर टूटने की कहानी है। इसीलिए मैंने इसका नाम 'टूटना' रखा था।

तुम्हें उन परिस्थितियों की कोई याद है जब तुमने इस कहानी को लिखा था ? क्या तब कोई बाहरी प्रयोजन या घटना विशेष—राजनीतिक या इसी तरह की कोई और बात—मन में थी ? या कि यह तुम्हारे भीतर स्वतः ही स्फुरित हुई ?

लेखन के लिए जो निमित्त या बाहरी दबाव होता है, वह तो इस कहानी के लिए बड़ा मोटा-सा था। नई कहानियाँ उस समय निकली थीं और मन्नू भंडारी एक विशेषांक का संपादन कर रही थीं। मन्नू बहुत-बहुत उत्सुक थीं कि मेरी कहानी उसमें जानी चाहिए। यह उन दिनों की बात है जब मैं कलकत्ते में था। सी०आई०टी० रोड पर रहता था। कहानी उसी दबाव, माँग और उसी स्थिति, या लगातार तकाजों में लिखी गई थी। उस विशेषांक में शायद मेरी कहानी सबसे लेट, सबसे बाद में पहुँची थी; अंत में ही जा पाई। जहाँ तक इसकी विषय-वस्तु का सवाल है, यह सही है कि बहुत दिनों से चीजें मेरे भीतर जमा होती जा रही थीं। कभी-कभी कुछ कहानियाँ बरसों, दसियों बरस दिमाग में बनी रहती हैं और वे जमा होती जाती हैं।

इस कहानी के पीछे कुछ मेरी अपनी मानसिकता थी, बहुत भीतर—उससे भी ज्यादा एक मेरे दोस्त की। इसी तरह से, उसने एक बहुत बड़े मिलिटरी अफसर की पुत्री से प्रेम किया था, और लगी-लगाई आई०ए०एस० अफसर की नौकरी छोड़ी थी। उसे लगा कि जिस लड़की से वह शादी कर रहा है, आई०ए०एस० की नौकरी उसके लिए बहुत छोटी है। उसने मेरे सामने दो-तीन व्यवसाय जमाने की भी कोशिश की। वह झटके से बड़ा आदमी बनना चाहता था। खर्चे उसके बड़े आदमियों के थे। अपनी तनख्वाह पहले हफ्ते में खर्च कर देता था। एक तरह से उसी मित्र के ऊपर मैंने कहानी लिखी थी। वातावरण जैसे और कहानियों का है, शुरू का बिलकुल मेरा अपना आगरे का है। वहाँ मैं अपने कुछ मित्रों को जानता था। वे उसी तरह धीरे-धीरे बड़े बने हैं। बाद में कलकत्ते का वातावरण है। मुझे लगता था कि आदमी को ऊपर बढ़ाने वाली चीज केवल महत्त्वाकांक्षा, आगे बढ़ने की इच्छा ही नहीं होती; कभी-कभी बहुत भयंकर घृणा भी आदमी के लिए एक जीवनी शक्ति बन जाती है। यह कथ्य या यही मूल भाव, कहीं बहुत दिनों से मेरे मन में घुमड़ रहा था। जिस समाचार का टुकड़ा मैंने ऊपर दिया है। वह पता नहीं क्यों भीतर ही भीतर मुझे बेचैन रखता था—कि आखिर, वह दूर-दराज गाँव में बैठा दरोगा कहाँ महात्मा गांधी से इस तरह जुड़ा था कि जैसे उन्हीं के लिए जी रहा हो ? और इस बाहरी दबाव में जब पत्रिका का अंक निकल रहा था, तो इसी बहाने से मुझे उन सारी चीजों को इकट्ठा करने में मदद मिली। पहला रूप मेरे मन में टुकड़-टुकड़ों में घुमड़ता रहा। लिखना मेरे लिए बहुत सहज नहीं है। बहुत कष्ट से मुझे लिखना पड़ता है। अक्सर पूरी-पूरी कहानी मैं मन में सोच लेता हूँ; लिखने के क्षण को टालता जाता हूँ। कल लिखेंगे; परसों लिखेंगे, सुबह लिखेंगे; शाम को लिखेंगे। इसी तरह, कभी थोड़ा-सा, एक-दो पैराग्राफ लिखा; फिर दूसरा काम करने लगे। वैसे ही यह कहानी भी लिखी गई। लेकिन लिखने के बाद मुझे लगा कि कहानी शायद अच्छी बनी है। खास तौर से जिस तरह के एक सोशल क्लाइंबर (सामाजिक सीढ़ियाँ चढ़ते चले जाने वाले) की कहानी मैं कहना और उसकी मानसिकता को पकड़ना चाहता था, उसको शायद मैं पकड़ने की कोशिश कर पाया हूँ।

यह जो प्रसंग कहानी में से तुमने अभी-अभी पढ़ा, मेरे खयाल से कहानी की बहुत ही महत्त्वपूर्ण स्थिति है। इसमें भाषा की समस्या, या कहना चाहिए, दो भाषाओं की ही समस्या ली गई है। क्या तुम भाषा के बारे में कुछ कहना चाहोगे ? मेरा मतलब इस प्रसंग के संदर्भ में या तुम्हारे अपने लेखन के संदर्भ में तुमने भाषा को किस रूप में समझा है ?

सही है कि भाषा की बात भी मेरे मन में बहुत दिनों से चल रही थी। भाषा, खासतौर से अंग्रेजी को लेकर—जिस तरह की भावना हम लोगों में भर दी जाती है या जिस तरह की ग्रंथि हमारे भीतर थी, उसी की एक अभिव्यक्ति इस प्रसंग में हुई है। मैं कह रहा था कि सूत्र और इसकी मूल भावना बहुत पहले और पीछे की है। अच्छा, मैं एक बहुत व्यक्तिगत

बात ही बता दूँ। हमारे एक मामाजी थे, जो हमारे स्तर से बहुत ऊँचे स्तर के थे। उनका रहन-सहन बड़ा साहबी था। उन कोठियों में, कुक-बैरा और इस तरह के तामझाम और वातावरण में, जो हम लोगों के लिए अकल्पनीय था, पहुँचकर एक खास तरह की घुटन महसूस होती थी। उस अंग्रेजी साहबों वाले वातावरण में जाने का मौका कभी-कभी मिलता था। वहाँ जो घुटन, बेचैनी होती थी, शायद कुछ उसी को किसी रूप में मैंने किशोर के माध्यम से दिखाया है। जब वह अपने भावी ससुर के यहाँ जाता है, तो कैसा महसूस करता है। यह शायद कहीं अवचेतन में मेरा अपना अनुभव ही रहा होगा। वहाँ सबसे ज्यादा जो चीज मुझे परेशान करती थी, भाषा के स्तर पर थी। हम लोगों के उच्चारण को लेकर वहाँ के बच्चे हँसते थे। हम लोगों के स्तर को देखकर हँसते थे। शायद हम लोग स्वयं ही इतने ज्यादा सचेत और चौकन्ने रहते होंगे कि एकदम स्वाभाविक व्यवहार हम लोगों का नहीं रह जाता होगा। वहीं एक चीज पर मेरा ध्यान बार-बार गया कि भाषा, खासतौर से अंग्रेजी, कितने बड़े अलगाव की भाषा है। भाषा को लेकर यानी उच्चारण और तलफ्फुज पर वहाँ सबसे ज्यादा जोर होता था। व्याकरण या वाक्य-विन्यास वहाँ विशेष महत्त्व नहीं रखता था—रखता था धाराप्रवाह बोलना, और विशेष मरोड़ा हुआ ! शब्दों के उच्चारण से भी ज्यादा। इसके बाद तो यही तत्त्व हमने साथियों में, विशेषकर कॉन्वेंट में अंग्रेजी पढ़ने वालों में खास तौर से पाया और यही चीज मुझे कहीं पर बेहद बेचैन करती थी। मैं आगरा कॉलेज में था। एक बार अमरनाथ झा वहाँ बोलने आए। अमरनाथ झा थे या राधाकृष्णन, मुझे याद नहीं। बहुत-से मित्र सिर्फ इसीलिए भाषण सुनने गए कि वह बहुत अच्छी अंग्रेजी बोलते थे, कि अंग्रेजी उनके लिए मातृभाषा की तरह स्वाभाविक थी और बहुत धाराप्रवाह, अंग्रेजों की तरह अंग्रेजी बोलते थे। यही देखने-सुनने हम लोग पहुँचे तो निश्चित रूप से स्तंभित तथा मुग्ध थे कि किस तरह से स्वाभाविक, सहज रूप से भाषा उनकी जबान से निकलती है, यानी हमारे जैसा प्रयत्न नहीं करना पड़ता। इस प्रशंसा के साथ ही मैंने मित्रों से और खुद अपने आप से जानने की कोशिश की, कि जो बात वह कहना चाहते थे, वह क्या थी ? मुझे संतोष या आश्चर्य हुआ कि उनकी बात मेरी तरह किसी की समझ में नहीं आई थी। यानी राधाकृष्णन ने किस दार्शनिक समस्या को उठाया था, किस विषय पर वह बोल रहे थे, इससे किसी का कोई सरोकार नहीं था। उस पर किसी ने कुछ नहीं कहा। हम लोग तो सिर्फ जबान सुनने वहाँ गए थे। एक दार्शनिक या विचारक के लिहाज से, शायद, यह उनका या किसी का भी बहुत बड़ा अपमान है कि हम उसकी जबान, हस्तलेख पर ही मुग्ध बने रहें। विचार तक पहुँचने की कोशिश ही न करें। अपने पूरे समाज में मैंने देखा कि विचारों की चिंता उतनी नहीं होती, जितनी जबान, अदा और व्यवहार की। इस अंतर्विरोध के पीछे ही एक पूरे समाज, एक वर्ग की मानसिकता छिपी हुई है। मोटे रूप में एक विशेष वर्ग रहा है, जो सिर्फ इस बात को महत्त्व देता रहा है कि हम अंग्रेजी किस उच्चारण में और कैसे बोलते हैं। क्या बोलते हैं या बोलने के जरिए हम कुछ पाते भी हैं

या नहीं पाते हैं, इसका महत्त्व ही नहीं है उनके सामने। और मुझे लगा कि ये भी मूलतः उतने ही अशिक्षित और विचारों के लिहाज से उतने ही दरिद्र हैं जितने निरक्षर लोग। केवल उनके पास अपने वर्ग द्वारा दी गई एक विशेष सुविधा थी, और वह थी ऑक्सफोर्ड की अदा में बोली जाने वाली अंग्रेजी। लगा कि यह केवल भाषा की समस्या नहीं, एक वर्ग का अंतर्विरोध है। इसमें एक वर्ग अपने को अलग-अलग ऊपर रखता है, अपने को समाज का 'क्रीम' मानता है, दूसरे वर्गों से घृणा करता है। इसमें मुझे वर्ग-संघर्ष जैसी चीज दिखाई दी थी, एलीट क्लास का दंभ और उसी को मैंने 'किशोर' के जरिए बताने की कोशिश की कि यह केवल दो भाषाओं, उच्चारणों, व्यवहार का झगड़ा नहीं, बल्कि दो विशेष सामाजिक-आर्थिक स्थितियों का, दो अलग मानसिकताओं का झगड़ा था।

इस कहानी में भाषा को कथ्य बनाकर बातचीत करने के लिए इतना काफी है। तुम्हारा अपना इस कहानी या पूरे तुम्हारे लेखन के संदर्भ में भाषा को लेकर क्या सोचना है ?

असल में, भाषा को लेकर मुझे बड़ी उलझन महसूस होती है। इसे संस्कार कहिए, अपनी सीमा कहिए, अक्षमता कहिए कि लिखने के, उन एकांत और एकाग्र क्षणों में मुझको हमेशा लगता है कि भाषा हमेशा मेरे हाथ से फिसल जाती है। जो भाषा मैं लिखना चाहता हूँ और जिस ढंग से लिखना चाहता हूँ, वह आती नहीं। एक चीज मेरे सामने विचार या धारणा के रूप में बहुत स्पष्ट है, लेकिन उसको प्रभाव की दृष्टि से जिस नए विशेष कोण से मैं कहना चाहता हूँ; वह सब भाषा का आकार लेते ही बहुत कॉमन, सामान्य और निर्विशेष लगने लगता है। मुझे एकदम बहुत कोफ्त होती है—एक खास तरह की खीझ—नहीं, इस तरह तो मैं नहीं कहना चाहता था। मैं उसे जिस तरह से महसूस या 'देख' रहा हूँ, बात तो वह बहुत ही अलग है। इस तरह, मेरे लिए यह हमेशा अमूर्त और अभिव्यक्ति के बीच की रस्साकशी से भाषा का रूप बनता है। जो अमूर्त मेरे लिए प्रत्यक्ष है, वह किस रूप में व्यक्त हो, मेरा मुख्य संघर्ष यह है। इसीलिए भाषा मेरे लिए कभी भी मेरी एकमात्र चिंता का विषय नहीं रही, जैसा कि अक्सर मित्रों से सुनता हूँ कि भाषा को लेकर बेहद सचेत और चिंतित हैं। जैसे निर्मल वर्मा या सच्चिदानंद वात्स्यायन या और मित्र हो सकते हैं। लगता है, उनके लेखन का साठ-सत्तर प्रतिशत उद्यम भाषा पर होता है। मुझे भाषा इस लायक नहीं लगती। मुझे तो यह एक ऐसी पारदर्शी-सी चीज लगती है जिसके पार आप भीतर से बाहर और बाहर से भीतर देख-छू सकते हैं इसीलिए, मुझे न शब्दों की शुचिता का खयाल रहता है कि वे अंग्रेजी के हैं या हिंदी या उर्दू के हैं; न मुहावरे का। मेरे लिए सवाल सिर्फ संपूर्ण अभिव्यक्ति का है कि उस जंगली जानवर को कहाँ से पकड़ूँ कि कागज पर पालतू होकर आ बैठे। हाँ, विशेष भाषा पर बल देने की बात मैंने भले ही न सोची हो, मगर कुछ लोगों के बहुत सजीव-सचित्र भाषा प्रयोग देखकर मन में आता जरूर था। लगा, वह मेरी लाइन नहीं है। यह सही है कि शुरू में हम सब अच्छी जबान

लिखने वालों से प्रभावित हुए थे, मगर फिर इनके मुकाबले मुझे जैनेंद्र, हैमिंग्वे जैसों की भाषा ज्यादा सार्थक और बड़ी साधना का परिणाम लगी, क्योंकि वह बेहद पारदर्शी, देखने में बहुत सरल लगती है, मगर उस तरह की सरल भाषा लिखना बेहद कठिन है।

तुम्हारे उपन्यास और कहानियाँ एक विशेष संघर्ष की उपज होने चाहिए, क्योंकि लिखना तुम्हारे लिए आसान काम नहीं लगता—कम से कम उन्हें पढ़ते हुए पाठक ऐसा ही महसूस करता है। मुझे नहीं लगता, तुम उन्हें बहुत सहज रख पाते हो। क्या तुम बताना चाहोगे कि तुम्हारे मन में लिखते समय कौन-सा पाठक होता है, या तुम्हारे लेखन की विशिष्टता के बावजूद वह कौन-सा पाठक तुम्हारे साथ गहराई से जुड़ता है, क्योंकि तुम बहुत सहज लेखक तो नहीं ही हो ? फिर इतनी अधिक लोकप्रियता तुमने कैसे प्राप्त कर ली है ?

बात सही है कि लिखना मेरे लिए बहुत सरल काम नहीं रहा। कुछ कहते हैं कि वह बहुत प्रयत्न-साध्य जैसा लगता है। उसकी वजह प्रयत्न में नहीं, बल्कि उस विषय-वस्तु में है जिसे मैं एक साथ कई कोणों से उठाना चाहता हूँ, कई स्तरों पर उठाना चाहता हूँ, यानी केवल कहानी कहने का लक्ष्य रखकर मुझे कभी संतोष नहीं हुआ। मुझे लगता है कि कहानी के माध्यम से अगर मैं कुछ कह नहीं पाता, या उसके भीतर की दूसरी तहों को नहीं पकड़ पाता, तो सिर्फ एक अच्छी, रोचक कहानी लिख देना ही अपने साथ न्याय करना नहीं है। शुरू से ही बहुत पढ़ने, बहुत सोचने, अपने साथ बहुत ज्यादा रहने के स्वभाव के कारण या भीतर एक भरा-पूरा जीवित संसार लेकर घूमने के कारण हमेशा मेरे मन में बहुत कुछ कहने की इच्छा होती थी; लिखते वक्त होती है। यही नहीं, चाहता हूँ, उसे अनेक आयामों में पकड़ा जाए। साथ ही एक ऐसा विशेष कोण लिया जाए जो प्रतिनिधि हो और जिसके जरिए वह सब कुछ आ जाए। जैसे मेरा उपन्यास 'शह और मात' बहुत सीधी-सरल प्रेम कहानी हो सकती थी, लेकिन उसमें मैंने एक बहुत जटिल समस्या दी है। लेखक और मनुष्य के बीच का रिश्ता। यानी कहाँ वे एक-दूसरे को मानते हैं; कहाँ एक-दूसरे को हराते हैं; कैसे आत्मीय संबंधों में व्यक्ति उतरता है; फिर कहाँ अचानक लेखक उछल खड़ा होता है। कुछ-कुछ इसी तरह का द्वंद्व टॉमस मान का भी रहा है। मगर समस्या को मैं अपने ढंग से अपने लिए समझना चाहता था। शायद इसीलिए इस उपन्यास की सारी संरचना बहुत जटिल हो गई है। इसमें मुझे सुविधा यह रही कि जिन्होंने मेरी कहानियाँ ऊपरी धरातल पर पढ़ीं, उनकी गहराई में जाने की कोशिश नहीं की, उन्हें कहानी का रस मिला। वे न तो बहुत गहरे उतरे, न उन्होंने इसकी चिंता की। हाँ, हो सकता है, उन्हें महसूस होता रहा हो कि सिर्फ कहानी ही नहीं कही जा रही, इसके पीछे कुछ और बात भी कही जा रही है। दूसरी तरफ जिन लोगों ने कहानी को गहराई से, अध्ययन करने के उद्देश्य से लिया, उन लोगों को गहरे अर्थ मिले। इस दृष्टि से—शायद मेरा सौभाग्य रहा कि मुझे दोनों तरह के पाठक मिलते रहे। एक—जो कहानी के बाहरी रूप तक सीमित सामान्य स्तर के थे;

दूसरे—जो बौद्धिक थे और सतह को बेधना चाहते थे।

हाँ, यह बता पाना मेरे लिए मुश्किल है कि लिखते हुए दिमाग में कौन-से पाठक रहते हैं। शायद कोई विशेष पाठक नहीं रहता। सबका एक अमूर्त स्वरूप रहता है। हाँ, मैं अपने आपको यह श्रेय कतई नहीं देना चाहता कि मैंने कुछ सिर्फ कथा-प्रेमी पाठकों को गहन बातें समझाने की दिशा में दीक्षित किया। मीठी गोली से जैसे आप किसी की बीमारी ठीक करते हैं, वैसे ही शायद एक-एक रोचक कहानी सुनाकर मैं कुछ गहरी बातें उनके गले जरूर उतारना चाहता था। जिसे स्वीकृति मिलना कहते हैं, उसका कारण यह भी रहा हो कि कहानी के ऊपरी ढाँचे को मैंने बहुत अधिक नहीं तोड़ा है, हालाँकि आलोचकों ने मुझे अकसर ही शिल्पाग्रही होने का नाम दिया है। मगर मैंने हमेशा ही शिल्प के प्रयोग अनुभव को अपनी व्याख्या देने के लिए किए हैं। जहाँ तक मैं सोचता हूँ, मैंने कहानी के बाहरी स्वरूप को बहुत अधिक बिखरने नहीं दिया है। इससे 'आधुनिक' लोगों को कहानियाँ परिचित या परंपरागत लग सकती हैं या लगता हो कि साधारण ढंग से, कहानी कही जा रही है। मगर सच बात तो यह है कि मुझे सिर्फ किस्सागो होना पसंद नहीं रहा। मेरा छोटा-सा उपन्यास है अनदेखे अनजान पुल। उस कहानी का जब पहला हिस्सा मैंने लिखा, तो मैं खुद ही इतना ज्यादा बह गया कि लगा कि इसे ऐसे ही चलना चाहिए क्योंकि मुझे निमी यानी कुरूप या अनाकर्षक लड़की की मानसिकता से इतना अधिक लगाव हो गया था कि मैं कहानी को और आगे बढ़ाना चाहता था, मगर फिर लगा कि बात जो मैं कहना चाहता हूँ, वह तो रह ही जाएगी। तब मैंने उसे बीच में से तोड़ा। अपनी बात के लिए उसके अतीत में गया, फिर तीसरे हिस्से में वर्तमान में लाया। फिर भी शायद कहानी का रस उसमें है। लोगों ने उसे बहुत पढ़ा भी और सराहा भी। जिन लोगों ने उसके भीतर की तड़प को महसूस किया, उनकी तरफ से मुझे पत्र या अन्य प्रतिक्रियाएँ मिलीं।

हम लोग अभी-अभी लेखक और मनुष्य की बात कर रहे थे। मैं तुम्हारे लेखक के बारे में जानना चाहता हूँ। इन दिनों तुम कुछ खास नहीं लिख रहे, क्योंकि किन्हीं और कामों में व्यस्त हो गए हो। इन दिनों तुम्हारे लेखक की स्थिति क्या है ? उसका क्या होगा ?

जिस काम में मैं उलझा हूँ, वह निश्चित रूप से मुझे लिखने का समय नहीं देता। लेकिन कोई शाम, कोई रात या कोई सुबह ऐसी नहीं होती, जब मैं लिखने की दुनिया में नहीं होता। मैं अपने भीतर इतना लिखता हूँ—इतना लिखता हूँ कि जो सिर्फ मुझे बाहर से देखते हैं, उनको अंदाजा भी नहीं होता। भीतर की दुनिया के साथ इतना मैं कभी नहीं रहा, जितना इन तीन-चार सालों में मुझे रहना पड़ा है। लिखने के लिए जिस तरह के एकांत की, अपने को काटकर महीना-दो महीना कहीं जाकर बैठने की मेरी आदत बन चुकी है, वह वातावरण मुझे नहीं मिलता। मुझे सचमुच, उन लोगों से बहुत ईर्ष्या है जो सुबह एक काम करते हैं, शाम को दूसरा। सुबह लेखन की समस्या से जुड़े होते हैं, शाम को दफ्तर की, या दूसरी

समस्याओं से जा जुड़ते हैं। शायद मेरी बीस साल की आदत इस तरह की नहीं रही। अभी भी मैं प्रतीक्षा कर रहा हूँ उस क्षण की जब पंद्रह-बीस दिन, महीना भर किसी तरह अपने को काटकर या अपने को समझाकर कि मुझे कुछ नहीं करना है, मैं कहीं एकांतवास करूँगा और तब लिखने की बात सोचूँगा। अपने को समझाता हूँ कि शायद इन दिनों लिखने के लिए भीतरी दबाव तैयार हो रहा है। जब लिखने बैठूँगा, तो इतनी दिक्कत नहीं होगी। सच पूछो तो, यह नए सिरे से लिखना नहीं होगा—बल्कि पुराने सिरे को ही पकड़ना होगा। मगर कहीं यह भी जानता हूँ कि यह पुराना सूत्र ही नहीं होगा—बिलकुल नए ढंग से प्रारंभ होगा—चार-पाँच वर्ष की कैद से निकलकर जीवन की शुरुआत होगी। और इस बीच इतनी चीजों का जमा हो जाना, या हरेक समस्या मेरे लिए महत्त्वपूर्ण है। वैसे कभी भी कोई समस्या, कोई भी मुद्दा या बात मेरे लिए इतनी कटी-छँटी इकहरी नहीं होती। बातें इस तरह एक-दूसरे से उलझी और जुड़ी होती हैं, हर रेखा अपने साथ एक संदर्भ और धरातल या समस्या लाती है। इसलिए मुझे हमेशा डर रहता है कि पता नहीं कहीं कोई कहानी या रचना कितनी बड़ी होने जा रही है। पहले जरूर मेरे मन में अपनी बात काफी साफ रहती थी—एक-एक वाक्य तक। अब ऐसा नहीं होता। अनुभव मेरे लिए एक अँधेरे जैसा होता है और उसमें सिर्फ टॉर्च लेकर गुजरना कुछ-कुछ मुझे लिखने जैसा लगता है। प्रकाश के बढ़ते हुए रश्मिपुंज में लक्ष्य के अलावा बहुत-सी चीजें, पत्ते, जीव-जंतु भी दीखते हैं।...

मेरी कुछ कमजोरियाँ हैं और उन्हें मैं अपने लिए शक्ति बनाने का प्रयास करता हूँ। मेरी याददाश्त बहुत कमजोर है। या तो बहुत पढ़ने से, बहुत तरह की और एक-दूसरे की विरोधी या खंडित जिंदगी देखने से ऐसा हुआ है कि चीजें मुझे याद नहीं रहतीं; चेहरे या घटनाओं के विवरण याद नहीं रहते। जो नाजुक या आत्मीय क्षण या महीन मुद्दे, मैं सचमुच याद रखना चाहता हूँ, वे भी धीरे-धीरे फिसल जाते हैं और इसमें मन में एक आतंक का अहसास बना रहता है और यही मेरे भीतर के आत्मविश्वास को डिगा देता है कि इस चीज को मैं इस समय इस रूप में महसूस कर रहा हूँ, मगर जब लिखूँगा, तो यह सब इस तरह याद नहीं आएगा। मुझे लगता है, इसे भूलने के पीछे मनोवैज्ञानिक कारण हो सकते हैं कि जिस काम, जिस परिवेश में मैं हूँ उसे कतई नापसंद करता हूँ और यह नफरत चीजों को भूल जाने के रूप में व्यक्त होती है, यानी मानसिक रूप से मैं उसे खत्म कर डालना चाहता हूँ—खास तौर से वह दिनचर्या, जिसमें मैं अपने को उलझा पाता हूँ। चूँकि भौतिक रूप से मैं उसे नष्ट नहीं कर पाता, इसलिए मन में उन्हें नष्ट कर डालता हूँ। हाँ, इस प्रक्रिया में बहुत-सी ऐसी चीजें जिन्हें मैं सुरक्षित रखना या बचाकर रखना चाहता हूँ, वह सब भी नष्ट हो जाता है। मगर इसका एक अच्छा पहलू भी है—कम से कम मैं समझता हूँ कि वह अच्छा पहलू भी है—कि जब मैं लिखने बैठता हूँ, तो स्थिति की आवश्यकता के अनुसार मुझे हर चीज को अपने लिए पुनर्सृजित करना होता है। मुझे व्यक्तिगत रूप से लगता है कि मेरे जिन मित्रों की स्मरण शक्ति, बारीक विवरण के बारे में, अच्छी है, उनके मुकाबले

मुझे रचनात्मक संतोष अधिक मिलता होगा, क्योंकि शायद वे लेखन को पुनर्स्मरण पर टिकाते हों, जबकि मुझे वास्तविक अर्थ में ही रचना पड़ता है। सोचे, जिए या दिखे हुए को सिर्फ याद करके लिखने की जगह शायद यह संतोष अधिक गहरा और स्थायी है।...अब लेकिन अपने वास्तविक रूप में आने के लिए शायद तीन-चार सौ पन्ने लिखने पड़ेंगे। अभी तो मन में इतना धुंध है कि किसी एक बिंदु पर उँगली नहीं रख पाता। छोटी से छोटी बात बीहड़ और संश्लिष्ट लगती है, और चूँकि सारी स्थिति का कहीं कोई प्रारंभ और अंत नहीं दिखाई देता, इसलिए लगता है कि कहीं बीच से ही उसे ऐसी जगह फोकस करना है कि आसपास के संदर्भ उजागर हो जाएँ। सही बात तो यह है कि लिखने में एक खास तरह की दिग्भ्रांति आ गई है, विश्वास की कमी नहीं। बहरहाल, यह भी लगता है कि इस दिग्भ्रांति को सिर्फ लिखने से ही दूर किया जा सकता है, क्योंकि काफी हद तक कन्फ्यूजन मानसिक या विचार का उतना नहीं, जितना कि रचनात्मक है। इसमें आज की संपूर्ण सामाजिक, राजनीतिक, आर्थिक व्यक्तिगत स्थिति का ही बहुत बड़ा हाथ है, क्योंकि हमारे सामने कोई भी समस्या, इकलौती या इकहरी, घटित नहीं होती। उसके पीछे और आगे बहुत सी शक्तियाँ कार्यरत होती हैं। बहुत छोटी-सी घटना के सूत्र कहीं बहुत गहरे होते हैं। लिखने के कन्फ्यूजन का कारण यह भी हो सकता है कि बहुत चीजें मैं जान गया हूँ। शायद एक रचनात्मक लेखक को इतनी चीजें इतनी गहराई से नहीं जाननी चाहिए। इसके जवाब में लगता है कि तब क्या वह हमेशा ही एक भोला-सा 'भकुआया' रवैया बनाकर ही दुनिया को देखते रहने का नाटक करे, यानी एक बच्चे की तरह हर चीज को अपने लिए आविष्कृत करने और उल्लास से मुग्ध होने का ही अभिनय करता रहे ? बाल-सुलभ अबोधता लेखन के लिए अधिक साधक है या सब कुछ 'देख-जान लेने' का संत-भाव ! दुनिया के जिस वर्तमान में हम रहते हैं, उसमें सब कुछ जानते बूझते, समझते-देखते, बच्चों जैसा भोला या 'भकुआया' भाव बनाए रखना मुझे विडंबना से अधिक आडंबर और झूठ लगता है। कह लीजिए इस समय मेरी एकमात्र चिंता या सरोकार अपनी 'आउट ऑफ जायंट' मानसिकता में कहीं एक लंगर तलाश कर लेने की ज्यादा है। जिस दिन या क्षण मुझे अपने होने की सार्थकता का एहसास होगा (नहीं कह सकता, वह शब्दों के माध्यम से ही होगा), शायद उस दिन इस सबके बावजूद मैं फिर उसी विश्वास से लेखन में उतर सकूँगा। ट्रेजिडी यह है कि यह भी मैं ही जानता हूँ कि आप कुछ महत्त्वपूर्ण और सार्थक कर रहे हैं, यह आस्था; लिखने से लिखने तक के दौरान ही तो आएगी। ऐसा नहीं हो सकता कि पहले मानसिक रूप से बैठकर उस विश्वास की स्थिति को उपलब्ध कर लें, तब लिखें। कर्म में विश्वास होना और कर्म के दौरान उसमें विश्वास छील लेना, दोनों में अंतर है। कर्म की प्रक्रिया में फँसकर उसमें विश्वास करना ही अपनी मजबूरी भी तो हो सकती है। सच बात तो है कि बहुत बड़े मानसिक झमेले में फँसा हूँ और अपने आपको बहुत सिनिक, कुछ गलत-सा लगता है। जो कला-साहित्य और सौंदर्य हमारे लिए अपने आप में

लक्ष्य हो सकते हैं, वे दूसरे और ज्यादा समर्थ लोगों के प्रयोजनों के लिए मुखौटों से अधिक नहीं। तो क्या हमारी सारी ईमानदारी, समर्पण या उत्सर्ग की किस्मत में यही है कि वह दूसरों के हाथों इस्तेमाल और भ्रष्ट हो ? इसके खिलाफ प्रतिरोध कहाँ से शुरू किया जाए ? इस स्थिति को स्वीकार करना मेरे लिए, सचमुच मुश्किल है कि जिसे मैं अपनी पूरी आस्था, क्षमता, शक्ति और व्यक्तित्व दूँ—वह सिर्फ औरों के लिए अपने किन्हीं फौरी उद्देश्यों के लिए एक 'सांस्कृतिक आइटम' बनकर रह जाए। यानी हम लाख रोएँ, चीखें कला हमारे सामाजिक ढाँचे के केंद्र में कहीं नहीं है, वह किनारों या बाहरी सरहदों पर रहने वाली चीज है। फिर मैं अपनी इस आकांक्षा को भी तोलता हूँ कि लेखक, कलाकार, चिंतक होकर आप समाज के केंद्र में क्यों बैठना चाहते हैं ! आपकी जगह है ही बाहरी सरहदों पर। आप सिर्फ बड़े स्वागत-कक्षों की शोभा में लटके झालर हैं। आप बैठने वाली कुर्सी की तरह उपयोगी भी तो नहीं हैं। अगर हों भी, तो आप कुर्सी बनना नहीं चाहेंगे। मगर खुद और दूसरे आपको भ्रम दिए रखते हैं कि वहाँ निमंत्रण है, वहाँ स्वागत है, वहाँ अध्यक्षता है, इसलिए सचमुच आप महत्त्वपूर्ण हैं। मैं नहीं कह सकता कि मैं ही इस मानसिक संकट से गुजर रहा हूँ या बाकी लोग भी इन प्रश्नों से ही जूझ रहे हैं। अगर यह स्थिति नहीं होती, तो शायद वे लोग भी मेरी तरह लिखना बंद न कर देते। यह बहुत बड़े सांस्कृतिक संकट की स्थिति है। एकाध का चुप हो जाना व्यक्तिगत चुक जाना हो सकता है। सारी की सारी पीढ़ी का कुछ भी सार्थक न कर पाना किसी जाति के नैतिक और आध्यात्मिक संकट का संकेत है। शायद इस संकट की जड़ यही है कि सभी ओर सही और गलत का भेद मिट गया है। पहले बाहरी दर्शन, ईश्वर या नैतिक मान्यताएँ हमारे लिए सही-गलत तय कर देती थीं और हम उन्हीं के अनुसार निर्णय करते थे। बाहरी किसी भी ऐसी चीज के अस्वीकार ने भयानक दिग्भ्रांति दे दी है। व्यक्ति का अपना विवेक ? मगर उसके पीछे कितने दबाव, तनाव, हित, लिहाज या अज्ञान नहीं होते ? कम से कम बिना सामाजिक संदर्भ या प्रामाणिकता के वह सही-गलत कैसे तय कर सकता है ? शायद अवचेतना में हम कहीं हर कर्म, लेखन निर्णय को इसीलिए स्थगित किए चले जा रहे हैं कि यह कंफ्यूजन गुजर जाए तो कुछ करें। एक अजीब प्रारब्धवाद है। इस निष्क्रिय प्रतीक्षा ने स्थितियों के और बिगड़ने में मदद दी है। एक तरह के विघटन के ढलान पर लुढ़का दिया है। धिक्कार भी उठता है कि कल या परसों क्यों ? आज और अभी क्यों नहीं ? मगर शुरुआत कहाँ से और कैसे हो ? हम सामूहिक और व्यक्तिगत रूप से 'गोदो' के इंतजार की ही बीमारी के शिकार हैं। जीवन हो या लेखन, स्थगित स्थिति में रहे आना हमारा अपना एक स्वभाव बन गया है। यह व्यक्तिगत सुविधापरस्ती या कमजोरी हो सकती है कि हम लोगों ने जिन आश्वासनों से जिंदगी और लेखन की शुरुआत की थी, उसमें से किसी को भी पूरा नहीं कर पाए और भटकन को ही महिमान्वित करते रहे···यह सारी मानसिक स्थिति मुझे न जाने क्यों क्रांतिपूर्व रूसी सांस्कृतिक जीवन की याद दिलाती है।···

[आजकल, 1980]

हम वैचारिक भ्रमों में जी रहे हैं

सुरेंद्र तिवारी और हरिप्रकाश त्यागी

[हिंदी कहानी आज जिस मुकाम पर है, उसमें नई कहानी आंदोलन की महत्त्वपूर्ण भूमिका है, लेकिन क्या कारण है कि आज का कहानीकार अपने को नई कहानी से न जोड़कर सीधे प्रेमचंद से जोड़ना चाहता है ? नई कहानी के एक प्रमुख हस्ताक्षर राजेन्द्र यादव से सुरेंद्र तिवारी और हरिप्रकाश तिवारी की बातचीत शुरू हुई, तो फिर वह कहानी के संबंध में यादव की धारणाओं के विकास तक ही सीमित नहीं रही, बल्कि उसके दायरे में समकालीन हिंदी साहित्य से जुड़े बुनियादी सवाल भी आ गए। राजेन्द्र यादव द्वारा इन सभी सवालों पर बेबाक विचार, जिसके दौरान वे कहीं आत्मस्वीकृतियाँ करते हुए दिखाई पड़ते हैं, तो कहीं मिथकीय मान्यताओं पर प्रहार करते हुए।]

करीब चालीस साल पहले आपने कहानी लिखनी शुरू की थी, उस वक्त हिंदी कहानी का एक स्वरूप बन चुका था, वह विकसित हो चुकी थी। उस स्थिति में आपने पारंपरिक ढंग से लेखन की शुरुआत की या अपने लिए कोई नया रास्ता खोजा ?

जब हमने लिखना शुरू किया, तब तक कहानी सिर्फ विकसित ही नहीं हुई थी, बल्कि पूर्णतया प्रतिष्ठित हो चुकी थी और जो कथाकार उस वक्त हमारे आदर्श थे, उनकी अनेक उत्कृष्ट कहानियाँ छप चुकी थीं, यशपाल, पहाड़ी, जैनेंद्र, अमृतराय आदि कई श्रेष्ठ कथाकार थे तब। परंतु हर आने वाले युग का लेखक अपने समय की सच्चाई को या व्यक्तिगत भावनाओं को समय के संदर्भ में रखता है और वही उसे नया बनाता है। सबसे पहले किसी भी लेखक की कोशिश यह भी रहती है कि उसके पहले से की जो कहानी है, उस तरह की कहानी भी वह लिखे और फिर उससे आगे जाने की कोशिश करे। इस कोशिश में हमने भी पुराने ढर्रे की, जिसे आप पारंपरिक कहानी कह रहे हैं, कुछ कहानियाँ लिखीं, परंतु अपनी सच्चाई, अपने यथार्थ को हमने उन कहानियों में भी पकड़ने की कोशिश की। फिर हमारी कहानियों का स्वरूप अलग होने लगा। किंतु यह अलगाव अचानक नहीं आया, क्रमशः होता है ऐसा, हर नए लेखक में आपको पुराने लेखकों की अनुगूँज, थोड़ी-बहुत छाया, स्थितियाँ, शिल्प की अनुकृति अवश्य मिलेंगी। यह हमेशा ही होता है। किसी भी लेखक की आप प्रारंभिक रचनाएँ देखें, तो यह धूपछाँही रंग दिखाई

देगा, पुरानी परछाइयाँ मिलेंगी और बाहर निकलने की कोशिश भी। आज मैं समझता हूँ कि मेरी कहानियों के साथ भी ऐसा रहा।

आप पर किसका प्रभाव रहा ? किसी भारतीय कथाकार का या विदेशी कथाकार का ?

जब मैंने कहानी लिखनी शुरू की, उस समय तक बाहरी लेखकों को पढ़ने का मौका ही मुझे नहीं मिला था। सत्रह-अठारह की उम्र की बात कर रहा हूँ। इनको पढ़ना तो बहुत बाद में शुरू किया। मूलतः प्रारंभ में मेरा संपर्क हिंदी और उर्दू से था। इस कारण मेरे ऊपर जो संस्कार या प्रभाव है, वह हिंदी या उर्दू का है। बाद में जब विदेशी कथाकारों को पढ़ना शुरू किया, तो कुछ लेखक अच्छे लगे। फिर धीरे-धीरे अपने को माँजना, समृद्ध करना तो चलता ही रहता है।

'नई कहानी' से पहले तक कहानी का जो शिल्प था, जो स्वरूप था, उसके बारे में तब आपका दृष्टिकोण या प्रतिक्रिया क्या थी ?

उस वक्त तक हमारे दिमाग में सिर्फ इतना ही था कि इनसे अलग तरह की बातें लिखनी हैं। उन जैसी कहानियाँ लिखने का मतलब था उन जैसी शिल्प की, विषयवस्तु की, प्रभाव की कहानियाँ लिखना। किंतु उन जैसी कहानियों का मतलब यह नहीं कि उनकी नकल हो, बल्कि शिल्प, कथ्य सब मेरा हो, परंतु जिस तरह का प्रभाव ये कहानियाँ डालती हैं उसी तरह का प्रभाव मेरी कहानियाँ भी डालें, यह कोशिश रहती थी। इस तरह हमारे का समय जो यथार्थ था, वह अनजाने ही कहानी के उस शिल्प को, स्वरूप को निर्धारित कर रहा था। इसको आज हम चाहें, तो अच्छी तरह विश्लेषित करके कह सकते हैं कि हमने तब अपने पूर्ववर्ती कथाकारों से कुछ अलग ढंग की कहानियाँ लिखीं, किंतु अलगाव जो कहानी में आया, वह अपने समय के दबाव के कारण आया, मैं यह कहना चाहता हूँ। सामाजिक ढाँचा, सोचने के तरीके, हमारे सपने…हर तरह से अलग कहानी होती जा रही थी। वे कुछ और तरह से सोचते थे, हम कुछ और तरह से सोचने लगे थे। तो इस तरह कहानी का पूरा 'पैटर्न' ही अपने आप बदलता चला जा रहा था, पुरानी कहानी से हमारी कहानी अपने आप अलग हो रही थी। इसी कारण अमरकांत जैसे लोग हों, चाहे शैलेश मटियानी जैसे, या चाहे निर्मल वर्मा जैसे प्रबुद्ध किस्म के लोग हों, सबकी कहानियाँ अलग होती चली गईं, वह जिंदगी और समय ही कुछ ऐसा था कि अगर उससे जुड़े रहकर आप कहानियाँ लिखते, जैसा कि हम कर रहे थें, तो वे कहानियाँ अलग होने के लिए एक तरह से अभिशप्त थीं। इनकी नियति थी। इनको अलग होना था।

कथा जगत् में 'नई कहानी' का आंदोलन आज तक सबसे प्रमुख आंदोलन रहा है, जिसके कर्णधारों में से एक आप भी हैं, इस आंदोलन की शुरुआत कहाँ से हुई ?

वास्तव में इस संबंध में एक बहुत अच्छा मजाक चलता है, एक बार जैनेंद्र जी ने कमलेश्वर

से पूछा कि तुम लोगों का नेता कौन है ? तो कमलेश्वर तो एक ही शातिर आदमी है। उसने जवाब दिया कि यह तो बिच्छुओं की कतार है, जिस पर आप उँगली रख दीजिए, वही नेता है। है तो यह एक मजाक की बात, पर सही यही है कि आप उस समय के जिस भी कहानीकार से बात करेंगे, वह यही कहेगा कि 'नई कहानी' की शुरुआत उसी से हुई। वैसे भी जिन कहानियों को लोग शुरुआत के रूप में लेते हैं, मसलन 'वापसी', 'लंदन की एक रात', 'परिंदे' आदि ये बहुत बाद की कहानियाँ हैं, जब तक ये कहानियाँ छपीं, तब तक नई कहानी काफी समृद्ध हो चुकी थी। इन कहानियों को एक उपलब्धि माना जा सकता है, शुरुआत नहीं। सन् 1951 में 'प्रतीक' में दो कहानियाँ छपी थीं—शिवप्रसाद सिंह की 'दादी माँ' और मेरी 'खेल-खिलौने'। कुछ लोग कहते हैं कि मेरी कहानी नए ढंग की थी, तो कुछ लोग 'दादी माँ' को नए ढंग की कहानी मानते हैं। और उस मूलभूत अंतर्विरोध का भी वहीं से सूत्रपात हो गया कि गाँव से 'नई कहानी' शुरू होती है या शहर से। 'दादी माँ' गाँव के परिवेश की कहानी है, जिसमें आप एक बूढ़ी पीढ़ी के प्रति श्रद्धा दिखाते हैं, महानता दिखाते हैं, जिससे हमारा विरोध था। हमारा कहना था कि ऐसे कथाकार सिर्फ गाँव के प्रति मोह पैदा करने या बूढ़ों के प्रति श्रद्धा दिखाने को ही कहानी मानते हैं। 'खेल-खिलौने' में एक बुत के माध्यम से पुरानी मान्यताओं के टूटने की कहानी थी और वह एक नई जिंदगी की खोज करने की, उसका सामना करने की कोशिश की कहानी थी। हालाँकि वह पराजय की कहानी है, पर उससे यह प्रयास जरूर दिखाई देता है कि जिंदगी का सामना करना ही है। 'दादी माँ' पीछे देखने वाले आदमी की कहानी है और 'खेल-खिलौने' आगे देखने वाले की।

परंतु अंतर है न दोनों में ? 'दादी माँ' पराजय की कहानी नहीं, जबकि 'खेल-खिलौने' है।

'दादी माँ' का भाव भी पराजय का ही है। वह जो हमारा आरोप है न कि गाँव का कहानीकार गाँव के नाम पर शहर में पढ़ने-लिखने या नौकरी करने आए लड़कों की नॉस्टेल्जिया की कहानियाँ लिखते हैं—छुट्टियों में गाँव गए, वहाँ अपनी माँ या दादी माँ को देखा, गुलरा के बाबा को देखा और बैठकर कहानी लिख डाली। ये सब मुझे पलायन की कहानियाँ लगती हैं।

'नई कहानी' और पुरानी कहानी के बीच मूल अंतर क्या है ?

पुरानी कहानी में दो धाराएँ थीं—एक प्रगतिवादियों की और दूसरी प्रतिक्रियावादियों की। अज्ञेय, यशपाल, जैनेंद्र, पहाड़ी, इलाचंद्र जोशी जैसे लोग एक तरफ थे, जो व्यक्ति के भीतर की कहानियाँ लिखते थे, उसके सुख-दुःख की कहानियाँ लिखते थे, और ये कहानियाँ शिल्प में प्रायः 'फ्लैश बैक' में जाती थीं। यानी इनका कथापात्र एक ऐसे बिंदु पर पहुँचकर खड़ा हो जाता था, जहाँ से आगे बढ़ने का कोई उपाय या चेष्टा वह नहीं कर पाता था।

70-80 प्रतिशत कहानियाँ इसी तरह की हैं।

दूसरी तरफ प्रगतिशील कथाकार थे, जो मार्क्सवाद के उत्साह में, नई-नई मिली स्वतंत्रता के उत्साह में कहानी लिख रहे थे। इन्होंने व्यक्ति को समाप्त कर दिया था। इनकी दो ही प्रवृत्तियाँ थीं, एक प्रगतिशील होती थी, दूसरी प्रतिक्रियावादी। इन्होंने सारी स्थितियों को सपाट कर दिया था। वह सपाटता आज की कहानियों में भी दिखाई देने लगी है। इनके बीच में हम लोगों ने व्यक्ति को केंद्र बनाया और उस समाज को एक व्यक्ति के माध्यम से अभिव्यक्त करने की कोशिश की, जिस समाज का वह व्यक्ति था। धीरे-धीरे यह लगने लगा था कि कहानी न तो इतनी प्राइवेट चीज है, जितनी जैनेंद्र आदि ने बनाई है, न इतनी सामाजिक और सपाट चीज है, जितनी रांगेय राघव और अमृतराय ने बना रखी थी। हम उसके बीच में एक व्यक्ति की खोज में या व्यक्ति की सामाजिकता की खोज में कहानी लिख रहे थे।

अमृतराय ने एक बार 'नई कहानी' की चर्चा करते हुए कहा था, 'नई कहानी' की खोज में सही कहानी खो गई, इस पर आपकी क्या प्रतिक्रिया थी या हो सकती है ?

अमृतराय की सारी प्रतिक्रिया मेरे सामने स्पष्ट है। हुआ यह था कि 'एक दुनिया समानांतर' की भूमिका में मैंने लिखा था कि 'नई कहानी' की कोई परंपरा नहीं है और प्रगतिशीलता के नाम पर जो कहानियाँ लिखी जा रही थीं, वे नारेबाजी की कहानियाँ थीं, या कृश्न चंदर जैसे कथाकारों की भावुक और रोमांसवादी कहानियाँ, इस बात का अमृतराय जी ने बहुत बुरा माना था और उनका सारा प्रयास तब यही था कि जो लोग अपने को परंपराविहीन कथाकार मानते हैं, उनकी कहानियों को वे मान्यता न दें। 'कहानी' पर उन्होंने जो कुछ भी लिखा है, उसमें उनकी यही मानसिकता है। 'नई कहानी' आंदोलन को तो वे विशेष रूप से अस्वीकार करते रहे हैं।

तो क्या सचमुच आपके पीछे कोई परंपरा नहीं थी ?

अगर हमारे समक्ष कोई परंपरा थी, तो वह प्रेमचंद की परंपरा थी या फिर गोर्की, चेखव और टॉलस्टॉय की थी। वास्तव में परंपरा और परिपाटी का अंतर है। परंपरा का अर्थ निरंतरता नहीं है। मुझसे ठीक पहले वाला आदमी परंपरा होगा, ऐसा नहीं है। मैं अपनी परंपरा को बोधा से जोड़ूँ, तुलसीदास से नहीं। परंपरा को हम कब कन्फ्यूज्ड करते हैं, जब इसे निरंतरता से जोड़ते हैं। अगर निरंतरता के अर्थ में परंपरा को लें, तो उसमें प्रेमचंद हैं तो अज्ञेय भी हैं, अमृतराय भी हैं। परंतु जब एक कमरे में दस आदमी हों, तो आप किसके साथ आत्मीयता महसूस करेंगे, सबके साथ तो नहीं ? यह तो आपकी व्यक्तिगत पसंद-नापसंद की बात होगी कि आप किससे आत्मीयता महसूस करते हैं।

किंतु जो चीज गोर्की ने दी, चेखव ने दी, वह आप लोग नहीं दे पाए—मैं कथ्य के हिसाब से बात कर रहा हूँ, शिल्प के हिसाब से नहीं। जहाँ तक समाज से जुड़ने की बात है, गोर्की और प्रेमचंद की तरह 'नई कहानी' के कथाकारों में एक भी नजर नहीं आता।

देखो, चेखव ने दो बातें कही थीं—जिस जगह और जिस भावना की जानकारी आपको नहीं है, उसे न लिखिए। और दूसरी बात उसने कही कि कहानी में कुछ भी अप्रासंगिक नहीं होता। जैसे अगर आप एक कमरे में बंदूक लटकी हुई दिखाते हैं, तो आपको निश्चित रूप से यह ध्यान रखना होगा कि कहानी के तीसरे, चौथे, पाँचवें किसी भी हिस्से में वह बंदूक चले। अगर बंदूक नहीं चलती है तो फिर उसे वहाँ दिखाने का कोई अर्थ नहीं है। तीसरी बात उसने यह भी कही कि कहानी में यथार्थ का ज्यों का त्यों चित्रण नहीं होता, प्रतिनिधि कोण आपको तलाशना होगा, जिससे वह पूरा यथार्थ आपके सामने उजागर हो सके। जरूरी नहीं कि आप पूरा विवरण दें। अगर इन तीनों बातों को ध्यान में रखें, तो हमने भी अपने को उनसे कहीं जोड़ा है, हमने उनसे विषयवस्तु नहीं ली, हमने उनसे दृष्टि ली, जैसा कि मैंने बार-बार कहा है, परंपरा से हम उनकी दृष्टि लेते हैं, उनका सरोकार लेते हैं, विषयवस्तु नहीं लेते। चेखव की अपनी जो सच्चाई थी, उसने लिखा। हमारी जो अपनी सच्चाई है, वह हम लिखते हैं। हम उस तरह से नहीं लिख सकते, जिस तरह से हमसे पहले के लोग लिखते थे। उदाहरण के लिए नारायण श्रीवास्तव के पात्र चाहे दिल्ली, कलकत्ता, बंबई कहीं के भी हों, लगता ही नहीं कि लखनऊ छोड़कर कभी बाहर गए भी हैं, वह हम नहीं कर सकते थे। यही वजह थी कि हमने अपने परिवेश के अनुसार अपनी-अपनी कहानियों को रखा और यह माना कि एक विचारधारा, एक स्थिति, एक संवेदना एक विशेषकाल में ही होती है, विशेष परिवेश में ही पैदा होती है।

सामाजिक स्थितियों की उपेक्षा कर आप लोगों ने वैयक्तिक संबंधों के विश्लेषण पर ही जोर दिया, ऐसा क्यों ?

पहले तो यह समझना होगा कि समाज क्या होता है ? समाज से हम क्या समझते हैं ? हम कुछ लोगों की भीड़ को या समूह को समाज नहीं मानते। जमघट समाज नहीं है। आप ईंटों के एक बड़े भट्ठे को मकान नहीं कह सकते, ईंटों का एक विशेष संबंध से जुड़ना मकान बनाना है, यानी मुख्य चीज संबंध है। भेड़ों का झुंड समाज नहीं बनाता, एक विशेष संबंध से जुड़े लोगों से समाज बनता है। और समाज की इकाई परिवार है। हमें यह लगता था या आज भी लगता है कि हम जिसे समाज कहते हैं, उसका सबसे संश्लिष्ट, सबसे नाजुक बिंदु स्त्री-पुरुष का संबंध है। जब हम पति-पत्नी या स्त्री-पुरुष संबंध को अपने केंद्र में लाते हैं, तो हमारी दृष्टि में और जैनेंद्र-अज्ञेय की दृष्टि में फर्क होता है। जैसे मैं एक उदाहरण देता हूँ टॉलस्टॉय ने एक बहुत खूबसूरत बात कही है और उसने इसे अपने अनुभवों के बाद कहा है। उसने लिखा है, 'दुनिया की बड़ी लड़ाइयाँ युद्ध-क्षेत्रों में नहीं,

बल्कि एकांत में बिस्तर पर लड़ी जाती हैं।'

आदमी की संपूर्ण मानसिकता, वह समाज में किस तरह का व्यक्ति होकर जी रहा है, वह कैसा व्यवहार करेगा, अच्छा आदमी है या स्वार्थी है, शांत प्रकृति का है या चिड़चिड़ा है, यह सब व्यक्ति परिवार से ही सीखता है। तो समाज की इकाई परिवार है। हम व्यक्ति के चेहरे पर सब कुछ देखना चाहते हैं। अगर आतंक भी है, तो उसे हम व्यक्ति के चेहरे पर ही देखते थे। पूरे समाज, समय के आतंक को व्यक्ति के माध्यम से अभिव्यक्त करना चाहते थे। युद्ध की कहानियाँ हजारों लिखी गई हैं, तो क्या आप समझते हैं कि ये सारी कहानियाँ मोरचे पर बैठकर ही लिखी गई हैं ? युद्ध की कहानी एक झोंपड़े में बैठी उस माँ के चेहरे की कहानी भी बन सकती है, जिसका बेटा कहीं युद्ध लड़ रहा है। युद्ध की ज्यादा गहरी कहानी वही होगी, जो आप उस अकेली माँ के चेहरे को देखकर लिखेंगे। वहाँ सही तौर पर युद्ध का आतंक भी होगा और भविष्य की चिंता भी। इसी तरह एक निहायत अकेले व्यक्ति की कहानी भी पूरे समाज की कहानी होती है।

कहानी में सबसे बड़ी चीज होती है विश्वसनीयता। जिस कहानी में पढ़ने वालों को यह न लगे कि यह मेरे जैसे जीवित आदमी की कहानी है, वह एक अविश्वास से भर जाता है। एक विश्वसनीयता और दूसरा आइडेंटिफिकेशन। आप आइडेंटिफाई रचना को करते हैं। पढ़ने की प्रक्रिया बहुत ही व्यक्तिगत है। आप एक पूरा उपन्यास पढ़ जाइए। जिस जगह पर आप आइडेंटिफाई करते हैं, वह आपके लिए सबसे रोचक और विश्वसनीय अंश होते हैं।

परंतु आप लोगों ने भोगा हुआ यथार्थ और अनुभव की प्रामाणिकता दोनों का ऐसा घालमेल किया कि कहानी का स्वरूप भी बिगड़ गया।

यह बात सिर्फ बहस के लिए तुम कह रहे हो। वरना हमने कहानी को साहित्य की केंद्रीय विधा बना दिया। साहित्य के सारे सवाल, जो कविता से तय होते थे; दूसरी विधाओं से तय होते थे, वे कहानी से होने लगे। व्यक्ति के सोच और समस्याओं के जो प्रश्न पहले अन्य साहित्यिक विधाओं के माध्यम से उजागर होते थे, उन्हें हम कहानी की सीमा में ले आए और कहानी के प्रति साधारण वर्ग का झुकाव हुआ। उसकी रुचि जागी। परंतु आज नए लोगों ने इसे फिर द्वितीय श्रेणी पर ला खड़ा किया है।

संप्रेषण के जितने साधन आज उपलब्ध हैं, पहले उतने नहीं थे, फिर भी आज हम संप्रेषणहीनता का नारा बड़े जोर-शोर से लगाते हैं—कि हमारी फिल्म, हमारी कहानी व कविता दूसरों को समझ में नहीं आई। क्या आप मानते हैं कि आज का आदमी सोचने और समझने की भी सुविधा चाहता है ?

तुम्हारी बात बिलकुल ठीक है। अब वह सब कुछ सहज चाहता है। जैसे फिल्म देखता है और हॉल से बाहर निकलने के बाद उसे भूल जाता है। चीजों पर सोचकर वह सिरदर्द पैदा करना नहीं चाहता।

ठीक है, फिर भी वह विस्तार में जाना चाहता है। आप अपनी ऊपरी बातों से उसे संतुष्ट नहीं कर सकते। ऐसे में एक कहानीकार का क्या दायित्व हो सकता है ?

स्थितियाँ चाहे जितनी भी जटिल हों, रास्ता तो उसी में से निकालना पड़ता है। अब अगर जिंदगी जटिल हो गई है, तो आदमी क्या करे ? रास्ता तो वह निकालेगा ही, क्योंकि उसे जीना है, तो जब आदमी जीने के लिए रास्ता निकाल सकता है, तो अभिव्यक्ति के लिए भी निकाल सकता है। संप्रेषण और संवाद के भी उपाय खोज सकता है।

तो क्या आपको यह नहीं लगता कि लेखक को या कथाकार को मात्र व्यक्ति से ही नहीं, समाज से भी जुड़ना पड़ेगा ?

कथाकार का जुड़ना जरूरी नहीं है। उसके दृष्टिकोण, उसके विचारों का जुड़ना जरूरी है। फिर यह समाज से जुड़ने का अर्थ भी क्या है ? तुम समाज से जुड़ना किसे कहोगे ? भाई, तुम भी कहानियाँ लिखते हो, तुम्हारी दृष्टि में समाज से जुड़ने का अर्थ क्या है ?

मैं तो अपने आसपास के लोगों, उनके रीति-रिवाजों, परिवेश से जुड़ने को ही जुड़ना मानता हूँ।

अर्थात् कुछ लोगों के साथ जुड़ना। यही न ? परंतु मैं यह कहना चाहता हूँ कि मैं जो आदमी हूँ, या तुम जो व्यक्ति हो, पूरे समय के संदर्भ में या समय के प्रवाह में एक बिंदु मात्र हो। पूरे समाज में एक ऐसी जगह केंद्रित हो, जहाँ तुम्हारे जरिए आज का पूरा समय और आज तक का पूरा समाज मानसिक रूप से या शारीरिक रूप से तुम्हारे भीतर प्रतिफलित हो उठा है। अगर तुम उसे उस संदर्भ से पकड़ सको, तो पूरे समय को पकड़ोगे, पूरे समाज को पकड़ोगे। समाज से जुड़ने की बात कर रहे हो, तो तुम मुझे हिंदी की कुछ ऐसी कहानियों के नाम बताओ, जिन्हें तुम अच्छी और समाज से जुड़ी कहानी मानते हो ! यह भी मैं बता दूँ कि अच्छी कहानी की सबसे बड़ी पहचान यही है कि जो अपनी भाषा से अलग, अपने समाज से अलग होकर भी उतनी ही प्रभावशाली हो, जितनी अपनी भाषा में है। कहानी को अपनी भौगोलिक सीमाएँ पार करनी ही चाहिए। हेमिंग्वे या चेखव की कहानियाँ हमारे सामने हैं, वे ऐसी ही कहानियाँ हैं, जो अपनी भाषा और समाज की सीमाओं को तोड़कर हमारे सामने आईं, हिंदी की कुछ ऐसी कहानियों के नाम बताओ, तो बात शायद और साफ हो सके।

कई कहानियाँ मुझे याद आ रही हैं—'चीफ की दावत', 'यारों के यार', 'दोपहर का भोजन', 'मिस पाल', 'मांस का दरिया'···

परंतु मुझे तो इनमें से एक भी कहानी ऐसी नहीं लगती, जो अपनी भाषा और समाज से अलग हटकर भी उतनी ही प्रभावशाली सिद्ध हो सकती है। फिर इन सारी कहानियों में व्यक्ति या परिवार ही प्रमुख है, समाज नहीं। हाँ, 'यारों के यार' में जरूर वह व्यक्तिगत

भी है और सामाजिक भी। बाकी हिंदी की एक भी कहानी मुझे याद नहीं आ रही, जिसमें व्यक्ति से अलग हटकर कोई स्थिति भी प्रमुख हो पाई।

अर्थात् समाजशास्त्रियों और साम्यवादियों के इस दृष्टिकोण को आप झुठला रहे हैं कि समाज प्रमुख होता है, व्यक्ति नहीं।

मैं तो यह समझता हूँ कि व्यक्ति प्रमुख है या समाज, इस बात का महत्त्व कहानी लेखन में उतना नहीं होता, जितना यह कि कहानी का उद्देश्य क्या है, लेखक की दृष्टि कहाँ है, इस बात को समझना। मानवीय संवेदना, सामाजिक चेतना, सामाजिकता आदि न जाने कितने शब्द हैं, जो सिर्फ शब्द हैं, इनसे कहानी नहीं लिखी जाती। मैं सुरेंद्र तिवारी की कहानी लिखूँगा, जो सामाजिक है या नहीं, यह मेरा दृष्टिकोण तय करेगा। लेकिन मैं लिखूँगा सुरेंद्र तिवारी नाम के व्यक्ति की ही कहानी और तब उस समाज की बात करूँगा, जिसमें वह रहता है। ऐसा कभी नहीं होता कि आप राष्ट्रीय हुए बिना अंतर्राष्ट्रीय हो जाएँ और व्यक्तिगत हुए बिना सामाजिक हो जाएँ। तो हर तरह से व्यक्ति ही केंद्र में रहेगा, बाकी चीजें बाद में आएँगी। कहानी के लिए किसी तरह का 'जेनेरलाइजेशन' करना उचित नहीं। कहानी की गलत समझ ने तथा सिद्धांतों के पक्षधरों ने कहानी का ज्यादा अहित किया है। अभी कुछ दिन पहले एक जगह चर्चा हो रही थी—मैं भी उसमें हिस्सेदार था—मार्क्सवाद का हिंदी में प्रभाव। मेरा विचार यह है कि मार्क्सवाद का हिंदी में प्रभाव राहुल और यशपाल के साथ ही खत्म हो गया। उसके बाद कथा साहित्य में मार्क्सवाद तो आया ही नहीं।

क्या सचमुच आप यह मानते हैं ?

संदेह क्यों हो रहा है तुम्हें ? क्या तुम्हें लगता है कि आज कोई मार्क्सवादी कथाकार है—सही अर्थों में ? मुझे तो यही लगता है कि मार्क्सवाद का जाप ज्यादा है। आज इतने लेख, निबंध लिखे जाते हैं, चर्चाएँ-परिचर्चाएँ होती हैं, परंतु साहित्य में मार्क्सवाद की आज छाया भी नहीं है।

क्या जनवादी लेखकों की रचनाओं के प्रति भी आपकी यही धारणा है ?

बिलकुल। मैंने कहा न कि राहुल और यशपाल के बाद से मार्क्सवादी रचनाओं का अभाव हो गया है, भले ही प्रगतिशील लेखक और जनवादी लेखक अपनी रचनाओं में मार्क्सवादी होने का दंभ भरते रहें।

आपने अभी सिद्धांत की पक्षधरता की बात की। अगर यह आपको गलत लगता है, तो फिर आप खुद जनवादी लेखक संघ से कैसे जुड़े, जो कि विशुद्ध रूप से राजनीतिक प्रेरित संगठन है !

इस प्रश्न का उत्तर भीष्म जी की एक बात से आपको मिल जाएगा। भीष्म जी ने मुझसे कहा था कि जनवादी संघ से इसलिए जुड़ो, क्योंकि यह सत्ताविरोधी लेखक संगठन है और

तुम शुरू से ही एंटी-एस्टेब्लिशमेंट में रहे हो। उनकी यह बात मुझे जँच गई और मैं जनवादी लेखक संघ का सदस्य बन गया। तो सही कारण तो यही है।

आप सत्ता विरोध की बात करते हैं और सरकारी आयोजनों में भी हिस्सा लेते रहते हैं...

हाँ, लेता हूँ। अभी साहित्य अकादमी ने सात दिन का वर्कशाप किया था, उसमें मुझे बुलाया गया, मैं गया। मध्य प्रदेश सरकार ने अमरकंटक में वर्कशाप किया, मैं गया। ऐसे आयोजनों में जाने के कारण मुझसे अक्सर पूछे जाते हैं। देखिए, जो सरकारी आयोजन हैं, उनमें प्रधानमंत्री, मुख्यमंत्री या कोई न कोई सत्ता का प्रमुख व्यक्ति होता है, क्योंकि यह भी उसके काम का एक हिस्सा है, इसको हम अस्वीकार नहीं कर सकते। हमारा वहाँ जाने का उद्देश्य तुच्छ नहीं होना चाहिए। हाँ, लेखकों की स्वतंत्र संस्था अगर कोई साहित्यिक आयोजन करती है और उसमें भी राजनीतिज्ञों का ही सहारा लेती है, तो वह असहनीय है कम से कम मेरे लिए। व्यक्तिगत रूप से मैं हमेशा से इसी बात को मानता रहा हूँ कि लेखक को सत्ता के साथ नहीं जुड़ना चाहिए।

कुछ लोग कहते हैं कि आपका लिखना-पढ़ना खत्म हो गया है, पर अपने को साहित्य से जोड़े रखने के लिए या साहित्य की राजनीति करने के लिए ही आप जनवादी लेखक संघ के पदाधिकारी बने हैं।

यह तो कहने वाले का फ्रस्ट्रेशन है। साहित्य की राजनीति करने के लिए किसी संगठन से जुड़ने की जरूरत नहीं होती। और साहित्य से जुड़े रहने का अर्थ यह कहाँ होता है कि आप रोज एक कहानी या उपन्यास लिखें ही।

परंतु आपने एक बार कहा था—जनवादी लेखक संघ की एक गोष्ठी में ही—कि जिस तरह के उपन्यास आज लिखे जा रहे हैं, उस तरह के एक-दो उपन्यास आप हर महीने लिख सकते हैं। जब आप में लिखने की इतनी शक्ति अभी भी है तो फिर आप लिखते क्यों नहीं ?

ऐसा तो नहीं कि मैं लिखता नहीं। अभी मेरी दो आलोचनात्मक पुस्तकें छपी हैं।

लिखने से मेरा तात्पर्य सर्जनात्मक साहित्य से है, आलोचनात्मक साहित्य नहीं। फिर आपकी पुस्तकें जो छपी हैं, उनमें पुराने लेखों, समीक्षाओं और निबंधों का ही संग्रह है, नया कुछ नहीं है उनमें।

लिखना एक मानसिकता है। जो सामने दिखाई दे, मात्र वह लिखना नहीं है। लिखने को एक सैनिक निरंतरता में बदलना मुझे स्वीकार नहीं। एक आदमी रोज-रोज कहानी लिख रहा है, एक ही कथ्य को बार-बार दोहरा-तिहरा रहा है, ऐसे लेखन को मैं लेखन नहीं मानता। गुरुदत्त ने कितना लिखा है, पर क्या उसे हम लेखक मानेंगे ? मैं तो नहीं मानता।

कोई रोज-रोज लिखता है, इसी कारण से लेखक है, यह मैं स्वीकार नहीं कर सकता। फिर यह बताओ कि मेरे साथियों में आज कौन लिख रहा है ? कमलेश्वर लिख रहे हैं क्या? मार्कंडेय, अमरकांत, शिवप्रसाद सिंह…कौन लिख रहा है ? फिर हर महीने एक उपन्यास घसीटना अलग बात है, परंतु यह समझना कि मेरा लेखन सार्थक है, जो कुछ मैं लिख रहा हूँ, उससे संतुष्ट हूँ, बिलकुल अलग बात है। जो दूसरे प्रकार का लेखन है, मैं उसका ही समर्थक हूँ और कुछ लिखना चाहता हूँ, तो वही, जो मुझे संतोष दे सके। हम जिन चीजों और विश्वासों को लेकर चले थे, वह विश्वास आज इतना डगमगा गया है और एक 'आइडियोलॉजीकल कन्फ्यूजन' इस तरह का आ गया है पूरे समाज में कि उसके कारण आज मेरा कोई भी समकालीन नहीं लिख रहा है। आज हम वैचारिक भ्रमों में जी रहे हैं। दूसरी बात यह है कि आज जो कन्फ्यूजन है, वह पूरे परिप्रेक्ष्य में पूरे विचार का, पूरी आइडियोलॉजी का है और जब तक चीजें आपके सामने साफ न हों, तब तक आप नहीं लिख सकते, कम से कम रचनात्मक लेखन आप नहीं कर सकते, जिसे ऑथेंटिक कहा जाए। फिर हममें से हर आदमी के दिमाग में कुछ छोटी बड़ी चीजें अटकी पड़ी हैं, जिन्हें वह पूरा करके ही अपने ऑथेंटिक लेवल तक पहुँचना चाहता है। बल्कि मैं तो यह कहना चाहूँगा कि चाहे मानसिक कन्फ्यूजन हो, चाहे ऑथेंटिक लेवल मिलने की सुविधाओं का अभाव रहा हो, उन स्थितियों में भी मैंने लेखकीय कर्तव्य को पूरा करने की कोशिश की, बाकी लोगों ने तो वह भी नहीं किया। यह सही है कि मैंने कहानी या उपन्यास नहीं लिखा, परंतु अपने समकालीनों पर, उनकी रचनाओं पर मैं अक्सर लिखता रहा हूँ और यह भी लेखन की प्रक्रिया से जुड़े रहना ही है।

लेखक किसी भी एक सिद्धांत या दर्शन को लेकर चलता है, तो क्या ऐसा नहीं होता कि काफी लिख लेने के बाद उसे लगने लगे कि उसे जो कुछ भी कहना था, वह कह चुका, या जिस भी सिद्धांत या दर्शन का प्रतिपाद करना था, वह कर चुका, इस कारण लिखना छोड़ दे ?
नहीं, ऐसा नहीं होता।

इसी के साथ यह प्रश्न भी तो उठता है कि संपन्न और सुविधाभोगी होने के बाद प्रायः अच्छे से अच्छे लेखक का लिखना बंद हो जाता है। आर्थिक संघर्ष करते हुए ही अधिकांश लेखकों ने अच्छी चीजें लिखी हैं, क्या आपको ऐसा नहीं लगता ?
यह बात भी कइयों ने कही है, मैंने भी इस पर बहुत सोचा है। परंतु एक बात बताओ, क्या गरीबी और भुखमरी ही लेखक होने की पहचान है ? क्या हम यह कहना चाहते हैं कि लेखक गरीबी और भुखमरी के बिना नहीं लिख सकता ? अगर यह सही है, तो उन लेखकों को आप क्या कहेंगे, जो विदेशों में सारी सुविधाओं के बीच पूरी संपन्नता के साथ जी रहे हैं और श्रेष्ठ रचनाएँ भी लिख रहे हैं।

परंतु हिंदी में तो उलटी बात ही नजर आती है। मैं आपको दो-चार उदाहरण दूँ, अपनी बात स्पष्ट करने के लिए। धर्मवीर भारती जब से 'धर्मयुग' के संपादक बने, उनका लिखना बंद हो गया। कमलेश्वर जब से 'सारिका' के संपादक बने, तब और उसके बाद भी उनका लिखना खत्म हो गया या कुछ लिखा भी, तो सिनेमा के लिए। आपने जब से प्रकाशन शुरू किया, आपका लिखना भी तब से ही खत्म हो गया।

हाँ, क्योंकि प्रकाशन खोलने के बाद कई ऐसी चीजें सामने आ गईं, जिन्हें हल करना पहले जरूरी लगा। वही ऑथेंटिक लेवल वाली बात है। प्रकाशन संस्थान खोलना एक गलती थी, एक सिरदर्द था, जिसे लगातार मैं पंद्रह सालों तक सहता रहा। उस स्थिति में लेखन का गौण हो जाना स्वाभाविक ही है, किंतु यहाँ मैं फिर कहूँगा कि सुविधाओं के कारण मेरा लिखना बंद हुआ हो, ऐसा कदापि नहीं है। फिर हमारे ही देश में ऐसे कई महान् लेखक हुए हैं, जो पूर्ण संपन्नता में जीने वाले लोग थे। रवींद्रनाथ ठाकुर को क्या आप लेखक नहीं मानेंगे ? अज्ञेय के पास किस चीज की कमी है ? वे आज भी सक्रिय हैं। इसलिए आप जो कह रहे हैं, वह सुविधाओं का लोकेलाइजेशन करना है, यूनिवर्सल सत्य नहीं है।

एक बात और। हिंदी लेखकों के बीच एक आम धारणा है कि जो ज्यादा लिखता है, वह कमर्शियल हो जाता है, उसमें सस्तापन आ जाता है !

यह भ्रम तो हमारे जैसे कुछ लोगों ने गढ़ा है, जिन्होंने खुद लिखना-पढ़ना छोड़ दिया है। यह एकदम बेकार की बात है कि जो ज्यादा लिखेगा, वह कमर्शियल हो जाएगा। जबकि आप देखेंगे कि दुनिया के किसी भी बड़े लेखक ने दो-चार उपन्यास लिखकर अपने को बड़ा नहीं मान लिया। जिंदगी में ज्यादा से ज्यादा उसने लिखने की कोशिश की। परंतु हमारे यहाँ ज्यादा लिखने वाले की तीखी आलोचना की जाती है, उसे कमर्शियल कहा जाता है।

यह स्थिति हिंदी में ही है, अन्य भारतीय भाषाओं के श्रेष्ठ लेखक भी ज्यादा से ज्यादा लिखते हैं, रवींद्र, शरत की बात अगर छोड़ भी दें, तो बँगला के आधुनिक कथाकारों में भी अधिक से अधिक लिखने की होड़-सी है। आशापूर्णा देवी के साठ से अधिक उपन्यास छपे हैं, ताराशंकर ने भी पच्चीसों पुस्तकें लिखीं। शंकर, विमल मित्र, सुनील गंगोपाध्याय, समरेश बसु के भी बीसियों उपन्यास हैं। दक्षिण के मस्ति आयंगर के एक सौ से अधिक उपन्यास और कहानी-संग्रह छपे हैं। कामथ, अमृता प्रीतम आदि श्रेष्ठ कथाकारों का नाम इस संदर्भ में लिया जा सकता है।

हाँ, हिंदी में यह कॉम्पलेक्स है कि जिसके भी पाँच-सात उपन्यास आ गए, वह अपने को महान् लेखक मानने लगा। हिंदी जगत् में दो और भी कॉम्पलेक्स हैं, एक तो यह कि जिस लेखक ने लेखन को अपनी जीविका का साधन बना लिया, वह कमर्शियल हो गया, और दूसरा यह कि जिस लेखक को पाठकों ने ज्यादा पसंद कर लिया, जिसकी किताबें ज्यादा

बिकने लगीं, वह घटिया हो गया, गुलशन नंदा हो गया। सर्वेश्वरदयाल जैसे लोगों ने साहित्यकार के लिए यह मानदंड गढ़े थे, जो जितना कम पढ़ा जाता है, वह उतना ही श्रेष्ठ होता है। गलत कॉम्पलेक्सेज हमने पाल रखे हैं।

पिछले दस-पंद्रह सालों में इस देश में कितना कुछ घट गया, क्या किसी बात ने आपको लिखने के लिए विवश नहीं किया ?

कई बातें हैं। देखिए, आप लिखते कब हैं ? जब एक अनुभव के साथ आप थोड़ी देर बैठें। परंतु दिल्ली जैसे महानगरों में एक अनुभव के साथ आप जुड़े नहीं रह सकते। आप आज किसी एक अनुभव से गुजरते हैं, लिखने के लिए सोचते हैं, तब तक आपके उस अनुभव को झुठलाता हुआ दूसरा कोई अनुभव आपकी पकड़ में आ जाता है। अब आप पहले अनुभव को भूलकर इस दूसरे अनुभव से उलझने लगते हैं। इस तरह अनुभव को पकड़ने का मौका ही नहीं मिलता। और उनसे बिना जुड़े अगर आप लिखते भी हैं, तो आपका अनुभव झूठा सिद्ध हो जाएगा। लेखन की सार्थकता अनुभव को सच्चा सिद्ध करने में है, झूठा नहीं, इसलिए मैं सामयिक लेखन से बचता हूँ और दूसरों को भी बचने की सलाह देता हूँ।

[रविवार, 1982]

कहानी सिर्फ आदमी की हो सकती है

गिरिराज किशोर

[यह बातचीत अत्यंत अनौपचारिक और सहज ढंग से हुई। कभी गरमा-गरमी भी हुई। इसमें 'तुम' और 'आप' दोनों का इस्तेमाल हुआ। हालाँकि राजेन्द्र यादव को वरिष्ठ होने के कारण तुम का प्रयोग अखर सकता है। पर हुआ है। क्योंकि व्यक्तिगत समानता, लंबे संबंध और आत्मिक स्तर पर होने वाली बातें ज्यादातर 'तुमवादी' होती हैं। जहाँ तुम का प्रयोग है वहाँ तुम रखा गया है, जहाँ आपका वहाँ आप बरकरार है।]

आजकल जो लेखक लिख रहे हैं तुम्हारी समझ से उनके सामने किस प्रकार की लेखकीय समस्याएँ आती हैं ? तुम्हारा अनुभव इस बारे में क्या कहता है ?

लेखकीय समस्याएँ किस तरह की ? मतलब तुम खुद भी लेखक हो और उन्हें समझ सकते हो। मेरी समझ से लेखकीय समस्याओं को दो हिस्सों में बाँट दें, एक जो लेखक के रूप में अस्तित्व की समस्याएँ हैं, जिसमें प्रकाशन की समस्या हो सकती है, संवाद की हो सकती है और दूसरी तरह की हो सकती हैं। दूसरी समस्याएँ अभिव्यक्ति की हैं, अनुभव की हैं, अनुभव को एक पूरा रूपाकार देने की कोशिश की हैं। तुम्हारा आशय किन समस्याओं से है ?

सबसे पहले अपने अनुभव का साक्षात्कार करने की है। साथ-साथ अभिव्यक्ति के संदर्भ में, प्रमुख समस्या यह है कि आजकल की जिंदगी से वह कैसे जुड़े और किस प्रकार अपने आपको अभिव्यक्त करे। ऐसी किन-किन समस्याओं का एक रचनाकार के रूप में सामना करना होता है ? इसी सबके बारे में सबसे पहले हमें बात करनी चाहिए।

हाँ, क्योंकि यही मूल सवाल है। बाकी सवाल तो फिर पेशे के ही सवाल हो जाते हैं। यहाँ पर मुझे लगता है गिरिराज, कि हम लोग दिल्ली में रहते हैं जहाँ हर चीज बड़ी तेजी से घटित होती है, बड़ी ऊँची आवाज के साथ घटित होती है, लगता है मानो सारे हिंदुस्तान में वही कुछ हो रहा है जो दिल्ली में है। और यहाँ लगता है कि इस समय खास तौर से एक ओर लेखक का मानसिक द्वंद्व अनुभव को पत्रकारिता के धरातल पर रखना है, और दूसरी तरफ उसे रचनात्मक स्वरूप देने का सवाल है। आज के लेखक के सामने जो

दिक्कतें हैं, मुझे लगता है उसमें सबसे बड़ी यही है। उसके सामने आज का अनुभव है, आज की स्थितियाँ हैं, द्वंद्व हैं, उन्हें वह किस रूप में प्रस्तुत करे ? ज्यादातर जो लेखन मुझे दिखाई दे रहा है, उस पर पत्रकारिता का प्रभाव बहुत जबरदस्त है या कहिए एक 'एटीट्यूड' रवैया पत्रकारिता का बन गया है।

तुम्हारे कहने का मतलब यह है कि जो आज रचनाकार है, वह पत्रकारिता की तरफ ज्यादा झुक रहा है, इसके मुकाबले कि वह अपने-आपको रचना की रचनात्मकता के साथ पूरी तरह से यानी समर्पित ढंग से जोड़े ? यही न ?

हाँ, इसको थोड़ा और सुधारकर बोलना चाहिए, लेखक पत्रकारिता की तरफ झुक रहा है या कलात्मक लेखन के प्रति जिस तरह की निष्ठा, जिस तरह का धैर्य, जिस तरह का दबाव चाहिए वह सचमुच आसपास नहीं दिखाई दे रहा। यानी बहुत जल्दी ही लेखक अपने अनुभव को लिख डालता है और बहुत जल्दी ही उसकी 'रिकॉगनिशन' (कद्रदानी) चाहने लगता है। जो कुछ सामने देखा उसी को तत्काल प्रक्रिया में उठाकर लिख दिया। और फिर एकदम चाहिए उसकी प्रशंसा या स्वीकृति या 'रिकॉगनिशन। वह जो धैर्य होता था या होना चाहिए कि अनुभव या 'ऑब्जर्वेशन' (अवलोकन) पचे, आपके भीतर उतरे, 'एसिमिलेट' (सम्मिलित) हो, पूरी मानसिकता के साथ घुले-मिले और फिर एक स्वतंत्र रचना के रूप में सामने आए, क्या इसके न होने का भय तुम्हें नहीं दिखाई देता ?

हिंदी में जो लेखन हुआ है, इसके संदर्भ में क्या तुम इस प्रकार की रचनाओं का उल्लेख कर सकते हो जिनसे यह लगे कि आजकल के रचनाकारों से अधिक पहले के लेखक 'एसिमिलेट' करके या अनुभव को अपने अंदर उतारकर या उसके साथ बहुत जमाने तक जी कर अपने-आपको व्यक्त करते थे और वे उनके इस जीने का प्रमाण बन सके।

भई, अगर उसी तरह से देखना हो तो हिंदी लेखन से ही मैं उदाहरण दूँ। तुम्हारा लिखने का जो तरीका है या मेरे लिखने का जो तरीका है वे चाहे कहानियाँ हों, उपन्यास हों; ऐसा नहीं है कि अपनी तत्कालीन समस्याओं के साथ जुड़कर हम लोगों ने नहीं लिखा। जैसे तुमने मानो 'लोग' लिखा, तुमने दूसरा उपन्यास 'जुगलबंदी' लिखा, इन दोनों उपन्यासों में तुम्हें ज्यादा सुविधा यह थी कि तुमने एक बीती हुई दुनिया को धैर्यपूर्वक चित्रित किया था। लेकिन तत्कालीन समस्याएँ भी हैं, जो एकदम सीधे-सीधे आई हैं, जैसे 'तीसरी सत्ता' वे समस्याएँ जब सामने आती हैं, तब हमें यह देखना पड़ता है कि हम पत्रकारिता के स्तर पर 'टोटल एप्रोच' (पूरा दृष्टिकोण) कैसे अलग करें। जैसे मैं उदाहरण दूँ, तत्कालीन समस्याओं पर मैंने 'उखड़े हुए लोग' उपन्यास लिखा, जो राजनीतिक समस्याएँ हैं, जो बहुत ही 'प्रॉमिनेंट' हैं, उन्हीं समस्याओं को मैंने लिया। हो सकता है अपने बारे में सोचना गलत हो, लेकिन मुझे ऐसा लगता है कि उस 'कैरेक्टर' और 'सिचुएशन' को पूरी तरह से पकड़

पाने के लिए जिस तरह के धैर्य और अंतर्दृष्टि की, एसिमिलेट कर सकने की आवश्यकता होती है, वह मैं कर पाया हूँ। इसीलिए मैं शायद उसे अपने मन से संतोषजनक रचना बना पाया हूँ। किसी रचना या किसी भी कृति का नाम लेना गलत है। एकदम याद भी नहीं आ रहा। लेकिन ऐसा लगता है कि आज चीजें बहुत जल्दी-जल्दी में समेट दी जाती हैं, तत्काल। बिना उनकी आंतरिक अन्विति को देखे हुए, एक तरह के ऊपरी दबाव के 'ऑर्डर' पर सब कुछ रख दिया जाता है। मैं मानता हूँ कि कभी-कभी जो रचनाएँ ऊपर से बिखरी हुई लगती हैं, उनके भीतर एक अंतर्सूत्रता या व्यवस्था होती है, जो सारे बिखराव को बाँधकर रखती है।

क्या तुम्हारा या मेरा ऐसा सोचना हम लोगों के वृद्ध होते जाने का या पुराने पड़ते जाने का अहसास नहीं कराता ? क्या ये सब बातें तुम लोगों ने हम लोगों के बारे में, तुम्हारे पूर्व लेखकों ने तुम लोगों के बारे में नहीं सोची या कही होंगी, कि ये लोग बहुत जल्दी करते हैं, बहुत जल्दी में लिखते हैं ? संभवतः अश्क जी ने इस बात को आप लोगों के, विशेषकर कमलेश्वर के बारे में कहा है कि ये लोग रचना के साथ पूरी जिम्मेदारी के साथ देर तक नहीं जीते, कहीं न कहीं ये बहुत जल्दी कर देते हैं। शायद हर पुराना रचनाकार नई आने वाली पीढ़ी के बारे में ऐसा सोचता है। ऐसा क्यों है ? हो सकता है इससे कहीं न कहीं अपने आपको संतुष्टि मिलती हो !

बात बिल्कुल सही है कि अश्क जी ने यह बात कही थी। लेकिन हम खुद उन्हें देखें कि कैसा रुकाव उनकी रचनाओं में आ गया है, या जो गतिहीनता उनके लेखन में है, स्वाभाविक है कि प्रायः किसी भी नए लेखक में नहीं होगी। उनके सारे उपन्यासों का केंद्र और समय सब कुछ जिस तरह एक ही घेरे में घूम रहे हैं—वे ही लोग, वही समय, वही शहर और वही लोकेल (घटनास्थल)। ऐसा तो शायद कोई भी नया या पुराना लेखक नहीं करेगा। उनके लिए हो सकता है हर चीज जल्दबाजी हो। जैनेंद्र की भी शिकायत लगभग यही रही थी। उनकी शिकायत पर सोचने की प्रेरणा होती है। मगर वे तो समय और हमसे ऊपर की बात करते हैं।

मैंने तो यह नाम वैसे ही ले दिया था। यह बात जैनेंद्र जी, वात्स्यायन जी या कोई और भी कह सकता है।

और शायद हम यही कह रहे हैं। ऐसा आरोप मुझे लगता है बात को थोड़ा 'सिंपलीफाई' करना हो सकता है। मैं अपने बाप के बारे में जो कह रहा हूँ, मेरे बेटे मेरे बारे में वही कहें, यह बात मोटे रूप में एक ही है। लेकिन दोनों बातों के भीतर जो अंश और छवियाँ हैं, वे काफी भिन्न हैं। जब हम यह कहते हैं कि बहुत तत्काल प्रतिक्रियाओं पर, तत्काल 'सिचुएशन' पर लिखा जाता है तब रचना-कर्म को लेकर मौलिक, बुनियादी सवाल उठता

है, क्या हम अपने आसपास को ज्यों का त्यों इमिटेट (नकल) करते हैं ? ज्यों का त्यों फोटोग्राफिक ढंग से चित्रित कर देते हैं या उसके अनुभवों के मूलभूत तत्त्वों को अपने ढंग से संगठित और पुनर्सृजित करते हैं।

अच्छा, एक बात मैं इस संदर्भ में पूछना चाहता हूँ कि क्या यह स्थिति साहित्य में ही है ? या हमारे जो चलचित्र का या सिनेमा का माध्यम है, उसमें भी है ? हमारे सामने जो नए अभिनेता आ रहे हैं, चाहे वे अमिताभ बच्चन हों या दूसरे अभिनेता हों, उन लोगों का जो अभिनय करने का तरीका है, उससे लगता है कि पहले के ऐक्टर अभिनय करते थे, उस पर श्रम करते थे। और उधर के लोग मात्र, जैसा कि तुमने नए लेखकों के लिए कहा है, बहुत जल्दी में हैं। वे भी संभवतः इसी प्रक्रिया से गुजरते हैं, चीजों को बहुत जल्दी में अपनी कायिक अभिव्यक्तियों के माध्यम से अभिव्यक्त करते हैं। जैसे कि असली अभिनय से बच निकलना चाह रहे हों। क्या तुम लिखने के बारे में भी ऐसा ही सोचते हो ?

नहीं, बिल्कुल नहीं। देखो सिनेमा यहाँ पर एक बहुत गलत तुलना इसलिए हो जाएगी कि दस-बीस उदाहरणों को छोड़ दें तो सिनेमा की तो अभी अपनी असली जमीन ही नहीं बनी, या सिनेमा एक कला-विधा और अभिव्यक्ति के माध्यम के रूप में स्थापित भी नहीं हुआ है। अभी तक वह पारसी थियेटर के स्तर पर है। जब तुम अमिताभ बच्चन की बात कहते हो तो सारी फिल्मी दुनिया की बात आती है। वहाँ तो पारसी थियेटर और चंद्रकांता संतति के बाद का युग आया ही नहीं। कहाँ अभिव्यक्ति की स्वाभाविकता और कहाँ उसमें अभिनय ? सवाल तो यह हो सकता है कि प्राण और दिलीप या और दूसरों के मुकाबले अभिनय को अमिताभ जैसों ने ज्यादा टोनडाउन कर दिया है, ज्यादा स्वाभाविक सहज बनने की कोशिश की है। लेकिन उससे बुनियादी फर्क नहीं पड़ता।

नहीं, जो वास्तविक कला है, वह अभिनय में है। जो कायिक अभिव्यक्ति है, वह शारीरिक रूप से अपने आपको तोड़-मरोड़कर या नाच-गाकर नई पीढ़ी को प्रभावित करने की प्रवृत्ति है।

न, न...

मतलब यह कि रचनाकार की रचना, बहुत देर तक अंदर 'एसिमिलेट' होती रहती है। उसी प्रकार एक अच्छा कलाकार और एक अच्छे मंच पर अभिनेता का अभिनय सैकड़ों वर्षों तक याद किया जा सकता है। जो अभिनय सोहराब मोदी ने उस समय किया, वह आज भी अभिनय ही मालूम पड़ता है जबकि हमारे सामने ताजा तरीन, बहुत अच्छी मानी जाने वाली पिक्चरें हैं। आज हम अमिताभ बच्चन को देखते हैं तो उसमें अभिनय की गंध ही नजर नहीं आती। इसी प्रकार रचना की भी अभिव्यक्ति है। अगर कोई रचना, उदाहरण के लिए कहता हूँ जैसे—'उसने कहा

था' हम पढ़ते हैं तो वह कहीं न कहीं दूसरी तरह से छूती है। प्रेमचंद की कहानियाँ और तरह से छूती हैं, उनका अपना व्यक्तित्व है। तुम लोगों की कहानियाँ दूसरी तरह से प्रतिक्रिया उत्पन्न करती हैं। उनका दूसरी तरह का प्रभाव होता है। लेकिन आज उस प्रकार की कहानियाँ लिखी जा रही हैं कि चाहे कैसे भी सिचुएशन को उठाया और अभिव्यक्त कर दिया। वे उसी प्रकार से व्यक्तित्व नहीं बना पा रहीं जिस प्रकार से एक कला-जगत्। अर्थात् चलचित्र-जगत् में आज जो अभिनेता हैं, वे पृथ्वीराज, सोहराब मोदी, दिलीप कुमार या अशोक कुमार के मुकाबले अपनी कोई खास पहचान नहीं बना पा रहे।

तुमने अपने आप ही कह दिया कि यह 'पर्सनेलिटी' का मामला है। अगर अमिताभ बच्चन आज ज्यादा स्वाभाविक, सहज लगता है अपने अभिनय में तो सारे अभिनय के बावजूद वहाँ—उस आर्ट में एक प्रकार की आर्टलेसनेस, कलाविहीनता है। सवाल यही है क्या यहाँ आर्टलेसनेस है। मेरा मतलब कहानियों से भी है—या किसी भी प्रकार के कला की इग्नोरेंस यानी गैर-जानकारी है ?

मेरा खयाल है···

रुको, सवाल है सहज स्वाभाविक कला का। अमरकांत की कहानियों में बहुत स्वाभाविकता है। उनमें एक कहानीकार होने की या कहानीपन की गंध नहीं आती। वह एक आर्टलेस आर्ट है। अब इसमें और एक अखबार की बहुत अच्छी रिपोर्टिंग में जो उतनी ही आर्टलेस है, क्या अंतर है ? कला का अनुपस्थित होना और आर्टलेसनेस क्या दोनों बराबर होंगे ? यानी जिसे मैं कहूँगा सपाट होना और सहज होना क्या दोनों एक ही चीजें हैं ?

जो बातें तुमने पहले अमिताभ बच्चन के बारे में कही थीं, उससे तो यह लगता था कि उसकी कला किसी भी रूप में कला के स्तर पर नहीं है। क्योंकि सिनेमा अभी अपनी जमीन नहीं खोज पाया। उसी संदर्भ में मैंने नए कहानीकारों की बात कही, अब तुमने बच्चन के आर्ट को आर्टलेसनेस आर्ट बता दिया है ?

वह तुलना···सोहराब मोदी और पृथ्वीराज से···

यह बात अमिताभ को दूसरे स्तर पर ले जाकर रख देती है, अमिताभ की जो भी आर्ट है, वह आर्ट है ही नहीं। न वह आर्टलेसनेस है, न आर्ट है। वह सिर्फ आकर्षित करने का एक माध्यम है, जो हर नई पीढ़ी को प्रभावित करता है। लेकिन कहानीकारों के साथ ऐसी बात नहीं है। इधर के कहानीकार चाहे वे संजीव हों, प्रियंवद हों, और चाहे पंकज बिष्ट हों, हम उनकी 'जेनुइनिटी' पर प्रश्न चिह्न नहीं लगा सकते···

जेनुइन होने, ईमानदार होने और निष्ठावान होने पर प्रश्नचिह्न नहीं लगा रहे। भाई···

अच्छा तो उनके प्रयास पर भी प्रश्नचिह्न नहीं लगा सकते। हो सकता है समय के अनुभव की दृष्टि से वे लोग उतने धीरे, उतना ठहरकर अपने अनुभव को अभिव्यक्त न कर रहे हों। लेकिन वे बहुत 'जेनुइनिटी' के साथ एक आर्ट के स्तर पर अपने आपको अभिव्यक्त कर रहे हैं। उन्हें पत्रकारिता मात्र कहकर नहीं नकारा जा सकता।
नहीं, नहीं, मैं ज्यादातर लेखकों की बात कर रहा हूँ, संजीव इत्यादि की बात नहीं कर रहा। मगर इधर ज्यादातर रचनाएँ जो आ रही हैं, वे पत्रकारिता के बहुत निकट हैं। बहुत निकट का मतलब है वहाँ सिर्फ सिचुएशन है। कोई भी सिचुएशन कहानी में व्यक्ति के एहसास और संवेदना के माध्यम से ही प्रकट होती है। उनमें अभी व्यक्तित्व नहीं आ रहा है। मेरे कहने का मतलब है कि वह पर्सनेलिटी अभी नहीं आ पा रही है, जो एक 'सिचुएशन' को बाँध लेती है और उससे एक कलात्मक रूप पाती है।

पर्सनेलिटी लाने में बहुत समय लगता है और रचना व रचनाकार दोनों ही बहुत धीरे-धीरे प्रौढ़ होते हैं। उसके आधार पर हम यह नहीं कह सकते कि ये जो जेनुइल लेखक हैं, वे मात्र अखबारनवीसी ही कर रहे हैं।
ना ना, एक बात मुझे बताओ; सिचुएशन एक स्थिर चीज है, उसमें गति कौन देता है ? उदाहरण के लिए तुम्हें अगर खयाल हो, सार्त्र ने एक बहुत ही अच्छी बात कही थी : एक बहुत खूबसूरत प्राकृतिक दृश्य, लैंडस्केप आप देख रहे हैं, घाटी है, समुद्र है, पेड़ हैं, आसमान है। यह एक स्थिर स्थिति मात्र है। अब वहाँ एक आदमी चलता हुआ दिखाई देता है। पूरी सिचुएशन जीवंत हो उठती है। पूरी दृश्यावली जैसे जगकर एक दूसरा अर्थ देने लगती है। यही तो वह व्यक्ति है जिसके माध्यम से कहानीकार आदमी से संबोधित है। वरना आदमी-आदमी का कीर्तन करते रहने से कहानी कैसे लिखी जाएगी ? जब तक एक सिचुएशन में हम आदमी को नहीं पकड़ेंगे, तब तक उस सिचुएशन का अर्थ, उसकी सार्थकता, उसकी गति कहाँ से लाएँगे ? इसके बिना तो वह सिर्फ पत्रकारिता है। हमें उस आदमी के माध्यम से उसे केंद्र बनाकर ही तो सभी सिचुएशन को देखना है। जिस स्थिति में आदमी सर्वथा अनुपस्थित होता है वहाँ कहानी बन ही नहीं सकती।

तो इसका मतलब यह है कि ये लोग आदमी को नहीं पकड़ पा रहे हैं ?
मुझे तो अभी तक यही लगता है कि इनका ध्यान स्थिति को पकड़ने में ही है, आदमी को पकड़ने में शायद नहीं। आदमी को अगर पकड़ते भी हैं तो सिर्फ स्थिति का अंग बनाकर। वैसे यह स्थिति अपने आप में एक खूबसूरत कहानी या कहानी की थीम हो सकती है कि कैसे आदमी एक जड़ स्थिर स्थिति की तरह ही जड़ और मृत हो गया है।

अच्छा, आप लोगों ने या तो पहले के लेखकों ने या हमारे साथ के लेखकों ने जब आरंभ में लिखना शुरू किया था तो क्या व्यक्ति को स्थितियों के माध्यम से नहीं पहचाना था ?

माध्यम से पहचाना था'''केंद्र में तो व्यक्ति ही था। मैं कहना चाहता हूँ आप भी व्यक्ति के माध्यम से स्थिति को या स्थितियों के माध्यम से व्यक्ति को पहचानें। मगर कहीं न कहीं तो आपका एकमात्र सरोकार आदमी ही होगा, आदमी के संबंध होंगे। आदमी की मानसिकता होगी। आदमी का लक्ष्य होगा, सिचुएशन लक्ष्य नहीं हो सकती।

मेरे खयाल से आदमी ही के बारे में आज के लेखक भी लिख रहे हैं और पहले लेखन में भी आदमी ही था। यह सही है कि आदमी को आदमी के रूप में रखने की 'स्किल' आने में देर लगती है। मगर हम आरंभ में ही किसी रचनाकार से यह आशा कैसे करने लगें ? जब मैंने 'पेपरवेट' कहानी लिखी तो उस समय मेरे सामने एक सिचुएशन आई थी, व्यक्ति भी आए थे, मैंने उस समय उनको उसी रूप में लिखा। उसके बाद जो कहानियाँ लिखीं तो दूसरे रूप में व्यक्ति और समाज सामने आया। अब समाज और अधिक बढ़कर दूसरी तरफ फैलता चला जा रहा है। लिखना और कठिन होता चला जा रहा है। मेरे विचार से यह एक बहुत गंभीर प्रक्रिया है। इसको हम अगर प्रक्रिया के आरंभ होने के स्तर पर से ही जाँचने लगते हैं तो पूरी रचना-प्रक्रिया के साथ अन्याय करते हैं।

नहीं, मुझे एक बात बताओ, क्या तुम्हें खुद लगता है कि शुरू में चाहे वह 'पेपरवेट' हो या दूसरी कहानियाँ, उन सबमें सिचुएशन से तुम्हारा प्रयास निरंतर व्यक्ति की तरफ आने का था। आज यहाँ तक कि जब आप फैंटेसी लिखते हैं, और गंभीर सिचुएशन को उस पूरे विस्तार में लेते हैं, तो बहुत आसानी से सिचुएशन को तोड़-मरोड़ देते हैं। उससे मुक्त हो लेते हैं। चाहें तो उसको छोड़ सकते हैं, क्योंकि बेसिक कंसर्न सरोकार उसका आदमी को बनाए रखने का ही है।

अच्छा राजेन्द्र, इस मुद्दे पर काफी बात हो गई। अब एक बात बताओ, तुम्हारे रचनात्मक लेखन में इतना बड़ा अंतराल क्यों आ गया ?

देखो, यही बात, यही सवाल असल में मैं अपने आप से भी बहुत बार पूछता हूँ। दूसरे तो अकसर पूछते ही हैं कि मेरे लेखन में इतना बड़ा गैप क्यों आ गया ? इसके मुझे दो भीतरी कारण लगते हैं। ऊपरी कारण तो मैं यह दे सकता हूँ कि दिल्ली महानगर की जिंदगी इस तरह की है कि यहाँ लिखने के लिए जो लेजर (मानसिक फुरसत) चाहिए, एक अनुभव के साथ लंबे वक्त तक रहने की जो सुविधा चाहिए, वह नहीं है, तुम भी देखते हो कि यहाँ साँस लेने की फुरसत नहीं मिलती, सुबह से शाम तक। उसमें कोई बड़ी चीज सोचना या कई दिनों तक कहानी के अनुभव पर विचार करना, उसके साथ रहना भी संभव नहीं लगता। इससे भी ज्यादा बड़ा कारण मोटे रूप में, उन सारे विश्वासों का, क्रमशः टूटते जाना है, जिन्हें लेकर हम जिंदगी में चले थे। ईमानदारी के साथ मैं बात स्वीकार करूँ, तो जिन विश्वासों, मान्यताओं और जिन आस्थाओं को लेकर हम चले थे, कहीं पर ऐसा लगने

लगा कि वे अब शायद अप्रासंगिक हो गई हैं। उसी के विस्तार की तरफ जाऊँ तो यह भी लगने लगा कि लेखन मात्र अप्रासंगिक हो गया है। उसमें हम कुछ उम्मीदें करते थे या उम्मीदें करते हैं, एक खास तरह के आदर्शवाद के तहत, कि लेखन यह है, लेखन वह है, लेखन आत्मा की आवाज है, वह इंसान को बदलता है, समाज को बदलता है इत्यादि। वे सब मुझे आदर्शवादी बातें लगती हैं। हम देखते हैं कि अच्छे से अच्छा लिखा हुआ दो-चार लोगों के बीच में होकर रह जाता है। कुछ तारीफ-निंदा हुई और अगले क्षण भूल गए। हम लेखन से जो प्रभाव पैदा करना चाहते हैं, शायद मुझे वह होता हुआ नजर नहीं आता। अच्छा, मेरे भीतर तुम्हारे जैसी एक खास किस्म की लगन और जिद भी नहीं कि हमें तो लिखना ही है। ऐसी आस्था या ऐसी दृढ़ता मैं अपने भीतर नहीं पाता हूँ।

पहले तो पाते थे।
वही मैं कह रहा हूँ। पहले विश्वास दूसरे थे। शायद उन विश्वासों के तहत हम उन मान्यताओं, उन आस्थाओं में भविष्य देखते थे।

ऐसे कौन-से विश्वास थे, जो पहले लिखवा रहे थे ?
एक बहुत बड़ा कारण था, जिसे अंग्रेजी में कहते हैं 'नाएबिटी' यानी एक खास तरह की अनाड़ी अबोधता। संबंधों को जानने और जानकर एक 'थ्रिल' अनुभव करना, स्थितियों को जानने और उनको 'डिस्कवर' करने, उनमें नएपन का, अन्वेषण का सुख उपलब्ध करें—ये सब बातें थीं जो···

यानी लेखन के प्रति तुम्हारे पास कोई आदर्श न होकर एक रोमांटिक एटीट्यूड था ?
इसे रोमांटिक क्यों कहेंगे ? यह हर लेखक में होता है। अगर लेखन अन्वेषण की प्रक्रिया है, तो उसमें आदर्शवाद कहाँ है ? लेखक अन्वेषणकर्ता हैं।

नहीं, अपनी अबोधता के प्रति दृढ़ महसूस करना, एक रोमेंटिसिज्म ही है। मैं कहता हूँ, रोमांटिक भावना कोई बुरी बात नहीं है। किसी भी बात के बारे में रोमांटिक होकर सोचने में कोई बहुत बड़ा दोष नहीं आ पाता। लेकिन अगर तुम्हारे साथ वह अन्वेषण की ही बात थी तो उसे लगातार बढ़ते चले जाना चाहिए था। जो तुम्हारा मोहभंग हुआ, उसके प्रति भी अन्वेषण की दृष्टि और गहरी होनी चाहिए थी और उस स्थिति पर लिखा जाना चाहिए था। लेकिन रचनात्मक लेखन एक तरह से बिलकुल बंद कर देना···
उसको थोड़ा-सा एक दूसरी तरह से देखो, मैं जब 20-25 वर्ष का था, तो एक प्रेम कहानी को बड़ी निष्ठा से, बड़े लगाव से और 'इन्वॉल्वमेंट' के साथ लिखता था, अनुभव से गुजरने के बाद आज जब आप दो लड़के-लड़कियों को प्रेम करते देखते हैं, तो आप जानते हैं कि यह संबंध किस-किस दिशा में बढ़ेगा। एक तरह से उसी पूरी यात्रा से चूँकि आप गुजर

चुके हैं, तो खुद नतीजे निकालकर बैठ जाते हैं और फिर उस प्रक्रिया में आपकी कोई दिलचस्पी नहीं रहती। यही बात कुछ-कुछ मेरे साथ हुई है। या तो आज भी मैं बहाना करूँ कि नहीं अगली जो स्थिति है, या अगला जो डायलॉग है, उसके बारे में मैं कुछ नहीं जानता, वह मेरे लिए उतना ही उत्तेजक है जैसे पहली बार था, मैं इस सबको या तो अन्वेषित करूँ या फिर इस सारी स्थिति में दूसरे गहरे अर्थ दूँ। आज मानसिक रूप से तलाश यह है कि हम कहानियों, घटनाओं में जो भी कुछ देते हैं, क्या वह वहीं तक सीमित है या उस सबके जरिए कुछ और कहना चाहते हैं। और क्या उस सबके माध्यम से कोई बड़ी सार्थकता, बड़ा अर्थ खोजा जा सकता है, तो इन सपाट जीवन स्थितियों के बजाय उसी अर्थ की तलाश मेरी इस समय सबसे बड़ी चिंता है।

अर्थ की तलाश भी तो लेखन के साथ ही हो सकती है। बिना लिखे तो अर्थ की तलाश भी नहीं हो सकती।

अर्थ की तलाश एक बौद्धिक प्रक्रिया है। जीवन की स्थितियों का चित्रण या जीवन स्थितियों से 'इंवाल्व' होना संवेदना और अनुभव से गुजरना है।

रचनाकार के लिए अर्थ की तलाश, उसकी रचना के माध्यम से ही होती है। बौद्धिक प्रक्रिया में बैठे रहने का मतलब तो यह है कि जितने बड़े चिंतक हुए हैं, वे लिख चाहे न पाए हों, लेकिन उनके चिंतन का एक क्षेत्र था और वे उसी में सोचते रहे, और उसमें से बहुत कुछ उन्हीं के साथ चला भी गया लेकिन रचनाकार निरंतर रचता रहता है।

उस बात को यों कह लो कि मेरी बौद्धिक प्रक्रिया और संवेदनात्मक प्रक्रिया के धरातल में एक अंतराल आ गया, एक गैप आ गया और उस गैप को भी मैं किसी रूप में बाँट नहीं पा रहा हूँ। यह मेरा मानसिक संकट हो सकता है।

नहीं, मैं एक सीधा-सा सवाल तुमसे पूछूँ। कहीं ऐसा तो नहीं है कि जो आत्मविश्वास लेखन को लेकर तुम लोगों में पहले था, वह इसलिए था कि तुम लोग 3-4 आदमी मिलकर एक आंदोलन चला रहे थे। उसके प्रति प्रतिबद्धता थी कि इसको आगे ले जाना है। उसके खात्मे के साथ लेखन भी खत्म हो गया, या दूसरी बात यह भी हो सकती है कि लिखना इसलिए बंद कर दिया हो कि वह विश्वास या आत्मविश्वास ही नहीं रहा कि जो कुछ लिख चुके हैं, आज अपने लेखन को इससे आगे ले जा सकते हैं। या तीसरी बात यह भी हो सकती है कि लेखन से कोई बहुत बड़ी आशा करते थे, अपनी अबोधता में उस आशा से जुड़े थे, लेकिन वह वास्तविकता नहीं थी, और जब आपके सामने वास्तविकता आई, आप अपने को हतप्रभ महसूस करने लगे।

मुझे यही लगता है, तीनों ही स्थितियाँ नहीं हैं। पहली बात तो यह है कि हम दो-तीन लोगों

का मिलकर कोई गुट था, इस तरह की बातें या इस तरह के सुविधाजनक आरोप ज्यादा अच्छा हो बातचीत तक ही सीमित रखे जाएँ। गहरे रचनात्मक लेखन के साथ इस सबको न जोड़ें, इसलिए कि यह सब तब नहीं था। तीन-चार लोगों के मिलने की तो बहुत बाद की स्थिति है। उससे पहले जो निरंतर लिखते रहे थे, तब तो कोई तीन नहीं थे, सब अकेले-अकेले ही थे। इसलिए उसके साथ जोड़ना गलत है। और मैं जहाँ तक समझता हूँ, ईमानदारी से और व्यक्तिगत स्तर पर जब अपने को भीतर से टटोलने की और रचनात्मक लेखन की जटिलता को विश्लेषित करने की कोशिश करें तो ऐसी चीजों को हम बातचीत से बाहर रखें। यह न तर्क हो सकता है, न मुद्दा हो सकता है। लेकिन, तुम्हारी दूसरी बात, कि यह विश्वास नहीं रह गया, उसे मैंने दूसरी तरह से कहा था कि संवेदना और बौद्धिकता के बीच गैप आ गया है। वही इस विश्वासहीनता के मूल में हो सकता है। विश्वास क्यों नहीं रह गया ? विश्वास कहाँ से आता था ? विश्वास लेखन से नहीं आता, विश्वास आसपास के और अपने जीवन से आता है। जिन विश्वासों से आप जुड़े थे, वे आपको आस्था देते थे, बल देते थे, प्रेरणा देते थे। मैं नहीं समझता कि लेखन-मात्र अपने आप में विश्वास दे सकता। मुझे आज भी नहीं लगता कि आप विश्वास दूसरी चीजों से लेते हैं। बंदूक पर आप विश्वासपूर्वक निर्भर तो कर सकते हैं, मगर उसे चलाने-न चलाने के कारण, तर्क तो आप जिंदगी से ही लेते हैं। तुम तो ऐसी बात कह रहे हो कि हमारे पास बंदूक है, इसलिए उसे धाँय-धाँय चलाए रखो।

आदमी अपने संघर्ष से विश्वास लेता है। उसके प्रति वह कितना जागरूक है, या लेखन के लिए कितना संघर्ष करता है ?
संघर्ष माने ?

जो भी जिंदगी के संघर्ष तुम कर रहे हो। अक्षर प्रकाशन चला रहे हो, न लिख पाने के संघर्ष से गुजर रहे हो…
न लिख पाने का संघर्ष अलग है।

तुम मित्रों के प्रति अपनी अतिरिक्त सहानुभूति, स्नेह के बदले मिलने वाले प्रत्युत्तर की प्रताड़ना से गुज़रते हो, बहुत सी ऐसी और बातों से गुजरते हो जो तुम्हारी मानसिकता को झकझोरती हैं, तुम उससे निकलने के लिए बहुत देर तक संघर्ष करते रहते हो…
देखो गिरिराज, तुम ऐसी बात या इतनी सपाट बात कैसे कह सकते हो, मुझे इतने वक्त से जानते हुए। जिसे सचमुच संघर्ष कहते हैं, 'सरवाइवल' का, जीवित रहने, अपने को बनाए रखने का संघर्ष, वह तो सचमुच अक्षर के साथ ही आया है, मेरी जिंदगी में। तुम्हारी बात सही होती अगर संघर्ष के साथ लेखन आया होता। लेकिन यही वह पीरियड है, जब मैंने नहीं लिखा।

यही तो मुझे आश्चर्य है कि एक रचनाकार, जीवन भर जिस बात के प्रति अपने आपको प्रतिबद्ध महसूस करता रहा है, उसके विश्वास को कोई ऐसी चीज आकर तोड़ दे, जो उसके लिए बहुत अधिक महत्त्व नहीं रखती, या उसके लेखन को किन्हीं भी कारणों से, समय की कमी के कारण से या किसी और बात की वजह से अव्यवस्थित कर दे। यह मेरे लिए और रचनाकारों के लिए भी एक सोच का विषय है। चूँकि रचनाकार बहुत से ऐसे रचनाकारों से प्रेरणा लेते हैं, रचना-प्रक्रिया को समझने की कोशिश करते हैं, जो प्रतिबद्धता से लिखते रहे हैं···

मैं उसी प्रतिबद्धता की बात कहना चाहता हूँ, मैं यह ईमानदारी से मानना चाहता हूँ कि सचमुच कारण कहीं और है। अक्षर है, नहीं है, क्योंकि जहाँ तक अधिक संकट का सवाल है, जीवित रहने के संघर्ष का सवाल है, मेरे लिए वह सन् 64 से लेकर 74-75-76 का समय सबसे भयंकर काल है, जिसे संघर्ष कहा जाता है, उसी अर्थ में। तुम ऊपरी बातें जानते हो, अंदरूनी नहीं जानते कि किन-किन यातनाओं और किन-किन दिक्कतों से मुझे वह समय···

स्वाभाविक है !

और वही चीज मेरे लिए प्रेरणा, विश्वास और बल हो सकती थी कि मैं ज्यादा लिखूँ। लेकिन, नहीं हुआ। तब मुझे लगता है कि वह कारण भी ऊपरी है। बहुत साफ बताऊँ कि किस मित्र ने मेरे साथ विश्वासघात किया या कहाँ प्रताड़ना जैसी चीज हुई, ये चीजें मुझे प्रभावित नहीं करतीं।

नहीं, प्रभावित नहीं कर सकती, लेकिन बहुत से और ऐसे कारण होते हैं। मैंने तो उदाहरण के लिए यह बात कही।

बहुत से लोगों को शिकायत होती होगी कि उन्होंने तो हरेक के साथ भला ही किया, फिर उनके साथ बुरा क्यों हुआ ? बल्कि इस मामले में मेरी चीजों को भूल जाने की आदत ने बहुत मदद की है। मैं ज्यादातर ऐसी कटु स्थितियों को भूल ही जाता हूँ। वह मेरी चेतना को कहीं भी क्षुब्ध नहीं करतीं···

कहीं ऐसा तो नहीं कि रचनात्मक कार्यों को भी आप एक कटु स्थिति मानकर भूल गए हैं ?

भूलने वाली बात तो मेरे लिए हमेशा थी। मेरी याददाश्त अच्छी नहीं रही। मानता हूँ कि जिन लोगों की याददाश्त बहुत अच्छी होती है, वे सिर्फ 'रिपीट' करते हैं। अपनी याददाश्त से रिप्रोड्यूस करते हैं। जब भी मैंने लिखा है तो मुझे हमेशा चीजों को याद न करके, 'क्रिएट' करना पड़ता है। मुझे 'क्रिएशन' का सुख मिलता है, क्योंकि निर्भर करने के लिए कोई याददाश्त सहारा नहीं है। जो भी स्थिति या व्यक्ति-चरित्र रखूँगा, उसे क्रिएट ही करूँगा। अकसर अच्छी याददाश्त में क्रिएशन का सुख नहीं, 'रि-नैरेशन' का सुख पाते हैं। मगर यहाँ वह पाइंट नहीं है।

लेकिन 'उखड़े हुए लोग' में बहुत 'रिट्रोस्पेक्शन' है, बहुत-सी याद की गई चीजें हैं। तुम्हारी कहानियों में बहुत-सी ऐसी स्थितियाँ हैं, जो लगता है कि तुमने याद करके लिखी हैं, ऐसा नहीं है कि वो एकदम से ताजा-ताजा लिख दी हों या पीछे से कोई संस्कार न हो।

संस्कार और स्मृति दो असंग चीजें हैं।

हाँ, स्मृति की ही मैं बात कर रहा हूँ। स्मृति का संस्कार तो होगा।

मैं यह तो नहीं कह रहा हूँ कि आज की बात कल भूल जाता हूँ। चीजें तो याद रखनी पड़ती हैं। उनके प्रभाव-बिंब भी बनते ही होंगे। लिखना एक योजना होती है। उपन्यास-कहानी लिखना है, तो आपको यह तो याद रखना ही पड़ेगा कि कहाँ शुरू करना है, कहाँ अंत करना है, किस कैरेक्टर के क्या पहलू हैं, क्या शक्ल है। लेकिन, वो बाधा कहाँ है ? अपनी रचनाओं से ज्यादा, बेहतर लिख पाने का एक खास तरह का 'कॉन्फिडेंस' आदमी में जरूर होता है। वही आज भी मुझे तंग करता है, बहुत ईमानदारी से। जैसे मान लो चार कहानियाँ मेरे पास लिखी हुई बिलकुल तैयार रखी हैं। एक कहानी 'समकालीन भारतीय साहित्य' में आ गई। उससे मैं बहुत असंतुष्ट भी नहीं हूँ। लेकिन, बात वही है, ऐसी कहानियों को छपाने से फायदा क्या, जो पहली कहानियों से आगे नहीं जाती, या मेरी सोच को उससे आगे नहीं ले जाती। कारण वही है। मूल रूप में एक वैचारिक 'कन्फ्यूजन' है, संयोग से, तुम हुए, शैलेश मटियानी हुए, ये लेखन प्रक्रिया के जरिए उसे दूर करने की कोशिश करते हैं। मुझसे इस सारी सिचुएशन में गलती यह हो गई कि मैं बैठकर उसे वैचारिक धरातल पर हल करने की कोशिश करने लगा। उसी प्रक्रिया में कुछ समीक्षात्मक लेख या उस तरह की चिंतन-प्रधान चीजें आती रहीं और ये दोनों हिस्से अलग-अलग हो गए। लग सकता है कि इस बीच में मैं अरचनात्मक रहा हूँ। लेकिन अपने को टटोलकर मैं ऐसा नहीं मानता बल्कि मैं जानना चाहता हूँ कि तुम इस प्रक्रिया का थोड़ा विश्लेषण करो कि वैचारिक संवेदनात्मक धरातल के इस टूटे हुए आपसी संबंध को वापस जोड़ सकने की संभावना किस रूप में हो सकती है ?

जटिल प्रश्न है और व्यक्तिगत समस्याएँ हैं। इसे तो व्यक्तिगत स्तर पर ही हल करना पड़ता है। जहाँ तक मेरे लेखन की बात है, मैंने जब शुरू किया, तो मुझे नहीं लगता था कि लेखन मेरे लिए इतनी बड़ी सामर्थ्य, शक्ति, संतुष्टि और एक आत्मविश्वास को जीवित रखने के लिए संजीवनी का काम कर सकता है। लेकिन, अपने संघर्ष में मैंने अनुभव किया कि अगर मैं लेखक न हुआ होता तो या तो मैं पागल हो गया होता या आत्महत्या कर लेता। और, मेरी दो प्रक्रियाएँ साथ-साथ चलती रहीं, रचनात्मक स्तर पर मैं उन सब स्थितियों को, अपने आपको, चारों तरफ की घटनाओं को, पात्रों या व्यक्तियों को अपने माध्यम से देखता रहा हूँ। उनके

बारे में अंदर ही अंदर उनसे सवाल-जवाब करता रहा हूँ। ये किस प्रकार से घटित हो रही हैं, उसके बारे में भी मैं एक वैचारिक स्तर पर महसूस करता रहा हूँ, जिस तरह मैंने अभी अपनी रचना प्रक्रिया के बारे में लेख लिखे, जो मेरी नई पुस्तक 'संवाद सेवा' में हैं, जैसे, उपन्यास से व्यक्ति का क्या रिश्ता होता है, उपन्यास की माँगें क्या हैं, क्या आवश्यकताएँ हैं, उनके बारे में मैंने सोचा और वो सब सोचना कहीं न कहीं मेरी उसी रचनात्मक प्रक्रिया का ही अंग है।

तुम्हारे साथ ऐसा हो सकता है। मैंने अपनी दिक्कतें या अपनी ट्रेजेडी बताई। अब इस पर भी विचार करो कि बाकी लोगों के साथ क्या हुआ ? भारती के साथ क्या हुआ, मार्कंडेय के साथ क्या हुआ था, और लोगों के साथ क्या हुआ ?

यहाँ मैं एक बात कहना चाहता हूँ। राजेन्द्र, मैंने तुमको हमेशा भारती और मार्कंडेय से अलग देखा है। इसका कारण है। रचनात्मक प्रतिबद्धता जितनी तुममें हैं, उतनी भारती में नहीं थी और कभी नहीं रही। भारती लेखक जरूर हैं, और उन्होंने बहुत अच्छी चीजें लिखी हैं, लेकिन रचनात्मकता से भारती उस तरह से नहीं जुड़े रहे, बल्कि उससे ज्यादा उनके जो दूसरे क्रियाकलाप थे उन्होंने उन्हें लेखक बनाया लेकिन तुमको (जब तक लेखन), नरेश मेहता को अमरकांत को या शैलेश मटियानी को उनके लेखन ने, लेखकीय प्रतिबद्धता ने लेखक बनाए रखा।

देखो, फिर वही बात...

लेकिन, ये मेरे दिमाग में साफ है, उनका लेखक न रहना उनकी मानसिकता, मनोवृत्तियों के ऊपर बहुत आधारित है।

अच्छा, एक बात मैं जानना चाहता हूँ कि क्या तुम लेखन को सिर्फ रचनात्मक लेखन के रूप में ही मानते हो ? यानी कहानी-उपन्यास ?

जिन्हें मैं रचनात्मक लेखक मानता हूँ, जिन्होंने रचनात्मक लेखक के रूप में अपना एक व्यक्तित्व बनाया है, उनसे मैं वैसी बात करूँगा। जो अर्थशास्त्री हैं, उनसे मैं अर्थशास्त्र की बात करूँगा। वे अपनी तरह के लेखक हैं। जो आलोचक हैं, उनसे आलोचना की बात की जाएगी, लेकिन रचनात्मक लेखक इन सबसे कहीं न कहीं अलग है, अपने आपको खोजता रहता है। जैसे, तुमने अन्वेषण की बात कही थी। लेकिन, अन्वेषण रुक जाता है, उस समय यह समस्या आती है कि लेखक अपने आप में अपने को कैसे खोजे, अपना अन्वेषण कैसे दोबारा करे ? यही समस्या है।

अर्थशास्त्र या रचनात्मक लेखन दो अलग-अलग चीजें हैं, हम अगर वैचारिक धरातल पर या आलोचनात्मक लेखों की बात करते हैं, तो कहीं न कहीं उन्हीं समस्याओं और उन्हीं जटिलताओं में उतरते हैं, जिनकी पड़ताल रचनात्मक लेखन में करते हैं।

अब जैसे एक पत्र में आपने लिखा था कि भाषा के बारे में आप उस तरह नहीं सोचते, जैसे कि मैं सोचता हूँ। लेखन और भाषा का एक बहुत बड़ा ही सजीव और जागरूक हिस्सा है, जिसके बारे में लेखक को सोचना पड़ता है। पुली और पट्टे का जैसा हिसाब होता है, बिल्कुल उसी तरीके से रचनात्मक लेखन और भाषा का घेरा चलता रहता है। जब आदमी रचनात्मक लेखन से अलग होता है तो पट्टे को अलग देखने लगता है और पुली को अलग। तब जो समस्या आती है, वो रचनात्मक लेखन में स्खलन पैदा कर देती है।

तुम अपनी ही बात को काट रहे हो। जब मैंने तुम्हें लिखा था कि मैं भाषा को उस तरह अलग नहीं सोचता, जैसे तुम सोचते हो, तब भी मेरे सामने साफ था और आज भी साफ है कि भाषा मेरे लिए अलग से कोई चीज होकर नहीं आती। मेरे लिए वह टोटल राइटिंग (समग्र लेखन) का एक ऐसा अनिवार्य और अविच्छिन्न हिस्सा होकर आती है, जिस पर मैं अलग से नहीं सोच पाता या तो मैं लेखन की बात सोचता हूँ या नहीं सोचता। जब लेखन की बात सोचता हूँ, तो उसमें भाषा, चरित्र, दूसरी बातें, सभी कुछ उसके भीतर ही होता है। तुम्हारा सोचने का तरीका पुली और पट्टे से विरोधी है, क्योंकि तुम या शैलेश मटियानी भाषा पर अलग से विचार कर लेते हो, लेखन पर अलग से विचार कर लेते हो। अभी तुमने उसे स्खलन कहा।

भाषा को आप ऐसे ले रहे हो जैसे दरिया में मिट्टी बहती चली आती है ?

नहीं, मिट्टी क्यों, लहरें बहती चली जाती हैं। टोटल एक्सप्रेशन (पूर्ण अभिव्यक्ति) का अनिवार्य अंग है, तो…

'टोटल एक्सप्रेशन' का जितना महत्त्वपूर्ण रचनात्मक पक्ष है, उतना ही महत्त्वपूर्ण भाषा का पक्ष है। कई बार आदमी को सोचना पड़ता है कि हम किस तरह से एसिमिलेट करें, तब भाषा और रचनात्मकता की समस्याएँ दो महत्त्वपूर्ण मुद्दों की तरह सामने आती हैं। जब आप लिखते हैं, तो लगातार इन दोनों का एसिमिलेशन एक से दूसरे पर होता है। आप भाषा के मुद्दे के बारे में संभवतः ऐसे सोचते हैं जैसे धारा चली आ रही है, उसमें बहुत-सी चीजें बहती चली आ रही हैं। भाषा भी उनमें से एक है। प्रवाह में धारा जाकर जहाँ रुकती है, जहाँ अवरोध पैदा होता है, फिर जब अवरोध के कारण धारा दो तरफ कटती है, एक इधर से आती है और एक उधर से जाती है; आगे चलकर जब धारा का मिलन होता है, वहीं पर संगम है। जब मैं भाषा की बात करता हूँ तो भाषा और रचनात्मकता के उसी एसिमिलेशन की बात करता हूँ।

पहली बात तो यह कि इस तरह के रूपकों के मोह से मुग्ध होने की जरूरत नहीं है। हो सकता है, यह तुम्हारी अपनी प्रक्रिया हो। मैं उसका खंडन नहीं करता। तुम्हारे लिए ये दो

चीजें हैं, जिनका एसिमिलेशन या एमल्गमेशन जरूरी होता है, यह सोचने का तुम्हारा तरीका है। मेरे लिए भाषा की कोई अलग ऐसी आइडेंटिटी नहीं है, जिसको रचना के साथ लाकर जोड़ा जाए। जोड़ने की बात दो अलग तत्त्वों के बीच होती है। शायद ही मैंने अलग से भाषा पर विचार किया हो क्योंकि मुझे वह अलग लगती ही नहीं। मैं कहानी लिखने बैठता हूँ, तो वह मुझे टोटल कहानी का हिस्सा लगती है। मुझे लगता ही नहीं कि कहीं और भाषा को लाना है। जैसे मैं कहूँ कि देखना और आँख दो अलग-अलग चीजें हैं, लेकिन वे मुझे एक चीज ही लगती हैं। इसलिए मैं अलग से भाषा पर बात ही नहीं कर पाता।

देखना और आँख दो अलग चीजें तो हैं ही।
सिर्फ उस समय जब एक-दूसरे को फेल करें या साथ न दें। जब आप देखते हैं तो सिर्फ देखते हैं, अपनी आँख पर विचार नहीं करते।

भाषा के संदर्भ में आप अपनी बात कर रहे हैं। लेकिन, मुझे लगता है कि तुहारी मुख्य समस्या अनुभव की न होकर भाषा की ही है। जब आदमी भाषा के माध्यम से अपने अनुभव को पूरी तैयारी के साथ कह सकता है, तो अनुभव बहुत ऊँचाई तक पहुँच जाता है। तब उसकी यह अभिव्यक्ति कई आयामों के साथ कई स्तरों पर होने लगती है। और वो सुख है एक दूसरी तरह का। संभवतः आप जो कहते हैं कि मेरा ठहराव, मेरी यह जड़ता कुछ व्यक्तिगत कारणों से है, मुझे लगता है कि एक कारण आपका भाषा के प्रति सामान्य रूप से सचेत न होना है।
तुम जिद कर रहे हो, जबरदस्ती मुझसे कहलवाना चाहते हो। कारण यह नहीं है। मैंने तो बार-बार कहा है कि भाषा मेरे लिए अलग से कोई 'एण्टीटी' नहीं है, जिस पर मैं बैठकर सोचूँ। मैं फिर कहता हूँ कि मेरे लिए समस्या 'टोटल एक्सप्रेशन' की है। लेकिन तुम जिद यही कर रहे हो, तो मैं यही कहूँगा कि आज की स्थिति और स्फीति देखते हुए भाषा के ऊपर से मेरा विश्वास उठ गया है। मुझे लगता है कि भाषा को इतना ज्यादा 'वल्गराइज' और 'इनफ्लेट' कर दिया गया है कि शब्दों के अर्थ खो गए हैं। आप अपने अनुभव के माध्यम से इस इरोजन या भाषा के ढहने को नहीं रोक पाएँगे। वांछित प्रभाव नहीं प्राप्त कर सकेंगे। जैसा कि मैंने कहा थाः यही स्थिति आती होगी—सार्त्र जैसे लेखक के सामने, जब उसे भाषा का माध्यम नाकाफी लगता था और वह एक्शन, क्रिया के माध्यम से अपने को व्यक्त करता था। लौटकर भाषा पर आता था और फिर कर्म के माध्यम पर चला जाता था। अगर यही अहसास भाषा के नाकाफी होने का हो, तो मानसिक रूप से मेरी भी समस्या यही है। मुझे लगने लगा है कि भाषा का माध्यम नाकाफी, प्रभावहीन हो गया है। उसे जब इतना इनफ्लेट कर दिया गया है, तो मुझे कर्म की दुनिया में जाना चाहिए था। लेकिन व्यक्तिगत सीमाओं, कायरता, संकोच या जिन कारणों से हो, मैं कर्म की दुनिया से नहीं जुड़ा।

तुम जड़ता या अकर्मण्यता की बात कह रहे हो ! रचनात्मकता के स्तर पर उससे उबरने के लिए उसे तोड़ने के लिए अपनी रचनात्मक प्रक्रिया को पुनर्जीवित या पुनर्निर्मित करने के बारे में तुम क्या कहना चाहते हो ?

दो ही तरीके हैं : या तो अपनी आंतरिक क्षमता, शक्ति को पुनरान्वेषित करना या जो बाहरी शक्तियाँ हैं, उनके साथ जुड़कर अपनी बैटरी को री-चार्ज करना।

आपका जो ये जनवादी लेखक संघ का उपाध्यक्ष होना है, वह क्या आपकी जड़ता को तोड़ने की दिशा में है…?

इस तरह की कोई भी बाहरी शक्ति भीतर की लेखकीय या रचनात्मक जड़ता को तोड़ पाएगी, मुझे विश्वास नहीं है। जो ये एक संगठन है या मैं जिसमें शामिल हुआ, मेरी समझ में लेखकों के अस्तित्व की, लेखक होने के संघर्ष की समस्याओं से ज्यादा जुड़ा हुआ है। इसे लेकर शैलेश मटियानी से मेरी जो बहस हुई है, उसमें मैंने बहुत बार कहा है कि एक ट्रेड यूनियन का सदस्य होते ही आदमी ज्यादा अच्छा 'स्किल्ड आर्टीजन' (अच्छा कारीगर) बन जाता है, इसमें मेरा कतई विश्वास नहीं है। लेकिन ट्रेड यूनियन का सदस्य होने पर वह अपने अस्तित्व की कुछ समस्याओं को हल जरूर कर सकता है। वह एक संगठित रूप से अपने जीवन की, जीवन निर्वाह की कुछ समस्याओं को हल कर सकता है। अव्यवस्थित ढंग से, अकेले-अकेले बिखरे ढंग से कभी हम अभिव्यक्ति की घुटन, कभी दूसरे अंकुश महसूस करते हैं, कभी प्रलोभनों के पीछे भागते हैं, कभी लालच के सामने झुकते हैं। क्या इन सारी चीजों का सम्मिलित रूप से कोई हल खोजा जा सकता है ? इन्हें अलग-अलग रूप से ही झेलते रहें और अपनी-अपनी सुविधाएँ तलाश करते रहें !

यानी इससे जुड़ने का कोई लेखकीय कारण नहीं है ?

लेखकीय कारण, लेखक की समस्याओं और लेखकीय अस्तित्व से कोई अलग चीज है ?

क्या तुम यह सोचते हो कि लिखना बंद करने के बाद संघ से जुड़कर, लेखकीय अस्तित्व को बचा पाओगे ?

नहीं, लिखना बंद करके किसने कहा ?

तुमने लिखना बंद कर दिया है और संघ के साथ जुड़ गए।

नहीं, जिसे तुम लिखना मानते हो, वैसा अवरोध तो पिछले दस साल से है। संघ के साथ तो अब जुड़ा हूँ। दस साल के गैप को इसके खाते में क्यों डालते हो ?

लिखना बंद करने को, 'कम्पनसेट' करना चाहते हो, इसे जुड़कर !

'कम्पनसेट' नहीं, इसके जरिए हम गतिशील और बड़ी शक्तियों के साथ जुड़कर अपने आपको रीजुबिनेट (नया करने), अपने आपको रीकैलिबराइज करने (पुनः सशक्त होने) की कोशिश करते हैं। प्रयोग गलत हो या सही, अलग बात है। सफलता की गारंटी कोई नहीं दे सकता।

मैं सफलता की ही बात कहता हूँ। अब तो लगभग डेढ़ साल हो गया है किसी अंश में तुम अपने को 'रिएक्टिवाइज' (पुनः सक्रिय) होता हुआ महसूस करते हो ? या ऐसा कुछ महसूस करते हो कि लेखकीय समस्याओं के लिए यह उचित माध्यम है, या उससे समस्याएँ हल हो रही हैं ?

नहीं, मैंने तो अभी नहीं छोड़ी है।

उस दिशा में कुछ प्रगतियाँ हुईं ?

कुछ तो हुई ही हैं, जितनी होनी चाहिए, उतनी निश्चित रूप से नहीं हुई हैं। लेकिन, अगर जनवादी लेखक संघ को जीवित रहना है, तो उन्हें इन समस्याओं से जूझना ही पड़ेगा। सक्रिय नहीं होता, तो अलग बात है।

क्या अभी सक्रिय नहीं है ?

अभी उस रूप में सक्रिय नहीं है जिस रूप में उसे एक लेखक संघ की तरह होना चाहिए था।

भविष्य की क्या प्लानिंग है, कैसे सक्रिय करोगे उसे ?

भविष्य की प्लानिंग तो व्यक्ति के ऊपर निर्भर नहीं है।

आखिर आप संघ के महत्त्वपूर्ण पद पर हैं। एक 'स्टैचर' (महत्त्व) रखते हो, उसके बारे में तुमने निश्चित रूप से सोचा भी होगा, उसकी प्लानिंग के बारे में भी, योजना बद्ध रूप से सोचने की और कुछ करने की कोशिश की होगी। क्या सोचा है ?

सबसे पहले मुझे जो जरूरत लगती है, आपस में लेखकों के बीच एक संवाद हो सकने की गुंजाइश बने, इसके लिए हम एक प्लेटफॉर्म विकसित कर सकें। प्लेटफॉर्म पत्रिका का भी हो सकता है, प्रकाशन का भी हो सकता है। वहीं हम एक जगह होकर एक-दूसरे की बातें सुन सकते हैं। मैं अगर कोई बात कहूँ, तो दूसरे तक पहुँचे। इस आश्वासन या संवाद की स्थापना का न होना सबसे बड़ी कमी है। आज गैर-रचनात्मक माहौल हो जाने का मुख्य कारण यही है कि लेखकों के बीच रचनात्मक धरातल पर जिस तरह का संवाद, जैसा 'नई कहानियाँ', 'ज्ञानोदय' के जमाने में था, वह संवाद आज नहीं रह गया है। संवाद से मतलब पत्रों का आदान-प्रदान नहीं है। जैसे, तुम्हारी रचना छपती थी ज्ञानोदय में, मैं उसे पढ़ता था, उस पर प्रतिक्रिया व्यक्त करता था, उससे उत्प्रेरित होता था। जब ऐसा करता था, तो भी किसी न किसी रूप में रिएक्ट ही करता था। मतलब एक लेखक कलकत्ते में बैठा है, दूसरा जालंधर में है, तीसरा बंबई में बैठा है, फिर भी एक-दूसरे की रचनाओं से परिचित होने के साथ-साथ एक संवाद जैसी स्थिति होती थी। हमें ऐसा लगता था कि हम एक हैं, उसी रचनात्मक माहौल से जुड़े हुए हैं। उसकी पुनर्स्थापना करने की कोशिश में एक प्रयास यह भी है, कोई और प्रयास होगा, दूसरा विकल्प दिखाई देगा, यह भी हो सकता है। यह तो विकल्पों की तलाश है।

एक प्रश्न जो मेरी समझ में नहीं आता कि जब ऐसे संवाद के लिए मंच बनाने की बात थी, तो प्रगतिशील संघ से यह मंच अलग क्यों हुआ ?

इसलिए कि प्रगतिशील लेखक संघ का अपना कोई अलग व्यक्तित्व नहीं रह गया, उसने अपने आपको सत्ता के साथ जिस तरह से जोड़ लिया है उसमें लेखक का स्वतंत्र विद्रोही रूप ही समाप्त हो गया। बहुत से लेखक जो सत्ता को गलत समझते हैं, आलोचना का अधिकार चाहते हैं, ये समझते हैं कि हममें और चारण-भाटों में अंतर है, उन्हें कष्ट होता था। आज प्रगतिशील लेखक संघ और श्रीकांत वर्मा के जरिए चलाए जाने वाले लेखक मंच में मुझे तो कोई बुनियादी अंतर नहीं दिखाई देता। दोनों एक ही भाषा में एक ही तरह बोलते हैं। दोनों को व्यवस्था की सारी सुविधाएँ उपलब्ध हैं। हो सकता है कि श्रीकांत की भाषा कुछ ज्यादा राजनीतिक रूप से सत्ता-समर्थक हो। लेकिन, राजनीतिक भाषा तो दोनों की है; व्यवहार में प्रगतिशील लेखक को कोई संकोच या सरकार या सत्ता के साथ जुड़ने में उनके द्वारा अनुमोदित-समर्थित होने में नहीं है। मुझे लगता है कि इससे लेखक की स्वतंत्रता की रक्षा नहीं की जा सकती, अगर वह सत्ता के साथ इस तरह एकाकार हो जाएगा, तो वह जो स्वतंत्र आवाज उठा सकने, 'क्रिटीसाइज' कर सकने की आपकी गुंजाइश है, उसमें अपने आप कमी होती चली जाएगी। यहाँ जो उनसे बुनियादी सवाल यह पूछा जा सकता है कि आज जो राजनीति है, जो सत्ता का चरित्र है, राजनीति की जो दिशा या दशा है, क्या हम इससे सहमत हैं ? कम से कम मैं तो नहीं हूँ। सौ-पाँच सौ लोग और भी होंगे। वे क्या अलग-अलग घुटते रहें? इनसे अच्छे तो कम से कम फिल्म वाले हैं जो 'आक्रोश' और 'अर्धसत्य' बनाकर इनके चेहरों की नकलें उतार सकते हैं।

व्यक्तिगत स्तर पर शासन की नीतियों से लाभ उठाना और मंच के स्तर पर उसका विरोध करना क्या दोनों न्यायसंगत हैं ?

बिलकुल नहीं, यह अपने चरित्र के स्खलन की बात हो सकती है। संस्था के उद्देश्यों में शामिल नहीं है।

यदि किसी संस्था में ऐसे पदाधिकारी हैं जिनका अपना चरित्र दुमुँहा हो, तो उस संस्था के उद्देश्यों की रक्षा या उसे आगे ले जाने का काम कौन करेगा ?

ये तो उसी तरह का सवाल है कि पुराने क्रांतिकारी से पूछा जाता कि सरकार से पैसा लेना और सरकार के खिलाफ विद्रोह करना, क्या ये दोनों संगत हैं ? जाहिर है कि आप सरकार के 'पे रोल' पर भी रहें और सरकार के अफसरों को भी मारें, दोनों चीजें एक साथ नहीं चलेंगी। अगर कोई ऐसा करता है, तो वह गद्दारी है, चरित्र-स्खलन है, क्रांतिकारी आंदोलन का उद्देश्य नहीं है।

आज जो पदाधिकारी हैं, वे लोग क्या अपने आपको उन क्रांतिकारियों की तरह देख रहे हैं ? आप लोग भी उसी प्रकार से देश, समाज और लेखक वर्ग का उद्धार करने जा रहे हैं ? फिर तो लेखकों को भी आप लोगों के साथ आना चाहिए।
पहली बात तो यह है कि जब दो चीजों की तुलना की जाती है, तो बेसिक मुद्दे की तुलना की जाती है। उनके बाहरी रूप की तुलना नहीं की जाती।

उनके काम की तो की ही जाती है।
हाँ, काम से उनका मतलब है उनका ऐक्टिव होना सक्रिय रूप से। यानी समाज को बदलना या उस शासन को हटाना जो सिर्फ गुंडों और हत्यारों को ही संरक्षण देता हो।

देखिए, वो आदमी अगर सरकार से विद्रोह करता था तो उसका खजाना लूटता था। अफसरों के सामने अपने लाभ की बातें, अपने को बेचने की बातें नहीं करता था और अगर कोई संघ या उसके पदाधिकारी ऐसा करते हैं, तो उसका भविष्य क्या होगा ?
एक तो यह है कि वो एक्सट्रीम स्थिति थी, जिन्हें आज की भाषा में 'एक्सट्रीमिट' कहते हैं। उसी तरह क्रांतिकारियों का माध्यम पिस्तौल था, हमारा आज लेखन है।

तो उनका नाम लेने की बात ही कुछ नहीं है।
तुलना तो कर ही सकते हैं।

तुलना आप किस चीज की कर रहे हैं ? या तो उनकी ईमानदारी से तुलना कीजिए या उनके कार्य से। उनके बलिदान से तुलना कीजिए।
तुलना इस बात की कर रहा हूँ कि व्यवस्था की आलोचना करना और व्यवस्था के साथ एकाकार हो जाना दो अलग बातें हैं।

तो फिर क्यों हो रहा है ऐसा ?
व्यक्तिगत स्खलन है।

स्खलन है, तो आप या कोई और संघ के बारे में सोचता है ?
सोचना तो चाहिए।

संघ में जाकर आप प्रश्न उठा सकते हैं ?
ये अंदरूनी बातें हैं। हो सकता है ऐसा हो। अगर वह संघ है, तो उसके कुछ भीतरी अनुशासन भी होंगे ही।

आप लेखकों के उद्धार की बात कर रहे हैं। उसी रूप में मैं आपसे बात कर रहा हूँ। बताइए, आपका संघ क्या कुछ मूल्यों के बारे में सजग है, क्या अपने लेखकों के लिए कोई संहिता है ?

पहली बात। अपने शब्द मेरे मुँह में मत डालो। मैंने उद्धार शब्द का इस्तेमाल नहीं किया है। संवाद शब्द का इस्तेमाल किया।

आपने लेखकीय अधिकारों के बारे में कहा है।

अस्तित्व की समस्याएँ कहा, उद्धार नहीं कहा ?

अस्तित्व की समस्याओं के बारे में जब आप जुड़ रहे हैं, तो यह एक तरह से उनका उद्धार ही होगा न।

लड़ नहीं रहे, उनको लेकर एक संगठन बनाने की कोशिश कर रहे हैं। उनके बीच संवाद बनाने की कोशिश कर रहे है। लड़ने की स्थिति आएगी तो लड़ेंगे, संघर्ष करेंगे। उद्धार वगैरह बड़े-बड़े शब्द हैं। इस तरह की मसीहाई कम से कम मेरे ऊपर लागू मत करो।

अच्छा, तो बताओ, अनुशासन के स्तर पर आप लोग कैसी बातें लागू कर रहे हैं, ताकि और लेखक भी आपके संघ की तरफ आकर्षित हों। जो इस तरह चरित्र के स्खलन हैं, उनके बारे में ?

हो सकता है, इस पर विचार चल रहा हो। अगर आरोप के ढंग पर तुम सवाल कर रहे हो, तो मैं कहूँगा कि किसी संगठन के अनुशासन की बात उसकी भीतरी चीज है। तुम एक 'आउट-साइडर' की तरह हमला कर रहे हो।

लेकिन, लेखक की हैसियत से ?

लेखक होना ही संगठन की भीतरी बातों में हस्तक्षेप करने का अधिकार प्राप्त करना नहीं है।

तो क्या तुम यह समझते हो कि ये लेखक संगठन न होकर किसी राजनीतिक पार्टी का संगठन है ? अगर लेखक को आकर्षित करना है तो उनकी जिज्ञासा शांत करना अनिवार्य है।

राजनीतिक पार्टी का न भी हो, फिर भी किसी यूनियन, किसी पारिवारिक इकाई की भीतरी बातें···

किसी राजनीतिक पार्टी से आपका संबंध है या नहीं ?

मैं नहीं कह सकता।

आप जानते हैं या नहीं ?

मुझे कोई जानकारी नहीं है।

आप संघ के उपाध्यक्ष हैं, क्या आप जवाब देने से बचना चाहते हैं ?

नहीं, इतने से जवाब देने से बचने की क्या बात है !

क्योंकि इसका उत्तरदायित्व आप पर आ जाता है।

नहीं, कोई उत्तरदायित्व नहीं है। कम से कम मैं किसी राजनीतिक पार्टी से संबद्ध नहीं हूँ। मैं अपनी ही बात कह रहा हूँ।

आप तो संघ के उपाध्यक्ष हैं। आपको कहना पड़ेगा संघ के बारे में, मात्र अपने बारे में नहीं।

संघ की बात मैं समष्टि रूप से, जब संघ की तरफ से बोलूँगा, तब कहूँगा। इस समय लेखकीय समस्याओं पर बात करूँगा।

लेखक सिर्फ लेखक ही नहीं होता, उसका पूरा का पूरा परिवेश लेखन के साथ चलता है। जब आप एक परिवेश को लेकर चल रहे हैं, तो उसके बारे में जवाब देना आपका उत्तरदायित्व हो जाता है।

मेरा खयाल है, नहीं।

आप अगर ऐसा सोचते हैं, तो उसके बारे में मैं कुछ कहना नहीं चाहता। मेरे खयाल से आप अपने उत्तरदायित्व से, लेखक के नाते अपने परिवेश से बचना चाहते हैं।

लेखक के नाते नहीं।

लेखक का परिवेश उसकी राजनीति भी है, उसका संघ भी है, उसका लेखन भी है, उसका माहौल भी है, उसका व्यवसाय भी है और आप उत्तर नहीं देना चाहते, तो लेखक के दायित्व, अपने परिवेश के उत्तरदायित्व से, स्पष्ट ही बचना चाहते हैं।

लेखक किस जगह पर, किस रूप में और कहाँ लेखक है, इन सारी चीजों को गडमड करने से कोई हल नहीं निकलता। मान लीजिए एक राजनीतिज्ञ है, उससे आप पूछो कि अपने बच्चे के साथ आप क्या राजनीति चलाते हैं, बताइए।

गोर्की राजनीति से जुड़ा हुआ था, जब उससे इस प्रकार के प्रश्न किए जाते थे, तो वह स्पष्ट उत्तर देता था। यह दुर्भाग्य है कि हम लोग राजनीतिक पार्टियों से जुड़े भी रहना चाहते हैं और उसकी जवाबदेही से भी मुक्त रहना चाहते हैं।

क्या मैं राजनीतिक पार्टी से जुड़ा हुआ हूँ ?

राजनीतिक पार्टी के एक विंग से जुड़े हुए हैं।

हो सकता है, मुझे मालूम न हो। कम से कम मैं किसी राजनीतिक पार्टी का कोई हिस्सा नहीं हूँ। इतना ही कह सकता हूँ।

क्या आप इसे बुरा समझते हैं ?
जब मैं हूँ ही नहीं, तो बुरा क्यों मानूँ ? बुरे और अच्छे की तो मैंने बात ही नहीं की।

लेकिन मैं तो आपसे पूछ रहा हूँ कि क्या लेखक का राजनीतिक पार्टी से जुड़ना और उसका दायित्व वहन करना गलत होता है ? क्या उसे उससे बचना चाहिए ?
नहीं, मैं नहीं कहता कि उसे बचना चाहिए। उसका विश्वास है, उसकी आस्था है तो जरूर जुड़ना चाहिए। अगर इस हद तक वह अपने आपको राजनीतिक पार्टी के साथ जोड़ सकता है, एकाकार कर सकता है, तो जुड़ जाना चाहिए।

क्या यह किसी लेखक के लिए संभव है कि वह किसी संघ से जुड़ने से पहले बिना उसकी जड़ों के बारे में, उसके उद्भव के बारे में जानकारी किए हुए ही उससे जुड़ जाए ?
नहीं जुड़ना चाहिए।

लेकिन ऐसा हो जाता है ?
कैसे ?

कि आदमी जुड़ जाए और उसे मालूम ही न हो।
जिस क्षण मालूम होता है, उस क्षण वह निर्णय ले सकता है। स्टीफेन स्पेंडर ने जब 'एनकाउंटर' पत्रिका को लिया था, तो उसे नहीं मालूम था कि उसे चलाने वाला पैसा कहाँ से आता है। जब उसे मालूम हुआ कि पत्रिका की प्रकाशक, 'कांग्रेस फॉर कलचरल फ्रीडम' संस्था सी०आई०ए० की है, तो उसने छोड़ दिया। लेकिन जितने दिनों वह रहा, एक गलत या सही विश्वास के तहत, उस पीरियड में उसने पत्रिका को अच्छा ही निकाला।

तो आपको भी मालूम नहीं कि आपके संघ के पॉलिटिकल लिंक्स क्या हैं ?
हाँ, उस रूप में तो नहीं मालूम, जिस रूप में तुम कहलवाना चाहते हो।

आपको पॉलिटिक्स लिंक के बारे में नहीं मालूम। आप मात्र इसे लेखकों का संघ समझते हैं ?
पॉलिटिकल विश्वासों के बारे में मालूम है और उन्हें जानकर ही आया हूँ।

इसके किसी राजनीतिक पार्टी से संबंध हैं या नहीं, यह आपको मालूम नहीं है ?
तुम्हें ज्यादा मालूम होगा, मुझे नहीं।

आपको नहीं मालूम, आप सिर्फ लेखक संघ के रूप में उससे जुड़े हुए हैं ?
एक विशेष विचारधारा वाले लेखक संघ के रूप में, केवल लेखक संघ के रूप में नहीं।

एक लेखक व्यक्ति के रूप में जब किसी से जुड़ता है और पूरी जानकारी से जुड़ता है, तो उसका पूरा दायित्व लेता है। और अगर वह अनजाने जुड़ता है, और उसकी समस्याओं से, किसी भी वक्त अलग हो सकता है, तो उसे 'ऑपोर्चुनिज्म' (अवसरवादिता) कहते हैं, आपके साथ ऐसा तो नहीं है ?

पहली बात तो यह है कि उसे 'ऑपोर्चुनिज्म' नहीं कहते, जानने-समझने की प्रक्रिया कहते हैं। मुझे एक बात बताइए। क्या आप इस जानकारी के होते आई०टी०आई० से जुड़े हैं कि आई०टी०आई०, कानपुर, अमेरिकन सरकार द्वारा चलाई जाती है और उसके लिए अमेरिकन पैसा कहाँ से आता है ? उसके लिंक कौन-सी राजनीति से हैं ? इस सबको जानकर आप नौकरी कर रहे हैं ?

हाँ, मैं यह जानकर नौकरी कर रहा हूँ, कि एक-एक पैसा उसका भारत सरकार देती है। आप पहले की बात कर रहे हैं, जब पाँचों आई०टी०आई० अलग-अलग पाँच बाहरी देशों से तकनीकी संरक्षण प्राप्त करती थीं।

मान लिया। फिर क्या इससे यह सिद्ध नहीं होता है कि एक चीज किसी भी प्रेरणा या संरक्षण से चलाई जाए, बाद में चलकर स्वायत्त हो सकती है। हो सकता है, विकसित होने के बाद वह राजनीतिक पार्टी के सीधे नियंत्रण से अपने को मुक्त कर ले।

मैं तो आपसे स्पष्ट ही पूछ रहा हूँ और आपको स्पष्ट जवाब देना चाहिए कि सीधे नियंत्रण में है या नहीं ? आपको इसकी जानकारी है या नहीं ?

तुम जैसे लोगों से सुनता मैं भी रहता हूँ। सीधी जानकारी नहीं है।

अच्छा, अब मैं दूसरा प्रश्न करना चाहता हूँ, मुझे और बहुत से लेखकों को यह लगता रहा है कि हिंदी कहानी के क्षेत्र में आप लोगों यानी कमलेश्वर, राकेश और राजेन्द्र यादव तीन व्यक्तियों ने जो एक त्रिकोण बनाया था, उसने अपनी पूरी राजनीति के माध्यम से कहानी के विकास को, आने वाली पीढ़ियों को बहुत हानि पहुँचाई थी। सबसे बड़ा लाभ राकेश ने उठाया और उसके व्यक्तित्व का प्रभाव कमलेश्वर और राजेन्द्र यादव के व्यक्तित्व पर, लेखन पर भी पड़ा ?

राकेश के व्यक्तित्व का प्रभाव ?

दूसरे शब्दों में राकेश ने आप लोगों की रचनात्मकता को बढ़ाने के लिए उसका लाभ उठाया।

पहली बात तो यह है कि मूलभूत मान्यता ही गलत है। मान लीजिए आज यहाँ तीन कहानीकार हैं, जिनके बीच आपस में संवाद हो सकता है। निर्मल हैं, शानी हैं, मैं हूँ और तुम हो, और हम लोग मिलते रहते हैं। जब चार लेखक मिलेंगे तो लेखन की बातें करेंगे, व्यक्तिगत बातें करेंगे, चीजों पर 'डिस्कस' करेंगे, विचार करेंगे, अब इसे लेकर कुछ लोग

कह सकते हैं कि इन लोगों ने गुट बनाया है या यह भी कह सकते हैं कि किसी एक आदमी ने बाकी को इस्तेमाल किया है। इस सबसे बाकी लोगों के व्यक्तित्व पर तो प्रभाव पड़ता है कि वे अपने को इस्तेमाल किया महसूस करें, लेकिन उनके लेखन पर प्रभाव क्यों पड़ेगा ? सवाल यह है कि वे किस विश्वास और योजना से मिले हैं ? अगर चार डकैत मिलते हैं कि चलिए, मिलकर लूटमार करेंगे, तो निश्चित रूप से बाकी लोगों को बँटवारे के समय लग सकता है कि हमें तो कुछ नहीं मिला। कम से कम मैं ऐसे किसी आशय के साथ दोस्ती नहीं करता। इस रूप में उन दोस्तों से मिला भी नहीं कि मैं क्या लाभ उठा सकता हूँ। इसलिए मुझे कोई खलिश भी नहीं है।

यह तुम्हारी उदारता हो सकती है, मगर वास्तविकता···

उदारता नहीं है, क्योंकि मैं ऐसा महसूस ही नहीं करता। गलत महसूस करने के बाद बौद्धिक 'रेशनलाइजेशन' या क्षमा कर देने के भाव को उदारता कह सकते हैं, मुझे भीतर से ऐसा महसूस नहीं होता। अच्छा तुम इतने दिनों से मेरे मित्र हो या और मित्रों को जानते हो। मेरी घनिष्ठताएँ और मित्रताएँ इस उद्देश्य और इस लक्ष्य से आज तक नहीं हुईं कि मैं किसी से क्या फायदा उठा सकता हूँ।

मैंने तुम्हारे बारे में नहीं पूछा, मैं तो तीसरे आदमी···

अगर तीसरे आदमी ने ऐसा किया, तो हो सकता है उसके दिमाग में रहा हो।

इस सबका लेखन के ऊपर भी थोड़ा असर पड़ना चाहिए। मुझे यह लगता है कि राकेश के बाद से आप दोनों का लेखन बहुत खराब रहा।

उसे राकेश के बाद क्यों कहते हो ?

इत्तिफाक से।

यहाँ फिर मैं पिछली बात ही कहूँगा कि उस माहौल को देखो, जिसमें शिवप्रसाद भी हैं, रेणु भी थे, भारती, मार्कंडेय सभी हैं। क्या ये सभी हमेशा उतने ही 'एक्टिव' रहे ? रेणु सर्वेक्षण रचनाएँ लिखने लगे थे। कहानियाँ और उपन्यास सन् 1965 के बाद कहाँ लिखे ? छोड़िए, हम तीनों को लेकर तुम्हारे मन में कुंठाएँ और पूर्वाग्रह हैं, गैर-रचनात्मक हो जाने के कारण उस पूरे माहौल में रहे होंगे, जो राष्ट्रीय स्तर पर उतार का काल है। यही वह समय है जब पैसे का अवमूल्यन हुआ। वह सारा वातावरण ही ऐसा रहा कि कुछ भी रचनात्मक होना बंद हो गया, गंभीर राजनीति, कला, साहित्य की गतिविधियाँ बिखर गईं। आर्थिक स्तर पर इस काल में उत्पादन में पैसा कम मिलता था, लाइसेंस बेचने में ज्यादा। यानी उस पूरी 'अनप्रोडक्टिव' आर्थिक और राजनीतिक स्थिति को देखिए, जहाँ ट्रेडिंग ज्यादा मुनाफे की चीज हो गई। रुपए के अवमूल्यन और मुद्रास्फीति के काल में साहित्य, राजनीति में सभी गैर-उत्पादन, परिणामतः मूल्यहीनता की स्थिति गहराती गई।

लेखन की ही बात करें। निर्मल ने तो लिखा ?

निर्मल ने भी ज्यादातर विचार लिखे। 'वे दिन' वह पहले लिख चुके थे। बाद में तो उन्होंने 'एक चिथड़ा सुख' और 'लाल टीन की छत' जैसे उपन्यास लिखे।

हाँ, ये दोनों बाद में लिखे गए थे।

यानी अपनी सर्वश्रेष्ठ रचनाएँ वे पहले दे चुके थे। 70 के बाद तो वे हवाई, अमूर्त और रहस्यवादी रहे, आज भी वे मार्क्सवाद के विरोध के नाम पर मानवता विरोधी जैसे लगते हैं। पूरी बनावट, लेखन में 'अभारतीय' होने की कचोट उन्हें ही सबसे अधिक भारतीयता की खोज में धकेल रही है और इसी धुन में कुंभ के ढोंगी साधु उन्हें भारतीयता के प्रतिनिधि लगते हैं।

कृष्णा सोबती ने बाद में लिखा है।

किसी ने कुछ नहीं लिखा। मैं यह नहीं कहता। लेकिन, सारे रचनात्मक माहौल में सन्नाटे का काल जरूर है। देखो, निरंतरता बनाए रखने वाले लेखन को, महत्त्वपूर्ण लेखन से, एक लेखक के नाते, अलगाना चाहिए।

'जिंदगीनामा' ही है।

'जिंदगीनामा' भी बहुत लंबे अंतराल के बाद आया है। हाँ, इस बीच उन लोगों ने लिखा, जो सन् 65-70 के आसपास आए थे। मैं उसके पहले से लिखने वालों की बात कह रहा हूँ।

कृष्णा सोबती...

कृष्णा सोबती में 'सूरजमुखी अँधेरे के' और 'जिंदगीनामा' के बीच कितना लंबा गैप है।

कृष्णा सोबती की रचना-प्रक्रिया ही ऐसी है।

इसलिए उनकी बात नहीं करेंगे।

मैं पूछता हूँ कि जो और लोग भी लिख रहे थे वे एकदम से राकेश के जाते ही 'फ्लैट' क्यों हो गए ?

उसे राकेश के जाने से क्यों जोड़ते हो ? मैं आर्थिक और राजनीतिक अवमूल्यन को ही उसका कारण ठहराऊँगा।

यह एक 'सरकमस्टेंशियल एविडेंस' (पारिस्थितिक प्रमाण) है, जिसके बारे में मैं बात कर रहा हूँ।

यह तुम्हारी जिद है, ऐसे ही जोड़ना है तो राकेश के साथ क्यों, क्वीन एलिजाबेथ से क्यों नहीं जोड़ते ? उन दिनों क्वीन एलिजाबेथ आई थीं। अब कह दीजिए हिंदुस्तान की आर्थिक असफलताएँ क्वीन एलिजाबेथ के आने से जुड़ी हैं।

आपने क्वीन के आने के बाद लिखना बंद कर दिया, आप यह कहिए, मैं मानने को तैयार हूँ।

हम तो आने और जाने से किसी बात को जोड़ ही नहीं रहे। पिछले पंद्रह-बीस बरसों में उभरी कुछ खास किस्म की राजनीतिक प्रवृत्तियों और शक्तियों के कारण कहना ही होगा, तो मैं यह कहूँगा कि नॉन-प्रोडक्टिव ताकतें पूरे समाज पर छा गईं। समानांतर अर्थव्यवस्था ने, भ्रष्टाचार और काले धन ने, सारी नैतिकताएँ जला डालीं, रचनात्मकता का हिंदुस्तान में खात्मा हो गया।

यह आपका सोचना हो सकता है।

बल्कि इसको अगर मैं कहूँ नेहरू की लीडरशिप ज्यादा 'क्रिएटिव' और 'प्रोडक्टिव' रही, हर क्षेत्र में; वही पीरियड है जब बड़े-बड़े लेखक, बड़े-बड़े आर्टिस्ट अपने सर्वश्रेष्ठ रूप में दिखाई देते हैं।

मतलब राजनीति के लेखक। यानी राजनीति से तो सभी प्रभावित होते थे ?

लेखन प्रभावित नहीं होता, व्यक्तित्व होता है।

जब लेखकों का व्यक्तित्व हो रहा है, तो लेखन भी प्रभावित हो रहा है।

राजनीतिक स्थिति और माहौल से लेखक अछूता कैसे रहेगा ? कैसे रह सकता है? जो पूरे देश में हो रहा है, आर्थिक असफलताएँ हैं, भ्रष्टाचार है या जो पूरा माहौल तैयार कर दिया गया है, उससे आप अछूते रहेंगे ?

अछूते तो नहीं रहेंगे, लेकिन लिखना थोड़े ही बंद कर देंगे ?

लिखना तो सारे समाज की मानसिक स्थिति की अभिव्यक्ति है। जब सामाजिक-आर्थिक माहौल आप भ्रष्ट कर देंगे तो रचनात्मकता कहीं तो प्रभावित होगी ?

यह तो आप ऐसी शब्दावली यानी नॉन-प्रोडक्टिव कहकर सीधे से प्रश्न का उत्तर टाल रहे हैं।

क्योंकि तुम एक ऐसा बाहरी निमित्त, 'एक्सक्यूज' तलाश कर रहे हो, जो प्रासंगिक नहीं है।

जब तक आपका त्रिगुट नहीं टूटा, आप लगातार लिख रहे थे ?

नहीं, हम सबने बाद में भी काफी लिखा।

उसके बाद मन्नू भंडारी ने जरूर उपन्यास लिखे। उनके लिए नॉन-प्रोडक्टिव पीरियड नहीं आया ?

तुमने तो अभी कहा कि उसका असर सारे लेखन पर पड़ा।

नहीं, दूसरों पर नहीं, मैंने आप तीन लोगों का नाम लिया था। मन्नू भंडारी का नाम न उसमें था और न कृष्णा सोबती का।

अच्छा, अगर मैं यह पूछूँ तुम्हारी पीढ़ी में दूधनाथ और ज्ञानरंजन या दूसरे लोग क्यों नहीं लिख रहे हैं। तुम ही क्यों लिख रहे हो ?

जैसे तुम नहीं लिख रहे।

नहीं, इतना सरलीकरण मत करो। तुम लोगों में कौन-सा राकेश नहीं रहा ?

हमारा कोई त्रिगुट था ही नहीं। आप लोगों ने हम सबको एक-एक और अलग-अलग कर दिया।

यार, इतने बड़े-बड़े श्रेय तो हमें न दो, मुझे सीधे-सीधे बताओ कि जिन्होंने सन् '60-65 के आसपास लिखना शुरू किया वे लिख रहे हैं। जितने लोग तुम्हारे साथ लिख रहे थे, क्या आज भी वे इतने ही सक्रिय हैं।

रवींद्र कालिया का उपन्यास आ रहा है।

लेखन से तुम्हारा जो मतलब है वह किताब आने से ही पूरा हो जाता है ? प्रोडक्टिव हो जाता है ? अगर यही तर्क है, तो मेरा खयाल है कि अश्क की तो बहुत किताबें आ रही हैं।

मतलब यह कि आप रवींद्र कालिया के उपन्यास को किताब आना ही नहीं मानते हैं ?

नहीं, मैं उसी लगाव, प्रतिबद्धता, सृजन-दृष्टि और रचनात्मक व्यक्तित्व की विकासमान एकसूत्रता की बात कहता हूँ जो तुम मुझसे माँगते हो।

कम से कम दूधनाथ से मेरी बात हुई है। वो कहता है कि यह जो उसकी चुप्पी है, वह उसकी रचनात्मक प्रक्रिया है, उसके बाद उसका रचनात्मक लेखन आरंभ हो जाएगा।

औरों की भी यही रचना-प्रक्रिया हो सकती है।

आपकी भी हो सकती है। इसीलिए मैं तो आपको खगोल रहा हूँ।

मैं कहना यह चाहता हूँ कि जब आप एक समस्या पर विचार करें, तो उसके आगे-पीछे या उसी तरह की और स्थितियों को नजरअंदाज न करें।

नहीं, स्थितियाँ अलग-अलग आदमियों के साथ अलग-अलग हैं।

ये अलग-अलग नहीं हैं। जब असंबद्ध और अलग लोगों के साथ एक ही बात घटित होती है तो कारण पूरे माहौल में होते हैं। एक महामारी फैलती है। उसमें कुछ लोगों को कुछ नहीं होता, कुछ लोग मारे जाते हैं। तुम उस महामारी में नहीं आए, इसलिए धक्कापेल लिखते जा रहे हो और जो दूसरे चपेट में आ गए, उनके लिए तुम्हारे मन में धिक्कार है।

मेरा विचार यह है कि लेखन के माध्यम से जो आदमी अपनी सीमाएँ बना लेता है, उसके लिए लिखना कठिन हो जाता है। हम समझते हैं कि हमारी पिछली रचनाएँ श्रेष्ठ हैं और आगे पता नहीं कैसी होंगी, यह जो स्थिति बन जाती है, वह रिस्क उठाने में आड़े आती है।

रिस्क वह नहीं उठा पाता, वो जो अपने को स्थापित, सुरक्षित हो गया समझता है।

बहुत से लोगों ने अपने रचनात्मक लेखन को किसी स्तर पर बहुत सुपीरियर माना था और अपनी कहानियों को यह समझा कि वे युगप्रवर्तक रचनाएँ हैं, लेकिन बाद में जब उन्हें लगा कि हम इन कहानियों से अच्छी कहानियाँ नहीं लिख सकते, तो वे कहीं अपने लेखन में असुरक्षित महसूस करने लगे। और स्थिति ऐसी हो गई कि वह इस मेड़ को लाँघकर दूसरी तरफ जाने में बाधक हुई।

क्या यह सिर्फ लेखक के साथ है ?

किसी के भी साथ हो सकती है।

जैसे गिरीश कर्नाड ने इतना खूबसूरत नाटक तुगलक लिखा। मेरा खयाल है भारत के सशक्ततम नाटकों में से एक है और भी नाटक लिखे। अब वह नाटक नहीं लिख रहा। फिल्म में गया। इसे तुम उसका स्खलन मानोगे ? लेखन के प्रति अविश्वास मानोगे।

मैं समझता हूँ कि वह भी कला का एक माध्यम है। वह चाहे तो अपनी रचनात्मकता को वहाँ भी बरकरार रख सकता है।

बिलकुल ठीक। मगर रचनात्मक निरंतरता बनी रहे, तो जब एक लेखक कहानी-उपन्यास लिखने के बाद वैचारिक लेखन में आता है, तो वह भी उसका लेखन ही है।

है, अगर वह उसी आस्था से लिख रहा है और रचनात्मक लेखन के प्रति उसके मन में कोई तड़प-कचोट नहीं रहती तो।

क्या गिरीश कर्नाड के मन में अपने लेखन के प्रति वैसी कोई तड़प नहीं है ?

मुझे मालूम नहीं है। लेकिन, वह किसी दूसरी प्रक्रिया से जुड़ गया है। जैसे रामकुमार कोई कहानी लिखता है और वही सुख अपनी कला में, पेंटिंग में पाता है, तो उसे वापस आने की जरूरत नहीं है। वो रचनात्मक कार्य वहाँ भी कर रहा है। लेकिन लगातार आलोचनाएँ, समीक्षाएँ लिखते हुए आपको यह लग रहा है कि मैं वहाँ क्यों बिछड़ा हूँ, तो आपको वह लेखन कहीं रचनात्मकता का संतोष नहीं दे पा रहा है, जो रचनात्मक लेखन देता है।

यह तो मेरी व्यक्तिगत प्रक्रिया है।

अगर मैं पैसा कमाने से संतोष प्राप्त करने लगूँ और यह कहूँ कि लेखन में क्या रखा है, तो ठीक है, आप वहाँ जाइए।

एक अभिव्यक्ति से दूसरी तरफ जाना और पैसा कमाना, क्या एक ही हैं ?

नहीं, मैं निकृष्ट कोटि का उदाहरण दे रहा हूँ।

एक कला को दूसरी कला में जाना, एक एक्सप्रेशन के माध्यम से दूसरे में जाना, यहाँ रामकुमार, मेरा खयाल है, बहुत अच्छा उदाहरण है। रामकुमार ने एक कला के लिए दूसरी को प्रेरणा या एस्केप बना लिया है। एक जगह से लौटकर वे दूसरी जगह आ जाते हैं। वह तो बहुत ही खूबसूरत संवाद की स्थिति है। बहुत जगह ऐसा नहीं होता। हो सकता है, वे सिर्फ चित्र बनाते रहते। लेखन बिलकुल छूट जाता। तब जाकर उनके मन में आता, कि लेखन की तरफ भी कभी लौटना चाहिए।

उतना ही संतोष अगर आप रचनात्मक रूप से आलोचनात्मक कार्य में प्राप्त कर सकते हैं तो मैं कुछ नहीं कहता। नामवर कविताएँ लिखते थे, बाद में वे आलोचनाएँ लिखने लगे। हालाँकि अब आलोचना भी समाप्तप्राय हो गई।

ठीक है, आज उन्हें भाषण में भी वही संतोष मिलने लगा है।

नहीं, आलोचना समाप्त हो गई, अब वो सिर्फ भाषणबाजी करते घूमते हैं। अगर उनको वे सब चीजें संतोष देती हैं, तो इसमें कोई हर्ज नहीं है। मैं तो रचनाकार से रचनात्मक मुद्दे के ऊपर इसलिए प्रश्न कर रहा हूँ कि वे कहीं न कहीं और रचनाकारों के लिए एक रास्ता दिखा सकते हैं कि इसमें क्या-क्या जोखिम है ?

मेरा खयाल है इस पर बहुत बात हो चुकी है। खत्म करें।

हाँ, शायद यही ज्यादा ठीक होगा।

[साक्षात्कार, 1983]

एक स्तर पर आकर सबकी सर्जनात्मकता रुक गई है

ओम्प्रकाश थानवी

[समय था जब हिंदी कहानी की दुनिया में मोहन राकेश, कमलेश्वर और राजेन्द्र यादव की तिकड़ी ही छाई हुई दीखती थी। लेकिन स्थिति कुछ ही बरसों में यों उलट जाएगी, किसी ने शायद नहीं सोचा था। राकेश तो रहे ही नहीं, कमलेश्वर का नाम धीरे-धीरे इसलिए उठ गया कि उन्होंने धंधों में अपने को व्यस्त कर लिया; रहे राजेन्द्र यादव जिनसे भी कहानी, कहना चाहिए, छूट गई—हालाँकि वे इसे मानते नहीं हैं। लेकिन राजेन्द्र यादव के साथ यह 'खुशकिस्मती' रही कि वे न लिखते हुए भी लेखकों में 'सक्रिय लेखक' नजर आते रहे। उन्होंने भी अपने को प्रकाशन के धंधे में व्यस्त किया, लेकिन कथा-साहित्य के अलावा दूसरी चीजें लिखते रहे हैं जो उनकी दृष्टि में 'कहानी की रचना से कम महत्त्वपूर्ण नहीं है।'

चौवन वर्षीय राजेन्द्र यादव पैंतीस साल से लिख रहे हैं और अब तक उनकी छत्तीस पुस्तकें प्रकाशित हो चुकी हैं। बारह कहानी-संग्रहों के अलावा उनके पाँच उपन्यास सामने आए हैं। 'सारा आकाश', 'शह और मात', 'कुलटा' उनके चर्चित उपन्यास हैं। 'सारा आकाश' पर फिल्म भी बनी है। उन्होंने कई अनुवाद भी किए हैं जिनमें चेखव के तीन नाटकों और कामू के 'आउटसाइडर' का अनुवाद विशेष रूप से उल्लेखनीय है। इधर तीन-एक किताबें आलोचना की भी आई हैं। कम लोग जानते हैं कि उनका एक कविता-संग्रह भी छपा है।

यह बातचीत उनसे कुछ समय पहले जयपुर में हुई थी। तब वे यहाँ व्याख्यान देने आए थे।]

सुबह के व्याख्यान में आपने कहा था कि लेखक को चाहिए कि वह आज का जो यथार्थ देखता है, उसे पाठक के सामने उसी रूप में प्रकट करे। देखे गए यथार्थ को ठीक उसी रूप में लिख देने का आपका यह वक्तव्य क्या वास्तव में किसी प्रकार की रचनात्मकता से संबंध रखता है ?

नहीं। मेरे कहने का आशय यह था कि अपने समय में जो यथार्थ देखते हैं, उसे अभिव्यक्ति देना हमारे लेखकीय कर्तव्य में महत्त्व रखता है, उससे छुटकारे की चेष्टा नहीं

हो सकती।

दरअसल, अंग्रेजों ने और सामंतवाद ने हमें बिखरे हुए खंडों में दिया। स्वाभाविक रूप से जो विकास होना चाहिए, लोगों के साथ एक सरोकार, एक लगाव रखते हुए, वह नहीं हुआ। परिणाम यह है कि हमारे यहाँ समाज के इतने स्तर हैं। आर्थिक समस्या सदा प्रबल है, गरीबी है, भुखमरी है। विकट स्थिति है तो मैंने यही कहा था कि अगले सौ साल तक हम इन परिस्थितियों से पीछा नहीं छुड़ा सकते। प्रेमचंद ने दहेज पर, अनमेल विवाह पर, छुआछूत पर, हरिजन-अछूत पर, जात-पाँत या मध्यम वर्ग की झूठी शानो-शौकत पर जो लिखा—आज पचास साल बाद भी हम उन्हीं समस्याओं पर फिर सोचने के लिए मजबूर हैं क्योंकि यहाँ स्थितियाँ वही हैं। दहेज की समस्या वैसा ही जलता मुद्दा है जो प्रेमचंद के वक्त में था, बल्कि और घातक, और ज्यादा व्यापक रूप में हमारे सामने है। विकासशील देशों के ये कुछ अभिशाप होते हैं।

अपने इस कथन को आप अपने ही लेखन पर कितना लागू पाते हैं ?

देखिए, समस्या वही हो सकती है, पर देखने का कोण दूसरा हो सकता है। 'सारा आकाश' मेरा पहला उपन्यास था। उसमें एक नवयुवक की समस्या को देखने का यह कोण भिन्न हो सकता है। उसकी वे परेशानियाँ जहाँ वह अपनी व्यक्तिगत आकांक्षाओं या क्षमताओं का उपयोग करना चाहता है। लेकिन ऐसे माहौल में कैद है कि नहीं कर पाता। उसके साथ वही स्त्रियों के साथ अत्याचार, वही दहेज, वही शादी, वही छोड़ना—यानी पूरा माहौल वही है जो प्रेमचंद का रहा।

राजनीतिक स्थितियों पर मैंने 'उखड़े हुए लोग' लिखा। उसमें भी नेता उतना ही ढोंगी और बदमाश है, जैसी कि चर्चा हम करते हैं। इन चीजों से हम कैसे छुटकारा पा सकते हैं ? हम नई स्थितियों को भी समझना चाहते है और पुरानी से भी पीछा छुड़ाना चाहते हैं, यह द्वंद्व है हमारा। तो इसमें ऐसा नहीं है कि केवल नई चीजों को समझ लेने से काम चल जाएगा। नए और पुराने के बीच के संघर्ष से जो मानसिकता तैयार होती है, वह हमारा कथ्य होता है।

क्या इस कथ्य को आज का सारा साहित्य प्रस्तुत करता है ?

अपने अनुभव के आधार पर कह सकता हूँ कि कम से कम कहानी में तो यह है। आज की कहानी आज के यर्थाथ को प्रस्तुत करती है।

आज की कहानी अगर आज के यथार्थ को प्रस्तुत करती है, तो इसमें कहीं आपको अपने अनुभव में ऐसा लगता है कि आज का यथार्थ चूँकि तात्कालिक यथार्थ है, इसके पुराने पड़ जाने पर कहानी भी पुरानी पड़ जाएगी, अप्रासंगिक हो जाएगी।

नहीं, मैं ऐसा नहीं मानता।

तब ऐसा क्यों होता है कि यथार्थवादियों में साहित्य पर चर्चा अकसर यहीं से शुरू होती है कि अमुक साहित्य आज भी प्रासंगिक इसलिए है कि स्थितियाँ वही हैं— प्रेमचंद के संदर्भ में यह तर्क आम तौर पर काम में लिया जाता है—और आप भी तात्कालिक यथार्थ पर जोर देते हैं ?

जैसा कि मैंने कहा, मैं यह मानता हूँ कि आज के यथार्थ के सौ-डेढ़ सौ साल पुराने पड़ जाने या अप्रासंगिक हो जाने के कोई आसार नहीं हैं। कोई उम्मीद नहीं है कि जो साहित्य हम सामाजिक या तात्कालिक स्थितियों पर लिख रहे हैं, जल्दी ही आउट डेटेड हो जाएगा। यह तभी होगा न, जब इन समस्याओं से समाज पीछा छुड़ा लेगा !

दूसरी बात : अगर स्थितियाँ वही नहीं रहेंगी तब भी—जैसे कि टॉलस्टॉय को पढ़ते हैं, टॉलस्टॉय के समय की स्थितियाँ तो आज नहीं हैं, वह यथार्थ आज के रूस का यथार्थ नहीं है, लेकिन उस (लेखन) में जो संघर्ष और मानवीय संवेदनाएँ हैं, क्या वे पुरानी होती हैं ? फिर अगर हम उस वक्त के रूस को समझना चाहते हैं, तो क्या उसके लिए टॉलस्टॉय के उपन्यास सबसे बड़े प्रामाणिक दस्तावेज नहीं हैं ?

वक्त के दस्तावेज कहकर क्या आप उपन्यास से इतिहास का काम निकाल लेना चाह रहे हैं ?

नहीं। मैं यह कहना चाहता हूँ कि कथा-साहित्य अगर ईमानदारी से लिखा गया हो, तो वह कभी पुराना पड़ता ही नहीं है। आखिर तुलसीदास को आप क्यों पढ़ते हैं। तुलसी का समय तो बहुत पीछे छूट गया ! इतिहास हो जाना अप्रासंगिक हो जाना नहीं है, मैं यह कहना चाहता हूँ। क्योंकि रचना में जो मानवीय संघर्ष होता है, उसके मूल स्वरूप में परिवर्तन नहीं होता। उस समय के मन, शरीर और आत्मा का वह ऐसा धरातल बन जाता है जिसे आप बार-बार देखना चाहते हैं। यही वजह है कि टॉलस्टॉय, दोस्तोयेव्स्की या तुर्गनेव समय के संपूर्ण बदलाव के बाद भी पुराने नहीं पड़ते।

ऐसा शायद इसीलिए होता है कि रचना स्वयं एक यथार्थ का सर्जन करती है, जो रचना के साथ जीवित रहता है ?

बिलकुल सही बात है।

यानी वह एक प्रकार का आंतरिक यथार्थ होता है जिसका फिर बाहरी यथार्थ से कोई सीधा संबंध नहीं रह जाता ?

रचना खुद एक यथार्थ की रचना करती है, यह ठीक बात है। पर वह यथार्थ सामाजिक यथार्थ से अलग हो जाता है, यह मैं नहीं मानता। उसके भी सामाजिक कारण हैं। दोस्तोयेव्स्की के 'अपराध और दंड' में गरीबी, भुखमरी के साथ एक अपराधी का मनोविज्ञान चलता है, व्यक्ति का व्यक्तित्व टूट जाता है…उस संदर्भ में स्थितियाँ तो वही हैं जिन्हें बाद में गोर्की ने लिया था, जिन्हें टॉलस्टॉय ने भी लिया। टॉलस्टॉय दूसरे समाज

को लेते हैं और अपना अलग यथार्थ रखते हैं।

आज जब यह कहा जाता है कि बाहरी यथार्थ को लें, तो इसमें यह नहीं है कि आंतरिक यथार्थ को झुठला दें। दिक्कत यहीं होती है जब हम दोनों को विरोध में रख देते हैं कि या तो यह होगा या वह। जबकि ये तो एक-दूसरे से निर्मित होते हैं। जब इनके द्वंद्वात्मक संबंध को हम समझ लेंगे तो कोई मुश्किल नहीं रहेगी। न आंतरिक यथार्थ इतना इकहरा होता है और न बाहरी यथार्थ कि एक-दूसरे से संबंध न रखें। दोनों एक-दूसरे को ढालते भी हैं और ढलते भी हैं। इस बात को समझे बिना हम बाहरी या सामाजिक यथार्थ की बात करेंगे तो वह केवल अखबारी चीज हो जाएगी।

आज जो नया कथा-साहित्य हिंदी में रचा जा रहा है उसमें आपको इस प्रकार की कितनी समझ मिलती है ?

सब लेखकों में ऐसी समझ होगी यह सोचना गलत है। दो-चार लेखकों में होती है। साल भर सैकड़ों रचनाएँ निकलती हैं, ध्यान एक-आध ही आकर्षित करती है।

ऐसा क्यों है ?

कुछ तो परिस्थितियाँ दोषी हैं। वे हमें इतना अवकाश नहीं देतीं कि धैर्यपूर्वक साधना में लगे रह सकें। यहाँ लेखकों से भी मुझे बड़ी शिकायत है। एक संगीत साधक अनगिनत घंटे अभ्यास में लगाता है, रोज दो-चार घंटे नियम से रियाज करता है और सात-आठ महीने बाद स्वर पर पूरा अधिकार हो जाने के बाद पहली बार मंच पर आता है जबकि हम अपने पहले 'रियाज' को ही छपने को दे देना चाहते हैं। कला या विधा की अपनी कुछ न्यूनतम जरूरतें होती हैं ! मुझे लगता है नई पीढ़ी के लेखन में सृजनात्मकता भी कम ही होती गई है। आज का लेखक ऐसा शायद इसलिए है कि उसे लगता होगा कि चीजें इतनी तेजी से भाग रही हैं कि वह पीछे छूट जाएगा उनसे।

इस बारे में आप अपने और अपने समय के बारे में कुछ बताएँगे ?

मुझे याद है अपनी पहली रचना लिखने से पहले मैं लगभग साढ़े तीन हजार पृष्ठ लिख चुका था। तीन उपन्यास मेरे पास आज भी हैं, पूरे हैं, पर निहायत रोमांटिक घटिया नॉवेल हैं। हो सकता है एक-आध पर मेहनत करने पर कोई अच्छी चीज तैयार हो जाए। रोमांटिक ही सही, पर मैं उसे अभ्यास का हिस्सा ही माने हुए हूँ।

आपने काफी अरसे से यों भी कुछ नया नहीं लिखा। लिखना रोक दिया आपने ?

मैंने लिखना तो रोका नहीं। हाँ, सात-आठ साल आलोचना की तरफ जरूर मुड़ गया। अब लगता है आलोचना-वालोचना काफी हो गई।...फिर कहानी लिखने में लगा हूँ। मेरे पास एक संपूर्ण उपन्यास और ढाई अधूरे उपन्यास—जिनके दो-दो सौ पृष्ठ लिखे हुए हैं—रखे पड़े हैं। किसी पर भी चार महीने लगाकर (छपने) दे सकता हूँ। कहानियाँ भी लिखी पड़ी

हैं। दो पूरी हैं। पर तय किया है कि जब पाँच लिख लूँगा, तभी पहली को अंतिम स्पर्श दूँगा। यह सही बात है कि काफी समय से लिखा नहीं है तो एक जो विश्वास-आत्मविश्वास—होता है, वह नहीं रह गया है। उसको वापस लाने के लिए अपने को धारा में लाना पड़ेगा। लेकिन, मैं रुका नहीं हूँ, दिशा जरूर बदल गई है।

आप कहते हैं रुक गए, कई लोग कहते हैं कि चुक गए। अब, रुकने को ही चुकना कहते हैं तो जरूर चुक गया। पर आज लिख कौन रहा है ? क्या भारती लिख रहे हैं ? कमलेश्वर लिख रहे हैं ? मार्कंडेय लिख रहे हैं ? करीब-करीब सबकी स्थिति वही है।

आप क्या समझते हैं कि वे आलस्य से नहीं लिख रहे हैं, या क्षमता ही घट गई है ?

कारण सबके व्यक्तिगत हैं। पर ऐसा भी कुछ लगता है कि एक स्तर पर आकर सर्जनात्मकता थोड़ी-बहुत सब की रुक गई है। वह मेरी व्यक्तिगत अक्षमता भी हो सकती है। लेकिन जब एक चीज सारे वातावरण में समान रूप से दिखाई देने लगती है तो लगता है कि इसके कारण कहीं और हैं। क्या हम इतनी ही पूँजी लेकर आए थे ? या सामाजिक स्थितियाँ कहीं रोक देती हैं, प्रेरणाएँ ही खत्म हो गई हैं ? या ऐसा है कि लेखन को तुरंत भुनाने में लग गए—पहले दृष्टि लिखने पर थी और अचानक लिखने की बजाय लिखे हुए को वसूलने पर चली गई, क्योंकि सामाजिक दौड़ ही ऐसी है। कुछ कहा नहीं जा सकता। ये प्रश्न आज मुझे भी परेशान करते हैं। इसलिए और भी कि हमारी सर्जनात्मकता अगर दस-पंद्रह साल रही, पर बाद की पीढ़ी में जो लेखक आए—रवींद्र कालिया हों, गंगाप्रसाद विमल—तो उनकी अवधि तो पाँच साल ही होकर रह गई ! उन्होंने तो अपनी उड़ान ही नहीं शुरू की।

लेकिन यह दो पीढ़ियों में ही हुआ। इससे पहली की पीढ़ी में जो लेखक थे, वे अब तक लिखते रहे, जैसे इलाचंद्र जोशी या अमृतलाल नागर जो आज भी नियमित लिख रहे हैं। आज के लेखकों में अधिकांश रुक, थक या चुक जाते हैं, तो इसका कारण क्या यह भी नहीं है कि जानकारी के स्रोत बढ़ गए हैं, ज्ञान की स्थितियाँ बदल गई हैं और लेखक अपनी बौद्धिकता को बराबर निखारता गया है, पर उस अनुपात में अपनी रचनात्मकता से दूर हटता गया है ?

आपने बहुत सही बात कही है। एक खास स्तर पर यह होता है कि लेखक की बौद्धिक परिपक्वता और उसके रचनात्मक धरातल के बीच ठीक तालमेल नहीं हो पाता। कम से कम अपने बारे में मैं कह सकता हूँ कि ऐसी समस्या मेरे सामने भी रही। मुझे दुनिया भर का साहित्य पढ़कर यह लगा कि लेखक को लिखना चाहिए तो ऐसा लिखना चाहिए, फालतू में घास खोदने से क्या फायदा ! इसी प्रकार लिखी हुई आधी से ज्यादा रचनाएँ निरस्त कर दी जाती हैं।

इलाचंद्र जोशी, यशपाल या अमृतलाल नागर बराबर लिखते रहे तो उसका दूसरा कारण भी था। उनके साथ सुविधा यह थी कि वे एक बीती हुई संस्कृति को मुड़कर बार-बार पीछे देख सकते थे। हम, आजादी के बाद के लोग यह मानते हैं कि हमारे पास उस प्रकार नॉस्टेल्जिया नहीं है। अमृतलाल नागर के लिए ही संभव था कि बात करते हैं तो पाँच हजार साल पहले 'एकदा नैमिषारण्य' में पहुँच जाते थे। पर हम अपनी सांस्कृतिक परंपरा के लिए एक तीव्र अस्वीकार का भाव लेकर आए थे और सोचते थे, हम केवल अपने समय की समस्याओं से जूझेंगे। हो सकता है हमारे पास वह समृद्ध सामग्री नहीं थी। पर यह इच्छा भी प्रबल थी कि हम अपने आसपास की चीजों, अपनी समस्याओं पर, संघर्षों पर लिखना चाहते थे। उन लोगों के लिए तो यह संभव था कि बिना पढ़े, कम पढ़े काम चला सकते थे। परंतु हमारे समय में इतना लिखा गया है, विभिन्न भाषाओं से अनुवाद होकर इतना सामने आया है कि एक अलग प्रकार की चुनौती सामने आई है जो उस पीढ़ी के लेखकों के सामने नहीं थी। हमें सामने आए स्तर को देखना पड़ता है, बराबर नए से नया जानना पड़ता है। भले हमारी चुनौती महाश्वेता देवी होंगी। समरसेट माम या हैमिंग्वे नहीं होंगे, पर परिचित तो सबसे होना पड़ेगा। फिर, हिंदी के सामने यह समस्या सबसे ज्यादा है, भले अनचाहे, पर बँगला में नहीं है, बँगला लेखक लिख सकता है शांति से।

क्या आपको ऐसा लगता है कि हिंदी में इधर जो नया गद्य लिखा जा रहा है, उसमें भाषा के प्रति एक प्रकार की उदासीनता बरती जा रही है। लोग जैसे भूलने लगे हैं कि गद्य में भी कविता की तरह भाषा का एक विशेष अनुशासन होता है, लय होती है। जब कवियों द्वारा रचा जा रहा गद्य पढ़ते हैं तो इस बात का एहसास कुछ अधिक तीव्रता से होता है।

यह बात तो ठीक है कि कवियों द्वारा रचा गया गद्य श्रेष्ठ होता है, क्योंकि उनको शब्द की साधना शुरू से करनी पड़ती है और वे उसके प्रयोग को लेकर अधिक जागरूक होते हैं। लेकिन मैं इस बात से पूरा सहमत नहीं हूँ कि गद्य लिखने वाले उदासीनता बरत रहे हैं। तुलना अगर 'अज्ञेय' से करें तो उन्हीं के स्तर का लेखक चुनना होगा। जैसे रघुवीर सहाय या श्रीकांत वर्मा की बात करें तो आप यह नहीं कह सकते कि निर्मल वर्मा या फणीश्वरनाथ रेणु का गद्य उनसे कमजोर है, जबकि ये दोनों कवि नहीं हैं।

नहीं, मैं नए लेखन की बात कर रहा हूँ। उनमें उदासीनता दीख पड़ती है। आज जो गोष्ठी हमने देखी, क्या एक भी लेखक ने चर्चित कृति की भाषा पर बात की ? जबकि सारी चर्चा एक ही कृति पर केंद्रित थी !

देखिए, भाषा वाली बात थोड़ी साधना से ही आती है। और जिन लेखकों की बात आप करना चाह रहे हैं, उनकी हमने मोटे तौर पर एक-एक, दो-दो कृतियाँ ही देखी हैं। उनका

भाषा वाला व्यक्तित्व दो-तीन रचनाओं के बाद आएगा। यह ठीक है कि किसी की पहली रचना में ही वैसी स्थापना हो जाती है, अब भी एक-आध लेखक उस प्रकार का सामने आ जाता है। पर यह भी सही है कि भाषा के प्रति सामान्यतः एक 'कैजुअल' बर्ताव है जो धीरे-धीरे सुधरेगा। परंतु, एक बात यह भी है, हो सकता है इनमें कुछ को यह भी लगता हो कि उनका यथार्थ इतना ज्वलंत और दबावपूर्ण है कि भाषा-वाषा की नक्काशी की जरूरत ही नहीं है। कहते हैं न कि 'है जवानी खुद जवानी का शृंगार, सादगी गहना जिस्म के लिए !' रचना का कथ्य ही इतना सशक्त और स्वस्थ होता है कि भाषा की चिंता ही नहीं होती।

लेकिन जो माध्यम भाषा का चुना…

उसकी तो जैसा मैंने कहा, साधना करनी पड़ती है, पूरी उम्र लग जाती है। आदमी सौ-पचास किताबें लिखेगा, पचास-साठ साल उसकी दस-बीस रचनाओं में ही आप कहाँ पा लेंगे भाषा ! प्रेमचंद की शुरू की रचनाओं से आप उनकी भाषा तय करें तो गलत होगा। 'गोदान', 'पूस की रात' या 'कफन' में जो भाषा है, वह 'निर्मला' में तो नहीं है। बल्कि 'गबन' आदि में तो बहुत खराब भाषा है।

अभी कुछ दिन पहले डॉ० नामवर सिंह ने कहा कि हिंदी साहित्य में 'कलावाद'—यह उन्हीं का विशेषण है—का खतरा फिर बढ़ने लगा है। जो काम पहले 'अज्ञेय' कर रहे थे, निर्मल वर्मा और अशोक वाजपेयी उसे ही आगे बढ़ा रहे हैं। आपका क्या सोचना है ?

मुझे ऐसा कुछ नहीं लगता। पर देखिए नामवर सिंह के वक्तव्यों को हम बहुत गंभीरता से नहीं लेते। इसकी वजह यह है कि नामवर सिंह निरंतर एक के बाद दूसरी विरोधी बातें अलग-अलग जगहों पर एक ही दिन में कह देते हैं। तीन गोष्ठियों में जाएँगे तो एक मुद्दे पर तीन प्रकार वक्तव्य देंगे। दरअसल, एक समय में नामवर एक 'कॉम्पलेक्स' से ग्रस्त थे, जब वे निर्मल को उछाल रहे थे। निर्मल की प्रशंसा जैसे यह सोचकर की कि विदेशी साहित्य हम तुमसे कम नहीं जानते, इसलिए हम तुम्हारी भी प्रशंसा कर सकते हैं—कुछ इस प्रकार मनोविज्ञान रहा। एक कारण यह भी रहा कि निर्मल तब मार्क्सवादी थे; वे लिखते क्या हैं यह तो पीछे रह गया, मार्क्सवादी हैं तो सब अच्छा ही लिखेंगे, कुछ ऐसा नामवर जी ने माना होगा। निर्मल हमारे बहुत संवेदनशील, सचेत और प्रबुद्ध कलाकारों में हैं। उनसे कोई खतरा इसलिए नहीं लगता कि उनकी बात वहीं तक रहती है, उस बात में वे आयाम नहीं हैं जो अगला आदमी उठाए, जैसे कि प्रेमचंद में थे। प्रसाद से हमें क्या खतरा होगा ?

परंतु निर्मल वर्मा के शिल्प में तो जबरदस्त आकर्षण है।

हाँ, उनकी सारी कहानियाँ बस स्मृतियों से ही तो भरी पड़ी हैं। ये जो यादों के सहारे जीने

वाले लोग हैं उनका एक 'डैड-ऐंड' तो होता ही है। कब तक आप अपनी व्यक्तिगत यादों को दोहराते रहेंगे ? अगर अपने अनुभवों को सामाजिक स्थितियों से जाँचेंगे नहीं, उनसे जोड़ेंगे नहीं तब तक वह अनुभूति प्रामाणिक कैसे होगी ? वह प्रामाणिक तभी होगी जब वह संप्रेषित हो, दूसरे से जुड़ सके। व्यक्तिगत होना प्रामाणिक होना नहीं है। आपको भूत दिखता हो, पर दस और आदमियों को दिखेगा तभी प्रामाणिक बात होगी। आपको ब्रह्म का सहस्रार कमल दिखाई देता है तो दिखाई देता है, मैं क्या करूँ…।

आप जनवादी लेखक संघ के उपाध्यक्ष हैं। जिस प्रकार प्रगतिशील लेखक संघ पर राजनीतिक पार्टी से सीधे जुड़ाव का आरोप है, वही जनवादी संघ पर भी लगता है। इस पर आपका क्या कहना है ? वैसे आप संघ में शामिल क्या विचारकर हुए ?
मेरे जुड़ने का साफ कारण यह है कि मैंने बीस-पच्चीस साल के लेखकीय जीवन में यह बराबर महसूस किया है कि मैं सत्ता के साथ नहीं जुड़ सकता। लेखक को कभी इतना दयनीय होना भी नहीं चाहिए। मेरा खयाल है कि लेखक हमेशा प्रतिष्ठान के खिलाफ रहा है। परंतु, व्यवस्था के अकेले आदमी की लड़ाई, पराजय, आत्महत्या या पलायनवाद होती है। जब-जब अकेला आदमी सत्ता से लड़ेगा, वह टूटेगा। व्यक्ति का दो चीजें साथ देती हैं। थोड़ी देर तक तो भीतर की व्यक्तिगत शक्ति साथ देती है; या फिर कोई दर्शन हो जो इस लड़ाई को चला सके। वही दर्शन आपको दूसरों से जोड़ता है। रोमांटिक प्रकृति के लोगों की कमजोरी या मजबूरी यही थी कि वे व्यवस्था से अकेले लड़ना चाहते थे। जो लड़ सके, निहत्थे लड़े। बाकी पराजित हो गए, पलायन कर गए, संन्यासी हो गए, समझौता कर गए, खत्म हो गए। छायावाद के समय का सारा कथा साहित्य और कविताएँ देख लीजिए। कोई चीज उनको साधने वाली नहीं थी।

लेकिन यह तो आपने भी माना कि अपने में लेखन व्यक्तिगत काम है—अपनी अनुभूतियों, अनुभवों के प्रभाव से रचा जाने वाला काम। उसमें लड़ाई की…
मैं पहले जनवादी संघ की बात पूरी करूँ। मेरा सोचना था कि एक दर्शन की जरूरत है। इस वक्त जितने संगठन हैं, वे सारे मुझे समझौतापरस्त लगते हैं। 'ऑथर्स गिल्ड' है, शुद्ध अवसरवादी, टुच्चे और चमचे किस्म के लेखकों का संगठन है। उसमें भी पत्रकार ज्यादा हैं, लेखक तो शायद एक भी नहीं है। भारतीय लेखक संघ ऐसी विचारधारा से जुड़ा है जो केवल संस्कृति की बात कर सकती है, कोई कार्यक्रम आदि उसके पास नहीं है। प्रगतिशील लेखक संघ है तो वह सत्ता से फायदे उठाने के ही काम करता है। इस समय जो सत्ता के खिलाफ खड़ा होकर आवाज उठा सकता है, वह मेरी नजर में जनवादी लेखक संघ ही है। युवा लोग हैं, सोचने वाले लोग हैं, भले अच्छे लेखक न हों, पर उनके साथ रहकर एक शक्ति, आत्मविश्वास प्राप्त होता है।

मैं मानता हूँ कि लेखन का काम व्यक्तिगत काम है। परंतु उसकी सामाजिक

समस्याएँ भी हैं। एक कारीगर होना व्यक्तिगत कौशल है, कला है। एक यूनियन का सदस्य होने से वह कोई विशिष्ट कारीगर नहीं हो जाता। ऐसे ही संगठन में शामिल होने से आपकी कलात्मक समझ, दृष्टि, विजन या एप्रोच में कोई फर्क पड़ता हो यह मैं नहीं मानता। परंतु लेखक की लड़ाई सामाजिक है। संगठन में वह जिस प्रकार समाज को समझेगा, वह आगे जाकर उसके लेखन में भी धार पैदा करेगा।

यानी वह धार एक राजनीतिक दर्शन–बल्कि पार्टी के दर्शन–को अपनाने से उपजी धार होगी ! जो ऐसा नहीं कर पा रहे होंगे, उनका क्या होगा ?

संगठन में राजनीति इतनी सीधी नहीं होगी कि वह मार्गदर्शन करने लगे। ऐसा होगा तो निश्चय ही गलत होगा। तब लेखन नहीं रह पाएगा। रहा सवाल दूसरों का जो संगठन आदि में नहीं होते, तो उसमें भी मैं गलती नहीं देखता। यह धारणा गलत है कि व्यक्तिगत लिखना, प्रेम-प्रकृति पर लिखना या रोमांटिक चीजें लिखना कहीं पर जन-विरोधी है। जनवादी होने का मतलब यह नहीं कि आप अब किसानों या मजदूरों के संघर्ष को ही लिखते रहेंगे। जब हम विषय तय करने लगते हैं तभी दिक्कत पैदा होती है।

[इतवारी पत्रिका, 1984]

साहित्यकार और ठेकेदार में कुछ तो फर्क करो

आलोक तोमर

[राजेन्द्र यादव के अक्षर प्रकाशन में उस समय अँधेरा था और पंखे गुल थे। पसीने में डूबे हुए वे किसी को फोन पर प्रगतिशील लेखक संघ छोड़कर जनवादी लेखक संघ में आ जाने की सलाह दे रहे थे। (बाद में पता चला कि प्रगतिशील लेखक संघ के अध्यक्ष भीष्म साहनी दूसरे छोर पर थे।)

"यार कोई स्टंट करना चाहिए।" श्री यादव ठहाके मारते हुए साहनी को समझा रहे थे—"तुम 'डिफेक्ट' कर जाओ। कहो तो कल मैं बयान भिजवा देता हूँ। कुछ शगल ही रहेगा।"

फोन खत्म हुआ और बात शुरू होने के कुछ देर बाद बिजली भी आ गई। "लोग मुझसे पूछते हैं कि मैं सरकार का विरोध करता हूँ तो सरकार से बिजली-पानी क्यों लेता हूँ ?" श्री यादव ने पूछा और हँस पड़े।

पूरी बातचीत के दौरान राजेन्द्र यादव आक्रामक नहीं थे—लेकिन एक दोधारा व्यंग्य उनके हर वाक्य में मौजूद था। बातचीत का मुद्दा पुरस्कारों के इर्द-गिर्द रहा, क्योंकि हाल ही में, दिल्ली की हिंदी अकादमी का पुरस्कार ठुकराकर वे विवाद के घेरे में आ गए हैं।]

सबसे पहले कि क्या पुरस्कार पूरी तौर पर त्याज्य है। उन्हें लेने से लेखक को परहेज करना चाहिए ?

देखो, असल में मैं यह कहता हूँ कि लेखक को हर तरह के बाहरी दबाव से मुक्त होना चाहिए। या कम से कम कोशिश तो करनी चाहिए। प्रलोभन से और दबाव से। नौकरी हुई, पुरस्कार हुए, ये आपकी मूल रचनात्मकता को खत्म करते हैं। इसीलिए मैंने कभी कोई नौकरी नहीं की।

आप यह क्यों मानते हैं कि हर नौकरी समझौता होगी या लेखन को प्रभावित करेगी। आपको पैसा मिलता है।

यह उस तरह है नहीं। नौकरी में आप किसी भी एक व्यक्ति के कृतज्ञ होते हैं। उसके प्रति देयता का भाव आप में आ जाता है। यह कृतज्ञता जितनी मूर्त होगी उतनी ही दुःखदायी होगी। आप लिख ही नहीं सकते ठीक से।

नौकरी में कृतज्ञता की बात कहाँ से आ गई, मैं जहाँ नौकरी करता हूँ उसके मालिक के प्रति निष्ठावान हो सकता हूँ, पर कृतज्ञ तो नहीं ?

यह तो प्रैक्टीकल वाली बात है। और फिर लेखन से मिलते-जुलते व्यवसाय वाली नौकरी—जैसे पत्रकारिता और अध्यापन खा जाते हैं—सर्जनात्मकता को। आप नया नहीं कर पाते।

लेकिन मन्नू जी···(मन्नू भंडारी) ?

हाँ, वे कर रही हैं। लिख रही हैं। खैर, उनको छोड़ो। वह क्या बात कर रहे थे पुरस्कार वाली ?

मैं कह रहा था कि यह क्यों माना जाना चाहिए कि पुरस्कार रचनात्मकता के खिलाफ हैं ?

यार मैरिट पर कहीं कोई पुरस्कार मिलता है। मैं रहा हूँ कई पुरस्कारों का जज। तुम जानते नहीं, क्या होता है। एक-एक हजार रुपए के पुरस्कार के लिए लोग दो-दो हजार रुपए खर्च कर जाते हैं हम पर।

और आप करवा लेते हैं ?

हम तो देखते हैं कि ये कितनी दूर जा सकते हैं। पुरस्कार कोई हो तो तमीज का। मैंने अपने दोस्तों को, मोहन राकेश को ही जैसे—पुरस्कारों के लिए कैसी तिकड़में लगाते देखा है। जैसे ठेकेदार लोग ठेका लेने के लिए लगाते हैं ना; बिलकुल कुछ तो वैसे। कुछ तो फर्क होना चाहिए; साहित्यकार और ठेकेदार में ?

लेकिन इसके लिए पुरस्कार देने वालों से ज्यादा उनके लिए कतार लगाने वाले दोषी नहीं हैं ?

यह पचड़ा ही खराब है। मैं तो खैर, 22 साल पहले से पुरस्कार छोड़ता आ रहा हूँ। एक दिन बैठकर जोड़ रहा था तो पता चला कि पौने दो लाख रुपए के पुरस्कार छोड़ चुका होऊँगा। मुझे कोई जरूरत भी नहीं दीखती इस बात की कि पुरस्कार मिले तो लिखूँ। लेकिन अब तक मैंने सारे पुरस्कार सिद्धांततः छोड़े थे। यह (दिल्ली साहित्य अकादमी वाला) पहला पुरस्कार विरोध में छोड़ा था।

पुरस्कार न लेने के पीछे यह तर्क है कि हम इसके बदले कुछ नहीं दे रहे होते हैं। लोग पूछते हैं कि सरकारी पैसे से नफरत है तो क्यों टी०वी०, रेडियो पर जाते हो। वहाँ जाता हूँ तो कुछ लिखता हूँ, तब पैसा लेता हूँ। पर पुरस्कार के पीछे प्रतिभा के सम्मान की कसौटी कहाँ होती है। साहित्य अकादमी पुरस्कार मिलते हैं—फलाँ की उम्र बहुत हो गई उसे दे दो। वह विरोध कर रहा है उसे दे दो। फलाँ की लड़की की शादी है उसे दे दो। क्या मतलब है ? आप पुरस्कार दे रहे हैं, या खैरात बाँट रहे हैं ?

और पुरस्कार देने आते हैं कौन ? राजनेताओं के नाम पर दुनिया भर के बेईमान, तस्कर, लुच्चे-लफंगे, बलात्कारी और लुटेरे। वे हमें बताना चाहते हैं कि हम कैसे लिखें ? एक पुरस्कार के जरिए वे साहित्य को खरीदना चाहते हैं। एक जमाना था जब राजनेताओं से श्रेयस्कर लगता था। तब राजनेता थे भी पढ़े-लिखे। समझदार। अब आप जगन्नाथ, मिश्राओं, पहाड़ियाओं और अंतुलों से पुरस्कार लेने के लिए साहित्यकार बने हों तो दूसरी बात है। मेरा मन नहीं मानता !

यानी आप मानते हैं कि भारत में कोई भी पुरस्कार इस लायक नहीं जो लिया जाए ?
बात का गलत सिरा नहीं पकड़ो। पुरस्कारों और उन्हें पाने वालों की छवि खराब है। सब जानते हैं कि उन्हें कैसे हासिल किया जाता है। कल को मुझे अगर कोई पुरस्कार ऐसा मिलता है—मेरे काम पर, ईमानदारी से। तो भी लोग सोचेंगे कि अच्छा, राजेन्द्र यादव भी तिकड़मी निकला।

तो यह सिद्धांत से ज्यादा अपनी सार्वजनिक छवि का सवाल है। नहीं ?
(सोचते हुए) हाँ, यही है। देखो मैं बताता हूँ। मध्य प्रदेश के एक पुरस्कार का मैं जज था। वहाँ मैंने श्रीलाल शुक्ल की किताब 'मकान' को चुना। बाद में श्रीलाल शुक्ल मिले और बोले कि बगैर कुछ करे मैं कैसे पुरस्कार पा गया, इसी का अचंभा है। वे भरोसा ही नहीं कर पा रहे थे।

राजेन्द्र जी, अब तक आपने जो कहा उससे मेरी समझ में दो बातें आई हैं। एक राजसत्ता का हस्तक्षेप पुरस्कार के रूप में साहित्य को प्रभावित करता है, दूसरे पुरस्कार लेने से इमेज खराब हो जाती है।
राजसत्ता कौन होती है हमें बताने वाली कि हम क्या करें। कुछ नेता हैं जो विद्वान् हैं, जैसे जगजीवनराम, पर सब नहीं। उनके हाथों इनाम ले सकते हैं।

फिर लेखक ही हर बार राजसत्ता को यह सलाहें क्यों देते घूमते हैं कि राजसत्ता को ऐसा करना चाहिए या वैसा। लेखक कौन होते हैं ?
पता नहीं। दूसरे, पुरस्कारों के पीछे नीयत साफ नहीं है वरना हर बार बूढ़ों को पुरस्कार नहीं मिलता। किसी जवान को मिलता। लेकिन अच्छा यह है कि हिंदी में किसी किताब को स्थापित करने में पुरस्कारों का योगदान नहीं रहा। पुरस्कार मिलने से अमृता प्रीतम साहित्यकार हो गईं क्या ? राजसत्ता के साहित्य में हस्तक्षेप से मुझे नफरत है मैं फिर कहता हूँ।

यानी सरकार के पैसे से अगर पुरस्कार मिले और उसे (कोई आपकी नजर में) भला आदमी दे तो आप ले लेंगे।
हाँ, मैं ले लूँगा। पुरस्कार लेने वाले को भी चुनने का अधिकार होना चाहिए।

चाहे वह अंतुले के ट्रस्ट का पैसा हो ?

नहीं, नहीं, इतना तो डिसक्रीशन रखो। इतना मत गिराओ।

अच्छा, अगर आपको ज्ञानपीठ, या कोई बड़ा पुरस्कार मिलता है और पुरस्कार देने इंदिरा गांधी आएँ तो आप ले लेंगे क्या ?

एकदम ले लूँगा।

क्यों, आप तो राजसत्ता के खिलाफ हैं ?

पहले तो उनमें पैसा बहुत है और फिर इंदिरा गांधी ऐसी महिला हैं जो इतिहास में जाएँगी। इतिहास में उनका नाम राजेन्द्र यादव या अन्य किसी भी साहित्यकार से पहले जाएगा। मैं जरूर-जरूर ले लूँगा ऐसे पुरस्कार। उस औरत ने 'हिस्ट्री टर्न' कर दी। ऐसे लोगों की मैं इज्जत करता हूँ। तुगलक को आप कितना भी कहें कि ये मिटा दिया और वह तोड़ दिया पर है तो वह इतिहास में।

[जनसत्ता, 5 अगस्त 1984]

लिखना खुद अपने घाव सहलाना है···

धीरेंद्र अस्थाना

[18 अगस्त, 1985। राजेन्द्र यादव के जन्मदिवस (28 अगस्त, 1929) से दस दिन पहले की तारीख। 103, डी०डी०ए० फ्लैट्स, हौज खास, नई दिल्ली, राजेन्द्र यादव का घर। शाम 4 बजकर 40 मिनट। यादव जी अभी-अभी दोपहर की नींद लेकर उठे हैं। मन्नू भंडारी अपने कमरे में कलकत्ता से आई लेखिका प्रभा खेतान से बतिया रही हैं। इस बातचीत का कार्यक्रम पिछले छह महीने से बनता और बिगड़ता आ रहा है, लेकिन आज लगता है कि यह बातचीत संपन्न हो जाएगी। पौने पाँच पर चाय मन्नू जी के कमरे में लग गई है। मन्नू जी और प्रभा खेतान से बातचीत के दौरान चाय खत्म होती है। मैंने टेपरिकॉर्डर निकाल लिया है और यादव जी को बता रहा हूँ कि 'किन्हीं साहित्यिक बहसों, सिद्धांतों या आपकी रचनाओं पर बातचीत करने नहीं आया हूँ। ऐसी बातचीतें काफी छपी हैं और फिर से इन्हीं पर बात करने का मतलब होता है दोहराव होना। मैं तो एक रचनाकार का अंतर्मन, उसकी पीड़ाएँ, उसका निजी संसार और उसकी चिंताएँ टटोलने आया हूँ। कुछ निजी सवाल भी हैं। ऐसे, जो शायद 'शिष्टाचार' की सीमा में नहीं आते, पर रचनाकार का 'निजी' कुछ नहीं होता, यह आप भी मानते हैं···तो हम शुरू करें ?'

'करो।' यादव जी हँसते हैं और मैं टेपरिकॉर्डर ऑन कर देता हूँ।]

सबसे पहले मैं यह जानना चाहता हूँ कि वह कौन-सा क्षण था, जिसमें आपने बेहद गंभीरता और निष्ठा के साथ तय किया कि आपको सिर्फ लेखक बनना है और कुछ नहीं ?

एक आकांक्षा होती है, अपने को परिचित कराने की, मान्यता दिलाने की, अपने व्यक्तित्व को औरों के जरिए एक विशिष्ट रूप में स्वीकृत कराने की। मूल भावना तो शायद वही रही होगी, लेकिन इस लेखक होने के पीछे मेरे पाँव के एक्सीडेंट का बहुत बड़ा हाथ है। इस एक्सीडेंट की वजह से मुझे लगभग एक वर्ष बिस्तर से बँधकर रहना पड़ा। उस बिस्तर पर बँधे हुए अपने पार जाने के लिए मेरे पास सिर्फ एक कल्पना थी। होता यही है कि आप जितनी ज्यादा घुटन में होते हैं, जितने ज्यादा बंधनों में होते हैं, आपकी कल्पना उतनी ही तीव्र हुआ करती है···

अगर मैं गलती पर नहीं हूँ तो मेरा खयाल है कि बाबू देवकीनंदन खत्री का विशाल उपन्यास 'चंद्रकांता संतति' भी आपने पहली बार उसी दौरान पढ़ा था ?

नहीं, तुम गलती पर नहीं हो, यह सही बात है। उस दौरान और भी बहुत कुछ पढ़ने को मिला। वह जो अपने को 'क्रॉस' करने, अपने पार जा सकने की कोशिश है, उसने मुझे कल्पनाजीवी बनाया और इस कल्पनाजीवी होने ने ही एक ऐसी दुनिया निर्माण करने की प्रेरणा दी, जिससे मैं इतना बँधा हुआ न होऊँ, न शारीरिक रूप से, न मानसिक रूप से। एक तरह से इसी दौरान लिखने का या लेखक होने का हलका-सा निर्णय अपने आप हुआ। इस बीच मैंने कुछ तिलस्मी किस्म की कहानियाँ और उपन्यास लिखे। शायद वह 'चंद्रकांता' का ही असर रहा होगा।

जैसा कि माना जाता है कि आमतौर पर कोई भी व्यक्ति लेखक तब बनता है, जब उसे कोई घनी तकलीफ होती है। उस तकलीफ को व्यक्त करने के लिए या एक तरह से कहें तो उसे उतारकर हलका होने के लिए वह पहले-पहल कलम पकड़ता है। तो आपके संदर्भ में इसे एक्सीडेंट माना जा सकता है ?

हाँ, एक्सीडेंट को इसका एक महत्त्वपूर्ण कारण माना जा सकता है, लेकिन तकलीफ को उतारने या हल्का करने के लिए लेखन नहीं होता। ऐसा नहीं है कि आपके साथ कोई बहुत बड़ी दुर्घटना हो जाए तो आप उसे हलका करने के लिए लेखक हो जाएँ। हाँ, इस दुर्घटना को हम दूसरे से शेयर करके हलके होते हैं। अपनी सोच या तकलीफ को दूसरे से शेयर करने की भावना ही पहले-पहल लेखक को लेखक होने की ओर प्रवृत्त करती है। इस चीज को और विस्तार में देखा जाए तो हम पाते हैं कि जेल में कितनी बढ़िया-बढ़िया चीजें लिखी गई हैं, क्योंकि जेल बाँधकर रखती है।

और आपको बाँधकर रखा एक्सीडेंट ने ? कौन-से सन् की बात कह रहे हैं ?

यह बात होनी चाहिए सन् '40-42 के आसपास की। बहुत कच्ची उम्र थी तब, कभी-कभार मेरे मन में मजाक में यह बात आती है कि अगर मैं अपने इस एक्सीडेंट को गोली-वोली लगने से जोड़ देता तो स्वतंत्रता का हीरो होता, क्योंकि 42 का यही पीरियड है, लेकिन खैर...तो उस वक्त में लिखने की प्रेरणा हुई और लिखते समय यह मानसिक बनावट बनती चली जाती है कि हम वह कर रहे हैं, जो दूसरा नहीं कर सकता।

क्या आप मानते हैं कि लेखक होना विशिष्ट, बल्कि सर्वोच्च होना है ?

विशिष्ट, मैं बिलकुल नहीं मानता। मैं यह भी नहीं मानता कि लेखक को कोई विशिष्ट दर्जा दिया जाना चाहिए। मैं तो यूँ मानता हूँ कि लेखक को एक जासूस की तरह बहुत सामान्य आदमी होकर रहना चाहिए। तभी वह लोगों के बीच घुल-मिल सकेगा और उनके स्तर पर ही बातचीत कर सकेगा। विशिष्ट हो जाने से हमेशा उसके और लोगों के बीच एक दूरी बनी रहेगी। फिर वह उनके पास हमेशा एक दर्शक की मानसिकता से जाएगा।

लेखक का विशिष्ट दीखना या विशिष्ट होना, इन सब चीजों का मैं शुरू से विरोधी हूँ, इसलिए प्रायः तुमने देखा होगा कि किन्हीं भी परिचय में, बातचीत में, मिलने-जुलने में मैं यह आभास नहीं होने देना चाहता कि मैं एक लेखक हूँ और कुछ विशेष करता हूँ।

हम लेखक लोग लेखकों को सर्वोच्च दर्जा देते हैं, समाज में लेखक की हैसियत भले ही क्लर्क से भी गई-गुजरी क्यों न हो। इसके पीछे हमारा मनोविज्ञान क्या है ? क्या लेखक को सर्वोच्च मानने के पीछे यह भाव है कि चूँकि इस वर्ग में हम भी शामिल हैं, इसलिए दूसरे को श्रेष्ठ सिद्ध करने से कहीं हम स्वयं भी श्रेष्ठ सिद्ध होते हैं। कुल मिलाकर यह कोई मनोवैज्ञानिक कुंठा है या वास्तविकता का दबंग स्वीकार ?

लेखक को सर्वोच्च मानने के पीछे एक बहुत बड़ा कारण तो यह है कि जो दूसरे नहीं कर रहे, वह मैं कर रहा हूँ। जैसे एक स्किल्ड वर्कर है। अगर दस आदमियों के बीच में मैं एक बहुत खूबसूरत काम कर रहा हूँ तो अपने को विशिष्ट मानना स्वाभाविक है। दूसरे यह कि बौद्धिक काम को सामान्य कामों से निश्चित रूप से ऊँचा काम समझा जाता है। तीसरा यह कि लेखक सिर्फ बौद्धिकता के धरातल पर ही नहीं, बल्कि एक व्यापक राष्ट्रीय-अंतर्राष्ट्रीय धरातल पर 'मूव' करता है।

इसलिए उसमें विशिष्ट हो जाने का भाव बहुत स्वाभाविक है और उसमें यह भावना पैदा हो जानी भी स्वाभाविक है कि वह भाव और संवेदना की दुनिया में रहने वाला प्राणी है और इस दुनिया में एक अतिथि बनकर आया है। इसलिए अपने लिए एक विशेष तरह का व्यवहार भी चाहता है।

लेकिन वास्तविक जीवन में यह व्यवहार मिलता उसे है नहीं···मिलता नहीं है, इसीलिए कुंठा पैदा होती है। इसीलिए या तो उसके मन में बाकी तमाम लोगों के लिए घृणा पैदा हो जाती है या फिर वह अपने को और विशिष्ट बनाता है और अपने को और विशिष्ट बनाने के लिए वह उस दूरी को, अपने आसपास की खाई को और चौड़ा करता चला जाता है। नतीजा यह होता है कि वह और-और अकेला होता जाता है।

अकेलेपन की बात आई है तो मैं पूछूँ कि जैसा कि आपने स्वयं ही एक जगह लिखा है कि बहुत जीवंत संग-साथ देने वाले अत्यंत लोकप्रिय लोग अक्सर अपने भीतर बहुत अकेले होते हैं। आप लोकप्रिय भी हैं और जीवंत संग-साथ देने को लेकर चर्चित भी। क्या आप भी अपने एकांत में अपने भीतर बहुत अकेले, पीड़ित और अवसाद में डूबे हुए व्यक्ति होते हैं ?

देखो, कोई भी वैचारिक, बौद्धिक या 'एब्सट्रैक्ट आइडियाज' में काम करने वाला आदमी अकेला होगा, यह तय है, क्योंकि ये चीजें आप प्लेटफॉर्म पर बैठकर नहीं करते। यह लेखक का अपना कठघरा है, जिसमें उसे अकेले ही बंद होना पड़ता है। जब मैं अपने

भीतर होऊँगा तब तो अकेला होना मेरी नियति है, वहाँ मेरा चुनाव नहीं है। मैं चाहूँ, तब भी दुकेला नहीं हो सकता।

आपने बात की है रचनाकार के अकेलेपन की। मैं यह जानना चाहता था कि बहुत सारे लोगों के साथ रहते हुए भी, उनमें पत्नी हो सकती है, बच्चे हो सकते हैं, यार-दोस्त हो सकते हैं, तो इन सबके होते हुए भी रचनाकार अपने आपको बेहद अकेला महसूस करता है। इतना अकेला कि जैसे इस पूरी दुनिया में कोई उसका हो ही नहीं ?

इसलिए महसूस करता है, क्योंकि यही उसके व्यक्तित्व का सर्वश्रेष्ठ हिस्सा है। बाहरी व्यवहार की दुनिया तो उसके पूरे व्यक्तित्व का अंश मात्र है। असली तो भीतर ही है। जहाँ वह किसी को आने भी नहीं देना चाहता और कोई आ भी नहीं सकता। नतीजे में उसे यह लगता है कि अपने व्यक्तित्व के एक बहुत बड़े हिस्से के साथ वह अकेला ही रहता है। यह इस तरह की बात है कि एक अँधेरी कोठरी में आपको चौबीस घंटे रहना है और थोड़ी देर के लिए बाहर आ जाएँ तो उस जगह को जहाँ आप रह रहे हैं, उसकी बनावट को बाहर के लोग नहीं समझ पाते। यह अनसमझा होने का अकेलापन है। बाहर का आदमी, अगर वह बहुत संवेदनशील हो तो यह तो महसूस कर सकता है कि आपको तकलीफ क्या है, लेकिन उस तकलीफ का हिस्सा नहीं बन सकता, इसलिए रचनाकार को अकेलेपन की यह नियति भोगनी ही होती है।

ताकत, शक्ति और सफलता में भी आदमी अकेला हो जाता है ?

हाँ, शक्ति और सफलता में भी आदमी अकेला हो जाता है, क्योंकि तब जो भी पास आता है, वह कुछ न कुछ लेने आता है, लेकिन शक्ति या संपन्नता या सफलता का अकेलापन एक दूसरी तरह का अकेलापन है। जैसे एक खूबसूरत औरत को भी अकेलेपन की समस्या होती है। अगर वह सेंसिटिव है तो उसे हमेशा यह लगता है कि जो भी आदमी आया है मेरे पास, वह मेरी खूबसूरती के लिए आया है, मेरे लिए नहीं आया। जिस दिन मैं खूबसूरत नहीं रहूँगी, वह मुझसे विमुख हो जाएगा।

यानी यहाँ पर उस औरत की खूबसूरती ही उसकी प्रतिद्वंद्वी हो जाती है ?

हाँ, प्रतिद्वंद्वी हो जाती है या उसे अकेला बनाए रखने का माध्यम हो जाती है। उस औरत को यह लगता रहता है कि उससे जुड़ने वाला आदमी उसके खूबसूरत नाक-नक्श और उसकी सुंदर देह के लिए आया है। बहुत सारी कहानियाँ लोगों ने इसी विषय पर लिखी हैं कि अगर यह सुंदरता न रहे, तब भी क्या उस आदमी की निकटता बनी रह सकती है। तो यह जो पहचान का गड़बड़झाला है, इसके लिए हम सब तरसते हैं, लेकिन सफल नहीं हो पाते। यह पहचान की तड़प लेखक या विचारक में ज्यादा सघन होती है, क्योंकि जिस गहराई या ऊँचाई पर अपने मन में वह रहता है, वहाँ किसी का प्रवेश ही नहीं हो पाता।

ये जो अकेलेपन की समस्या है, यह लिखने-पढ़ने वालों के साथ ही क्यों है। कभी किसी किसान, मजदूर, या क्लर्क या इंजीनियर के मुँह से नहीं सुना कि वह बहुत अकेला है ?

मैं ऐसा नहीं मानता। हमारे यहाँ का जो भारतीय दर्शन है, उसकी अगर बात करें तो हर आदमी यह सोचता है कि न कोई भाई है, न बहन है। सब मतलब के साथी हैं। कोई साथ नहीं देगा। यह अकेलापन ही तो है। इसे तुम आध्यात्मिक अकेलापन कह सकते हो। हर आदमी अपने आत्म-साक्षात्कार के क्षणों में यह कहता हुआ पाया जाएगा कि भइया, कोई किसी का नहीं। सब मतलब की दुनिया है। तो मेरा खयाल है, यह सोचना सही नहीं है कि मजदूर या क्लर्क अकेला नहीं है। वे भी अकेले हैं लेकिन अपनी तरह।

मुझे ऐसा लगता है कि अगर उनके यहाँ अकेलापन है भी तो शायद उसका भी बोध उनके बजाय हमें ही है। उन लोगों के यहाँ यह बोध उतना तीव्र नहीं है, जितना तीव्र हम महसूस करते हैं।

अगर तीव्र नहीं है तो क्यों बहुत से लोग आत्महत्या कर लेते हैं, क्यों संन्यासी बन जाते हैं, क्यों घर छोड़कर चले जाते हैं ? जिन क्षणों में ऐसा होता है, उन क्षणों में वे हमारी अपेक्षा ज्यादा संवेदनशील होते हैं इस मामले में। असल बात यह है कि हम चूँकि विश्लेषण करते हैं, इसलिए वे सब काम नहीं कर पाते, जो वे करते हैं। मामला चाहे घर छोड़ने का हो या आत्महत्या का, अकेलेपन को भोगने के बावजूद हम यह सब नहीं करते, क्योंकि हम विश्लेषण कर सृजनात्मक ढंग से उसका उपयोग कर लेते हैं।

अगर आपकी बात सही है तो जो लेखक आत्महत्या कर लेते हैं, क्या वे विश्लेषण नहीं कर पाते ?

शायद न कर पाते हों। शायद वह उन पर जरूरत से ज्यादा भारी हो जाता हो, भई यह तो छुरे की धार पर चलना है। आप जरा-सा चूक जाते हैं तो छुरा काट देता है।

थोड़ा-सा बात को मोड़ दें और अकेलेपन की समस्या को व्याख्यायित और विश्लेषित करने वाली 'नई कहानी' की तरफ ले आएँ। नई कहानी की आप लोगों की त्रयी (राजेन्द्र यादव, कमलेश्वर, मोहन राकेश) बहुत मशहूर रही है, लेकिन उसके बाद कोई भी तिकड़ी इतनी मशहूर न हो सकी, हालाँकि कोशिशें बहुत हुईं। मैं यह जानना चाह रहा था कि अगर आप इस त्रयी में न होते, तब भी क्या इतने ही लोकप्रिय होते, जितने हैं ? इससे जुड़ा हुआ दूसरा सवाल है कि त्रयी ने आपको क्या दिया—लोकप्रियता, समझदारी या बदनामी ?

पहली बात तो यह कि हमारे बाद कोई त्रयी क्यों न बन सकी। क्योंकि इतिहास में एक बार जो घटना हो गई, उसको उसी तरह से 'रिपीट' करने की कोशिश होती है तो वह 'ट्रेजिडी' बनती है। स्थितियों का कुछ इस तरह से संयोग होता है कि कुछ लोग आपस

में जुड़ जाते हैं। हम लोगों में शायद यह हुआ, समान तरह की कहानियाँ लिखने की वजह से या समान तरह के लगावों की वजह से। हम तीनों निम्न मध्यवर्ग से आए थे और हममें बहुत-सी बातें समान थीं। मैं व्यक्तिगत रूप से महसूस करता हूँ कि इस नई त्रयी ने हम तीनों को सृजनशील बनाए रखा। आज हम सब जिस रचनात्मक माहौल के लिए तरसते हैं, वह रचनात्मक माहौल हम तीनों एक-दूसरे के लिए संभव बनाते थे। हमने एक-दूसरे की चुनौती में कहानियाँ लिखीं। यह उसका बहुत ही सकारात्मक बिंदु है। रात के दो-दो बजे तक हम कहानियों पर बात करते थे। यह चीज हमें कहीं न कहीं हमेशा एक सृजनात्मकता के मानसिक माहौल में रखती थी। कुछ व्यक्तिगत भावनाएँ भी थीं, कमजो रेयाँ भी थीं। असफलताएँ भी थीं। कुछ अपने-अपने समीकरण, कुंठाएँ और महत्त्वाकांक्षाएँ भी थीं और जो बिखराव आया, वह इन्हीं चीजों के कारण आया।

इस बिखराव का क्या कारण रहा ? एक जगह मोहन राकेश ने लिखा है कि साहित्यिक दोस्तियाँ बहुत दिनों तक चल नहीं पातीं क्योंकि दोस्ती के इस काल में दोस्त लोग एक-दूसरे की अच्छाइयों को ही नहीं, टुच्चेपन और नंगेपन को भी जान लेते हैं। इसलिए यह दोस्तियाँ दूर तक चल नहीं पातीं, क्या आप लोगों के बीच में हुए बिखराव का भी यही कारण है ?

इस बिखराव का कारण यह नहीं है। असल में लिखने के क्षेत्र में हमेशा एक खास किस्म की 'सुपीरियारिटी' और 'जैलेसी' होती है, जो एक हद तक ही सहनीय होती है। एक हद के बाद असहनीय हो जाती है। टूटने की बात तब आती है, जब चार आदमी जो साथ-साथ चल रहे हैं, उनमें से एक आदमी अचानक सबका इस्तेमाल करने लगे। हम तीनों में से सिर्फ राकेश ही था, जो प्राध्यापक था, उसने अपने विद्यार्थियों के बीच एक खास किस्म का 'एटीच्यूड' अपनाया। उसके मन में यह 'कॉम्प्लेक्स' था कि वह विद्यार्थियों की एक बड़ी क्लास तक को सँभाल सकता है। इसी चीज का जब उसने हमारे बीच प्रयोग करना चाहा तो हम बिखर गए, क्योंकि हम विद्यार्थी नहीं थे। राकेश हमारे लिए उस तरह सुपीरियर नहीं हो सकता था, जिस तरह रवींद्र कालिया या और लोगों के लिए था। वह हमारे बराबर का था, हम उसे गालियाँ दे सकते थे, वह हमें देता था। वह मेरे कमरे में आकर रोता था और हम उसके कमरे में जाकर रोते थे, लेकिन जब उसने अचानक बिना दूसरों की परवाह किए लीडर होना चाहा तो···

इसका मतलब इस बिखराव का मूल कारण मोहन राकेश को मानना चाहिए ?
राकेश नहीं, उसकी महत्त्वाकांक्षा।

इस महत्त्वाकांक्षा की जानकारी तो आपको बिखराव के बाद ही हुई होगी ?
नहीं, उस समय भी थी। मैं उसकी बहुत सारी चीजों की अंदरूनी स्थितियों को जानता था और उसके नाटक को भी। वह सब उसका नाटक ही था, जब वह भावुक होकर कहता

था कि तू ही मेरा अकेला दोस्त है, तू ही मेरा अकेला साथी है। मैं जिस दुनिया में रहता था, वह भी उसी दुनिया में रहता था। मैं चीजों को जानता था, वह जानकर इस्तेमाल करता था, यही फर्क है।

पिछले दिनों राकेश की डायरी छपकर आई है। एक जगह उसने आपको टुच्चा आदमी कहा है। जिस व्यक्ति के साथ आप एक लंबे अर्से तक जुड़े रहे और उस जुड़े रहने के दौरान ही वह अपनी डायरी में आपके बारे में इस तरह के विचार दर्ज करता रहा। इन विचारों को जानकर आपको सदमा पहुँचा, झुँझलाहट हुई या आपने उसे क्षमा कर दिया ?

नहीं, क्षमा नहीं किया। इससे सिर्फ हुआ यह कि मैं उसके बारे में जो सोचता था, वह उसकी डायरी से 'कन्फर्म' हुआ। उसकी कलम से अपने लिए टुच्चा शब्द पढ़कर मुझे जरा भी सदमा नहीं पहुँचा। मुझे लगा कि उस सीरीज का मैं भी एक पार्ट हूँ, जहाँ उसने अपने अंतरंग और घनिष्ठ दोस्तों से एक-एक कर संबंध काट लिए थे। अपनी डायरी में उसने जिन दस लोगों को टुच्चा कहकर याद किया है, वे ही उसके सबसे निकट के लोग थे।

जब भी कोई आपसे बात करता है तो कमलेश्वर और राकेश की चर्चा जरूर आ जाती है। इनके इस तरह बीच में आ जाने से आपको कभी झुँझलाहट नहीं होती ?

हाँ, होती है, और इसलिए होती है कि अब ये चर्चाएँ रचनात्मक योगदान के स्तर पर और रचनात्मकता के सकारात्मक पक्ष पर होने की बजाय उनके टुच्चेपन या बेईमानी पर होती हैं। जब उन लोगों की बदमाशी से मुझको भी जोड़ने की कोशिश की जाती है तो बहुत झुँझलाहट होती है। आखिर इस दोस्ती का कोई सकारात्मक पक्ष भी तो रहा होगा। रचनात्मक वातावरण बनाने में, साहित्य लिखने में कहीं कुछ अच्छा भी तो किया है इस दोस्ती ने। उसकी चर्चा क्यों नहीं होती? हमेशा ऋणात्मक पक्षों को लेकर बात होती है और मजबूर किया जाता है कि आप भी उसके साथ जुड़िए। गिरिराज किशोर जैसे लोगों का यह रवैया कि ये-ये बदमाशियाँ उन्होंने कीं और इसमें तुम भी शामिल थे। आप क्यों उनके साथ मुझे जोड़ते हैं ? अगर मैं उनकी तरह का होता तो जो-जो उन्होंने पाया, वह मैं भी पाता। मुझे लगा, यह रास्ता मेरा नहीं है, मैंने छोड़ दिया। कुछ नहीं पाया। कमलेश्वर ने भी तो सफलता के वही रास्ते अपनाए, बल्कि उनसे ज्यादा 'क्रूड'। जो चीजें राकेश ने खूबसूरती से इस्तेमाल कीं, वही कमलेश्वर ने बेशर्म होकर।

आप लेखन के प्रति बहुत दूर तक प्रतिबद्ध माने जाते हैं, लेकिन इधर आपकी प्रतिबद्धताओं में विचलन आया दीखता है ?

वह कैसे भई ?

वह ऐसे कि एक जमाने में जो शख्स सब कुछ भूलकर साहित्य से चिपका रहता था, वह अब गंभीर से गंभीर बात या किताब बीच में छोड़कर 'हम लोग' जैसा कोई टी०वी० सीरियल या तीसरे दर्जे की कोई फिल्म देखने में ज्यादा दिलचस्पी लेता है। क्या यह अपना सामना न कर पाने की परिणति है ?

देखो, एक बात बताऊँ, मेरे लिखने और पढ़ने में शुरू से एक चीज है। अगर मुझे सॉलबेलो अच्छा लगता है तो यह जो हलका और बाजारू साहित्य है, यह भी मुझे अच्छा लगता है अगर मैं 'पूर्वग्रह' और 'साक्षात्कार' पढ़ता हूँ तो मनोहर कहानियाँ भी बहुत चाव से पढ़ता हूँ। माफिया के ऊपर मैंने 8-10 किताबें बहुत उत्साह से पढ़ीं।

टी०वी० को हम चाहे कितना ही नकार दें, लेकिन हमारे पूरे देश की मानसिकता को यह माध्यम कहीं न कहीं बहुत गहराई में जाकर बदलने जा रहा है, इसलिए हम इसकी उपेक्षा नहीं कर सकते।

लेकिन फ्रांस की सुप्रसिद्ध लेखिका नथाली सरात का मानना है कि टी०वी० जितना तेजी से आया है, उतनी ही तेजी से चला जाएगा।

देखो, ये बहुत आशावादी बातें हैं। यह तो बिलकुल इस तरह की बात है कि एक आदमी जिसने बहुत पैसा कमा लिया है, 10-20-50 साल में साला वापस गरीबी में आएगा। हो सकता है टी०वी० चला जाए, लेकिन हमारे पूरे जीने के ढंग और सोच को बदलकर गया तो क्या फायदा ! हमें कहीं न कहीं उसका सामना तो करना ही पड़ेगा।

लेकिन ऐसा भी नहीं है कि इस 'विजुअल वर्ल्ड' ने 'रिटेन वर्ल्ड' पर कब्जा कर लिया हो वहाँ।

इसलिए नहीं किया कि वहाँ पड़ने की परंपरा और साक्षरता का प्रतिशत हमसे काफी ज्यादा है। अपने यहाँ खतरा है, क्योंकि पढ़ने की परंपरा और साक्षरता नहीं है ! तो, यहाँ के जनमानस को यह 'विजुअल वर्ल्ड' पकड़ लेगा।

लेकिन जिन लोगों को इस 'विजुअल वर्ल्ड' ने अपने यहाँ पकड़ा हुआ है, वे तो पहले भी नहीं पढ़ते थे और अब भी नहीं पढ़ रहे हैं।

देखो, विजुअल के प्रभाव को कम करके आँकना सिर्फ टी०वी० को कम करके आँकना नहीं है। थियेटर, नाटक, सिनेमा, टी०वी० इन सबको कम करके आँकना नहीं है। ऐसा बिलकुल नहीं होगा कि इस माध्यम का प्रभाव कम से कमतर होता चला जाएगा। हो सकता है दस-बीस या पचास साल बाद चीजें स्थिर हो जाएँ, उसके बाद यह इतना प्रभावकारी न रहे, लेकिन अभी तो यह बहुत प्रभावशाली माध्यम है।

मेरा इस बात से मतभेद नहीं है। मेरा कहना यह था कि इसे हम बहुत सहज रूप में भी तो ले सकते हैं। ऐसा तो नहीं है कि अगर 'हम लोग' या 'ये जो है जिंदगी' न देखें तो एक बहुत महान् अनुभव से वंचित रह जाएँगे या हमारे साथ कोई बड़ी ट्रेजिडी घट जाएगी।

नहीं, ट्रेजिडी बिलकुल नहीं होगी, लेकिन अगर हम उससे आँखें फेर लें तो इससे उसका प्रभाव कम नहीं हो जाएगा।

आँखें फेरने की बात कहाँ से आ गई। मेरा कहना यह है कि अगर देखने को मिला तो देख लिया और नहीं मिला तो ऐसी भी क्या बेचैनी जैसी आपको होने लगती है। इन तमाम सीरियल्स में ऐसा तो कुछ भी नहीं है, जो हमारे भीतर कुछ जोड़ता हो; मेरा मतलब यह था कि काफ्का या दोस्तोयव्स्की को पढ़ रहे हैं और किसी सीरियल का वक्त हो गया है तो सीरियल देखना जरूरी है या किताब पढ़ते रहना ?

तुम बात को अति की ओर ले जा रहे हो, लेकिन यह सही है कि अगर हम लोग बैठे हैं और 'हम लोग' या 'रजनी' या 'दर्पण' आ रहा है तो मैं उसे देखूँगा। साहित्य मेरा कन्सर्न है, साहित्य के दूसरे माध्यम को देखूँ तो बुरा क्या है।

ठीक है, देखिए और आप भी लिखिए। अपन बात को मोड़ देते हैं। यह जो आप नए से नए लेखकों के साथ आत्मीय हो जाते हैं, यह आपकी कोई चरित्रगत विशेषता है या लोगों के बीच में अपने आपको लोकप्रिय बनाने का एक जरिया ?

नए से नए लेखक की बात नहीं है। मैं चाहे जहाँ रहूँ, वह घर हो, दफ्तर हो या थर्ड क्लास का डिब्बा; मुझे लोगों के बीच रहना, उनसे बातचीत करना, उनसे समान धरातल पर व्यवहार करना अच्छा लगता है। यह मेरी व्यक्तिगत जरूरत है। जो लोग ऐसा नहीं कर पाते उनको लेकर मेरे मन में यह आशंका रहती है कि उनके भीतर कोई न कोई ऐसी कमजोरी है, जिसको लेकर वे भयभीत रहते हैं कि अगर वे लोगों के नजदीक गए तो शायद 'एक्सपोज' हो जाएँगे। उनकी महानता भी खत्म हो जाएगी, दूरी बनाए रखने की भावना के पीछे मुझे यही मनोविज्ञान दिखाई देता है।

यह जो 'एक इंच मुस्कान' की नायिका अमला है, इससे वास्तविक जीवन में आपका संबंध कब तक रहा ?

अमला अगर एक भावनात्मक लगाव का पर्याय हो···

अगर नहीं, वास्तविक जीवन में···उसका जैसा मांसल और ठोस वर्णन इस उपन्यास में हुआ है, उससे जाहिर होता है कि वास्तविक जीवन में अमला 'एग्जिस्ट' करती है ?

निश्चित रूप से 'एग्जिस्ट' करती है और उससे मेरा संबंध लगभग दो दशक तक तो चला ही।

मन्नू जी से जुड़ जाने के बाद भी ?

मन्नू जी से जुड़ जाने के बाद प्रायः समाप्त होने लगा था।

कारण ?

इसके दो कारण थे। वैसे यार, यह इतना व्यक्तिगत सवाल क्यों उछाल रहे हो ? लेकिन अगर जानना ही चाहते हो तो एक कारण तो यह हो सकता है कि मन्नू जी से जुड़ जाने के बाद उसकी मुझमें रुचि कम हो गई हो और उसने दूसरे रास्ते तलाश कर लिए हों।

जब आपके अमला के साथ इतने निकट के संबंध थे तो आप मन्नू जी के प्रति क्यों आकर्षित हुए ?

हो सकता है वह मेरी संपूर्ण मानसिक और रचनात्मक जरूरत को पूरा न कर पाती हो, वह दुनियादारी से बाहर निकलकर एक प्रेरणा के स्रोत की तरह काम नहीं कर सकती होगी, जिदंगी के साथ जुड़कर नहीं कर सकती होगी…

मन्नू जी से विवाह करने के पीछे क्या यह भी सहज आकर्षण रहा कि वे भी लेखिका हैं ?

यह भी मुख्य रूप से एक कारण था। जिस आजादी की तलाश की बात मेरे दिमाग में शुरू से थी और जिस तरह की विशेष जीवन पद्धति मैं अपने लिए सोचता था, उसकी बेहतर समझ मन्नू में थी।

इसका मतलब यह हुआ कि आपकी रचनात्मकता में मन्नू जी के कारण विकास हुआ है ?

इसके दो पक्ष हैं, एक मन्नू के लेखिका होने का और एक गृहिणी होने का। उसके लेखिका होने के कारण मेरी रचनात्मकता का विकास हुआ, लेकिन उसके गृहिणी पक्ष ने रचनात्मकता को दबाया भी।

क्या आपको लगता है कि आपका दांपत्य जीवन उन लेखकों की अपेक्षा ज्यादा सामंजस्यपूर्ण और भरा-पूरा है, जिनकी पत्नियाँ लेखक नहीं हैं ?

हाँ, तुमने और अनेक लोगों ने बिना सूचना दिए घर आकर देखा है कि हम दोनों में प्रायः झगड़ा नहीं होता। एक खास किस्म का सामंजस्य आ गया है।

आपको मालूम है कि आपका यह वक्तव्य आने वाले नए लेखकों को इस बात के लिए लालायित करेगा कि उनकी भी पत्नियाँ लेखक हों ?

नहीं, उन्हें लालायित नहीं होना चाहिए, क्योंकि पत्नी को लेखिका नहीं होना चाहिए। जो पत्नी लेखिका नहीं होती, उसे लगता है कि उसका पति कोई महान् कार्य कर रहा है, जिसके कारण वह बड़ी छूट देती है, बड़ा लिहाज करती है और पति की ओर विशेष ध्यान

देती है। लेकिन अगर पति और पत्नी दोनों लेखक हों तो पति चूँकि लेखन के महत्त्व को समझता है, इसलिए वह पत्नी के लेखन की अनुकूल स्थितियाँ बनाने में लगा रहता है। नतीजे में होता यह है कि घर-गृहस्थी बिगड़ने लगती है। एक ही प्रोफेशन के लोगों में हमेशा यह होता है कि एक आदमी ज्यादा महत्त्वपूर्ण हो जाता है।

आपकी बात से यह निष्कर्ष निकलता है कि पत्नी को एक तरह से नर्स जैसा होना चाहिए ?

देखो, मेरे जवाब से भाई लोग बिदक जाएँगे और कहेंगे यह सामंतवादी मानसिकता है, पर होना तो वही चाहिए, जो रेणु को मिला। रेणु की पत्नी भी तो नर्स थी और लेखक की पत्नी के लिए नर्स होना बहुत जरूरी है।

कोई ऐसा भी बिंदु होता है, जहाँ रचनाकार पत्नी या गैर-रचनाकार पत्नी का फर्क मिट जाता है। मतलब लेखिका पत्नी भी उसी तरह 'रिएक्ट' करे जिस तरह गैर-लेखिका पत्नी करती है ?

अगर आप किसी और लड़की की तरफ आकर्षित हों तो रचनाकार पत्नी की भी वही प्रतिक्रिया होगी, जो आम पत्नी की होती है। क्योंकि वहाँ पत्नी रचनाकार या गैर-रचनाकार नहीं रह जाती, वहाँ सिर्फ पत्नी रह जाती है, जिसके अधिकारों पर हस्तक्षेप हो रहा है या घर-गृहस्थी की दूसरी जरूरतों में भी ऐसा ही होता है। मसलन नल में पानी न आए तो मन्नू भी उसी तरह चिंतित होगी, जैसे कोई भी औरत हो सकती है। थोड़ी-थोड़ी देर बाद आकर झुंझलाएगी कि पानी नहीं है। यानी महिलाओं का यह जो तरीका है न कि पति को थोड़ी-थोड़ी देर बाद भौतिक आवश्यकताओं के लिए कोंचते रहना चाहिए, वह सब में होता है, चाहे वह लेखिका हो या न हो।

या लेखक पति की आदतों को लेकर, लेखिका होने के बावजूद उसी तरह झुंझलाना जैसे आम पत्नी झुँझलाती है ?

बिलकुल-बिलकुल। अब अगर आप रात को 12 बजे चार दोस्तों को लेकर घर आ रहे हैं तो इसमें जो परेशानी होती है, उसमें लेखिका क्या करेगी ?

लेकिन उसमें यह समझदारी तो होती है कि इस आदमी को मैंने अपनी इच्छा से चुना है, यह जानते हुए कि इसकी आदतें क्या हैं ? तो फिर तनाव क्यों ?

ऐसा कौन सोचता है, देखो एक बात मान लो, पत्नी सिर्फ पत्नी होती है।

आपको अपना सबसे प्रिय उपन्यास कौन-सा लगता है ?

मेरा प्रिय उपन्यास 'मंत्रविद्ध' है। उसका कारण है कि उसमें मानव-स्वभाव की जितनी जटिलताएँ, अंतर्विरोध या शेड्स मैं पकड़ पाया हूँ, उतना किसी और उपन्यास में नहीं।

ऐसा उपन्यास आपको कौन-सा लगता है, जिसमें आप असफल हो गए हों ?
'शह और मात'।

लेकिन 'शह और मात' तो पाठकों में सबसे ज्यादा पसंद है, 'मंत्रविद्ध' से भी ज्यादा। अच्छा इसका क्या कारण है कि जो रचना लेखक को पसंद होती है, अकसर वही पाठकों को उतनी पसंद नहीं होती और जिस रचना को लेकर पाठक बहुत उत्साही होते हैं, वह लेखक को अपनी कमजोर रचना लगती है। यह अक्सर सभी लेखकों के साथ होता है। इसका क्या कारण हो सकता है ?
अब मैं इसे व्याख्यायित तो नहीं कर सकता, लेकिन सच है कि ऐसा होता जरूर है। जैसे विलियम फॉकनर को अपना जो उपन्यास सबसे कम पसंद था, वह था 'सेंचुरी' और उसे उसने एक फिल्म स्क्रिप्ट की तरह लिखा था लेकिन पाठकों के बीच वही सबसे ज्यादा लोकप्रिय हुआ और वही फॉकनर का सबसे ज्यादा पढ़ा जाने वाला उपन्यास है। शायद इसे इस तरह सोच सकते हैं कि लेखक को अपनी जिस रचना से बहुज ज्यादा अपेक्षाएँ होती हैं, और वे पूरी न हों तो हो सकता है कि वह पाठकों के स्तर पर ज्यादा समझ में आने वाला या प्रभावशाली हो जैसे स्वयं मेरा उपन्यास 'मंत्रविद्ध' सबसे कम प्रशंसित उपन्यास है। शायद इसीलिए कि मेरे हिसाब से वह बहुत अच्छा है और मैंने उसमें कुछ ऐसे बारीक काम किए हैं, जिन्हें पाठक मेरे स्तर पर आकर पकड़ नहीं पाए।

ऐसा माना जाता है कि राकेश और कमलेश्वर के यहाँ संवेदना प्रमुख है, जबकि आपके यहाँ बौद्धिकता। इसका क्या कारण हो सकता है ?
पहली बात तो यह कि मैं इस बात से सहमत नहीं हूँ कि मेरी रचनाओं में संवेदना का तत्त्व कम है। कमलेश्वर के यहाँ, जिसे तुम संवेदना कह रहे हो, वह भावुकता है। राकेश में संवेदना और उस बौद्धिकता का, जिसका आरोप तुम मेरे ऊपर लगा रहे हो, संतुलन है, लेकिन अगर तुम्हें लगता ही है कि मेरे यहाँ बौद्धिकता अधिक है तो इसका कारण शायद अब तक का पढ़ना-लिखना हो सकता है।

ये जो ज्यादा पढ़ना है, वह रचनात्मकता की सेहत के लिए नुकसानदेह नहीं है क्या ?
इसके दो पहलू हैं। एक तरह के लेखक वे हैं, जो कहते हैं कि हम दूसरों की चीजें पढ़ते हैं तो इससे हमारी मौलिकता में कमी आती है। मुझे लगता है कि आज की दुनिया में यह सोच चल नहीं सकती। जिस तरह कोई देश अपने आप अकेले विकसित नहीं हो सकता, उसी तरह साहित्य भी अध्ययन के बिना पनप नहीं सकता। तुम इसी से देख लो कि दुनिया में पढ़े-लिखे लेखक तो बहुत हैं, लेकिन अनपढ़ लेखक नहीं हैं। यह जरूर है कि कभी-कभी अपने ऊपर कुछ दूसरे लेखक हावी हो जाते हैं, लेकिन लिखते समय उनका प्रभाव इसलिए नहीं पड़ता, क्योंकि जो कुछ हम पढ़ते हैं वह हमारे संस्कार में जुड़ जाता है। हम उसे पचा लेते हैं।

एक बार आपने कहा था कि लेखन को अपनी स्वतंत्रता बनाए रखने के लिए आमदनी के निजी स्रोत ढूँढ़ने चाहिए। आपने स्वयं भी निजी स्रोत के तौर पर नौकरी न करके 'अक्षर प्रकाशन' खोल लिया। लेकिन देखा यह गया है कि प्रकाशन नौकरी से ज्यादा जटिल, थका देने वाला और तनावपूर्ण काम है। तो यह जो पिछले कई वर्षों से आप रचनात्मक स्तर पर खामोश हैं, इसमें अक्षर का योगदान कितना है ?

सारा अक्षर का ही योगदान है। मैंने इसे खोला था यह सोचकर कि इससे मेरी स्वतंत्रता का दायरा बड़ा होगा और यह मेरी प्रकृति के अनुकूल भी था, लेकिन दिक्कत यह हुई कि मैं यह भूल गया कि जिन दबावों से मैं बचना चाह रहा हूँ, वह प्रकाशन में भी हैं, क्योंकि प्रकाशन भी इसी सिस्टम का हिस्सा है।

बहुत सारे लेखक हैं, जिन्हें विवादास्पद माना जाता है। मसलन राजकमल चौधरी, मोहन राकेश, जगदीश चतुर्वेदी वगैरह-वगैरह, लेकिन आपको विवादास्पद नहीं विवादप्रिय माना जाता है। तो इस विवादप्रियता के पीछे कहीं यह भाव तो नहीं है कि आप लगातार चर्चा में बने रहें ?

पहले विवादास्पद को समझ लो। विवादास्पद उसे कहते हैं, जिसके एक कार्य और दूसरे कार्य के बीच का अंतर समझना मुश्किल हो। ऐसा 'कंट्राडिक्शन' जिसके पीछे कोई सूत्र न हो, तर्क न हो। ये जो नाम तुमने लिए, इनमें मुझे लगता है, राकेश फिट नहीं होता। उसमें अपने आपसे लड़ने की प्रक्रिया दिखाई देती है। यह प्रक्रिया राजकमल चौधरी जैसे लेखकों में नहीं है। जहाँ तक मेरे विवादप्रिय होने का सवाल है तो मुझे लगता है कि जिस वातावरण में हम रह रहे हैं, वहाँ विवादप्रिय हो जाना बड़ा आसान है। इस वातावरण में हम लोग सच नहीं बोलते, इसलिए अगर आपने वही बोल दिया जो आप महसूस करते हैं तो आसानी से विवादप्रिय कह दिए जा सकते हैं। यह जो राजनीति आई है, पूरे व्यवहार में, कि क्या बोलना है, कहाँ बोलना है, क्यों बोलना है, कैसे बोलना है, नहीं बोलना है, इसमें सच को बोल देना आपको विवादप्रिय बना देगा। मैं यह नहीं कहता कि आप हर जगह बेलिहाज होकर बोलते चले जाएँ, लेकिन जहाँ सच को सच कहना जरूरी है, वहाँ तो आपको बोलना ही होगा न। अब मसलन मैं यह कहूँ कि नामवर सिंह कंट्राडिक्शन के शिकार हैं, सुविधापरस्त आदमी हैं तो यह विवादास्पद हो ही जाएगा, लेकिन सवाल यह है कि अगर नामवर से यह बात मैं नहीं कहूँगा तो कौन कहेगा। अगर मैं अपने किसी दोस्त को उल्लू का पट्ठा कहता हूँ तो वह मैं ही तो कह सकता हूँ, आखिर दूसरा आदमी तो नहीं कह सकता। तो यह सच को सच कहना ही सारे विवाद की जड़ है।

आप कहना चाहते हैं कि आपने आज तक जितने भी लोगों के बारे में टिप्पणियाँ की हैं, उनके पीछे किसी किस्म का व्यक्तिगत राग-द्वेष नहीं है ?

हाँ, मैंने बिना व्यक्तिगत ईर्ष्या के बातें की हैं। दिक्कत यह है कि जब तक संबंध अच्छे रहे तब तक लोग मेरी टिप्पणियों को स्वस्थ मन से लेते रहे और कहते रहे कि राजेन्द्र बहुत

साफ और सही बोलता है, लेकिन जब संबंध खराब हो गए, तो उन्हीं टिप्पणियों में उन्हें ईर्ष्या दिखाई देने लगी।

कहानी के बारे में आपकी परिभाषा यह रही है कि 'लगातार अपरिभाषित रहकर निरंतर नए होते जाने की प्रक्रिया ही नई कहानी है।' लेकिन इन दिनों आप जनवादी लेखक संघ के उपाध्यक्ष बने हुए हैं। जनवादी लेखक संघ के ही लोगों ने आप लोगों के लेखन को प्रगतिशील जीवन-मूल्यों को कुतरने वाला लेखन माना था। तो यह जो राष्ट्रीय उपाध्यक्षता आपने स्वीकार की है, वह काहे के लिए ?
उन्होंने बना लिया, इसलिए बन गए। (ठहाका लगाते हुए) जनवादी लेखक संघ की नीतियाँ अपने ज्यादा करीब लगती हैं, लेकिन इसका मतलब यह नहीं है कि जनवाद के नाम पर जो फॉर्मूलेबाज लेखन आ रहा है, मैं उससे सहमत हूँ, यह सरासर गलत है। विचार तो सूरज है, उसकी रोशनी में आपको चीजें दिखाई देती हैं, लेकिन सिर्फ सूरज को ही देखते रहेंगे तो अंधे हो जाएँगे। मेरे उन लोगों से जुड़ने का कारण यह है कि लोग व्यवस्था-विरोधी हैं।

जब से आप उपाध्यक्ष हुए हैं, तब से आपकी रचनाओं में भी जनवादी तत्त्व खोजे जाने लगे हैं।
जनवादी तत्त्व तो आज भी खोजे जा रहे हैं। आज भी उनके लिए भैरवप्रसाद गुप्त, मार्कंडेय वगैरह जनवादी लेखक हैं यानी ग्रामीण कथा का जो पुराना हैंग-ओवर है, वह अभी भी कायम है।

लोगों का कहना है कि आप चुक गए हैं…
मुझे नहीं लगता कि ऐसा है। मुझे तो यह लगता है कि अभी बहुत कुछ लिखा जाना बाकी है। यह घोषणा नहीं है, मुझे सचमुच लगता है कि अभी मुझे काफी कुछ लिखना है। चीजों को और संबंधों को देखने की जो एक खास परिपक्व दृष्टि होती है, वह मुझे लगता है, मेरे भीतर अब ज्यादा सघन हुई है और अब मैं ज्यादा सही ढंग से लिख सकता हूँ और लिखने के अवसर तलाश करता रहता हूँ।

आप पिछले पाँच सालों से कह रहे हैं कि मैं पाँच कहानियों पर काम कर रहा हूँ, लेकिन वे कहानियाँ देखीं नहीं किसी ने आज तक ?
वे पाँचों कहानियाँ लिखी गई हैं और मेरे पास हैं, लेकिन चूँकि मैं उनसे अभी संतुष्ट नहीं हूँ, इसलिए अभी उन्हें छपने नहीं दिया है।

संतुष्ट क्यों नहीं हैं ? कहीं ऐसा तो नहीं कि आपने अब तक जो कुछ लिखा है, वह आपके सामने प्रतिमान बनकर खड़ा हो और आप उसे क्रॉस न कर पा रहे हों ?
'60 से पहले वाली तो नहीं। लेकिन उसके बाद की कुछ रचनाओं के साथ ऐसा है। अब

यह कॉम्प्लेक्स तो है ही कि इतने दिनों बाद लिख रहे हैं तो चीज ऐसी जरूर होनी चाहिए, जो पिछली रचनाओं से आगे हो। अगर आगे नहीं है तो फिर मेरे लिखने से क्या फायदा ?

अकसर देखा गया है कि मन्नू जी की रचनाओं को लेकर आप इतने मुखर होते हैं कि कई बार ऐसा लगने लगता है कि जैसे आप उनके प्रचार सचिव हो गए हों। इसे उलट मन्नू जी के साथ ऐसा बिलकुल नहीं है। कहीं यह अपने से भागना तो नहीं है ?

देखो तुम्हारा इतने दिनों का साथ है मेरे साथ और तुमने यह पाया होगा कि अपनी रचनाओं के बारे में बोलने का उत्साह मुझमें नहीं रहता है। मन्नू भी अपनी रचनाओं के बारे में बात नहीं करती, यह एक स्वभाव बन गया है। मुझे लगता है कि मन्नू के लिखने में मैं कहीं एक सहायक जैसा रहा हूँ। जैसे जिसे आप बनाते हैं, उसकी तारीफ कुछ ज्यादा ही करने लगते हैं। मैं इससे इंकार नहीं करता। हो सकता है मन्नू की प्रशंसा करके मैं उसकी शख्सियत को शेयर करता होऊँ। चूँकि हम दोनों में से कोई नहीं बोलता है और मुझे यह भी लगता है कि जरूरत पड़ने पर भी न बोलना एक गलती है। इसलिए मैं मन्नू के बारे में बोल देता हूँ। हालाँकि मन्नू मुझे रोकती है, पर यह शिकायत तो तुम्हें संजीव को लेकर भी होनी चाहिए। मैं उसकी भी तो बहुत तारीफ करता हूँ। वह शायद इसीलिए कि उसे मैंने बनाया है।

एक बेहद निजी सवाल पूछने के लिए माफ करें। अपने एकांत क्षणों में क्या कभी आपको यह तकलीफ सालती है कि काश ! मेरे एक बेटा होता, जो मेरे बाद मेरे साहित्य का वारिस होता···

बिलकुल नहीं होता, इसलिए नहीं होता कि शुरू से ही इस तरह के संस्कार नहीं हैं। हाँ, कभी-कभी ऐसा जरूर लगता है कि अगर मैं न रहा तो ये जो तमाम बिखरी चीजें हैं, उन सबको कौन समेटेगा। क्या होगा उनका ! आज से ठीक दस दिन बाद मेरी उम्र का एक साल और बढ़ जाएगा। 50 वर्ष की उम्र के बाद हर भारतीय इंसान को तैयार रहना चाहिए कि किसी भी वक्त बुलावा आ जाएगा, पर अगर ऐसा हो गया तो बेटा इन सब चीजों को समेट लेगा, इस बात को मैं नहीं मानता, अब जैसे हमारे बाप अस्पताल में अकेले मरे और हम आगरे में पढ़ते रहे। हम अपने बाप के बुढ़ापे में उनके काम नहीं आए और हमारे बाप अपने बाप के काम नहीं आए।

जब से रचना की शादी हो गई है, तब से आपका और मन्नू जी का अकेलापन काफी बढ़ गया होगा ?

देखो, यह अकेलापन आज के हर आदमी को भुगतना पड़ता है। आज का जो समाज है उसमें इस अकेलेपन से आप बच नहीं सकते। मानसिक रूप से तो अकेले रहने का यह

अभ्यास हम लोग आरंभ से ही करते रहते हैं, क्योंकि हर आदमी अपनी-अपनी दुनिया में डूबा हुआ है। अगर वह आपके साथ हो, तो भी आप अकेले ही होते हैं।

क्या आप व्यक्तिगत डायरी भी लिखते हैं ?

लिखता हूँ, लेकिन केवल अपने लिए, छपने के लिए नहीं, क्योंकि वे आत्मभर्त्सना की डायरियाँ हैं। मेरी याददाश्त कमजोर है। मुझे चीजें अकसर याद नहीं रहतीं, इसलिए अपनी डायरियों में मैंने बहुत सारी चीजें तो अपनी याद के लिए लिखीं। ये करीब-करीब पर्सनल नोट्स हैं। इनमें कुछ संदर्भ ऐसे हैं, जो विभिन्न लोगों से जुड़े हुए हैं और जिन्हें मैं नहीं चाहूँगा उजागर करना।

पर आपके बाद तो ये छप ही जाएँगी…

नहीं, मरने से पहले मैं उन्हें नष्ट कर जाऊँगा।

आपके बहुत सारे समकालीन और आपके बाद आने वाले भी ढेर सारे लेखक विदेश यात्राएँ कर चुके हैं, जबकि आप आज तक मॉरीशस से आगे नहीं जा पाए। आप क्या समझते हैं कि आपमें ऐसी कौन-सी 'योग्यता' का अभाव है, जिसके कारण आप बाहर नहीं जा सके ?

मैं लगभग बीस वर्षों से दिल्ली में हूँ और अपने को इतना असामाजिक नहीं मानता कि मेरे कोई परिचित या मित्र न हों, बल्कि कुछ ज्यादा ही हैं। तुम जानते हो, मेरे पास न कोई ऐसी शक्ति या पद है, जिससे किसी को नुकसान या लाभ पहुँचा सकूँ और न ही इतना पैसा कि अवसरों को खरीद सकूँ। इस मामले में सौभाग्यशाली हूँ कि हर मौके पर मित्रों ने ही मेरी मदद की। मैं महसूस करता हूँ कि दिल्ली जैसे महानगर की आपाधापी में कुछ लक्ष्मण रेखा बनाए बिना आप या तो बिखर जाएँगे या खो जाएँगे। हर चीज में राजनीति है और साहित्यकार जब भी राजनीति में जाएगा तो उसका दर्जा हमेशा चमचे के आसपास ही होगा—भले ही वह अपने को सोने का चमचा समझता रहे। इसलिए बहुत-सी ऐसी सुख-सुविधाएँ सुलभ होने पर भी मैंने 'ना' कहने की कोशिश की है। मैं समझता हूँ कि जो लेखक जिस हद तक इंकार कर सकता है, वह उसी अनुपात में अपने को स्वतंत्र भी रख सकता है। निर्णय ले सकने या चुनाव की यह चेतना ही हमें लेखक के रूप में दूसरों से विशिष्ट बनाती है—लिखने से भी ज्यादा। मैं यह नहीं कहता कि जिंदगी में मुझे कुछ नहीं चाहिए। कहूँगा तो झूठ होगा। मगर कोशिश यही है कि अपनी शर्तों और सुविधा के अनुसार वह सब लूँ, जो मुझे चाहिए। इसलिए गर्व से कहता हूँ कि जो कुछ भौतिक सुख-सुविधाओं के नाम पर दिल्ली के किसी भी लेखक ने पाया है, मैं वही सब कर सकता था, और पा सकता था। विदेश यात्राएँ तो उसका बहुत छोटा-सा हिस्सा हैं, लेकिन यही तय किया है कि लूँगा अपने ढंग से, वरना कौन-सी ऐसी चीज है, जो किसी न किसी शक्तिशाली के साथ जुड़कर नहीं पाई जा सकती ? तुम चाहो तो कह लो कि पाने के लिए

जिस प्रकार की योग्यताओं की जरूरत है वह मुझमें नहीं है। इस बात को हलकी-सी शेखी से कहूँगा। सत्ता-राजनीति के साथ चीजें पाना एक तरह की हवाई यात्रा है—दूरियाँ पलक झपकते ही तय होती हैं और आदमी देखते ही देखते 30 हजार फुट की ऊँचाई पर उड़ने लगता है। मगर उस जगह होने वाली दुर्घटना भी उतनी ही भयानक होती हैं। हड्डी-पसली नहीं बचती, वहाँ से। अपने अनेक मित्रों को देखने का अवसर मुझे मिला है। कल तक उस ऊँचाई पर कमलेश्वर थे, अब श्रीकांत हैं। तकलीफ तभी होती है, जब सूक्ष्म से सूक्ष्म स्थितियों का विश्लेषण करने वाले लेखक अपनी औकात भुलाकर उनकी भाषा बोलने लगते हैं, जिनके वह खुद चमचे हैं। एक बुद्धिजीवी की कितनी बड़ी ट्रेजिडी है कि वह अपनी बात न कहकर 'मालिकों' की बातें कहे, जो खुद झूठ है। मैं तो यही चाहता हूँ कि चमचा होने और 'मुनादीकार' बनने से जब तक बचा रह सकूँ, रहूँ। खैर, मनुष्य हूँ और कभी भी कोई कमजोरी हावी हो सकती है। संतोष यही रहेगा कि इन सबके बीच में रहकर लंबे वक्त तक मैंने 'ना' का संकल्प बनाए रखा।

पुरस्कार भी आपको नहीं मिले ?

पुरस्कारों के बारे में स्थिति लगभग यही है। ऐसे ही लेना होता तो कलकत्ता में मैं 10 वर्ष रहा हूँ। वहाँ क्या कम पैसा था ? पुरस्कार सम्मान से मिलेगा और उसी उद्देश्य से मिलेगा, जिसके लिए घोषित है तो शायद एक बार लेने की बात सोच लूँ। मगर होता यह है कि बड़े से बड़ा लेखक उन सत्ताधारियों के सामने झुककर भिक्षा की तरह ग्रहण करता है, जो पद पर न होते तो शायद उनसे बात करना पसंद न करता। प्रगतिशील लेखक संघ से मेरा यही मतभेद रहा है कि स्वतंत्र संगठन को अपने समारोह या गोष्ठी में राजनेता को बुलाने की जरूरत क्यों हो ? सही है कि अगर कोई साहित्यकार संयोग से राजनेता हो तो इसी कारण अपनी गोष्ठियों में उसका बहिष्कार नहीं किया जाना चाहिए। मगर अचानक उसके साहित्यकार होने का पता तभी क्यों लगता है, जब वह मंत्री या मुख्यमंत्री हो जाता है। पद पर न रहने के बाद वह 'साहित्यकार' कहाँ गायब हो जाता है ? आज क्यों नहीं गोष्ठियों वाले अटल बिहारी वाजपेयी, आडवाणी, शांताकुमार या इसी तरह के लोगों को अपने समारोहों का अध्यक्ष बनाते ? और अगर वह सिर्फ पद को ही यह सम्मान दे रहे हैं तो फिर चुनाव की जरूरत नहीं है। मुख्यमंत्री चाहे भजनलाल, अंतुले, जगन्नाथ मिश्र हों या डॉ० कर्णसिंह, डॉ० विश्वनाथ प्रताप सिंह और डॉ० नूरुल हसन—उन्हें तो समान भाव से सिर्फ मुख्यमंत्रियों और पदाधिकारियों को बुलाना चाहिए। पुरस्कारों की यह स्थिति और पीछे की राजनीति, दोनों ही मुझे वीभत्स लगते हैं।

तो क्या आप समझते हैं, जो पुरस्कार मिल रहे हैं, वे लेखक को लेखक की शर्तों पर नहीं मिल रहे हैं ?

दो-एक हों तो हों, वरना मुझे ऐसे पुरस्कारों की जानकारी कम है, जो लेखक को लेखकीय शर्तों पर मिले हैं।

अगर आपको एक अच्छे लेखक और एक अच्छे इंसान, इन दो में से किसी एक का चुनाव करना हो तो आप किसे चुनेंगे ?

क्या यह जरूरी है कि अच्छा लेखक और अच्छा इंसान दो विरोधी ध्रुवों पर स्थित होने के लिए अभिशप्त हैं ? सबसे पहले अच्छे इंसान की परिभाषा करनी होगी। हम पूजा-पाठ, धर्म-नियम को मानने वाले इंसान को अच्छा इंसान कहेंगे या मानवीय करुणा और संवेदना वाले व्यक्ति को ? अकसर देखा यह गया है कि अच्छा लेखक अपने जीवन की सारी करुणा और संवेदना लिखने में उँडेल देता है और खुद इन चीजों से खाली हो जाता है। यह लेखक होने की ट्रेजिडी है कि वह अपनी संवेदना अपने साथियों में नहीं, पात्रों में खर्च कर दे। लेखक के रूप में हम अच्छे इंसान की कल्पना करके उम्मीद करते हैं कि लोग हमारे बनाए इस आदर्श को स्वीकार करेंगे और खुद ऐसा नहीं कर पाते। यह विचार और व्यवहार की दूरी है···मुझे नहीं मालूम, टॉलस्टॉय इंसान के रूप में कैसा था, पति तो वह बहुत ही खराब था। मगर उसे पढ़कर भीतर से यही लगता है कि वह किसी भी स्थिति में बुरा इंसान नहीं हो सकता। चुनना ही हो तो मैं स्वामी करपात्री के मुकाबले गालिब को चुनूँगा—तुम्हें पता है, वह कतई अच्छा इंसान नहीं था। मगर क्या तुम्हारी चुनाव की शर्तें काले-सफेद में से एक को चुन लेने जैसी ही कटी-छँटी नहीं हैं ?

क्या आप यह मानते हैं कि साहित्य में 'संपूर्ण अस्वीकार' जैसा विचार घातक है, अगर हाँ तो जो लोग मार्क्सवादी नजरिए से कुछ लेखकों को पतनशील सिद्ध करके साहित्य को देश से ही निकाल देना चाहते हैं, वे क्या कर रहे हैं ? इस बारे में आपका क्या नजरिया है ? मसलन 'द स्टोरी ऑफ ओ' किताब को जिस नजर से आप देखते हैं, उससे जरूरी नहीं है कि आज के मार्क्सवादी भी सहमत हों।

मुझे नहीं मालूम कि संपूर्ण अस्वीकार से तुम्हारा क्या अर्थ है ? अस्वीकार, किस चीज को स्वीकार करने के लिए ? क्या उसके लिए पहले से कोई ऐसी कसौटी आपके पास है, जिसके आधार पर अप्रासंगिक और फालतू को आप स्वीकार करते हैं ? स्वीकार और अस्वीकार के चुनाव के पीछे कोई विवेक तो होता ही है न, उसे भी अक्सर जाँचते रहने की जरूरत पड़ती है। मैं मानता हूँ कि मनुष्य का कोई भी अनुभव, लेखन के लिए फालतू और व्यर्थ नहीं है। हाँ, उसे किसी बड़े संदर्भ के साथ जोड़कर देखने की जरूरत है। यही हमारी क्षमता और दृष्टि है। जिंदगी में ही देखिए, जो कल तक कूड़ा और कचरा माना जाता था, उसी को वैज्ञानिक प्रक्रिया से गुजारकर ऊर्जा और उपयोगी रसायन तैयार कर लिए जाते हैं, वापस समाज के उपयोग के लिए। यह दृष्टि साहित्य में क्यों नहीं आ सकती ? क्यों नहीं हम सारे अनुभवों को, जिन्हें कूड़ा-कचरा या विकृति कहा जाता है, एक वैज्ञानिक दृष्टि या प्रक्रिया में लाकर फिर जीवन से जोड़ते ? हो सकता है, अपनी नकारात्मक शक्ति के कारण ही वह हमारे लिए बहुत ही उपयोगी फर्टीलाइजर बन जाए। 'स्टोरी ऑफ ओ' पर जो लेख मैंने लिखा है, वह इसी दिशा में एक कोशिश है। साहित्य

में अनुभवों और कथ्य को लेकर छुआछूत, बचना-हटना का दौर अब गुजर जाना चाहिए। अगर मार्क्सवाद एक संपूर्ण और व्यापक दर्शन है तो उसे सिर्फ यही नहीं बताना होगा कि क्यों कोई चीज विकृत, पलायनवादी, इत्यादि-इत्यादि है बल्कि अपने ढंग से उसकी व्याख्या और शोध करके वापस उसे जीवन की मूलधारा के साथ जोड़ने की दृष्टि भी देनी होगी। उस सबको कूड़ा समझकर सड़ाँध पैदा करने के लिए छोड़ना दूसरी तरह का पलायनवाद है या उसे सिर्फ जला डालना और नष्ट कर देना, शुद्धतावादी फासीवाद है।

आपकी एक किताब है 'औरों के बहाने', जिसमें आपने रांगेय राघव, मोहन राकेश, अमरकांत, कृष्णा सोबती आदि-आदि बहुत-से रचनाकारों के रचनाकार और व्यक्ति का मूल्यांकन किया है। यह मूल्यांकन आत्मीय भी है और तटस्थ भी। बेबाक भी है और बहुआयामी भी। एक तरीके से इस किताब को इस बात का प्रतिमान माना जाता है कि किसी रचनाकार का पूरी समग्रता में मूल्यांकन किस प्रकार होता है, लेकिन इसके उलट कितने आश्चर्य की बात है कि जैसा मूल्यांकन आपने लोगों का किया है, इस तरह का एक भी मूल्यांकन आपका अब तक किसी ने नहीं किया और अगर किया है तो मैं उसके बारे में जानना चाहूँगा। दूसरे यह कि क्या आपको यह लगता है कि मूल्यांकन करने की जो सामर्थ्य होती है, वह आपके अलावा और किसी में नहीं है, इसलिए ऐसा हुआ या इसके पीछे कुछ और कारण हैं ?

'औरों के बहाने' पर तुम्हारी यह राय काफी उत्साहवर्धक है, मेरा इस तरह का मूल्यांकन नहीं हुआ, उसके लिए मैं क्या कर सकता हूँ ? हाँ, यह शिकायत मुझे जरूर है कि अभी तक अपने ऊपर मैंने एक भी समीक्षा ऐसी नहीं देखी, जहाँ लगे कि गहराई में जाकर बात की गई है। शायद मैं ऐसा लेखक हूँ, जिस पर चलते-चलते कुछ भी नहीं लिखा जा सकता, या जो एक विशेष क्षमता की माँग करता है।

आपने नए लेखकों को जितना अधिक पढ़ा है, उतना शायद कोई नहीं पढ़ पाया, इसलिए नए लेखन के बारे में आपकी राय महत्त्वपूर्ण और सार्थक हो सकती है। यह जो नई रचनाशीलता है, उसको लेकर आप क्या सोचते हैं ? क्या आपको लगता है कि नए लेखकों में कुछ दमखम है या केवल ढोल है, जो बज रहा है ?

जहाँ तक नई पीढ़ी का सवाल है, उसे लेकर मेरे अपने 'रिजर्वेशन' हैं। अपने से पहले किसी भी लेखक को संपूर्णता से पढ़ने-समझने और आत्मसात करने के लिए जिस धैर्य की जरूरत होती है, वह शायद अभी इस पीढ़ी में नहीं है। वह लिखने, जमने और मान्यता प्राप्त करने की बेहद हड़बड़ी में है, लेकिन मेरी धारणा है कि दुनिया के हर बड़े साहित्यकार ने अपने से पहले वालों की रचनाओं का बार-बार अपने ढंग से मूल्यांकन किया है और सोच के नए आयाम उद्घाटित किए हैं। यह परंपरा कविता के क्षेत्र में कहानी से ज्यादा है। वहाँ आज भी राम की शक्तिपूजा, कामायनी, असाध्य वीणा या अँधेरे में—जैसी

रचनाओं का बराबर मूल्यांकन होता है। आप अपने को किस परंपरा से जोड़ रहे हैं, यह आपका चुनाव हो सकता है, लेकिन बिना परंपरा के साहित्य लिख पाना मुश्किल है। नई पीढ़ी के लेखकों में कितनों ने गोदान, सुनीता, दादा कामरेड, देशद्रोही और शेखर जैसी रचनाओं के पुनः मूल्यांकन की कोशिश की है ? विजयदेवनारायण साही 'पद्मावत' का मूल्यांकन कर सकते हैं, नामवर सिंह छायावाद को समझा सकते हैं, क्या तुम्हारी पीढ़ी ने कहानी-उपन्यास को अपने ढंग से परिभाषित-विश्लेषित करने की कोशिश की है, मूल्यों की स्थापना की दृष्टि से किसी समकालीन की रचनाओं की पड़ताल की है ?

हर अच्छे लेखन में समर्थ परंपराओं की ध्वनियाँ होती हैं। वह नए लेखन में मुझे नहीं सुनाई पड़तीं। रूस के लेखकों को पढ़ें तो आपको जगह-जगह पुश्किन, टॉलस्टॉय, दोस्तोयव्स्की, तुर्गनेव, चेखव तक की आहटें सुनाई पड़ती हैं। क्या सोल्जेनित्सिन के बिना दोस्तोयव्स्की को समझा जा सकता है ? बँगला साहित्य में रवींद्र और बंकिम की अनुगूँजें हर जगह मिलती हैं। क्या नई पीढ़ी के लेखकों में तुम्हें ऐसा लगता है कि अपने से पहले के किसी भी साहित्य का सार्थक नकार और स्वीकार है ? क्या आज के किसी भी युवा लेखक को खयाल रहता है कि उससे पहले वालों ने उसी अनुभव को कैसे कथारूप दिया है ? पति, पत्नी और प्रेमी के त्रिकोण के किसी भी हिस्से को उठाते हुए मेरे खून में जैनेंद्र, यशपाल ही नहीं, टॉलस्टॉय, रवींद्र या और भी न जाने कितने लेखक कुलबुलाते हैं, एक स्तर पर मुझे उनसे बचना, या बच न पाने की मजबूरी को भी जीना होता है। अपने अनुभव के प्रति ईमानदार और संवेदनशील बने रहने के साथ, ये पिछली अनुगूँजें उसे 'पर्सपेक्टिव' और अर्शवत्ता देती हैं, इन्हें अपनी संवेदना का हिस्सा बनाना होता है और उसे ही साहित्यिक संस्कार कहते हैं, इसलिए कभी-कभी कहने को मन करता है कि हम संस्कारशून्य लेखन के दौर से गुजर रहे हैं, इसलिए वह कभी-कभी एक आयामी पत्रकारिता का भ्रम देता है, डे-टुडे लिविंग की तरह सब कुछ उसी दिन के साथ धुल-पुँछ जाने वाला।

साहित्य की प्रसिद्ध कृतियों पर फिल्में शुरू से बनती आ रही हैं, लेकिन अकसर लेखक और निर्देशक में इसे लेकर विवाद हो जाता है कि निर्देशक ने रचना को इतना ज्यादा तोड़ा-मरोड़ा और बाजारू बनाया कि उसकी आत्मा ही जाती रही। आपको क्या लगता है कि फिल्म निर्माण के दौरान कोई निर्देशक किस हद तक छूट ले ? जाहिर है कि अगर वह व्यावसायिक स्तर पर किसी कृति को फिल्मा रहा है तो यह रिस्क तो उठा नहीं सकता कि रचना को जस का तस रख दे।

साहित्यिक कृतियों पर बनने वाली फिल्मों को लेकर विवाद बहुत पुराना है और अकसर ही प्रायः लेखक को अपने फिल्म निर्माता से शिकायत रहती है। लेकिन यहाँ कुछ बातें ध्यान में रखने की जरूरत है। जहाँ यह सही है कि लिखे हुए शब्दों को जब सेल्युलाइड की चित्रभाषा में अनुवादित किया जाता है तो निश्चय ही कुछ परिवर्तन करने पड़ते हैं, जो

बात लेखक ने कही है, वही अगर फिल्म निर्माता अपनी भाषा में कहता है तो किसी को भी आपत्ति नहीं हो सकती। ज्यादा से ज्यादा आप कह सकते हैं कि अच्छी तरह कहा है या बुरी तरह, इधर अब बहुत ही प्रबुद्ध किस्म के निर्देशक आ रहे हैं, जिनकी पृष्ठभूमि साहित्य और सिनेमा दोनों की है। इसलिए कुछ अच्छी फिल्में देखने को मिलने लगी हैं। लेकिन जहाँ परिवर्तन व्यावसायिक फॉर्मूलेबाजी, जनता की कुरुचियों और बने-बनाए प्रसंगों या घटिया लोगों के बीच फिल्म को सफल करने के लिए किए जाते हैं तो क्षोभ होता है, देखना यह है कि निर्देशक की अपनी समझ और क्षमता क्या है ? वह परिवर्तन किसलिए कर रहा है ? सत्यजित रे, मृणाल सेन या श्याम बेनेगल जब किसी कृति पर फिल्म की दृष्टि से परिवर्तन करते हैं तो रचना इंटर-प्रेटेशन का मुद्दा सामने होता है, यह विवाद का विषय हो सकता है। घटिया फिल्म निर्देशक जब बाजारू फार्मूले के लिए परिवर्तन करता है तो वहाँ निश्चय ही विरोध किया जाना चाहिए।

इधर टी०वी० फिल्मों के आने से एक नया क्षेत्र दिखाई देता है। यहाँ सफलता के लिए बाजारू लटकेबाजियों की जरूरत इसलिए नहीं है कि आगे जाकर न तो फिल्म को बेचना है और न हरदिल अजीज बनाकर जनता के हर क्षेत्र से आह और वाह लूटनी है। पूर्वी यूरोप की फिल्मी दुनिया की फिल्में सर्वश्रेष्ठ इसीलिए हैं कि वहाँ फिल्म बनाने के बाद निर्देशक या निर्माता को बाजार में बेचने के लिए नहीं घूमना पड़ता, यानी वहाँ पूँजीवादी प्रतियोगिता नहीं है। व्यवसाय के क्षेत्र में फिल्मों द्वारा दिए जाने वाले बिजनेस ही श्रेष्ठता की एकमात्र कसौटी हैं। टी०वी० की इस सुविधा के बावजूद अगर हमारे निर्माता श्रेष्ठ कलात्मक और संप्रेषणीय फिल्में नहीं बना पाते तो यह उनकी अपनी क्षमताओं और अयोग्यताओं या अशिक्षा का ही परिणाम होगा। इस समय सारा साहित्य उनके सामने खुला पड़ा है और अगर वे चाहें तो साहित्य की श्रेष्ठ कृतियों को चुनकर अपनी प्रतिभा और विधा का कमाल दिखा सकते हैं।

आपने अनेक फंतासियाँ लिखी हैं। क्या आज के समय में जब जनता के पास तक साहित्य को ले जाने का शोर मच रहा हो, फंतासी अप्रासंगिक हो गई है या इस शोर से अप्रभावित आप भी मुक्तिबोध की तरह यह मानते हैं कि साहित्य जनता के बारे में होता है, जनता के लिए नहीं, मतलब जनता के साहित्य का अर्थ यह नहीं कि वह जनता को तुरंत समझ में भी आ जाए।

फंतासियों को लेकर तुम्हारा यह प्रश्न मुझे विस्मय में डालता है। पुरानी लोक-कथाएँ, रूप-कथाएँ क्या मूलतः फंतासियाँ नहीं हैं और क्या वह जनता में सबसे अधिक स्वीकृत नहीं हैं ? जब किसी कुत्ते और सियार को लेकर कोई कहानी बृहद् कथा मंजरी या 'कथा-सरित्सागर' में लिखी जाती है तो वह क्या सिर्फ कुत्ते या बिल्ली की कहानी है ? उनके द्वारा कोई गहरा मानवीय अनुभव नहीं कहा जाता ? जातकों की कथा में जब बुद्ध बंदर, हाथी या भालू बनते हैं और असंभव लगने वाली कहानियाँ सुनाई जाती हैं तो उनके

द्वारा वह अपने जीवनानुभवों को ही व्यक्त नहीं करतीं ? मैं तो यह कहूँगा कि भारतीय साहित्य और भारतीय लोकमानस में फंतासियों की जैसी स्वीकृति है, उतनी शायद ही दुनिया के किसी भाग में हो ?

फंतासियों में इस्तेमाल की जाने वाली सामग्री महत्त्वपूर्ण नहीं होती, पीछे के कथ्य और अनुभव महत्त्वपूर्ण होते हैं। काफ्का और औरवेल उसी अनुभव को कहते हैं। इस रूप के द्वारा कहानी को देशकाल या भौतिक कार्यकरण की संगति से हटाकर अपने ही संसार की सृष्टि की जाती है, बात को ज्यादा सीधे और नुकीले ढंग से कहा जाता है। अनुभवों के स्तर से गुजरते हुए या संबंधों और संदर्भों की रासायनिक प्रक्रिया से पाया गया सत्य भी तो वहीं ले जाता है ? कभी-कभी मैं सोचता हूँ कि शायद किसी भी प्रबुद्ध लेखक का सारा लेखन एक तरह की रूपकथा है और चाहे 'दो बैलों' की कहानी लिखे या 'पंच परमेश्वर' की, मूलतः इस्तेमाल वह सामग्री को अपनी बात कहने के लिए ही करता है। यानी इस अर्थ में वह कहीं फंतासी या एलिगरी ही है। कभी यह हमारे आसपास के तर्कों से परिचालित होती है तो कभी खुद अपने गढ़े तर्कों से, इसलिए मैं फंतासी को यथार्थ कथा के विलोम या विरोध में नहीं, बल्कि साथ रखना पसंद करूँगा। असगर वजाहत, पंकज बिष्ट, या तुम और तुम्हारे साथी अपनी ही ऐसी अनुभूति को अधिक प्रभावशाली बनाने के लिए कुछ प्रयोग करते रहे हैं। तुम्हें एक-दूसरे के खिलाफ या विरोध में क्यों देखा जाए ? यहाँ किसी को बड़ा-छोटा करके देखना गलत होगा, क्योंकि अभी तुम लोगों के सामने बहुत संभावनाएँ पड़ी हैं। इसलिए मैं कहता हूँ कि तुम लोग हमारे मुकाबले ज्यादा समृद्ध और संभावनाशील हो।

इन 55 वर्षों में आपको अपने अस्तित्व की क्या सार्थकता अनुभव हुई ?

55 वर्षों के जीवन में इस रूप में कभी नहीं सोचा कि अस्तित्व की सार्थकता और निरर्थकता रही है। हाँ, यह जरूर लगता है कि उम्र और अनुभव बढ़ने से बचपन का वह विस्मय-विमुग्ध भाव लुप्त हो गया है, जो संसार को सुंदर और आकर्षक बनाता था। लगने लगा कि जिन बातों को हम अद्वितीय विलक्षण समझकर दुख और आनंद से भर उठते थे, वे अब साधारण लगती हैं और उनके पीछे एक निश्चित पैटर्न है, एक कलाकार में बच्चे जैसा उत्सुक अबोध भाव जरूरी होता है, जहाँ वह सुंदर और कुरूप के प्रश्न पहले उघाड़ता है और उपलब्धि से अपने आपको समृद्ध करता है। मुझे तो महसूस होता है कि अरे, जिस जीवन को हम अपने ढंग से अपना कहकर जीते चले आए हैं, वह तो एक विशेष बने-बनाए पैटर्न में ही परिचालित होता रहा है...बाकी सब लोगों की तरह साधारण और सामान्य, यानी कि कॉमन होने का यह भाव अपनी विशिष्टता के प्रति संदेह जगाता है। चाहो तो मोटे रूप में भ्रम-भंग की प्रक्रिया कह लो। अगर मैं खुद कमजोर मानसिक बनावट का व्यक्ति होता तो अब तक भगवान् के चरणों में ही जीवन की सार्थकता तलाश करता। अब झुँझलाहट होती है कि ऐसा क्यों है ? न जिंदगी के रहस्य कम हुए हैं, न

दुनिया के आकर्षण और संघर्ष अनुपस्थित हो गए हैं। सब कुछ वैसा ही है, फिर यह तटस्थता कहाँ से और क्यों आ रही है।

विदेशी साहित्य में आपको किन उपन्यासकारों-कथाकारों की रचनाएँ सर्वाधिक पसंद हैं ?

अपने प्रारंभिक दिनों में कोर्स के अलावा विदेशी साहित्य में लगकर सिर्फ 'चेखव' का पढ़ा था। कोर्स में डिकेंस इत्यादि की रचनाए थीं और तब से ही डिकेंस से जो विरक्ति हुई उसे आज तक नहीं जीत पाया हूँ। 'चेखव' अभी भी मुग्ध करता है। हालाँकि मैं मानता हूँ कि टॉलस्टॉय और दोस्तोयव्स्की उससे बड़े कलाकार हैं। चेखव के बाद जिस दूसरे लेखक ने मुझे आकर्षित किया था वह है—स्टीफेन ज्वॉइग। उसके बाद तो न जाने कितने लोग अच्छे या बुरे लगते रहे। बोउवार की कथा रचनाएँ मुझे आज भी आकर्षित करती हैं और रूस के कथा-साहित्य के साथ मैं एक आत्मीयता महसूस करता हूँ।

60 के दशक में कहानी की तमाम तरह की प्रयोगधर्मिताओं का आपने विरोध किया था। कारण बता सकते हैं ? क्या आप प्रयोगधर्मिता को कहानी के लिए अहितकारी मानते हैं ?

मेरे लिए यह सूचना बिलकुल नई है कि 60 के दशक में मैं कहानी की तमाम तरह की प्रयोगधर्मिताओं का विरोध करता था। तुमने यह बात कहाँ पढ़ी या सुनी है ? अगर उस समय के लेख और बहसें तुमने पढ़ी हों तो यह भी याद होगा कि कहानी में निरंतर प्रयोग करने के लिए मैं सबसे अधिक बदनाम था और अनेक समीक्षक शिल्प का बाजीगर इत्यादि कहते थे। मेरा खयाल है कि जितने अधिक प्रयोग अपनी कहानियों में मैंने किए हैं, मेरे समकालीनों में शायद ही किसी ने किए हों। आज भी मेरा तर्क यही है कि अपनी बात को अधिक से अधिक प्रभावशाली और दूरगामी बनाने के लिए मैंने कहानी के स्वरूप और शिल्प को अनेक तरह से जोड़ने-तोड़ने की कोशिश की है बल्कि शिकायत मुझे यही है कि आज कहानी में वैसे प्रयोग दिखाई नहीं देते।

अकसर आप सामाजिक मूल्यों की बातें करते रहे हैं। सामाजिक मूल्य और व्यक्तिगत मूल्यों को आप अलग-अलग कैसे करते हैं ? क्या आपने कभी सामाजिक महत्त्व की दुर्घटना पर व्यक्तिगत स्तर पर अपना विरोध या दुःख प्रकट किया है ?

इस विषय में मैंने 'एक दुनिया समानांतर' की भूमिका में विस्तार से लिखा है। 'सामाजिक मूल्य अलग हैं और व्यक्तिगत मूल्य अलग', हमारी यह धारणा गलत है। मैं मानता हूँ कि एक व्यक्ति के भीतर अपना पूरा समय और समाज होता है। इसे ही मैंने सामाजिक वैयक्तिकता का नाम दिया था। हाँ, जब समाज से वह अपने द्वंद्वात्मक संबंध काट लेता है तो उसका विकास दूसरी दिशाओं में होने लगता है। मनोविज्ञान की भाषा में इसे 'एबरेशंस' कहते हैं। इसी कटे हुए व्यक्ति के मनोविज्ञान से व्यक्तिवाद जन्म लेता है।

अगर इस व्यक्ति के पास अपना मजबूत दर्शन और दृष्टि होती है तो वह समाज के मूल्यों को चुनौती दे सकता है। नहीं होता, तो अपना व्यक्तित्व समाप्त करके समाज की गुमनाम इकाई हो जाता। इसी बात को जगन्नाथ दास रत्नाकर ने 'उद्धव शतक' में बहुत खूबसूरती से कहा था :

जैहे बिगरि न सागरता सागर की···
बूँदता बिलैहे बूँद बिवस बिचारी की।

तो इस व्यक्तित्व को कायम रखते हुए निरंतर सामाजिक संवाद में रहना उसे अधिक समृद्ध करना ही है। सामाजिक होने का अर्थ तुम जरूर जानते होगे। अच्छी-बुरी सारी वर्तमान मान्यताओं का समर्थन सामाजिक होना नहीं है। मनुष्य के हित में समता पर आधारित एक साफ-सुथरे समाज के सपने से प्रतिबद्ध होना ही सामाजिक होना है। जरूरत इस बात की है कि इस सपने में हम कितने लोगों को अपना साझीदार बना सकते हैं। जब यह प्रयास समाप्त हो जाता है, तब फिर वह सपना एक कटे-छँटे द्वीप का सपना रह जाता है। कालांतर में यह मानवीय प्रयास के विरोधी सपने में बदलने लगता है, क्योंकि अपना सपना सफल होगा नहीं और समाज के साथ जुड़कर सपने को व्यापक बनाने का अभ्यास आत्महत्या जैसा लगेगा।

क्या आपने कभी किसी सामाजिक आंदोलन से जुड़ने की अनिवार्यता महसूस नहीं की ?

सामाजिक आंदोलन से जुड़ने का अर्थ यदि किसी पार्टी में शामिल होना है तो वह शायद मैंने कभी नहीं किया। लेकिन एक जागरूक नागरिक होने के नाते सामाजिक गतिविधियों के साथ अपने को संबद्ध हमेशा पाया है। यही नहीं बल्कि अपने को उसी तरह रिएक्ट भी किया है। हालाँकि अकसर यह भी लगा कि स्थितियाँ जहाँ पहुँच गई हैं, वहाँ लिखने से आगे कर्म का जीवन ही एकमात्र रास्ता बचा है। मगर बात सिर्फ महसूस होने तक ही रही है। इस बात को काट-छाँटकर मैं अपने को कर्म के जिम्मे नहीं छोड़ पाया। इसे चाहो तो मेरी व्यक्तिगत दुर्बलता कह लो।

[अंतर्यात्रा, 1985]

खुद जिंदगी आखिर रचना से बड़ी है

राजी सेठ

[राजेन्द्र यादव को लेकर यह सवाल बार-बार उठता है कि वह अचानक खामोश क्यों हो जाते हैं ? खामोशी का एहसास इस बात का ही साक्ष्य है कि वह अब तक कितना बोल रहे थे। यह सर्वविदित है कि वह बोल रहे थे, जमकर, और जोर-जोर से और कई बातों पर। प्रकाशन भी उनसे छूटा नहीं है।

एक संश्लिष्ट प्रकार की मानसिकता जो राजेन्द्र यादव की कहानियों-उपन्यासों में चित्रित होती है, वह उनके रुचि और जीवन के प्रति उनके रवैये से संचालित है। वस्तुओं के भीतरी रूप को एक विशेषणहीन प्रत्यक्ष बोध की तरह देखने का हठ एक बहुत बड़ी चुनौती और एक बहुत बड़ा खतरा एक साथ हो सकता है, परंतु साधना और एकाग्रता के किसी बिंदु पर खड़े होकर एक बहुत बड़ी शक्ति भी बन सकता है, इसमें संदेह नहीं।

उनसे संवाद का प्रश्न उठे, तो यह एक प्रमुख प्रश्न होगा—ऐसा पूर्वानुमान शायद गलत न हो, और मैं भी इस पूर्वग्रह से अलग नहीं हो सकी हूँ। अतः मुझे उन्हीं सवालों ने अधिक घेरा है, जो रचनाकार की आंतरिक अस्मिता को छूते हों और रचना और प्रेरणा के समागम-बिंदु की खोज के आसपास हिरते-फिरते हों। शायद एक रचनाकार होने की हैसियत से उन्हें विश्वास दिलाने में मुझे कठिनाई नहीं हुई कि वह एक कठघरे में न होकर 'आत्मसंवाद' के नुकीले बिंदु पर पहुँच सकने के लिए उकसाए जा रहे हैं। इसमें दूसरे का योगदान मात्र संवाद की औपचारिकता पैदा करने का है।]

लेखकीय जीवन के आरंभ में किस बात ने आपसे निर्णय करवा लिया कि आपको कहानीकार होना है, कवि नहीं; क्योंकि शुरू में आपका एक काव्य संग्रह भी छपा। आप चाहते तो उस दिशा में भी आ सकते थे।

कविता और कहानी दोनों मुझे पढ़ने में अच्छी लगती थीं, साथ-साथ चलती भी रहीं। परंतु एक समय के बाद मुझे लगा कि कविता में सघनता होती है, तीव्रता और एकाग्रता भी, वह हमें एक खास तरह से जगाती भी है। टोटल का निचोड़ तो उसमें आ सकता है, परंतु वह किन अनुभव संदर्भों की परिणति है, इसे संप्रेषित नहीं कर पाती। संपूर्णतः उलीच देने का संतोष और पूरे संदर्भों के साथ-साथ चलते होने की आत्मीयता और विश्वास उसमें नहीं आ पाते। कहानी में यदि हम अनुभव को एक खास तरह से विशेषीकृत (पर्टिकुलराइज)

करना चाहते हैं, तो उसके सारे संदर्भ जगाने पड़ते हैं। इस अर्थ में कहानी अधिक 'इंटीमेट' और आत्मीय लगती है। कविता का स्वर 'जनरलाइजेशन' का ज्यादा है। 'मौत का एक दिन मुअइयन है' सार्वभौमिक सत्य हो सकता है, लेकिन 'इवान इल्यच की मौत' में हम व्यक्तिगत रूप से मौत से गुजरते हैं।

इसका अर्थ है, आप कहानी को पर्याप्त विधा मानते हैं—अर्थात् इट कैन कमेंट ऑन लाइफ ?

सिखाया तो यही जाता है कि कहानी या साहित्य 'कमेंट ऑन लाइफ' है, परंतु मैं इसे थोड़ा भिन्न दृष्टि से देखता हूँ। मैं इसे जीवन पर टिप्पणी नहीं, जीवन की व्याख्या अधिक मानता हूँ, जिंदगी में हिस्सेदारी, यानी जो कुछ हो रहा है, उसे जी और देख भी रहे हैं और व्यक्त भी कर रहे हैं। कहानी मुझे संतोष देने वाली विधा लगी थी। यही कारण रहा होगा कि कविता से कहानी में आने वाले लेखक शायद ही वापस लौटे हैं।

कहानी के बारे में ऐसा सोचने के बावजूद, क्या कारण है कि इधर बरसों से आप कहानी न लिखकर या तो आलोचना लिख रहे हैं या लेखन और लेखक के आसपास ही हिरते-फिरते प्रश्नों पर ध्यान दे रहे हैं ? इस मोह का कारण ?

अचानक यह लगने लगा कि अब तक के उपलब्ध सवालों के उत्तर नहीं मिल रहे हैं, बने-बनाए जवाबों से अलग चीजें, स्थितियाँ, संबंध, परिवेश, सब तेजी से अपनी प्रकृति और आकृति बदल रहे हैं और बने-बनाए आकारों को धुँधला रहे हैं। आगे चलने से पहले मुझे कुछ प्रश्नों के उत्तर चाहिए थे। उनके बारे में मैं स्वयं साफ होना चाहता था, अतः मैंने उन्हें वैचारिक धरातल पर सुलझाने की कोशिश की। अकसर यह भी लगा कि इन समस्याओं (प्रकाशक-संपादक) के केंद्र में भी लेखक ही होता है, अतः वह इन्हें एक भीतरी व्यक्ति और अपनी ही समस्याओं के दृष्टिकोण से देख-परख सकते हैं।

परंतु यह तो मानेंगे कि इसे सारे लेखन की रचनात्मकता का पर्याय नहीं कहा जा सकता। शुद्ध रचनात्मक साहित्य तो यह नहीं हुआ ?

विचारात्मक साहित्य रचनात्मक नहीं होता, यह तो नहीं कहा जा सकता, फिर भी एक अर्थ में यह क्रिएटिव नहीं है। हाँ, उस अर्थ में इधर रचनात्मक लेखन में एक अंतराल दीखने लग गया है। वैसे भी क्या यह एक अंधविश्वास नहीं है कि अनुभव और विचार दो विरोधी चीजें हैं। हाँ, इनके बीच जब अंतराल आ जाता है तो दूर और अपरिचित जरूर लगते हैं।

इसके कुछ कारणों से अवगत कराएँ...

जीवन के दौर में कहीं न कहीं सारे प्रत्ययों और भ्रमों का टूटते जाना, जो लिखने को संभव बनाते हैं जिसके होने पर अ-साक्षात् (अन-रियलाइज्ड) चीजों को अन्वेषित करने की प्रक्रिया में से गुजरना पड़ता है, यानी वस्तुओं को उनके आंतरिक भीतरी रूप में जानने लगना।

इस बात में आपकी बहुत अधिक पढ़ने की आदत का कितना योगदान है ? सुना है, चार-पाँच घंटे आपकी नियमित और रोज पढ़ने की आदत है ?

है···वह भी है। बड़े-बड़े लेखकों को पढ़ते रहने से एक विचित्र प्रकार का बौनापन उपजता है। अनुभव की जो गहराई और विविधता और चित्रण की जैसी दक्षता वहाँ देखने में आती है, उसके सम्मुख अपने होने और कुछ करने की व्यर्थता महसूस होने लगती है···और मैं सोचता हूँ, एक दूसरे स्तर पर दूसरा नुकसान भी होता है···पढ़ते रहने से एक विशिष्ट प्रकार का 'सेकेंड हैंड क्रिएटिव' सुख मिलने लगता है, बिना श्रम के खाट पर लेटे-लेटे···मानसिक रचना-जगत् में जीते जाने का भ्रम। इन अनुभवों को अगर अभिव्यक्ति या अपने निजी अनुभवों की कसौटी पर जाँचने का अवसर न मिले, तो वे दिवास्वप्नों में तब्दील हो जाते हैं।

यह पलायन भी तो कहा जा सकता है ?

शायद हो, परंतु इसे रचनात्मक संतोष के लिए पगडंडी या शॉर्टकट कहना ज्यादा सही है। सुख देने वाले आसान और श्रमहीन रास्तों को चुन लेना।

परंतु अपनी उपलब्धि न हो पाने की यातना और हो पाने का संतोष···उसका क्या होगा ?

मैंने यह कब कहा कि इस आसान रास्ते को चुन लेना या महान् क्लासिकल लेखकों को पढ़ते जाना ही उसका एकमात्र कारण है ? इसके और भी बहुत से कारण हो सकते हैं। मसलन, अकसर मुझे यह नहीं लग पाता कि मैं किसी भी चीज से 'इन्टेंसली', शिद्दत से जुड़ा हूँ, और आदतन मुझे वह सब कुछ भी हिला-डुला, उखाड़-पछाड़ नहीं सकता, जो मेरे साथ देर तक और गहरे में जुड़ा नहीं होता। इस जुड़ाव का अभाव मैं अपने चारों ओर महसूस करता हूँ···वस्तुएँ चौंकाए, हिलाए, आंदोलित किए बिना आँखों के सामने से गुजरती रहती हैं। शायद यह मेरी प्रकृति में शामिल हो गया है। कोई ऐसा बड़ा अनुभव हो, जो इस जड़ता से निकल सके।

परंतु इस जुड़ावहीनता से प्रभावित न होने की प्रकृतिगत स्थिति तब भी तो रही होगी, जब आप खूब लिख रहे थे ?

इस हद तक नहीं थी। मैं उन्हीं वस्तुओं से जुड़ता हूँ, जो देर तक मेरी मानसिकता का हिस्सा बनी रहती हैं और मेरे भीतर उतर या उग आती हैं, परंतु अब···इस स्थिति तक पहुँचने में इस महानगर में रहते चले जाने का भी कुछ कम योगदान नहीं। यहाँ चीजें, घटनाएँ एक-दूसरे पर लपकने के क्रम में घटती हैं। हर अगले क्षण की बनावट पिछले क्षण से अलग और विरोधी होती है। तेजी से झपटकर आने वाला क्षण, पिछले क्षण को मार देता है, और उसी क्रम में स्वयं मर जाता है। क्षणों की शिद्दत के साथ देर तक जीना नहीं हो पाता, परिणामतः मूड और व्यग्रता को कैद करने की कला का सूत्र भी छूट जाता है।

यों संघर्ष तो और भी हैं, और कई स्तरों पर…।

ऐसे में कभी आपकी यह इच्छा नहीं होती कि आप किसी छोटी जगह पर जाकर रहने लगें ?

भीतर कहीं यह बात स्वीकार करने में भी कठिनाई पड़ती है। वहाँ का जीवन पिछड़ा हुआ, अवरुद्ध होने का आभास देता है…लगता है, वहाँ दूसरी तरह की घुटन होगी—मानसिक क्षितिजों के सिमटते जाने की घुटन।

तो क्या जीवन-स्थितियों के लिए रचनात्मक आग्रह त्याग दिए जाएँगे ?

यह भी तो हो सकता है कि जीवन-स्थितियाँ कुछ अनुकूल हों तो जो भीतर है बाहर आए।

परंतु यह प्रतिकूलता रचना का कथ्य भी तो हो सकती है, उसे ही चित्रित किया जा सकता है। जैसे कुछ वर्ष पहले 'सारिका' में छपी आत्मरचना 'वहाँ तक पहुँचने की दौड़ में' हुआ था। वह आत्मरचना एक अजीब-से स्नायविक तनाव में लिखी लगती थी और उसका कथ्य आदि आत्मगत था भी तो प्रतीकात्मक अर्थ में, अन्यथा वह एक कहानी अधिक लगी थी।

हाँ, शुद्ध आत्मरचना न होकर वह एक कहानी—एक रचनात्मक इकाई—कहा जा सकता है। उसमें वही चारों ओर का तनाव है, भाग-दौड़, आपाधापी, लपक-झपक…और उस सबके बीच 'बंडल-गुड्डी' को बचा सकने की और उस झाड़ी तक पहुँच सकने की अधीर चिंता।

आपने उन दोनों प्रतीकों—झाड़ी और गुड्डी को किस अर्थ में अवधारित किया था ?

झाड़ी, अपने द्वारा निर्धारित किसी भी स्थल को गंतव्य या शरण का नाम देकर वहाँ तक पहुँचने की इच्छा है। वहाँ जाकर चाहे यही लगे कि यह अंत या पड़ाव नहीं, उद्दिष्ट यात्रा तो अभी और आगे जाना है, और गुड्डी अर्थात् अपना 'परम प्रिय अंतस्तत्व, कुछ मूल्यवान्' जिसे बचा लेने के लिए ऐसी भागदौड़ है। जीवन भी किसी रचनात्मक परिणाम से अधिक इसी भागदौड़ के हवाले है।

क्या आप यह कहना चाहते हैं कि वह रचना आपके भीतर के व्यक्ति और रचना का तादात्म्य-बिंदु प्रकाशित (प्रस्तुत) करती है ?

हाँ, जीवन-स्थितियाँ भी कुछ इसी स्तर की हैं। एक ओर महानगर का शिकंजा है; जो संवेदना को दबोचे रहता है, और एक ओर एक्जिस्टिंग पैटर्न। मैं कहूँ, मेरी मूल प्रकृति एक भटकने वाले, यायावर या खानाबदोश की है तो शायद अतिकथन लगे। परंतु जीवन का एकदम सोद्देश्य नक्शा, कहीं चल देने या ठहर जाने से पहले, हर क्रिया का कोई तार्किक या संगत उत्तर जुटा पाना मेरे लिए कठिन है, लेकिन करना यही पड़ता है। मुझे लगता है, जिस जीवन-व्यवस्था में (अपने परिवेश सहित) मैं जी रहा हूँ, उसका भीतर से जरा भी समर्थन नहीं पाता। अतः उसका हिस्सा न बन पाने और अपना बचाव करने की लड़ाई

में अपनी शक्ति झोंकता रहता हूँ···ऐसे में आत्मरक्षा पहली चिंता बन जाती है, और दोहरा दबाव पैदा करती है। एक ओर उस सारे अस्वीकार्य परिवेश से समझौता करना, दूसरी ओर अपने आपको बचाने की लड़ाई में लगे होना। इस प्रक्रिया में आत्मरक्षा का भाव अकसर इतना उग्र हो जाता है या व्यक्ति अतिरिक्त बचाव से इतना चिंताग्रस्त हो जाता है कि असामान्य होने लगता है। आत्मरक्षा करते-करते अरक्षा हाथ आती है···और उसकी शृंखलाहीन प्रक्रियाएँ··· ।

रचनाकार की लड़ाइयाँ रचना के चौखटे में ही चित्रित और प्रकाशित होती हैं, क्या आप यह नहीं मानते ?

मानता हूँ, परंतु एक अवधि के बाद या कहूँ, एक प्रकार की मानसिक परिपक्वता के बाद वस्तुओं और स्थितियों से संघर्ष और समाधान के और भी रास्ते दीखने लग जाते हैं। जैसे, जो समस्याएँ पहले एक रचना-प्रक्रिया के दौरान सुलझाई या प्रकाशित की जाती थीं, वह चिंतन-प्रक्रिया में सुलझने लगती हैं। मैं अपने को उसी स्थिति के निकट पाता हूँ। वैसे यह गलत है।

आपके खयाल से एक लेखक का वस्तुओं को रचना-प्रक्रिया द्वारा प्रकाशित करने का हठ बनाए रखना ही हितकर नहीं है ?

है···हो सके तो। इसमें अभिव्यक्ति का सुख मिलता है, नहीं तो भीतर-बाहर का 'केआस' उपजता है। फिर भी, सब सवाल इसी प्रक्रिया से सुलझाए नहीं जा सकते—जिंदगी उससे बड़ी है।

सुना है, आप इधर 'चंद्रकांता संतति' पर काम कर रहे हैं। एक अर्थ में वह आदिम किस्म का उपन्यास है। आपके लिए इस काम की प्रेरणा ?

'चंद्रकांता संतति' कहीं न कहीं मेरी चेतना एक हिस्सा है—मेरे होने का एक हिस्सा। न केवल उससे मैंने हिंदी पढ़ने की शुरुआत की, जिस काल और परिस्थिति में उसे पढ़ा, वह मेरे अस्तित्व का एक बेहद संवेदनशील हिस्सा था। अंततः तो किसी भी ऐसे व्यक्ति या रचना पर काम करना अपनी ही तलाश है। उस समय के लेखकीय वातावरण और रचना, दोनों में मूल्यों और आस्थाओं की जो आपाधापी है; वह मुझे आज के समानांतर लगती है। अपने लिए और आज की स्थिति के लिए किसी लंगर की तलाश ही इसकी प्रेरणा है। इस माध्यम से खोजना कि वह क्या था, जो इतनी उथल-पुथल में सँभाले रख सकता था—लेखक और जीवन—दोनों को··· ।

आपने अभी कहा कि आपने उसे विशेष काल और स्थिति में पढ़ा···वह किस दृष्टि से विशेष महत्त्वपूर्ण है ?

है। पैर की चोट के कारण मैं एक वर्ष तक चारपाई से बँधा पड़ा रहा। नौबत टाँग काट देने तक आई थी, वह तो बच गई, परंतु एक बाधा रह ही गई। उस समय इस अवरोध

को पार करने का एक ही ढंग या 'कम्पेंसेशन' था कल्पनालोक में उतर जाना। 'चंद्रकांता' इस बहाव को जमीन देती थी।

आपका मतलब है दुःख से पलायन…?

पलायन क्यों ? अपने निष्क्रिय संसार में बँध जाने की प्रक्रिया कहिए कि मैं सक्रिय संसार (ए वर्ल्ड ऑफ एक्शन) में उतर जाना चाहता था। वहीं मैं अपने को जोड़ता-पहचानता था, वहीं से संतोष की अनुभूति हाथ आती थी। उसी काल और उसी धारा में लिखे अपने प्रारंभिक एक हजार आठ पृष्ठों को उसी संसार में देर तक जीवित बने होने का आग्रह मानता हूँ। सच कहूँ तो 'चंद्रकांता' मेरे लिए एक भावात्मक लगाव की चीज थी, स्थितियों से लड़ने का एक हथियार भी कह सकते हैं।

कथा-साहित्य में आपकी रुचि स्पष्ट है, फिर भी किस तरह का साहित्य आपकी पसंद है ?

आत्मकथात्मक, आत्मीय, निजी दस्तावेज, चाहे वह पत्रों, संस्मरण, कथारूप या अन्य किसी रूप में हो—प्रामाणिक और विश्वसनीय होना उसकी पहली शर्त है।

यदि ऐसा है तो क्यों आपकी कहानियाँ वस्तुगत यथार्थ को अधिक चित्रित करती लगती हैं ? बल्कि जो कहानियाँ अपनी 'मैं' शैली में लिखी हैं, वह अपेक्षाकृत फीकी लगी हैं। जैसे 'पुराने नाले पर नया फ्लैट'।

वैसे मैं आपकी बात से सहमत नहीं। मेरा खयाल है कि 'मैं' शैली में भी मैंने काफी प्रामाणिक कहानियाँ लिखी हैं और उनकी भावनात्मक सघनता से मुझे पर्याप्त संतोष है। मगर उत्तर ही देना हो तो कहूँगा, यहाँ वस्तुगत और आत्मगत भेद की बात भ्रामक है। कहानी का प्रभाव रचना में भीतर का तंत्र निर्धारित करता है। कोई भी आत्म अपने-आप में पूरा नहीं होता। उसे बाहर यथार्थ में अपने लिए संगतपूर्णता ढूँढ़नी पड़ती है। अक्सर कथा की मूल धारणा तो अपनी होती है। विवरण बाह्य जगत् से लिए जाते हैं। कहानी-परंपरा से 'नई कहानी' का मूल अलगाव-बिंदु यही था। यदि कथा का मूल अनुभव अपना हो, और उसे निर्मित या व्यक्त करने वाले विवरण और संदर्भ भी अपने ही हों तो कहानी आत्मगत और 'इंटेंस' लगती है। ये विवरण या संदर्भ ही अनुभव को सार्थक और विशिष्ट बनाते हैं। यह सही है कि ये संदर्भ कहानी को देश-काल-व्यक्ति में बाँध देते हैं, मगर अनुभव से अर्थ की यात्रा-प्रक्रिया, सहभागिता और संप्रेषणीयता—सब मिलकर ऐसी विश्वसनीयता, जो अनुभव को समृद्ध बनाती है। टॉलस्टॉय, दोस्तोयव्स्की जैसे लेखकों को पढ़कर हम जैसा समृद्ध अपने को पाते हैं, कुछ-कुछ वही। कविता में ये डिटेल्स—या संदर्भ—कहीं लेखक के पास ही होते हैं, इसलिए अनुभव छना-निथरा—यानी सामान्य और सबका तो हो सकता है—लेकिन खुद जीकर उपलब्धि की प्रक्रिया वहाँ पाठक को नहीं लगती। अनुभव भी उतना विशेषीकृत नहीं होता। कभी आत्मा अपनी और शरीर कोई

और देता है तो उसकी प्रभाव-सृष्टि और तरह की होती है। अकसर यह भी होता है कि प्रेरणा अपने जिए हुए सत्य से नहीं, देखे-सुने यथार्थ को साध सकने की चालाकी से आती है—इसी अनुपात से कहानी अपना प्रभाव छोड़ती है।

ऐसा क्यों है कि आपकी कहानियाँ बार-बार व्यक्ति के भीतरी प्रच्छन्न हिस्सों को अधिक पकड़ती हैं, विशेषतः उसका छोटापन, क्षुद्रता या ऐसी ही कुछ नकारात्मक प्रवृत्तियाँ ?

कोई भी संवेग इकहरा नहीं होता। हमारी बाहर की परत अकसर सामाजिक आचार-विचार और शिष्टाचार की देन होती है। कुछ बातें शुद्ध सामाजिकता के तहत की जाती हैं यानी हमारे आचार-व्यवहार का बहुत कुछ सोशल कन्जम्पशन रहता है। हाँ, इसके पीछे की भीतरी दुनिया का कोई गवाह नहीं होता, वह स्वगत-कथन की तरह होती है। अकसर वह बाहरी परत के नितांत विरोध में भी होती है, अतः व्यक्ति को पूरा पकड़ने के लिए भीतरी-बाहरी दोनों स्तरों पर एक साथ चलना पड़ता है।

कलात्मक दृष्टिकोण से वह क्या आपको श्रमसाध्य लगती है ?

नहीं, सायास इसमें कुछ नहीं लगता। जब लगता है कि बाहरी चीजें अकसर ओढ़ी हुई होती हैं, या व्यक्ति की क्रियाओं के प्रेरक कारण कहीं और, भीतर होते हैं तो चीजों को अपनी समग्रता और जटिलता में देखने की निगाह पनपने लगती है, ऐसा शायद धीरे-धीरे होता है।

आपकी पिछली कहानियाँ 'फंतासी' के मूड की कहानियाँ हैं। इस यात्रा का कारण ?

फंतासी-यात्रा इसी खोज का अगला रूप है। मुझे लगता है, भीतरी-बाहरी संसार में भेद है, और हमें वस्तुओं को शुद्ध इसेंस (अंतस्तत्त्व) की पूरी चौंध में देख सकना चाहिए, विशेषणों और कथ्य को अपने रूपों से छीलकर, क्योंकि विशेषणों के भी अपने अर्थ होते हैं। अतः प्रवृत्ति बाहरी यथार्थ के तर्क को नकारकर एक दूसरे अयथार्थ तर्क को बनाने की होती है। उदाहरण के लिए 'ढोल' कहानी में जो स्थितियाँ-मनःस्थितियाँ हैं, हो सकता है, वे किसी बड़ी कहानी में झलकियों के रूप में आतीं; परंतु जब स्थिति के प्रेरणास्रोत को ही पकड़ने की कोशिश की, तो वह 'फंतासी' का रूप लेती लगी। इसके मूल में भीतरी मंतव्यों को पकड़ने की कोशिश ही है। 'सिंहवाहिनी', 'गुलाम', 'वहाँ तक पहुँचने की दौड़' इसी मंतव्य की कहानियाँ हैं।

कहानी को आपने फंतासी और आत्मरचना की तरह इस्तेमाल तो किया, परंतु कहानी में कहानीपन (स्टोरी टेलिंग) के आप कितने कायल हैं ?

इस विधा की अपनी शर्तें होती हैं, जैसे हर खेल के अपने कायदे हैं। कहानी में यदि कहानीपन का आग्रह आवश्यक न हो तो बात को किसी भी रूप में कहा जा सकता है—

विश्लेषणात्मक या व्याख्यात्मक। फिर कहानी का ही नाम देने की क्या आवश्यकता ? भगवान् को अगर प्रकट ही होना या अपने को लोगों तक पहुँचना ही है तो वह ऐसे का तैसा पहुँच सकता है, परंतु जब वह मनुष्य का शरीर लेगा तो उसे मनुष्य होने की शर्तों, व्याधियों, दुःख-सुखों में से गुजरना ही होगा। उसे मनुष्य की तरह व्यवहार करना होगा, तभी वह विश्वसनीय या हममें से एक हो पाएगा, और तभी हमें अपनी उड़ानों या ईश्वरीय तत्त्वों में संक्रमित करने की प्रक्रिया में सहभागी बना सकेगा।

कहानी के स्वरूप और स्थापनाओं को लेकर आए दिन नए-नए आंदोलन होते रहे हैं, उनके बारे में आपकी क्या राय है ?

कहानी का रूप-प्रयोग आपत्ति की चीज नहीं, वह वैयक्तिक होता है, और भीतर जिस तरह की मजबूरी की बात होती है, उसी के अनुकूल अवतरित होता है। इसलिए हमेशा उसमें प्रयोग और परिवर्तन होंगे; परंतु आंदोलनों से कुछ दूसरे प्रकार के अर्थ निकलते हैं। आंदोलन या तो विचार-विश्वास की स्थापना के लिए होते हैं या व्यक्ति की स्थापना के लिए। विचार की स्थापना तो समझ में आती है, परंतु जब व्यक्ति विचार को अपनी स्थापना के लिए इस्तेमाल करता है या अपनी स्थिति को सुदृढ़ करने के लिए विचार के साथ मनमानी करता है, उसे सीढ़ी बना लेता है तो सारा परिप्रेक्ष्य ही बदल जाता है। एक तरफ तो हम यह मानकर चलते हैं कि विचार हमसे आगे की स्थिति है, और हम, एक अमूर्त संसार, स्वप्न या विचार के साथ कला के माध्यम से अनुभव द्वारा, विचार द्वारा प्रतिबद्ध हैं, और हमारी स्थिति एक निमित्त—'एंटीना' की स्थिति है; दूसरी ओर उस माध्यम को अपने लिए, सिर्फ अपने तक ही बाँध लेते हैं तो सारी प्रक्रिया ही उलटी हो जाती है। यह ऐसा ही है, जैसे खिड़कियों पर, आप बाहर की दुनिया देखने, उससे जुड़ने के लिए लगे पारदर्शी काँच हटाकर, सिर्फ आइने लगा लें।

इस दिशा में आप किसी का नाम लेना चाहेंगे ?

लेना तो चाहूँगा, यों लेने में हर्ज भी नहीं। बात हर जगह एक ही है, चाहे वह समांतर कहानी का आंदोलन हो, या 'सचेतन कहानी' या और 'अ'—'वि'—'कु'—'सु' कहानियों के अखाड़े—यानी महंतों के लीलास्थल···।

किसी काल में यह भी तो कहा जाता था कि 'नई कहानी' के नाम से तीनों—आप, कमलेश्वर और राकेश—इसी प्रकार का नेतृत्व कर रहे थे ?

नेतृत्व कहना गलत है, क्योंकि हमसे ज्यादा निष्ठा के साथ उस समय और लोग भी लिख रहे थे। निर्मल उसी समय की उपज हैं। रेणु उसी काल में लिख रहे थे। मार्कंडेय, अमरकांत, शानी, शैलेश, भीष्म—सब उसी समय में सक्रिय थे। यह अलग बात है कि ब्रैकेट हम तीनों को ही किया गया। 'नई कहानी' की पहचान हम तीनों से नहीं, उन सब लिखने वालों से मिलकर ही बनती है। हाँ, बाद में यह जरूर हुआ कि हम तीनों के बीच

एक व्यक्तिगत संवाद बन गया। मगर 'हमदम' को छोड़कर हम तीनों ने एक-दूसरे पर बिलकुल नहीं लिखा। आज तो शर्त ही यह है कि समीक्षक, सहयोगी सब मिलकर 'सरसंघ चालक' पर लिखेंगे।

इस संवाद का कारण आप तीनों के बीच किसी विशेष प्रकार की संभावना या आपके विरोधियों के शब्दों में मंत्रणा थी, जो दूसरों के साथ स्थापित नहीं हो सकती थी ?

इसमें भौगोलिक कथ्यगत समानता, मिलने-जुलने के अधिक अवसर, निकटता, विचारों के आदान-प्रदान की सुविधा ही अधिक बड़ा कारण थी। रेणु और अमरकांत भी सुविधा से उपलब्ध होते, तो यही स्थिति होती।

समकालीन लेखक के नाते राकेश और कमलेश्वर पर कुछ कहना चाहेंगे ? राकेश में एक चाह बड़ी उग्र थी—घर की तलाश, एक आत्मीय ऊष्मा-भरा घर। पर, घर ही तो वह आजीवन नकारते रहे।

नहीं, नकारते नहीं रहे। वह एक विशेष प्रकार के घर की बेचैनी ही जीते रहे; मगर अकसर जिन लोगों में घर की तलाश मुख्य होती है, वह विकसित और अतिक्रमित होकर मूल्यों की तलाश में बदल जाती है, जैसे प्रभुता (अथॉरिटी) का आतंक काफ्का में पाप से शुरू होकर, राज्य और ईश्वर तक पहुँचता है। संयोग की बात है, घर के रूप में सुरक्षा की तलाश राकेश में, मूल्यों की तलाश में तब्दील न होकर सफलता और सुविधा की शर्तों में ढुलक जाती है। यह तलाश वहीं अवरुद्ध हो जाती है, चाहे राकेश ने उसके लिए जो भी तर्क सिद्ध कर लिया हो। कमलेश्वर उस ट्रेजिडी का शिकार शक्ति पाकर और भी जल्दी हुए, यानी शक्ति के साथ-साथ सफलता का स्वाद। इस बात ने कमलेश्वर को विकास के उस धरातल तक पहुँचने ही नहीं दिया, जिसकी तड़प राकेश में दिखाई देती थी। कमलेश्वर ने लेखकीय खोज को बने-बनाए मुहावरों और फिकरों द्वारा स्थापित करने की कोशिश की। शक्ति और सफलता की सबसे बड़ी ट्रेजिडी ही यह है कि आधा वक्त उसे पाने में और शेष आधा वक्त उसे बनाए रखने में जाता है। इस दुष्चक्र में वह जैनुइन तलाश खो जाती है, जो रहस्यवृत्ति निर्मल में घोषणाओं के रूप में है, शैलेश जैसे लेखकों में एक अंतर्धारा बनकर और अमरकांत जैसे लेखकों में अदृष्ट-सहज रूप में दिखाई देती है। उतनी शक्ति, उतनी प्रभावी सफलता उन लेखकों के पास न सही, पर एक भीतरी यात्रा के निशान साफ हैं।

इस यात्रा से आपका मतलब ?

यात्रा, यानी अनुभव और विचार की दुनिया में गहरे उतरकर ऊपर आने की बेचैनी, यानी वह तड़प जिसका होना ही अपने-आप में रचनात्मकता की एकमात्र शर्त है, जिसे हम कहीं पहुँचना कहते हैं। वह चाहे ईश्वर की तलाश हो या किसी लक्ष्य की खोज। ईश्वर यानी

कोई विचार या प्रत्यय। यह अपने-आप में अंतिम लक्ष्य नहीं होता। जहाँ हम रुक जाएँ, वह हमारा चुक जाना हो सकता है, वह हमारी क्षमता और खोज की सीमा हो सकती है, परंतु ईश्वर नहीं हो सकता। यह अलग है कि जहाँ हम चुक जाएँ, वहीं ईश्वर मानने लगें। बने-बनाए सुरक्षित घर तक ही जो यात्रा आपको ले जाकर समाप्त हो जाती है, वह खोज नहीं एक विशेष दूरी तय करना भर है। इस दूरी को आप जल्दी से जल्दी तय कर लें, इसे शॉर्टकट भी कहते हैं और तीव्रगामी साधन या उपकरण भी। दर्शन, विचारों से लेकर ईंट-चूने के गद्देदार, आरामदेह बहुत-से घर हैं, जिन्हें आप गंतव्य बनाकर अंवेषण की असुविधा और जोखिमों से बचे रह सकते हैं। इस प्रसंग में मुझे सॉलबेलो की बहुत ही खूबसूरत कहानी याद आती है 'लुकिंग मिस्टर ग्रीन', उसके पात्र को इस खोज में अपनी शक्ति और क्षमता का अंतिम सिरा तो मिला, ईश्वर नहीं मिला यानी जिस लक्ष्य को वह तलाश कर रहा था, वह यहाँ नहीं था, रुक जाना जरूर था। कमलेश्वर, राकेश—दोनों को मैं इसी रूप में देखता हूँ। यों तेजस्वी दोनों हैं, और हर चीज का तर्क (तर्क यानी रेशनेल और जस्टिफिकेशन) सिलसिलेवार, संगत ढंग से निर्मित कर सकते हैं। बहरहाल हिंदी में बहुत कम लोग है, जिन्हें लेखकीय असफलता और व्यावहारिक सफलता के संदर्भ में रखकर भी देखा जा सके; बाकी का लक्ष्य तो व्यक्तिगत सफलता या 'किसी घर जा बैठने' से ही हो गया है, लेखकीय संघर्ष से उनका कभी परिचय ही नहीं हुआ।

चलिए, मैं माने लेती हूँ कि सुविधाओं और सफलताओं को आपने उनकी अपनी शर्तों पर नहीं स्वीकार किया। फिर वह क्या चीज थी जिसने आपको नुकसान पहुँचाया था ?

यह सर्वविदित है कि प्रकाशन में पड़ जाने ने ही मुझे नुकसान पहुँचाया। समझौते न करने पड़ें, इस लेखकीय स्वतंत्रता की झक ने दूसरी तरह के समझौतों में डाल दिया। इस अवांतर प्रसंग की तुलना इस बात से की जा सकती है कि आपको गाड़ी पकड़नी है, मगर आप रास्ते में टाँगे या टैक्सी वाले से ही भिड़ गए, उसे सबक सिखाने के लिए उसकी रपट लिखा रहे हैं, उसे थाने ले जा रहे हैं। एक गलत किस्म की चुनौती के सम्मुख झुक जाने का ही यह परिणाम हुआ। दस-बारह वर्ष व्यर्थ गए। उसका लाभ कुछ तो यही कि ठोस वास्तविकता से अधिक जुड़ना संभव हो सका और संघर्षों के भीतर से गुजरने का मौका मिला। समझ भी आई। यद्यपि मैं तय नहीं कर पाता कि वह समझ जिंदगी की सीधे टकराहट से पैदा होने वाली समझ है या एक खास वयस्कता तक पहुँचने पर यों भी आती है।

समझ किसी भी दिशा से आए, समझ होती है। महत्त्व तो इस बात का है कि वह स्वकर्म में कितनी उपयोगी होती है, उस दृष्टिकोण से···

हाँ, दो-तीन किताबों की योजना मेरे पास है। पहली तो 'उपन्यास : स्वरूप और संवेदना'।

पंद्रह-बीस वर्षों से लिखे लेखों को उसमें संकलित कर लिया है। वैसे ही, जैसे 'कहानी : स्वरूप और संवेदना' में किए थे। ये दो पुस्तकें शायद कृतियों और प्रवृत्तियों के विभाजन से। दूसरी है 'अठारह उपन्यास'। तीसरी पुस्तक का नाम है 'औरों के बहाने'। जो लोग मेरी चेतना के साथ-साथ चलते-चलते मेरे 'स्व' का भाग बन गए हैं, उनके बारे में। यों यह फिर अपनी ही खोज है, उनके माध्यम से। इसमें दो लेख रह गए हैं—एक यशपाल पर और फिर एक राकेश पर। मन्नू, कमलेश्वर, चेखव, रांगेय राघव, ओमप्रकाश, काफ्का इत्यादि पर लिख चुका हूँ। इस बीच यह तय है कि आलोचना कम से कम लिखूँगा और पढ़ूँगा। मेरा यत्न अपने को लेखन की धारा में पुनः पाने का ही रहेगा। अभी भी मुझे विश्वास है कि कुछ अनुकूल मानसिक स्थिति मिल जाए, तो लौट सकूँगा। इतने मानसिक घर्षण के बाद भी एक चीज है जिसे अपने में अक्षुण्ण पाता हूँ—जीवन के प्रति उसी तरह का लगाव, अच्छी बुरी चीजों, मित्रों-लोगों के प्रति उत्साह; यानी अपने से बाहर की दुनिया में दिलचस्पी। यानी अपने को इतना बूढ़ा नहीं पाता हूँ कि सिर्फ अपनी ही अपनी बात कहूँ। चारों ओर से आँखें बंद करके सिर्फ यही बताता रहूँ कि 'एक बार जब हम...'

आपका मतलब है, अपनी जिजीविषा का एहसास ?

हाँ, वैसे तो यह भी भूल नहीं पाता कि ऐसे एहसास कभी बड़े छलावे-भरे होते हैं। जिजीविषा, पौरुष आत्मविश्वास दीखते तो हैं; हो सकता है, वास्तविकता में न हों।

यह विश्वास-अविश्वास के बीच डोलना...उसे क्या कहेंगे ?

अभी तो अपने को अभिव्यक्त कर पाने की आशा में झूल रहा हूँ। अगर मुझसे कोई पूछे, तो कहूँगा, अभी मेरा जन्म ही नहीं हुआ, 'आयम स्टिल वेटिंग टू बी बॉर्न...'

अब कुछ साहित्यिक समस्याओं के बारे में बताइए। क्या आपको लगता है कि जिस अनुपात में कहानी का विकास हो रहा है, कहानी की आलोचना उस अनुपात में पनप नहीं रही ?

साहित्य की कोई भी विधा जिस तरह की निष्ठा और सरोकार माँगती है, वह आलोचना में दिखाई नहीं देता। वह अन्वेषण न होकर एक पेशेवर रवैया बन गई है। असल में किसी विधा के प्रति निष्ठावान होने की भी एक परंपरा होती है—जैसी कविता में। कविता का बार-बार मूल्यांकन-अन्वेषण, अर्थ-बिंबों की छानबीन लगातार चलती रहती है। नए से नया आलोचक भी अपनी और कविता की समझ साफ करने के लिए आलोचित कविताओं का पुनः-पुनः मूल्यांकन करता है और उसे नया आयाम देने की कोशिश करता है। 1940 या उसके आसपास की कविताओं, 'राम की शक्तिपूजा', 'कामायनी', 'असाध्य वीणा' को लेकर अभी तक तरह-तरह से पड़तालें की जा रही हैं, मगर कहानी में ऐसा कुछ नहीं दिखाई देता। एक तो वह वैसे ही नई विधा है, दूसरे मध्यकाल में वह मात्र मनोरंजन या पलायन का साधन थी। आज भी अचेतन रूप से गंभीर साहित्यिक आलोचक यह नहीं

मान पाता कि कहानी एक सामाजिक कर्म या एक गंभीर माध्यम, दोनों हो सकती है, या उसकी साहित्य कालगत संभावनाएँ कविता से कम नहीं हैं।

बल्कि मुझे तो लगता है कि कहानी अपनी गद्यात्मक संरचना के कारण ही अधिक समर्थ सामाजिक माध्यम है। जीवन का वजन यह ज्यादा अच्छी तरह वहन कर सकती है।

'वजन' और 'विजन' दोनों। कविता जीवन का सच (इसेंस) होती है, स्वयं जीना नहीं हो सकती। कहानी के भीतर से गुजरना जीवन में से होकर गुजरने जैसा है। इट इज लिविंग इटसेल्फ। वैसे शुरू-शुरू में कहानी की आलोचना को लेकर गंभीरता आई थी। देवीशंकर अवस्थी, नामवर, सुरेंद्र चौधरी, परमानंद श्रीवास्तव, धनंजय, मधुरेश ने कहानी से कुछ मुद्दे उठाए थे। बाद में उनके 'कॉम्प्लेक्सेज' उन्हें व्यक्तियों से जोड़ते चले गए, रचनाओं से नहीं; वे किसी को भी बनाने और बिगाड़ने की कुंठा के शिकार होते चले गए।

और कोई कारण ?

पता नहीं, अपने प्रति विश्वास की कमी से या स्वीकृति की उतावली से या किसी और वजह से लेखक में आलोचक को लेकर एक विचित्र प्रकार की मानसिक निर्भरता आई कि वह हमें पहचाने और हमें साहित्यिक रूप से प्रतिष्ठित करे। निर्णायक स्थिति में रख दिए जाने के कारण इस निर्भरता का लाभ आलोचक ने बंदर-बाँट विवेक से उठाया। परिणाम यह हुआ कि जो अपनी आंतरिक पहचान के बोध से जुड़े थे, वे गंभीरता से लिखते रहे और उपेक्षित रहे। इसलिए रचना के समानांतर आलोचना का विकास नहीं दीखता। आलोचक जहाँ सहयात्री के रूप में होता है, तभी वह रचनात्मकता को उद्घाटित कर पाता है। इस बारे में एक और बात की तरफ ध्यान दिलाना चाहूँगा। रचनात्मकता जब उठान पर होती है, तो आलोचना पिछड़ जाती है। रचनात्मकता कमजोर होती है तो आलोचना चुनौती के रूप में उठती है। आज आलोचना (चाहे अध्यापकीय यत्नों से) उभर रही है तो लगता है, रचना अपनी शक्तिशाली क्षमतावान स्थिति को प्राप्त नहीं कर सकी, वरना आलोचक तो रचना के पीछे ही रहता है।

एक समकालीन लेखक में दूसरे समकालीन लेखक के बारे में कुछ न कहने की प्रवृत्ति क्यों जड़ पकड़ती जा रही है ?

क्योंकि सच सुनने का दावा सब करते हैं, सच सुनना कोई नहीं चाहता। केवल प्रशस्ति रचना का न्याय और प्राप्ति नहीं होती। अतः सब देखते और जरूरत महसूस करते हुए भी चुप रहते हैं कि क्यों दुश्मनी लें और असुविधाजनक स्थिति पैदा करें ? मेरे अनेक मित्र हैं जो खड्गहस्त या परशुरामी मुद्रा में सिर्फ दूसरों के बारे में सच कहते हैं, अपने बारे में सच सुनते ही झाग उगलने लगते हैं। साहित्य में जिसे हम विचारों की लड़ाई कहते हैं, वह वस्तुतः दो फौरी रायों या जिदों की लड़ाई बनकर रह गई और रायों को लेकर असहिष्णुता,

टिपिकल सामंती जहनियत है; जहाँ कहा जाता है, 'जाको वैरी जिंदा घूमे ताके जीवन को धिक्कार।' राय या विचार व्यक्तिगत स्वतंत्रता का ही दूसरा नाम है और जितनी छूट या स्वतंत्रता आप अपने लिए चाहते हैं, उतनी ही दूसरों को क्यों नहीं देना चाहते ? यहाँ तो हाल यह है कि आप किसी लेखक या रचना के बारे में वह लिख दीजिए जो वह सुनना नहीं चाहता, तो अगले दिन वकील का नोटिस मिल जाता है। तुनकमिजाजी सुनने की इससे ज्यादा दयनीय मिसाल और क्या होगी ?

क्या आपको यह नहीं लगता कि अपने दोष की समझ ही एक लेखक के विकास का मूल बिंदु है, फिर अपने ही विकास का विरोध क्यों ?

अविश्वास ! अपनी क्षमता और स्थिति को लेकर अविश्वास और असुरक्षा का भयंकर एहसास ही एकमात्र इसके मूल में हैं। मैं इसे कुंठित और अवरुद्ध विकास भी कहना चाहूँगा। आलोचना को एक और संभावना के संकेत के रूप में लिया कहाँ जाता है। उसमें कोई न कोई क्षुद्र मंतव्य तलाश कर लिया जाता है। यदि मैं आज राकेश की किसी कमी की बात करूँ, तो कहा जाएगा, मैं उसका अपने से आगे चलना सह नहीं पा रहा था। अतः दोष ढूँढ़ रहा हूँ।

समझ का यह स्तर रखते हुए लेखक की स्थिति उन्नत व्यक्ति की स्थिति कैसे हुई ?

मैंने कब कहा कि हुई ? बल्कि यह तो गिरे हुए कुंठित, असुरक्षित और दयनीय व्यक्ति की स्थिति है। यानी वह जहाँ है, वहीं बने रहना चाहता है। उसी स्तर पर बने रहने की आश्वस्ति और प्रशंसा चाहता है। आखिर जो भी हो रचना की कमी की ओर इंगित करता है, वह रचना के एक और आयाम या आयामहीनता की संभावना का ही तो संकेत देता है। दूसरे के बारे में कुछ कहकर उसकी क्षमता को काट-तराश नहीं रहा, बल्कि समृद्ध कर रहा है। मेरे सोचने के ढंग में, मेरी सोच, मेरी अपनी बुनावट भी होगी, जो एक नए दृष्टिकोण से उस पर प्रकाश डालेगी। हमारा कहीं कुछ न सुनने का आग्रह वस्तुतः रचना को छोटा बनाए रखने का आग्रह है, उसकी किसी भी संभावना से इंकार है। अपने में 'अंतिम शब्द' मानने का अहंकार कहीं बौनेपन के समर्थन में ही तो जिंदा रहता है।

हमारे जीवन की नैतिकता या बड़े अर्थों में मूल्यात्मक संरचना को स्थिर करने में लेखक का कितना हाथ है ?

मूल्यों को घनीभूत संहिता का स्वरूप दे सकने का काम लेखक का नहीं है, अगर वह काम लेगा तो उठा नहीं पाएगा। यानी अपनी धुरी से टूटकर एक अन्य क्षेत्र में घुसपैठिए की नियति प्राप्त करेगा। वह तो केवल सुझाव और निर्देश दे सकता है; जो उसके वैसा होने के प्रति संशय, क्रोध और प्रश्न पैदा कर सकता है। समाजशास्त्री या जिनका मूल्यों से

सीधा संबंध है, वह ही इसे रूप दे सकते हैं।

पर मूल्य तो मानवीय स्थितियों और नियति से निकलते हैं। लेखक यह नहीं कह सकता कि नैतिक मूल्यों से उसका कोई सरोकार नहीं है ?

पहले मानवीय स्थितियों, नियति और नैतिक मूल्यों के आपसी संबंधों और निर्भरता को साफ कर लें ! साधारणतः नैतिकता का जो अर्थ लगाया जाता है, वह सामाजिक मूल्यों में निर्धारित न होकर सामाजिक परंपराओं से संचालित होता है। मेरी समझ में नैतिकता व्यक्ति और व्यक्ति के बीच की समझ या सहज सम्मान से उद्‌भूत होती है। जिसे हम निकट पाते हैं, जिसकी हम चिंता करते हैं, उसे गलत स्थिति में रचना नहीं चाहते। निश्छल रूप से जो निजी मूल्य निर्मित होते रहते हैं, उन्हीं पर सामाजिक संरचना होती है, वक्त जितना भी लगे। बहुत कुछ आपसी व्यवहार से—रक्षा करने और रक्षित होने की पारस्परिक निष्ठा से, या जिंदगी की आपसी समझ के आधार पर ही नैतिक बोध निकाला जाता है। ऐसा नहीं होता कि हमारे पास बना-बनाया नैतिक ढाँचा है और हम उसके अनुसार अपने को गढ़ लें।

यह तो ऐसा हुआ, जैसे पहले कहानी के नियम पढ़े और गढ़े, बाद में कहानी लिखने बैठे। कुछ बनी-बनाई बातें व्यक्ति समाविष्ट भी करता है। फिर भी हर किसी का अपना तरीका, अपनी तलाश और जाँच है। बने-बनाए परंपरागत मूल्यों की स्वीकृति ने ही जात-पाँत, भेदभाव को जन्म दिया है। वस्तुतः यह 'रिजेक्शन' अस्वीकृति और अन्वेषण की द्वंद्वात्मक प्रक्रिया है।

क्या आप कहना चाहते हैं कि हमारी निजी नैतिकता भी एक प्रकार के सामाजिक संपर्क में से उगती है, अतः एक अर्थ में सामाजिक हो सकती है ?

कुछ-कुछ। कभी-कभी ऐसा भी होता है कि हमारी निजी नैतिकता, सामाजिक नैतिकता के विरोध, विद्रोह या अस्वीकृति में से आती हो। सामाजिक नैतिकता के खिलाफ जो खड़े होते हैं, आखिर उनका भी तो निजी नैतिक संकल्प या संस्कार होता ही है, बल्कि ज्यादा बड़ा होता है, क्योंकि उन्हें अकेले एक व्यवस्था के खिलाफ खड़े होना होता है। मैं तो यहाँ तक कहूँगा कि उस व्यक्ति का नैतिक बोध अधिक उन्नत है, जो समाज के समर्थन के बिना अधिक देर तक टिका रह सकता है और बने बनाए ढाँचे से ढुलक नहीं जाता। ऐसा करते ही लगता है, उसने लड़ाई छोड़ दी। उस ढाँचे में सुरक्षा है, परंतु जोखिम उन्होंने ही उठाए हैं जिन्होंने समानांतर मूल्यों की रचना करने का खतरा उठाया है। खतरा उठा सकना अपने-आप में एक निर्भीक बल और मूल्य है। स्त्री-पुरुष संबंधों को मैं नैतिकता का बहुत-बहुत छोटा हिस्सा मानता हूँ। वस्तुतः नैतिकता दूसरे की स्वीकृति के संपूर्ण बोध से ही उपजती है। द्वीप पर बैठा अकेला आदमी न तो नैतिक होता है, न अनैतिक।

संयोग से या चुनाव से आप और मन्नू जी सहकर्मी भी हैं और पति-पत्नी भी। एक ही क्षेत्र में साथ काम करने पर कुछ विचार तो बन ही गए होंगे ?

देखिए, हर बात के दोनों पक्ष होते हैं। कलाकार का सरोकार, भाव और विचार के संसार से होता है यानी जो कुछ अमूर्त और अदृश्य है, उसे ही तो हम जिंदगी के बिंबों में ढालते हैं। उसमें दीखने वाले संसार के प्रति जुड़ाव की निष्ठा को एक कलाकार ही समझ सकता है। दूसरी स्त्री शायद न इसे समझ पाती, न सह पाती; क्योंकि स्त्रियाँ यों भी बड़ी सांसारिक और व्यावहारिक होती हैं।

मैटर (घर) ही उनके पास नहीं होता, तो मैटिरियलिस्ट कैसे होंगी ?

मेरा मतलब है, जमीन से जुड़ी वास्तविकता से, मूर्त संसार से, आबद्ध होने से। सुरक्षा उन्हें चाहिए, सब चीजों से पहले। उसी के तहत उनकी सारी मानसिकता है। अकसर सोचता हूँ, किसी बहुत बड़े उद्देश्य के लिए वह, शायद इसलिए, कोई खतरा नहीं उठा सकती।

मसलन ?

मसलन, पुरुष संन्यास के लिए, लेखन के लिए या ऐसे ही किसी भी अमूर्त खब्त के लिए सब कुछ त्याग देता है, आत्मनिर्वासन स्वीकार कर लेता है, परंतु स्त्री काफी हद तक अपनी धुरी पर ही कायम रहना चाहती है। उसे घर, सुरक्षा, वास्तविक रूप में ही चाहिए—उनके अवधारणात्मक पक्ष से उसका लगाव कम है। वैसे भावुकता और स्नायविक तनाव में उसने बहुत किया है; फेथ (आस्था) और कन्विक्शन (विश्वास) के लिए खुद कुछ करने की बजाय उसने ऐसे व्यक्तियों से जुड़ना ज्यादा पसंद किया है, जो आस्था और विश्वास को जीते रहे हैं। गोर्की की 'माँ' मेरे कथन का सर्वश्रेष्ठ उदाहरण है।

इस बात का मेरे प्रश्न से क्या संबंध है ?

है। मन्नू लेखिका न होती तो इस अमूर्त संसार से मेरा जुड़ाव और निष्ठा कैसे समझ पाती ? बार-बार मुझे व्यवहार और संसार के धरातल पर ही घसीटती। कभी-कभी वह करती भी है। मगर अकसर तो कर्म और निर्णय, असहमति की स्वतंत्रता वह समझती है और हमारे बीच वह है। लेकिन हैंमिग्वे ने इस स्थिति को लेकर बड़ी सुंदर बात कही है—'रही लिलियन, सो हे भगवान्, उसे तो जिंदगी की रत्ती-भर भी समझ नहीं थी। होती कहाँ से ? मेरा खयाल था कि खुद लेखिका होने के नाते वह बातों को गहराई से समझेगी, पर उसे तो मेरे व्यक्तित्व का वह सारा गैरजिम्मेदार पक्ष ही दिखाई देता था, जो भयानक नस-तोड़ जिम्मेदारी के बाद आदमी में आता है...'

यानी इस संबंध का कोई निगेटिव पहलू नहीं है ?

है। दूसरी तरफ से वह भी है। कोई दूसरी स्त्री होती तो कलाकर्म से दूरी के कारण उसमें एक असाधारणता, 'ऑ' या सम्मान की भावना होती, और जो सुविधाएँ या 'लुकिंग आफ्टर' एक जरूरत के स्तर पर कलाकार को चाहिए, वही उसकी प्राथमिकता होती।

मगर यह बात मुझे भद्दी, अनएस्थेटिक और अश्लील लगती है कि कोई भी एक व्यक्ति दूसरे की सेवा के लिए ही जिए। नौकरी के साथ आपका व्यावसायिक अनुबंध होता है, उसे बिना कटुता के कभी भी तोड़ा जा सकता है। पत्नी के साथ ऐसा कहाँ हो पाता है ? मेरे लिए यह संबंध मित्र का ही होना चाहिए। असल में बात यह है कि एक ही क्षेत्र में होने के कारण दोनों व्यक्तियों की जीवन से अपेक्षाएँ, जरूरतें, महत्त्वाकांक्षाएँ एक ही प्रकार की होती हैं। अतः असंवेदनशील यदि इस स्थल पर हो तो एक-दूसरे को जगह न देने की, या न साध सकने की होती है; पति-पत्नी होने के बावजूद।

अपनी-अपनी जरूरतों को लेकर क्या ऐसी टकराहट आपके बीच रही है ?

टकराहट के प्रसंग हो सकते हैं, परंतु नहीं होते; क्योंकि साथ रहने लगने से एक-दूसरे के स्वभाव की समझ, एक बचाव बन जाती है। वस्तुओं के प्रति अपना निजी रवैया बदले बिना भी इसे एक प्रकार की अंडरस्टैंडिंग से साधा जा सकता है।

आपका क्या खयाल है, यह अंडरस्टैंडिंग मन्नू जी में स्त्री होने के कारण है या संवेदनशील लेखिका होने के कारण ?

स्त्री अधिक संवेदनशील होती है, पुरुष कम; ऐसा मैं नहीं मानता। इसे एक व्यक्ति की तरह देख सकना चाहिए। यों लेखक होने के नाते जितना संवेदनशील होना चाहिए, उतनी वह है। फिर यह जरूरी नहीं कि जीवन में हर बात को लेकर ही कोई 'सेंसिटिव' हो। अक्सर देखने में आता है कि कहानी-उपन्यासों में जो स्थितियाँ, मनःस्थितियाँ भीतर तक आंदोलित कर देती हैं, असली जीवन में वह आपको हिलाती तक नहीं, क्योंकि कहानी में कटे-छँटे एक ही घेरे में घूमते संवेगों का संसार होता है; जबकि जीवन में संदर्भ बड़े और प्रतिक्रियाएँ संश्लिष्ट कारणों से होती हैं।

मन्नू जी के लेखन के बारे में आपकी वस्तुगत राय क्या है ? एक लेखक की दूसरे लेखक पर राय ?

इसमें संदेह नहीं कि वह मेरी अपेक्षा अधिक सहज है, किसी प्रकार की कृत्रिमता, बनावटीपन से मुक्त। अनुभव को भी वह सीधा पकड़ती है, मेरी तरह टेढ़े-मेढ़े तिरछे रास्ते नहीं अपनाती, परंतु अनुभव के अर्थों की तलाश उसमें कम है।

इसका कोई विशेष कारण ?

शायद यह कि वह बहुत-सी चीजों को अपने स्थित रूप में ही मानकर चलती है। वस्तुओं को खोलने, टटोलने, पुनः निरीक्षण करने, दिए हुए तरीकों से अलग देखने और ग्रहण करने की कोशिश शायद उसमें कम है। मैं चाहता हूँ कि वस्तुएँ अपने वर्तमान रूप में कितनी सुंदर और स्थिर क्यों न हों, वह उनका परीक्षण करे। यह अपेक्षा मुझे उससे कलाकार और व्यक्तिगत, दोनों रूपों से है।

[1985]

अक्रोध की नीति यानी निरर्थक की उपेक्षा

दुर्गाप्रसाद अग्रवाल

[जैसे ही यह समाचार मिला कि राजस्थान साहित्य अकादमी श्री डूँगरगढ़ में राजस्थान युवा लेखक शिविर आयोजित कर रही है और कथाकार दंपत्ति राजेन्द्र यादव और मन्नू भंडारी भी उसमें आ रहे हैं, मेरे मन में समकालीन हिंदी कथा-परिदृश्य को लेकर बहुत सारे सवाल उभरने लगे। तत्काल राजेन्द्र जी को एक पत्र लिख दिया और बहुत तत्परता से उन्होंने उत्तर भी दे दिया कि मन्नू जी तो इस शिविर में नहीं आ पाएँगी किंतु उन्हें बात करके प्रसन्नता होगी। डूँगरगढ़ पहुँचकर राजेन्द्र जी से फिर अपना अनुरोध दुहराया और उन्होंने अपनी सहज मस्ती में कह दिया कि जब भी चाहो बात कर लेंगे। वहाँ संभागी गण प्रायः उन्हें घेरे रहते और एक बार तो लगने लगा कि बातचीत का अवसर शायद ही जुट पाए। लेकिन एक सुबह आखिर मैं अपना कैसेट रिकॉर्डर लेकर उनके कमरे में पहुँच ही गया। राजेन्द्र जी ने कहा कि मैं अपने सारे प्रश्न उन्हें एक साथ बता दूँ। उन्होंने कई प्रश्नों का तो एक साथ उत्तर दे दिया और कुछ पूरक प्रश्न मैंने बाद में और पूछ लिए। तो, यह बातचीत बाकायदा प्रश्नोत्तर शैली में तो नहीं हुई लेकिन पाठकों की सुविधा के लिए मैं उस शैली में इसे प्रस्तुत कर रहा हूँ।

बात क्योंकि राजस्थान के युवा कथाकारों के शिविर में हो रही थी, मुझे लगा कि यह जाना जाए कि राजस्थान के इधर के कथा हस्ताक्षरों के बारे में उनकी क्या राय है ?]

एक तो यह है कि मुझे राजस्थान के इधर बहुत संभावनापूर्ण कहानीकार लगते हैं। चार-पाँच तो हमारे सामने ही हैं जिनकी अच्छी कहानियाँ हम सबने पढ़ी हैं। मालचंद तिवाड़ी हैं, सत्यनारायण हैं, रामानंद राठी हैं, श्याम जाँगिड़ हैं जिनकी कहानियों की काफी चर्चा है। रामकुमार ओझा जैसे भी हैं जिनकी 'मोकामो' हमने छापी है। अपने आप में यह कहानियाँ संपूर्ण हैं और इन्हें हिंदी की अच्छी, विशिष्ट कहानियों के रूप में भी माना जा सकता है। अगर ये परंपरा वे चलाए रख सकें और कोशिश करते रहें तो निश्चित रूप से और अच्छी कहानियाँ देंगे। यहाँ मैं एक बात और कह देता हूँ। 'हंस' के माध्यम से मुझे करीब-करीब पूरे भारत की रचनात्मकता से मिलने का सौभाग्य मिलता है। मेरे दिमाग में कभी भी यह बात नहीं आती कि यह राजस्थान का कथाकार है, इसे लेना चाहिए, यह

बिहार का है इसे लेना चाहिए; मेरे सामने एक संपूर्ण मानदंड रहता है। उस लिहाज से अगर राजस्थान के कथाकार बार-बार आते हैं तो इसका मतलब है कि वे अच्छी कहानियाँ लिख रहे हैं। वरना राजस्थान से मेरा कोई इस तरह का लगाव तो है नहीं कि मैं राजस्थान की ही कहानियाँ छापूँ या दिल्ली की ही छापूँ। बल्कि इस मामले में तो मैंने दुश्मन ही ज्यादा बनाए हैं। छापता हूँ आठ-दस कहानियाँ और आती हैं डेढ़-दो सौ कहानियाँ। निश्चित रूप से जिनकी कहानियाँ वापस करने का दुर्भाग्य या एक गलत काम मुझे करना पड़ता है वे अच्छी भावना तो मेरे लिए नहीं रख सकते। उन्हें लगता है कि मैं पक्षपात करता हूँ या कि मुझे समझ नहीं है कहानी की। मैं मानता हूँ, हो सकता है कि वे बहुत अच्छी कहानियाँ हों और हम उन्हें न समझ पाते हों। लेकिन हंस के निकलने से अब मुझे आधी से अधिक पत्रिकाएँ पढ़ने की जरूरत नहीं रह गई है। साथ निकलने वाली कथा-पत्रिका देखूँ तो उनमें लगभग साठ-सत्तर प्रतिशत कहानियाँ पहले ही मेरी पढ़ी हुई होती हैं। मैं यह नहीं कहता कि जो हम लोग रिजेक्ट कर देते हैं तो वहाँ पहुँच जाती हैं। ऐसा नहीं है। भई, पत्रिकाएँ हैं तो कहानियाँ तो आएँगी ही, चाहे वे भोपाल की सत्येन कुमार वाली कहानियों में आएँ या कमल गुप्त की 'कहानीकार' में आएँ, 'सारिका' में आएँ, 'गंगा' में आएँ, कहीं आएँ। वे अपनी तो हैं ही। हाँ, इसका एक अलग अर्थ यह भी लिया जाता है कि राजेन्द्र जी को बड़ा दंभ है कि हमारे यहाँ से जो अस्वीकृत कहानियाँ हैं वे और जगह छपती ही नहीं हैं, उन्हें प्रथम और द्वितीय पुरस्कार भी मिलते हैं। यह दंभ जैसी कोई चीज नहीं है, मेरी समझ की सीमा है। हो सकता है, आपको एक कहानी पुरस्कार योग्य लगती हो और मुझे लगता है कि मैं इसे छाप भी नहीं सकता।

दूर से देखने पर तो यह लगभग असंभव ही लगता है कि हंस के पास प्रतिमाह जो डेढ़-दो सौ कहानियाँ आती हैं, राजेन्द्र जी उन सबको स्वयं पढ़ पाते हैं। फिर चयन कैसे होता है ?

देखिए, ऐसा है कि सबको तो पढ़ नहीं पाते। और अब यह गलत भी हो सकता है, सही भी हो सकता है। लेकिन एक ऐसी निगाह बन गई है कि पलटने से पता लग जाता है कि ये कहानी संभावनाओं वाली है, इसमें दम है कि नहीं। पहले तो अर्चना पढ़ती हैं कहानियों को। अकसर मैं कोशिश यह करता हूँ कि जो भी कहानी लौटे वह एक बार मेरी नजर से गुजर जरूर जाए। लेकिन दिक्कत क्या है कि मेरी याददाश्त बहुत कमजोर है।

यह बात मानने को जी नहीं चाहता।

यहाँ एक बात बताऊँ। मुझे कुछ खास तरह की चीजें याद रहती हैं। बाकी भूल जाता हूँ। कहानी में जब आप मुझे बताएँ कि उसमें क्या है तो मैं उसे याद करने की कोशिश करूँगा। जैसे शिवमूर्ति की ये जो कहानी हमने जून अंक में छापी, शायद मार्च-अप्रैल में मिली थी हमको। जब आई थी तब पढ़ी थी मैंने, उसके बाद अब तक नहीं पढ़ी। अभी

पिछले दिनों पढ़ी तो एकदम नई लगी। भूल गया था मैं। मोटे-मोटे डिटेल यानी फ्रेम याद था लेकिन जो बारीक विवरण कहानी की खूबसूरती होते हैं, वे निकल गए थे दिमाग से। इस याददाश्त का परिणाम यह भी होता है कि एक बार किसी एक कहानी को दुबारा भेज दिया। तो फिर मुझे लगा कि अरे, यह तो पढ़ी हुई है। मैंने लिखा कि यार, तुमने कहानी को तो दुबारा भेज दिया है। उन्होंने फिर माफी-वाफी माँगी। मैंने पूछा कि क्या तुम यह परीक्षा ले रहे थे कि ये कहानी पढ़ते हैं या नहीं, या ये विश्वास था कि पुराना ध्यान नहीं रहा होगा और शायद इस बार ले लेंगे।

आपके समकालीनों ने आप पर जो टिप्पणियाँ की हैं, आपने उन पर अपनी प्रतिक्रिया जाहिर क्यों नहीं की ?

आपने समकालीनों की अप्रिय टिप्पणियों वगैरह की बात की, तो देखिए एक बात बताऊँ कि मैं बीमारी की हद तक कॉन्फीडेंस का मारा हुआ हूँ। शायद इसी वजह से मुझे गुस्सा कम आता है। जिंदगी में भी, व्यवहार में भी, और अगर आपने मन्नू वाला मेरा संस्मरण पढ़ा हो तो उसमें मन्नू को मुझसे शिकायत यही थी कि आप नाराज क्यों नहीं होते ? मुझे लगता है कि नाराज होने जैसी कोई बात ही नहीं है। मान लीजिए किसी ने कोई गिलास तोड़ दिया है। जानबूझकर तोड़ा है तो हम पूछेंगे भाई, ऐसा क्यों किया है ? और अनजाने टूटा है तो वह किसी से भी टूट सकता है, उस पर गुस्सा होकर क्या करेंगे ? तकलीफ होती है, दुख होता है, उस क्षण शायद यह भी लगता है कि अगर यह जरा सावधानी बरतता तो यह नुकसान न होता, लेकिन गुस्सा नहीं आता। तो, ये लोग जो भी मेरे बारे में टिप्पणी करते रहे हैं, मुझे लगता है कि उनका जवाब देने की जरूरत क्या है ? अब जैसे 'गंगा' में कमलेश्वर ने तीन पेज में अपना एक दूसरा हिसाब चुकाने की कोशिश की और उन्होंने कुछ नए लेखकों को घसीटते हुए यह सिद्ध कर दिया कि ये शिखंडी लोग हैं और दूसरे की (मेरी और कमलेश्वर की) लड़ाई लड़ रहे हैं। मुझे लगा कि इसमें मैं अगर कुछ बोलता हूँ तो मेरी गलती है। मैंने ही शायद गलत किया इन लोगों के बीच में पड़कर। अगर उन्हें लगता है कि इन बातों का जवाब दिया जाना चाहिए, कि कमलेश्वर हमें व्यक्तित्वहीन, रीढ़हीन इत्यादि बता रहे हैं, तो वे खुद जवाब देंगे, मैं क्यों दूँ ? मैं अकसर इस तरह की चीजों में पड़ने से बचता हूँ वरना जवाब तो हर चीज का दिया जा सकता है।

देखिए, बात केवल जवाब देने की ही नहीं है। अगर आपके मित्र आपके व्यक्तित्व पर कोई टिप्पणी करते हैं, आपकी नीयत के बारे में कुछ कहते हैं, तो आपका भी तो कोई पक्ष होगा…

देखिए, कमियाँ दो तरह की होती हैं। एक इन्टेंशनल (जानबूझकर) और दूसरी अन-इन्टेंशनल प्रकृति की। अगर मेरी एक खास तरह की प्रकृति है तो शायद इस उम्र में नहीं बदला जा सकता। अगर है तो है। मान लीजिए कोई आरोप लगाता है कि मुझे कम दिखाई देता है

तो इसका जवाब यह है कि तुझे भी तो कम दिखाई देता है, तेरा तो सारा परिवार अंधा है ? इन सबका क्या फायदा। बात अगर सैद्धांतिक हो, वैचारिक बात हो तो मैं उसके पक्ष या विपक्ष में कुछ कहने की कोशिश भी करूँ। ये आपसी झगड़े चलते रहते हैं। कभी-कभी यह भी होता है कि दो मित्र हैं, क्लासफैलो हैं, एक, मान लीजिए स्मगलिंग में चला जाता है और उसे लगता है कि वह गलत रास्ते पर चला गया, तो एक तो वह अपनी जो हैसियत उसने उस रास्ते से पा ली है, उसे दिखाने, सिद्ध करने के लिए बहुत उत्सुक होता है। बढ़िया से बढ़िया कपड़े पहनकर आएगा, हर बार यही दिखाएगा कि तू तो वही फटीचर रहा, और मैं चाहे गलत रास्ते पर गया, लेकिन मैंने ये चीजें जमा कर ली हैं। दूसरे, कोई भीतर का गिल्ट (कचोट) होता है जो उसे ज्यादा एग्रेसिव, ज्यादा आक्रामक बना देता है। हो सकता है कि कमलेश्वर को लगा हो कि जिन लाइनों में वह चले गए हैं, या अब जो तरीके उनके हैं, उन्हें लेकर कोई कहे न कहे, आदमी खुद अपने भीतर सही-गलत महसूस करता है। उसके पीछे यही हो सकता है, तुम भी क्यों नहीं इसी रास्ते पर आए ? या इस व्यवहार के पीछे यही हो कि आदमी अपने को कहीं न कहीं सही सिद्ध करता है। तो ये तो साइकोलॉजिकल कॉम्प्लेक्सेज हैं। इनको लेकर क्यों झगड़ें ? अपना रास्ता उन्होंने खुद चुना। जिंदगी में उन्हें समृद्धि चाहिए थी, पैसे चाहिए थे, नाम चाहिए था—जिस तरह का नाम उन्हें चाहिए था—(वह अच्छा है या बुरा अलग बात है) वो उन्हें मिला। शिकायत मुझे कमलेश्वर से यह हो सकती है कि वे शब्दों का इतना खोखला और व्यर्थ इस्तेमाल करते हैं। यह मुझे तकलीफ देता है। एक-एक शब्द चुनकर बोलने वाले आदमी को यह क्या हो गया है ? कैसे कोई शब्द जैसी चीज के साथ इस बेरहमी और बेदर्दी से बलात्कार कर सकता है। कैसे उन चीजों को बोलता चला जाता है जिनमें न इसकी कोई आस्था है, न कोई विश्वास। बात में सत्त्व भी तो नहीं होता, मगर वह है कि बोलता चला जा रहा है ? मुझे यह शिकायत लेखक की तरह है, व्यक्ति की तरह नहीं। मुझे ऐसा लगता है कि कहीं कोई जमीन छूट गई है जिसे शब्दों के माध्यम से पाटने की कोशिश की जा रही है।

वैसे तो नई कहानी आंदोलन वाले दिनों पर आप सभी ने बहुत कुछ कहा, लिखा है, मैं यहाँ यह जानना चाह रहा हूँ कि उस काल के लेखन के बारे में अब आपका क्या खयाल है ?

जो जिंदगी आपने बिता ली, उसको बदल नहीं सकते। मैं यह कहूँ कि मैं सही ही हूँ, यह संभव नहीं है। यह भी नहीं कह सकता कि मैं गलत ही हूँ। जो कुछ मैंने किया शायद उसके सिवा कुछ कर भी नहीं सकता था। जैसी कहानियाँ लिखीं, शायद उसके सिवा लिख भी नहीं सकता था। वो अच्छी थीं, बुरी थीं···और बहुत ज्यादा अतीत को लेकर, लिखी हुई कहानियों को लेकर, उन्हें बार-बार उद्धृत करना या दिखाना, उनके महत्त्व को बताना, मुझे अच्छा नहीं लगता। वे कहानियाँ, अच्छा था, उस समय लिखी गईं, वरना इस समय जिस वैचारिक अंतर्द्वंद्व और जिस वैचारिक उलझाव से हम गुजर रहे हैं, इसमें वे कहानियाँ

खराब हो जातीं। उस समय लिख दी गईं, उनके पीछे एक जैन्युइन, एक ईमानदार किस्म की भावना थी, वरना आज विचार का आतंक ईमानदारी हो सकती है, मगर वे इस रूप में कहानी को खराब ही करते हैं।

क्या इस कथन से यह ध्वनि नहीं निकलती है कि विचार और विचारधारा कहानी के लिए घातक है ?

जहाँ तक विचारधारा का सवाल है, मैंने कई जगह लिखा है कि विचारधारा सूरज की तरह होती है। सूरज की तरफ आप चौबीसों घंटे देखेंगे तो अंधे हो जाएँगे। सूरज के प्रकाश से जो चीजें प्रकाशित होती हैं, उनको देखिए। सूरज की रोशनी के बिना तो जिंदगी चलती नहीं है। विचारधारा के बिना आप भी कुछ लिख नहीं सकते। हो सकता है, आप जानते न हों, फिर भी आपकी एक विचारधारा तो होती है। खतरा विचारधारा का आपके ऊपर हावी हो जाने का है। तब होता यह है कि आप सिद्धांत भी ज्यॉमेट्री की थ्योरी में लिखने लगते हैं, कि यही सिद्ध करना था, रचना एक तरफ रह जाती है।

इधर आपका लिखना बहुत कम हो गया है। खास तौर पर सृजनात्मक लेखन। क्या इसका भी इसी बात से कोई संबंध जोड़ा जा सकता है ?

शायद मेरे न लिखने के पीछे भी कारण यही है कि एक तरफ तो सारी स्थितियाँ, अपना व्यक्तिगत जीवन है, फिर इतना विश्लेषण, इतना विचार, इतनी सोच, बहस होने लगती है कि इसने रचनात्मक लेखन को दूसरी-तीसरी श्रेणी में डाल दिया है। शायद जिंदगी में भी ऐसा ही हुआ है। यह संवेदना के सूखते जाने का लक्षण है कि हम रचनात्मक चीजें नहीं लिख पाते हैं। आज की जिंदगी में संवेदना के ऊपर इतने आघात और प्रतिघात पड़ रहे हैं कि बड़ा मुश्किल हो गया है उसको बचाकर रख पाना।

यह मुश्किल आप ही की है या और लोगों के साथ भी ऐसा ही हो रहा है ?

सभी लोगों के साथ है। देखिए, एक बात बताऊँ। जो बहुत बोलते हैं वो तत्त्व की बात भी कहते हों, यह जरूरी नहीं। सिर्फ बोलना बात कहना नहीं है। यही लिखने के बारे में भी है। सिर्फ लिखते रहना, कागज रँग देना, शब्दों को एक खास तरह से जोड़ देना लिखना नहीं है। यह तो सिर्फ कसरत करने जैसा अभ्यास है, जो कहीं नहीं ले जाता। अर्थहीन भ्रम।

ऐसा क्यों होता है कि एक लेखक कुछ साल खूब लिखता है, और अच्छा लिखता है, उसके बाद उसे यह एहसास होता है कि अब लिखने को कुछ नहीं बचा है जबकि उसी समय में दूसरे लेखकों के पास लिखने को बहुत कुछ होता है। आज आपका और आपके समकालीनों का लिखना बंद-सा हो गया है जबकि नए लोग खूब लिख रहे हैं। जीवन-स्थितियाँ तो उनकी भी वही हैं।

उनके पास ऊर्जा है। हमारी ऊर्जा एक स्टेज तक जाकर खत्म हो गई या हमने अपनी

प्राथमिकताएँ बदल दीं, या जिंदगी की पूरी सोच को बदल दिया। रहने-सहने का तरीका बदल गया। देखिए, जवानी के दिनों में यानी बीस से चालीस साल की उम्र तक आप दुनिया बदल देने के सपने देखते हैं, उसी उत्साह में रचना भी होती है। फिर धीरे-धीरे क्रमशः आप ठंडे पड़ने लगते हैं, चीजों का 'जस्टिफिकेशन' तलाश कर लेते हैं कि यह तो ऐसा ही होना है, क्या करें ! हालाँकि मैं अपने भीतर इस तरह की लाचारी का भाव नहीं पाता, इसी वजह से शायद मानसिक रूप से अपने को बहुत सक्रिय और कर्मठ रखने की कोशिश करता हूँ। दूसरा यह कि रचनात्मकता के साथ जुड़े रहना भी तो महत्त्वपूर्ण है। प्रेमचंद मिलते थे, उन्होंने लिखना कभी बंद नहीं किया, लेकिन एक रचनात्मक माहौल के साथ भी जुड़े थे– पत्रिकाओं के माध्यम से, चाहे वह हंस हो, माधुरी हो या जागरण हो–तो ये जुड़ना भी बड़ा प्रेरणादायक होता है। अच्छा लगता है कि आप रचनाकारों के बीच हैं, रचनाओं के बारे में बात कर रहे हैं, उन्हीं के बारे में सोच रहे हैं। यह भी सच है कि जिस तरह की और जितनी बड़ी पत्रिका (हंस) मैंने निकाल दी है, वो टाइम और एनर्जी बहुत खाती है, बहुत लिखना पड़ता है। बाकी लोगों के पास स्टॉफ होता है, पाँच-सात लोग होते हैं। यहाँ मैं बिलकुल अकेला हूँ।

टी०वी० आज जिस तरह हमारी जिंदगी पर हावी होता जा रहा है, क्या उससे साहित्य की कोई क्षति हो रही है ?

बहुत भयंकर क्षति है। बात तो यह है कि इस पर सत्ता की 'मोनोपली' है। वहाँ बैठे हैं मूर्ख, अनपढ़, उजड्ड, भ्रष्टाचारी किस्म के अफसर, फिर टी०वी० के प्रोग्राम वैसे ही नहीं लिए जाते, बहुत खाने-पीने का चक्कर है, बहुत पैसा लिया-दिया जाता है। दूसरी बात यह इतनी समय खाऊ चीज है कि साहित्य और सोचने के लिए फुर्सत ही नहीं छोड़ता। सत्ता यही चाहती है कि आप अलग से बैठ के न सोचें। ये एक बहुत बड़ा खतरा है। साहित्य पर ही नहीं बल्कि हर सोचने वाले पर है क्योंकि यह हमला जितना निर्दोष लग रहा था उतना इन्नोसेंट है नहीं। यह हमारे परिवारों को तोड़ेगा, संवेदनहीनता की स्थिति पैदा करेगा। आज हर दर्शक टी०वी० से जुड़ने की कोशिश में है, आपस में जुड़ने की कोशिश खत्म हो गई है। हम चार-चार घंटे बैठे देखते रहते हैं। यह तो बहुत ही भयंकर खतरा है और हमें इसके बारे में सीरियसली इसलिए सोचना चाहिए जो परोसा जा रहा है वह या तो व्यापारियों के विज्ञापन हैं या फिर मनोरंजन के नाम पर बंबइया फिल्में हैं। सारे फिल्मी लोग इसमें घुस आए हैं। वही फॉर्मूला है जिससे वे हॉल में बैठी जनता की रुचि भ्रष्ट करते थे, अब उसे घर के अंदर ले आए हैं। क्या होने जा रहा है ? जो सरकारी कार्यक्रम हैं उनमें कोई नाखून और दाँत तो होते नहीं। पिलपिले किस्म के प्रोग्राम होते हैं। जनवाणी एक प्रोग्राम उभरा था, दबा दिया गया। सच की परछाइयाँ आने लगा था, उसको खत्म कर दिया गया। वहाँ तो कोई सार्थक, सच चीज आ ही नहीं सकती।

क्या ये प्रोगाम भी इसलिए नहीं थे कि इनके माध्यम से वो लोग अपनी विश्वसनीयता कायम रखना चाहते थे ?

एक बात मैं कहूँ। आपने देखा होगा, दिल्ली में मूलचंद हॉस्पिटल है, एक आदमी की महत्त्वाकांक्षाओं से बना है, लेकिन आज लाखों लोग उससे लाभान्वित तो होते ही हैं। इसी तरह, कारण चाहे जो भी रहे हों, विश्वसनीयता कायम करनी हो, प्रायश्चित्त हो, कुछ भी हो, अगर उसके जरिए कोई बात पहुँच जाती है तो बुरा नहीं है। कहा जाता है, 'बिहाइंड एवरी सक्सेसफुल बिजनेस, देयर इज अ क्राइम'।

(और इस पर जो अट्टहास लगा तो फिर आगे कोई सवाल करने की गुंजाइश ही नहीं बची।)

[1987]

जीवन का हासिल : चंद कर्जे, चंद दोस्त

उषा महाजन

[हौजखास में उनका डी०डी०ए०, एस०एफ०एस० फ्लैट। सादी, सौम्य, सुरुचिपूर्ण सज्जा। दीवान के पास कुर्सी पर बैठी हैं, वैसी ही सादी, सौम्य मन्नू दी। सुबह के दस बजे होंगे। बिजली गई हुई है। मोहन महर्षि ने अपनी कुर्सी खींचकर खुले दरवाजे के बीचोबीच जमा ली है। थोड़ी हवा तो मिलती रहेगी। प्रसिद्ध अभिनेता मोहन महर्षि नेशनल स्कूल ऑफ ड्रामा के गण्यमान्य डायरेक्टर रह चुके हैं। आज भी 'आषाढ़ का एक दिन', 'आधे-अधूरे' और 'तुगलक' का नाम लेते ही मोहन महर्षि का नाम याद आता है। अभी-अभी 'पुरवाई' सीरियल में विदेश से लौटे बड़े भाई का अभिनय रह-रहकर कौंधता है। आजकल 'गर्म हवा' के निर्देशक सथ्यू के साथ पंजाब समस्या पर 'चोली-दामन' सीरियल के प्रमुख अभिनेता हैं। चंडीगढ़ में ड्रामा के प्रोफेसर और मॉरीशस सरकार के नाट्य सलाहकार रह चुके हैं। शायद 'हंस' में नाटक के सिलसिले में लेखमाला पर कुछ बात करने आए हैं।

गर्मी के बावजूद बातें जारी हैं। साहित्य से शुरू होकर बातों का सिलसिला फिल्म, थियेटर और दूरदर्शन तक पहुँचता है। प्रेमचंद के उपन्यास 'निर्मला' पर इसी नाम से दूरदर्शन के लिए एक सीरियल बन रहा है। लिख रही हैं मन्नू दी। काफी समय तक मामला खटाई में पड़ा रहने के बाद अब 21 जून को उसकी पहली कड़ी प्रसारित हुई।

दरवाजे पर आहट हुई। शायद राजेन्द्र जी होंगे। कुछेक दिनों से एकांतवास के लिए वे अपने मित्र गिरीश अस्थाना के यहाँ स्थानांतरित हो गए हैं, कुछ अधूरी रचनाओं को पूरा करना है। 'हंस' के संयुक्तांक का भी दबाव है। एकाग्रता से लिखने के लिए एकांत की नितांत आवश्यकता होती है और यहाँ तो··· कोई न कोई परिचित, मिलने-जुलने वाले तो आते ही रहते हैं।

राजेन्द्र जी ही हैं। वही मस्तमौला अल्हड़-सी खुले दिल की हँसी। स्वागत करने और करवाने का वही अनौपचारिक आत्मीय तरीका। मोहन महर्षि से गर्मजोशी से मिले। पास आकर दीवान पर ही बैठ गए। मुखातिब होकर बोले, "हाँ, तो कर दिया न सारा मामला गड़बड़ आपने। मैंने तो आपके यहाँ का प्रोग्राम इसलिए रखा था कि वहाँ बसंत कांटिनेंटल से बासु को लेना था। जब तक हम लोग बातचीत करते तब तक··· खैर, बासु भी यहीं आते ही होंगे।"

मन्नू दी और मोहन महर्षि बातों में लगे हैं।

शुक्र है···बिजली आ गई। सबकी नजरें एक साथ ऊपर हिलती हुई पंखे की ब्लेडों पर पड़ीं। मोहन महर्षि अचानक ही उठ खड़े हुए, "चलूँगा अब···"

"अरे यार बैठो न !" राजेन्द्र जी ने आग्रह किया।

"नहीं राजेन्द्र जी, चलूँगा अब, दोपहर को···गुड़गाँव में शूटिंग है···"

मोहन महर्षि के उठते ही बासु ने प्रवेश किया। बासु चटर्जी अभी-अभी ताशकंद फिल्म फेस्टीवल से लौटे हैं। 'सारा आकाश' के जमाने से दोस्ती है। बीस सालों में फिल्म बीच से निकल गई है, लेकिन पारिवारिक मित्रता बनी है। बासु दिल्ली में हों तो संभव नहीं है कि साथ शामें न बिताएँ। अभी दिल्ली में कुछ दिन के लिए रुक गए हैं। 'हंस' में छपी सही राम की कहानी 'तेरे सिवा' पर फिल्म बनाने के लिए सहीराम से अनुबंध करना है। 'हंस' के ही जून '87 अंक में छपी शिवमूर्ति की कहानी 'तिरिया चरित्तर' पर भी वे एक टेलीफिल्म बना रहे हैं। पहले बना रहे थे मोहन महर्षि।

बासु चटर्जी को मन्नू दी से कुछ जरूरी बातें करनी हैं। दोनों मन्नू दी के कमरे में बैठ जाते हैं। रह जाते हैं राजेन्द्र और मैं।]

राजेन्द्र यादव—हाँ तो क्या बात थी ?
उषा महाजन—कुछ नहीं, बस मूड आ गया यहीं आने का···
राजेन्द्र यादव—अरे भैया, छोड़ो यह मूड-वूड। लेखकों को···

क्यों राजेन्द्र जी, आप भी तो बेहद मूडी हैं। देखिए ना, कहीं तो आपने 'जहाँ लक्ष्मी कैद है' और 'एक कमजोर लड़की की कहानी' जैसी लंबी-लंबी खूबसूरत कहानियाँ एक-एक सिटिंग में लिख डालीं और कहाँ पंद्रह-बीस सालों से आपने एक भी कहानी नहीं लिखी, जबकि इस दौरान हमारे आसपास इतना कुछ घटा कि···
उस पर कुछ लिखा नहीं, ऐसा तो नहीं है। उन स्थितियों पर कहानियाँ भले न लिखी हों, वैचारिक रूप से लेखों और विश्लेषणों के रूप में तो निरंतर 'रिएक्ट' करता ही रहा हूँ। ये जो तमाम संपादकीय और वैचारिक लिखता-कहता रहा हूँ, यह भी तो उन्हीं स्थितियों से जूझने का एक तरीका है। हो सकता है कहानी लिखने लायक अनुभव मेरे भीतर पक नहीं पाए या फिर मेरा सोचने का तरीका ही यह हो गया है, और मुझे लगने लगा कि कहानी से इन स्थितियों में कोई हस्तक्षेप नहीं हो पाएगा।

ऐसा तो नहीं कि 'अक्षर प्रकाशन' को ले लेने के बाद अधिक संघर्षों की समाप्ति ही आपके भीतर के कहानीकार के सुस्त पड़ जाने का कारण बनी हो ?
देखिए, मैंने सन् '51 से लेकर '68 तक, यानी अठारह साल तक 'फ्रीलांसिंग' की है। 'अक्षर प्रकाशन' को मैंने लिया सन् '68 में, और जिसे सचमुच आर्थिक कष्ट कहते हैं वह तो मैंने 'अक्षर' में पड़ने से ही जाना। इससे पहले तो मैं कलकत्ते में अलग कमरा लेकर

रहता था। नौकर भी रखता था। बल्कि छह महीने तो मैं एक होटल में एयरकंडीशंड कमरे में रहा।

सिर्फ कहानियों, उपन्यासों के पारिश्रमिक के बल पर…?

हाँ, मुझे बहुत अच्छा पारिश्रमिक मिलता था। सस्ते का जमाना था। अनुवाद भी करता था। एक अनुवाद से उस जमाने में दो हजार रुपए तक मिल जाते थे। खैर चलो, उस जमाने में अगर आर्थिक रूप से मैं अनिश्चित भी था तो भी हालत बुरी नहीं थी। गलत आदतें भी नहीं थीं तब फिजूलखर्ची की। पर अक्षर ने तो मुझे कभी आर्थिक रूप से निश्चिंत किया ही नहीं। आज की तारीख तक नहीं। एक बार तो ऐसी मुसीबत आ गई थी कि बंबई जाकर मुझे एक चिटफंड से रुपए उधार लाना पड़ा जिन्होंने मेरे विरुद्ध वारंट भी निकलवा दिए थे। कमलेश्वर और महावीर अधिकारी श्योरिटी थे।

इसके बावजूद आपने 'हंस' निकाला। इसमें भी आपने बहुत कुछ लगाया होगा। 'हंस' को लेकर आप कैसा अनुभव कर रहे हैं ?

शायद गौतम नवलखा से बात नहीं बनी होती तो 'हंस' नहीं निकालता। हाँ, तो एक तो यह कि आदमी को आर्थिक कष्टों में रहने की आदत हो जाती है। दूसरा 'हंस' निकालने के पीछे दो तरह की मानसिकताएँ थीं। नंबर एक—आसपास की रचनात्मकता और वैचारिक गहमागहमी से सीधे जुड़ने की आकांक्षा; नंबर दो—कहीं खयाल यह भी था कि नए साधन जुटाकर 'हंस' को निकालेंगे तो 'हंस' का जो व्यापक प्रचार-प्रसार होगा, वह हो सकता है, साल-दो साल में 'अक्षर' को अपने पैरों पर खड़ा कर दे। आदमी जब खोता ही चला जाता है तो जुए की मानसिकता हो जाती है कि सब कुछ लगा दें तो शायद सब कुछ लौट आए। पर हो सकता है कुछ भी न लौटे।

'हंस' को दो साल पूरे होने को आए; आपकी नजर में 'हंस' की उपलब्धि…?

'हंस' है इसलिए तो संतुष्ट हूँ लेकिन भीतर से लगता है कि इसमें बहुत कुछ किया जा सकता है। कमियाँ लगातार महसूस होती रही हैं। हाँ, आसपास की रचनात्मकता से सीधे जुड़कर रचनाकारों को एक मंच देने का सुख मुझे मिला है। वही मेरी उपलब्धि है। यह लोग मानते ही हैं कि 'हंस' ने व्यावसायिक पत्रिकाओं के बीच साहित्यिक पत्रिकाओं की गरिमा को पुनर्स्थापित किया है। लेकिन चूँकि इसके आर्थिक और व्यावसायिक पक्ष को हम नहीं सँभाल पा रहे हैं इसलिए यह बात परेशान कर सकती है कि अब क्या किया जाए ? कैसे इसे 'आत्मनिर्भर' बनाएँ कि यह कम से कम चलता रहे, क्योंकि आर्थिक घाटा एक स्थिति के बाद कोई भी नहीं सह सकता। दो साल तो पूरे हो गए हैं। अब देखिए क्या होता है। अभी तक एक 'सिस्टम' नहीं बना है।

इसी दृष्टि से हमने 'हंस' का यह विशेषांक तय किया है। हम इसमें कुछ सामग्री काफी योजनाबद्ध ढंग से दे रहे हैं जैसे मैक्सिको की सामग्री को लें, मैक्सिकन पेंटिंग ने

सारी दुनिया की पेंटिंग को, यहाँ तक कि फ्रांस की पेंटिंग को भी प्रभावित किया है। हमारे यहाँ दूरदर्शन पर जो 'हम लोग' सीरियलों से शुरुआत हुई है, उसकी मूल प्रेरणा एक मैक्सिन सोप-ऑपेरा से ही ली गई थी। वहाँ कला और साहित्य के क्षेत्र में जबरदस्त प्रतिभाएँ हुई हैं। उपनिवेशवाद के खिलाफ लड़ते हुए वहाँ का जो जुझारू लेखन आ रहा है। इस संयुक्तांक में उससे परिचित कराने का ही प्रयास हमने किया है।

दूसरी तरफ, इधर अपने देश में जो धार्मिकता का पुनर्विस्फोट हुआ है, उससे लगा कि वह हमारी तार्किक समझ को, हमारी बुद्धि को कुंठित कर रहा है; हमें धार्मिक भावुकता में डाल रहा है; अंधविश्वासों में कठमुल्लेपन में और एक खास तरह के रहस्यवाद में धकेल रहा है। 'हंस' का यह दूसरा खंड रामकथा को लेकर है, यानी आज रामकथा देखने की दृष्टि क्या हो सकती है ? क्या हम उसे उस तरह देखें जैसे रामानंद सागर दिखा रहे हैं, जैसे तुलसी ने दिखाया था या हम उसका सही संदर्भों में विश्लेषण करके कुछ सामाजिक सच्चाइयों को पकड़ने की कोशिश भी कर सकते हैं ? जब सारी दुनिया अंधश्रद्धा और सांस्कृतिक महिमा के नाम पर एक भेड़ियाधसान की शिकार हो तो कुछ लोगों को तो साहसपूर्वक यह कहना पड़ेगा कि नहीं, यह दृष्टिकोण न वैज्ञानिक है, न सही है। जुनून के बीच यह बहुत बड़ा रिस्क भी है और एक प्रकार की सेवा भी है कि हम विवेक को बचाकर रखने का प्रयास कर रहे हैं।

'हंस' में नए कहानीकारों को इतना अधिक अवसर देना क्या आपकी दृष्टि से उचित है ? ये नए कहानीकार आपकी दृष्टि में कहानी के विकास में कितने सहायक होंगे ?

जब हम ऐसी शंका प्रकट करते हैं कि नए लेखक कहानी के विकास में कितने सहायक होंगे तो हम शायद अपनी स्थिति को भूल जाते हैं, जब हम लिख रहे थे तो हमारे पहले वाले भी यही कहा करते थे। इसलिए शंका की कोई बात नहीं है। ये नए लेखक सीधे जिंदगी से, बहुत गहरी, जटिल सामाजिक स्थितियों और संघर्षों से आए हुए लोग हैं। इनका सबसे बड़ा योगदान यह है कि ये आज के संघर्ष को सीधे-सीधे हमारे सामने रख रहे हैं। ये वे लोग हैं जो भुगतते हैं; स्थितियों के शिकार हैं। अभी तक हमारे साहित्य की परंपरा यह रही है कि महिलाओं की तरफ से पुरुषों ने लिखा है, सहानुभूति से, करुणा से, समझदारी से। इसी प्रकार दलितों और शोषितों के बारे में भी मध्य वर्ग के लेखक रहे हैं। अब एक नई स्थिति भारतीय साहित्य में आ रही है कि दलित अपने बारे में खुद लिख रहे हैं, महिलाएँ खुद लिख रही हैं, गुणात्मक रूप से ये कहानियाँ निश्चय ही उन कहानियों से अलग हैं जो 'उनकी ओर से' दूसरों ने लिखी थीं। मराठी साहित्य में इस स्थिति ने बाकायदा आंदोलन का रूप ले लिया है; दूसरे साहित्यों में यह स्थिति जोर पकड़ती दीख रही है, लगभग हर भाषा के साहित्य में।

हमारे यहाँ के महिला-लेखन के विषय में आपकी क्या राय है ? कुछ समय हुआ कहीं पढ़ा था—कि हमारा महिला लेखन—एक प्रौढ़ फुरसती महिलाओं के दांपत्य को लेकर; अपने सुख-दुख का रोना-धोना...

अभी शुरू में यही आएगा। एक नॉर्मल लेखक की तरह तटस्थ होकर; अपने आपको काटकर लिखने में अभी उन्हें समय लगेगा। अभी तो वे अपने ही बारे में लिखेंगी, अपनी ही मुसीबतों, अपनी ही परेशानियों के बारे में। वैसे भी महिलाओं में अपने सुख-दुख को बढ़ा-चढ़ाकर कहने की, बार-बार दुहराने की प्रवृत्ति होती है। यही बात उनकी कहानियों में भी आ जाती है। शायद एक दो पीढ़ी बाद एक खास तरह की तटस्थता और वयस्कता उनके लेखन में आ जाए, बहुत-सी लेखिकाओं में आ भी गई है जहाँ वो अपने आपको अस्वीकार और नकार कर लिख सकती हैं। पर अपने आप पर हँस सकने वाली प्रौढ़ता अभी उनमें नहीं आई है। आपने कोई कहानी पढ़ी है जिसमें किसी ट्रेजिडी के लिए औरत ने खुद अपने आपको जिम्मेदार माना हो ?

हिंदी कहानी पर मार्क्सवाद का कितना प्रभाव है ?

हिंदी कहानी ही नहीं, दुनिया का कोई भी साहित्य मार्क्सवाद के प्रभाव से अछूता नहीं है। दुनिया भर में बीसवीं सदी का सर्वश्रेष्ठ साहित्य मार्क्सवाद के प्रभाव में या इससे लड़ते हुए ही लिखा गया है। यह जो शोषक और शोषित, 'हैव-एंड-हैवनॉट' दो वर्गों की समझ है यही अपने आप में मार्क्स की दृष्टि है।

लेखन में नैतिकता किसे कहेंगे ?

जिंदगी को बेहतर, सुखी बनाने के लिए जो जितना प्रतिबद्ध है वह उतना ही नैतिक है, कुछ परंपराओं और शास्त्रों से नैतिकता निर्धारित नहीं होती—इसलिए जिसे हम 'मॉरेलिटी' नाम से समझते हैं वह तो लेखन में नहीं चलती; क्योंकि वह रूढ़ि है। सारा लेखन ही 'मॉरेलिटी' की रूढ़ियों के खिलाफ है। नैतिकता की रूढ़ियाँ, या ज्यादा सही कहें तो आचरण की परिपाटियाँ हमारे आपसी व्यवहार को, संबंधों को, कहीं-कहीं घोंटती हैं, हमें झूठ में रहना सिखाती हैं। 'एक दुनिया समानांतर' की भूमिका में मैंने यह लेख लिखा भी है कि एक अकेले आदमी की नैतिकता का कोई अर्थ नहीं होता। द्वीप में बैठा हुआ हर आदमी बहुत नैतिक होता है। नैतिकता, अनैतिकता की कसौटी तो दूसरों के साथ के संबंधों में, आपसी व्यवहार में है। देखना यह होगा कि आपसी व्यवहार में मैं किस हद तक ईमानदारी बरतता हूँ कि मेरे मन में सामने वाले के लिए शुभचिंता भी हो और मैं अपने आपको भी न घोटूँ। नैतिकता का अर्थ है कि 'हाउ कन्सीडरेट यू कैन बिकम फॉर द अदर', अपने को दूसरे की जगह रखकर देखना, अपने से ऊपर उठ पाना; नैतिकता हमेशा संबंधों में ही तय होती है, इसकी कोई पूर्वनिश्चित धारणा नहीं हो सकती, कोई फॉर्मूला नहीं बन सकता।

लेखन में मेरी नैतिकता यह कहती है कि मैं उसके प्रति कितना ईमानदार हूँ। यदि मैं साहित्य को एक खास प्रकार का सम्मान देता हूँ, इसकी गरिमा को समझता हूँ तो क्या, मैं उसका निर्वाह कर रहा हूँ ? हमारे यहाँ नैतिकता का एकमात्र अर्थ—सैक्स व्यवहार है। वहीं से उदाहरण दूँ। सैक्स एक प्राकृतिक भावना है। अगर वह दोनों ओर से सहज ढंग से व्यक्त होती है तो बहुत-सी स्थितियों में नैतिक भी हो सकती है। अनैतिकता उसमें तब आएगी जब कोई बाहरी तत्त्व या मंतव्य उसे निर्धारित करने लगे। यानी जब आदमी यह सोचने लगे कि इससे हमें क्या मिल सकता है—मजबूरी का लाभ, रुपया-पैसा, पदोन्नति या फिर कोई और मतलब ? कुछ भी हो, वहाँ वह अनैतिक है। इसी तरह जहाँ रचना की अभिव्यक्ति का दबाव (जो निश्चित रूप से कहीं न कहीं समाज से जुड़ा है) अभिव्यक्ति ही अपने आप में एकमात्र लक्ष्य हो, वहाँ मैं उसे नैतिक लेखन मानता हूँ।

एक बात और पूछना चाहती थी। आज के लेखक में अपने समकालीन लेखकों के प्रति सहज सौहार्द और सद्‍भाव की भावना क्यों नहीं है ? आपके जमाने में तो ऐसा नहीं था।

मेरे खयाल से स्थिति बहुत बदली नहीं है। जितनी आज है उतनी ही पहले भी थी। लेकिन, इसे केवल लेखकों के साथ मिलाकर मत देखिए। इसको देखिए मनुष्य-मनुष्य के संबंध से लेकर। पचास साल पहले ऐसी दोस्तियाँ होती थीं जो जिंदगी-भर चलती थीं। छोटी जगहें होती थीं, लोगों के दायरे छोटे होते थे। लोग बार-बार मिल जाते थे। जिंदगी पहाड़ी पर चक्राकार चलती एक धीमी ट्रेन जैसी थी, कहीं उतर जाइए, कहीं चढ़ जाइए—दो कदम चढ़कर फिर पकड़ लीजिए। वह स्थिति तो अब है नहीं, इसीलिए लगता है कि⋯।

मन्नू दी के लेखन के बारे में आपकी क्या राय है ?

वह ज्यादा सहज है। मेरे लिए लेखन बौद्धिक कसरत या उठा-पटक के बाद आने वाली चीज है।

आप दोनों हमपेशा भी हैं और पति-पत्नी भी। दोनों रूपों में आप दोनों की एक-दूसरे के प्रति क्या अपेक्षाएँ हैं ?

हमपेशा होने के नाते, या बावजूद ऐसे ही दो लोगों में आपस में जो अपेक्षाएँ होती हैं, वही हमारी भी हैं। लेकिन दुर्भाग्य या सौभाग्य से, यह संबंध दो हमपेशा लोगों का संबंध नहीं है। संबंध पति-पत्नी का है। हम उन्हें उलझा देते हैं। यहाँ हमारी एक-दूसरे से प्रत्याशाएँ वही हैं जो किसी भी पति और पत्नी की हो सकती हैं, हाँ कुछ हेर-फेर के साथ—आधुनिक स्थितियों और संदर्भों में—शायद एक-दूसरे के दृष्टिकोण को कुछ ज्यादा अंडरस्टैंडिंग देते हुए।

राजेन्द्र जी ने घड़ी की तरफ देखा, "अच्छा भई, वक्त हो गया। 'अक्षर' चलेंगी ?"

अभी ? अभी तो नहीं राजेन्द्र जी, अभी तो घर जाना है। शाम को आती हूँ। आपसे एक-दो कहानी-संग्रह भी लेने हैं मुझे। 'किनारे से किनारे तक' और 'छोटे-छोटे ताजमहल' और समीक्षा की वह किताब भी 'अठारह उपन्यास', जिसमें 'चंद्रकांता संतति' पर आपका सत्तर पन्नों का लेख है। सुना है तब इसकी खूब चर्चा हुई थी। शायद उसके बाद ही उस लोकप्रिय उपन्यास का गंभीरता से अध्ययन करने का सिलसिला शुरू हुआ।

राजेन्द्र जी सुबह पाँच-साढ़े पाँच बजे उठ जाते हैं और दस-ग्यारह तक 'हंस' का वह काम करते है जो नितांत एकाग्रता चाहता है। सारे दिन तो दिल्ली की जिंदगी की गहमागहमी रहती है, जिसकी एक झलक मैं देख रही थी।

शाम के चार बजे का समय। अंसारी रोड पर 'अक्षर प्रकाशन' का कार्यालय। घुसते ही लगा कहीं कुछ अव्यवस्था अवश्य है। देखा, बाएँ हाथ की तरफ स्टॉफ के कमरे में फर्श बनाने का काम चल रहा था। सामने वाला कमरा 'हंस' की पुरानी प्रतियों तथा 'अक्षर प्रकाशन' की तमाम किताबों के गट्ठरों से ऊपर से लेकर नीचे तक भरा पड़ा है। वहीं किताबों के ढेर के बीच छोटी-सी मेज जमाकर प्रूफ रीडिंग कर रही हैं रेणु। घनी और निर्बाध दाढ़ी वाले हरिनारायण जी भी पास ही बैठे अपने काम में जुटे हैं।

राजेन्द्र जी मिले दाहिनी तरफ के छोटे-से कमरे में। दिन-भर के काम और थकान के बावजूद चेहरे पर वही चिर-परिचित निश्चिंतता, वही सहज मुस्कान। मुँह में पाइप दबाए लापरवाह से बैठे इस व्यक्ति के भीतर कितनी बेचैनियाँ, कितनी परेशानियाँ, कितनी उलझनें उथल-पुथल मचा रही होंगी, उन्हें करीब से जाने बिना कोई नहीं समझ सकता।

सामने सोफे पर 'हंस' के संयुक्त अंक की रचनाओं और सामग्री को अंतिम रूप देते बैठी हैं अर्चना वर्मा। और करीब ही अरविंद जैन। हरिनारायण और अर्चना के सक्रिय सहयोग के बिना संभवतः राजेन्द्र जी 'हंस' को उस रूप में न निकाल पाते, जिस रूप में आज वह पाठकों के सामने है। कहानियों, कविताओं को पढ़ने और चयन करने, अनुवाद और प्रस्तुतीकरण का काफी जिम्मा अर्चना पर भी है।

अरविंद जैन राजेन्द्र जी के निकट मित्रों में से हैं। पेशे से वकील होते हुए भी साहित्य में उनकी अनन्य रुचि और आस्था है।

कमरा छोटा-सा है और मिलने वाले एक के बाद एक आते ही रहते हैं। किसी ने शायद कमरे के छोटे होने का जिक्र भी किया। राजेन्द्र जी ने हँसकर जवाब दिया, "प्रेम गली अति साँकरी, यामे दो न समायँ।"

सचमुच दिल बड़ा हो तो छोटी जगह में भी समाया जा सकता है। कमलाप्रसाद जी अभी-अभी पधारे हैं। बरनाला (पंजाब) की पंजाबी लेखकों की एक 'संगोष्ठी' से लौटे हैं। उन्होंने बताया कि पंजाब में यह चेतना आ रही है कि अब कौन गलत है, कौन सही। वहाँ के बुद्धिजीवी धार्मिक आडंबरों, विश्वासों और रवायतों को जैसे का तैसा नहीं लेते—

बाहर की खुली दुनिया में खड़े होकर भी देखते हैं। कमलाप्रसाद, ज्ञानरंजन के साथ मिलकर हिंदी की सबसे स्थायी पत्रिका 'पहल' निकालते हैं। राजेन्द्र जी ने नरेश सक्सेना का जिक्र किया, "बहुत प्यारा आदमी है।"

और नरेश सक्सेना हाजिर। नरेश जी लखनऊ में लोक-निर्माण विभाग में हैं। बेहद ही सावधान, सहज कवि हैं। पत्नी विजया सूरीनाम में संस्कृति-सचिव हैं। नरेश जी बच्चों को लेकर जा रहे हैं मिलने। नरेश जी कविताओं को लेकर सुझाव दे रहे हैं कि 'हंस' ने कविता की प्रतिष्ठा को स्वीकार्य बनाया है इसलिए कवियों से आग्रह किया जाए कि वे अपनी सर्वश्रेष्ठ रचना ही दें। इस बीच चाय-कॉफी के दो दौर चल चुके हैं। उठने को हुई ही थी कि कामतानाथ जी ने प्रवेश किया—पीछे-पीछे श्री कुबेरदत्त। जगह की तंगी है।

अगर जल्दी निकल सके तो शाम को किसी गोष्ठी, सेमिनार, नाटक या ऐसे ही आयोजन में होते हुए राजेन्द्र जी घर पहुँचेंगे, तब या तो घर किसी को आना होगा या उन्हें कहीं जाना होगा। वह कहते हैं, "अपने आप से बहुत लड़ने-झगड़ने के बाद शाम का समय मैंने दिल्ली के नाम दे दिया है, अगर आप इसके हिस्से न बनें तो यहाँ रहने का अर्थ क्या है ? हाँ, मैं सब जगह नहीं जाता। खास तौर पर राजनीतिक या दूतावासों के कार्यक्रमों से बचने की कोशिश करता हूँ।" आज की शाम बासु के साथ बीतेगी। रात को पढ़ना-लिखना नहीं हो पाता।" दिल्ली में दारू का बहुत रिवाज है। इसके बाद तो खाओ—और सो जाओ। राजेन्द्र जी इस मामले में अभी आउट नहीं हुए, "जानती हैं मैंने कुछ नियम बना लिए हैं। अकेला नहीं पीता, दो-तीन पेग से आगे नहीं बढ़ता और लगातार कई दिन हो जाएँ तो पाँच-सात दिन नागा कर देता हूँ।" लोगों से मिलना-जुलना, घूमना, गप्पें लड़ाना राजेन्द्र जी को अच्छा लगता है, कपड़े, खाना उनकी कमजोरी है। "मैं चौबीस घंटे लेखक बन कर नहीं रह सकता।" साथ काम करने वालों को देखकर आपसी बातचीत से आप तय नहीं कर सकते कि वह इनका नौकर है, चपरासी है, ड्राइवर, मैनेजर या बॉस। वे सबसे दोस्ती के धरातल पर मिलते हैं।

बहुत पढ़ने के लिए बदनाम राजेन्द्र जी को देखकर कोई नहीं कह सकता कि वह लेखकीय स्वतंत्रता और गरिमा को लेकर इतने चौकस हैं, या अक्सर बेलिहाज होकर दृढ़ता से अपनी बात कहने में कभी नहीं चूकते। अपने स्वभाव-व्यवहार, स्थिति और मित्रों के कारण राजेन्द्र जी शायद पिछले बीस वर्षों से दिल्ली में ही वह 'नियामतें' आसानी से पा सकते थे जो यहाँ आने के दो-चार सालों में ही हर टुटपुँजिया तेज-तर्रार लेखक पा लेता है--घर, पुरस्कार, विदेश यात्राएँ, सम्मान, राजनीतिक वरदहस्त, अभिनंदन और पद…। वे तीस-पैंतीस साल लेखकीय जीवन में बिताने के बाद भी कहते हैं कि कुछ आर्थिक कर्जों और मित्रों के सिवा मेरी कोई उपलब्धि नहीं है, जो कुछ है वह सब मन्नू का है और चालीस साल पढ़ाने के बाद इतना तो कम से कम हरेक के पास हो ही जाता है। एक लड़की है सो शादी के बाद अपने यहाँ है, नौकरी करती है। चूँकि जिम्मेदारी नहीं है

इसलिए अपने आपको लेकर बहुत 'हाय-हाय' भी नहीं है। पैसा मेरी कमजोरी कभी नहीं रहा। हाँ, काम आसानी से चलता रहे—बैंक में तो आज भी हजार-ग्यारह सौ से ज्यादा नहीं हैं, इसलिए ग़ालिब की तरह कह सकता हूँ, "बाई द वे, ग़ालिब भी आगरा के थे, कलकत्ता होते हुए दिल्ली आए थे, 'चंद तस्वीरेबुतां चंद हसीनों के खुतूत···बाद मरने के मेरे घर से यह सामां निकला'··· ।"

नहीं, तब तो ग़ालिब की दूसरी लाइन आप पर ज्यादा लागू होती है—'कर्ज की पीते थे मय और समझते थे कि हाँ, रंग लाएगी हमारी फाकामस्ती एक दिन···।'

सिर्फ मय की जगह 'हंस' कर दीजिए···हँसकर कहते हैं।

[1988]

और एक पुनश्च यह भी

उषा महाजन

नदी बाढ़ पर थी और मानिक के मन में कोई बार-बार दुहराए जा रहा था, रूबी को पानी में धक्का देने का यही मौका है··· यही मौका है। फिर ऐसा अवसर नहीं आएगा।

फिर वह पुलिस अफसर से कहकर कांत को फोन कराएगा। जैसे ही उन लोगों के सामने पड़ेगा कि बेहोश होकर गिर पड़ेगा। अभिनय पक्का होना चाहिए। और मान लो, रूबी को मल्लाह निकाल लाए··· फिर अगर रूबी ने कहीं बता दिया कि धक्का उसे मानिक चाचा ने ही दिया था, तो··· तो··· माथे पर पसीना नहीं आया था, लेकिन उसने रूमाल से कसकर माथा पोंछा।···

आपकी कहानी 'किनारे से किनारे तक' का यह अंश या ऐसे ही कई अंश पढ़कर मन करता है राजेन्द्र जी कि कहूँ आपसे कि आपकी कहानियों, उपन्यासों के अधिकतर चरित्र निरंतर मानसिक संघर्षों से गुजरते रहते हैं। आप बार-बार उनके भीतरी हिस्सों को उघाड़ते हैं, खासकर उनकी क्षुद्रता, उनके घटियापन, उनके अधूरेपन को···आपके चरित्र बेहद सेल्फकांशस किस्म के···।

मुझे ऐसा लगता है उषा जी, कि अधूरापन आदमी को कहीं भीतर से बहुत सचेत कर देता है। जब आप इस बात को महसूस करते हैं कि आप में कोई कमी है, कुछ मिसिंग है तो आप बहुत सेल्फकांशस हो जाते हैं, लेकिन घटियापन के रास्ते से ही आदमी अच्छाइयों की तरफ जाता है। मेरे बहुत कम पात्र हैं, जो नेगेटिव हैं। मेरी ज्यादातर कहानियाँ एक प्रकार की ट्रांसेंडेंस की कहानियाँ हैं। इस कहानी में शुरुआत निहायत टुच्चेपन की बातों से होती है, पर देखिएगा कैसे कहानी वहाँ से ट्रांस्सेंड होती है (उत्कर्ष की ओर जाती है) और एक पॉजिटिव नोट पर आकर रुकती है।

पॉजिटिव नोट ! लेकिन आपके कहानी-उपन्यासों के नायक तो अकसर अनिर्णय की स्थिति में ही पाए जाते हैं। कभी वे प्रेमिका और पत्नी के बीच लटके रहते हैं तो कभी दो प्रेमिकाओं के बीच। वे हमेशा बंधनों को काटकर भागने को व्याकुल रहते हैं, खासकर दांपत्य बंधनों को ? परिस्थितियों का सामना करने की बजाय वे उनसे निकल भागते हैं। यही 'उखड़े हुए लोग' में हुआ, यही 'एक इंच मुस्कान' में और यही 'सारा आकाश' में···।

संघर्षों में जुटे रहने का मतलब गुमनाम शहीद होना नहीं है। संघर्ष का एक हिस्सा एक

विकल्प की तलाश में भटकता रहता है। विकल्प की यह बेचैनी भी संघर्ष का उतना ही हिस्सा है, जहाँ सिर्फ एक ही स्थिति से लड़ते रहें, वह तो अस्तित्वहीनता की स्थिति कहलाएगी, विकल्पहीनता की स्थिति, जहाँ सारे रास्ते व्यर्थ हो गए हों !

आपने बताया था कि मैट्रिक करने के बाद आगरा आने पर आपका संपर्क कम्युनिस्ट पार्टी से हुआ और आपने उससे संबंधित लेखन बहुत पढ़ा। फिर क्या बात है कि आपकी अधिकतर कहानियाँ, उपन्यास दलितों, शोषितों पर आधारित न होकर मध्य वर्ग की बेबसी, लाचारी और कुंठा को ही चित्रित करते हैं ?

देखिए, शौक-शौक में, शुरू में गरीबों पर कहानियाँ लिखी थीं। सामाजिक रूढ़ियों और धार्मिक अंधविश्वासों पर भी लिखी थीं, लेकिन धीरे-धीरे मुझे यह लगने लगा कि जो हमारे अनुभवों का क्षेत्र नहीं है, उस पर कहानी नहीं लिखनी चाहिए। मैं खुद मध्यम वर्ग का था। अनुभव भी उसी तरह के थे तो उसी आधार पर लिखने लगा। 'नई कहानियों' का एक बहुत बड़ा मुद्दा अनुभूति की प्रामाणिकता भी था—यानी वह यथार्थ, जो आपके अनुभव का हिस्सा हो…।

आप अनुभूति और प्रामाणिकता की बात करते हैं, लेकिन आपका पहला ही उपन्यास 'सारा आकाश' आपका स्वयं का भोगा हुआ सत्य न होकर आपके मित्र का भोगा हुआ यथार्थ था…

दरअसल बाद में हम लोगों ने प्रामाणिकता पर सोचा तो लगा कि प्रामाणिकता का मतलब यह नहीं कि उस स्थिति से आप स्वयं गुजरे हों। प्रामाणिकता का मतलब है कि आपका वह अनुभव, जो दूसरे अनुभव से भी प्रामाणिक होता हो। 'सारा आकाश' की कहानी चाहे दूसरे की हो, पर वह पूरा वातावरण, पूरा परिवेश और संबंध तो मेरे ही थे।

आपकी रचनाओं में सामाजिक संबंधों और सरोकार को नकारकर व्यक्ति को ही प्रधानता दी गई है, ऐसा क्यों ?

नहीं, ऐसा नहीं है। ऐसा सोचना गलत है। मेरा शुरू से ही यह विश्वास रहा है कि व्यक्ति कभी बिलकुल अकेला, कटा-छँटा नदी के द्वीप की तरह नहीं होता। उसके भीतर ही पूरा समाज होता है। वह अपने आपको चाहे जितना विलक्षण और निजी समझता हो, होता वह एक विशेष सामाजिकता की ही देन है। एक विशेष सामाजिक स्थिति में ही वह उस तरह देख सकता है, उस तरह सोच सकता है। तो ये निजी व्यक्ति की नहीं, एक सामाजिक व्यक्ति की कहानियाँ हैं।

लोगों को शिकायत है कि आपका शिल्प आपकी कहानियों पर हावी होता जाता है और नक्काशी करने के चक्कर में आप अपने कथ्य को कमजोर बना देते हैं।

बिलकुल गलत बात है। मैं यह मानता हूँ कि कहानी-कला की अपनी शर्तें होती हैं। कला

में जब आप प्रयोग करते हैं तो किसलिए करते हैं ? एक तो चमत्कार दिखाने के लिए, दूसरे अपनी बात को ज्यादा प्रभावी ढंग से कहने के लिए। एक उदाहरण देता हूँ—मेरी कहानी है—'एक कमजोर लड़की की कहानी', जिसको लेकर मेरे ऊपर शिल्प का बहुत आरोप लगाया गया है। इसकी शुरुआत इस तरह से होती है कि 'पाठको, इसमें मैं दुखांत और सुखांत दोनों तरह के पाठकों के लिए कहानी कह रहा हूँ।' चमत्कार लगता है न, लेकिन जिस थीम को मैंने लिया है, उसमें एक लड़की के खंडित व्यक्तित्व को डील किया है, जो एक साथ ही ट्रेजिक भी है और कॉमिक भी। उस ट्रेजिडी और कॉमेडी को एक साथ पकड़ने के लिए मुझे वैसे ही शिल्प की जरूरत थी। या कुछ इस तरह की बात है कि एक मशीन में तरह-तरह के पेच लगे होते हैं, जो कि एक ही पेचकस से नहीं खुल सकते। उनके लिए तरह-तरह के पेचकस चाहिए। उसी तरह बिना यथार्थ को भोथरा किए अगर मैं कहानी को उसके कथ्य के मुताबिक शिल्प देने की कोशिश करता हूँ तो इसें चमत्कार क्या हुआ ?

शिल्प के तो आप इतने आग्रही हैं, लेकिन भाषा के बारे में आपकी कोई प्रिटेंशंस नहीं हैं ?

नहीं, मैं ऐसा नहीं समझता। मेरी कहानी में भाषा का बेशक बहुत फर्क न हो, लेकिन हर कहानी में एक खास तरह की भाषा तो होती ही है, जैसे 'अभिमन्यु की आत्मकथा' में किसी और तरह की भाषा है तो 'ढोल' कहानी में किसी और तरह की, और 'सिंहवाहिनी' में बिलकुल दूसरी तरह की। भाषा तो पात्र, स्थिति और पूरे वातावरण के हिसाब से बदलती रहती है।

इन कहानियों से याद आया कि आपको 'ढोल', 'सिंहवाहिनी', 'गुलाम' वगैरह फैंटेसी की कहानियाँ लिखने का खयाल कैसे आया, जबकि आप सीधे-सीधे प्रभावशाली कहानियाँ लिख सकते थे ?

हाँ ! आपने अच्छा प्रश्न पूछा। मुझे लगता है कि आदमी एक नहीं, दो-तीन धरातलों पर जीता है। आपसे बात कर रहा हूँ, हो सकता है कि मेरे भीतर कोई दूसरा धरातल भी साथ-साथ चल रहा हो। कभी ऐसा होता है कि ऊपरी बातें बहुत व्यर्थ लगने लगती हैं। असली बात 'भीतरी मंतव्य' हो जाती है। एक आंतरिक संवाद आपके भीतर चल रहा होता है, वह असली होता है और ऊपरी तो सिर्फ औपचारिकता होती है। कभी-कभी जब यथार्थ सिर्फ दिखावटी चीज लगने लगता है तो क्यों न सीधे मंतव्य को पकड़ा जाए और ऊपरी खोल को अस्वीकार कर दिया जाए। ऐसे में मंतव्य को पकड़ने के लिए सीधे-सीधे फैंटेसी पर उतना पड़ता है। यानी अंतःयथार्थ को पकड़ने की कोशिश में बाहरी यथार्थ को अस्वीकार करने, उसे तोड़ने में फैंटेसी का जन्म होता है। 'सिंहवाहिनी', 'ढोल' आदि में जो बात कहने की कोशिश की गई है, वह हो सकता है कि सामाजिक स्थितियों में रखने

के बाद कथ्य को बहुत कमजोर कर देती है।

अच्छा, आखिरी बात। 'हंस' निकालते आपको दो साल पूरे होने को आए हैं। इसका जून-जुलाई संयुक्तांक निकला है। 'हंस' को लेकर क्या आप पूरी तरह से संतुष्ट हैं ?

देखिए, मानसिक रूप से मैं बहुत संतुष्ट हूँ कि मुझे आसपास की रचनात्मकता से सीधे जुड़ने का मौका मिला, रचनाकारों को उनकी वैचारिक अभिव्यक्ति के लिए एक सशक्त मंच प्रदान हो सका, पर इतना जरूर है कि इसके आर्थिक पक्ष और व्यवस्थापकीय को हम नहीं सँभाल पा रहे हैं। बहरहाल, हमारी कोशिश बनी हुई है कि 'हंस' को इसी रूप में किसी न किसी तरह निकालते रहें। इसी दृष्टि से हमने 'हंस' का संयुक्तांक निकाला, जिसमें मुख्य रूप से दो प्रकार की सामग्री दी गई है—एक तो मैक्सिकन साहित्य से संबंधित और दूसरी रामकथा को लेकर। मैक्सिको में कला और साहित्य के क्षेत्र में जबरदस्त रचनाकार हुए हैं। उपनिवेशवाद के खिलाफ लड़ते हुए वहाँ का जो जुझारू लेखन है, उसी को जगह देने का प्रयास हमने इस संयुक्तांक में किया है। रामकथा से संबंधित हिस्से में हमने विश्लेषण किया है कि रामकथा को देखने की विवेकपूर्ण दृष्टि क्या हो सकती है।

[1988]

विचार अनुभव का स्थानापन्न नहीं है

अर्चना वर्मा

[राजेन्द्र जी से यह सारी बातचीत एक गप्प गोष्ठीनुमा मुलाकात में हुई। पहला सवाल इस बातचीत की वजह को ही बनाते हुए मैंने पूछा।]

षष्टिपूर्ति को लेकर तो खासा हल्ला-सा मचा हुआ है आजकल। कैसा लग रहा है सठियाना-समारोह ?

अपने संदर्भ में कहूँ तो सचमुच इस खयाल को महसूस नहीं कर पा रहा हूँ। होते हैं, कुछ भव्य, कुछ गंभीर, गरिमामय व्यक्तित्व जिनके साथ इस तरह के समारोह शोभा देते हैं। जैसे अज्ञेय हुए, हजारीप्रसाद द्विवेदी हुए। मुझे तो अब तक यह अपनी पकड़ से परे, पहुँच से दूर जैसी स्थिति लगती रही है। एक बुजुर्गियत, आशीर्वादी भाव और निष्क्रियता से जुड़ी स्थिति, मानो मुझे तो वहाँ तक पहुँचना ही नहीं है।

मुझे अभी गरिमा के साथ बूढ़े होने की बात गले नहीं उतरती। मानो मुझसे अपनी लड़ाई छोड़ देने को कहा जा रहा हो। क्यों छोड़ दूँ ?

तो फिर अब क्या इरादा है ? अपने लिखने को लेकर ? कोई नई शुरुआत ? कोई संकल्प ?

इरादा तो पूरा है। ऐसे लोगों के उदाहरण भी मेरे सामने हैं, जिन्होंने लेखन-संपादन साथ-साथ किया है, बखूबी किया है। प्रेमचंद थे। अज्ञेय थे। और भी लोग। यह है कि बड़े कड़े मानसिक अनुभव वाले लोग थे, मैं नहीं हूँ। 'हंस' के अंकों की मासिक तैयारी के साथ बहानों की सुविधा भी रहती है कि अभी तो संपादकीय लिखकर दिया है, अभी-अभी तो अंक प्रेस में गया है, एकाध दिन आराम और इतने में दूसरा अंक ! लिखने की इच्छा तो बहुत होती है, पर मुश्किल भी लगता है। कहानी लिखने के लिए, जो एक 'इन्नोसेंस' यानी एक सीधापन, एक भोलापन, आविष्कार का रोमांच होता है, वह नहीं है। लिखने की मेरी प्रक्रिया भी पहले से सोचकर, साफ करके लिखने वाली प्रक्रिया है। चीजों के आविष्कार वाली नहीं, उद्घाटन वाली। यह जरूर लगता है कि उन बातों को कहना जरूरी है, जिन्हें लोग स्वीकार करने से कतराते हैं, झिझकते हैं, पर यह आशंका भी कि कोई न कोई पहले भी कहीं कह चुका होगा, बनी रहती है। पहले जैसा आत्मविश्वास कि

आप ही पहली बार यह बात कहने जा रहे हैं, नहीं है। 'हम दोहरा रहे हैं' की भावना या 'कहीं हम दोहरा न रहे हों' की आशंका लिखने नहीं देती।

यह सीमा क्या इस वजह से महसूस होती है कि अपने आपको एक निश्चित आकार में गढ़ चुके हैं ? खुद अपनी हदों को पहचानने और तोड़ने की जरूरत है ?
शायद ऐसा ही हो। इससे भी ज्यादा यह कि भाषा और सोच में से इतना ही है, जो हमारी संपत्ति है। कहीं उसके अप्रभावी होने की चेतना और कचोट...

ऐसा मानो अपनी भाषा को पूरा-पूरा निचोड़ चुके हो ?
नहीं। मानो भाषा पूरी-पूरी अपने कब्जे में नहीं है।

कोई नया उपन्यास लिखने की योजना है ?—कुछ नया धमाकेदार ?
[उनके बारे में शायद अश्क जी ने कहीं लिखा है कि डंका बजे, तहलका मचे, धमाका हो, यह उनकी प्रिय चिंता है।]
(हँसते हुए) क्या धमाका ! हेमिंग्वे की वह बात पता नहीं तुमने सुनी है या नहीं कि उसने हर प्रेम-प्रसंग में से एक उपन्यास निकाला। जहाँ प्रेम-प्रसंग ही नहीं हो, उपन्यास कहाँ से हों ?

यह तो मन्नू जी ही बेहतर बताएँगी।
[राजेन्द्र जी ने ठहाका मारा। ऐसा ठहाका वे बात से कतराने या जवाब न देने के लिए इस्तेमाल करते हैं।]
मजाक की बात अलग रही, मैं सचमुच मानता हूँ कि लेखक के पास एक 'बोहेमियन एटिट्यूड' होना जरूरी है। एक फक्कड़, घुमक्कड़ रवैया। अनुभव की ताजगी भी उसी में से आती है और चीजों को ताजी निगाह से देखा जा सकता है। हिंदुस्तान में हम लोग नहीं कर पाते। हम लोग यों 'रुटीन' और 'रिसपेक्टेबिलिटी' (ढर्रों और सम्माननीयता) के शिकार हैं। 'बहुत कुछ ऐसा है जो नहीं कहना है' का दबाव लगातार बना रहता है। अपने शास्त्र में लेखक के लिए यात्राओं को जरूरी बताया गया था। यात्रा सिर्फ नई जगहों और नए लोगों से मिलने की बात नहीं। यात्रा के दौरान आप एक गुमनामी हासिल करते हैं। गुमनाम होने में एक स्वतंत्रता है। नए अनुभव का मतलब नई दृष्टि भी है। अपने आपको नई स्थितियों में ढाल सकने की क्षमता भी जोखिम से जुड़ी है। हमारे यहाँ स्थितियाँ ऐसी हैं कि हम लोग कर नहीं पाते। शुरू में आर्थिक साधन नहीं होते। फिर बाकायदा अन्य अंकुश हो जाते हैं, 'इनीशिएटिव' खत्म हो जाता है।

यानी सजग रूप से अगर लेखन का चुनाव व्यवसाय के तौर पर किया जाए तो जिंदगी के साथ रिश्ता भी एक अलग तरह का हो ?
अपनी बात कहूँ तो मेरे ऊपर लेखकीय स्वतंत्रता हावी रही। नौकरी से बँधकर रहने में

बासीपन आ जाने का खतरा लगता था और ऐसे किसी भी पैटर्न को तोड़ने की छटपटाहट होती थी। 'हैक वर्क' के तौर पर पसंद की चीजें ही अनुवाद वगैरह के लिए चुनीं। यही आग्रह रहा कि लेखन के संदर्भ में जिस काम का मन न हो, वह न किया जाए। फिर भी, लेखन के अलावा भी जीवन में बहुत कुछ होता है। अन्य स्तरों पर समझौते करने पड़ते हैं, किए। जिंदगी में बहुत-से जो उलझाव आए, उनके पीछे उन समझौतों से छूटने की इच्छा भी शायद कहीं हो। जहाँ आखिरी फैसला आपके अपने हाथ में न हो और लोग जुड़े हुए हों, वहाँ भागा नहीं जा सकता। इससे भी ज्यादा दिक्कत यह है कि एक तरह के 'पैटर्न ऑफ लिविंग' की, रहन-सहन के ढंग की आदत पड़ जाती है। उससे आप उतना बँध जाते हैं कि छोड़ना मुश्किल लगता है। वैसे मेरी निजी कोशिश निजी तौर पर यही रही है कि उस दायरे के भीतर भी चीजों से यथासंभव मुक्त रहें और उसके बाहर निकलने पर कह सकूँ कि असुविधा कोई नहीं।

जब पहली कहानी आपने लिखी, तब से लेकर अब तक में जो यात्रा आपने तय की···?

शुरुआत तो भावुक, झटकेदार कहानियों से ही हुई थी। तब और हो भी क्या सकता था, पर एक असंतोष लगातार बना रहा और कहानी के रूप, संरचना वगैरह को लेकर लगातार प्रयोग भी करता रहा। पुरानी टेक्नीक, रिपोर्ताज में कहानी, प्रतीक वगैरह, फेबलनुमा फैंटेसी यानी खुद अपने औजारों के साथ लगातार प्रयोग।

एक अफसोस यह रह गया है कि जिन बहुत-से विषयों पर कहानियाँ लिखनी थीं, वे लेख लिखने में खत्म हो गए।

एक बात बताइए कि जितनी गहराई से और जितने आयामों से आपने स्त्री-पुरुष संबंधों को देखा है उतने में स्त्री की और किसी छवि को नहीं। क्या यह अधूरा और एकांगी देखना नहीं है ?

'अपने पार' नाम की कहानी में माँ है। फिर भी मोटे तौर पर तुम्हारी बात ठीक है। दरअसल लेखन के विषय में, रूप में चुनाव करते समय मुझे वे ही संबंध आकर्षित करते हैं, जिनमें पहले से कोई सीमाएँ निर्धारित होती हैं। जिन्हें आप अपने आप पढ़ते हैं। बहन, बेटी, माँ ये मैं ऐसा तो नहीं कहूँगा कि संबंध नहीं हैं, पर फिर भी, इनमें स्थापित स्थितियाँ ज्यादा हैं। व्यक्ति के चुनाव का तो खैर प्रश्न ही नहीं, संबंध भी वहाँ पहले से ही आधा तो तय है। बाकी आधा अगर आप पर निर्भर है भी तो विकसित होता है, गढ़ा नहीं जाता। यह औरत को अधूरा और एकांगी देखना नहीं, बल्कि विषय के रूप में जो चुनौतीपूर्ण है, उसे चुनना है।

जनवादी कहानियाँ क्यों नहीं लिखीं आपने ?

लिखने की आकांक्षा जरूर है। अनुभव की सीमा है। फिर भी कुछ तो लिखी भी हैं। लंच

टाइम, रोशनी कहाँ है आदि। वैसे यह सही है कि अस्तित्व के संघर्ष की कहानियाँ मैंने कम लिखी हैं, व्यक्तित्व के संघर्ष की ज्यादा।

कहानी की आलोचना की स्थिति को लेकर आपको क्या लगता है ?
आलोचना है कहाँ ? रिव्यू को ही ले-देकर आलोचना कह लो। बाहर जितने भी अच्छे समीक्षक हैं या हुए हैं, वे सब बड़े समाजशास्त्री भी हैं। कॉडवेल, लुकाच, ग्रामची, लेबी स्ट्रॉस, ट्रिलिंग वगैरह। यहाँ न तो वैसी अंतर्दृष्टि और न सामाजिक बुनावट की समझ। मेरे खयाल से उसके बिना कोई बड़ा आलोचक होना संभव नहीं।

संगठन और आंदोलन का जो प्रभाव यां दबाव साहित्य पर होता है उसकी भूमिका को लेकर आपके मन में कोई संशोधन या अपनी कल्पना है क्या ?
हमारे यहाँ लेखन की स्थिति यह है कि अब भी यह कोई रोजगार या व्यवसाय नहीं। इस स्तर पर संगठन की एक सार्थक भूमिका हो सकती है। लेखक जन एक समुदाय के रूप में अपनी समस्याएँ एकजुट होकर सुलझाएँ, एक दबाव-समूह की तरह से काम करें। ट्रेड यूनियन की तरह। जैसे कारीगरों की सामूहिक लड़ाइयाँ लड़ी जाती हैं।

कागज की महँगाई, रॉयल्टी की समस्याएँ, लेखक-प्रकाशक संबंध या सत्ता धाँधली या अभी इस समय यही असगर वजाहत के 'बूँद-बूँद' का टेलीकास्ट क्यों बंद हुआ वगैरह। हाँ, संगठन का यह दावा कि लेखक को यह वैचारिक तराश देगा, जरूर घातक है। रचना लेखक की व्यक्तिगत चीज है। वह तो उसके लिए कोई लिखेगा नहीं। लेखन की नींव अनुभव है। विचार अनुभव को तराश और परिप्रेक्ष्य तो दे सकते हैं, पर उनका स्थानापन्न नहीं हो सकते।

[1989]

साहित्यिक पत्रकारिता तो एक तरह की फ़कीरी है

अरविंद त्रिपाठी व विश्वनाथप्रसाद तिवारी

अ०त्रि०—आज साहित्यिक पत्रिका की जो हालत है, वह पहले की तुलना में कैसी है ? यादव जी, शुरुआत आपसे ही करता हूँ।

देखिए, आपकी बात को मैं इस तरह रखना चाहूँगा कि हम सबसे पहले अपने सामने यह साफ कर लें कि साहित्यिक पत्रकारिता और व्यावसायिक पत्रकारिता में अंतर कहाँ है ? किस चीज को लेकर है ? क्या प्रसार-संख्या को लेकर आप अंतर मानेंगे या उसकी रूपरेखा को ? क्या रूपरंग, प्रस्तुतीकरण से अंतर करेंगे, या उसमें लिखने वालों से ? मैं ऐसा मानता हूँ कोई पत्रिका किस तरह से निकलती है, इससे फर्क नहीं पड़ता। उसमें खर्चा कितना होता है, इससे भी अंतर नहीं पड़ता। अंतर होता है व्यावसायिकता से। अंतर होता है अपनी एप्रोच से, दृष्टिकोण से। मान लीजिए, एक बहुत अच्छी फिल्म कोई बनाता है, खूबसूरत फिल्म। वह कथ्य के साथ न्याय करना चाहता है और अपनी बात के लिए प्रतिबद्ध है। वह वही कहना चाहेगा। बाजार से समझौता नहीं करेगा। फिर चाहे उसमें चालीस लाख लगे या चालीस हजार। चालीस और पचास लाख लगने के बावजूद 'शतरंज के खिलाड़ी' एक रचनात्मक फिल्म, गैर व्यावसायिक फिल्म है। लेकिन तीन लाख की 'जय संतोषी माँ' व्यावसायिक है क्योंकि उसका उद्देश्य पैसा कमाना है, धार्मिक भावनाओं को ब्लैकमेल करना है। मैं यह मानता हूँ कि छोटी पत्रिका या लघु पत्रिका भी व्यावसायिक हो सकती है और बड़ी पत्रिका भी गैर-व्यावसायिक हो सकती है। यह अंतर मैं अपने लिए करता हूँ कि उसमें आपके कंसर्न, आपके सरोकार क्या हैं ? आप उसके जरिए क्या करना चाहते हैं ? आपकी 'एप्रोच' क्या है ? इससे तय होगा कि पत्रिका व्यावसायिक है या नहीं।

वि०ति०—यादव जी, आपने बहुत अच्छी बात कही कि पत्रिका निकालने की दृष्टि व्यावसायिकता या अव्यावसायिकता को निर्धारित करेगी। लेकिन, अगर किसी पत्रिका में बहुत ज्यादा पैसा खर्च होता है तो एक बात तो यह उठती है कि लगाई गई पूँजी वापस कैसे आए क्योंकि लगातार पत्रिका निकालते रहना भी जरूरी होता है। एक अंक निकालने की बात तो होती नहीं है, हमारी चुनौती सबसे बड़ी यह है

कि उस पत्रिका को लगातार निकलते भी रहना चाहिए। तो बड़ी पत्रिकाओं के पास, पूँजीवादी संस्थानों के पास तो सारी मशीनरी है। उनके पास पूँजी है और वे पैसा कमाने के लिए ही पत्रिकाएँ निकालते हैं। पर अव्यावसायिक पत्रिका अगर बहुत ज्यादा पैसा खर्च करती है तो उसका अर्थशास्त्र कैसे बनेगा ?

देखिए, पत्रिका में, एक छोटी पत्रिका में पाँच, दस, बीस हजार रुपए का इन्वॉल्वमेंट होता है। छोटी पत्रिका मित्रों के बीच में निकाली जाती है और गंभीर साहित्यिक पाठक या साहित्यिक लेखक ही उसे पढ़ते हैं। सामान्य पाठक शायद उसे नहीं पढ़ता। पूरी एप्रोच इस बात पर निर्भर करती है कि आप पाठक की जो बनी बनाई रुचि है, उसे तृप्त करना चाहते हैं या एक नई तरह की रुचि पैदा करना चाहते हैं। यानी जिसे कहते हैं क्रिएटिंग द टेस्ट एंट टेस्ट द क्रेडिट। जो व्यावसायिक एप्रोच है वह केस को केटर करती है। जो जिस तरह का पाठक चाहता है उस तरह का हम काम लेते हैं। वो चीज एक उत्साहीकरण में परिणत होती है। शुरू में साहित्यिक नई तरह की फिल्में आई थीं। उनमें पैसा बहुत लगा। और लगभग जितने लोगों ने बनाईं, चाहे मणिकौल हों, चाहे बासु चटर्जी हों, चाहे बासु भट्टाचार्य हों या श्याम बेनेगल हों, उन सबको आर्थिक रूप से काफी हानि उठानी पड़ी। यह हो सकता है कि उस दबाव में कुछ व्यावसायिकता की तरफ चले गए। कुछ लोगों ने बनाना बंद कर दिया हो और कुछ ने उस अवसर की तलाश की कि जब फिर दुबारा बनाएँगे और फिर घाटा उठा लेंगे तो यह एक तरह की फकीरी है। बहुत-से लोग हिंदी साहित्य में ऐसे हुए हैं जो एक-एक व्यक्ति से भीख माँगकर अपने जीवन को झोंककर पत्रिका चलाते थे।

वि०ति०—हाँ, हमारा खयाल यही है कि अगर अव्यावसायिक दृष्टि है किसी संपादक की या किसी पत्रकार की, तो थोड़ी पूँजी के लोगों से एक-एक रुपया चंदा दो-दो रुपया, दस-दस रुपया करके इकट्ठा किया जाना चाहिए। कहीं एक सूत्र से वह पैसा नहीं आना चाहिए। अगर कहीं एक सूत्र से भारी पूँजी आती है तो जाहिर है उसे व्यावसायिक दृष्टि अपनानी पड़ेगी। तो अब एक सवाल इसके साथ पाठकों का भी उठता है। आप अगर एक व्यावसायिक पत्रिका निकालना चाहते हैं और रुचियों का परिष्कार करना चाहते हों, तो आपका पाठक वर्ग कैसे बने इसको आपने कभी…।

एक पत्रिका आप निकालते हैं और एक पत्रिका मैं निकालता हूँ। आपकी पत्रिका उस तरह की गुरु-गंभीर और गरिमामयी पत्रिका है, जैसी कि साहित्यिक पत्रिकाएँ निकला करती हैं। 'आलोचना' भी उसी तरह से निकलती है। दूसरी तरह की पत्रिका आप 'हंस' को मान सकते हैं। इसके पीछे मेरा विचार यह था कि एक बहुत बड़ी रीडरशिप या पाठक वर्ग मिले। आज हिंदी पत्रकारिता का दृश्य कुछ इस तरह का है कि सारी पत्रिकाएँ या तो राजनीतिक सनसनियों में चली गई हैं या भंडाफोड़ किस्म की पत्रकारिता में। जो थोड़ा बहुत साहित्य था वो धीरे-धीरे बिलकुल हाशिए पर होते-होते बाहर चला गया है। कुछ पत्रिकाओं में तो उसे बिलकुल निकाल दिया गया है और कुछ ने सिर्फ शोभा के लिए एक

या दो पन्ने रखे हुए हैं। बाकी सबमें यही छपता है कि कौन राजनेता क्या करता है और फलाना क्या करता है, क्रिकेट के खिलाड़ी क्या करते हैं ? फिल्म वाले क्या करते हैं ? बस, ये तीन-चार समुदाय के लोग ही आज की पत्रकारिता के हीरो हैं। इन्हीं से पत्रिकाएँ भरी पड़ी हैं। ऐसे माहौल में मुझे लगा कि ऐसा बहुत बड़ा पाठक वर्ग है, जिसे मैं अंग्रेजी में कहना चाहूँगा 'डिसग्रेस्टेड रीडर्स', वह इन सबसे बहुत खिन्न, क्षुब्ध और झुँझलाया हुआ है। उसे अगर सुरुचिपूर्ण रचना सुलभ की जा सके तो वह जरूर पढ़ना चाहेगा। फिल्मों की तरह। जैसे इन व्यावसायिक और बाजारू फिल्मों का एक बहुत बड़ा दर्शक वर्ग है जो वही-वही फॉर्मूला फिल्में, वही-वही अश्लीलता, जैसे वही-वही ढिशुम-ढिशुम देखकर बहुत दुखी हो गया है। अगर उसे अवसर मिले तो वह शायद अच्छी फिल्में देखना चाहेगा। यह सही बात है क्योंकि दस सालों में एक ऐसा दर्शक सामने आया है। अच्छा, तिवारी जी, आपसे जो बात मैं पूछना चाहता हूँ वह यह है कि लिखने वालों का आपके, यानी पत्रिकाओं के प्रति क्या रवैया है ? साहित्यिक पत्रकारिता को दो तरह से देखना होगा। पत्रिका के पाठक के साथ संबंध और अपने लेखकों के साथ संबंध। इन दोनों के बीच में संपादक को या तो केंद्रीय व्यक्ति कहेंगे या सेतु। सेतु मैं इसलिए नहीं कहूँगा क्योंकि सेतु बड़ी तटस्थ चीज है। संपादक तो वैयक्तिक चीज है। रचना के साथ वह छेड़छाड़ भी करेगा, उसको माँगेगा भी, उसको बदलेगा भी। सेतु की तरह तटस्थ और निर्लिप्त वह नहीं रह सकता। इसलिए मैं केंद्रीय व्यक्ति कहना चाहूँगा। उस विषय में अपने कुछ अनुभव बताइए आप।

वि०ति०—मान लीजिए कि कभी-कभी ऐसा होता है कि किसी खास विषय पर अंक केंद्रित करना है या खास व्यक्ति पर अंक केंद्रित करना है तो यह ध्यान में रखना पड़ता है कि उस विषय के जानकार लोग कौन हैं जिससे उनको लिखें, उनसे रचनाएँ मँगाएँ। हमने यह ध्यान कभी नहीं रखा कि पत्रिका में किसी तरह से किसी अन्य तर्क के कारण हम किसी से बार-बार लिखवाएँ। फिर भी पत्रिका के साथ एक लेखक वर्ग का होना मैं जरूरी महसूस करता हूँ। अगर कोई लेखक वर्ग उस के साथ जुड़ा हुआ नहीं है तो समय पर अंक नहीं निकलेगा। तो किसी भी रूप में आपको अपना एक लेखक वर्ग तैयार करना पड़ता है। तो हमारे भी पाँच-दस लेखक हैं जिन पर मैं निर्भर करता हूँ।

अ०त्रि०—यादव जी, आपसे मैं एक सवाल और करना चाहता हूँ ? यह बताइए, इस समय समकालीन साहित्यिक पत्रकारिता की स्थिति क्या है। पिछले चालीस वर्षों के साहित्य का अगर जायजा लिया जाए तो इन पत्रिकाओं में कौन-कौन-सी ऐसी पत्रिकाएँ हैं जिनका साहित्यिक दृष्टि या ऐतिहासिक रूप से महत्त्व है ?

देखिए, सवाल के मैं दो हिस्से करना चाहूँगा। साहित्यिक पत्रिकाएँ दो वजह से निकाली

गई हैं। एक तो बहुत सही बात और उसके पीछे सभी, हम सभी की, चाहे मैं हूँ, चाहे तिवारी जी हों, एक व्यक्तिगत महत्त्वाकांक्षा होती है। उसे अच्छे शब्दों में कहना चाहूँ, तो अपनी समकालीन रचनात्मकता और विचार का जो द्वंद्व है, उसके साथ जूझने की इच्छा होती है, उसमें कुछ प्रमाणित करने की आकांक्षा होती है। इसको जरा नीचे गिरा दीजिए तो व्यक्तित्व को स्थापित करने की इच्छा होती है। अगर गलत न समझो तो स्थापित होने की जरूरत न मुझे है और न तिवारी जी को। निश्चित रूप से हम यह मानते हैं कि किसी एक साहित्यिक रचना को अपनी समकालीन रचनात्मकता के साथ जोड़ना और जूझना मुख्य उद्देश्य रहा है। इसमें किसी के दो अंक निकल सकते हैं, तो किसी के पाँच अंक। दूसरी तरफ यह भी होता है कि दस आदमियों का दल बनाया और अपनी एक पावर के साथ सौदेबाजी की स्थिति में आ गए। साहित्य के साथ कुछ ऐसा ही बर्ताव करने वाले रचनाकारों की जमात ने भी पत्रिकाएँ निकाली हैं जो अपने को इस माध्यम से भी स्थापित करना चाहते थे कि दस-बीस लेखक इकट्ठे हो जाएँगे और स्थापित हो जाएँगे। उसमें बहुत जल्दी ही बिखराव आ जाता है क्योंकि एक व्यक्ति की महत्त्वाकांक्षा के लिए सब लोग उसका आसन या सिंहासन उठाने के लिए बहुत वक्त तक तैयार नहीं होते और पत्रिका बंद हो जाती है, अनियमित हो जाती है और वह हमेशा एक आकांक्षा पाले रहता है कि कभी अवसर मिला तो पत्रिका फिर निकालूँगा। इस तरह की पत्रकारिता है, दूसरी सचमुच की रचनात्मकता…।

अ०त्रि०—अगर नाम भी लें तो ज्यादा अच्छा रहेगा।

कोई जरूरी नहीं है इस तरह कहा जाए। दूसरी तरह की पत्रिकाएँ वे हैं जिन्होंने साहित्यिक सूझ को, साहित्यिक विचार को या रचनात्मकता के साथ जूझने को मंच दिया है। और ये मंच व्यावसायिक पत्रिकाएँ नहीं दे सकती थीं। देखिए 'लिटिल मैग्जीन' की सबसे बड़ी चीज है कि उसमें आप जोखिम उठाते हैं। आप वह कहना चाहते हैं और कहते हैं, बहस करना चाहते हैं और बहस करते हैं। बिना इस बात की चिंता किए हुए कि इसकी कितनी प्रतियाँ बिकेंगी। इसलिए आप सीधे-सीधे साहित्यिक समस्याओं से जूझ सकते हैं। और ऐसी बहुत-सी पत्रिकाएँ हैं जो चाहे लंबे वक्त तक निकलती रही हों, चाहे बहुत थोड़े वक्त तक, उनका एक स्थायी महत्त्व है। 'कृति' मेरे खयाल से साल-डेढ़ साल तक निकली लेकिन उसमें एक इफेक्ट था। तो, इस तरह की पत्रिकाएँ भी रही हैं जैसे किसी जमाने में इलाहाबाद से 'नई कविता' निकली, जगदीश गुप्त ने 'निकष' बाद में निकाला। 'नई कहानियाँ' निकली। या इस समय जैसे अपने व्यक्तिगत साहस से पिछले पच्चीस-तीस वर्ष से ज्ञानरंजन 'पहल' निकाले चले जा रहे हैं और विश्वनाथ जी 'दस्तावेज' अंक निकाले चले जा रहे हैं, या प्रकाश जैन ने जैसे 'लहर' निकाली। इस तरह की पत्रिकाओं का एक साहित्यिक इतिहास है—साहित्य को बनाने-बिगाड़ने या उसको दिशा देने में। आपको ताज्जुब होगा कि जो बहुत अच्छी रचनाएँ हैं और जिनकी बाद में बहुत चर्चा हुई, वे बड़ी

पत्रिकाओं में नहीं आईं। रेणु की 'तीसरी कसम, उर्फ मारे गए गुलफाम' आपको मालूम है किस पत्रिका में आई ? 'अपरंपार' नाम से एक पत्रिका पटना से निकली थी, जिसका केवल एक अंक निकला। निर्मल वर्मा की 'परिंदे' या मेरी 'जहाँ लक्ष्मी कैद है' या 'गुलकी बन्नो', ये सब 'निकष' जैसी छोटी-छोटी पत्रिकाओं में आईं। इसके बाद बड़ी पत्रिकाओं में चर्चित हुईं। कविता के बारे मे तो तिवारी जी ज्यादा बताएँगे कि कितनी अच्छी कविताएँ लघु पत्रिकाओं में आईं। तो, लघु पत्रिका का एक बहुत बड़ा रूप, बहुत बड़ी भूमिका साहित्य का स्वरूप निर्धारण करने में और उसको दिशा देने में है।

अ०त्रि०—तिवारी जी, आपका इस संदर्भ में क्या विचार है ?

वि०ति०—कई पत्रिकाओं का नाम तो यादव जी ने लिया। उनके अलावा अगर और नाम लेना चाहें तो 'साक्षात्कार' का, 'आलोचना' का, 'पूर्वग्रह' का लिया जा सकता है। और जैसा कि यादव जी ने कहा कि हमारे समय का कोई भी लेखक छोटी पत्रिकाओं के द्वारा ही साहित्य में स्थान पाता है। आपको बहुत ऐसे लेखक मिलेंगे जिनकी कोई रचना किसी व्यावसायिक पत्रिका में छपी ही नहीं। व्यावसायिक पत्रिकाओं ने कम से कम यह काम तो नहीं किया कि वे लेखक को प्रतिष्ठित करें या लेखक की रचना को सही (जेनुइन) पाठक वर्ग तक पहुँचाएँ। यह काम छोटी पत्रिकाओं ने किया। उन्हीं पत्रिकाओं ने, जिनके नाम हमने अभी यहाँ लिए। इसके अलावा देखिए 'कल्पना' पत्रिका ने कितनों को प्रतिष्ठित किया और काफी दिनों तक निकलती रही। 'ज्ञानोदय' पत्रिका भी। तो अव्यावसायिक पत्रिकाओं का या स्तरीय साहित्यिक पत्रिकाओं का एक यह बहुत महत्त्वपूर्ण योगदान रहा है।

इसमें एक चीज मैं और जोड़ देना चाहूँगा कि साहित्यिक पत्रकारिता की बात हम करते हैं, यानी प्रेमचंद के जमाने में 'हंस' निकलता हो, 'माधुरी' निकलती हो, चूँकि इनके साथ व्यावसायिकता संभव नहीं थी इसलिए ये सारी पत्रिकाएँ एक तरह से साहित्यिक मूल्यों और साहित्यिक आंदोलनों का केंद्र बनकर रह सकीं। इसलिए उस समय का साहित्यिक माहौल बहुत जीवंत दिखाई देता है। उस समय व्यावसायिक पत्रिकाएँ भी कम थीं या नहीं थीं जबकि आज हमारी प्रतियोगिता इनसे भी है। ये व्यावसायिक पत्रिकाएँ बहुत ग्लैमर के साथ, रंग-बिरंगी सज्जा के साथ आती हैं। उनके बीच अपनी जगह बनाना, अपना अस्तित्व कायम रखना, अपनी जिंदगी को चलाए रखना या किसी तरह से अपनी निरंतरता स्थापित किए रखना काफी मुश्किल है।

वि०ति०—अच्छा यादव जी, यह बताइए कि प्रेमचंद की 'हंस' पत्रिका का नाम आपने अपनी पत्रिका में क्यों रखा और उससे जुड़ना क्यों आवश्यक समझा ?

इस मामले में मेरे दिमाग में साफ था कि मैं उस 'हंस' की, जो प्रेमचंद ने निकाला था, प्रतिलिपियाँ नहीं करने जा रहा था। प्रेमचंद की जो बेसिक चीज थी, अपने साहित्यिक

माहौल से सरोकार था, जो दृष्टि थी, उसे मैंने 'प्रेमचंद की दृष्टि' नामक निबंध में बहुत स्पष्ट रूप से कहा है कि मैं किसी भी बड़े रचनाकार, विचारक, चिंतक, लेखक की रचना को महत्त्वपूर्ण नहीं मानता। मैं अगर 'गोदान' की तरह एक उपन्यास लिखना चाहूँ उन्हीं पात्रों और उसी जमीन में, तो मेरा खयाल है कि अपना और उनका अपमान करूँगा। अपनी प्रतिभा का सत्यानाश करूँगा। मेरे लिए महत्त्वपूर्ण यह रहा कि अपनी समसामयिक रचनाशीलता के साथ प्रेम किस तरह जुड़े। किस तरह उन्होंने अपनी वैचारिकता को एक मंच दिया, किस तरह कहानी या साहित्य का एक पूरा अखिल भारतीय स्वरूप निर्धारित और निरूपित करने में उस पत्रिका ने मदद की। ये सरोकार और यह दृष्टि लेकर मैं चला था। मेरे सामने बहुत साफ था कि जब तक संभव हो पाएगा व्यावसायिक समझौते रचना के धरातल पर मैं नहीं करूँगा।

वि०ति०—अच्छा, एक सवाल और है कि आप एक संपादक के रूप में क्या यह उचित समझते हैं कि आपकी विचारधारा के विरुद्ध विचारधारा की कोई रचना अगर आपके पास आए तो आप उसे प्रकाशित करें ?
की है, आपने देखा होगा। मैं यह मानता हूँ कि विचार की लड़ाई, विचार का जवाब, विचार से ही हो सकता है। अगर आपके पास विचार कमजोर हैं, तो आप दूसरे तरीके यानी रचना को न छापने, रचना को दबा देने के तरीके अपना सकते हैं।

वि०ति०—यह सवाल मैंने इसलिए उठाया कि बहुत सारी पत्रिकाएँ यह कहती हैं कि अपनी विचारधारा की ही रचना छापनी चाहिए।
यह तो फिर वही बात है कि ट्राइंग टु कन्विंस टफ कन्विंस्ड। अपनी विचारधारा में तो आप मेरी तरह सोचते हैं, मैं आपकी तरह सोचता हूँ। उसमें वैचारिक संघर्ष कहाँ है ? वैचारिक द्वंद्वात्मकता से जिस विचार का विकास होता है वह तभी होगा जब बराबर का विचार आपके सामने होगा।

अ०त्रि०—पिछले दस-पंद्रह वर्षों से वैचारिक पूर्वग्रह सख्त हो गए हैं। उदाहरण के लिए मैं आपके सामने 'आलोचना' और 'पूर्वग्रह' का नाम लेना चाहूँगा। दोनों संपादकों की अपनी-अपनी दृष्टियाँ हैं और दोनों के अपने-अपने सरोकार हैं। क्या आप सोच सकते हैं कि 'आलोचना' में मार्क्सवादी विचारधारा के विरुद्ध कोई लेख छप सकता है ? या 'पूर्वग्रह' में ही कलावाद के विरुद्ध कोई लेख छप सकता है ?
यह तो आपने बहुत अतिवादी उदाहरण लिए। मेरा खयाल यह है कि अगर मैं 'आलोचना' का संपादक होता तो निश्चित रूप से मार्क्सवादी आलोचना के विरुद्ध ऐसा लेख जरूर छापता, जो बाकायदा तार्किक ढंग से लिखा गया हो और अपने बौद्धिक मित्रों से कहता, यानी अपने बौद्धिक लेखकों से, कि इसका जवाब आप दे सकते हैं तो दीजिए।

वि०ति०—वैसे यादव जी, अरविंद कुछ भूल रहे हैं। 'आलोचना' में भी गैर-मार्क्सवादी लेखक छपे हैं और 'पूर्वग्रह' में तो मार्क्सवादी लेखकों की जमात छपी है।

अ०त्रि०—यादव जी ! एक सवाल मैं यह करूँगा कि आपकी प्रायः यह शिकायत रहती है कि साहित्यिक पत्रिका के संपादक कविता-केंद्रित हो गए हैं। कविताएँ छापते हैं और कविता की आलोचना छापते हैं। मुझे भी देखने में यह लगता है कि इधर कथा - साहित्य के बारे में चर्चा कम हुई है।

हाँ, लघु पत्रिका या साहित्यिक पत्रिकाओं के साथ शायद कविता का आग्रह ज्यादा रहता है, और उसकी वजह यही है कि कुछ जो विचार करने वाले हैं वो कविता लिखना आसान मानते हैं।

अ०त्रि०—दरअसल, कविता लिखने वाला अलग है और कहानी लिखने वाला अलग...।

आपकी ही पत्रिका में कविता के पन्ने दर पन्ने होते हैं, कहानियों पर कभी कोई वैचारिक बहस या इस तरह की...।

वि०ति०—केंद्रित करके तो नहीं, पर कहानी-संग्रह पर तो बातचीत होती है, कहानीकारों के बारे में बातचीत होती है।

अ०त्रि०—खैर, ये बहस खत्म नहीं हो सकती, तो आप दोनों का बहुत-बहुत धन्यवाद !

[गोरखपुर आकाशवाणी द्वारा प्रसारित, 1989]

अदूषित कैशोर्य की स्मृति : लेखन का मदर-टिंचर

सुधीश पचौरी

[वे अपने दरबार में बैठे थे। अक्षर प्रकाशन का वह कमरा दरबार है राजेन्द्र यादव का।

चमकदार रेशमी या बोस्की कुर्ता था और सफेद कश्मीरी शाल। बाल ताजा, शायद सुबह ही श्याम रंग में रँग दिए गए थे। उन्हें साठ वर्ष का होने से बेहद चिढ़ है। आप पूछिए, कहिए कि साठ के होने पर कैसा लगता है तो राजेन्द्र चिढ़कर कह सकते हैं कि अरे काहे के साठ के ! हम नहीं हुए अभी साठ के।

दरअसल, यह आदमी चिर कैशोर्य में रहना चाहता है। शायद वह सबसे बेहतरीन, निश्चिंत और कुलाँचें मारने वाली उम्र होती है। हमारी बातचीत ठीक यहीं से शुरू होती है। शायद उनकी छवि की कुल प्रतीति मुझे एक ऐसे किशोर की लगी जो बुजुर्ग दिखने से, बूढ़ा होने से कतरा रहा हो और बुढ़ापे को आने से मना कर रहा हो…]

आपने अपनी साठ-वार्षिकी के अवसर पर नेशनल पब्लिशिंग हाउस द्वारा प्रकाशित कथा संकलन 'पड़ाव एक-दो' की भूमिका को 'ऊधो मोहि ब्रज बिसरत नाहीं' शीर्षक दिया। क्या यह अतीत राग है ? ब्रज की ऐसी विकल याद क्यों आ रही है ?

हर रचनाकार के पास अपने अनुभवों का एक 'पूल' होता है।

नहीं, ब्रज को लेकर यह व्यथा क्यों है ? पहले तो यह कहीं नहीं नजर आती ?

नहीं, दरअसल, उस उम्र की ओर हम बार-बार लौटते हैं जो हमारी सबसे 'सैंसिटिव' रही है और जो अनुभव हमने उस उम्र में 'एक्वायर' किए होते हैं। कैशोर्य का जगत् बेहद 'अनफिल्टर्ड' होता है, अदूषित होता है। कच्चे मिट्टी के लौंदे की तरह के अनुभव होते हैं वे ही जीवन भर हमें शेप देते हैं।

क्या यह अनुभव अभी ज्यादा हुआ यानी साठ वर्ष के होने पर या पहले भी कभी कचोटा इस चीज ने ?

मेरे साथ यह हमेशा रहा। वह जीवन में एक 'मदर-टिंचर' की तरह रहा। जब जीवन रुकने लगता है तो हम बार-बार वहाँ से जीवन लाते हैं। प्रेरणा लाते हैं।

क्या यह सब सिर्फ इसलिए हो रहा है कि यह रचना-प्रक्रिया का हिस्सा है ? मुझे लगता है, यह आंशिक सत्य है। एक बड़ा सत्य क्या यह नहीं कि समाज की भविष्य हीनता भी कहीं छनकर आपके अतीत राग (नॉस्टैल्जिया) को बढ़ा रही है ?

किसी हद तक भविष्यहीनता अतीत की तरफ धकेलती है। थोड़ा-सा रुको इस जगह… सोचने दो…अरे यार, सोचने दो…अब देखो, जब आज से चालीस साल पहले हमने, हम लोगों ने लिखना शुरू किया तो उससे कुछ पहले या उसी दौर में नेहरू की 'डिस्कवरी' ही नहीं लिखी जा रही थी, वात्स्यायन अपने जीवन का, इतिहास का पुनरावलोकन कर रहे थे। इन चीजों के पीछे जेल थी, जेलयात्रा थी। किंतु पिछले चालीस वर्षों में हिंदी में किसी ने इतिहास में झाँकने तक की कोशिश नहीं की, किसी ने इतिहास नहीं देखा।

क्या यह आधुनिकतावाद का असर नहीं कहा जा सकता कि उसने अतीत से, परंपरा से, शास्त्र से काट दिया हमें ?

हाँ, किसी हद तक ऐसा कह लो…अब उदाहरण ले लो। पाइथोलॉजी की पुनर्व्याख्या करने का काम बहुत पहले हुआ था। पुनर्जागरण या नवजागरण—कुछ भी कह लो, उस जमाने में। उस वक्त जातीय पहचान की छटपटाहट थी। वह चलन में एक वक्त में रुक गया तो रुक गया। हम लोगों के लिए 'मिथ' आदि सब बेकार हो गए। इतिहास में जाकर आधुनिक समस्याओं को 'रिफ्लेक्ट' नहीं किया। न निर्मल ने किया, न कमलेश्वर ने, न राकेश ने, न मैंने।

किंतु ब्रज की याद में जड़ों की ओर लौटने के संकेत मिलते हैं…।

वह अतीतरागी टाइटिल है। आदमी वर्तमान को पार करके स्मृति के जरिए जाता है। यही तो स्मृति है मेरी। यही तो संपत्ति है मेरी। तो मैं तो जाऊँगा। फिर आऊँगा।

मैं फिर इसमें छिपी भविष्यहीनता को रेखांकित करूँगा। क्या आप भी महसूस नहीं करते कि एक आसान-सा, समस्यारहित भविष्य का सपना लगभग नष्ट हो गया है, और आदमी पीछे खतरनाक ढंग से जा रहा है ?

भविष्य का सपना कौन दिया करता है ? वह व्यक्तिगत नहीं हुआ करता। उस सपने को हमेशा सामाजिक आंदोलन देते हैं। आज आंदोलन दिशा नहीं दे रहे हैं। व्यक्तिगत सपने कोई मदद नहीं किया करते। जब आंदोलन ने सामाजिक शक्तियों के साथ 'कोलैबोरेट' सहयोग करना बंद कर दिया तो लेखक क्या करे? उसका भविष्य कहाँ से आए ? 'डेस्पेयर' (नैराश्य) तो होगा ही।

मैं आपकी पत्रिका के दो संपादकीयों पर थोड़ी-सी बातचीत यहाँ जरूरी समझता हूँ। पहला संपादकीय वह जिसमें आपने कट्टरपंथी हिंदुओं से एक तर्कशील एवं प्रगतिशील हिंदू के रूप में चुनौतीपूर्ण शैली में बहस-सी उठाई है। यह शायद

सितंबर के अंक में है और अत्यंत महत्त्वपूर्ण है क्योंकि किसी लेखक ने पहली बार (बहुत दिन बाद) खुद को हिंदू कहा है और फिर भी वह शर्म के मारे गड़ नहीं गया है। मुझे यह अच्छा लगा। किंतु बताइए कि ऐसी जरूरत क्या आन पड़ी कि ऐसा लिखा जाता है ?

इसलिए करना पड़ा, वे हिंदू तत्त्ववादी प्रायः कहते मिलते हैं कि वो (यानी मुसलमान) तो कम्युनल हैं, हिंदू कम्युनल नहीं होते। ऐसा कहकर वे अपने सांप्रदायिक होने का औचित्य देते रहते हैं। किंतु मुझे लगता है कि हम हिंदू सबसे ज्यादा कम्युनल हैं। यह मैं अपने भीतर के संस्कारों को टटोलते हुए कह सकता हूँ। मैं पिछले चालीस वर्ष से मंदिर नहीं गया, पूजा नहीं की। किंतु आजकल ऐसी जड़ताओं को कभी-कभी अपने भीतर जागृत पाता हूँ तो धक्का लगता है, दुःख होता है, व्याकुलता होती है, घबराहट होती है। रिटेलिएशन में मेरे मन में कभी-कभी सड़ा हिंदू धर्म जागने लगता है। तब मैं उन लोगों की आसानी से कल्पना कर सकता हूँ जो धार्मिक वृत्ति के होते हैं। आम लोग, हम हिंदू सामाजिक आचरण में ही कम्युनल होते हैं, दोहरे मानक रखते हैं।

किंतु यह संपादकीय में क्यों ? आखिर इतना पर्सनल क्यों लिखा ? किसे एड्रेस किया है यह ?

लेखकों को, बुद्धिजीवियों को, खुद को, सभी को। प्रगतिशीलों ने अब तक समझा हुआ था कि हम धर्म से ऊपर हैं। सैक्युलर हैं और हम खुश रहते थे, आत्ममुग्ध। यह अनरियलिस्टिक 'एप्रोच' (गैर-यथार्थवादी दृष्टि) थी। अब जब यह महसूस होता है कि मैं मानो एक हिंदू के रूप में मारा जा सकता हूँ या एक हिंदू होने के नाते बचा लिया जा सकता हूँ तो गहरा धक्का लगता है। हवाई होने के चक्कर में हम इस तथ्य को नकारते रहे कि हम हिंदू हैं। हमें मानना चाहिए कि हम भी हिंदू हैं। फिर तय करें कि कैसे हिंदू हैं हम। हम नीरद चौधरी की तरह औपनिवेशिक हो जाएँ या देसी हो जाएँ।

क्या जातीय पहचान की तड़प है यह ?

वही है। नीरद चौधरी जैसे कह सकते हैं कि जो उकड़ूँ पाखाना करते हैं, वे क्या सोच सकते हैं ? यह उपनिवेश का उच्छिष्ट दिमाग है। उनका बस चलता तो भारत में जन्म ही न लेते। किंतु हमारी तो एक जातीय पहचान है।

आपने हिंदू को अत्यंत पिछड़ा कहा, दोरंगा कहा ?

हाँ, हिंदू एक बेहद लद्धड़ कौम है। (मेरी हँसी छूटती है) कोंच-कोंच करके तंग कर दिया। तात्कालिक राजनीति के लिए सरकार ने कोर्ट का हैंडिल दिया तो खड़े हो गए, ताल ठोंकने लगे। उधर कांग्रेसी, कम्युनिस्ट—वे भी कांग्रेस के संस्कारों वाले हैं, बहुत कुछ एक ही थैली के चट्टे-बट्टे। वे सैक्युलर होने का मतलब सिर्फ इतना समझते हैं कि अल्पसंख्यकों को 'प्रोटैक्शन' दो। इससे उकसावा मिलता है, 'रिटेलिएशन' होता है।

क्या बढ़ती सांप्रदायिकता का यही एक कारण है या उस जीवन में असंतोष और दुःख धर्म की ओर धकेलते हैं…?

असंतोष तो है। अमानवीयकरण है। धर्म की ओर जाता है आदमी, किंतु यह धर्म तो पाखंड है। यह वह भक्त कवियों वाला धर्म नहीं है। यह तो बुर्जुआ वर्ग का कारनामा है। उसने इतना बड़ा राक्षस खोल दिया है कि डर लगता है। अब कौन कैसे कंट्रोल करेगा इसे ?

यानी सैक्युलर होने के अधिक गहरे अर्थों की ओर जाना—यही इशारा है आपके संपादकीय का ? जड़ों की ओर जाता है वह ?

हाँ, प्रगतिशील लोगों को अपनी जड़ों को भी देखना चाहिए। हमने अपने औजारों को ही लक्ष्य मान लिया था। मार्क्स और मार्क्सवाद एक वैज्ञानिक दृष्टि जरूर है किंतु वह लक्ष्य तो नहीं है; लक्ष्य तो मुनष्य समाज ही है। वह तो एक जरिया हो सकता है, औजार। अपने देश की जरूरतों के अनुसार हम उसे पढ़ते, समझते। किंतु प्रगतिशील सोच ने हर चीज बेहद 'प्रेडिक्टेबल' कर दी। अब हर चीज प्रेडिक्टेबल कैसे संभव थी ? जड़ पदार्थ भले प्रेडिक्टेबल हों, चेतन पदार्थ नहीं हो सकते। अब उनका विस्फोट हो रहा है।

यही आना था, अक्तूबर के संपादकीय में आपने इसी 'प्रेडिक्टेबिलिटी' के ध्वंस यानी समाजवादी व्यवस्था के भीतर हो रहे परिवर्तनों पर लिखते हुए मार्क्सवाद की ओर पुनः जाने पर जोर दिया है। आपसे सहमत होते हुए पूछना चाहूँगा कि समाजवादी व्यवस्था के भीतर परिवर्तनों के कारण तमाम बाह्य ही हैं या आंतरिक भी हैं ? इनका हमसे कैसा संबंध हो सकता है ?

दरअसल क्रांति के बाद समाजवादी देशों ने समझ लिया कि हम दुनिया से स्वयं को इम्यून कर लेंगे। इंसुलेट कर लेंगे और शुद्ध प्रबुद्ध बने रहेंगे।

यह तो त्राटस्की का कहना था कि एक देश में समाजवाद संभव नहीं है…।

हो सकता है कहा हो। मैं भी यही मानता हूँ। ऐसा इम्यून होना संभव ही नहीं था।

गोर्बाचेव ने शायद समझा, रियलाइज किया कि आज के समाज में 'बंद' इम्युनाइजेशन संभव नहीं…।

यह प्रगतिशीलता बाकी दुनिया को भूलकर थी, अलग-थलग था यह सब।

यहाँ से नई कहानी पर बात ले आई जाए। यह 'नई कहानी' नामकरण कहते हैं, आपका है जबकि श्रेय लूटा नामवर ने ?

न मैंने, न नामवर ने यह नाम ईजाद किया। सच तो यह है 'कल्पना' में 1954-55 में दुष्यंत कुमार का एक लेख आया था और ऐसा ही लेख उसने अपनी पत्नी राजो के नाम से धर्मयुग में उन्हीं दिनों छपवाया था। वह बहुत-सी चीजें पत्नी के नाम से लिखा करता था।

नामवर की चालाकी यह रही है कि जो चीज 'क्लिक' करती है, उसे मार लेते हैं, अपनी जेब में रख लेते हैं।

तो आपने स्थिति साफ क्यों नहीं की ? श्रेय क्यों लेने दिया ?
(चुप्पी)

यह ज्यादती क्यों सहन की आप लोगों ने उनकी ?
साप्ताहिक हिंदुस्तान में 1964-65 में मैंने 'कहानी, नई कहानी' शीर्षक से एक लेखमाला लिखी थी, आठ अंकों में। यह नाम जब नामवर अपनी किताब का रखने लगे तो हमने कहा भी कि क्यों रखते हो ? किंतु नहीं माना उन्होंने। दरसल वे 'ग्रैबर' हैं। मंच ग्रैब करते हैं आजकल।

किंतु, आप लोग स्वयं ग्रैब करने देते हैं। हम लोगों के साथ तो वे ऐसा कभी नहीं कर पाते !
1951 में प्रतीक में मेरी कहानी 'खेल-खिलौने' छपी। उसी में शिवप्रसाद सिंह की 'दादी माँ' छपी। मेरी कहानी शहरी मध्यम वर्ग पर थी, उनकी ग्राम पर। तभी से नई कहानी में शहरी बनाम ग्रामीण की बहस शुरू हुई। कमलेश्वर, राकेश के आने तक मेरे, मार्कंडेय के दो-दो संकलन आ चुके थे।

तो अब आप सीनियारिटी का रौब मार रहे हैं, उन पर मारिए जिन पर चले। नामवर पर तो कोई रौब नहीं मारा जाता आप लोगों से।
क्या करते ?

खंडन करते, तथ्य स्पष्ट करते, उनके झूठ को सामने रखते ताकि सनद रहती। डर काहे का ?
छोटे-मोटे रूप में करते रहे...अब देखो 1965-66 में मेरे संकलन 'कथायात्रा' और 'एक दुनिया' समानांतर आए और दोनों ही नाम कमलेश्वर ने इस्तेमाल किए।

अब रोते रहिए कि हाय फलाँ लूट ले गया, ढिमका चुरा ले गया। एफ०आई०आर० तो तत्काल हुआ करती है।
नामवर की पर्सनैलिटी बड़ी डॉमीनेटिंग रही है।

रामविलास जी का व्यक्तित्व हैडमास्टर का है जो अपने छात्रों को डाँट-फटकार सकता है किंतु क्षुद्रता कम रहती है पर नामवर के व्यक्तित्व में एक 'बुली' रहता है। इस 'बुली' से टकराए नहीं आप लोग ?
दोनों में बड़ा फर्क है, रामविलास पुराने मूल्यों के हैं। निजी रिश्तों का पूरा खयाल-सम्मान करते हैं, निभाते हैं। निराला को महान् सिद्ध करना है तो करेंगे। किंतु नामवर ऊपर से

रचना का नाम लेंगे, भीतर से व्यक्तिगत संबंधों को तरजीह देंगे। उनका यह नाटक काशीनाथ के वक्त खत्म हो जाता है। वे 'ब्लड रिलेशंस' (खून के रिश्ते) के मामले में बेहद पर्सनल हैं।

कुछ लोग उन पर जातिवादी, ठाकुरवादी तक होने का आरोप लगाते हैं। यद्यपि मैं ऐसा नहीं मानता।

वे लगते तो नहीं किंतु कभी-कभी ऐसा आभास जरूर देते हैं।

कहानी के भविष्य को लेकर आपने जो दो गोष्ठियाँ आयोजित कीं, उनकी उपलब्धि क्या है ?

अभी क्या मूल्यांकन करें ? अभी कुछ नहीं हुआ है। हाँ, संवाद की जरूरत और बढ़ी है। कथा की चिंता इधर बड़ी लगी है। लोगों ने गंभीरता से बात की। और बातचीत की भाषा भी वही नहीं थी जो पिछले बीस साल से 'जार्गन' से बोझिल हो चली है। एक ताजी एप्रोच नजर आती है इधर कहानी की सोच में। लोगों ने इसे पसंद भी किया है। एक मजदूर एक जमींदार को अंत में मार लेता था। या चार मजदूर हड़ताल करके दम लेते थे, उस पाखंड का अंत हुआ लगता है।

अखिलेश की 'चिट्ठी' कहानी बेकार नौजवानों के नाकामयाब होकर लौटने की बात कर रही है। कहानी में समाज के लौटने की खबर देती है। जैसा कि 'चिट्ठी' में है। क्या कहानी में भागलपुर की कोई खबर नजर आती है ? सृंजय के 'कामरेड के कोट' में भी यह खबर नहीं दिखती। क्यों ?

युवा लेखक, खासकर प्रगतिशील जनवादी जब लेखक बनते हैं तो अपने अतीत को झाड़-पोंछकर फेंक देते हैं। फिर इस सब सामाजिक ह्रास को आउट-साइडर की तरह से देखते हैं। बिहार, यू०पी०, दिल्ली आकर वे सैक्युलर हो जाते हैं। जाति-बिरादरी से ऊपर उठ जाते हैं। जब लौटकर जाते हैं तो वैसे ही।

भागलपुर ने कहानी के कथित यथार्थवाद के पाखंड की धज्जियाँ उड़ा दी हैं। इस सांप्रदायिक हिंसक विघटन की खबर किस कहानी में है ? असगर, अब्दुल बिस्मिल्लाह, स्वयं प्रकाश आदि को छोड़कर। खासकर उनके नाम बताएँ जो बिहार के यथार्थ को बेच रहे हैं ?

असगर, अब्दुल बिस्मिल्लाह, स्वयं प्रकाश यही हैं।

वीर राजा हैं, विभूतिनारायण राव हैं, भीष्म साहनी हैं, किंतु इन अंचल विशेष के कथाकारों के नाम बताएँ जबकि वे तमाम क्रांतिकारी हैं।

नहीं, कोई नहीं है।

मन्नू जी आपको सामंतीय संस्कार वाला कहती हैं, एकदम फ्यूडल ?
नहीं कहतीं।

कहती हैं। आप कैसे कह सकते हैं कि नहीं कह सकतीं ?
वे जनरली कहती हैं कि मैं, कमलेश्वर, राकेश आदि उस पीढ़ी के लोग मिजाज से 'फ्यूडल' हैं, एटीट्यूड फ्यूडल। अभी कल ही कमलेश्वर थे तो वे कल ही गालियाँ दे रही थीं कि चार-चार शादी चाहते हैं, स्त्रियों के प्रति सामंतीय दृष्टि है।

—दो चाय खत्म हो चुकी थीं। हरिनारायण जी, अखिलेश जी चक्कर मारने लगे। सो अपन उठ लिए।

[सारिका, जनवरी, 1990]

समय की रचनात्मकता से जुड़ने की ललक

नवलकिशोर, दुर्गाप्रसाद और हेतु भारद्वाज

[हिंदी के यशस्वी कथाकार और 'हंस' के संपादक राजेन्द्र यादव गत दिनों राजस्थान साहित्य अकादमी द्वारा सिरोही में आयोजित कहानीकार शिविर में भाग लेने आए थे। वहीं उनसे बातचीत का प्रस्ताव रखा गया। उनके समक्ष यह भी स्पष्ट किया गया कि सामान्य साक्षात्कार के स्थान पर उनसे किसी गंभीर मुद्दे पर बातचीत की जाए। राजेन्द्र यादव को भी यह प्रस्ताव बहुत पसंद आया। वे 'हंस' निकालने का जोखिम उठा रहे हैं। अतः उनसे हिंदी की साहित्यिक पत्रिका पर बातचीत की गई, जो यहाँ प्रस्तुत है। इस बातचीत में उदयपुर विश्वविद्यालय के हिंदी विभागाध्यक्ष एवं समीक्षक डॉ० नवलकिशोर, सिरोही के महाविद्यालय में हिंदी के प्राध्यापक व समीक्षक डॉ० दुर्गाप्रसाद अग्रवाल एवं प्रसिद्ध कथाकार-समीक्षक डॉ० हेतु भारद्वाज ने भाग लिया।]

हे०भा०—सबसे पहले तो यह बताइए कि आपने 'हंस' निकालना क्यों शुरू किया ?
व्यक्तिगत बात अगर पूछी जाए तो मुझे लगता है कि चूँकि मैं कहीं नौकरी नहीं करता था और प्रकाशन को लेकर, व्यावसायिक रूप में, व्यवस्था के रूप में मैं पूरी तरह असफल हो चुका था—ऐसा मैंने मान लिया था कि यह मेरे बस का नहीं है। और वैसे यह इच्छा थी, जो शायद प्रेमचंद की भी रही होगी—शायद मैं इसलिए कह रहा हूँ कि कोई प्रमाण इस तरह मेरे देखने में नहीं आए—कि अपने समय की रचनात्मकता के साथ जुड़ना जरूरी है वरना अपनी शुरू की पूँजी को, अध्ययन को लेकर तो आप बहुत जल्दी कट जाएँगे और चीजों को एब्सट्रेक्शंस में ले जाएँगे। अगर आदमी कट जाता है तो चीजों को अमूर्तन में ले जाता है और अमूर्तन में ज्यादा फिलोसोफाइज करके अपने को संतुष्ट करता है कि मैं बड़ी ऊँची-ऊँची बातें कर रहा हूँ। यह एक ट्रेजिक स्थिति है। उसके पास किसी तरह के ऐसे अवसर या कोई ऐसे कांटेक्ट प्वाइंट नहीं रहे जहाँ एक तरह का फीड बैक मिले और उसकी रचनात्मकता अपने को नया करती रहे, ताजा करती रहे। तो, 'हंस' निकालने की आकांक्षा थी—अपने समय की रचनात्मकता से जुड़ने की। दूसरे, मुझे लोगों से मिलना-जुलना अच्छा लगता है। मैं बेसिकली एक महफिल पसंद आदमी हूँ। बहुत समय से एक आकांक्षा यह थी कि शायद पत्रकारिता एक ऐसी चीज हो सकती है, जहाँ अपना भी एक टेस्ट, एक परीक्षण हो और जो अपने समय की रचना हो रही है, लोग जो सोच रहे हैं उनके संपर्क

में आने का मौका मिले—हंस निकालने के पीछे मूल आकांक्षा तो यही थी। फिर, एक मोटी आकांक्षा हर लेखक के मन में यह भी होती है कि उसकी रचना उसकी इच्छानुसार प्रकाशित हो और चूँकि यह संभव नहीं हो पाता, इसलिए चाहे वे प्रेमचंद हों, चाहे जयशंकर प्रसाद हों, चाहे मैथिलीशरण गुप्त हों, चाहे वृंदावनलाल वर्मा हों, चाहे रवींद्रनाथ हों, चाहे शरतचंद्र हों, चाहे वल्लतोल हों, सबने अपने-अपने प्रकाशन बनाए। वे लिखते भी रहना चाहते थे और आय का साधन भी इसी को चाहते थे। यह भी कि वे अपनी बात अपने तरीके से कह सकें और अपने साथ लोगों को जोड़ सकें। यही आकांक्षा हरेक को पत्रिका निकालने की तरफ खींचती है। जितने भी हमारे बड़े साहित्यकार हैं उनकी ये दो कोशिशें बराबर रही हैं। अब चूँकि किसी भी नाम को लिया जा सकता था, तो मैंने पहले 'सरस्वती' को लेने की कोशिश की। लेकिन वो तैयार नहीं हुए। मैं यह मानता हूँ कि संस्कृतियाँ खँडहरों ही में नहीं, मंदिरों ही में नहीं होतीं या पुरानी पांडुलिपियों में ही नहीं होतीं, वो जीवंत चीजों में भी होती हैं यानी कि मान्यूमेंट्स कब्र या मकबरे ही नहीं होते, हमारे राष्ट्रीय स्मारक वे भी हैं जिन्होंने हमारे बौद्धिक विकास में सहयोग दिया, उसको ढालने की कोशिश की, उसे दिशा दी। तो, मैं यह समझता हूँ कि हमारी उस तरह की बौद्धिक विरासत हमारे अनपढ़ किस्म के सत्ताधारियों को तो दिखाई नहीं देती, उन्हें तो सिर्फ ठोस चीजें ही दिखाई देती हैं, और जिन्होंने बौद्धिक रूप से हमें जाग्रत और जागरूक बनाया, या एक तराश दी, उन्हें तो मर जाने दिया गया है—चाहे वह 'हरिजन' हो, 'मॉडर्न रिव्यू' हो, 'विशाल भारत' हो। भई, इन पत्रिकाओं का तो बहुत बड़ा राष्ट्रीय योगदान है। महात्मा गांधी की तस्वीर की पूजा ही तो उनके प्रति सम्मान प्रकट करना नहीं है, जो परंपरा है उसको भी तो चलाने की जरूरत है। बल्कि होना तो यह चाहिए था कि कुछ पत्रिकाएँ ली जातीं, जिन्होंने उत्तर भारत की पूरी मानसिकता को ढाला है—चाहे वह सरस्वती हो, चाँद हो, हंस हो, लेकिन ऐसा कुछ नहीं हुआ। तो, मुझे लगा कि कम से कम एक तो ऐसा काम करना चाहिए। और 'हंस' इसलिए कि वह एक तो प्रगतिशीलता के साथ, जनवाद के साथ में जुड़ा हुआ था, दूसरे प्रेमचंद का नाम था और तीसरा यह भी कि हमें एक केंद्रीय पत्रिका की जरूरत थी जहाँ सब लोगों को जोड़ा जा सके। मैं बहुत स्पष्ट—आत्मस्वीकृति के तौर पर—कहना चाहता हूँ कि हंस लेने के पीछे व्यावसायिक कारण नहीं था बल्कि दूसरा कारण था। पच्चीस वर्ष प्रकाशन जगत् के साथ रहकर और चालीस-पचास साल देखकर यह पता मुझे लग चुका था कि इस पत्रिका या किसी भी साहित्यिक पत्रिका को व्यक्तिगत साधनों से चला पाना असंभव है। वात्स्यायन जी ने कोशिश की, और लोगों ने कोशिश की, पर सभी असफल हुए। अब हम जिस बाजारूपन के, जिस व्यावसायिकता के खिलाफ बात करते हैं उस स्तर तक तो चीजों को जाने नहीं दे सकते। तो हमारे पास क्या साधन हों कि हम थोड़ा-सा अपने को 'सस्टेन' कर सकें ? वो साधन यही था कि शायद यह नाम कर जाए, क्योंकि जहाँ भी हिंदी है वहाँ लोगों ने दो पत्रिकाओं

के नाम सुने हैं—एक हंस, दूसरा सरस्वती। हमें यह लगा कि ये पुरानी गुडविल शायद इस पत्रिका को एक व्यापक स्वीकृति का आधार दे सकती है जिससे हम बिना व्यावसायिकता से समझौता किए हुए, बिना दबावों को स्वीकार किए हुए, ज्यादा सर्कुलेशन बना सकते हैं, हालाँकि उन पत्रिकाओं का सर्कुलेशन भी कभी हजार-दो हजार से ज्यादा नहीं रहा, चाहे वह माधुरी हो या कोई और। साहित्यिक पत्रिकाओं का व्यापक सर्कुलेशन कभी भी नहीं होता। तो, दो-तीन चीजें हम मानकर चलते थे; कि हम इस पत्रिका के जरिए आत्मनिर्भर हो सकते हैं, यह कभी नहीं होगा, और यह भी कि कब हमारे साधन समाप्त हो जाएँगे यह हमें नहीं मालूम था। उसे लिहाज से जो 'प्रिकाशंस' हम ले सकते थे उनमें एक इस नाम को लेना था, वरना नई पत्रिका भी निकाली जा सकती थी। बल्कि कहना चाहिए कि अमृतराय इस पक्ष में नहीं थे। जब मैं उनसे 'हंस' लेने गया तो उन्होंने कहा कि आप क्यों हंस निकालना चाहते हैं ? नई पत्रिका निकालिए। मैंने कहा कि प्रेमचंद की परंपरा की बात करते हैं, प्रेमचंद की एक परंपरा पत्रकारिता में भी है, उसकी बात क्यों न करें? एक परंपरा प्रकाशन की है वो तो आपने ले रखी है, अब जो घाटे का सौदा था वो आपसे नहीं हुआ, उसे आप नहीं चला पाए। होना यह चाहिए था कि आप इसमें पूरा सहयोग देते। भई, हम आपके पिताजी का छोड़ा हुआ काम कर रहे हैं। लेकिन हमें कोई सहयोग, सिवा एक आशीर्वादी इंटरव्यू के जो उन्होंने शुरू के अंक में दिया था, उनसे नहीं मिला। मैं बहुत 'पर्टिकुलर' था कि दोनों भाइयों में से किसी का सहयोग मिले लेकिन अमृतराय खुले ज्यादा था, सहयोग की भावना ज्यादा थी, सहयोग कम था। कहना चाहिए कि जबानी स्तर पर सहयोग था। बहरहाल, इस तरह हमने हंस का नाम लिया और जबकि चलाने की कोशिश की।

हे०भा०—मैं दूसरी दृष्टि से यह प्रश्न कर रहा था। जिस समय हंस, सरस्वती, चाँद या माधुरी पत्रिकाएँ निकलीं—भले ही उनका सर्कुलेशन ज्यादा न रहा हो, लेकिन उनके सामने व्यावसायिक पत्रिकाओं की चुनौती भी नहीं थी। उस समय जो पत्रिकाएँ निकलीं, उनके सामने एक मिशन भी था—उत्तर भारत के सांस्कृतिक वातावरण को बदलने का और नई सांस्कृतिक चेतना जगाने का। दूसरी बात, जिन लोगों के नाम आपने लिए उन्होंने अपने प्रकाशन चलाए, उनके सामने भी भिन्न स्थितियाँ थीं। उस समय अन्य प्रकाशक भी हमारे यहाँ अपने काम को मिशन के स्तर पर ही कर रहे थे, जैसे सेठ महादेव प्रसाद 'मतवाला' के साथ थे—उन्होंने मतवाला में काम करने वालों को कितनी स्वतंत्रता दे रखी थी। तो जो चुनौतियाँ आज 'हंस' निकालते समय आपके सामने हैं वे उस समय नहीं थीं...

सही बात है। लेकिन आज कुछ सुविधाएँ भी हैं। एक तो यह कि हमें पाठक वर्ग उस समय के मुकाबले कई गुना ज्यादा मिला है। दूसरी सुविधा यह थी कि उस समय उत्तर भारत में लगातार कई जगहों से समान महत्त्व की कुछ पत्रिकाएँ एक साथ निकल रही थीं—यही

स्थिति कुछ छोटे रूप में साठ के आसपास भी आई थी जब कल्पना, अवंतिका, ज्ञानोदय निकली थीं। पर ये जो सरस्वती, माधुरी, सुधा, चाँद, हंस और इस तरह की आठ-दस पत्रिकाएँ थीं जिनमें अलग-अलग तरह के लेखक जुड़े हुए थे, हमारे सामने सुविधा यह हो गई कि सारा मैदान खाली था। जिस रूप में हमने 'हंस' निकाला, हमें चुनौती देने के लिए एक-दो पत्रिकाएँ हो सकती थीं—सारिका को सकती थी, लेकिन नहीं हुई। एक तो यह संभावना हमारे साथ बहुत ज्यादा थी कि हम एक प्रबुद्ध किस्म के पाठक वर्ग को अपने साथ जोड़ सकेंगे। नंबर दो, राष्ट्रीय मिशन की बात। उस समय की साहित्यिक पत्रिकाओं को दैनिक अखबार वाला मिशन भी पूरा करना पड़ता था। आप देखेंगे कि उन लोगों ने समाचारों पर 25-25 पेज की टिप्पणियाँ दी हैं। हर समस्या पर लिखना उस समय की जरूरत थी क्योंकि वे दैनिक और साप्ताहिक पत्रों की कमी भी एक तरह से पूरी कर रहे थे। हमारे सामने छाँटने की सुविधा थी। हमने प्रायः उन विषयों को रखा जिनसे आज का रचनाधर्मी कहीं न कहीं प्रभावित होता है, जो विषय कहीं न कहीं हमारी कविता-कहानी पर दबाव डालते हैं, जैसे सांप्रदायिकता की समस्या या मीडिया की समस्या या भाषा की समस्या। उस समय के लोगों की हद तक तो हम जा नहीं सकते थे, आज उतना समय भी नहीं है और आज पत्रिकाओं ने भी अपने को इस तरह बाँट लिया है कि सब कुछ एक ही पत्रिका में नहीं दिया जा सकता और उस समय जितनी व्यापकता वे दे पाते थे वह तो आज आश्चर्य पैदा करता है, लेकिन इतना जरूर है कि आज साहित्यिक और बुद्धिजीवी वर्ग की जो समस्याएँ हैं, जो दबाव और तनाव हैं हमने उन सब पर 'कन्सन्ट्रेट' करने की कोशिश की। हमें सबसे बड़ा मिशन यह लगा कि व्यावसायिक और व्यवस्थागत दबावों में—जिसमें सत्ता भी शामिल है—और प्रलोभनों में एक बुद्धिजीवी की स्वतंत्र आवाज को सुरक्षित रखा जा सके। मुझे लगता है कि उस समय जो कांक्रीट मिशन थे उनसे यह किसी भी हालत में कम नहीं है। उस समय सिर्फ दबाव थे, प्रलोभन नहीं थे। आज लेखक स्वाधीन तो नहीं रह पाएगा, लेकिन स्वतंत्र रूप से बोल सके, बातचीत कर सके इसलिए हमने वो खुलाव भी दिया जो हिंदी पत्रिकाओं में इधर 25-30 बरसों में बंद हो चुका था। हालत यह थी कि अगर आपको किसी पत्रिका में, चाहे वह धर्मयुग हो, साप्ताहिक हिंदुस्तान हो, छपना है तो कहीं न कहीं उनका समर्थक होना जरूरी है, संपादक की प्रशस्ति में दो-चार वाक्य कहना जरूरी है। हमने शुरू से ही यह नियम रखा कि संपादक की प्रशस्ति में कोई चिट्ठी नहीं छपेगी, अगर आपको बात कहनी है तो रचना पर कहिए। उस माध्यम से अगर कहीं नाम आ जाए तो ठीक है वरना हम उस नाम को भी काटते रहे हैं।

हे०भा०—सवाल यह नहीं है कि चुनौती आपकी किसी साहित्यिक पत्रिका से थी या किसी और पत्रिका से थी। चुनौती साहित्यिक पत्रकारिता के सामने थी। जैसे आपने कहा कि अमृतराय ने खुलापन दिया लेकिन सहयोग नहीं दिया। आपको ऐसा नहीं लगता कि अमृतराय के भी कटु अनुभव इसमें रहे। 'नई कहानियाँ'

उन्होंने राजकमल से ली और फिर बंद करनी पड़ी। ज्ञानोदय, कल्पना, प्रतीक, नया प्रतीक—इनके पास साधन थे। फिर भी ये बंद होती चली गईं। लगा कि साहित्यिक पत्रिकाओं का तो जैसे अकाल ही पड़ गया। एक समय था, जब दिल्ली में टी-हाउस में लहर या उत्कर्ष जैसी लघु पत्रिकाओं का भी इंतजार होता था, उन पर बहसें होती थीं। अब वह वातावरण ही नहीं रहा। क्या यह चुनौती नहीं है साहित्यिक पत्रिका के सामने ?

एक तो यह कि टी-हाउस जैसी सार्वजनिक मिलन की इंस्टीट्यूशंस खत्म हो गई हैं। यह सही है कि टी-हाउस, कॉफ़ी-हाउस या विदेशों में इस तरह के सेलूंस, पब्स इनका जबरदस्त सहयोग बौद्धिक, साहित्यिक और राजनीतिक विचारों तथा आंदोलनों में रहा है। वहाँ मारपीट भी होती थी, आपसी वैमनस्य भी निकाला जाता था, दुश्मनियाँ भी निकाली जाती थीं। लेकिन यही वो जगह भी है जहाँ लोहिया जैसे लोग तराशे जाते थे, बैठकर रोज बहस करते थे। जो बड़े से बड़ा इंटेलेक्चुअल है, उसके लिए यह जरूरी है कि वह समानधर्मा लोगों के बीच बैठकर बातचीत करे और मतभेद प्रकट करे। लेकिन इन संस्थाओं के खत्म हो जाने से यह सब खत्म होता जा रहा है। इसका बहुत बड़ा असर रचनात्मकता पर पड़ रहा है। एक 'नॉन-प्रोडक्टिव' और 'नॉन-क्रिएटिव' किस्त का 'एटमोस्फियर' इससे बन रहा है। यह एक चुनौती है लेकिन इसमें एक संभावना भी है कि आप शायद इस कमी को पूरा कर सकें। हमें जो व्यापक स्वीकृति मिली उसके पीछे एक बहुत बड़ा कारण यह था कि कहीं माहौल नहीं था, तो लोगों को लगा कि जैसे डूबते को तिनका मिला हो। चलो, यह हंस ही सही। इसी के माध्यम से जुड़ें तो सही। तो ये केवल मेरे ही नहीं, और मित्रों के भी आपस में जुड़ने का माध्यम बना। दूसरी बात—बंद होने वाली। देखिए एक बात बताऊँ। चाहे वह कोई क्रांति हो, चाहे इस तरह के प्रयत्न हों—यह मानकर चलना चाहिए कि एक भगतसिंह ने क्रांति कर दी या काम शुरू कर दिया तो वो भारत को स्वतंत्र करके ही मरेंगे—ऐसा कोई नियम नहीं है। परंपराएँ होती हैं। एक आदमी जहाँ छोड़ता है, दूसरा यह जानते हुए भी कि फाँसी लगेगी, जानते हुए भी कि हम असफल होंगे, वहाँ से उठा लेता है। ये खास किस्म के पागलपन या भूत हैं जो कुछ लोगों पर आते हैं और वे, ये जानते हुए करते हैं कि हम असफल होने के लिए अभिशप्त हैं। वरना, अगर परिणामों पर ही सोचने लगें तो कोई परिवर्तन की बात सोचेगा ही नहीं। सफलता चाहने के बावजूद इस तरह का व्यक्तित्व असफलता के लिए पहले से ही तैयार होता है। ये चीजें तो चलती रहती हैं और अपनी उपयोगिता या काम खत्म कर लेने के बाद या तो खुद मर जाती हैं या मरे बराबर होती हैं। संस्थाओं के साथ भी यही होता है। साहित्य सम्मेलन और नागरी प्रचारिणी सभा ने एक वक्त जो रचनात्मक माहौल पैदा किया था, उसके बाद भी वो जीवित तो आज भी हैं लेकिन आज अप्रासंगिक हो गई हैं। चाहे वो 'फिजीकली' मरें या 'मेंटाफिजीकली', बात एक ही है। मरना तो उनको होगा ही। आप ये सोचें कि कोई

आंदोलन, कोई संस्था या कोई व्यक्ति हमेशा प्रासंगिक बना रहेगा, वो नहीं होता। उसकी एक ऐतिहासिक जरूरत होती है, एक दबाव होता है जिससे वो चीज निकलती है, चलती है और जब तक उसकी प्रासंगिकता होती है वह रहती है। साहित्यिक पत्रकारिता भी मर-मरकर जीती रही है।

दु०प्र०—एक और बात। लेखक तो अपने समाज या पाठक की बहुत चिंता करता है, मसलन आप इतने खतरे उठाकर पत्रिका निकालते हैं, अपने लेखन तक की कीमत पर यह सब करते हैं पर जिन लोगों के निमित्त यह करते हैं, उनकी अपनी जिंदगी से तो साहित्य, लेखन, साहित्यिक पत्रकारिता—ये सब क्रमशः बाहर होते चले जा रहे हैं। मेरे इस छोटे-से शहर सिरोही को ही लें। यहाँ 'हंस' की दो प्रतियाँ आती थीं—एक न्यूज एजेंट खुद रखता था, एक मैं लेता था। अब उसने भी मँगवाना बंद कर दिया है—या, यह बात लें कि इस शहर के लिए राजेन्द्र यादव का (इस समारोह में) आना एक बहुत बड़ी घटना है, लेकिन हमारे इतने सारे प्रयत्नों, इतने सारे निमंत्रण-पत्रों के बाँटने के बाद भी शहर के लोगों को राजेन्द्र यादव को देखने-सुनने आना कोई जरूरत नहीं लगी, यह आप खुद भी देख ही रहे हैं। अगर खेल, राजनीति या फिल्म की दुनिया से कोई इतनी बड़ी हस्ती यहाँ आई होती तो भीड़ को सँभालना मुश्किल हो गया होता—वह भी बिना निमंत्रण के आई भीड़ को। तो, ऐसे में, क्या यह चिंता नहीं होती कि हम कैसे लोगों को अपने निकट लाएँ ? साहित्यिक पत्रकारिता की इसमें क्या भूमिका हो सकती है ?

देखिए, इसमें साहित्यिक पत्रकारिता तो कुछ भी नहीं कर सकती। इसमें कर सकती है वो पत्रकारिता जो उनके जीवन का अंग है। वहाँ जो साहित्यिक रुझान के लोग हैं, उनका काम होना चाहिए था कि वो इस माहौल को जीवित रखते। केवल क्रिकेट खिलाड़ी और सिने-स्टार्स ही उनके आकर्षण का केंद्र न होते। पर दुर्भाग्य से सारी चीजें, अखबार इतने 'वल्गराइज़' हो गए हैं कि जो कहानी लेखक भी वहाँ हैं उनके लिए पामेला बोर्डेस बड़ी न्यूज है, किसी को ज्ञानपीठ पुरस्कार मिलना छोटी न्यूज है। दूसरी बात, एक तरफ जहाँ साहित्यिक पत्रकारिता खत्म हो गई है वहीं दूसरी तरफ टुकड़ों-टुकड़ों में एक स्थिति यह भी उभरकर आ रही है कि साहित्यिक पत्रिकाओं की बहुत-सी जरूरत दैनिक अखबारों के रविवारीय परिशिष्ट पूरी कर रहे हैं। चाहे नवभारत टाइम्स हो, चाहे जनसत्ता हो, वे इस तरह की साहित्यिक चीजें दे रहे हैं। तो, जरूरत तो पूरी हो ही रही है। फिर यह तो मानकर चलना ही चाहिए कि आदर्श और मिशन वाले आदमी के लिए और इस तरह के कामों के लिए उस तरह का व्यापक सहयोग नहीं मिल सकता, उतनी भीड़ उमड़कर नहीं आ सकती जो एक सार्वजनिक और फिजीकल या उस तरह के क्षेत्र के व्यक्ति के लिए उमड़ती है। जहाँ लोग फिजीकली थ्रिल्ड महसूस करते हैं—जैसे खेल में। एक बौद्धिक काम जो अपने भीतर ही भीतर चलता है, उसमें भीड़ और मालाबाजी वगैरह की उम्मीद भी हमको

नहीं करनी चाहिए, हालाँकि जिनको यह मिलता है उनको प्रसन्नता तो होती है, पर यह भी देखिए कि वो कितनी जल्दी अपनी मूल प्रतिज्ञा या प्रबिद्धता से कट भी जाते हैं। आपने देखा होगा कि कवि सम्मेलनों में जो लोग बहुत प्रसिद्ध हो जाते हैं, उनकी स्थिति क्या होती है ? 'स्टार वैल्यू' लेखक की दुनिया में कहीं भी नहीं होती। पत्रिकाओं से तो लगता है कि हेमिंग्वे के लिए भीड़ इकट्ठी होती होगी, पर ऐसा कुछ भी नहीं था। बड़े से बड़ा लेखक सारी दुनिया में उसी तरह रहता है जैसे हम रहते हैं। किंग्सले एमी का एक उपन्यास एंग्री डिकेड (उग्र दशक) में आया था—'रूम एट द टॉप'—उसका बड़ा तहलका मचा था, टाइम्स लिटरेरी सप्लीमेंट और एनकाउंटर में चर्चे थे और लगता था कि उसके लिए क्या नहीं होता होगा, लेकिन उस वक्त वो बस कंडक्टर थे इंग्लैंड में। इंटेलेक्चुअल उस अर्थ में कभी भी एक सेलिब्रिटी नहीं होता जिस अर्थ में एक राजनेता होता है। वात्स्यायन हमारे लिए बहुत पूज्य रहे हों लेकिन जो सड़क पर है उसको क्या मतलब और क्यों उम्मीद करें कि वह जाने कि ये कौन हैं ?

दु०प्र०—आपने आजादी के पहले की साहित्यिक पत्रकारिता की बात की। मेरी पीढ़ी ने बाद में देखा, जैसे साठ वाले दशक में, कि धर्मयुग जैसी व्यावसायिक पत्रिका भी साहित्य को अहमियत देती थी। उन पत्रिकाओं के माध्यम से ही हमने यह जाना कि साहित्य में कौन लोग महत्त्वपूर्ण हैं—चाहे साहित्य की हमारी समझ तब कुछ भी न रही हो। पर ये जो पत्रिकाएँ कल तक साहित्य थीं, अब क्यों पूरी तरह गैर-साहित्यिक हो गई हैं ? इतना ही नहीं, कुल मिलाकर अप्रासंगिक भी हो गई हैं। क्यों ?

एक बात थी। जिस समय की आप बात कर रहे हैं, उस समय पत्रकारिता उस तरह का 'प्रोफेशन' नहीं हुई थी जैसी डॉक्टरी आज हो गई है। उसमें ज्यादातर साहित्यिक लोग थे। धर्मयुग में भारती थे। भारती मूलतः साहित्यकार थे और उन्हें अपनी क्षमता पत्रकारिता में सिद्ध करनी थी, इसलिए वो उन व्यावसायिक दबावों के बावजूद साहित्य को कहीं न कहीं बनाए रखने की इच्छा रखते थे। बाद में धीरे-धीरे जब उन्होंने देखा कि पत्रकारिता में खास तरह का सनसनीखेजपन आ गया है, बगल में खुशवंत सिंह बैठे हुए हैं, मालूम हुआ जाटों पर अंक निकाल रहे हैं और धुआँधार किस्म का काम हो रहा है, तो पिछले 15-20 बरसों में भारती ने भी मान लिया कि साहित्य की जगह यह नहीं है, या साहित्य से इस पत्रिका का कोई लेना-देना नहीं है। और अब तो जो लोग पत्रकारिता में आए हैं, उनकी साहित्यिक संभावना कुछ भी नहीं है। वो पत्रकारिता में उसी तरह से आए हैं जैसे एक आर्किटेक्ट आता है, एक वकील आता है, एक डॉक्टर आता है। अब पत्रकारिता में भी कलाकार की जगह प्रोफेशनलिज्म ने ले ली है। उनको जितने साहित्य की जरूरत होगी उतना ही लेंगे। नहीं होगी, नहीं लेंगे। बहुत साफ बात है। पहले भारती नहीं लेते थे तो उनके भीतर एक अपराध-बोध होता था कि देखो मैं साहित्य का आदमी हूँ और साहित्य के लिए कुछ नहीं कर रहा हूँ पर इनको कोई गिल्ट नहीं है। अब तो व्यवसायीकरण है।

पाठक जो चाहते हैं—'केटरिंग टू द टेस्ट'—कितना आप कर सकते हैं, और संभव हो तो उसे और वल्गराइज करें, उसका भ्रष्टीकरण करें—आज यही तरीका है। हम लोग इस मुगालते के मारे हुए थे कि वी केन क्रिएट द टेस्ट—चाहे फिल्म वाले हों, चाहे नाटक वाले हों। और ऐसा नहीं है कि टेस्ट क्रिएट नहीं होता, लेकिन उसमें बहुत लंबा वक्त लगता है और हम लोग बहुत जल्दी रिजल्ट्स चाहते हैं, और बहुत जल्दी निराश हो जाते हैं, शायद जब तक खींच सकते हैं, खींचते हैं।

दु०प्र०—क्या यह कह देना काफी है कि जब तक खींच सकते हैं, खींचते हैं ? मुझे एक बड़ी चुनौती इस रूप में लगती है कि उस समय व्यावसायिक पत्रकारिता से साहित्य को एक सपोर्ट मिल रहा था। आज वो सपोर्ट तो नहीं ही है, उलटे वो लोग हमारे पाठक को भी खींच रहे हैं। पाठक के समय पर भी दबाव बढ़ता जा रहा है। इधर रविवारीय अखबारों की एक बाढ़ और हिंदी में आ रही है। पाठक का वक्त तो सीमित है। वह कितना पढ़ेगा ? इस चुनौती का क्या कीजिएगा ?

नहीं, चुनौती तो देखिए सब जगह, सारी दुनिया में है। चुनौती तो यह वहाँ के लिए है जहाँ गंभीर चीजें पढ़ने की परंपरा थी। हमारे लिए तो यह अस्तित्व का प्रश्न है, इसलिए है कि पढ़ते लोग पहले भी कम थे, अब उनको एक बहाना मिल गया कि वक्त नहीं मिलता। और ये जो हिंदुस्तान में और तीसरी दुनिया में दृश्य माध्यम की—टी०वी० जिसमें सबसे बड़ी चीज है—नई टेक्नीक आई है वह मुद्रित शब्द को एकदम अप्रासंगिक करती चली जा रही है। यह खतरा हमारे सामने है, लेकिन मैं इससे नहीं डरता हूँ, क्योंकि मुद्रित शब्द आपके पास सुरक्षित है। टी०वी० में तो प्रोग्राम खत्म हो गया, अब नया आएगा। लेकिन किताब को आप रख सकते हैं और जब भी फुर्सत या इच्छा हो तब पढ़ सकते हैं, तो, मुद्रित शब्द की जो एक डॉक्यूमेंटेशन वैल्यू है वह कभी खत्म नहीं होगी। यह वैल्यू वहाँ (दृश्य माध्यम में) भी है पर वहाँ तामझाम ज्यादा होता है—वी०सी०आर० और कैसेट लाइब्रेरी से लाना वगैरह, फिर वह उसकी कॉस्ट पर होता है जिसे आप देखना चाहते हैं। फिर साक्षरता भी बढ़ रही है। प्रेमचंद के जमाने में पत्रिका हजार-डेढ़ हजार छपती थी तो आज हम हिम्मत कर सकते हैं कि पंद्रह-बीस हजार छापें। इतनी रिसोर्सेज के बावजूद और अंग्रेजी में छपने के बावजूद 'एनकाउंटर' जैसी पत्रिका सात-आठ हजार से कभी ज्यादा नहीं छपी। लंदन मैगजीन बीसियों बार बंद हुई। अलग-अलग लोगों ने उसे चलाया है। सही बात यह है कि हंस से मुझे हिम्मत इसी रूप में ज्यादा बँधी कि जिससे जो हो सकता था उसने वह किया। ईर्ष्याएँ भी हैं, क्योंकि हमारे यहाँ साहित्यकारों में यह सबसे ज्यादा है कि अगर यह पत्र मेरा 'परपज सर्व' नहीं कर सकता, मुझे नहीं छाप सकता, या जिस व्यक्ति से मेरी दुश्मनी है उसके खिलाफ नहीं लिख सकता तो काहे के लिए मैं इसकी मदद करूँ ? मरने दो साले को। लेकिन इसके बावजूद यह मानकर कि यह एक ऐसा प्रयत्न है जिसकी मदद करनी चाहिए, जहाँ जिससे जो संभव हुआ, किया। मैं आपको बताऊँ, गौतम

जी से जब हम हटे तो बिहार से हजार-हजार रुपया लोगों ने भेजा। वह पीरियड मेरे लिए तो सचमुच अनुभव का पीरियड था। हताशा भी होती थी कि लोग जबानी ही कह रहे हैं, करते नहीं हैं, यह इसलिए कि उनको तो साहित्यिक पत्रकारिता की दिक्कतों का अंदाजा होता ही नहीं है, वे तो संस्थानों से जुड़ी पत्रिकाओं का अर्थ ही समझते हैं कि सरिता है, माया है, मनोहर कहानियाँ हैं जो करोड़ों रुपए कमा रही हैं, तो भाई हम भी करोड़ों नहीं तो दस-बीस लाख तो कमा ही रहे होंगे। इस तरह की धारणा लोगों के मन में थी। मैं कहता हूँ कि हंस हिंदुस्तान में अकेली पत्रिका है–किसी भी भाषा में–जिसके साथ कोई संस्थान नहीं जुड़ा है, कोई पैसे वाला नहीं हैं, उसके बावजूद हम अगर इसे जारी रख सके हैं तो केवल मित्रों के बल पर।

न०कि०–क्या आप यह मानकर चल रहे थे कि केवल ग्राहक संख्या के बल पर ही हंस को चला लेंगे ? चलाने के बाद किस तरह के अनुभव आपको हुए और चलाते वक्त किस तरह के आंतरिक दबाव महसूस हुए–मसलन किस तरह का लोन इसमें दिया जाए या साधन जुटाने के लिए उस तरह के बाहरी प्रयासों की भी जरूरत महसूस हुई जिन्हें आप मन से पसंद नहीं करते, जैसे सरकारी विज्ञापनों के पीछे भागना दूतावासों से संपर्क साधना, वगैरह ?

देखिए, जरूरत सबकी महसूस होती है। जो आप कह रहे हैं उस सबकी महसूस हुई। दूतावासों और सरकारी विज्ञापनों की भागदौड़ मैंने नहीं की। प्रायः संपर्क जरूर तलाश करने की कोशिश की कि वहाँ नवल जी हैं, हमारे मित्र हैं, एक अच्छी पोजीशन पर हैं, साहित्य से जुड़े रहे हैं, अगर उनसे संपर्क करें तो हो सकता है जो काम वे बिना खुद या खुद जेब को टैक्स दिए कर सकें, कर दें। इस रूप में कुछ मित्रों से मैं जरूर मिला। यह आप तब भी करते हैं जब आपको रेल का टिकट खरीदना होता तो है रिजर्वेशन करवाना होता है। चिट्ठियाँ भी दूतावासों को लिखीं, पर गया आज तक नहीं। वैसे तो काशी विश्वविद्यालय आप बनवाते हैं तो भीख माँगते हैं, पर वो बहुत बड़ी बात है और आप कह सकते हैं कि एक पत्रिका निकालने की जो कि एक व्यक्तिगत बात है–इससे कहाँ तुलना है। यह तो व्यक्तिगत आकांक्षा है, या कि आपका ईगो संतुष्ट हो रहा है। ईगो वाली बात तो बहुत बेकार की बात है। दिल्ली में एक मूलचंद हॉस्पिटल है। हो सकता है किसी आदमी ने उसे अपना ईगो संतुष्ट करने के लिए बनवाया हो, लेकिन इससे आप कैसे मना करेंगे कि उससे आज लाखों आदमी फायदा उठा रहे हैं। पर अभी तक लोग यह मानने को तैयार नहीं हैं कि मेरे लिए यह कितनी टैक्सिंग चीज रही है।

न०कि०–आंतरिक दबाव के बारे में ?

संख्या बढ़ाने के लिए मैंने कभी समझौते नहीं किए। दो चीजें मैंने अभी तक नहीं कीं। एक तो यह कि देखिए मेरी समझ का दोष हो सकता है, कुछ चीजों के बारे में गलत सोचता

हूँ, घटिया ढंग से सोचता हूँ—यह तो हो सकता है, लेकिन ऐसा करने से पाठक बढ़ेंगे यह सोचकर मैंने कभी कोई काम नहीं किया। मैं इसका एक उदाहरण देता हूँ। अचानक ही सारिका वालों को यह खयाल आया कि सत्यकथाएँ देने से मनोहर कहानियाँ चलती है, तो उन्होंने भी सत्यकथाएँ देनी शुरू कर दीं। लेकिन क्योंकि उस तरह उसकी इमेज नहीं थी, कैरेक्टर नहीं था, नतीजे में सत्यकथाएँ तो वे दे पाए, अपने रहे-सहे सीरियस पाठक को भी उन्होंने दूर कर दिया। अगर मैं सत्यकथाएँ देने लगूँ तो मेरे पाठक तो हाथ से जाएँगे ही, उनसे 'कम्पीट' भी मैं कर नहीं पाऊँगा, सिवा उनकी घटिया चीजों को रिप्रोड्यूस करने के क्या करूँगा ? तो, ये समझौते मैंने नहीं किए। हाँ, एक सावधानी जरूर बरती। मान लीजिए, बहुत सारी कहानियाँ आ गईं, अच्छी थीं, देनी थीं पर लगा कि ये सभी एक ही तरह की हैं, गाँव की हैं या सारे चरित्र बूढ़े हैं तो उनमें विविधता पैदा करने की कोशिश जरूर की। कहानियाँ स्वीकार तो कर लीं, खेल उनकी प्लेसिंग में ही किया जा सकता था। नंगी तस्वीरें दे नहीं सकते थे। विविधता के लिए यही तो कर सकते थे कि कहीं रचनात्मक चीज दे दी, कहीं बहस—कहीं कविता, कहीं लघुकथा। यह जरूर किया।

न०कि०—इतने साल हंस निकालकर क्या आपको इस रूपाकार में किसी परिवर्तन की जरूरत महसूस हुई ?

परिवर्तन तो मैं करना चाहता हूँ। बहुत बड़ी कमजोरी यह है कि हम योजना कुछ नहीं बना पाते हैं। पत्रिका में योजना बहुत जरूरी होती है कि आपका छठा अंक किस पर केंद्रित होगा, उस पर आप पहले से लिखवा सकें। अब हम कुछ डेढ़ आदमी हैं। मैं हूँ और हरिनारायण जी हैं। कैसे बनाएँ हम योजना ? एक एडहॉकिज्म है, प्लैनिंग नहीं है।

न०कि०—कहा जाता है कि जनवादी लेखक संघ का उपाध्यक्ष बनने के बाद आपकी विचारधारा में एक नया टर्न आया है, हालाँकि मैं तो ऐसा नहीं मानता। प्रगतिवाद से आप पहले भी जुड़े थे लेकिन जब प्रगतिशील लोग अस्तित्ववाद को एब्सर्ड लेखन कह रहे थे और उसे अस्वीकार कर रहे थे उस समय भी आप उनसे अलग थे। आपने तब भी अस्तित्ववादियों की बात की, आपने लोलिता पर भी लिखा…

देखिए, अस्तित्ववादियों को अस्वीकार मैं पहले भी नहीं करता था, आज भी नहीं कर सकता। हाँ, विकास जरूर हुआ होगा। यह मैं बिल्कुल नहीं मानता कि जो पचास साल पहले सोचता था वही आज भी सोचता हूँ। लेकिन पहले जो सोचता था वह मेरा व्यक्तिगत सोच था, वो इस तरह की टकराहटों से पैदा हुआ सोच नहीं था जैसा आज है, आज जो बात मैं सोचता हूँ उसमें आत्मविश्वास ज्यादा होता है, इसलिए कि आज हम बाकायदा बहस कर, सिर फोड़कर किसी निष्कर्ष पर पहुँचते हैं। तो हो सकता है कि मेरे सोच में कुछ परिवर्तन आए हों। लोग कहते हैं कि आप जनवादी लेखक संघ के उपाध्यक्ष हो गए—इससे ये हुआ, वो हुआ। तो उस चीज का फायदा मैंने आज तक नहीं उठाया, बल्कि

विरोध ही मोल लिया है। भाषा की समस्या पर मैंने नाम लेकर लिखा कि साहब उर्दू जो द्वितीय भाषा हो गई, उससे मोहम्मद हसन जो हमारे प्रेसीडेंट हैं वो भी उतने ही खुश हैं जितने शहाबुद्दीन। तो इस रूप में तो मैंने जनवादियों का रोष ही लिया है। और आपको ताज्जुब होगा कि कुछ जगहों पर तो मैं जनवादियों से निराश भी हुआ हूँ। मैं सोचता था कि कलकत्ते से मुझे सबसे ज्यादा सपोर्ट मिलेगा क्योंकि वहाँ उनकी सरकार है, प्रचार तंत्र है, सरकार लगातार विज्ञापन दे सकती है, पत्रिकाएँ खरीद सकती है, लेकिन वहाँ की सरकार से एक धेले का भी सहयोग नहीं मिला। एक पत्रिका तक नहीं खरीदी गई। वहाँ के लोगों को या तो ये लगता है कि ये बहुत ही ढुलमुल तरह की चीज है और उस तरह की जनवादिता नहीं है जैसी कि वो चाहते हैं या जिस तरह का कट्टरपंथी सोच खासतौर से हमारे कलकत्ता के कामरेड भाइयों का है, वैसा यहाँ नहीं है। तो इस तरह तो मैं निराश ही हुआ हूँ।

न०कि०—दिल्ली में बहुत सारे लेखक हैं। उनसे आपको एप्रोच करने में सुविधा भी रहती है। परंतु बाहर के लेखकों का सहयोग लेने के लिए आप क्या करते हैं ? नए लेखकों की रचनाओं पर कैसे निर्णय लेते हैं ? स्टाफ तो आपके पास बहुत कम है। नई प्रतिभाओं को तराशने, सामने लाने के लिए आप क्या करते हैं ?

यह सही है कि दिल्ली में सब कुछ प्राप्त हो जाता है। लेकिन ऐसा नहीं है कि सहयोग दिल्ली से ही है, बाहर जो हैं उनसे भी संपर्क बना रहता है। दिल्ली पर मैं सिर्फ एक चीज के लिए निर्भर करता हूँ। जैसे हमें स्वायत्तता पर एक बहस आयोजित करनी है। यहाँ ऐसे कुछ लोग मिल जाते हैं जिन्हें आधिकारिक चाहे न मानें लेकिन प्रामाणिक वे हैं, उनसे अपने हिसाब से चीजें लिखवाने की कोशिश की जा सकती है, जो आपसे मैं नहीं लिखवा सकता। आपसे तो लंबा पत्र-व्यवहार करना पड़ेगा और फिर आप कहेंगे कि कल भेजता हूँ—परसों भेजता हूँ और अभी तो मैं इम्तिहान में हूँ और अभी लड़की की शादी है वगैरह। दिल्ली में तो छाती पर सवार होकर हम लिखवा लेते हैं। तो, दिल्ली पर इसके लिए निर्भर करता हूँ। वरना आप देखें तो दिल्ली की रचनाओं का रेशियो बहुत कम है। और चूँकि हम बड़े लेखकों या सम्मानित लेखकों को उस तरह से पैसा नहीं दे पाते हैं, केवल एक प्रतिष्ठा ही दे पाते हैं, इसलिए बावजूद इसके कि मित्रों ने हमें सहयोग दिया है, एक साहित्यिक प्रतिद्वंद्विता तो रहती ही है। जो बड़े लोग हैं वो चुनकर और बड़ी सावधानी से अपनी रचना देते हैं चूँकि हमने खुला वातावरण रखा है इसलिए हर तरफ की क्रिटिसिज्म होती है, लेकिन एक चीज का मैं दावा करता हूँ कि जितने नए लेखक चार साल में हंस में छपे हैं, इतने किसी पत्रिका ने नहीं छापे हैं, बल्कि कभी-कभी तो किसी अंक में कोई परिचित नाम होता ही नहीं है। लेकिन इनको महज नया होने की वजह से नहीं लिया। साफ बात है। हम कोई एनकरेजिंग सेंटर खोले नहीं बैठे हैं। रचना में दम है तो आप बड़े से बड़े लेखक के साथ छापिए, हमें कोई चिंता नहीं है। लेकिन नयों के लिए आरक्षण की

नीति हमारी नहीं है। यह हो सकता है कि आप मेरे नजदीक हैं तो आपकी रचना जरा पहले छप जाए, लेकिन रचना आपकी है इसलिए कमजोर भी चलेगी यह नहीं होता। मुझे मालूम है कि आपने घनिष्ठतम लोगों की कितनी-कितनी रचनाएँ मैंने लौटाई हैं। ठीक है, उनसे मैं कह सकता हूँ। उनको भी गलतफहमी नहीं है और मुझे भी मालूम है कि यह मुझे गलत नहीं समझेगा। थोड़ा-सा मुझे लगता है कि लेखक में जिम्मेदारी भी, जो बीच में खत्म हो गई थी, पैदा करने की कोशिश मैंने की है। एक जिम्मेदार लेखक के सामने पहली बार यह चेतना पैदा हुई है कि मुझे पचास लोगों के सामने खड़ा होना है और अगर बात में दम नहीं होगा तो केवल नाम के दम पर कैसे टिके रह सकेंगे ? इसमें थोड़ी कटुताएँ भी आई हैं।

[मधुमती, मार्च, 1990]

भारतीय संस्कृति कितनी महान् है

डॉ० लोठार लुत्से

[लोठार लुत्से से मेरी पहली मुलाकात कसौली में हुई। वह अपनी महिला मित्र के साथ अलेसिया में ठहरा हुआ था। छह फुट का बेहद ही खूबसूरत, स्वस्थ और चुस्त व्यक्तित्व—किसी भी भारतीय महिला या पुरुष का स्वप्न पुरुष ! संयोग से तब वह 'एक इंच मुस्कान' पढ़ रहा था—उस महिला की सहायता से। शीघ्र ही हम लोग घनिष्ठ हो गए। सतवंत के साथ की मेरी दोस्ती का वह मजाक उड़ाया करता था—शरच्चंद्र की रूमानी भावना के नाम पर, "राजेन्द्र, अपनी इस किताबी भावुकता से मुक्ति पाओ कि अपने साहचर्य द्वारा तुम किसी महिला को उसकी अपनी हताशा के क्षणों में खींचकर बाहर ला रहे हो¨यू एंड योर रोमैंटिक फ्रेंडशिप¨"

चूँकि हम दोनों ने कभी एक दूसरे से कुछ भी अपेक्षाएँ नहीं कीं, इसलिए यह दोस्ती आज तक है। शुरू में पाँच-छह साल उष्मा के साथ और फिर लंबे अर्से तक औपचारिक। कभी नरम तो कभी गरम। हाँ, उसकी वह भूतपूर्व महिला मित्र आज भी हमारे परिवार का वैसा ही अभिन्न हिस्सा है।

लुत्से ने 1972 में अपनी एक पुस्तक के लिए दिल्ली में मेरा एक लंबा इंटरव्यू लिया था। शायद जर्मन भाषा में। उसके बाद औपचारिक रूप से मैंने उससे बातचीत की। प्रस्तुत साक्षात्कार उसी का अंशतः संपादित रूप है।]

लुत्से, लगभग तीस वर्ष पहले, यानी सन् साठ के आसपास के बाद से लगभग बीस या बाईस बार तुम यहाँ आए हो। करीब-करीब हर वर्ष यहाँ आते रहे हो। मैं यह तो मान सकता हूँ कि शुरू में उत्साह भी होता है नई जगहों को देखने का, नई चीजों को जानने का, नए तरह के लोगों से मिलने का और एक भटकने की चाह भी होती है जिसे दो-तीन-चार-पाँच बार के बाद समाप्त हो जाना चाहिए था, दुनिया के और भी देश तथा और भी भाग हैं, जो आदमी को आकर्षित करते हैं। वह क्या चीज है जो तुम्हें बीच-पच्चीस बार और हो सकता है आगे दस-बीस बार और, बार-बार यहाँ खींचकर लाती है ?

हाँ राजेन्द्र, तुम ठीक कहते हो। यहाँ मेरा पहली बार का आना मेरे लिए महज अपने

परिवेश से बाहर निकलने की कोशिश में था। दरअसल मैंने जर्मन एकेडमिक एक्सचेंज सर्विस के साथ संपर्क किया था। यह संस्था लोगों को विदेशी विश्वविद्यालयों में अध्यापक आदि पदों पर भेजती है। उन लोगों से मैंने इतना ही पूछा था कि क्या कहीं कोई जगह खाली है ? उन्होंने कहा कि कनाडा-मांट्रियल में हम आपको एक जगह दे सकते हैं पर वहाँ आपको अंग्रेजी के अलावा फ्रेंच भी अच्छी तरह आनी चाहिए। इसके अलावा भारत में कई जगहें खाली हैं।

तुम्हें मालूम होगा कि उस वक्त भारत ऐसा लोकप्रिय स्थान नहीं था। सख्त गर्मी, बीमारियाँ और सुविधाओं की कमी वगैरह के चलते भारत की तस्वीर काफी खराब थी। मुझे तुरंत कोई फैसला करना था और मैंने भारत के पक्ष में फैसला किया, क्योंकि मेरा पहला विदेश-प्रवास अमेरिका में रहा था। अतः इस बार मैं बिलकुल अलग कोई चीज चाहता था। मैंने सोचा कि कनाडा तो लगभग वैसा ही होगा। फिर आई०टी०आई० मद्रास या दिल्ली के बीच चुनाव करना था। जिन्होंने यहाँ मुझे भेजा उन्होंने मौसम वगैरह के बारे में बताया और मुझे लगा कि दिल्ली ही बेहतर रहेगी।

मैं इसलिए यह जिक्र कर रहा हूँ कि अगर मैं मद्रास चला गया होता तो हिंदी की बजाय तमिल में उलझ गया होता और फिर तुम्हारे देश और यहाँ की संस्कृति और यहाँ के जिन लोगों से मैं मिला उनके साथ कोई एक चीज पनप गई जिसने बाकी जिंदगी भर के लिए मुझे पकड़ लिया। यह कहना बहुत मुश्किल है कि वह चीज वाकई थी क्या लेकिन यह मैं कभी-कभी लोगों को बताता हूँ : भारत, भारतीय संस्कृति और भारतीय जन महज, एक और संस्कृति, एक और देश, एक और जनसमुदाय भर नहीं है बल्कि मेरे हिसाब से यह जीवन की एक अलग ही पद्धति है।

यह जो स्नेह पनपा, यह जो रिश्ता उगा, मेरे व्यक्तित्व के एक हिस्से के अनुकूल था। जैसा तुमने कहा, 'वांडर लस्ट', यह जर्मन शब्द जो अंग्रेजी भाषा का अंश बन गया है, पर साथ ही था स्थिरता का भी एक मिश्रण, यानी वह व्यक्ति मैं नहीं हो सकता जो दुनिया के कोने से दूसरे कोने तक की यात्रा करना चाहे। एक बार जब तुम्हारे देश के लिए यह अनुराग मेरे मन में जागा तो मैंने यथासंभव इसकी गहराई में उतरना चाहा।

एक और सवाल जैसा कि तुम्हारा अपना पालन-पोषण रहा है। सुव्यवस्थित, नियमित हर चीज अपनी जगह सही दुरुस्त। उसके मुकाबले जब दो-चार दिन के लिए बाहर जाते हैं तो एक आजादी का एहसास आपको अच्छा लगता है, लेकिन शायद दो, चार-छह दिन बाद बहुत जल्दी ही हम अपनी उसी पुरानी अनुशासित और बँधी-बँधाई तथा ढर्रे-सी जिंदगी में लौटने के लिए बेचैन होने लगते हैं। पहली-दूसरी बार तो वह खुलापन कहीं समृद्ध कर सकता है, आजादी का एहसास दे सकता है लेकिन आगे चलकर इससे खिजलाहट होने लगती है या नहीं, कि चीजें यहाँ उतनी सुव्यवस्थित नहीं हैं, उतनी नियमित नहीं हैं ?

'सुव्यवस्थित' और 'नियमित' जर्मनी की इस बनी-बनाई तस्वीर के खिलाफ भी कुछ कह ही दूँ। मेरे खयाल से मैं हर व्यक्ति की तरह, रुचियों और मनःस्थितियों, प्रवृत्तियों वगैरह का एक मिश्रण हूँ। इसलिए एक ओर यह सुव्यवस्थित वाला हिस्सा है तो दूसरी ओर बहुत सहजता भी, जो मुझे प्रिय है। एक बात और भी कह दूँ जो मैं अक्सर लोगों से कहता रहता हूँ—अगर मैंने तुम्हारे देश में अपने आपको सिर्फ अपने अंग्रेजी ज्ञान तक ही सीमित रखा होता तो अवधि समाप्त होने पर तीन-चार वर्ष बाद वापस चला गया होता और कुछ अरसा बाद भूल चुका होता। जैसा कि तुम जानते ही हो, और तुम शुरुआती मुलाकातों में से एक हो जिसने मुझे प्रोत्साहित किया कि शुरू में तो एक वक्त ऐसा था जब मैं यहाँ, नई दिल्ली की डिप्लोमैटिक जिंदगी में उलझा। पार्टियों वगैरह में जाने में मुझे मजा आता था, लेकिन एक दिन मैं जैसे झटके से जगा और मैंने पूछा, क्यों लोठार अगर तुम्हें अभी घर लौटना हो तो तुम क्या लेकर लौटोगे ? इसे तुम चाहे मेरा जर्मन सुव्यवस्थितपन कह लो। मैंने कहा, मुझे एक या दो हल ऐसे खोज निकालने चाहिए जहाँ से मैं इस संस्कृति में प्रवेश कर सकूँ। और मेरा फैसला दो चीजों के लिए था : मेरी रुझान के अनुकूल एक थे भाषा और साहित्य और दूसरा संगीत।

तुम जानते हो कि उस वक्त सन् साठ के आसपास तुम्हारे देश का औपनिवेशिक अतीत बीते हुए बहुत वक्त नहीं गुजरा था। मैं इस बात से थोड़ा दुखी हुआ कि इतने सारे लोगों से मेरी मुलाकात हुई जिनके व्यक्तित्वों को उस अतीत ने विकृत सा कर दिया था हालाँकि इसके लिए उन्हें दोषी ठहराने का हक मुझे नहीं है। लेकिन उन संगीतकारों के साथ मुलाकात से मुझे मदद मिली जिन्होंने तुम्हारे इतिहास के उस औपनिवेशिक पक्ष की कोई परवाह नहीं की थी। वे समूचे और साबुत इंसान थे। अपनी संस्कृति की गहराई में जीवित। वे मुझे भी उस गहराई में दूर तक ले गए। वे बहुत थोड़ी अंग्रेजी जानते थे। तो मैं कहूँगा कि शुरू-शुरू में साहित्यकारों की अपेक्षा संगीतकारों ने तुम्हारी संस्कृति के निकट मुझे पहुँचाया।

हिंदी और संगीत। इन दो चीजों ने यहाँ तुम्हें बाँधकर रखा। क्या इनकी पहले से पृष्ठभूमि थी या इनके लिए रुचि यहीं आकर विकसित हुई ? दूसरे, इतनी और समृद्ध किस्म की पृष्ठभूमि, रूसी साहित्य की है, जर्मन तो है ही, अंग्रेजी की है और दुनिया भर की यानी संगीत की है, उसके बाद इन चीजों में रुचि लेना क्या कहीं उस भटकाव और निर्बंध जीवन के लिए आकर्षण का हिस्सा था या कहीं सरपरस्ती के लिए अपने आसन से नीचे झुकने की भावना थी ?

नहीं सरपरस्ती नहीं, तुम्हारे देश में मेरी उपस्थिति के दौरान किसी भी स्तर पर नहीं। सबसे खूबसूरत बात यह हुई कि यहाँ शुरू में ही मेरी मुलाकात लेखकों और संगीतकारों से हुई। और उन लोगों ने मुझे सरपरस्ती या ऊँचाई से झुककर देखने का मौका ही नहीं दिया। उन्होंने मुझे एक दंभ से बचाया। तुम्हारा पहला सवाल कि पहले से ही कोई रुझान था या

यहीं विकसित हुआ ? रुझान तो एक पहले से ही था क्योंकि मैंने स्थानीय भाषा यानी हिंदी यानी ऐसी खुली हिंदी जिसमें हिंदी-उर्दू के बीच कोई रेखा आसानी से खींची नहीं जा सकती थी, को जानने का फैसला पहले ही कर लिया था। और रहा संगीत, तो तुम जानते हो कि पश्चिमी वाद्य मैं पहले से बजाता रहा था। स्कूल में वायलिन बजाई थी। बाद में छोड़ दी और फ्लूट बजानी शुरू की, तो एक तैयारी तो थी ही। मैंने पहले से मौजूद रुझानों के आधार पर फैसला किया। यह दावा तो मैं कर नहीं सकता कि मैं हमेशा से भारत ही आना चाहता था। यानी मैं बिलकुल ही अलग और दूसरी जगह जाकर भी उसमें पूरी तरह तल्लीन हो जा सकता था। पर अब मुझे इसमें संदेह होता है, आज मैं शायद भारत की पृष्ठभूमि को समझता हूँ हमारे लिए यह एक जीवन-पद्धति है, एक अलग किस्म की जीवन-पद्धति। पर मैं अपने साथ अनेक के साहित्यों का खासा ठोस ज्ञान भी लाया था। यानी मैं अपने साथ एक तुलनात्मक रुझान लाया था। भाषाओं और साहित्यों की एक सूची लाया था जिसमें और इजाफा किया जा सकता था। एक और बात जो मैं अब ज्यादा महसूस कर रहा हूँ वह यह कि संयोगवश अंग्रेजी का जो ज्ञान मुझे था—इसके कारण मैं भारत नहीं आया था, यहाँ मैं जर्मन भाषा के अध्यापक की तरह आया था। उसके द्वारा मैं यहाँ के अपने लेखक मित्रों से खुलकर बातचीत करने में समर्थ हुआ क्योंकि उनमें से अधिकतर के पास अंग्रेजी साहित्य की वही पृष्ठभूमि थी अतः बहुत शुरू से ही हमारे यहाँ कुछ समान विषय थे।

ठीक।

संयोगवश यह भी एक वरदान था⋯

जब हम लोग कसौली में मिले थे तो मैंने एक बात कही थी और तुमने उसको बहुत अच्छे ढंग से लिया था। जब हम नए-नए मिलते हैं तो एक-दूसरे के बारे में जानने की कोशिश करते हैं। और एक खास तरह के तकल्लुफ में पड़ते हैं। मैंने शुरू में ही कहा था कि उस बँधे-बँधाए मुहावरे में मत फँसो कि भारतीय संस्कृति कितनी महान् है या कितनी पुरानी वगैरह-वगैरह। तकल्लुफ में न पड़कर हम जिंदगी को सीधे-सीधे समझने की कोशिश करें बिना किसी पृष्ठभूमि के। पृष्ठभूमि से मतलब था यहाँ के खँडहरों की तारीफ, संगीत की तारीफ, दर्शन की तारीफ वगैरह-वगैरह; क्योंकि वे चीजें मेरा खयाल है कि जर्मन साहित्य में और जर्मन पृष्ठभूमि में भी बहुत हैं।

मैंने शुरू में एक चीज जो तुम्हारे भीतर पाई थी—वह थी ज्यादा से ज्यादा जानने की अनबुझ प्यास। एक खास किस्म की बेचैनी चीजों के बारे में जानने की, साहित्य, संगीत, लोगों के बारे में जानने की। हम लोग बीच-बीच में मिलते रहे। मैं देख रहा हूँ धीरे-धीरे कि जानने की वह शुरुआती बेचैनी कम होती चली गई

है, निरंतर। या तो उसकी वजह यह है कि दो-तीन लोगों को पाने की जिज्ञासा संतुष्ट हो गई। यानी जो सब मिलाकर एक व्यापक रुचि थी, वह दो-तीन-चार लोगों तक सीमित हो गई। उस समय मुझे याद है, तुमने अपनी कहानी पर, कविता पर, भाषा पर, संगीत के संबंधों पर कुछ बहुत अच्छे लेख लिखे थे, और अपनी पृष्ठभूमि के साथ, यहाँ की चीजों को समझने का एक नया आयाम, एक नया दृष्टिकोण दिया था। हमें अपने आपको एक दूसरी तरह से देखने का मौका मिला था। मुझे मालूम नहीं कि इन पिछले दस वर्षों में किन योजनाओं में लगे रहे हो; पर उस चीज को हम, मैं खासकर बहुत याद करता हूँ।

शायद इसमें कुछ तथ्य है। शायद इसका कुछ रिश्ता उम्र बढ़ने के साथ हो। इस बात का सामना हमें करना ही होता है। इसका रिश्ता अपने प्रति और अधिक आलोचनात्मक हो जाने से भी है। उस वक्त कुछ ऐसी चीजें थीं जिन्हें मैंने किया और कहा और जिन्होंने तुम्हें चकित भी किया होगा। बहुत ताजी और स्वतःस्फूर्त लगी होंगी। पर कुछ ऐसा मैंने किया और कहा था जिसे लेकर शायद अब मैं शर्म महसूस करूँगा कि यह मैंने कैसे कहा, कैसे किया, इसके अलावा हम अधिक से अधिक चयनशील भी होते जाते हैं। दरअसल पहले मेरे नाते बहुत ज्यादा व्यक्ति केंद्रित होते थे। जैसे मेरे दो बहुत गहरे मित्रों में से मुझे एक तुम्हारे देश में ही मिला। चतुरलाल जब 1965 में नहीं रहे और बाद में मैं फिर भारत आया तो मैंने फिर से कोशिश की। लेकिन पाया कि उनकी गैर-मौजूदगी में तबला बजाने का अर्थ मेरे लिए बदल चुका है। उनकी देखरेख में मैं अच्छा खासा तबला बजाने लगा था मगर उस रुझान को धीरे-धीरे अपने भीतर मरते देखा। साफ है कि यह एक व्यक्ति-विशेष के साथ जुड़ी हुई रुझान थी।

मैं कई एक व्यक्तियों के निकट रहा, लेकिन कोशिश यह की कि कभी किसी पर निर्भर न रहूँ, वात्स्यायन थे। और लोग भी थे जिनके मैं बहुत निकट रहा। लेकिन उन्होंने अगर मुझे स्वीकार किया तो इसलिए नहीं कि मैं उनके पीछे भागा बल्कि बात उलट थी। एक बार वात्स्यायन जी ने खुद मुझसे कहा कि अगर मैं चाहूँ तो उन्हें वॉटसन कहकर पुकारूँ और उनके इस सुझाव से मुझे खासी झेंप महसूस हुई। मैंने अपनी तरफ से उनसे कभी ऐसा कुछ नहीं कहा होता। मेरा खयाल है कि उन्होंने भी मुझे इसीलिए स्वीकार किया उन्हें लगा, मैं उन पर निर्भर नहीं था। जिसे हिंदी में चमचा या पिछलग्गू कहते हैं, ठीक उसके उलट था, यानी व्यक्तिगत स्नेह और प्रतिबद्धता के बावजूद मैंने आत्मनिर्भर रहने की, खुद को खुला रखने की कोशिश की है।

लेकिन मेरी गतिविधियों का एक हिस्सा और है जिसका एहसास तुम्हें नहीं हो सकता और इसका संबंध मेरे अपने देश से है। तुमने ध्यान दिया होगा कि मैं यहाँ वर्ष में कम से कम एक बार आने की कोशिश करता हूँ लेकिन यहाँ मेरे ठहरने की अवधि क्रमशः छोटी होती गई है। शुरू की लंबी अवधियों के बाद पहले-पहल जर्मन के लेक्चरार

की तरह से चार साल, फिर साउथ एशिया इंस्टीट्यूट के प्रतिनिधि की हैसियत से तीन साल, फिर अठहत्तर से अस्सी के दौरान फिर दो बरस की अवधि प्रतिनिधि की तरह मैं जुटा पाया था—उसके बाद से जो कुछ जर्मनी में कर रहा हूँ उससे लंबे वक्त के लिए हट पाना उत्तरोत्तर मुश्किल होता गया है। मैं तुम्हें स्पष्ट करना चाहूँगा कि मेरी प्रतिबद्धता का बड़ा हिस्सा अब मेरे देश में आधुनिक भारतीय साहित्यों को स्वीकृति दिलवाने में लग रहा है।

अब इसमें दूसरा मुद्दा है, हम लोग एक खास तरह के औपनिवेशिक अतीत के शिकार हैं। हमारे यहाँ असमानता है, गरीबी है, भ्रष्टाचार है और ये सिर्फ हमारे यहाँ ही नहीं है, उन सब देशों में है जिन्हें हम तीसरी दुनिया के कहते हैं, वे अभी उस खुमारी और जो कुछ उपनिवेशवादी शासक छोड़ गए हैं, उन बातों से या जो उस तरह के साम्राज्य का अनिवार्य अंग होता है, उससे लड़ने में हम लोग हुए हैं। मुझे नहीं लगता कि हम लोगों के संघर्ष के उस पक्ष में तुम्हें कभी विशेष दिलचस्पी रही हो। तुम्हें उस साहित्य ने आकर्षित किया जो तुम्हारी अपनी संवेदना के निकट यानी जिसमें कुछ अंतर्राष्ट्रीय सा निहितार्थ था, बजाय उन स्थानीय संघर्षों के जहाँ लोग जूझ रहे थे और जहाँ साहित्य उस संघर्ष का, उस लड़ाई का अविभाज्य हिस्सा बन गया था। यानी जिस संघर्षशील साहित्य के माध्यम से हम अपने औपनिवेशक अतीत और सामंती अतीत से लड़ने की कोशिश कर रहे हैं या उसके जरिए पैदा की गई असमानताओं, अन्याय, भ्रष्टाचार से लड़ने की कोशिश कर रहे हैं, उसे समझने और नंगा करने की कोशिश कर रहे हैं। और खुलकर कहूँ तो सारे भारतीय साहित्य का वह 80-90 प्रतिशत हिस्सा, मगर शायद उसने तुम्हें उतना आकर्षित नहीं किया। कभी-कभार जिज्ञासावश भले ही तुम उसकी ओर झुके हो, पर वह तुम्हारी संवेदना के निकट नहीं था। तुम उस साहित्य के साथ ज्यादा सहज थे, जिसे मैं एक खास तरह की समृद्धि तो नहीं कहूँगा—हाँ, एक खास तरह की सुविधाओं में पैदा होता है, जहाँ अंतर्राष्ट्रीय स्तर पर समझने में बहुत दिक्कत नहीं होती, एक तरह की सार्वभौमिकता जिसका दावा है। जैसे वहाँ के जीवन और यहाँ लगभग उसी तरह के जीवन में आप अपने देश से, दूसरे देश में आसानी से पहुँचकर इत्मीनान का अनुभव कर सकते हो।

कितना कम जानते हो तुम मुझे, काश ! ज्यादा जान पाते। पहली बात, यह 'तीसरी दुनिया' नाम मुझे कभी पसंद नहीं आया। यह शायद कभी मेरे गले नहीं उतरेगा। अब तुम्हारे सवाल की ओर लौटूँ। कौन-सा वह रहस्यमय प्रतिबद्ध साहित्य है जिसकी तुम बात कर रहे हो ? उदाहरण दोगे ?

मैं रहस्यमय नहीं कह रहा हूँ। उसमें कुछ भी रहस्यमय नहीं है। अगर उसे तीसरी दुनिया कहने में तकलीफ होती है तो एक दूसरा बहुत ही यथार्थवादी नाम है, पोस्ट कोलोनियम मतलब ऐसे देशों से है, जहाँ अभी-अभी उपनिवेश हटे हैं उन लोगों का संघर्ष, बेहतर जिंदगी बनाने की कोशिश, अपनी सामाजिक बीमारियों से लड़ने की कोशिश को चित्रित करने वाला साहित्य। हो सकता है मेरी सूचनाएँ गलत हों या मेरी जानकारी अधूरी हो; तुम्हारी जो रुचियाँ रही हैं साहित्य में खासतौर से कविता की तरफ मेरा इशारा उधर ही था। जिस संघर्षशील साहित्य की बात मैंने कही उसकी तरफ मैंने तुम्हारी रुचि कम पाई। बातों में कभी उसका जिक्र भी नहीं सुना, ठीक है तुम्हें 'महाभोज' अच्छा लगा, तुम्हें महाश्वेता देवी पसंद आई है न ? लेकिन हिंदी में जो इस तरह का लेखन है, चाहे वह शिवमूर्ति का लेखन हो, संजीव का लेखन हो, चाहे और इस तरह के लेखकों का ही जो दूरदराज गाँवों के संघर्ष को वाणी दे रहे हैं उनकी तरफ मैंने तुम्हारा ज्यादा झुकाव नहीं देखा। इस जिज्ञासा के तहत हो सकता है, तुमने जानना चाहा हो कि क्या लिखा जा रहा है; पर जहाँ सहज महसूस होता है जो अपनी संवेदना और आत्मा के निकट लगता है, शायद वह वैसा साहित्य नहीं है तुम्हारे लिए।

हुँ; देखो तुम मुझे गुस्सा दिला रहे हो।

नहीं

और तुम लगभग मेरी संपूर्ण प्रतिबद्धता पर संदेह कर रहे हो।

नहीं।

अच्छा, मैं साफ कर ही दूँ। मैं तुम्हारे देश में अंग्रेजी के ज्ञान के साथ आया था। स्वाभाविक था कि पहली किताबें, भारतीय लेखन के पहले नमूने जो मैंने देखे वे भारतीयों द्वारा अंग्रेजी में लिखित किताबों के थे। जो अंतर्राष्ट्रीय दिलचस्पी वगैरह की बात तुम कर रहे हो, अगर वही होता तो मेरे लिए अपने आपको अंग्रेजी तक सीमित किए रखना बहुत आसान था। अंग्रेजी में लिखित भारतीय साहित्य की कड़ी आलोचना के लिए विदेशों में तो मैंने खुद को काफी बदनाम कर लिया है, मैंने लेख लिखे हैं, एक लेख में तो मैंने अपनी आत्मा के भीतर से सारी भड़ास निकाल डाली थी। उसका नाम था 'लिट्रेरी टूरिस्ट गाइडेंस'। क्योंकि तब अंग्रेजी में ऐसे ही लेखन का चलन था। सौभाग्यवश आज वह नहीं है। वह सब विदेशी उपभोग के लिए, निर्यात के लिए लिखा गया साहित्य था।

ठीक है।

और राजेन्द्र, यह मेरे लिए कहीं ज्यादा आसान रास्ता हुआ होता। भारतीय भाषाओं के लेखन के लिए मेरी प्रतिबद्धता ही तुम्हारे आरोप का खंडन है।

नहीं-नहीं...

अब शेष रही उन साहित्यों के खास तौर से हिंदी के भीतर के लेखन के प्रति झुकाव की बात, तुमने क्या ऑक्सेन कैरेन वाला हिंदी कविता संकलन देखा है ? कविता के प्रति मेरी कमजोरी से तुम परिचित हो। अगर मैं भारतीय साहित्य में न उलझ गया होता तो शायद जर्मन का ठीक-ठाक कवि बन गया होता। अगर मैंने कुछ भी लिखा होता तो कविता ही लिखी होती। तुम्हें यह संकलन देखना चाहिए, नागार्जुन से लेकर शमशेर बहादुर सिंह और धूमिल तक। क्या किन्हीं लेखकों, कवियों का नाम बता सकते हो जो सामाजिक तौर पर इनसे अधिक प्रतिबद्ध हैं ?

ठीक है।

और मैंने अनुवाद किए हैं, अगर ये नाम मेरे देश में आज जरा भी परिचित हैं तो, साफ कहूँ, ऐसे अनुवादों के कारण ही हैं। अब रही 'नैरेटिव प्रोज' के लिए तुम्हारी दिलचस्पी की बात; इसके पहले ही तुम्हारी और अपनी बातचीत भी याद है। मेरे खयाल से मैंने नई कहानी पर भी बहुत चर्चा की है और अगर आज जर्मनी में नई कहानी की अवधारणा परिचित-चर्चित है या अनुवादों में उपलब्ध है, तो उसकी वजह मेरा काम ही रहा है।

ठीक है।

क्या तुम अपने आपको सामाजिक तौर से प्रतिबद्ध लेखकों से अलग रखते हो ?

मैं सामाजिक तौर से प्रतिबद्ध व्यक्तियों की बात नहीं कर रहा हूँ।

तो और क्या ? 'लिट्रेरी टूरिस्ट गाइडेंस' वाले लेख में मेरा यही तर्क था। मैंने भाषिक विश्लेषण से यह साबित किया था कि इनमें मुल्कराज आनंद की 'कुली' जैसी किताबों में ऐसे अंश भरे पड़े हैं जिनका भारतीय पाठकों के लिए कोई अर्थ नहीं है। अगर हम भारतीय साहित्य को समझना चाहते हैं तो उस साहित्य के पास जाना होगा जो प्रमुख रूप से भारतीय पाठकों के लिए लिखा गया है।

ठीक है।

हालाँकि मैं बहुत ही खराब व्यवसायी हूँ, फिर भी कुछ और भी दायित्व मैंने लिया है, एक ऐसे साहित्य के मुद्रण, प्रकाशन और प्रचार-प्रसार करने का जो किसी भी प्रकाशक के लिए बड़ा जोखिम है।

ठीक है।

तुम क्या कह रहे हो। समझने में मुश्किल हो रही है।

अगर मैंने तुम्हें नाराज किया है तो, मैं क्षमा तो नहीं माँगूँगा। मैं इन बातों को कहलवाना चाहता था। हो सकता है कि हम लोगों की यह बातचीत कहीं संपूर्णता

में ही छपे। इसलिए मैं चीजों को साफ करना चाहता था, तुम्हें गुस्सा दिलाना नहीं।

अब मैं और दूसरी बात पूछना चाहता हूँ। भारतीय साहित्य में तुमने जो पढ़ा है—चाहो तो हम लोग हिंदी तक भी सीमित रह सकते हैं—कौन सी वे पाँच या सात किताबें हैं, (लेखक नहीं कह रहा हूँ) जिन्होंने तुम्हें आकर्षित किया है, या जिन्हें तुम अपने लिए, व्यक्तिगत रुचि के हिसाब से चुनना चाहोगे।

इस सवाल का जवाब देना कठिन है, रही गुस्से की बात तो वह व्यक्तिगत रूप से तुम्हारे लिए नहीं था।

मैं समझता हूँ।

अगर मेरी प्रतिबद्धता पर संदेह किया जाए और उसे चुनौती दी जाए तो प्रतिक्रिया तो होगी ही और बातें साफ भी करनी होंगी।

यह तो स्वाभाविक है। मैं अपने अलावा दूसरों के लिए भी ये बातें साफ करना चाहता था ताकि वे दर्ज हो सकें और तुम्हारे नाम से उद्धृत की जा सकें।

मेरी प्रिय किताबों के बारे में तुम्हारा सवाल कुछ मुश्किल है। बहुत-सी हैं। बहुत सी रही हैं, कई तो इस बीच में भूल भी गया हूँ। एक उपन्यास है। 'नौकर की कमीज' लखनऊ गया तो वहाँ भी इसकी बात चली। इस एक किताब के बारे में मुझे बेहद उत्सुकता पैदा हुई। इसे मैंने पढ़ा। तुम्हारे देश में कुल तीस बरसों के बावजूद एक ऐसा अजीब आकर्षण मुझे लगा कि जिसकी मैं व्याख्या नहीं कर सकता। इसीलिए मैंने अलग-अलग किस्म की साहित्यिक रुचियों वाले बहुत-से लोगों से इसके बारे में बातें कीं। देखकर ताज्जुब ही हुआ कि कितने सारे लोग प्रशंसक हैं। लखनऊ में कुँवरनारायण के यहाँ कुछ दिन मैं रहा था और श्रीलाल शुक्ल आए थे और विष्णु खरे थे—मैंने कहा भी कि अगर अनुवादक के तौर पर किसी एक उपन्यास के अनुवाद लायक धीरज मेरे पास कभी हुआ तो उस उपन्यास का अनुवाद करने का बहुत मन है। हालाँकि राजेन्द्र, एक समस्या या दुविधा से आजकल बहुत जूझना पड़ता है। इसका संबंध तुम्हारे दूसरे सवाल से है कि जितना ही मैं इस 'भीतर साहित्य' में उतरता हूँ उतना ही अनुवाद कठिन होता जाता है; लंबी-लंबी परिचयात्मक टिप्पणियों के बिना काम नहीं चलता, फिर प्रकाश ढूँढ़ना भी मुश्किल है। अंग्रेजी से जर्मन में, भारतीय अंग्रेजी से जर्मन में अनुवाद बहुत आसान है। भारतीय अंग्रेजी का लेखक पश्चिमी पाठक को बहुत सी रियायतें भी देता है। कितनी आसानी हो जाती है। लेकिन यह एक किताब है जो मुझे अजीब ढंग से सम्मोहन में बाँधे है मगर इसका प्रचार पश्चिम में कर सकना बहुत मुश्किल है। एक किताब तो यह हुई।

और कहानियाँ भी कई हैं। कुछ तुम्हारी भी हैं जिनका मैंने अनुवाद किया। रेक्रम बुकलेट प्रसिद्ध प्रकाशनगृह से छपी थी। उसमें पाँच कहानियों का अनुवाद और संकलन था। एक तुम्हारी थी। बाकी याद नहीं।

शायद रेणु है उसमें।

एक रेणु, आत्मसाक्षी। रेणु मेरे प्रिय लेखकों में से एक थे। तुम खुद नई कहानी के शहरी लोगों में थे और मुझे याद है, आंचलिकता को लेकर शंकालु भी। लेकिन रेणु एक महान् लेखक थे।

रेणु का तो मैं बहुत भक्त हूँ खुद। मैं समझता हूँ कि रेणु की तरह लिखना किसी भी भारतीय लेखक के लिए बहुत मुश्किल है। जिस तरह परिवेश, भाषा और स्वरों को, ध्वनियों को उसने जिस ढंग से आदमी के अस्तित्व के भीतर, त्वचा के भीतर पकड़ने की कोशिश की है वह तो मुझे भी व्यक्तिगत रूप से, बहुत ही दुर्लभ लगता है।

यहाँ मैं तुमसे पूरी तरह से सहमत हूँ। 'मैला आँचल' तो आधुनिक क्लासिक हो ही गया है, कुछ लोगों को 'परती-परिकथा' अधिक पसंद है। मैं भी शायद उन्हीं में हूँ। और कई कहानियाँ भी, आत्मसाक्षी मैंने संकलन के लिए चुनी थी। उसमें राजनीतिक कार्यकर्ता, कम्युनिस्ट कार्यकर्ता अपनी पार्टी के लीडरों द्वारा और भीतरी झगड़ों द्वारा खुद को ठगा जाता महसूस करता है। मुझे खुशी है कि 'स्वाधीन भारत में हिंदी लेखन' नाम की मेरी किताब में रेणु जैसे लोगों के साथ इंटरव्यू भी है। पटना में उनसे मुलाकात मेरी उन महत्त्वपूर्ण स्मृतियों में से एक है जिन्हें मैंने सँजोकर रखा है। एक और किताब गिनाना चाहूँगा जो शायद यहाँ सभी यूनिवर्सिटी पाठ्यक्रमों में निर्धारित है। वह है जैनेंद्र की 'त्यागपत्र'।

त्यागपत्र, हाँ।

आश्चर्य कि प्रेमचंद में मैं आसानी से डूब सका। हिंदी साहित्य में उलझने वाला कौन नहीं डूबेगा ? लेकिन जैनेंद्र के लिए मुझे काफी वक्त लगा। अब तो जरूर मैं इस स्थिति में हूँ कि शैली की पारदर्शिता, सौंदर्य और आयासहीनता को सराह सकूँ। मेरे खयाल से त्यागपत्र तीस के आसपास प्रकाशित हुई थी। तुम्हारी संस्कृति में बल्कि संसार-भर की किसी भी संस्कृति में वह एक चकित कर देने वाली छोटी-सी किताब है। जब मुझे लंदन बुलाया गया 'स्कूल ऑफ ओरियंटल एंड एफ्रिकन स्टडीज' में आधुनिक साहित्य पर एक क्लासिक भाषण देने के लिए तो मैंने 'त्यागपत्र' को ही चुना।

वह किताब है भी इस योग्य। जैनेंद्र की जो बहुत खूबसूरत बात है न, वह यही कि वे इतने पारदर्शी, इतने निराडंबर लेकिन साथ ही इतने गहन और इतनी सच्चाई से समृद्ध जन के जीवन विवरण की बजाय पीड़ित लोगों का मनोविज्ञान पकड़ सकने में समर्थ हैं कि वह हमेशा मुझे दोस्तोयव्स्की की कुछ रचनाओं की याद दिलाता है, हालाँकि वह मुझे जैनेंद्र के मुकाबले थोड़ा सा 'लाउड' लगता है। (दबी हँसी के साथ)

बिलकुल। मैं तो शायद उसके साथ दोस्तोयव्स्की को कभी न रखता। क्योंकि तुम तो उसे

लाउड कहते हो, पर मैं सोचता हूँ कि दोस्तोयव्स्की स्वयं जानते थे कि टॉलस्टॉय के मुकाबले उनका लेखन बहुत भावुक, अस्पष्ट और अव्यवस्थित गडमड सा है। एक पारदर्शिता और क्लासिकी प्रकार की भारहीनता (लाइटनैस) होती है न...कला और साहित्य के संदर्भ में यह कितना खूबसूरत शब्द है, 'लाइटनैस'—हलकापन (यहाँ अर्थ ठस और ठोस के विपरीत आयासहीनता से है) यहाँ मैं ब्रेख्त को उद्धृत करना चाहूँगा, स्वयं वह खुले खजाने सामाजिक तौर से प्रतिबद्ध व्यक्ति है। वह कहता है कि, "देखो, सामाजिक उद्देश्य के लिए अपनी समूची प्रतिबद्धता के बावजूद कितना मुश्किल काम है कलात्मक हल्केपन को उपलब्ध कर पाना।"

सुंदर बात है।

जर्मन शब्द है लाइश्टीकाइट। लाइश्ट यानी हलका और सरल दोनों तो वह अगर कहीं है तो मुझे लगता है कि वह दोस्तोयव्स्की के बजाय टॉलस्टॉय के लेखन में है। यह मैं समझता हूँ काफी है···

इसमें कविताएँ नहीं आईं न ?

कविताएँ ? बहुत-सी हैं···इधर कुछ समय से मैं कुछ अधिक चौकस और सचेत हो गया हूँ। जिस जिज्ञासा के खत्म होने की बात तुमसे की थी वह तो शायद अभी भी है। इधर मेरी दिलचस्पी रंगमंच और नाटक में जागी है। वह पहले से भी मौजूद थी और उस वक्त नेशनल स्कूल ऑफ ड्रामा तथा अलकाजी के साथ मेरे संपर्क की बात तुम्हें याद होगी। भारतीय रंगमंच से संबंधित भी मेरी कुछ किताबें हैं। पर तुम कविता की बात कर रहे थे कि मेरी···

नहीं, अभी रुको, कौन से नाटक हैं जिन्होंने तुम्हें मंच के क्षेत्र में ज्यादा संतोष दिया है ?

तुम्हारे देश के साथ एक-चौथाई सदी से भी ज्यादा का संबंध, कुल मिलाकर एक मुग्धकर अनुभव रहा है। कई क्षेत्रों में खासकर साहित्य में मैंने औपनिवेशिक मानसिकता से मुक्ति होते देखी है। यह प्रक्रिया चलती रही है। मैंने विकृत व्यक्तियों की बात की थी जो मुझे शुरू-शुरू में अक्सर मिला करते थे। हालाँकि मुझे फैसला करने का हक नहीं है, मगर मुझे उन पर तरस आता था। वैसी मुलाकातें अब कम से कमतर होती गई हैं। हाँ तो अब नाटक। मेरा तात्पर्य समझने के लिए नाटक सही उदाहरण होगा। नाटकों के मैंने बहुत शुरुआती मंचन देखे थे। उदाहरण के लिए मैंने एक नाटककार की हैसियत से मोहन राकेश का विकास देखा था। मुझे याद है, उन्होंने मुझे अपने घर बुलाया था। वे 'आधे-अधूरे' लिख रहे थे और उन्होंने पढ़कर मुझे सुनाया था। मैं बहुत थका हुआ था। गर्मी बहुत थी लेकिन मुझे लगा था कि वे दिलचस्प काम कर रहे हैं। लेकिन नाटक पर निश्चित रूप से पाश्चात्य प्रभाव···

पोलिश ?

क्या कहूँ। स्ट्रिनबर्ग के नाटक, इब्सन के और दूसरों के नाटक मॉडल की तरह इस्तेमाल किए गए थे, इससे इंकार नहीं किया जा सकता। कभी-कभी मैं सोचता हूँ कि आज अगर वे जीवित होते तो क्या करते ? क्योंकि नाटक के क्षेत्र में इधर एक बहुत दिलचस्प परिवर्तन हुआ है। पश्चिमी साहित्य में खुद अपना मॉडल खोजने की बजाय खुद अपनी लोकप्रिय परंपराओं की ओर देखना मेरे हिसाब से यह औपनिवेशिक प्रभाव से मुक्ति का प्रयास है।

किसी नाटककार का एक टिपिकल कैरियर देखना हो तो गिरीश कर्नाड हैं। जिनका जिक्र बराबर होता है। कभी-कभी कुछ ज्यादा ही। 'तुगलक' जो मैंने शुरू-शुरू में देखा था उससे उनका विकास...

पुराने किले में...

नहीं, पुराने किले में नहीं। आइफैक्स में हुआ। अलकाजी ने किया था। उसका रूप शेक्सपीयर के ऐतिहासिक नाटकों पर आधारित था। आगे चलकर वह कुछ उठकर और ऊँचा लिख सके। इसी तरह बंगाल में बादल सरकार, नौटंकी स्टाइल में सर्वेश्वरदयाल की 'बकरी'।

नहीं, मैं यहाँ पर थोड़ा-सा टोकना चाहता हूँ। एक-एक नाटककार को लेने के बजाय हम मोटे तौर पर लें। जैसे अलकाजी के तकनीकी दृष्टि से बहुत तराश वाली किस्म के नाटक जो पश्चिमी नमूनों से प्रेरित थे, चाहे वह 'अंधा युग' हो चाहे 'तुगलक' हो। उनके बाद धीरे-धीरे भारतीय नाटकों को लें : 'घासीराम कोतवाल' या 'बकरी' या बादल सरकार के 'मिस्ल', 'जुलूस'—तो क्या इन्हें तुम औपनिवेशिकता से मुक्ति की प्रक्रिया मानते हो ?

हाँ, मैं यही मानता हूँ। लेकिन अलकाजी का नाम मैं सिर्फ पश्चिमी नाटक के प्रभाव के साथ नहीं जोड़ना चाहूँगा क्योंकि अपने वक्त में भी उन्होंने लोक नाटक उठाए। वे गाँवों को जाते थे, कभी मैं भी उनके साथ गया था। तो मेरे खयाल से दूसरे चरण की पहल भी उन्होंने ही की, उसे प्रोत्साहित किया। और हाँ, हबीब तनवीर भी हैं।

यही मैं कह रहा था। वे समानांतर रूप से लोकनाटक के साथ प्रयोग कर रहे थे।

उनके काम का मैं बड़ा प्रशंसक हूँ। उस दिन मैंने 'आगरा बाजार' देखा। मुझे याद है कई साल पहले ब्रेख्त के 'गुड वूमन ऑफ सेटजुआ' का एक छत्तीसगढ़ी रूपांतर भी देखा था। यहाँ इंडिया इंटरनेशनल सेंटर में। बेहद प्रशंसनीय काम, जिसे एक अकेला आदमी बिना किसी सरकारी संस्था की मदद के कर रहा है।

हूँ, अच्छा, अब कविता पर आएँ…

कविता के साथ तो एक स्थायी जुड़ाव रहा है और तुम्हारे साथ की वे सारी बातें मुझे याद हैं जब तुम मुझे कविता से छुड़ाकर कहानी और कथात्मक गद्य की ओर झुकाने की कोशिश कर रहे थे पर वह तो खैर, अपने मिजाज की बात है। हिंदी कविता के मौजूदा परिदृश्य में सबसे महत्त्वपूर्ण नाम मेरे खयाल से रघुवीर सहाय का है। उनसे अभी उसी दिन उनके नए संकलन पर बातचीत हो रही थी। केदारनाथ सिंह हैं, और कुँवरनारायण। ये तीन इस समय मुझे सबसे प्रमुख लगते हैं।

तो अब मेरा खयाल है कि एक सवाल और, क्योंकि हम दोनों ही अब उम्र में बढ़ रहे हैं, बूढ़े हो रहे हैं। अकसर एक बात दिमाग में आती है, दस साल या पंद्रह साल बाद अपने को तुम कहाँ देखते हो, किसी जर्मन नगर में या जर्मन कंट्रीसाइड में, या जो मुझे लगता है, भारत के किसी हिस्से में ?

यह एक सवाल है जिसके बारे में सोचना पड़ता है। इलियट की एक कविता से मेरी प्रिय पंक्तियाँ हैं, आई ग्रो ओल्ड, "आई ग्रो ओल्ड, आइ शूड कीप द बॉटम ऑफ माई ट्राउजर्स रोल्ड।" तो यह स्थिति है। मेरा खयाल है राजेंद्र, कि जब तक मैं अपने संगीतज्ञ मित्रों के साथ था तब तक तुम्हारी संस्कृति में बहुत गहराई से डूबा हुआ था। लेकिन लेखक मित्रों के साथ ऐसा नहीं है, क्योंकि मुझे मिलते समय वे एक यूरोपियन से मुलाकात करने की मानसिकता में होते हैं, यूरोप की नवीनतम घटनाओं, नवीनतम पुस्तकों और प्रकाशनों और नवीनतम साहित्यिक विवादों के बारे में जानना चाहते हैं। इस सबके कारण मैं अपने उस पुराने डुबाव से कुछ दूर चला गया हूँ और एक दोहरी चेतना अपने भीतर पा रहा हूँ, एक ओर भारत से बहुत निकटता की…

लेकिन साथ ही।

साथ-साथ एक अच्छा यूरोपियन होने की…

प्रतिनिधि, क्योंकि अगर मैं हिंदुस्तानी कपड़े पहनने लगता तो मेरे लेखक मित्रों को बहुत ही अजूबा लगता। वे सब रस्में निभाने लगता जिन पर कभी-कभी मुझे गुस्सा आता है। अपने आपको भारतीय बनाने का यह तो एक सस्ता तरीका है। भारतीय कपड़ों, भारतीय चिह्नों का इस्तेमाल। जैसे किसी कार्नीवाल में होता है। तो राजेन्द्र, इस बात में मुझे संदेह है कि मैं भारत में बसूँगा। मेरे खयाल से जब तक संभव होगा तब तक मैं भारत में रहने की कोशिश करूँगा और हो सकता है ज्यादा लंबी अवधि के लिए ठहरा करूँगा पर रहूँगा किसी जर्मन शहर में। अभी तो मुझे लगता है कि शायद बर्लिन में, जहाँ से दूसरे विश्वयुद्ध के बाद मैंने अपना प्रारंभ किया था। इस प्रकार एक चक्र पूरा होता है कि मेरी जड़ें अपनी संस्कृति में गहराई के साथ हों। पर ताजगी के लिए, नए जीवन के लिए मैं यहाँ आता रहूँ और यहाँ से कुछ अपने साथ ले जाता रहूँ। तुम्हारी संस्कृति में त्याग की जो अवधारणा

है, 'त्यागपत्र' के सिलसिले में, इसे हमने उठाया था, मुझे वह बहुत आकर्षित करती है, चीजों को छोड़ देना।

त्याग शब्द का इस्तेमाल तुमने किया। त्याग का मतलब क्या ? संन्यास या सिर्फ त्याग ?

इतने बड़े-बड़े शब्द क्यों ?

ये छोड़ देना या विसर्जन, रैजिग्नेशन जिसे मैंने त्याग और संन्यास के रूप में समेटना चाहा था। तुमने इस शब्द को नापसंद किया। मैं जानना चाहूँगा कि क्या चीज है, जर्मन रेस जो इतनी ज्यादा सक्रिय, इतनी आक्रामक-सी रही है उसको, चाहे वह टामसमान हो और चाहे वह सिद्धार्थ का लेखक हरमन हैस हो, जो तुम्हारी छोड़ देने वाली बात में कहीं पर मुझे वही गूँज सुनाई देती है। ये चीजें क्या मुआवजे की तरह आकर्षित करती हैं, या अगर बहुत ही भारतीय शब्दावली का इस्तेमाल करूँ, कि बहुत भौतिकवाद के बाद उस जिंदगी के उस ढर्रे से अलग हटने की प्रवृत्ति है ?

पता है राजेन्द्र, इस किस्म की अंतःसांस्कृतिक बातचीत में बहुत सावधान रहना चाहिए और लटकों से बचना चाहिए। मैंने कभी इस तरह की तुलना या विरोध पसंद नहीं किया कि पूर्वी अध्यात्मवाद और···मुझे खुशी है कि यह शब्द मैंने तुमसे कभी नहीं सुना··· पश्चिमी भौतिकवाद। बात इतनी सीधी सपाट नहीं है।

मैंने क्षमा याचना सहित यह बात कही।

नहीं, इतना सरल नहीं है। दरअसल मैंने लड़ाई के नतीजे के तौर पर खुद को जीरो पाइंट पर पाया था। सचमुच भूखों मरने की नौबत पर। इन चीजों को लेकर अतीत मोह में नहीं पड़ना चाहिए, मगर मुझे आज भी याद है, जब पेट खाली था और बहुत आदर्शवाद था। मेरे खयाल से इसका संबंध 'जर्मन रेस' के साथ नहीं है। जहाँ तक कुछ जर्मन विशेषताओं की बात है, उस पर मैं अक्सर सोचता रहता हूँ। दोनों जर्मनियों में जो हो रहा है उसके संदर्भ में और भी। चालीस बरसों से हम महज एक और राष्ट्र बनाने की कोशिश कर रहे हैं। और आजकल फिर मेरे देश की एक ऐसी छवि उभर रही है जिससे मैं खुश नहीं हूँ। अपनी सारी, मेहनतकशी वगैरह के साथ, ताकत का भूखा एक देश मानो फिर भय का कारण बन रहा है। मैं इसे बचाना चाहता हूँ। मैं जर्मनी को एक और ही राष्ट्र के रूप में देखना चाहता हूँ जो अपने पड़ोसियों और पश्चिम द्वारा सहानुभूतिशील समझा जाए। अब मैं वापस जाऊँगा, जानता हूँ वहाँ बहुत तेजी से परिवर्तन होंगे। मान लेना चाहिए कि एकीकरण को अब कोई रोक नहीं सकता। उम्मीद है कि यह एकीकरण हमारे पड़ोसियों के साथ हमारे संबंधों की कीमत पर नहीं होगा। वरना मुझे मालूम है कि जर्मन इतिहास में हमारी मेहनतकशी और सुव्यवस्थित तरीकों के कारण···(और फिर हम अपनी बात की

शुरुआत पर आ पहुँचे हैं। मैं जानता हूँ और इसीलिए दुखी भी हूँ) बाकी दुनिया ने हमें कभी पसंद नहीं किया। हमेशा हमें ऊँचा दर्जा दिया गया, मैं एक बिंब का इस्तेमाल करता हूँ कभी-कभी, एक क्लास रूम का। जर्मनी में कहेंगे डेप्रीमोज, नंबर अव्वल। वह नंबर एक जो हर वक्त सबसे अधिक तैयारी किए होता है। अध्यापक के हर सवाल का जवाब देने को सबसे पहले तत्पर। तुम उसका होमवर्क उतार सकते हो, परीक्षा के पहले पढ़ने में उसकी मदद ले सकते हो, लेकिन उसे पसंद नहीं कर सकते, उसके साथ दोस्ती नहीं कर सकते। मुझे लगता है कि मेरे लोग कुछ ऐसी ही भूमिका अदा कर रहे हैं। मैं चाहता हूँ कि हम इसे बदल सकें। लेकिन मुझे शक है कि ऐसा हम कर पाएँगे। राजेन्द्र, जब मैंने शुरू में कहा कि भारत सिर्फ एक देश वगैरह नहीं बल्कि एक जीवन पद्धति है तो तुम्हारे देश के साथ तीस बरस के संबंध के दौरान मैं जरूर बदल गया हूँ। अगर मैं अमानवीय होता तो यह असर मुझ पर न पड़ा होता तो मुझे यह कहने में कोई एतराज नहीं कि छोड़ देने की यह अवधारणा (सब कुछ नहीं, मैं कोई साधू वगैरह नहीं हूँ, बिलकुल नहीं) पर अकेला छोड़ सकना, अपना बोझा उतार सकना, ऐसी चीज है जो मैंने तुम्हारी संस्कृति से सीखी है। और क्यों न सीखूँ ?

वही मैं कह रहा हूँ कि ये मेरे खयाल से वही बात तो नहीं है कि सब देशों में से जर्मनी ही वह देश था जो भारत की ओर आकर्षित हुआ। युद्ध, अहिंसा, करुणा और संन्यास, चाहे मैक्समूलर इत्यादि का बौद्धिक ज्ञान, शास्त्र यह सब एक तरह का मुआवजा नहीं ? अगर मैं इसका उदाहरण दूँ तो क्या इसे कलिंग के हत्याकांड के बाद अशोक बौद्ध धर्म में आना जैसी मानसिक स्थिति के रूप में लिया जा सकता है, या उससे कहीं तुलना की जा सकती है ?

मैं ऐसा नहीं सोचता राजेन्द्र, भारत के साथ हमारे परंपरागत संबंध का हमारे इतिहास में एक रोमांटिक आधार है और यह एक ऐसी परंपरा है जिस पर हमें अभिमान है। पर तुम्हारी ओर से भी है, काफी खतरनाक है, क्योंकि जिस क्षण एक दूसरे के यथार्थ का सामना किया जाएगा उसी क्षण यह नष्ट हो जाएगा।

हाँ, बात तो ठीक···

अब जब तुम जर्मन यथार्थ के निकट पहुँच रहे हो तो तुम्हें काफी निराशा का भी सामना करना पड़ा होगा। इधर से भी। हमारे कुछ महानतम आदर्शवादी जिन पर हमें अभिमान है, तुम्हारे देश आने से इंकार करते हैं क्योंकि शास्त्रों वगैरह के आधार पर जो एक आदर्श छवि उनके मन में है···

सही है, उनका मोहभंग होगा।

वह छवि नष्ट नहीं होनी चाहिए। वे डरते हैं, धूल से—दुर्गंध से। हम अब एक ऐसे बिंदु पर हैं और मैं यहाँ अकेला नहीं हूँ—क्या कहूँ, संघर्ष एक बहुत नाटकीय शब्द है—जहाँ

हमने युवा वर्ग को इस यथार्थ से परिचित कराने की कोशिश की है लेकिन तुम्हारी संस्कृति के आदर्श पक्ष को बलिदान करने-कराने की कोशिश की है, लेकिन तुम्हारी संस्कृति का सौंदर्य मेरे लिए यह है कि दोनों ही यहाँ मौजूद हैं। एक बहुत ही वास्तविकतावादी, यथार्थ की नींव, जहाँ एक बार आप पहुँचें तो यह आपको ऊँचे, मुझे कहने दो, तुम्हारी संस्कृति के आध्यात्मिक पक्ष की ओर ले जाती है।

अतिक्रमण कह लो। नीचे से ऊपर।

और यह ऐसी बात है जिसे किसी गाँव तक में भी महसूस किया जा सकता है, मुझे पंजाब के एक गाँव की याद है। एक बूढ़ा आदमी आया और पता नहीं क्या हुआ…मैं ठेठ यथार्थवादी आदमी हूँ, और वह निरक्षर था, एक कच्चे मकान में रहता था, मगर जब वह आया तो किसी चीज ने मुझे खड़े हो जाने पर मजबूर कर दिया।

पता नहीं इसे क्या कहूँ, पर कुछ था जो उस व्यक्ति में से जैसे फैला रहा हो जो तुम्हारी संस्कृति को महान् बनाता है, और इसीलिए मैं तुम्हारे देश के प्रति तुरंतवादी, शॉर्टकट किस्म के रवैयों के सख्त खिलाफ हूँ। इससे मुझे झुँझलाहट होती है और समझ लो कि हमारे युवा लोग ऐसा ही कुछ चाहते हैं क्योंकि वे इसे अपनी संस्कृति में नहीं पा रहे हैं।

पर असली बात है यही सांसारिकता और पारलौकिकता का मेल जो तुम्हारी संस्कृति के सर्वश्रेष्ठ क्षणों में दिखाई देता है।

ठीक है, बस अब तुम भारतीय संस्कृति के उसी आध्यात्मिक गुणगान पर आ रहे हो, जिसकी महानता के नाम पर हमें पश्चिमी लोगों ने बेवकूफ बनाए रखने की कोशिश की। इसलिए अपनी पहली मुलाकात में ही मैंने तुमसे कहा था कि भारतीय संस्कृति, दर्शन और आध्यात्मिकता की फार्मूलाबद्ध प्रशंसाएँ तुम मुझसे न करो तो हम अधिक सहज होकर मिल सकेंगे…

['हंस', अगस्त, 1990]

साहित्य को भी अपने चंद्रास्वामी चाहिए

रंजना सक्सेना

तरह-तरह की यादें, अनगिनत अधूरे चित्र, इन्हीं अधूरे चित्रों, संस्कारों, अनुभवों की पूँजी को लेकर मैं साहित्य की दहलीज पर खड़ा हुआ था। शायद सभी ऐसे लोग जो परिस्थितियों द्वारा धकेले जाते हैं, जो व्यवहार की दुनिया में निकम्मे साबित होते हैं, अपने अरमान पूरे करने के लिए साहित्य का दरवाजा खटखटाते हैं। भीष्म जी की इस उक्ति से आप कितना सहमत या असहमत हैं ?

मैं काफी हद तक भीष्म साहनी की इस उक्ति से सहमत हूँ कि साहित्य के जरिए हम अपनी अधूरी आकांक्षाओं को पूरा करते हैं और इसके लिए हमारे पास मूलभूत पूँजी होती है संवेदना, जिसे समृद्ध करती है स्मृति और कल्पना। चाहें तो इसे हर कला की प्रेरणा कह सकते हैं। अगर गहराई से टटोलकर देखा जाए तो हर कथाकार की रचना व्यवहार की दुनिया के समानांतर की जाने वाली सृष्टि है। वह अपने पात्रों, स्थानों और स्थितियों को देश और काल कोई भी दे दें, मूलतः अपनी ही बात करता है। इस प्रकार हर लेखन लेखक की आत्मकथा भी है।

रचनात्मक सुख क्या है ? एक रचनाकार की जिंदगी में रचनात्मक उपलब्धि के क्षण कब आते हैं ?

मूलतः रचनात्मक सुख तो वही है जब आप अपने व्यक्तित्व की सारी तल्लीनता के साथ एक रचना को जन्म दे देते हैं, जैसे माँ अपनी संपूर्णता में एक बच्चे को जन्म देती है और उसी में अपने संपूर्ण जीवन की सार्थकता देखती है। जन्म देना ही काफी नहीं है। जिस दुनिया में हम जी रहे हैं वहाँ उस बच्चे का वर्तमान और भविष्य क्या होगा, यह भी उसकी चिंता का उतना ही उद्वेलनकारी पक्ष है। रचनाकार के साथ भी ऐसा होता है। हिंसा, मारधाड़, विषमता और उथल-पुथल भरी दुनिया में उसकी रचना कोई सार्थक हस्तक्षेप कर भी पाएगी या नहीं, या बची भी रहेगी, उसकी यह चिंता बहुत स्वाभाविक है लेकिन अगर आज हम यह महसूस करते हैं कि कहीं कुछ गलत, अस्वीकार्य और बदल दिए जाने योग्य हो रहा है तो वह प्रेरणा और संस्कार दोनों को ही अपने समकालीन और पहले वाले रचनाकारों से ही मिले हैं अगर रचना इस विवेक को जाग्रत रखे तो यही उसका सबसे बड़ा योगदान है।

'नई कहानी' ने अपने अलग अंदाज, नए शिल्प, सौष्ठव, सामग्री चयन की दृष्टि से रचनात्मक लेखन को एक विशिष्ट आयाम दिया। जिससे कथासंसार विस्तृत, समृद्ध एवं संभावनाशील बना। फिर भी उससे एक एकांगी दृष्टि भी उपजी जिसके तहत एक विशेष प्रकार की रचनाएँ ही स्वीकृत की जाती रहीं। रचनात्मक लेखन से न तो भावनात्मक दृष्टि से लेखक जुड़ सका और न ही पाठक वर्ग कोई जुड़ाव महसूस कर सका। आखिर क्यों ?

मैं इस कथन से सहमत नहीं हूँ। सार्थक और अच्छी कहानी के साथ पहली बार व्यापक पाठक समुदाय नई कहानी ने जोड़ा। वह एक परिवर्तनशील दृष्टि थी जो अपने समय के दबावों में मानवीय संबंध, व्यक्तित्व और स्थिति को समझते और चित्रित करने का प्रयास करती थी क्योंकि मैं मानता हूँ कि परिवर्तन के दबाव सबसे गहराई में आपसी संबंधों में व्यक्त होते हैं। यह दूसरी बात है कि आगे चलने वालों ने उसकी सामाजिक दृष्टि को नकारा और इस प्रकार बहुत समय हिंदी कहानी दृष्टिहीनता के भँवरजाल में ही उलझी रही जहाँ तक संबंधों का ही नकार नहीं था, संस्कार और नैतिक मूल्यों का अस्वीकार भी था। मेरी निगाह में नैतिक मूल्य किसी धर्मशास्त्र से उठाया गया रूढ़िवादी शास्त्र-वाक्य नहीं है बल्कि अनुभूतियों में साहस करने वाली गहरी अंडरस्टेंडिंग से पैदा हुई दृष्टि है।

'हंस' का संपादक होने के नाते खासकर नवोदित लेखकों की कहानियों का सम्यक विश्लेषण करते हुए आप क्या महसूस करते हैं ?

पहली बात तो यह है कि हिंदी में लिखी जाने वाली अधिकांश सार्थक कहानियाँ इधर गाँवों और कस्बों को कथ्य बनाकर आ रही हैं। इनमें दलित, शोषित और प्रताड़ित जन किस प्रकार सामंती दमन और दमघोंटू व्यवस्थाओं से लद रहा है, यही कथ्य बार-बार उजागर होता रहता है। ताज्जुब की बात है कि शहरी मध्यवर्गीय मानसिकता वाली संख्या या तो कम हो गई है या उतने प्रभावशाली ढंग से अपने को व्यक्त नहीं कर पा रही। इस दृष्टि के सामाजिक उभार की कहानियाँ ज्यादा जुझारू संकल्प के साथ लिखी जाती हैं और यही उनकी शक्ति है।

आप कहानी के भविष्य के बारे में क्या सोचते हैं, जबकि इलैक्ट्रॉनिक मीडिया ने मुद्रित वर्ग को 'ओवर शेडो' कर दिया है ?

लगता है कि नई और अजूबा की तरह अभी भी वह हमारे लेखकों के लिए एक असहयोग की चीज है। वे अपनी लेखकीय शुचिता और कलात्मक गरिमा को बचाते हुए सिर्फ उसे अस्वीकार कर रहे हैं। किसी भी सार्थक एडजस्टमेंट में लगता है कि अभी समय लगेगा। जब रेडियो आया था तब भी शुरू में शायद लेखकों का दृष्टिकोण यही था लेकिन बाद में अमृतलाल नागर, सुमित्रानंदन पंत, रामकुमार वर्मा, विष्णु प्रभाकर और इलाचंद्र जोशी सरीखे हिंदी के एक से एक मूर्धन्य लेखकों ने इस विधा के साथ अपना एडजस्टमेंट तलाश

कर लिया। दूरदर्शन चूँकि ज्यादा व्यापक और बड़ा खतरा है इसलिए अभी गिने-चुने लेखकों को छोड़कर प्रायः कोई भी यह तय नहीं कर पा रहा है कि उसके साथ कैसा नाता रखा जाए। मुझे तो मनोहर श्याम जोशी, मन्नू भंडारी, भीष्म साहनी, श्रीलाल शुक्ल के अलावा बहुत कम लेखक इसकी चुनौतियों को स्वीकार करते नजर आते हैं। मीडिया को चलाने वाले लोग पहले जैसे संस्कारों वाले और सुरुचिसंपन्न नहीं हैं इसीलिए लेखक उनके व्यवहार को लेकर आशंकित या आतंकित हैं। सरकार द्वारा मीडिया नीति तय हो जाने पर ही संबंधों का रूप उभरेगा लेकिन यह निश्चित है 80-90 प्रतिशत जनता पर अपने प्रभाव वाले इस माध्यम की बहुत समय तक लेखक अनदेखी नहीं कर पाएगा। आगे या पीछे से उसकी चुनौती को स्वीकार करना ही होगा।

'संडे मेल' में 'आधारशिलाएँ' स्तंभ के तहत कमलेश्वर जी के संस्मरण प्रकाशित हो रहे हैं। चीजों को देखने की दृष्टि हर लेखक में अपनी अलग होती है और प्रस्तुत करने की शैली भी अपनी होती है। फिर आप किन अर्थों में उनके लिखे को स्वीकार या नकार सकते हैं ?

'आधारशिलाएँ' को स्वीकारने या नकारने वाला मैं कौन होता हूँ ? यह कमलेश्वर का अपना विवेक, स्तर और चीजों को देखने का दृष्टिकोण है। व्यक्तिगत रूप से मुझे लग सकता है कि ऐसी चीजें लिखने में जिस तरह की गंभीरता या नैतिक जिम्मेदारी होनी चाहिए, वह नहीं है। उन्हें पढ़ते हुए मुझे कुछ समय पहले राजनीति में उभरने वाले एक स्वामी सदाचारी की याद आती है। सदाचारी उन दिनों बड़े-बड़े उछालू वक्तव्य दिया करते थे और बताते थे कि कैसे प्रेसीडेंट रीगन के साथ उन्होंने वार्तालाप किए। ब्रेझनेव को कैसे समझाया, किस तरह विश्व युद्ध को रोका और किस तरह इंदिरा गांधी को देश चलाने की सलाह दिया करता था। अगर मैं भूल नहीं करता तो रीगन और सदाचारी के संबंध में अंग्रेजी में एक पुस्तक भी छपी थी। बड़े-बड़े राजनेताओं, विचारकों और उद्योगपतियों को अपने सूक्ष्म शरीर द्वारा उन्होंने प्रभावित किया। इन सबके विवरण उस समय की पत्रिकाओं में सुलभ हैं। हो सकता है उस समय स्वामी के दस-पाँच ऐसे शिष्य रहे हों जो इन बातों को शाश्वत सत्य कहकर वाह-वाह करते हों मगर साहित्य में इस तरह के संस्मरण या अपने समकालीनों के व्यक्तित्व-विश्लेषण पहली बार नहीं हो रहे हैं। अंग्रेजी के पत्रकार फ्रैंक हैरिस ने 'माई लाइफ एंड लव्स' नाम से तीन खंडों में अपने समकालीनों पर ऐसे मूल्यांकन दिए हैं जो अपने समय की बहुत सनसनीखेज रचना मानी जाती थी। मगर सब कुछ होने के बावजूद हैरिस का लेखन 'आधारशिलाएँ' के मुकाबले में हजार गुना अधिक प्रामाणिक है। आखिर साहित्य की दुनिया को भी तो अपने चंद्रास्वामियों की जरूरत है।

क्या आप महसूस करते हैं कि आजादी के बाद भाषावार प्रांत की संरचना ने भाषा की समस्या को और विकृत तथा जटिल रूप में प्रस्फुटित किया जिसके तहत हिंदी की सर्वमान्यता को चुनौती देकर अंग्रेजी का वर्चस्व सिद्ध हो गया ?

भारतीय लोकतंत्र की कच्ची उम्र में ही एक ऐसा खतरनाक हथियार दे दिया गया कि भाषा की तलवार उठाकर हर प्रांत में एक-दूसरे के खिलाफ उठ खड़ा हुआ और उसी का नतीजा हमारे सामने है कि अंग्रेजी पहले से ज्यादा अनिवार्य व्यापक और जहरीली हो उठी। अब तो हम सबको यही लगता है कि अंग्रेजी नहीं रहेगी तो हम एक-दूसरे से संवाद किस भाषा में करेंगे ? यह अंग्रेजी को अनंतकाल तक हमारे कंधों पर लादने का षड्यंत्र है क्योंकि जो राजनीतिक स्थितियाँ हैं उनमें अपनी पहचान को लेकर हर प्रांत और प्रांत के बीच कटुताएँ बढ़ेंगी और संवादहीनता की दीवारें खड़ी होंगी और अंत में अंग्रेजी ही एकमात्र उपाय महसूस होने लगेगा। इसीलिए अंग्रेजी के इस वर्चस्व से हिंदी ही नहीं, देश की हर भाषा छोटी, संकीर्ण और दूसरे दर्जे की नागरिकता में बदल जाएगी। एक बार जब तक हम सब मिलकर इस जुए को नहीं उतार फेंकते तब तक हमें समझ ही नहीं आएगा कि हमारी बातचीत किस भाषा में होगी। यह तभी होगा जब अंग्रेजी के साथ मालिकाना हैसियत, अन्नदाता, स्वामित्व और अंतर्राष्ट्रीयता की शर्त नहीं हटा दी जाती। अभी तो हम सभी अविकसित, अनपढ़ गँवार ही कहलाने के लिए अभिशप्त हैं। सभ्यता, संस्कृति अखंडता की एकाधिकारिणी है। अंग्रेजी एक ऐसा रिंग मास्टर है जो कोड़ा फटकारता हुआ लड़ते हुए जानवरों को अपनी-अपनी जगह शांति से बैठाए हुए है।

जब आपकी पहली रचना छपी थी तो कैसी अनुभूति हुई थी ?

आज उसे ठीक-ठीक याद करना मुश्किल है। हाँ, अपने छपे हुए नाम के नीचे मुद्रित हर शब्द एक लाटरी खुलने जैसा रोमांच पैदा करता रहा था। उस नाम को बार-बार पढ़ना, उस पत्रिका को हमेशा छाती से लगाए रखना, उसे हर आने-जाने वाले को दिखाने की बेचैनी जैसी हर लेखक को होती है वैसी ही मुझे भी हुई थी। लगता था जैसे मैंने एक ऐसे किले का दरवाजा तोड़ दिया है जिसके अंदर लाखों के हीरे-जवाहरात, तिलिस्मी कमरे या इमारतें बंद थीं और तब वे सब मेरी होने जा रही हैं। अंग्रेजी के मुहावरे में कहें तो मैं छत पर जाकर सबको सुना देना चाहता था कि मेरे हाथ अब वह बूटी लग गई है जिसके रहते कुछ भी असंभव नहीं। अंधे को अचानक दृष्टि मिल जाने पर जिस तरह की रोमांच उत्तेजना उसे बेचैन कर देती है कुछ-कुछ वैसी ही स्थिति मेरी भी थी।

सुकून के क्षण कब आते हैं ?

जब लोगों के साथ या यार-दोस्तों के बीच होता हूँ···या फिर एकांत में पढ़ते हुए।

भोजन में अपकी पसंदीदा डिश कौन-सी है जिसे देखते ही आपके मुँह में पानी आ जाता है ?

अच्छे ढंग से बना हर भोजन मुझे पसंद है। कुछ चीजें जिन्हें मरीजों के साथ जोड़ा जाता

है मुझे कम पसंद हैं जैसे मूँग की दाल, लौकी आदि। हाँ, मन्नू की निरंतर डाँट और ताड़ना के बावजूद मुझे मिर्च-मसालों वाली सब्जियाँ भी उतनी ही पसंद हैं जितनी मिठाइयाँ और दूसरी वर्जित चीजें। उम्र और स्वास्थ्य का हवाला देकर मुझे बार-बार रूखे और नीरस किस्म के खाने की तरफ धकेला जाता है मगर मैं पहला मौका मिलते ही अपनी पसंद की चीजों की तरफ दौड़ जाता हूँ। आसपास वाले मुझे 'चटोरा' कहते हैं। दो टूक कहूँ तो जिस तरह के तले हुए मिर्च-मसाले वाले चिकने खाने को डॉक्टर लोग जहर बताते हैं, वही मेरा सर्वप्रिय भोजन है। मैं 'चटोरा' ही हूँ, खाऊ नहीं हूँ।

[संडे मेल, 30 सितंबर, 1990]

साहित्य में आने वाला है दलितों का दौर

सुरेश शर्मा

देखते-देखते आप बासठ बरस के हो गए। क्या आपको लगता है कि आपने जीवन का सबसे महत्त्वपूर्ण जी लिया है, सबसे महत्त्वपूर्ण लिख लिया है ?

मुझे अपने आप कभी नहीं लगा कि मैं बासठ का हो गया। यह हमेशा दूसरे ही महसूस कराते हैं। बासठ के लोग आतंकप्रद हो जाते हैं लेकिन मैं उनमें नहीं हूँ। नई पार्टी के रचनाकारों से मेरा सीधा रिश्ता है। लगातार अपने लेखन की अगली योजनाएँ बनाने में लगा रहता हूँ। यह आचरण और मानसिकता मुझे ऊर्जावान बनाए रखती है।...लेकिन जीवन का बेहतर मैंने अभी नहीं जिया। लेखन का बेहतर अभी नहीं लिखा। लगता है कि अब समय आया है परिपक्व जीवन जीने का, इतने अनुभवों के बाद। पता नहीं इसके लिए कितना समय मिलेगा।

जीवन के जिन अनुभवों ने आपको 'परिपक्व' बनाया, उन्हें आधार बनाकर आप आत्मकथा क्यों नहीं लिखते ?

इसके दो कारण हैं। एक तो मेरी याददाश्त अच्छी नहीं है। दूसरे मैं अज्ञेय के इस कथन से सहमत हूँ कि जब मुझे झूठ लिखना होगा आत्मकथा लिखूँगा और सच लिखना होगा तो उपन्यास और कहानियाँ।

कुछ समय पहले एक चर्चित गोष्ठी हुई थी 'न लिखने का कारण'। आप उसके सूत्रधार थे। ऐसा तो नहीं है कि खुद न लिख पाने की असमर्थता को आपने इतना बड़ा मुद्दा बनाकर लेखकीय आत्मसंतोष पाना चाहा हो ?

न लिखने के कारणों पर मैंने लिखकर ही बात की है। आज हम एक अनुत्पादक और अरचनात्मक माहौल में रह रहे हैं। इसलिए कुछ भी महत्त्वपूर्ण हम भी नहीं लिख पा रहे। अब तक पाँच-सात हजार पन्ने लिखने के बाद ढाई सौ पन्ने का उपन्यास तो हर महीने आदतन लिखा जा सकता है। लेकिन वास्तविक रचनात्मकता से उसका कुछ लेना-देना नहीं होगा। वह तो सिर्फ कागज भरना होगा।

लेकिन महत्त्वपूर्ण लेखकों ने इस माहौल में भी बेहतर लेखन किया है ?
धर्मवीर भारती, कमलेश्वर, मार्कंडेय और दूधनाथ सिंह--सबका लिखना क्यों बंद हो गया। दूसरी ओर नरेश मेहता लगातार लिखने के लिए लिख रहे हैं। पर कोई उसे गंभीरता से नहीं लेता। असल में आज लिखने का रचनात्मक माहौल नहीं है जो एक लेखक को जीवंत और सर्जनशील रखता है।

आपकी आशंका से यह ध्वनि निकलती है कि लिखना खत्म होने वाला है।
मेरे मन में लगातार यह सवाल उठता रहता है कि क्या साहित्य और लेखन आज प्रासंगिक रह गए हैं ? साहित्य आज हाशिए पर डाल दिया गया है। यह अहसास लेखक में व्यर्थता-बोध पैदा करता है। आज कोई वजह मैं नहीं समझ पाता जो मुझे लिखने के लिए बाँधे। आखिर व्यक्तिगत दुख को कब तक लिखते रहें !

आपको किसने कहा कि रचना में व्यक्तिगत दुःख का बयान ही करते रहिए। दलितों और शोषितों का एक विराट समुदाय है जिसकी तकलीफ से आपकी रचनाशीलता को जोड़ सकते हैं। प्रेमचंद की याद हमें ऐसे ही समय आती है।
असल में मुश्किल यही है कि वंचितों के वर्ग से आज के लेखक जुड़ नहीं पा रहे हैं। एक समय प्रगतिशील उनसे जुड़े थे। तब भारतीय कम्युनिस्ट पार्टी से उनके लेखक संगठन का सीधा जुड़ाव था। लेकिन आज वह पार्टी सांसदों और अफसरों की होकर रह गई है। लेखकों के संगठन क्लब बनकर रह गए हैं। इनमें लेखकीय चिंताएँ न के बराबर हैं।

लेकिन बड़े लेखक ऐसी नकारात्मक स्थितियों में भी बेहतर लेखन संभव करते हैं।
लेकिन उसके लिए खुद को नए सिरे से तैयार करना होगा। जन-असंतोष और जन-उभार से लेखन को जोड़ना होगा। यह जब तक नहीं होगा, हम जैसे लोगों को व्यर्थता-बोध खाता रहेगा। अपने से बड़ा उद्देश्य और स्वप्न जब तक लेखक को नहीं मिलेगा तब तक लेखक इसी तरह भटकेंगे। जब तक हमारी तीसरी दुनिया के देशों के यथार्थ का साक्षात्कार नहीं करेंगे, कलावादी लेखन की बारीक ग्रंथियों में उलझे रहेंगे। यह हमें अकेला करता जाएगा। निर्मल वर्मा ऐसे ही लेखक हैं।

पिछले एक दशक से आपका लेखन बंद-सा है।
इन वर्षों में मैंने वैचारिक लेखन ज्यादा किया है। निष्क्रिय नहीं रहा हूँ।

काफी पहले आपने 'ढोल और अन्य कहानियाँ' संग्रह प्रकाशित किया था। इस संग्रह की कहानियों का शिल्प आपकी अपनी ही कहानियों के शिल्प से नितांत भिन्न है। किस्सा परंपरा में प्रतीकात्मक लोककथा की तरह आपने ये कहानियाँ लिखी हैं। इसके क्या कारण हैं ? क्या कहानी का पारंपरिक ढाँचा बेकार हो गया ?
वे कहानियाँ एक प्रक्रिया थीं। उसे अलग से नहीं लेना चाहिए। इन कहानियों में मैंने दृश्य

यथार्थ को हटाकर फैंटेसी के माध्यम से सीधे-सीधे बात कही है। सामने जो आदमी दिख रहा है वह उसका असली चेहरा नहीं है। इसलिए क्यों न खुद उसके मुखौटे के पीछे के रूप को पकड़ा जाए।

आप 'नई कहानी' के प्रमुखतम हस्ताक्षरों में रहे हैं। धीरे-धीरे उसके अप्रासंगिक होने का कारण उसका अवैज्ञानिक मध्यवर्गीय दृष्टिकोण था। क्या आपको ऐसा नहीं लगता ?

'नई कहानी' मध्यवर्ग की ही कहानियाँ थीं। उसमें मध्यवर्ग की समस्याओं की अभिव्यक्ति है। नई कहानी उस मध्यवर्गीय की कहानी थी जो बदलती दुनिया में अपनी जगह तलाश रहा था। उसके सामने कुछ सपने और पीछे कुछ स्मृतियाँ थीं। धीरे-धीरे उसके सपने टूटते चले गए तो वह अपनी स्मृतियों के प्रति भी कटु होता चला गया। यहाँ से 'कहानी' का दौर शुरू हुआ। कहानी में एक आत्महंता नायक उभरता चला गया। चूँकि दुनिया बदलने की सारी संभावनाएँ खत्म हो गई थीं इसलिए वह अपने को समाप्त कर रहा था। फिर इसके समानांतर नक्सल आंदोलन के दौरान हमें कहानियों में दुःसाहसी नायकों के दर्शन होते हैं जो अधीर हैं कि एक रात में व्यवस्था बदल देंगे। इस प्रक्रिया में उन्होंने सत्ता को मजबूर किया और अवसर दिया कि वह आत्यंतिक दमनचक्र चलाए।

लेकिन इसके बाद में कहानी का वर्तमान नया दौर आया है। इसमें मध्य जातियाँ, दलित और गाँव के लोग प्रमुख हो जाते हैं। यह एक उभार की तरह है। आज ज्यादातर लेखक गाँव से आ रहे हैं। वे वहीं की जिंदगी बयान कर रहे हैं। उनका मुख्य विषय है सामंतवाद के अत्याचारों के नीचे पिसता आदमी। नौकरशाही और सामंतवाद के गठजोड़ को झेलता आदमी। रेणु, शिवप्रसाद सिंह और मार्कंडेय की ग्रामकथा से ये भिन्न कहानियाँ हैं। मुझे लगता है कि इस सदी के खत्म होते-होते साहित्य में दलितों का दौर आएगा जिसमें महिला लेखिकाएँ बड़े पैमाने पर शिरकत करेंगी।

'उखड़े हुए लोग' 1954-55 में लिखा हुआ आपका बृहद् उपन्यास है। उसे अपने 'युद्धोत्तरकालीन स्त्री-पुरुष के बिगड़ते-बदलते संबंधों' की अभिव्यक्ति कहा है। युद्धोत्तर दूसरे सामाजिक यथार्थ की तुलना में स्त्री-पुरुष संबंध के सीमित मसले को आपने इतना महत्त्व क्यों दिया ?

मेरे लिए स्त्री-पुरुष की समस्या अकेली समस्या नहीं थी। उस उपन्यास में मैंने समाज के पाखंड का भी चित्रण किया है। स्त्री-पुरुष के बनते-बिगड़ते संबंध तब हमें महत्त्वपूर्ण लगे क्योंकि हम उस समय वैसी ही परिस्थितियों से आए थे।

हिंदी उपन्यास लेखन में एक गतिरोध सा आ गया दिखता है। क्या आप भी महसूस करते हैं ?

हिंदी उपन्यास के भीतर एक कैंसर बैठ गया है। उसका कारण है अतिरिक्त बुद्धिवादिता।

उपन्यास में दार्शनिक समस्या, बड़ी बातें हों—उपन्यासकारों ने अपने को इन्हीं नकली प्रसंगों पर केंद्रित कर लिया; जबकि उन्हें सहज-सरल होना था। एक बौद्धिक अहंकार में हमने खुद को पाठकों से काट दिया। निर्मल वर्मा जैसा बौद्धिक व्यायाम हिंदी उपन्यास के गतिरोध का कारण बना है। दूसरी बात यह कि उपन्यास के लेखकों-पाठकों को 'टी०वी० सीरियलों' ने छीन लिया है। मनोहर श्याम जोशी में उपन्यास की अद्भुत क्षमता थी, उनका टी०वी० ने अपहरण कर लिया। कथा पाठकों का तो यह हाल है कि बच्चे भी कहानी कहने का आग्रह नहीं करते।

आपने पत्नी मन्नू भंडारी के साथ 'एक इंच मुस्कान' नामक उपन्यास लिखा था। क्या आगे भी उनके साथ किसी संयुक्त लेखन की योजना है ?

नहीं। 'एक इंच मुस्कान' के बाद हमारा विकास दो अलग-अलग दिशाओं में हुआ। इस दूरी की वजह से रचना की सृजन-प्रक्रिया के स्तर पर हमारे आंतरिक संवाद खत्म हो गए हैं, जो पहले थे। फिर संयुक्त लेखन अब कैसे किया जा सकता है!

अपने अतीत और वर्तमान के समकालीनों में आपको किन रचनाकारों का लेखन महत्त्वपूर्ण लगता है ?

कुछ नामों का चुनाव करना बहुत कठिन है। मुझे अकसर निर्मल वर्मा भी अच्छे लगते हैं और शैलेश मटियानी भी। लेकिन उल्लेखनीय बात तो यह है कि सन् '75 के बाद कहानीकारों की जो पीढ़ी आई है वह बहुत तैयारी के साथ आई है। जहाँ पहुँचने में हमें तीस साल लगे थे वहाँ से उन्होंने शुरू किया है। शिवमूर्ति, सृंजय और संजीव की रचनाएँ इसका उदाहरण हैं।

[नवभारत टाइम्स, 19 जुलाई, 1992]

उन्होंने एकता और अखंडता के नारे को कुर्सी बना लिया

विभांशु दिव्याल

शुरुआत साहित्य से नहीं दुनिया के हालात से करें। पिछले दो तीन सालों से दुनिया में जैसी घटनाएँ घटी हैं, जिस पर साम्यवाद का अवसान हुआ है और सोवियत संघ जैसे बेहद शक्तिशाली नजर आने वाले देश में गणराज्यों द्वारा जिस तरह से संघ से स्वतंत्र होने की माँग उठाई जा रही है, इस सबको देख-सुनकर आप क्या सोचते हैं ?

ये घटनाएँ एक बात तो साफ तौर पर उजागर करती हैं कि किसी भी जातीय समूह को या कौम को मात्र विचारधारा, राष्ट्रीय एकता-अखंडता आदि के नाम पर एकजुट नहीं रखा जा सकता। आदमी के अंदर जातीय और क्षेत्रीय महत्त्वाकांक्षाएँ होती हैं। अगर राज्य के ढाँचे में उन्हें उचित प्रकाशन नहीं मिलता, उन्हें उचित सम्मान नहीं मिलता तो अवसर पाते ही ये महत्त्वाकांक्षाएँ अलगाववादी प्रवृत्तियों के रूप में फूट पड़ती हैं। साम्यवादी व्यवस्था एक मानवीय व्यवस्था है, लेकिन शायद यह भी क्षेत्रीय और कौमी भावनाओं का परिष्कार नहीं कर पाई।

हमारे देश में भी पिछले दिनों अलगाववादी ताकतें काफी उग्र हुई हैं। मगर यहाँ तो साम्यवाद नहीं था ?

सही है कि नहीं है मगर लोकतंत्र की पृष्ठभूमि में जो सामंती और पूँजीवाद प्रेरित शक्तियाँ सत्ता पर हावी रहीं उन्होंने एकता-अखंडता के नारे को अपने हितों के लिए इस्तेमाल किया। 'फ्यूडल सिस्टम' हमेशा व्यक्तित्व को कुचलता है अब चाहे वह एक व्यक्ति का हो या एक समूह का या एक कौम का। एक सिस्टम एकता-अखंडता के नाम पर दबाता है। इस दबाने की प्रक्रिया में भी कौम या व्यक्ति का गौरव जाति होती है और इस गौरव के नाम पर अलगाववाद को हवा मिलती है। मुझे लगता है कि जब अपने-अपने गौरव को लेकर समूह अलग हो जाते हैं और दबावरहित जीवन जीने लगते हैं, तो उनमें मिलने की भावना फिर से पैदा होने लगती है। यह कहीं अधिक स्वस्थ भावना होती है।

तो आपके विचार से पंजाब आदि के मामले में अलगाववादी माँगें मान ली जानी चाहिए ?

अलगाववादी माँगें नहीं मान लेनी चाहिए बल्कि ऐसी व्यवस्था अवश्य होनी चाहिए जिसमें उन्हें अधिक से अधिक स्वतंत्रता का एहसास हो।

केंद्र के अनुदारतावाद को या कहें राजनीतिक सिद्धांतहीनता को आप कहाँ तक जिम्मेदार मानते हैं अलगाववाद को बढ़ावा देने में ?

ये चीजें भी जिम्मेदार हैं। सत्ता की सिद्धांतहीनता अन्य सभी प्रकार की सिद्धांतहीनता को जन्म देती है। जब राष्ट्र के सामने कोई बड़ा क्रांतिकारी लक्ष्य नहीं होगा तो तमाम छोटी-मोटी क्षुद्र शक्तियाँ नकारात्मक रूप से सक्रिय होंगी ही।

हम जो दिन-रात सामाजिक सद्भाव और परस्पर एकता आदि की बात करते हैं, वह…?

समाज सद्भाव से नहीं चलते, मूल चीजें आर्थिक होती हैं। फिर सुरक्षा का सवाल भी होता है, सांस्कृतिक सवाल भी होते हैं, जब हम इन सारे सवालों के हल को एक साथ तलाश नहीं करेंगे तब तक कोरी बातों से देश को एक-अखंड नहीं रख सकते।

इस पृष्ठभूमि में देश के वैचारिक माहौल को आप किस तरह लेते हैं ?

संतोषजनक स्थिति नहीं है। संचार माध्यमों से गंभीर विचार को वहन करने वाले तत्त्व गायब हैं। चाहे अखबार हों या सिनेमा-टेलीविजन, इन सबकी गतिविधियाँ उपभोक्तावाद से संचालित हैं। सब हलका-फुलका परोसने के चक्कर में हैं, मात्र मनोरंजन के लिए। वैचारिक प्रवाह का रुकना किसी भी देश के सामाजिक विकास के लिए सर्वाधिक घातक है। गंभीर पत्रकारिता गायब हो रही है। आज ऐसी पत्र-पत्रिकाओं की जरूरत है जो पाठक को रुककर सोचने के लिए आमंत्रित करें। जो लोगों को मात्र ग्लैमर के भुलावे-छलावे में रखें बल्कि उन्हें जीवन, समाज की कड़वी सच्चाइयों से भी रूबरू कराएँ।

आपके विचार से ऐसी पत्र-पत्रिकाएँ नहीं हैं ?

हैं, मगर गिनी-चुनी हैं। 'पूर्वग्रह', 'साक्षात्कार' जैसी पत्रिकाएँ रही हैं, या फिर निजी प्रयासों से चलने वाली लघु पत्रिकाएँ हैं। मगर ये पत्रिकाएँ साधनों के अभाव में दम तोड़ देती हैं।

आप अपनी पत्रिका 'हंस' को किस श्रेणी में रखते हैं ?

'हंस' इस समय हिंदी की एकमात्र ऐसी पत्रिका है जो रचना और विचार को साथ लेकर चल रही है।

इसके सामने साधनों का संकट नहीं है। 'हंस' को निकालते हुए तो पाँच साल हो गए हैं ?

यह तो मैं ही जानता हूँ कि हमने इन पाँच सालों में कैसी-कैसी कठिनाइयों का सामना

किया है। साधनहीनता के बावजूद 'हंस' ने नियमित अंक निकालकर पाँच साल पूरे किए हैं। एक बार संयुक्तांक निकाला और एक बार एक विशेषांक निकाला जिसमें सामान्य अंक की तुलना में दुगुने पृष्ठ थे।

आर्थिक कठिनाइयों के रहते यह सब आप कैसे कर पाए ?

दोस्तों की मदद से। किसी ने प्रत्यक्ष सहायता जुटाई तो किसी ने विज्ञापन जुटाकर, तो किसी ने पत्रिका के आजीवन सदस्य बनाकर या बनकर, कुल मिलाकर दस लाख का घाटा है 'हंस' को।

यहाँ एक बात और बता दूँ कि कुछ आरोप इस तरह के आए हैं कि जिन्होंने आर्थिक मदद दी, मैंने उनकी रचनाएँ छापीं, सच्चाई यह है कि ऐसी कोई भी रचना छपी तो सिर्फ इसलिए कि वह रचना थी, अगर सिर्फ रचना आती तो भी वह छपती और जिस किसी ने आर्थिक मदद दी, वह रचना न भी देता तो भी मदद देता। यह संयोग है कि कुछेक ने आर्थिक सहायता भी दी और अच्छी रचनाएँ भी दीं।

दोस्तों की मदद से आप 'हंस' को कब तक चला पाएँगे ?

'हंस' ऐसी पत्रिका है जिसे लेखकों ने अपनाया है। जब तक वे इसे देखना चाहेंगे, पत्रिका चलती रहेगी।

गंभीर पत्रिकाओं के सामने संकट क्यों है ?

सच तो यह है कि आदर्श और विचार कभी भी आय के साधन नहीं हो सकते, चाहे पत्रिका हो या नाटक आदि, अगर वे विचार के वाहक हैं तो उन्हें अपना खर्चा पूरा करना मुश्किल हो जाता है। वजह यह है कि जिनके पास पैसे की क्षमता है उन्हें विचार नहीं सुहाता। इसलिए वे गंभीर विचारपरक रचनात्मकता को विज्ञापन आदि का सहयोग नहीं देते और भारतीय समाज में, विशेषकर हिंदी भाषी क्षेत्र में ऐसा अधिक है।

आखिर यह सब किस बात का प्रतीक है ?

समाज के विचार विरोधी होने का। आज जो लोग अवांछित उपायों से साधन संपन्न हो गए हैं वे संस्कारों से विपन्न हैं। वे सिर्फ उपभोक्ता और मनोरंजनवादी संस्कृति के पोषक हैं। वीडियो कैसेट संगीत आदि पर हजारों खर्च कर देंगे, परंतु एक किताब पर सौ रुपए खर्च नहीं करेंगे, क्योंकि वह भी अतिरिक्त समय, अतिरिक्त ध्यान की माँग करती है।

क्यों है यह विचार विरोधी माहौल ?

रचनात्मकता विरोधी जो माहौल है वह हमारी राजनीतिक दृष्टिहीनता का परिचायक है। यह दृष्टिहीनता एक विशेष भ्रष्ट आचरण से जुड़ी है। केवल साहित्य की रचनात्मकता, नहीं, किसी भी तरह की रचनात्मकता का विरोधी माहौल है वहाँ, हम अपने देश में अपनी तरह का कंप्यूटर नहीं बनाएँगे, 'असेंबल' करेंगे या नकल करेंगे। हमने अपनी प्रतिभा को

'प्लास' और 'पेचकस' में बदल दिया है। एक मौलिक सोच विरोधी वातावरण तैयार कर दिया है। जिसके चलते हम हर चीज बाहर से आयात करना चाहते हैं, अगर मौलिकता को प्रोत्साहन देंगे तो उसका लाभ आम जनता तक पहुँचेगा और आयात को बनाए रखेंगे तो एक खास वर्ग सारे लाभ दुहता रहेगा।

आज हालात यह है कि छोटे से छोटे आयात लाइसेंस में मिनिस्टर तक कमीशन खा जाते हैं। मालिक को प्रोत्साहित करेंगे तो यह कमीशन कहाँ से आएगा ? घरेलू टेक्नोलॉजी का विकास होगा तो मात्र कुछेक का एकाधिकार टूटेगा। इसलिए क्यों ऐसा किया जाए ? मौजूदा राजनीति के चलते केवल साहित्यिक रचनात्मक नहीं, हर किस्म की रचनात्मकता संकट में है।

क्या कारण है कि हिंदी में वर्षों से किसी कालजयी कृति की आहट सुनाई नहीं पड़ी ?

ऐसी कृति एक खास वातावरण में आती है अगर मौलिक प्रतिभाओं के विकास का वातावरण हो तो ये प्रतिभाएँ और उनका सृजन हर क्षेत्र में सामने आता है। केवल हिंदी साहित्य में नहीं, और भी क्षेत्रों में मौलिक श्रेष्ठ रचना नहीं हुई।

तो क्या आप हिंदी साहित्य की मौजूदा स्थिति को लेकर निराश हैं ?

निराश नहीं हूँ। साहित्य में ऊर्जावान लोग आ रहे हैं, नई प्रतिभाएँ आ रही हैं। तमाम साधन विहीनता के बावजूद जो कुछ भी सीमित साधन हैं उनके माध्यम से विचारवान साहित्य आ रहा है, कहानियाँ आ रही हैं, कविताएँ आ रही हैं।

बड़े उद्योग जो दे रहे हैं वही 'आपकी जरूरत' बनाकर दिया जा रहा है वह तात्कालिक है, सूचना परक है, जिसका तात्कालिक और व्यावसायिक महत्त्व है और यह सोच को खत्म करने वाला है। मगर जो सीमित प्रयासों से या निजी प्रयासों से अल्प साधनों के बीच आ रहा है, वही सार्थक है। और भविष्य की उम्मीद भी वही है। कवि रवींद्र की एक कविता का भावार्थ है कि जब सूरज डूबने लगता है तो वह चिंतित होता है कि उसकी परंपरा को आगे कौन बढ़ाएगा। तब एक नन्हा दीपक सामने आकर कहता है कि मैं रोशनी की परंपरा को आगे ले जाऊँगा। तो ये दीपक हिंदी साहित्य में नजर आ रहे हैं।

[अमर उजाला, 1991]

मैं साहित्य की लड़ाई को 'हवाई हमला' मानता हूँ

उमेशचंद्र चतुर्वेदी

[नई कहानी आंदोलन के पुरोधा एवं आज की हिंदी पत्रिका 'हंस' के संपादक राजेन्द्र यादव से मिलने पर लगता है, जैसे हम किसी कहानीकार से नहीं व्यंग्यकार से मिल रहे हों। बार-बार अपने-अपने सहयोगियों एवं सामने बैठे लोगों पर दिल खोलकर हँसना उनकी विशिष्ट पहचान है। नए से नए लेखक से गर्मजोशी से मिलने और उनका स्वागत-सत्कार करनें की उनकी अपनी एक अलग शैली है। नए से नए लोगों के सामने अपनी पत्नी मन्नू द्वारा डाँट सुनने की बात कहते हुए हँसना जैसे उनकी दिनचर्या है।

पिछले दिनों चौंसठ वर्ष की अवस्था पार करने वाले राजेन्द्र मानते हैं कि डॉक्टरों द्वारा परहेज की गई चीजों को वे बहुतायत से प्रयोग करते हैं। मसलन वे बताते हैं कि वे खाने में घी, मिठाई, मसाला, तेल का प्रयोग खूब करते हैं। बड़े फख्र से वे बताते हैं कि उन्होंने पिछले चौबीस वर्षों में दवा की गोलियाँ शायद ही कभी निगली हों। अपने इस स्वास्थ्य का राज वे गहरी नींद को बताते हैं। जो बिला-नागा रात को साढ़े दस बजे तक उन्हें अपने आगोश में ले लेती है। रोज सुबह उठकर मेज पर पहुँचना और कागज पर कलम चलाना उनकी नियमित चर्या है। सारे कार्यों में वे ढिलाई दे सकते हैं, लेकिन रात को पढ़ने और सुबह के समय लेखन-कार्य में तनिक भी व्यवधान उन्हें असहज कर देता है।

अमेरिकी वेश्या अभिनेत्री लिलियन राथ की आत्मकथा उन्हें आज तक झकझोरती रहती है। जबकि इसे पढ़े उन्हें वर्षों बीत गए हैं। हिंदी साहित्य को आज समीक्षाहीन मानने वाले राजेन्द्र सेक्स, समाज, संस्कृति, पत्रकारिता पर साधिकार टिप्पणी करते रहते हैं। अपने इन्हीं गुणों के द्वारा तरह-तरह के विवादों में फँसते भी रहे हैं। अभी पिछले दिनों उन्हें यह लगा कि हिंदी में कुछ लिखा ही नहीं जा रहा। न लिखने के कारणों पर उन्होंने पड़ताल करने के बहाने इंडिया इंटरनेशनल सेंटर में बाकायदा एक गोष्ठी भी आयोजित की थी।

अभी हाल ही में उन्होंने 'कथा दशक' को संपादित किया है जिसे हिंदी अकादमी ने प्रकाशित किया है। कहना न होगा कि कथा दशक को काफी प्रशंसा भी मिल रही है।

पिछले दिनों हंस कार्यालय में राजेन्द्र यादव से कुछ बातचीत हुई थी जिसके कुछ प्रमुख अंश हैं :]

आप अपने लेखन की शुरुआत के बारे में बताएँ ?

मेरे लेखन की शुरुआत बारह-तेरह साल की उम्र में ही हो गई थी। मेरे पिता मथुरा जिले के एक कस्बे के अस्पताल में डॉक्टर थे। अस्पताल कस्बे से हटकर था। उन दिनों हमारे पास कंपाउंडर, महाराज, चौकीदार थे। सन् 1940-41 की बात है। वहीं पर हॉकी खेलते समय मुझे ऐसी चोट लगी कि मुझे बिस्तर पकड़ना पड़ा, इस चोट से मेरी जिंदगी ही बदल गई। उन दिनों की मानसिक पीड़ा से मेरी हालत खराब थी। जब आदमी सीमाओं में बँध जाता है, तब उसकी कल्पना शक्ति तेज हो जाती है। उसी समय मैंने कविताएँ एवं तिलिस्मी उपन्यास के ढाई हजार पन्ने लिखे। इसके बाद मैं मैट्रिक करने झाँसी में चाचा के पास पहुँचा। वहाँ मैंने प्रेमचंद, विश्वंभरनाथ शर्मा कौशिक, वृंदावनलाल वर्मा आदि लेखकों को खूब पढ़ा। उन्हीं दिनों मैंने तीन रोमानी उपन्यास भी लिखे। अपने इन प्रारंभिक उपन्यासों को मैं साहित्यिक कोटि में नहीं रखता बल्कि इन्हें अपने लेखन का रियाज मानता हूँ।

मेरी पहली कहानी 'प्रतिहिंसा' कर्मयोगी में छपी। इसे इलाहाबाद से रामराज सहगल निकालते थे। उन दिनों की अन्य पत्रिकाओं की अपेक्षा यह अच्छी और महँगी पत्रिका थी। जब अन्य पत्रिकाओं का मूल्य आठ आने तक था, तब कर्मयोगी एक रुपए में मिलती थी। इसके साथ मैंने हंस में भी लिखा। तब हंस को अमृतराय निकाला करते थे।

आपकी रचनात्मकता कविता से शुरू हुई। फिर कहानी-उपन्यास की ओर मुड़ने का कारण ?

कविता की अपेक्षा कहानी अधिक समर्थ एवं संपन्न विधा लगी। काव्य रचना का क्षेत्र एक बँधी-बँधाई परंपरा का था। तब मैं तरुणावस्था के रोमांचक दौर से गुजर रहा था। उन दिनों मैं सूरदास की तरह पद भी लिखा करता था। लेकिन कुछ नया कहने की इच्छा मुझमें हर समय बनी रहती थी। पद लेखन भी मुझे बँधी-बँधी परंपरा से संचालित लगता था। मैं कल्पना की नई उड़ानें भरना चाहता था। भक्ति की बजाय जीवन के अनेक विषयों पर लिखना चाहता था। इसके लिए मुझे कहानी ही उपयुक्त विधा लगी।

आपकी कहानियों के आधुनिक भावबोध एवं निर्वैयक्तिक शिल्प के लिए जहाँ प्रशंसा की जाती है, वहीं यह भी कहा जाता है कि अपनी इसी विशेषता के कारण वे संप्रेषणीयता की कसौटी पर खरी नहीं उतरतीं। आप क्या कहेंगे इसके बारे में ?

मुझे नहीं मालूम कि संप्रेषणीयता क्या है। लेकिन मुझे नहीं लगता है कि मेरी कहानियाँ कम संप्रेषणीय हैं। यदि ऐसा होता तो मुझे अनगिनत पाठकों के हाथों स्नेहिल पत्र नहीं मिलते। मेरी कहानियों के संग्रह खूब छपते ही नहीं, बिकते भी हैं। 'जहाँ लक्ष्मी कैद है' की साल में 2000 प्रतियाँ छपीं। मेरा उपन्यास 'सारा आकाश' हिंदी का सर्वाधिक बिक्री

वाला उपन्यास है। जिसकी मुद्रण संख्या लगभग 10 लाख तक पहुँच चुकी है।

मुझे अपने हर कहानी संग्रह एवं उपन्यास पर पाठकों की अच्छी प्रतिक्रिया मिलती है जिससे मुझे आश्चर्य होता है। ऐसे में मैं नहीं मानता कि मेरी रचनाएँ संप्रेषणीय नहीं हैं।

आपके उपन्यास 'सारा आकाश' की बिक्री के आँकड़े किसी भी भारतीय भाषा के उपन्यास के मुकाबले काफी हैं। इससे निश्चित रूप से इस उपन्यास की लोकप्रियता का अंदाजा लगाया जा सकता है। ऐसे लोकप्रिय उपन्यास पर बनी फिल्म के फ्लॉप होने की क्या वजहें रहीं ?

यह सर्वविदित है कि भारतीय भाषा में इस संख्या को कोई किताब पार नहीं कर पाई, पर फिल्म के रूप में असफल रही। इसका कारण मुझे यह लगता है कि दर्शक इस तरह की चीजों के अभ्यस्त नहीं थे। 'सारा आकाश' ही नहीं अन्य सभी फिल्मों के साथ भी ऐसा ही होता है। फिल्मों में इतना पैसा लगता है वह शायद नहीं लौट पाता। आज यह स्थिति कलात्मक फिल्मों की ही नहीं है, आप नाटकों के शो करके भी पैसा नहीं वापस पा सकते। इतना सहयोग करने वाले हर जगह नहीं हैं। यह स्थिति केवल भारत में ही नहीं हैं; कमोबेश पूरी दुनिया में यही स्थिति है। दूसरी बात यह कि विचारों से प्रतिबद्ध होने पर एक अच्छा व्यवसाय तत्काल नहीं हो सकता। फिल्म बनते ही दर्शक जुट जाएँ, अच्छी फिल्मों के साथ भी ऐसा नहीं हो सकता। जहाँ तक किताब की लोकप्रियता का सवाल है, इसका प्रबुद्ध पाठक वर्ग बहुत फैला हुआ है। यही स्थिति प्रबुद्ध दर्शक की भी है। फैले हुए दर्शक या पाठक से किताब लोकप्रिय तो हो सकती है। लेकिन फिल्म नहीं।

आज हिंदी में एक-एक करके गंभीर पत्रिकाएँ मरती जा रही हैं। कुछेक लघुपत्रिकाओं को छोड़ दें तो आज हिंदी में गंभीर पत्रिकाओं का अभाव हो गया है। इससे निश्चित ही गंभीर लेखन को भी धक्का लगा है। इसके बारे में आप क्या सोचते हैं ?

इस मामले में मैं निराश नहीं होता। यह व्यावसायिकता एवं कलात्मकता की लड़ाई है। समाज में हो रहे उथल-पुथल का प्रभाव इस क्षेत्र पर भी पड़ा है। ऐसा चलता रहता है। एक परिवार की पत्रिका मरती है, तो दूसरे परिवार से जन्म लेती भी है। गंभीर लेखन को भी कोई खास खतरा नजर नहीं आता। लघुपत्रिकाओं की बाढ़, वस्तुतः समाज के एक तबके की आवाज के लिए खाली जगह को भरने का प्रयास है। इसे इसी परिप्रेक्ष्य में देखा जाना चाहिए।

आपने हंस के ताजे अंक में हिंदी पत्रकारों से कहीं अधिक प्रोफेशनल अंग्रेजी पत्रकारों को बताया है। इसको व्याख्यापित करेंगे ?

प्रोफेशनलिज्म के कुछ लाभ हैं तो कुछ हानियाँ भी हैं। प्रोफेशनल होना पेशे की नैतिकता

को स्वीकार करना है। जैसे यदि मैं शुद्ध घी ही खरीदना चाहता हूँ और मेरे पास जो दवा की दुकान है तो मुझे भी चाहिए कि मैं सही दवा बेचूँ। यही प्रोफेशनल नैतिकता है। जहाँ तक हिंदी और अंग्रेजी पत्रकारिता का प्रश्न है। अंग्रेजी पत्रकारिता का इतिहास 500 वर्ष पुराना है। जबकि हिंदी पत्रकारिता इतनी पुरानी नहीं है। इसी कारण अंग्रेजी पत्रकारिता ने अपनी प्रोफेशनल नैतिकता हासिल कर ली है। जिससे निसंदेह उनका स्तर ऊँचा है। यदि हिंदी पत्रकारिता भी इस नैतिकता को ग्रहण कर ले तो उसका स्तर भी ऊँचा हो जाएगा और उसका भी प्रोफेशनलिज्म बढ़ जाएगा।

जहाँ तक हिंदी पत्रकारिता में साहित्यकारों के प्रवेश का प्रश्न है, उसके पहले भी अज्ञेय, रघुवीर सहाय, प्रभाकर माचवे आदि पत्रकारिता में सक्रिय हुए थे। तब उनकी क्षमता पर उँगलियाँ नहीं उठाई गई थीं। लेकिन अब ऐसा क्यों हो रहा है ?

उन लोगों ने अपनी साहित्यकारिता को स्थगित करके पत्रकारिता को नई दिशा दी थी। जबकि आज के संपादक इससे परे हैं। मैं यह मानता हूँ कि मैंने हंस लेखकों को मंच देने के लिए निकाला है, चतुरसेन की तरह अपनी जीवनी छापने के लिए नहीं। आज हिंदी में कम से कम दो संपादक ऐसे हैं, जिनके पत्र-पत्रिकाओं में उन्हीं का लेखन छाया रहता है। नवभारत टाइम्स के प्रधान संपादक पंडित विद्यानिवास मिश्र तथा कादंबिनी के श्री राजेन्द्र अवस्थी इसके सर्वश्रेष्ठ उदाहरण हैं। यू०एस०एम० नाम से एक पत्रिका निकलती है। उसके अंकों को आप देखें तो आप पाएँगे कि उसमें उसके संपादक उमाशंकर त्रिपाठी के बारे में या उन्हीं की रचनाएँ छपती हैं। एक पत्र अथवा पत्रिका संपादक की व्यक्तिगत संपत्ति नहीं होती। पत्र-पत्रिका में संपादन का व्यक्तित्व दर्शाने के लिए उसकी रचनाएँ छपने की बजाय रचनाओं के चयन पर विशेष ध्यान दिया जाना चाहिए। संपादक की बड़ी सफलता इसमें है कि उसके द्वारा संपादित पत्र-पत्रिकाओं की रचनाओं के चयन में उसका व्यक्तित्व शीशे की तरह झलके।

अब पुनः साहित्य की ओर लौटते हैं। यह बताइए कि क्या लेखक के लिए वैचारिक प्रतिबद्धता आवश्यक है ?

वैचारिक रूप से लेखक की प्रतिबद्धता भले ही आवश्यक न हो किंतु वैचारिक उलझन लेखक को गड्डमड्ड करने के लिए काफी होती है। जब भी हम कुछ लिखते है तो हमारे सामने यह बात साफ होनी चाहिए कि हम किसके लिए कहना चाह रहे हैं। विचारों की स्पष्टता जब स्वयं में होगी, तो बेशक वह दूसरे के लिए भी होगी। आप किनके लिए लिख रहे हैं या जो जीवन-संघर्ष में जुटे हैं क्या उनके सुख-दुख में शामिल भी हैं। इस अर्थ में तो सारा रचनात्मक लेखन ही प्रतिबद्धता का लेखन है। कुछ लोग ऐसे भी होंगे, जिन्होंने चंगेज खाँ, नादिरशाह या हिटलर के बारे में लिखा होगा। वह लेखन भी प्रतिबद्ध लेखन

है। आदि कवि वाल्मीकी ने एक दुखी क्रोंच के साथ अपने को प्रतिबद्ध पाया, तभी उनकी कविता फूटी। एक प्राणी की पीड़ा से जुड़ना ही, उनकी प्रतिबद्धता थी।

कौन से तत्त्व हैं जो किसी रचना को अमर बनाते हैं ?

संसार की किसी भी रचना को अमर बनाने के लिए तीन तत्त्व प्रमुख हैं—यातना और संघर्ष और स्वप्न। अंग्रेजी में कहते हैं न, सफरिंग एंड स्ट्रगल। ठीक वही स्थिति यहाँ भी है। जब आप संघर्ष में साहस से खड़े होते हैं तो आप एक 'हीरो' तैयार करते हैं और जब यातना में डूबे होते हैं तो शकुंतला, सीता आदि की तरह के करुण पात्र तैयार करते हैं। यदि उस संघर्ष और यातना के साथ एकात्मकता न हो तो हम उत्कृष्ट रचना का सृजन नहीं कर सकते। ये तत्त्व सारभौमिक होते हैं। इसी के कारण इन तत्त्वों ने देश-काल की सीमाओं का अतिक्रमण कर आत्मीयता बनाई है। यदि उस संघर्ष और यातना के साथ एकात्मकता न हो तो हम विदेशी रचनाओं को पढ़कर क्यों रोते ? आखिर उनका धरातल या उनके पात्र तो अपने नहीं होते। आदमी की सीमाओं को यह यातना और संघर्ष ही तोड़ते हैं।

अब्दुल बिस्मिल्लाह ने एक जगह कहा है कि आज कहानी लड़ाई का हथियार बन चुकी है। इस कथन से आप कितना सहमत हैं ?

मेरे विचार से यह वाक्य अपने आप में अधूरा है। यह लड़ाई कैसी है ? साहित्य से आप गोली-तलवार जैसी लड़ाई की उम्मीद तो नहीं कर सकते। साहित्य से आप क्रांति नहीं ला सकते, हाँ क्रांति के लिए, बदलाव के लिए आप मानसिकता जरूर तैयार करते हैं। मैं साहित्य की लड़ाई को 'हवाई हमला' मानता हूँ। हवाई हमले का उद्देश्य प्रतिरोध के गढ़ को तोड़ना होता है। ताकि जमीनी फौज कब्जा कर सके। इसी अर्थ में कहानी भी मानसिक परिवर्तन का हथियार बन चुकी है। जिसके द्वारा सही और गलत का विवेक जाग्रत होता है। आज दुनिया में बहुत कुछ गलत हो रहा है। मसलन सती होने को ही लीजिए। यह अन्याय नहीं, नृशंसता है। कहानी इसी विवेक को जगाती है ताकि गलत-सही का निर्णय आप ले सकें।

आज साहित्य का युगधर्म क्या है ?

साहित्य का युगधर्म वही है, जिसे मैंने पहले कहा है। साहित्य सारे ज्ञान-विज्ञान, परिवेश को अपने प्रश्नों की कसौटी पर देखे। बिना इसके ज्ञान-विज्ञान या साहित्य आगे नहीं बढ़ सकता। विवेक को जाग्रत करना और तथ्यों को यथातथ्य विवेक से तय करना ही आज साहित्य का युगधर्म है।

आज हिंदी की जो दशा है, उस पर आपकी टिप्पणी ?

हिंदी विकास के कई धरातल हैं। मसलन सरकारी, पत्रकारिता एवं साहित्य जब हम हिंदी की बात करते हैं तो हमारे सामने हिंदी की अवधारणा स्पष्ट होनी चाहिए। सरकार, जिस

प्रकार नित्य जनकल्याणकारी योजनाएँ लागू कर रही है और उनसे जनकल्याण नहीं होता। जिससे जनकल्याण हो, वैसे कार्यक्रम सरकारों के पास नहीं है। यहाँ जितनी भी योजना बनती हैं, सरकारी पैसे को लूटने के लिए बनती हैं। यही स्थिति सरकारी हिंदी की भी है। पत्रकारिता की हिंदी व्यापक है। लाखों की संख्या में छपने वाले, अखबारों की संख्या इसका उदाहरण है। जहाँ तक साहित्यकारों की हिंदी है, उसकी स्थिति अच्छी है। उनकी भाषा अच्छी है। इसका ही प्रभाव दोनों स्तरों पर पड़ता है। इसमें संवेदना है, नाजुक अनुभूति की महक है।

और नई कहानी पर तीस साल पहले की एक बातचीत

[28 जुलाई, '63 को कलकत्ता में कहानीकार आलोक शर्मा के संयोजकत्व में उनके निवास-स्थान पर एक विचारगोष्ठी हुई जिसमें फणीश्वरनाथ 'रेणु', राजेन्द्र यादव, मन्नू भंडारी, निर्मल वर्मा, प्रयाग शुक्ल, लक्ष्मीचंद्र जैन, कुंथा जैन, शरद देवड़ा, पृथ्वीनाथ शास्त्री, छविनाथ मिश्र 'पागल', नवल तथा कुछ श्रोताओं ने भाग लिया।

श्री नवल ने 'कल्पना' में प्रकाशित एक लेख के संदर्भ में यह समस्या विचारार्थ प्रस्तुत की कि क्या कहानी अन्य विधाओं की अपेक्षा सचमुच ऐसी कमजोर विधा है, जो 'आधुनिक' संवेदना को अभिव्यक्त नहीं कर सकती, क्योंकि कहानीकार के समक्ष पाठक और मनोरंजन के प्रश्न हमेशा उपस्थित रहते हैं ?]

रेणु—ऐसे ही लिख दिया है उस लेख में ? (हँसी)···तो क्या इसे मान लिया जाए ?··· कहानी तो कहानी है, नई और पुरानी क्या और क्यों ?

मन्नू भंडारी—एक कहानी से कोई कितनी आशा कर सकता है ? और यह भी तथ्य है कि कितनी ही नई कहानियाँ ऐसी हैं, जिनकी पैठ बड़ी गहराई तक है और जो अभिभूत कर देती हैं। साथ ही वे निश्चित रूप से पूर्वगामी कहानियों से कथ्य तथा कला दोनों में भिन्न हैं और पाठकों की रुचि-परिवर्तन में भी समर्थ रही हैं। अर्थात् साधारण पाठक तक उनकी 'अपील' को अस्वीकार नहीं कर सकता। हाँ, यह भी सच है कि कुछ कहानियाँ 'एब्सटैक्ट' होने लगी हैं।

रेणु—शायद यह उस लेख के लिए जवाब हो ! (हँसी)

कुंथा जैन—क्या बहुत सारी कहानियाँ पढ़ने पर ऐसा नहीं लगता कि उनकी पकड़ से कुछ छूटा जा रहा है ?

मन्नू भंडारी—मुझे तो लगता है कि नई कहानी ने मुझे भी बदला है और बहुत से पाठकों को भी और वह बहुत 'आधुनिक' है।···शायद उस लेख में कही हुई बात ही कुछ विचित्र है। कहानी की विधा की निर्बलता के सिलसिले में अच्छा होगा कि हम इस प्रश्न पर विचार करें कि कविता आदि अन्य विधाओं और कहानी के मूल प्रेरणास्रोत अलग-अलग क्या

हैं ? जैसे, कविता में प्रकृति अधिक से अधिक स्थान पाती है, किंतु कहानी में उसका विस्तार कहानी-कला में विशृंखलता पैदा करता है। तो क्या कहानी में मानवीय तत्त्व और कविता में प्रकृति तत्त्व प्रधान होते हैं?

प्रयाग शुक्ल—शायद दोनों जगह दोनों तत्त्व हैं। सिर्फ मात्राओं का अंतर पड़ता है। मनुष्य और प्रकृति अविच्छेद्य हैं।

राजेन्द्र यादव—यह तो ठीक है। फिर कविता और कहानी की सृजन-प्रक्रिया में क्या अंतर है ? देवड़ा जी, आप बताइए, आप कहानी क्यों लिखते हैं ?

शरद देवड़ा—मेरी समझ में तो मैं यों ही लिखता हूँ जैसे बढ़ई बढ़ईगीरी करता है, लोहार लोहारगीरी करता है, उसी तरह यह मेरा धंधा है।

राजेन्द्र यादव—धंधा ? क्या धंधा (प्रोफेशन) वृत्ति (वोकेशन) और उद्देश्य (मिशन) में कोई अंतर नहीं ? (हँसी)

शरद देवड़ा—'धंधा' शब्द के प्रति मेरा कोई आग्रह नहीं।

मन्नू भंडारी—मेरा विचार है कि निर्मल जी इस समस्या पर अपना मंतव्य दें।

निर्मल वर्मा—हमारी रचना प्रक्रिया के मूल में हमारा 'क्रिएटिव अर्ज' होता है। अर्थात् हम किसी ऐसी वस्तु को, जो नहीं है, निराकार है, एक रूप देते हैं। जैसे मान लीजिए, आप अपना कमरा सजाना चाहती हैं तो वह बिलकुल-बिलकुल आपकी रुचि और सजाने की कला पर आधारित होगा। उसमें किसी दूसरे को खुश करने का प्रश्न नहीं उठता और न तो यह पूरा का पूरा संभव ही है—यहीं उपयोगिता का प्रश्न भी हल हो जाता है। जब हम किसी चीज को रूप देते हैं, तो उसके पीछे हमारा एक विशेष अनुभव और मनःस्थिति काम करती है। समीक्षा की सबसे बड़ी 'ट्रेजिडी' यही रही है कि वह कला के नए से नए 'फार्म्स' (कृतित्व) के पीछे कारणभूत उन विशेष अनुभवों के स्तर को, जो अलग-अलग कृतियों के साथ 'विशिष्ट' होते हैं, न पकड़कर उन्हें कुछ निश्चित मूल्यों पर कसकर उनका मूल्यांकन करता है। अनुभूति के स्तर से मेरा मतलब है किसी कलाकृति के पीछे स्थित उस विशेष अनुभव से जो अन्य सभी अनुभवों से भिन्न होता है। जब कभी हम कला का इतिहास देने के सिलसिले में किसी कृतित्व को महत्त्वपूर्ण कहते हैं तो उससे आशय यह होता है कि वह सारी परंपरा से भिन्न है और उसके मूल्यांकन में आलोचना के परंपरागत सिद्धांतों से काम नहीं चलने का। सही समीक्षा तब तक संभव नहीं, जब तक कि किसी कृतित्व के पीछे स्थित उस अनुभूति के स्तर विशेष को नहीं पकड़ा जाता, क्योंकि वही उस व्यक्त की सृजनात्मक प्रतिभा (क्रिएटिव अर्ज) से संबद्ध होकर रूप ग्रहण करती है। और उसकी पूरी रचना-प्रक्रिया में पाठक-दृष्टि में कहीं एक सीमांत होता है, जहाँ व्यक्ति उस अनुभूति को रूपांतरित करता है।

राजेन्द्र यादव—मेरी समझ में पाठक की एक भावात्मक उपस्थिति लेखक के समक्ष होती है। दूसरी बात यह कि भाषा का माध्यम और बहुत सारे संस्कार लेखक को परंपरा से प्राप्त होते हैं। इस संदर्भ में वह पाठक तथा अपने कृतित्व की उपयोगिता के दायित्व को नहीं भूल सकता।

निर्मल वर्मा—जहाँ तक परंपरा का सवाल है, पूर्वगामी कलाकार परवर्ती कलाकृतियों के लिए 'कांट्रिब्यूट' करता है।

राजेन्द्र यादव—लेखक की अपनी नितांत व्यक्तिगत प्रक्रिया या समस्या के बाद जब वह भाषा या रंग अर्थात् किसी भी सामाजिक माध्यम को स्वीकार करता है तो किन्हीं उत्तरदायित्वों में बँध जाता है। चलना आपका व्यक्तिगत 'अर्ज' हो सकता है लेकिन जब आप बस का उपयोग करते हैं तो उसके कुछ नियम-उपनियमों का भी ध्यान रखते हैं। यह प्रश्न हमें सीधा लेखक के सामाजिक दायित्व से बाँध देता है।

निर्मल वर्मा—यह एक निहायत व्यक्तिगत समस्या है और इसमें समाज नहीं आता। यह 'अर्ज—एमॉरल—नैतिकता अनैतिकता, उपयोगिता इत्यादि से ऊपर है। हाँ, पूर्वगामी कृतित्व से इंकार नहीं किया जा सकता।

कुंथा जैन—यदि पाठक बिलकुल दृष्टि में नहीं होता और रचना प्रक्रिया बिलकुल 'आत्मपरक' है तो फिर लेखक अपने कृतित्व का प्रकाशन क्यों चाहता है ?

निर्मल वर्मा—लेखक की 'क्रिएटिव अर्ज' से भिन्न यह उसकी एक दूसरी सामाजिक सम्मान और यश पाने संबंधी 'अर्ज' है जिसके कारण वह प्रकाशन चाहता है। संप्रेषणीयता (कम्यूनिकेशन) का प्रश्न लेखक के सामने नहीं उठता। कृतित्व को समझना पाठक की बिलकुल अपनी समस्या है।

लक्ष्मीचंद्र जैन—यदि लेखक पाठक को कुछ नहीं समझे, तो क्या जरूरी है कि वे लेखक को समझें ही ? (हँसी)

निर्मल वर्मा—इस सिलसिले में मैं आपको एक उदाहरण दूँ। मान लीजिए आप किसी औरत को 'प्रेम' करते हैं दुनिया को उस प्रेम से क्या लेना-देना है कि वह क्या है लेकिन जो बच्चा होता है वह उसका परिणाम है। लेखक की रचना-प्रक्रिया ठीक उस प्रणय-प्रसंग की तरह और उस रचना का प्रकाशन बच्चे की तरह है।

राजेन्द्र यादव—प्यार की आत्मीय प्रक्रिया चाहे जितनी व्यक्तिगत हो, कहीं उसकी परिणति या परिणाम जरूर मन में रहते हैं और उस समय के सारे व्यवहार को निर्धारित करते हैं। वक्ता के सारे स्तर, चिंतन, प्रस्तुतीकरण को श्रोता अनजाने ही तय कर देते हैं और अपनी हर बात की प्रतिक्रिया जब वह नहीं पाता तो प्रायः भटक जाता है।

निर्मल वर्मा—प्रेम के अत्यंत आत्मीय कुछ खास क्षण होते हैं, जिनमें व्यक्ति को दुनिया

याद नहीं रहती। विशुद्ध कलात्मक सृजन की स्थिति वैसी ही होती है।

मन्नू भंडारी—जहाँ तक भाषा के माध्यम का सवाल है, मेरा तो अनुभव यह है कि लिखते समय यदि मेरे लेखन में कहीं राजस्थानी भाषा का कोई शब्द आ जाता है तो चाहे वह कितना भी अभिव्यक्ति सक्षम और मौजूँ हो, मुझे यह सोचकर उसे हटाना पड़ता है कि हिंदी-भाषी जनता उसे नहीं समझेगी। अर्थात् मुझे पाठक के प्रति सचेत रहना पड़ता है।

निर्मल वर्मा—इस तरह के शब्दों के प्रयोग तथा उनके 'फिट' बैठने के सिलसिले में यह आपका डर है और इसे आपको निकालना होगा। कोई भी शब्द, चाहे वह अंग्रेजी का हो या लोकभाषा का, कथ्य के रूप के साथ भाषा के एक संबद्ध 'पैटर्न' में आता है और ठीक ढंग से संबद्ध होने पर वह 'फिट' बैठेगा। फिर भी मैं मानता हूँ कि हिंदी का लेखक यदि विशुद्ध हिंदी के माध्यम से अपने को अभिव्यक्त कर पाता है तो वह अपेक्षाकृत महान् लेखक है।

(समयाभाववश गोष्ठी यहीं समाप्त हो गई।)

□□